当代金融文学

精选

报告文学卷

主编 —— 阎雪君

湖南大学出版社

图书在版编目（CIP）数据

当代金融文学精选．报告文学卷/阎雪君主编．—长沙：
湖南大学出版社，2019.11
　　ISBN 978-7-5667-1815-0

　　Ⅰ．①当… Ⅱ．①阎… Ⅲ．①中国文学–当代文学–
作品综合集 ②报告文学–作品集–中国–当代 Ⅳ．① I217.1

中国版本图书馆 CIP 数据核字（2019）第 264046 号

当代金融文学精选·报告文学卷

DANGDAI JINRONG WENXUE JINGXUAN · BAOGAO WENXUE JUAN

主　　编：阎雪君
责任编辑：全　健　饶红霞　郭　蔚　李　婷
责任校对：尚楠欣　周文娟
装帧设计：秦　丽
出版发行：湖南大学出版社　　　　　　　责任印制：陈　燕
社　　址：湖南·长沙·岳麓山　　　　　邮　　编：410082
电　　话：0731-88822559（发行部）88820008（编辑室）88821006（出版部）
传　　真：0731-88649312（发行部）88822264（总编室）
电子邮箱：presszb@hnu.cn
网　　址：http://www.hnupress.com
印　　装：长沙鸿发印务实业有限公司
开　　本：710mm×1000mm　16 开　　印张：301.75　　　字数：4481 千字
版　　次：2019 年 11 月第 1 版　　　　印次：2019 年 11 月第 1 次印刷
书　　号：ISBN 978-7-5667-1815-0
定　　价：1980.00 元（全 12 册）

故事感动历史 文学照亮人生

——记载和讴歌壮丽的中国金融事业

中国金融文学艺术界联合会主席 梅志翔

古人云："盖文章，经国之大业，不朽之盛事。""文章千古事，得失寸心知。""江山留后世，文章著千秋。"由此可见，文章是经国济民的大事，是记录时代的大事，是讴歌时代的大事。

文脉与国脉相同，文运与国运相连。2019年是中华人民共和国成立七十周年，七十年风雨沧桑，七十载山河巨变。七十个春秋，发生了多少震撼人心的故事，承载了多少金融人的热血情感。在过去的七十年中，中国金融事业伴随着新中国的成长不断地发展和壮大，取得了举世瞩目的成就。这些成就的取得不仅得益于新中国的好国情、好形势，更得益于数以千万计的金融职工筚路蓝缕、开拓创新，继往开来、一往无前的无私奉献。

新中国的金融事业无论在理论领域，还是实践领域，取得的成就都是翻天覆地、亘古未有的，中国金融人在专业领域创造了一个又一个奇迹，我们用几十年的时间追赶上西方人上百年甚至几百年金融发展的步伐。金融发展过程中涌现出了很多可歌可泣的故事，这些故事都是由千千万万顶天立地、敢作敢为的中国金融人用行动书写出来的锦绣篇章。中国金融已经成为支撑和推动经济发展的核心动力和促进时代繁荣的重要表征，为金融文学的创作提供了源源不绝的营养，金融文学像中国金融事业一样，是一片值得深耕的沃土，是一个内含价值极高的宝藏。

文章合为时而著。文学就应该为时代鼓与呼，金融文学就应记录和讴歌壮丽的中国金融事业。可长期以来，由于种种原因，中国金融文学创作未能与中国的金融事业取得同步的发展，金融文学作品创作落后于金融事业发展，在全国林林总总的文学橱窗和文艺殿堂里，金融文学常常缺席，在文学领域难闻金融之声，在文章海洋难觅金融浪花，在文化磁场里难以感知到金融文化的力量。2011年11月，在中国金融工会的大力支持下，中国金融作家协会正式成立；2013年5月，中国金融作家协会光荣地成为中国作家协会的团体会员。这是中国金融文学史上的一件大事和盛事，因为它不仅实现了金融作家组织的"零"的突破，而且让全体金融作家找到了心灵慰藉的"家"，它让所有金融作家找到了归属感和荣誉感。此后，金融文学创作不再是"不务正业"的闲事，而是可以为之终生奋斗的正事。过去许多金融作家在涉足文学创作上，"温温恭人，如集于木。惴惴小心，如临于谷。战战兢兢，如履薄冰"。如今在文学的康庄大道上，金融作家不用再羞羞答答地迈着碎步，而是可以昂首阔步地勇往直前。在中国金融工会、中国金融文联、中国作家协会的关怀指导下，七年间，中国金融作家协会延伸机构已经达到23家，其中先后成立省（自治区、直辖市、计划单列市）金融作家协会13家、总行（会司）作家协会10家。截至2018年底，中国金融作家协会已发展会员942人（其中，中国作家协会会员76人）。中国金融作家协会从无到有、从小到大、由弱到强，让写作变成了与金融工作一样充满阳光的事业。

执一支笔，写万千事。是啊，文学就这样不经意嵌入了金融人的生活，像春雨滋润着金融人，让金融人感恩生命的厚爱，让金融人的每一天、每一刻都充满激情、蓬勃向上；像疾风提示着金融人，生活和工作是坚守，也是搏击。文学之美让金融人心生愉悦，让日子有奔头，生活有笑声，奔跑有动力；文学之美让金融人涨满风帆，努力创造和实现自我价值、社会价值。值得肯定的是，一大批以金融人物为塑造对象的文学作品，都具有鲜明的时代特色，催人奋进。金融生活中无数可歌可泣的故事，不仅反映了金融系统广大员工投身改革、勇于奉献的精神，而且传播金融理念、倡导金融精神，展现了金融现实生活与人文关怀，成为千万金融员工启发心灵的精神力量。

在互联网金融时代，中国金融作家协会充分认识到平台对于会员发展的巨大推动和促进作用。金融作家协会是全体金融作家的"创作之家"，长期致力于为金融作家搭台子，为全体金融作家提供广阔的施展空间，为全体会员搭建了三大平台：《中国金融文学》杂志、《金融作家》公众号和中国金融作家网（内部）。《中国金融文学》杂志为季刊，设置了中篇小说、短篇小说、散文、诗歌、诗词、金融报告文学、金融作家随笔、金融作家艺术家、金融作家作品评析、金融文坛风景线、史海沉钩、学习与借鉴、金融文学剧本等18个栏目，每期发行3.2万册，年刊登作品数量近300篇（首）近100万字。目前，《中国金融文学》杂志不仅成为中国作家协会直属的行业作协重要会刊，为作家们提供施展才华的舞台，也是弘扬时代精神、传播金融文化和连接全国金融员工的重要文学桥梁，成为金融系统内外大众喜爱的读物。《金融作家》公众号，年发表300多位金融作家400多篇优秀作品。为了搭建多形式、多渠道的平台，中国金融作家协会还协同《中国金融》《金融时报》《金融博览》《中国金融文化》《银行家》《金融文坛》《金融文化》等报刊，为金融系统作家文学爱好者提供了更加广阔的文学舞台。

自中国金融作家协会成立以来，以"中国金融文学奖"为支撑点，着力创建金融文学品牌。自2011年至今已经成功举办了三届中国金融文学奖的评选，累计有200余部（首）作品获奖。中国作家协会领导及著名作家、评论家李敬泽、阎晶明、李一鸣、彭学明、梁鸿鹰、邱华栋、孙德全、何振邦、冯德华等人担任终审评委，体现了获奖质量和评奖的权威性。中国金融文学奖评奖活动范围广、层次高、影响大，评奖后正式发文通报全国金融系统，新华社、《人民日报》《光明日报》《文艺报》《金融时报》等多家媒体都进行了宣传报道，在全国引起了较大反响。

"千淘万漉虽辛苦，吹尽狂沙始到金。"这些文学成就充分证明广大金融作家具备了胸怀国家、胸怀金融的视野，金融扶贫、绿色金融的理念已经扎根于他们的作品中。如反映农村金融扶贫的《天是爹来地是娘》，带领乡亲脱贫致富的电影《毛丰美》，讴歌金融体制改革的长篇小说《新银行行长》《贷款》《高溪镇》《催收》，反映金融服务实体经济的《银圈子》《希望银行》

《海天佛国的中行人》《驼背银行》，反映促进多层次资本市场健康发展的《资本的血》《中国金融风云》，健全金融监管体系的《一眼看穿金钱骗术》，记录金融历史的《大汉钱潮》，等等。创作题材涉及金融改革发展的方方面面，创作类别也涵盖了长篇小说、中篇小说、短篇小说、散文、诗歌、评论、影视剧本、报告文学等。一部部作品记录的是金融事业的一个个生动场面，一串串诗行呈现的是金融人的一幅幅鲜活画卷。这是中国金融事业的春天，更是中国金融文学的春天。

成绩的取得主要归功于三个方面：一是经过新中国七十年的大发展，中国金融事业取得了令世界瞩目的成绩，它为文学创作积蓄了肥沃的土壤；二是中国金融作家协会励精图治、奋发有为，以快马加鞭的节奏为会员创作提供了绝佳的环境，为金融作家创作提供了一流的服务；三是中国金融战线上涌现了一批有思想、有情怀、有理想、有能力的作家，他们快乐地奋战在金融第一线，幸福地记录着身边优秀的人、精彩的事。这三个方面因素凝聚了"天时地利人和"的精华，而精华的基石还是中国金融事业的波澜壮阔和发展壮大。

如何让金融文学为中国文学大家庭发光发热，并成为指引全体金融文学人前行的光亮，这是中国金融作家协会重点研究的课题。经中国金融文联批准，中国金融作家协会与湖南大学出版社通力合作，决定由中国金融作家协会征集、选编，湖南大学出版社出版《当代金融文学精选》一套，系统地展现新中国成立七十周年以来，中国金融题材小说、散文、诗歌、报告文学、剧本、文学评论等创作成果，弥补当代中国文学丛林金融文学丛书的空白和缺憾，以推举和激励优秀金融文学艺术工作者，繁荣中国金融文学事业，为新中国成立七十周年献上一份金融人的文学厚礼。

《当代金融文学精选》堪称鸿篇巨制。本套丛书以讴歌金融人的精神为己任，根据文学自身的规律和金融文学的特征，秉承"金融人写金融事"为主要特征的文学理念，确定基本框架，精心策划，精心遴选，精心编排。为了确保作品的质量，中国金融作家协会成立了以中国金融文联领导、专家和杂志编辑为编委的作品编辑委员会。按专业特长分工，从金融机构和作家申报的作品中，经过长达数月的辛勤工作，最终组稿成12卷本的中国当代金融文学精选丛书一套：长篇小说4卷、中篇小说1卷、短篇小说2卷、散文

1卷、诗歌1卷、报告文学1卷、影视戏剧文学1卷、文学理论与评论1卷。选取了长篇小说23篇，中篇小说15篇，短篇小说45篇，散文45篇，诗歌近400首，报告文学31篇，影视戏剧文学10篇，文学理论与评论37篇。硕果累累，气势恢宏。

这些入选作品是新中国成立以来，尤其是改革开放四十年来壮丽的金融事业发展记录，更是中国金融事业取得巨大成就的见证。中国金融作家协会在中国金融文联和中国作家协会的正确领导和大力支持下，以记录和讴歌壮丽的中国金融事业为使命，带领全体作家深入学习贯彻习近平总书记有关文艺和金融工作重要讲话精神，以深化金融作家组织建设为基础，以宣传介绍金融行业先进的人物和事迹为重心，以鼓励和扶持金融作家创作优秀作品为己任，以推广金融作协和金融作家的影响力为追求，以文学的名义用精品力作为中国的金融事业鼓与呼。

从"养在深闺无人识"到"万人瞩目任端详"，《当代金融文学精选》能在这么一个值得纪念的年份出版，这是全体金融作家的幸事，更是金融文学的幸事！广大金融作家适应行业需要，兼顾写作的实用性、文体的多样性、参与的广泛性，初步形成中国金融文学的特色，那就是"写人叙事，不拘文体。信札公文，亦可荟萃。百花竞放，满园春色。开锦绣文章之先，为中国金融存史"。作为一名金融作家，最荣耀的不过是将自己最精彩的作品奉献给国家、社会和人民，让自己的作品与祖国同寿，与天地齐辉。这是一名金融作家对新时代最好的表达，也是一名金融工作者最无上的光荣。祝贺所有入选丛书的金融作家，也衷心感谢那些为金融文学默默奉献的金融作家和广大的金融工作者！

寄语金融文坛好，明年春色倍还人！

是为序。

2019 年 9 月 7 日
北京金融街

目录

Contents

报告文学

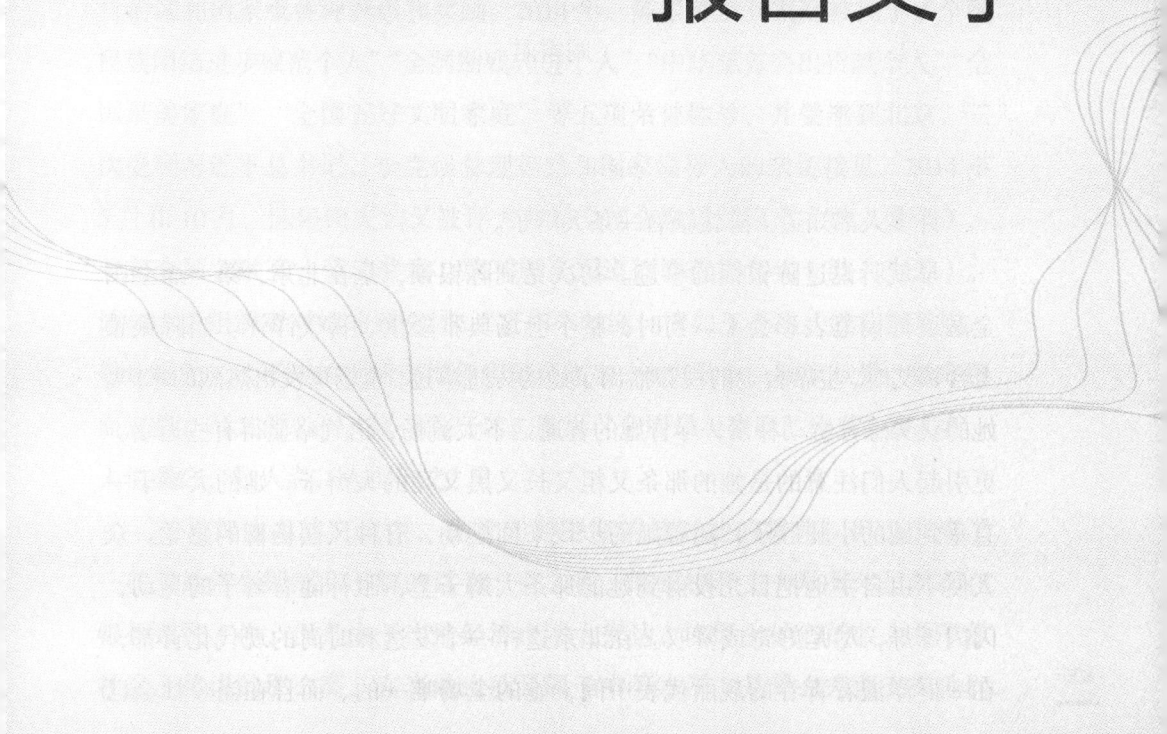

三十多年来一直帮扶600多名贫困和残疾儿童读书生活？是一种怎样的精神和怎样的信仰？陈银锁夫妇的事迹究竟有没有水分？当今社会风气的主流是好的，但在譬如一些老人马路跌倒没人扶，小孩儿车碾无人问，邻居对门冷漠不识，假冒伪劣有毒食品横行等社会不良风气影响之下，有人觉得嫌贫爱富是有的银行的行业习惯，她这样做，究竟在图什么？是不是在沽名钓誉？是不是受过啥刺激？她的神经是否正常？反正，称赞的有之，怀疑的亦有之……

汽车在千里草原上颠簸。我望着窗外的绿色草原，思绪随着车身的晃动飘忽不定，眼前不时地闪现着陈银锁那条大辫子，耳边也断断续续回响着对她的称赞和质疑。带着期盼，带着疑虑，带着忐忑，我专程来到了内蒙古巴彦淖尔市乌拉特后旗农村信用社。

赶到陈银锁家里时，她正在楼下门前独自静静地等我。看到我，她微微一笑，热情招呼我上楼。进了屋，我环顾四周，感觉满屋子的简单寒酸。抬头看屋顶，斑斑驳驳，几个墙角还有雨后楼上漏水留下的污迹，像几条交叉的河流或者是干枯的湖的图案。厨房很简陋，只有用旧的电饭锅、电炒锅和一些碗筷，连个普通的抽油烟机都没有。小卧室里也堆满了书籍和杂物。只在狭窄的过道里，安放了一张低矮的小饭桌。她双手把茶水递给我，就坐在了对面。她顺手把一条辫子拽到胸前，双手不停地把发梢在手指间来回搓揉。看到她有点紧张，我就故意暂时不对她进行采访，随便跟她聊家常。我说当今的女士们美发款式多姿多彩，新潮得不得了，你就没有想过改变一下自己的发型？我本来想劝说几句，可一看她根本就没有改变的念头，就知趣打住了这个关于辫子的话题，自然进入关于她帮扶贫困孩子们的话题……

正聊着，她的丈夫敖其尔回家了，热情地跟我握手，坐在一起，不时地给我寻找一些有关孩子们的资料。日头从窗棂钻进来，像是长了脚，慢慢从右踱到左，不知不觉就到了中午。我对陈银锁大姐的故事有了更多更新的了解，但还是问了她一句：你这么多年，一直坚持下来，无怨无悔的，究竟是靠什么来支撑的？比如说信念啊、理想啊，一件触动你的事，一件帮助过你的东西，或者是信仰等等。她笑笑，略微想了想，像个孩子似的说，我也说不清楚，也许没有啥具体的东西；也许有，有，也是个秘密，等以后告诉你吧！

　　渐渐地，随着跟陈银锁及其丈夫敖其尔接触的增加，我对他们的了解也逐渐清晰起来。我越来越觉得，其实陈银锁的先进事迹和感人精神就是由组成她的大辫子的三缕辫发编织而成。

一缕辫发："真情"——像草原一样广阔

　　从小生活在科尔沁草原上的陈银锁，经历了草原的风草原的雨，心胸宽广、心地善良。她经常说，她这个人就是心软，看见别人受苦受难，她心里就憋得难受，帮别人一把，心里就舒服。她还觉得，帮助别人，也得带着感情去帮，不应该是施舍者的姿态，居高临下地去怜悯别人。要以心换心，才能得到别人的信任，除了给予物质上的帮助，还得用真情打动他们，帮助他们树立信心和勇气，把志气扶起来，才能帮助他们走出困境，看到光明。我们撷取一些感人的画面：

　　画面之一："营救"童工小保姆。1983年陈银锁与敖其尔刚刚结婚，两人一起憧憬着舒适幸福的甜美生活。一个晚上，陈银锁在街上散步，遇到一个小女孩，叫其其格，只有16岁。因为她5岁时失去母亲，已经辍学，只能出来给人家当小保姆，但心里一直都在期盼能够重返校园。陈银锁听了小女孩的遭遇，看着在寒风中面带菜色、瑟瑟发抖的小女孩，心里一种母爱的热浪在升腾。她一把搂住小女孩，说陈妈妈供你上学。虽然自己家也不富裕，但陈银锁还是让她吃住在家里，并安排她到旗蒙古族中学读书，还为她办理了落户手。第二年，其其格考上了中专，毕业后找到了理想的工作。这件事很快就被当地人传为美谈，其其格经常跟人说，是陈妈妈救了我！

　　画面之二：我家的"亲戚"数不清。贺喜叶力吐是自幼失去母亲的男孩儿。1986年3月，听到陈银锁情暖其其格的故事，将面临辍学的贺喜叶力吐抱着试一试的态度，和几个已经失学的小同学一起来陈银锁家里。来了一看还真有如此好事儿，就都想留下读书。陈银锁望着几个孩子渴求的眼神，抚摸着他们脏兮兮的头发，心酸地掉下了眼泪。她亲自给孩子们跑学校、下户口。这一年，她的丈夫敖其尔考上了内蒙古经济管理干部学院，脱产学习，家里的日子更紧巴了。当时80年代供应口粮，一袋粮食半个月都不够吃，一顿吃两盆面条。先借粮食再借钱成了陈银锁生活的一部分，她一面要照顾孩子，一面要做四五个人的饭。冬天买不起煤，陈银锁就在工地上捡废木块生火炉，好多人都以为她是个"捡破烂的"呢！当时许多邻居都问她，为啥你们家的穷亲戚那么多？陈银锁风趣地告诉她们说，我家的亲戚数不清。后来邻居们才知道这些孩子根本就不是陈银锁家里的亲戚，几乎全都是一些以前素不相识的苦孩子，邻居们简直不敢相信自己的眼睛，自己家的日子还紧紧巴巴、东挪西借的，竟然还白白养着这么多跟自己没有半毛钱关系的穷孩子。许多人都跟陈银锁夫妇开玩笑说：你们家那么穷，竟然也都快办成了"收容所"和"招生办"了，呵呵。

画面之三：将黑暗化作光明的琴声。那日苏患有先天性白内障，眼睛几近失明。2007年，陈银锁夫妇回科尔沁老家偶遇那日苏，陈妈妈有些心疼，琢磨着以后他的日子怎么过。思来想去，就把那日苏带了回来，让他一边学按摩一边学琴。后来陈银锁夫妇带着那日苏来到呼和浩特市找马头琴大师齐·宝力高求师问艺。在陈银锁的多次联系帮助下，又把那日苏送到德德玛艺术学校免费读书。他那暗无天日的世界在陈妈妈的呵护下，逐步拨云见日。

画面之四：撑起人生的"拐杖"。刘晶家住五原县农村，上大学期间，她被诊断为颈髓脱髓鞘病变。屋漏偏逢连夜雨，大学刚毕业，她又被诊断为双侧股骨头缺血性坏死。由于无钱继续治疗，她只能靠拐杖蹒跚。陈银锁得知这一情况，毅然伸出帮扶之手，除了自己资助，还与丈夫一起，扶着刘晶来到巴彦淖尔市民政局请求帮助。相关部门很快为她解决了3000元的大病医疗救助金，并答应给上低保、报销手术费。随后，陈银锁带着刘晶办理了大病医疗保险，增强了她战胜病魔的勇气和信心。女大学生康爱欣，患有左腿先天性胫骨假关节病，天天打着石膏，穿着重五六斤的特制鞋走路、上学，行动十分不便。其父患有严重脑梗，其母患乳腺癌，全家人只靠800元的低保金过日子，她随时都面临着失学的危险。陈银锁夫妇经常去看望她，每次去，总要带些钱和营养品，鼓励她树立信心战胜疾病和困难。2013年至今，陈银锁夫妇与当地民政、慈善总会、财政、工会、残联等部门协商，为她解决了 2 万多元的救助金，帮助她在大学继续读书。陈银锁鼓励她说，只要坚持读书，就什么也不怕，就有希望。

画面之五：残疾人的救命"小草"。2011 年 7 月，陈银锁遇到了杭锦后旗三道桥镇乌兰七组一户人家，丈夫本身有残疾，妻子小儿麻痹症且丧失劳动能力，儿子智力残疾，16 岁的女儿连户口都没有。陈银锁夫妇先是资助了 4000 元，以解他们的燃眉之急。随后陈又立即找相关部门，热心帮助这个特困之家解决了低保和女儿的户口，还获得了一些社会资助。2012 年 12 月，家在临河区狼山镇的残疾人李敏找到了陈银锁。陈银锁一边安慰她要树立不抛弃不放弃的信念，一边自己捐赠了 6000 多元，同时多次顶风冒雪到自治区有关部门奔走呼吁，共为李敏筹集到爱心善款 5.07 万元，使李敏一家从濒临绝望的边缘重新燃起了生活的希望……

就这样，陈银锁从 1983 年至今的 32 年间，在认真做好本职工作的同时，与丈夫一道长期关注和关心社会公益慈善事业，并为此付出了无数艰辛。她累计从自己家里拿出 30 万元，圆了 57 名贫困和残疾家庭孩子的读书、工作梦，帮助 35 名生活贫困和重症患者家庭解决燃眉之急，为此自己负债累累。2014 年 12 月，陈银锁与丈夫一起成立了"敖其尔爱心基金"，所筹集到的 32700 元善款通过"敖其尔爱心基金"平台，全部捐给了巴彦淖尔市辖内需要帮助的贫困学生、残疾人和重症患者家庭。2015 年以来，在他们的真诚帮助下，巴彦淖尔市 1 个敬老院，58 名重症患者、贫困和残疾学生得到了 114600 元的救助。她和丈夫又拿出自己的 17600 元工资款，去看望了呼和浩特市、临河、五原、杭锦后旗、乌拉特后旗（简称乌后旗）和通辽市库伦旗等地 22 户贫困、残疾和重病患者。这份真情像一团燃烧的火焰，温暖了一片草原。

二缕辫发："良心"——如敖包一样圣洁

从小在草原上长大的陈银锁，儿时经常在敖包旁边玩耍。随着年龄的增长，她才明白敖包是一个非常神圣、圣洁的地方，渐渐懂得做人一定要纯洁，有良知。有人曾开玩笑说，陈银锁是一把好"锁"，但她却锁不住自家的钱。但陈银锁笑笑说，我的"银锁"是银色的，锁的是自己的良心。我决不能把自己的良心丢了，那样的话，我就连做人的资格都没了。

陈银锁也知道，对于他们倾家帮扶贫困孩子们的事情，社会上绝大多数人都是支持和称赞的，但也有一些人不理解。尤其是在当今社会，人与人之间彼此漠视，冷漠无情，有的人为富不仁，道德沦丧，有的人甚至怀疑陈银锁他们是想出风头、出名捞实惠，否则，凭什么自己不好好享受生活，反而把工资几乎全部花在与自己互不相干的穷孩子身上？对此，陈银锁从来就没有放在心上，她不在乎别人说三道四，因为她知道自己的良心。让她备感欣慰的是，在自掏腰包、无私帮助别人的事情上，她的丈夫敖其尔始终跟她是志同道合、相互理解支持的，他们夫妇俩在行善助人的道路上相互搀扶，越走越踏实……

——替乡亲们搭建致富的信息桥梁：2010年，陈银锁和丈夫敖其尔回老家看到家乡人打手机时信号微弱，接打时上炕头或者爬到高墙大树上，随时都有摔下来的危险。他们就自掏腰包垫路费，奔波在相距几千里的临河和通辽之间十几次，说服当地移动公司的领导，在嘎查里建成一座投资300多万元的接收塔，为推动当地经济发展创造了条件；同时陈银锁找到农行科尔沁左翼后旗（简称科左后旗）支行，谈条件、讲优势、绘前景，一次性为科左后旗朝鲁吐镇西日塔拉嘎查三个自然村33户农牧民解决了99万元惠农贷款，帮助农牧民脱贫致富。

——血浓于水：2010年8月7日，暴雨突袭舟曲。陈银锁拿出家里仅有的51000元钱为灾区的孩子买了急需物资，要知道那51000元钱是给女儿读研究生用的！他们夫妇先后为汶川、雅安、鲁甸及西藏等地震灾区捐款6万多元。

——做人要恪守信用：乌恩高娃和格日勒图家里生活非常困难，两人先后遇到留学的机会，但苦于学费没有着落。陈银锁就帮助他们找信用社，按照信用社的有关制度流程，帮助他们贷款圆了出国留学梦。可是谁也没想到，乌恩高娃和格日勒图由于读书费用大，经济收入少，未能按时还款。陈银锁夫妇商量了一下，毅然主动替两个孩子按期偿还贷款本金和利息，两口子为此背上了6万多元的银行债务，他们的工资几乎都用在为乌恩高娃和格日勒图还贷款上了。当时也有人替他们抱不平，说这贷款是两个孩子的，他们已经长大成人了，经济独立了。再说了，当今社会有几个那么守信用的？更何况你们都是银行的干部，你们不替他们还贷款，银行也不会催你们。可陈银锁听后笑笑说，话不能这么说，做人首先就应该讲信用。自古欠债还钱，天经地义。也许孩子们确实有他们的难处，我们有能力替他们还就替他们还上吧，不然的话，要是上了信用不良记录的黑名单，也许就会影响他们的一生，一辈子都抬不起头啊！他们用了十多年时间替这两个孩子把8万多元贷款本金及利息全部还完后，说：两个孩子都成家立业了，只要他们有出息，能为国家和社会做贡献就好了。

——"牡丹"之缘：2013年9月末的一天，陈银锁夫妇在北京出差时，偶遇中国"牡丹画之王"王青兰先生。王老得知他们夫妇几十年如一日坚持帮扶济困爱心经历之后，深受感动，接受陈银锁夫妇邀请，到巴彦淖尔市举办了个人画展和牡丹画义拍，所得的27700元全部资助了巴彦淖尔市辖内需要帮助的人，情洒草原。

——做雷锋传人：2015年12月，在陈银锁夫妇牵线搭桥和精心运作下，郭明义爱心团队为内蒙古辖区60名贫困大学生和巴彦淖尔市辖内100名贫困高、初、小学生捐赠了11万元爱心款，使雷锋精神在辽阔的内蒙古大地上生根发芽，开花结果。

三十多年来，陈银锁夫妇在自掏腰包资助贫困和残疾孩子读书、找工作的同时，四处奔波，凭借传媒的力量，争取来自社会各界的爱心善款130多万元，帮助600多名贫困大中小学生顺利走进学校大门，又使100户残疾、特困和重病患者家庭300多人次得到及时的救助，范围涵盖自治区十多个旗县区。为了不耽误工作，陈银锁夫妇经常利用双休日上火车、坐汽车，昼夜兼程，赶往目的地。他们冒着酷暑、严寒和恶劣天气，每到一处都热情并详细地了解每户家庭困难、身体状况以及治疗进度……

三缕辫发："责任"——似阴山一样重大

连绵的阴山从巴彦淖尔草原上逶迤而过，巍峨矗立，成为草原牧民心中的圣山。而阴山岩画则是古代先民凿磨在岩石上的美术图画，它以形象和艺术夸张的手法真实地记录了古代先民的生产生活、风俗习惯、宗教信仰，具有无可比拟的特殊价值，其中草原牧民团结狩猎、分工负责、相亲互助的岩画最为打动人心，千古流传，感染着一代代的蒙古子孙。

陈银锁在社会上坚持帮扶贫困学生和残疾人的事迹感动了草原上的人们，她在单位认真负责和无私奉献的感人精神也被广为传颂。在内蒙古乌拉特后旗农村信用社，陈银锁是大家心目中公认的工作狂人。扎根边疆35年，曾从事过幼儿教育工作，尤其在23年的农村信用合作社工作岗位上，她始终勤勤恳恳，任劳任怨，无私奉献，用自己的实际行动传递正能量，谱写着一曲又一曲不平凡的人生赞歌。

她经常跟同事们说，我们有幸得到了在信用社工作的机会，就一定要认真负责，把工作做好，才能对得起这份工作。在谈到信用社工作经验时，陈银锁深有感触地说，银行的工作，除了要热爱，更重要的是要有高度的责任感。只有把信用社办好了，广大牧民和客户才会相信我们信用社，我们要与信用社荣辱与共，一起发展。她一直深爱着她的信用社，把它当作自己的家。她经常说，她帮扶贫困学生、残疾人和重症患者的资金，几乎全部来源于她的工资收入，所以她非常感激信用社党组织给予她的大力支持和帮助，给了她做好事的信心和资本。正是她积极负责，才深得广大牧民和客户的信赖，业务蒸蒸日上。特别是在内蒙古其他一些地方出现非法集资问题，金融秩序混乱期间，牧民和客户们因为陈银锁坚持帮扶贫困群体的感人事迹，始终信赖她，信赖她所在的信用社，业务非但没有受到影响，还有了良好的发展。

1993年，乌后旗城市信用社刚刚成立，当时柜台人员包括陈银锁才4个人，但她不辜负组织的重托，找准"坐标"，积极协助主任，不仅干好了副主任，还兼储蓄会计、对公会计、总会计以及经营金银首饰业务等工作。1994年成立了分社，当时总、分社柜台人员一共只有7人，身为副主任的陈银锁每到双休日和节假日仍不休息，主动为职工定点替班，奔波在总、分社之间，整整坚持了六年。1998年，陈银锁到农村信用合作社工作。作为联社营业部副主任，她每天除了协助主任做好内部管理工作以外，还承担着许多琐碎的业务：要办理全旗十个信用社提款交款业务和营业部六个业务窗口的现金调出入以及三个ATM机的加钞业务，多数时间她都汗流浃背，忙忙碌碌，但从未退缩和厌倦。她负责管理联社大库的11年间，每五个工作日平均有三天都要到40里开外的杭锦后旗人民银行去办理提缴款业务，全年共计往返280次（趟），每次要来回挪动十几件60多斤重的钱袋子，却毫无怨言，与同事一道把国家100亿元资金安全护送80万公里，深受联社领导的好评。她从不讲条件、提报酬，认真做好残损券整理和复点工作，进而对内树立了榜样，对外赢得了客户的信赖。她主动承担了定期、活期存折及现金支票等30种票、证、卡和重要空白凭证登记簿、库存现金登记簿的管理和填写等工作，做到不误点、不过夜，确保质量。她总是热忱去帮助营业部的同事完成捆钞、点钞和整理票据等柜台业务，每逢佳节，还为他们替班，分忧解愁，有时候一个月甚至几个月都不能和家在临河的丈夫团圆。有的同事甚至开玩笑地问她是不是跟丈夫分居或离婚了。在信用社工作的23年间，她出全勤，干满点，坚持每天6点半起床，把营业部内外打扫干净，工作间隙擦窗户、桌子、茶几，拖地，护花，洗刷卫生间，开关灯，修理捆钞机，补钱袋子等，一直做到晚上10点才能休息。年年如此，从未间断，比别人多干了2万个小时，承担的责任和风险比谁都要大。她勤俭办社，自觉反对铺张浪费，用坚定的信念和行动为全社做出了表率，进一步推动了营业部各项事业的和谐健康发展。2014年初，陈银锁到巴音分社任职，她仍然坚持一贯的严谨管理和不懈努力，工作有了新起色，该社现已成为全旗农村信用社系统唯一的观摩学习单位。就因为几十年如一日的辛勤耕耘和无私奉献，她32次获先进工作者、优秀共产党员、感动巴彦淖尔人物、自治区三八红旗手、自治区劳模、内蒙古好人、首届全国金融道德模范、全国金融五一劳动奖章等殊荣。

目前她已经退下领导职务，成为一名普通的信用社员工。许多人都知道陈银锁在帮扶贫困学生和残疾人上非常大方，但她在单位上的"抠门"，心细如发，许多感人故事也都被当作"笑谈"广为流传：

故事之一："抠门"主任的"午餐"。陈银锁在巴音镇分社工作时，单位规定就在附近的小饭店吃工作餐。同事们发现她每天中午都是一个馒头一碗稀饭，大家怕她身体吃不消，都劝她点几个炒菜（在单位规定之内的）。可她仍然是馒头加稀饭，说现在物价挺高，能给单位省一点算一点。

故事之二：不爱飞机爱火车。有一次单位派她到海拉尔培训，从巴彦淖尔到海拉尔漫漫上千里，长途跋涉。单位让她坐飞机，舒服一点，可她偏偏坐火车受罪，在千里草原颠簸了三天两夜。后来大家才明白，原来飞机票来回 6000，火车票来回 800，这样就可以为单位节省 5000 多元。

故事之三："复活"的墩布。有一次，单位的两个墩布都掉了一半布料，不能使用了，同事们就把它们扔了。没想到，第二天，这两个墩布又自己"飞"回来了，原来又是陈银锁把两个"半"墩布合成一个"整"墩布了。

故事之四：掺"假"的洗手液。单位洗手间的洗手液几乎快见底了，同事们就扔在纸篓里，后来发现那瓶洗手液又摆在了案台上。经过"侦查"才知道，是陈银锁给它掺了水，经过稀释的"假冒"洗手液又派上了用场。

故事之五："少快好省"的"11 号"。塞外草原风大尘扬雨雪多，当地绝大多数普通人都骑上摩托车或者开车上下班的时候，陈银锁却还一直在坚持步行上下班。许多同事劝她说，你就别给咱们信用社丢人了，买辆小汽车或者至少摩托车，省得风里来雨里去那么辛苦。可陈银锁不为所动，依旧步行上下班，还美其名曰锻炼身体。其实，谁不清楚小汽车比步行气派快捷方便安全呢？关键是买小汽车的钱哪里来呢？

故事之六："有钱"单位里的"穷人"。许多单位的同事都挎上了名牌包，可是她仍然是一个小包补了又补。单位的款包，也是被她缝了一个又一个补丁，至今单位的补丁款包就有十几个；她的手机至今不能使用微信，因为一直是老式手机，没有微信功能。单位领导都知道陈银锁家里因帮扶困难学生，入不敷出，生活困难，每年单位组织访贫问苦活动，她家都是慰问的对象。许多人都觉得这件事是一个笑话，一个帮扶别人的人反而成了被别人帮扶的人。陈银锁每年都把单位慰问她的白面和大米甚至慰问金，亲自跟丈夫用三轮车分别送到更困难的残疾人和重症患者家庭，她还说这是把党的温暖送到需要帮助人的心坎上。许多被帮助的人纷纷给他们单位写感谢信。

故事之七："怕"吃羊肉"怕"过年。自幼生在草原上的陈银锁一家却很少吃羊肉，许多人问起原因，她说他们一家都嫌羊膻味。其实是羊肉太贵，舍不得买。有许多年，陈银锁最怕的就是过年，因为一过年亲戚朋友相互看望送礼物，而他们家却没钱还礼，只好一家人"躲"在家里，"红着脸"过了一年又一年……

系辫子的纽带："大爱"——像黄河一样深沉

涛涛的黄河水，亘古以来就自西向东横贯巴彦淖尔草原，奔腾不息。境内全长345千米，平均过境水流量为315亿立方米，形成了举世闻名的河套大平原，地肥水美，人杰地灵，像母亲一样养育了一代又一代的草原子孙。喝着黄河母乳长大的陈银锁，身上流淌着黄河母亲的血液，像草原上的小草，对黄河妈妈充满了敬爱，心底的大爱像黄河水一样深沉，汩汩流淌……

经过接触，我对陈银锁的认识也在逐渐深入，越来越觉得，陈银锁的大辫子是由三缕发辫交织而成：一缕是真情，一缕是良心，一缕是责任。而能把这三缕发辫紧紧地系在一起的，就是她的爱心！陈银锁也曾经说过，支撑她三十多年如一日的，是有一种东西的存在，究竟是什么呢？

陈银锁的蒙古族名字叫独拉，就是永远闪光的意思。一时闪光容易，永远闪光就不容易啊。短时间心血来潮做几件好事容易，三十多年如一日坚持做好事就难了。陈银锁兄弟姐妹一共七个，父亲就是一个老实巴交的牧民，一辈子在草原上辛勤劳作。她的母亲和姥姥都是接生婆。她看到姥姥70多岁了，还经常在风里雨里为牧民迎接新生命；她亲眼看到母亲生重病还顶风冒雪为乡亲们接生。

当地草原上有个习俗，就是每当有新生命诞生，牧民家里就会扯几尺红布挂在毡包的门口，生孩子的牧民还会从红布上再剪一小条，送给接生婆，以示衷心感谢并留作永久的纪念。每次陈银锁看到母亲拿着红布条从外面风尘仆仆回到家里，就知道又一个新生命在母亲手里诞生了。陈银锁从小就跟姥姥和妈妈一起生活，看惯了草原上许多生命的诞生与死亡，生命的宝贵在她心里扎下了深根。因此，每当她看到孩子受苦，心里就像猫抓了一样，就想伸出手帮扶一把。

陈银锁一家是地地道道的蒙古族。陈银锁说蒙古民族有个传统，夜间要在蒙古包外挂一盏灯，尤其在白毛风、沙尘暴、大雨、酷暑和奇寒等极端天气里，总要几次检查灯是否亮着，再把油加满。这不是因为自己家有人还没回家，是专为"外人"准备的。因为在牧区，几十里上百里才有几户人家，在极其恶劣的天气里，夜行人就有冻死、饿死、渴死的危险。他们可以到有灯的地方，吃好喝好，天亮了继续赶路。蒙古族一直恪守这种习俗，世代如此。"为陌生人提供帮助，自己收获的是助人为乐的真谛。"蒙古民族乐善好施的遗传基因滋润陈银锁长大，并成为她终身不变的人生信条。

陈银锁讲了一个故事，说她出嫁时母亲给她陪嫁了一块老"上海"牌手表，自己舍不得戴，便让上班的敖其尔戴着。1983年8月的一天，敖其尔到水井担水时，怕弄湿，把表放在了井台上，回家时忘记戴了，进了家门想起来，忙跑回去找。问那个在他后面担水的人，那人不冷不热地说，你以为现在还有像雷锋那样的人？敖其尔拍拍胸脯说：我就是雷锋！丢了心爱的手表，夫妇俩难过了好长时间，但是他们没想到，在以后的三十多年时间里，他们自己却像雷锋那样做了不计其数的好事。

在陈银锁夫妇刚刚工作的那几年，他们夫妇每个月几乎都把工资捐赠了，家里有时候连零花钱都没有。有一次，女儿得了急性肺炎，医院要求住院治疗，当时他们连几块钱都拿不出来，只好流着眼泪把孩子抱回家。正好一个朋友来家，见这情况，拿出仅有的5块钱说，快带孩子去医院。接着，是朋友和自己的同事凑了100多元，才把女儿的病治好。通过这件事情，陈银锁感受到，一个人在困难时的那种绝望和无助，同时也更加感受到一个人在困难时是多么需要和渴求关爱和帮助。也许自己的一句关心的话、一个伸手拉一把的动作，在别人心里就是一种温暖和关爱，一种信心和勇气，一种希望和力量。这也是几十年来鼓舞陈银锁夫妇坚守人间大爱道德高地的不竭源泉和动力。

在外人看来，陈银锁夫妻俩都在金融单位工作，收入也比较高，按照常理，早就应该住进宽敞明亮的大房子了。可是，很多人都难以想象，陈银锁一家人到现在居然还居无定所，还在到处租房子漂泊。直到现在，夫妻俩出门，要么坐公交，要么骑自行车或步行，不管气候多恶劣，从来舍不得打出租车。目前他们仍然租住在一个不足 60 平米的房子里，客厅里放着一张普通的餐桌，三把已经淘汰的办公木椅，一张锯短腿的课桌上放着一台老式彩电。走进厨房，三张课桌权当厨柜。他们何尝不想拥有自己的房子，每月一千元的房租虽然不贵，但对于她来说，却是一大笔钱。有一次陈银锁对房东说，房租有点承担不起，能不能再便宜点，房东却大惑不解地回答道："你们对别人那么大方，怎么对我这么抠？你们在外面动辄捐几千几万的，别跟我计较这点可怜的房租了。"她十多年来很少添置漂亮衣服，出门参加单位演出或表彰会都向别人借蒙古袍穿，而且家里连十块钱以上的化妆品都很难找着。许多人不能理解陈银锁夫妇，说：念不起书的孩子那么多，帮得完么？挣了钱不能用来改善自己的生活条件，活着还有意思么？把钱都用在别人身上，自己不过了么？为了帮助别人，搞得自己一贫如洗，值得么？他们夫妇俩说：值得，帮助别人是我们最大的快乐。当看到自己资助的人渡过了难关，对生活露出笑脸时，自己内心的快乐是金钱买不到的。陈银锁夫妇用爱心感动了整个乌拉特草原。当时一声声呼喊他们"叔叔""婶子""干爹""干妈"的孩子们，二十多年后，个个都长大成才了。

陈银锁夫妇不但在物质上倾力帮扶，更可贵的是他们特别注重在贫困孩子们的思想和精神上倾心浇灌。他们的爱心也深深地感染和净化了那些受他们资助的心灵，并把他们的爱心一代代传下去。那些年，当看到陈银锁夫妇生活困难，上学的孩子们多次想退学回家去，但陈银锁却给他们讲透了"知识改变命运"的道理，鼓励他们坚持再坚持。最让人感动的是，曾被他们资助过的一名大学生，毕业成家，夫妻和睦，孝顺老人，他的家庭还被评为全区"敬老孝星"模范家庭。被资助的斯庆高娃回忆，有一次，供电所的人来收费，陈银锁婶婶把收费的人叫到厨房说："现在家里确实没有钱了，再等几天吧！"看到他们的难处，当时斯庆高娃心里感到很痛苦："我们这么多人白吃白住在他们家里，连电费也不能帮他们缴，实在是没有用啊！"如今，贺喜叶力吐担任乌拉特后旗乌盖苏木医院副院长，斯庆高娃担任乌拉特后旗医药监督管理局主任科员，其其格在乌拉特后旗农牧局工作，萨仁格日勒在乌拉特后旗环保局工作，斯琴在赤峰克旗农牧局工作。在陈银锁夫妇的帮助下，从内蒙古德德玛艺术学院免费读书毕业的那日苏对着内蒙古卫视《福彩·草原情》栏目摄制组的镜头，动情地说："我最想说的一句话就是：感谢恩人陈银锁、敖其尔！"获莫斯科大学博士学位、现在新疆大学工作的乌恩高娃说，如果没有陈银锁夫妇当年替她偿还 3 万多元的贷款，她也许一辈子都得背负"不守信用"的黑名。

最让人感动的是，陈银锁夫妇曾经帮助过的一对残疾人王艳雪夫妇，在陈银锁帮助下先后开了彩票店和涮肉店致富后，又像自己的恩人陈银锁一样，把爱心献给别人，成为当地身残志坚的爱心楷模。除此之外，如今调回在内蒙古通辽市政法委工作的吴长命、在乌拉特后旗蒙古族中学任教的查干、在乌拉特后旗前达门苏木兽医站工作的图布兴、在海力素苏木卫生院工作的海山、在临河区房管局工作的萨日娜、在内蒙古民族大学读研的吴桂英以及在内蒙古财经大学学习的萨茹拉，还有田小、海鹰、海玉、铁山、斯琴格日勒、赛汗其其格、高娃等等，他们都过着幸福美满的生活。爱如一池清水，一颗小小的石子便可激起无数圈的涟漪；爱如一朵祥云，一阵淅沥的小雨便可滋润一行行即将枯萎的幼苗。如今，陈银锁夫妇曾经资助过的困难学生和残疾孩子，都学有所成，他们无论在何方，无论干什么事情，总会想到陈银锁夫妇。

采访快结束时，我又一次问起陈银锁，支撑她三十多年如一日，一直坚持帮扶困难学生们的东西，也就是她所说的秘密，究竟是什么？

陈银锁听了，沉默了一会儿，没有说什么，走进卧室，从里面抱出一个小匣子，尽管有些陈旧，但还是很好看。她轻轻地打开匣子，跟我说，这就是她的秘密，也是她一生中最重要的"三件宝"。什么法宝？我急切地定睛一看，原来是两缕发丝和系在上面一条条的红布条，还有一面小镜子和一把小梳子。这，这居然就是你的秘密法宝？对，她抚摸着发丝对我说，要不是你不停地追问，我也不会让你看这些东西，这是我姥姥和母亲的发丝，我一直珍藏着。因为在我心目中，发丝就是我姥姥和妈妈。还有这些红布条，都是姥姥和妈妈为孩子们接生，孩子们家里赠送的，在我心里，它们不是一条条红布条，而是一个个鲜活的生命啊！说着，陈银锁把她的大辫子从后背拿到胸前，托起大辫子的发梢，让我看上面紧紧系着三缕发辫的红布条。我这才明白，原来她的大辫子上面的红布条都是这里来的。并且她每次用紧扎发辫的红布条编织成一个小小的爱"心"。哦，我这才明白了原来在北京看到的她大辫子末梢红布条图形的意义。

　　接着，陈银锁慢慢给我讲起姥姥、母亲和她一家子有关大辫子的故事。原来她跟姥姥和母亲一样，一辈子都是留着大辫子。姥姥从小就告诉她，身体发肤受之父母，发丝就是亲人的血脉，发丝是不会腐朽可以永久珍藏的。在她的记忆中，母亲只剪过一次辫子。那是陈银锁读小学时，看见同学们都有漂亮的文具盒，她也想要，可当时家里实在没有钱给她买。她在家不停地哭闹，惹得妈妈也掉了眼泪。现在想起来她都后悔，责怪自己的不懂事。说着，她的眼角已经浮起了泪花。后来，妈妈实在没办法了，拿了把剪刀，一转身回到了里屋。小银锁也不知道妈妈在里屋干什么，等妈妈从里屋出来，小银锁发现妈妈身上的大辫子已经躺在妈妈的手里了。原来妈妈一狠心把自己最钟爱的大辫子给剪掉了，让小银锁拿到供销社卖掉，再去买她喜欢的文具盒。看到妈妈眼睛红红的好像还有泪光，当时的小银锁不懂事，也顾不上想明白为什么，欢天喜地到供销社卖掉了妈妈的大辫子，换取了自己心爱的文具盒。说着说着，陈银锁已经是泣不成声。后来妈妈发现自己大辫子上系着的红布条也被卖掉了，赶紧又拽着小银锁去供销社找收头发的业务员，好说歹说，从一大堆头发丝里终于找到了那条红布条。业务员丈二和尚摸不着头脑，就为了这根小小的红布条，竟然在一大堆头发丝里找半天，值得吗？小银锁也是纳闷。他们哪里明白，在母亲心目中，那根小小的红布条就是一条鲜活的生命啊！从此，陈银锁明白了姥姥和母亲大辫子和红布条的含义，她决心跟姥姥和妈妈一样，珍爱自己的大辫子，不管世俗怎么看待和嘲弄，她都不离不弃。她们祖孙三代的大辫子都要保留在腿部那么长，有人开玩笑说就像马尾巴的功能，可以扫除蚊虫的叮咬；但陈银锁觉得更像传说中菩萨们用的拂尘，可以扫除世俗的偏见与尘埃……

　　说着，陈银锁又把那个小镜子和小梳子拿出来给我看。这些宝贝都是她姥姥和妈妈给她留下的。有时候她的所作所为受到一些人的质疑，她也觉得委屈和心烦。其实作为一个女人，她内心有时候也很脆弱，特别是当她身心疲惫时。这时，她就会把小镜子和梳子拿出来，照照镜子，看看自己做的事情有没有亏负自己的良心和责任；再用梳子梳梳头，把心里一些烦恼和杂念一起统统梳掉。

啊，此时此刻我终于明白了，原来支撑陈银锁30多年如一日坚持帮扶贫困学生的东西，不是什么宏大的理想信念，也不是什么豪言壮语，它只是一条小小的红布条。因为它是姥姥和母亲对人间大爱的血脉传承，是对每一个生命的敬爱和呵护。在别人眼里这些老式的大辫子、过气的红布条，也许是落后和陈旧的代名词，但在陈银锁心里，却是一种传统良知和人间大爱的坚守。她用这个代表着大爱的红布条，把真情、良心和责任紧紧地系在一起，把爱传播给草原四方。

回到北京后，我又接到了陈银锁的一个电话，她在电话里欣喜地告诉我，她的女儿也开始蓄发了，准备跟太姥姥、姥姥和母亲一样，留大辫子了。女儿还跟她要太姥姥、姥姥传下来的红布条，准备用它作为自己的发带，绑住自己的大辫子，在京城和草原的时空里飘扬……

（先后发表于《中国金融工运》《中国金融文学》等报刊）

║作者简介

　　龚文宣，江苏人，中国金融作家协会常务副主席。曾工作于中国农业银行总行、中国长城资产总公司。1986年开始文学创作，发表出版了260余万字反映当代金融生活的文学作品。主要体裁与门类有小说、散文、诗歌、报告文学、文学理论研究等，见长于小说。代表作有诗歌《太阳河》、散文《读海》、报告文学《毛泽东热在韶山》、小说《新银行行长》等。

║ 爱洒藏东高原 ║

——记第一届全国金融道德模范 向巴洛桑

龚文宣

　　"爱是恒久忍耐，又有恩慈；爱是不嫉妒，爱是不自夸，不张狂，不做害羞的事，不求自己的益处，不轻易发怒，不计算人的恶，不喜欢不义，只喜欢真理；凡事包容，凡事相信，凡事盼望，凡事忍耐；爱是永不止息。"

——摘自《哥林多前书》第十三章

　　从拉萨贡嘎机场起飞，一路东进，在湛蓝的穹隆和皑皑白雪之间，穿行一个来钟头，飞抵大雪刚停、海拔4334米的邦达机场，又在高山峡谷中的盘山公路上驱车125公里，到达了有着"藏东高原明珠"美誉的昌都市。

　　昌都，古称康或客木，地理上，与接壤的云南迪庆、四川甘孜与阿坝、青海玉树等地，统称为康巴地区。昌都既是康巴腹心地带，川滇入藏的门户，也是康巴文化的发源之地。藏语中，昌都意为"水汇合处"。扎曲和昂曲两条河流，从崇山峻岭中蜿蜒而来，在昌都城内，相汇成急流奔涌的澜沧江。

这是一座美丽而整洁的高原城市，平均海拔 3500 米以上。

一般来讲，4 月下旬不是进入高原的最好季节，空气比夏秋稀薄，氧气少，气压低，对于久居内地的人来说，高原反应降低工作效率甚至导致无功而返，也不鲜见。

但自接受中国金融工会委派的采写向巴洛桑的任务，看了他的履历之后，我就在想，一个大山里普通农民的孩子，成长为地市级金融机构的党委书记、总经理，不能说普遍，但比较正常，然而，二十多年来先后获得了诸多荣誉，曾被党中央、国务院授予"全国劳动模范"称号，当选为党的十七大代表，尤其去年，在全国银行、证券、保险及非银行金融机构等众多先进典型和劳动模范中，又被评为十人之一的"全国金融系统道德模范"，岂不是人中吕布、马中赤兔吗？一千多万金融从业人员里，属于百万挑一！

他是怎样的一个人？荣誉的背后又有哪些故事？

于是，带着敬慕和证实这两种心态，提前了高原之行。

一

1968 年 4 月 28 日，这是一个瑞雪飞舞的日子。群山环抱中的西藏昌都地区察雅县烟多镇，麦曲河畔一户平顶泥墙的藏式民居里，诞生了一个新的生命。

婴儿的到来，给全家人带来了欢乐。慈祥的外祖母给男婴起了个寄予了全家的期待和祝福的名字——向巴洛桑，智慧与善良之义。家人和亲友们喜欢婴儿名字的第一和第三个音节，钟爱地叫他向洛，显得亲昵、亲切。

坚强的母亲含辛茹苦，一直把他带到了九岁，九岁后小向洛由慈祥的外祖母和一起生活的舅舅抚养，外祖母去世后，则由舅舅舅妈省吃俭用，供他上学，直到初中毕业。

每当回忆起自己的童年，向洛总是充满深情，眼含泪花。偏过头去，扬起英俊的脸，说："外祖母、母亲、舅舅和亲邻对自己童年的爱，一生铭记在心，也是无以回报的！"

家寒出孝子。少年的向洛就懂事孝顺，从不对亲人说一句大声的话。他知道舅舅一家生活不容易，表弟表妹们相继出世，舅舅一人顶着一个家，于是，一有时间，就帮助家里上山砍柴，到麦曲河边捡石头垒院子。家里人口多，有时早上就匆匆吃几口没有酥油的糌粑（"糌粑"乃炒面的藏语译音，藏族传统主食），喝几口清水上学。向洛的童年和少年时期中国正处于特殊动荡年代，察雅县唯一的一所小学和初中也不能正常上课，且只有一名藏文老师，但凭着一股强烈的求知欲，他勤奋学习。

1984年，十六岁的向洛初中一毕业，即被察雅县农村信用社聘用。

西藏金融体系的设置和机构分设，晚于内地。自治区政府成立于1965年9月。1978年1月，人民银行才从自治区财政厅独立出来，到1979年2月，与西藏农业银行实行一个机构、一套人马、两块牌子的做法，自治区分行内部设置农村金融科，县级支行下设农村金融股，由人民银行统一领导，统一核算。而当时，察雅县只有两家银行，即人民银行及其领导下的农村信用社。

向洛的舅舅，一米八几的魁梧身材，虽然已经六十六岁，但身板挺直。舅舅坐在藏式床榻旁边的木椅上，透过明亮的玻璃窗户，眺望麦曲河那边的远山。老人清楚地记得，这位让他满意的外甥参加信用社工作时的情景。

一个十六岁的少年，在一个用土坯垒成的办公室里，一张简易的木桌子旁，从早到晚，除了办理业务，就是没日没夜地伏案学习。时常深夜还背回业务书籍，在酥油灯下接着看书，直至天明。在知识的海洋里，小向洛仿佛成了一块吸收巨大能量的海绵，忘我地补充自己。一年后，他被选调县人民银行，成为正式的银行干部。先做柜面出纳员、会计员，后当储蓄员、农金员、信贷员，好像有一股强大的力量，推着他前行，很快就成为县支行的主要业务骨干，还被作为优秀员工，推荐到拉萨银行学校学习，重点培养。

"这期间，您有没有对向洛进行指点、教育？"望着这位和善的舅舅，我问，"比如在业务上和人际关系上的帮助？"

"没有，真的没有，他从小就孝顺有爱心又倔强，要强得很的，自己吃了很多的苦，从来不吭一声。"舅舅微笑着说。老人把捏成团的糌粑掰开，递给我一块，自己吃了一口，抿了抿木制碗里的酥油茶，用不太连贯但吐字清楚的普通话说："我帮不了他的。向洛不要我教育也成人。"

确实，向洛是一匹不用扬鞭自奋蹄的骏马。

察雅县距离昌都地区百余公里，属于半耕半牧的山区。放贷款、收贷款，是银行的基本工作，有时代替政府发放救济款、救济粮。向洛大都是一个人，骑着一匹银行租用的马匹，马鞍上放着一床被子一袋水，顶着高原夏日，承受强烈的紫外线和可以吹走石子的风出去，少则三五日，多则十天半月，穿行于大山峡谷之中。到了大雪封山的季节，马鞍上就多放一床被子一袋子水，冒着雪崩、飞石和泥石流随时可能发生带来的生命危险，把党和政府、国家银行的温暖，送到居住在深山中的农牧民家里。每当遇到十分贫困的农牧户，他还将自己的被子、糌粑、炒熟的青稞留下，在风雪中忍饥挨饿地返程。

机遇，总是眷顾那些励志执着的人，留给那些上进有为之人。

向洛的表现，受到上级银行的重视。1994年3月，26岁的向洛被选拔到人民银行昌都地区（2014年10月撤地改市）中心支行，从事信贷工作。1995年7月，人民银行分设农业银行，西藏第一家以服务藏区农业、农村、农牧民为主，包括工商企业的国有银行成立。人随业务走，向洛自然分配到地区农业银行，1997年任资金组织科副科长，一年后破格提拔为科长。在内部机构职能整合，将储蓄、信贷、科技信息等部门合并为综合信贷部时，向洛又担任了当时农业银行核心业务部门的经理。

这为向洛提供了为藏东高原农牧民服务的更宽阔的平台。他带着信贷部几位同事，常年奔波千里，顶风冒雪，为县城、乡镇、草原、山区的居民和农牧民，带去了希望和收获，也为地方经济建设出谋划策，急民之所急，解民之所难。

察雅县计划在麦曲河上建造一座水电站，项目已经得到批准，但后续事项要来昌都处理。向洛是个热心重情的人。他的同学是水电站财务负责人，将一行八九个人带到他家投宿。向洛当时只有一个三十几平方米的房子。人多，晚上只好在小客厅里打地铺。大雪封门，冬天夜长，晚饭后，向洛就陪他们聊天。这个项目投资 1000 万元，资金使用和费用往来等都要跑到地区财政局和建行办理，很不方便，水电站方面正在发愁。搞金融的人向来对资金比较敏感，出于吸收低成本资金，增强"三农"资金的投入，又方便水电站建设之考虑，向洛答应，帮他们跑腿，办理开户、结算等手续，提供金融服务上的便利。双方一拍即合。仅此一项，当年为农业银行吸收了最大一笔对公存款，既得到了水电站指挥部的赞誉，也受到行内嘉奖。行领导在大会上称向洛是"用头脑干银行的人"。

随着藏区银行商业化经营的推进，提高金融服务水平和组织存款、吸收闲散资金的工作越发重要。向洛屡屡用出其不意的方式，赢得当地民众的信赖，也增加了存款实力。

昌都飞机票难买，远近是出了名的。尤其是学生放假、开学，或七到九月份旅游旺季，更是一票难求。

有资料表明：昌都通往山外只有两条公路，一条往成都，一条通拉萨。到成都全程 1200 多公里，车程大约为三天两夜，长途客运每星期两至三班。至拉萨 1100 多公里，由于路况较差，约需四天三夜。况且，客运班次不定，主要根据人数和道路情况而定。也就是说，够人数、道路通畅时，才能发一次车（据悉，现在行车时间有所缩短，几年内还可以通上火车）。

因此，尽管高原气候变化无常，航班随时都有取消的可能，空中交通工具仍然是一种便捷且无奈的选择，尤其是呕须外出的公务人员。

飞机票难买，那就帮人买呗！向洛就分别到市直各机关单位和公司企业，联系订购机票"业务"，唯一的要求就是来银行存款。这等上门服务的好事，谁不愿意呢。一时间，"订单"源源不断，他的那个科室，也成了"民航第二售票处"了。

可是，谁能想到，这些机票，都是向洛千辛万苦当"黄牛"搞来的。拿到机票的人总以为银行有资源，向洛有关系，能量大。殊不知，每天凌晨，向洛带着同事，早早地挤在售票处门外。怕有熟人认出来，他特地乔装一番，头戴毡帽，深色墨镜，拉高衣领，没待售票处卷帘门升高，就猫腰钻了进去，第一个到售票窗口。这一干，就是九年。当然了，这几个"黄牛"后来还是被发现了，问其原委，民航的人员也深受感动，并提供了帮助。那几年，银行的存款每年也以 5 亿元至 7 亿元的数额增长。这个数字在内地或沿海地区银行，可能不算个大数，但在藏东高原，是何等的了不起！

因此，向洛多次获得农行西藏区分行"全区资金组织工作第一名"，被农总行授予"全国储蓄揽存先进个人"称号等许多荣誉。这些称号中，包含多少酸甜苦辣！

银行实行集约化经营，加大贷款责任追究，银行放贷款不再是一放了事。这样，银行往往青睐于贷款按期收回和效益好的企业，这也是保证金融资产安全的一项措施。如果对效益差的企业实施投入，就要承担贷款无法回收风险，稍有不慎，个人还将面临被追究放款责任，甚至丢饭碗的风险。

昌都邦达工贸公司是一家负责食品、药品、医疗器械等零售批发的国有企业，也是一家方便千家万户的民生企业。由于多种原因，到了 2004 年，该企业累计贷款债务达 1000 多万元，公司行将倒闭，100 多名藏汉族职工面临下岗失业。这样的企业，若按照贷款条件是不能再投入信贷资金的。向洛为了救活这家国有企业，利用星期天节假日等时间做调查。发现了该公司的潜在优势后，一方面帮助企业整改，另一方面逐级上报可行性调研报告，最后追加投入 1000 万元。由于认证准确，输入的资金当年见效，年收入达 400 多万元，企业起死回生。不仅挽回千万元金融资产损失，更重要的是实现了 100 多名职工，就是 100 多个家庭安居乐业。现在，邦达公司产值过两亿元，成了当地支柱企业。董事长兼总经理扎巴逢人就说："向洛，是我们公司的救星！"

在向洛担任科长经理的十年间，资金组织走在全区的前边。经手放出去的贷款，无一笔不良资产，仅此一项就非易事，这在当时全国银行业中也是极为少见的。此外，在他的努力和上级行的支持下，昌都农行的电子化建设实现了跨越式发展，相继开办了全国银行汇票、电子汇兑、通存通兑及电子代理各类业务的金融产品，县以上网点网络覆盖面达 100%，与内地同步进入电子银行时代，也为藏东高原农牧经济发展、减少贫困人口、脱贫致富，发挥了极其重要的作用。不仅得到金融系统各级的肯定，也得到了地方各级党政组织的好评，博得了昌都各族农牧民的拥戴。

2005 年，经逐级选拔、推荐，向洛以自己的智慧与汗水，赢得了"全国劳动模范"称号，也是西藏自治区至今为止，唯一经过地方层层选拔获此殊荣的金融工作者。2007年，又经严格的推荐与考察，当选为中共十七大代表，代表西藏自治区金融系统党员，走进庄严的人民大会堂。

这是向洛人生中的一个高峰。

二

中国人民财产保险昌都分公司，坐落在昌都市西路 5 号院，一处沿街居民楼改装的办公地点。楼前是人行道，人行道外是绿化带和一条车辆穿梭的街道，楼后是直插云天的大山。如果不是门边藏汉文的标牌和住宅楼顶上那块红色方形藏汉文字指引牌，你不可能意识到，这里驻扎着一家地市级金融机构。进入居民楼过道，里边是个狭窄的院子，长不过 30 米，宽不到 8 米，被自行车、电动车和几辆印有公务标志的车辆，塞得满满当当。行人不得不侧着身子擦墙而过。

当然，拥挤的办公条件，并没有妨碍向洛在新的岗位，依然出色地履行他的工作职责。

2008 年 1 月，向巴洛桑调任人保财险昌都分公司副总经理，一年后提拔为党委书记、总经理。保险业虽然与银行业同属金融系统，但对向洛而言却是一个陌生的专业领域。

"一开始，我的压力确实很大，成夜睡不着觉，有一年多时间，每天只能睡两三个小时。"在他那同样狭小但整洁有序的办公室里，向洛边给我泡茶，边用略带川音的普通话说："就是怕完成不好任务，辜负了组织上和领导们的期望。"

身高一米七五左右、方脸上透出真诚的向巴洛桑，一身合体的藏青色西服，白色条纹衬衣，没扎领带，不是想象中的那种身材高大长得彪悍的康巴汉子，举手投足，言谈举止，透出一种成熟，一种修养，倒像一位相貌英俊且颇有风度的学者。

"是荣誉给你的压力，还是你总经理的责任？"接过他冲泡的清茶，我问。

艰险，没有亲身经历是难以想象的。即使没有危险，崎岖的山路，要不了十分钟就把胃给颠翻了。夜间赶路，若有不慎，车子不是撞到锐如刀锋的石壁上，就是掉进深渊。可越是危险，向洛越是抢在前面。

向洛冒着生命危险出现场，带动和感动了员工，昌都分公司连续多年始终保持第一现场处理率86%以上，第二现场勘察率100%的记录。

保险公司业务难做，在金融系统是人所共知的。因为，保险业务的金融市场化程度是最高的，竞争也是最激烈的。而且，在贫困山区，人们的保险意识也比较淡薄。就讲机动车交通事故责任强制保险，简称"交强险"这一项，2014年，昌都市的机动车保险率还没达到40%。这说明，一是民众保险观念滞后，需要加强宣传保险对个人对家庭的好处，二是保险市场的潜力很大。要挖掘潜力，就要去跑啊！保险是跑出来的。

这是多年来向洛脑子里反应最强烈的信号。

于是，他自己带头并且发动全员去跑，白天，跑昌都市各区县的单位、企业，晚上找自己的亲戚朋友熟人，再请他们去动员亲戚朋友熟人。他的同事笑称："向洛的亲友被他一网打尽了。"

在他和团队的努力下，昌都分公司在当地三家保险公司中，占有84%以上的市场份额；保费余额由他任职之初的2000多万元，今年将达到8700万元。八年增加了三倍多，在高原藏区不能不说是一份了不起的业绩。

要产生凝聚力，团结大家朝着一个方向行进，不仅需要带头人有表率作用，更需要带头人有识人、用人的眼光，不拘一格用人才，并为他们提供施展的舞台。

有一位汉族的员工，原来在昌都做化妆品生意，正准备回内地搞经营。一次听朋友讲，人保公司的总经理向巴洛桑是个好领导，人品好，经常资助别人。自己想，如果真的遇到这样的人，有份工作也就不走了。但自己只念到高一，怕不够录用资格，就怀着碰碰运气的想法，上门自荐，说想做个保险营销员。保险业务中，很大一部分是由按绩计酬的营销员完成的。虽然你是做化妆品的，但有经营经验，也是保险公司所需要的。向洛讲，当保险营销员可以，但保险公司不养闲人，不论学历高低，要摸着良心，把营销当作自己的事。该员工没有让向洛失望，从2011年5月开始，营销量月月翻番，第三年就成为业务能手。按照规定，这个员工已经由营销员转为直销员，从临时工转为正式人员，目前负责前台一个部门的工作，搞得有声有色。现在，连丈夫孩子都来昌都定居了。

一个人在单位的时长，基本上取决于三个条件：一是事业，就是是否对工作感到满意；二是待遇，就是收入是否较高；三是感情，如果工作不咋地，钱也少，就要看这个单位对员工的关怀程度了。

有个小伙子，大学读的是会计专业。毕业后寄出不少求职信，被昌都分公司招聘，做理赔员。起初还好，工作新鲜，跟着向洛他们跑业务、跑现场，可渐渐地有了辞职的想法。原因不仅是收入低，结婚生孩子经济负担重，还因为理赔现场经常受气，出险的，出车祸的，当事人和家属心情都不好，有时会被骂。一次连续加班一个多月，他扛不住了，闭了手机关上租住房的门，一睡就是两天。这可吓坏了向洛他们，几乎找遍了小伙子能去的所有地方。最后，向洛搭梯子爬到三楼，从窗户进到小伙子房里。当看到总经理站到自己面前，小伙子一下子抱住向洛，忍不住哭起来。从那以后，小伙子更加勤奋工作，现在当上了财务会计部的经理。

优秀的领导不光要有用人的视野，关心体贴下属的诚意，还有一点，就是要有领导的肚量，善于倾听和接受不同意见，取得员工的信赖。

有一位熟悉业务而且十分干练的前台经理，为了自己部门员工的利益，在一次会议上，对刚刚实施的内部相关规定，提出了异议，要求更改。说话间，口气不是那么温和，言辞犀利，直冲总经理向洛，还拍桌子。向洛是个没有总经理架子、很随和的人。他的工作风格，是那种春风化雨、润物无声式的"柔性工作法"，极少发脾气的。对内部规定有不同意见，你就该尽早提出来，办法已经实施了才提出来，还要在大家面前争论？一时，弄得向洛也冒火。这位经理也哭着摔门而去。

在企业实践中，不单是金融企业，前台与后台利益分配的矛盾向来存在。前台认为，企业的效益是我们一线创造的，利益权重应该倾向前台。后台倒觉得，没有我们保障性支持，前台工作将寸步难行。这样的争论实属正常。不过，问题已然提出，就有它的合理之处，就要及时解决，事关今后前后台工作配合问题。第二天见面，这位经理觉得不好意思。但向洛主动与其沟通，听取意见，并召集各部门经理会议，充分讨论，在取得基本共识的基础上，修改已经出台了的规定。

"向洛不但不记恨我，反而重用我，提拔我，而且帮助我的家人解决了一件至关重要的事情。我们公司的每位员工，几乎都得到过他工作之外的帮助，大家从心里都很感激他。"这位经理动情地说，"跟着这位光明磊落的领导，有肚量的人，有种安全感，他真是我生命中的贵人！"

在汉族人口仅占百分之三点多的昌都地区，藏汉员工团结问题，也是这次采访所关注的。

这是个原则问题。而在原则问题上，向洛从不让步，决不含糊。他要求员工"我怎么做的，你们也怎么做"的行为标准，自然包括维护国家的统一，藏汉族人民的团结，反对任何分裂的行为。他对藏汉族人一视同仁。以前，有个别藏族员工不认可汉族人，或者因工作上一些矛盾，发生过不愉快。即使是微小的事情，向洛都抓住不放，直至改变员工思想认识。

他在大会上和私下里都多次讲：没有共产党政府，藏族人民能过上今天的好日子吗？十八军在昌都战役牺牲了多少人？为的就是西藏人幸福生活，大批的援藏干部和他们的二代三代，还有大批现在从内地来高原的同事，到条件这么艰苦的地方工作，都是为了西藏的建设与发展。我老婆就是汉族人，藏二代，而且有了藏三代，还要有藏四代，我们家是藏汉团结幸福的大家庭。我们要感激他们，感恩他们对西藏高原的巨大付出！向洛的话，让许多藏汉族员工为之动容。

向洛的思想深处，也无族别这个概念。他的头脑里没有哪个民族的符号，只要是保险公司的员工，都是他的兄弟姐妹，他把员工当成自己的孩子一样，信任他们，呵护他们，关爱他们的成长，也带出了一个团结进步的保险团队。

上面，是我从员工叙述的许多关于向洛的故事中，摘选的几个片段。

对向洛个人，及其领导下的昌都分公司业绩，人保财险西藏区公司党委成员及各部门都是相当满意的，他们为大胆任用从农业银行选拔过来的优秀干部而感到欣慰。

说到这儿，有个小插曲值得一提。

2008年，人保财险公司决定从昌都农行选调向洛时，农行内部是不同意的，态度很坚决。据了解，向洛作为农行后备干部，已近十年，可是备而不用，就像把一块金子捂在坛子里。原因主要是向洛的学历，尽管读了成都银行中专，但是函授的，不符合地区农行副行长的任职条件。

这期间，地委行署主要领导想他过去，也曾两次与向洛谈话，让他担任副县长或经济部门副局长，发挥金融专长，效力于地方。向洛对银行怀有深厚的感情，不愿离开。而人保财险西藏区公司也要他，时任昌都分公司的向华进总经理，竭力举荐。他也在地区人民银行工作过，对向洛的品德、能力、责任心等，知根知底，主动让贤，不断地劝说向洛挑起自己的担子。并讲，反正都在金融口子，无非换个地方上班而已。向洛一方面感恩农行，恋恋不舍，一方面也想接受保险工作的考验，处于两难状态，唯有"听从两家组织的安排吧"。

向洛的职级虽然不高，却惊动了农总行。因为他是全国农行乃至全国金融系统为数不多的全国劳模、党代会代表"双料"典型。农总行的态度自然是十分明确的，人保公司能委以重任，农行为什么不能破格提拔？诚然，这也侧面反映了我们一些干部制度早该与时俱进。不过，西藏区公司并没有放弃，主要领导人主动上门与区农行协商，作为对保险事业发展的人力支持。

"选准了一位干部，可以安稳一方啊！"在区公司会议室，赵彬副总经理难以掩饰对向洛的喜爱。他说："昌都地区十分艰苦，交通不便，自然条件恶劣，业务拓展缓慢，而且社情复杂，需要向巴洛桑这样政治上成熟、坚定，不怕吃苦，有强烈责任心的人，坐守一方。"并历数了当时调任向洛时区公司党委的意见，比如：向巴洛桑学历虽然低，但脑子灵活，进步快，是个学习型、实用型的藏族青年干部；人品好，真诚友善，别人都信任他；孝敬长辈，家庭和睦，妻子是汉族，思考的方式可能也不一样；尽管获得许多奖励荣誉，但是不自傲，不自满；有丰富的银行工作经验和良好的社会关系，善于思考，处理问题果断、恰当；对事业忠诚，对党忠诚……

确实，向洛没有辜负期望。

担任总经理八年，在七家地市级分公司综合业务考核中，年年都超额完成任务。不仅他个人和昌都分公司集体年年获得荣誉，而且带出了一批优秀员工，先后有8人获得西藏区或人保集团系统先进个人、服务能手等称号。

他就像一只执着且聪明的雄鹰,领着昌都分公司团队,翱翔在藏东高原。

三

昌都,地理上,既是川滇入藏的门户,也是具有特殊意义的战略要地。新中国建立之初,原西藏地方贵族政权不承认中央政府,并且军事对峙。1950年10月,中央命令进藏部队十八军在昌都打了一仗,武力敲开全藏和平解放的大门。

解放后,中央政府对西藏地区进行全方位支持与发展,在政治、经济、科技、文化、教育、医疗、卫生以及民计民生等方面,经济投入大大超过了历朝历代的总和,西藏各民族人民的生活得到了极大的改善。是中国共产党将西藏一个封建奴隶制的社会带进了现代化社会。

"可是,时至今日,受到境外势力的干扰和挑唆,仍然存在很多不稳定的因素。2008年3月14日,西藏拉萨发生的打砸抢烧严重暴力犯罪事件,就是一个例证。"在昌都市政府市长办公室里,说话慢条斯理、知识广博的马陵田副市长,引古论今,历数昌都地区解放初期到现在发生的翻天覆地变化和昌都维护稳定工作的重要性。

昌都市副市长马陵田也是藏二代,主管全市经济金融以及环卫等工作,昌都市绿树成荫、干净整齐的市容市貌,也是他的杰作。他指着陪我同行的向洛,对我说:

"这方面,昌都人保公司做得相当出色,发挥金融杠杆和保险服务对昌都地区的稳定作用,多年没发生一起保险赔付方面引起的上访、闹事和重大民族纠纷事件。虽然,地方政府是重要方面,但金融机构直属中央垂直管理,通过保险业务,帮助政府干了许多想干却干不了的事,而且取得了特殊的成效……"马副市长深有感触地说。

他扳着指头,说到了左贡地震、客车重大伤亡事故、泥石流淹没农牧民房舍等,现在不仅将农牧民的人保了,房屋保了,地里的庄稼保了,马牛羊全保了,连怀孕的母猪也上了保险,这能不太平吗?现在昌都虽然自然条件差,还比较穷,只因金融保险等工作做得好,还是属于相对稳定的地区。马副市长指着向洛笑道："是向巴洛桑你们的功劳，虽然政府多次表彰，今天我再表扬一次吧！"

市政府在昌都城的北边。两面是积雪还没融化的山峰，正南面是马尾松环绕的解放广场和人流车流繁忙的昌都西路，站在高处，就能望见钢架结构的茶马桥，以及扎曲、昂曲两河汇流处的澜沧江源头。

当地党政部门给予向洛和昌都分公司很高的评价，称保险工作是人民财产安全的保护伞、反对分裂与加强民族团结的稳定器和经济发展的推进器。现任西藏自治区常委、昌都市委罗布顿珠书记，在市委扩大会议上，说到提高和改善农牧民生产生活水平时，直接点名表扬向巴洛桑，并详细了解保险工作的具体情况，询问存在什么困难和遇到什么问题，提出指导性意见。

这些，表明当地党委政府十分重视保险公司所做的工作，褒扬向洛具有大局意识，遇到重大群体性灾难时，灵活、果断现场处置，运用保险这一特殊的金融工具，关键时刻发挥特殊重要的作用。

例证之一：

在向洛及其团队尽职调查的基础上和上级公司大力支持下，仅2010年，对涉及10个县77个乡镇550个村的9563户农牧民，进行了赔付，赔付内容包括青稞、小麦、油菜、牦牛、山羊、绵羊以及房舍等，赔付金额1400多万元，保障了农牧民基本生活。

例证之二：

2013年左贡地震，向洛带着业务人员连夜驱车400多公里，没有路的地方就下车步行，十多个小时才到达灾区。到达后，向洛他们协助当地政府及相关部门，及时处置理赔案件，安置安抚情绪躁动的灾区农牧民。根据农房、种植业、养殖业等受损情况，先后赔付了8600万元，大大减轻了地方政府的救灾压力，也因为赔付工作及时，处置得当，保证了灾后社会情势的稳定。

例证之三：

走进察雅县烟多镇雪东村，眼前一亮：阶梯形的山路下，二字形排开的几十套整齐连体的藏式平顶砖房，在以低矮土坯房为主的民舍群落中，格外醒目。有几个年轻的村民老远就同向洛打招呼。其中一个青年，用生硬的汉语对我说，这些住户都是前几年从西山里搬过来的。他朝云雾缭绕的大山那边一指，说，就是那边山里头。然后又指了指向洛，笑笑说，市里的保险公司帮助可大了，现在这些住户家里的生活都好了。

原来，2009年，居住在深山里的38户人家遇到了泥石流灾害，整个村子几乎夷为平地，幸好是白天，人员没有伤亡。虽然政府部门提供了简易帐篷，可是，190多口男女老幼却无久居的栖身之所。向洛他们现场查勘后，按照标准，每户只能赔付9800多元，不到一万元，钱一到手很容易就花了。向洛当时想，如果将这38户全搬出来，有个固定的房子，才是长久之计。当然，光靠保险赔付款项是不够的，如果配合当地政府力量，借助政府资金，才有实现的可能。

有了这个想法，就付诸行动。向洛利用自己在察雅人熟、地熟的优势，还有他热心助人、好善乐施的声誉，分别拜会了县里领导及主管部门。政府部门一听，立即表示赞同，这是为民造福的好事啊！灾民居无定所，无家可归，极容易成为社会不稳定因素。他们一边感谢向洛，一边想方设法筹措资金。经过多方努力，最后，保险赔付款、救济金、安居工程资金等加到一块，让受灾的农牧民住上了有水通电的新房子。现在，这两排房子成了农村安居工程的样板。

例证之四：

2011年12月6日，晚上九点多钟，向洛接到公司副职急促的电话，说有辆他们公司承保的中型客车掉到江里去了，车上有一车乘客（保有乘车人意外险），并说自己正在赶往现场，联系组织人员打捞。对方匆匆挂了电话。出险地点离昌都县（现为卡诺区）嘎玛乡政府4公里，距昌都市110多公里。

当听到电话里传来短促的声音的那一刹，向洛就知道有重大险情。他快速套上大衣，一边向自治区公司紧急报告，一边匆匆叫上司机，下楼，钻进越野车。

按常规，保险公司接到车辆事故报案是正常现象。保险嘛，就干这活儿的。就像医院，就是医治病人的。派出理赔员到现场查勘、拍照、录像、取证、定损，有一套完整的程序。即便车辆遇险落涧，也有应急打捞预案。

然而，自从拉萨"3·14"打砸抢烧严重暴力犯罪事件之后，西藏各级各行业都高度警惕，因为任何微小的事故，都有可能造成火药桶连环效应。即使现在，仍然处于非常时期。

向洛的脑子里，只有一个字：快！

出险地点在昌都的正北边，大雪封山，整个藏东高原白茫茫一片。尽管没有下雪，但无数个急转弯组成的盘山公路，路面结冰，方向盘极易失控，这比在雪地行车还要可怕。

"你为什么不顾生死，赶往出险地点？"我们路过解放广场。我看了看他已经光滑无痕的额头，问："就为了把钱送到遇难者亲属手里？"

昌都城的夜晚，十分美丽。偌大的解放广场，音乐喷泉，高耸的昌都战役纪念碑，欢乐的人们围着圈子，跳起节奏明快的锅庄广场舞，头顶上无数闪亮的星星早早地贴在蓝色的天幕上，与广场初放的华灯，交相辉映。

"是的。至于我个人，当时真的没想那么多。"向洛似乎松了一口气，说，"我们只用了三天的时间，就把事故全部处理完毕。"

"这样的事故，走常规程序需要几天？"

他听我问几天，连忙摇摇头，说，几天，那不可能噢，要几十天，甚至还要长的哟。

客运车辆一次性1伤16亡的事故，别说在昌都，在西藏境内也是罕见。而在处置时间上，我请教过一位资深保险业专家，据他所知，这种特大事故赔付，三日处置完毕，而且没留任何后遗症，全国还没见到案例。

1伤和16亡，全是藏族乘客。中青年人占多数。其中，不仅有昌都本地人，还有青海等外省市人。

"假如，我说假如按照正常时间赔付，会有什么后果？"

向洛立马严肃起来。"在内地，保险公司处理一起理赔事故，可能不起眼，赔付时间上，责任认定，伤亡者损失、抚养费的确认，各种费用支付等等，也许可长可短。但在西藏，尤其是在经过解放西藏战役的地方，一不小心，就有可能酿成群体事件。"他转身伫足，望着纪念碑说，"昌都是我们十八军打下来的，为的就是和平统一，让西藏人民过上好日子……"

向洛深知他的康巴同胞，心地善良、守信豪爽又强悍骁勇。面对一具具亲人的遗体，家属的情绪往往容易失控，什么样的情况都可能发生。当时的处置现场，就已经聚集了亡者亲属三四百人，搭起了大大小小的帐篷。时间拖得越长，聚集的人越多，家人、亲友，甚至整个族群都有可能涌进昌都。假如，别有用心的人再点上一把火，乘机挑唆，制造事端，完全有可能造成继拉萨之后第二个"3·14"暴乱事件。

也许，这正是西藏自治区党委常委，昌都市委罗布顿珠书记和自治区人保财险公司领导人高度肯定向巴洛桑应急处置能力的原因之所在。

我俩绕过歌舞的人群，离开解放广场，通过一个五六十米长的巷子，听到了扎曲河的水声。

"我就怕在我手里出事，在保险上出事，包括山区农牧民赔付，也包括帮助给村民盖房子，所以我能做的，都努力去做，我说不上多大的道理，就是这个简单的想法，决不能在我向巴洛桑手里出乱子！"向洛说。

沿着扎曲河边干净的路面向南漫步。河对岸的山上，是一座有着570多年历史的强巴林寺。

"问你一个敏感的问题，向洛，你也可以不回答。"我抬头望了一眼夜幕下的深红色寺群，"你信教吗？"

"我崇敬宗教，但不信教。"向洛毫不犹豫地回答，"我是中共党员。"

停下脚步，我俩手扶石砌栏杆，面朝扎曲河。

"当地老百姓，怎样看待宗教领袖，比如达赖？"

"达赖只是中央政府给的封号，就像我们的职务被上级任命的一样，职务名称是好的。"向洛说得极其认真，"好比这条河流，常年清澈，突然有一天翻起了浑水，不能因为水脏，就说扎曲河不好吧。"

第十四世达赖喇嘛名叫丹增嘉措，实际上，大多数老百姓分得清楚，他们今生感恩共产党和政府，但是对来世还有所指望，那是他们灵魂的寄托。藏东高原表面平静，不代表没有极端意识产生的土壤。有这样一句话：稳藏必先安康。康，指的是昌都。既表明昌都特殊的地理战略地位，也说明稳定社情对全藏区的重要意义。

"无论一个国家或者一个地区，动乱最遭殃的还是老百姓。我们虽然是保险机构，但守土有责，否则，要我们央企干吗？要我们这些中共党员干吗？"向洛话虽轻，但字字有分量。

这就是一个基层金融机构党委书记、总经理的视野和胸怀。

为了肯定向洛的特殊贡献，2014 年 11 月 18 日，在拉萨举行的民族团结进步表彰大会上，西藏自治区党委政府授予其"民族团结进步模范"称号。

四

向巴洛桑，如同藏东高原生长出来的一株雪松，扎根于高山峡谷，福荫回报生养他的土地。

从拉萨、昌都到察雅，听到最多的是向洛的善举：为地震灾区特别捐款，捐助学校设立奖励基金，帮助贫困中小学生、大学生，经常看望孤寡老人，为孤儿院、福利院捐款、捐物等等。

在察雅大街上，几个放学的孩子在我们的身后合声叫着："向洛、向洛！"

两旁铺店里的店员和坐在门旁的老太太，冲他摆手、微笑。

许多壮实的汉子跑过来跟他握手、交谈，有几个还默默地陪着走一会，然后目送我们离开。

走进一处山坡上的民居，一位花白短发、身材矮小的老太太，跌跌撞撞地奔出门外，先是双手合掌举过头顶，然后拉住向洛的手，扬起那饱经沧桑的脸，嘴里含混不清地连声说："卓玛嘎尔姆！"

随行的藏语翻译、区公司员工格桑德吉解释说，老太太称向洛是白度母，观世音菩萨的化身，有一副菩萨的心肠。老太太名叫欧珠拉姆，烟多镇外来户，大约十二年前，她的女儿失踪了，这位孤寡老人全靠向洛的给济和政府救济生活。每逢过年过节，向洛都要送来面粉、酥油、青油，还曾动员公司员工捐赠。老太太在她还算有条理的藏式土房里，指着门边的青油和面粉说，都是向洛新年（藏历年）送来的。热情的老太太还一定要我们喝碗她煮的酥油茶再走。

向洛的善举义行，完全是他从心里流淌出来而无需别人记着的。许多是在事后，人家找上门来了大家才知道。

一年冬天的上午，昌都分公司的门卫见到一个女孩子，在门口怯生生

限。《人民日报》到昌都市就要一周时间，成了周报，再到下边的县和乡镇，就成了半月刊，甚至月刊。四是人口过快增长，生育不节制。烟多镇原来只有99户人家400来口人，现在2000多户近万人口。由于自然、资源、交通、人口等因素，地方财力十分薄弱，解决贫困人口脱贫问题实在任重道远。

但是，向洛爱这个贫困山区，爱这块生养自己的土地和土地上的乡亲。他说："我不富有，但很知足。知足了，就想做些力所能及的事情，帮助别人。"

他的善举，改善了一些家庭的生活，改变了一些山里孩子的命运。帮一个孩子往往是帮一个家庭。他用自己的方式，多帮一个好一个，尽量帮助更多的人。

向洛用行动，应承与实践自己。

村民梅梅的孩子考上西藏大学，将田地卖了仍然不够学费，向洛资助这个孩子直到大学毕业，孩子现在已经是当地的公务员。

村民向泽曾经得过脑溢血，失去劳动能力，眼睛看人都是直直的。向洛不仅送来面粉、青油等，还资助他的孩子完成了中学学业，在孩子毕业后，又托人安置到离家不远的一个单位做保安工作。

十多年前起，察雅县考到拉萨或外省市的一些大学新生，慕名托他购买飞机票。有的是通过亲友，有的直接给向洛打电话，每年少则三五学生，多则七八人，向洛从不收机票钱，而作为赠送他们的路费，予以鼓励和祝福。

察雅小学先后有两名学生，一个眼睛弄坏了，一个误吞了电池，急需到昌都医治，而昌都人生地不熟，急坏了学校老师和家长，发了不少电子求助信，也打了许多求助电话。向洛从微信群里得知情况，即按电话号码联系学校老师，还资助了两个学生治疗、住院等费用。

自己的家，往往也成了许多求助者包括不认识慕名而来的家乡人的免费旅店。

……

"向洛是我们藏族青年的优秀代表，是个出色的好后生，为当地贫困家庭和孩子做了许多好事，他的事迹在我们察雅传扬，人皆口碑，我也引以为豪！"原任江达县县长的泽仁罗布先生，竖起大拇指。

老县长已经退居二线，现在做些环境保护和绿化造林工作。谈吐文雅，知识深厚。他说你多走走、多看看，会有收获的。向洛是个不求回报之人，怀有爱心，慈悲之心。

老县长用"慈悲"这个词形容向洛，十分贴切、准确。"慈"是带给他人幸福与快乐，"悲"是扫除他人心中的忧愁与悲伤，带给他人对未来的希望。

向洛参加工作之后，工资虽然不多，每逢在电影院门口见到买不了门票而张望的孩子，都会买票让他们看上电影。遇到大冷天还赤足的孩子，就给他们买鞋子。见到夹着书本没有书包的孩子，也会买了书包，送去学校交给教师分发。

1989 年，向洛与范果结婚，属于双工资家庭，经济状况有了改善，就想做一些公益事情。妻子范果十分赞成，倾囊支持。开明的岳父母对自己的女婿也是钟爱有加。1991 年初，向洛筹备建立一所希望小学，让更多贫困的农牧民的孩子免费接受教育。经过申报、批准、选址、建筑材料准备等，1993 年，在两位朋友的捐助下，在察雅县准备开工兴建。但由于自然灾害等诸多因素，希望小学最终没能建成。这也成了向洛心中的一桩憾事。

2005 年，向洛将国务院及农业银行总行分别发给他的 1 万元全国劳模奖金，加上自己的 1.7 万元存款，共 3.7 万元，除去给中小学生购买学习用品和冬天的棉衣的费用外，全部交给学校，作为"优秀贫困学生奖励基金"的启动资金。

时任察雅县中学校长、现任县文化局局长的布嘎先生说："向洛这笔钱对我们学校来说太重要了，实在是济困扶危，雪中送炭啊！"他面带虔诚，说得激动时，浓黑的八字胡和端着茶杯的手，不停地颤抖。

向洛不光给了贫困学生物质上的支持，更关键的是精神上的鼓励。在布嘎先生任校长的三年里，就有 68 名优秀贫困生获得奖励，许多学生上了大学，接受高等教育，工作后，也学着向洛，赞助家乡公益事业。

在向洛第一笔启动资金的带动和影响下，学校先后接受个人和中资企业捐赠 160 多万元。2009 年 7 月，察雅县政府正式设立了"格桑花教育基金"，旨在帮助家庭贫困的农牧民子女、城镇困难职工子女顺利完成学业，培养造就更多的优秀人才，造福于社会。

写到这儿，我想，有朋友肯定想问，向洛到底帮助了多少人、资助了多少钱？我同你一样，我也想问向洛，问他的家人，但这个不太聪明的话题，几次也没好问出口。

我只知道，他从银行到保险公司，年年获得先进的奖金，从没拿回家过，还时常需要妻子的"资助"；他的工资在昌都金融机构同级别中是比较低的，还有保险公司就那么几本账，各项开支清楚（一位知情人讲，有许多应该报销的费用向洛不声不响拿回家去）；他家里有老人要赡养，小女儿在读大学，十五年商品房按揭贷款没有还清……

我不富有，但很知足。知足了，就想做些力所能及的事情，帮助别人。我十分欣赏向洛这句话。这是他发自内心的表达。

人有知足的吗？然而，向洛知足了。他的善举，他的义行，他的慈念，都是出于一种本能，如同夏日里吹过藏东高原的清风，无私地，给人以博爱与慰藉。

五

向洛有个温馨而幸福的藏汉结合家庭。

妻子范果，出生在察雅县知识分子家庭，父母都是1965年援藏干部。这位藏二代与向洛同龄，是向洛心中最美丽、最温暖的一朵格桑花。向洛总是自豪地称她为"我们家的现代文成公主"。

他俩初中同班同学，属于青梅竹马、两小无猜的那种夫妻。从照片上看，二人也有夫妻相。范果长发披肩，端庄大气，眉清目秀。我笑问向洛，用什么手段，俘获这位漂亮女孩子芳心的？向洛笑道，当时哪知道手段噢，就是喜欢她学习好，心地善良，话也不多，轻声慢语的，并强调是范果追自己的。

在他们家住宅楼的阳台上，我与范果通了电话。

范果已经完全融入藏东高原生活，适应了当地的风俗习惯，是位地道的藏族媳妇儿。嫁夫随夫嘛，不单饮食起居、待人接物藏族化，还讲得一口纯正的康巴藏语，汉字反倒有些生疏了，一些汉语词汇还要请丈夫翻译。

她理解丈夫工作的辛苦，支持他做公益善事，也为操持这个家庭，付出了很多。现在成都老家，边治病边休养。当说到他们二人是怎么相爱的，范果笑出声来，说，就看他是个好人呗。

向洛一旁插话道，那时她还不知道我是个好人呢。其实，爱是不需要理由的。

我问谁当家？向洛指指电话里的妻子，说，她是我们家里的一把手，自然书记当家，外加我的工资卡管理员。

这是一对恩爱夫妻。

向洛喜欢称自己有很多爸爸，藏族的爸爸，汉族的爸爸。当然还包括自己的叔父、姨父、舅父。按照我的理解，他只有两个爸爸，一是生父，一是继父。

生父在他出生还没满月，就撇下母子离去。童年的向洛，没有沐浴过父爱。不过，向洛并没有记恨，而在自己十六岁，也就是参加工作的当年，登门认父。生父也早已组建了家庭，并给他生了众多妹妹弟弟。血，浓于水。也看出少年向洛的品质。在察雅时，我见到了向洛的生父，这位七十岁，清瘦高挑的父亲，虽然没有多少话语，但当向洛与客人交谈时，那目光一直在儿子身上游移。眼睛里，饱含着怜爱与满足。

母亲患有腿疾多年，行动多有不便，当说到她的儿子，立即笑逐颜开。说儿子从小就善良孝顺，二十多年来，从未有过顶撞长辈的话，现在工作虽然很辛苦，成天在外面跑，但政府里、单位里都给他奖励很多。慈祥的母亲用双手一抱，来比划奖励证书的厚度。这位没上过一天学的母亲，大义晓言，她说向洛做的事是应该的，年轻人就应该为国家多做事，就应该多帮助别人。这也印证了"有其母就有其子"的道理。

还有一句，叫作"有其父就有其女"。一双漂亮如花的女儿，向洛称之为"藏汉结合的果子"。

大女儿毕业于内地一所知名大学，找的夫君也是同学，他们是大学同窗。说到女婿，这位英俊的藏三代，也是十八军的后代，向洛虽然笑而不语，但脸上的笑容，藏不住内心的喜爱。善良，也是会遗传的。大女儿告诉我，她在大学时也经常做义工，去帮助那些需要帮助的人。有一次同班的女同学生病住院，她去护理，当知道同学家也是贫困山区的，生活困难，凑不上住院费时，就向父亲求助，帮助同学结清全部费用。为了答谢，这家人寄来一件手工缝制的羊皮袄，而向洛父女，原封不动地退了回去。小女儿也在内地一所大学读书。从给她爸爸的几封书信看，字迹娟秀，语言流畅，表达真切可爱。这对女儿，都为有这样的好爸爸而自豪。

现在，岳父母、母亲、继父及妹妹妹夫一家，跟向洛一起，住在昌都两个门的一个单元房。四位老人同在一个屋檐下，不是一天、两天，而是二十几年，饮食起居在一起。虽说相互语言不通，可是，并不影响他们的乐趣，一起出去看看风景，散散步，在家一起看看电视、打打麻将、喝喝小酒，其乐融融。

这是一个名副其实的藏汉结合的大家庭，也是令人羡慕的幸福和睦的大家庭。

向洛爱他们的同时，也享受着家庭的亲情。老少几代人，每个成员之间相处融洽，夫妻互爱，长幼互亲。向洛的几个妹妹、妹夫、弟弟及他们的孩子，大都受过良好教育，工作在政府机关或企事业单位的重要岗位，每年都要团聚几次。

向洛享受着家庭带来的欢乐祥和氛围。在他疲倦时，这个家是他栖息的港湾；在他远航时，这个家是他温暖的锚地。

六

昌都邦达飞往重庆江北的航班突然取消。我倒很乐意。我可以与我的朋友向洛，多待些时间。原打算在电话中或者微信里沟通的事项，提前与他交谈。

还是在他那狭小却整洁的办公室里，我问："在你的生命历程中，最值得你感恩的，是谁？"

"我的母亲，我的外祖母和舅舅养育了我。"向洛不假思索地答道："感恩银行保险和金融的各级组织培养我、信任我。当然，昌都党委政府的关心和支持，也是我做好工作的力量。"

"你心里经常想的一件事？"

"是我现在的工作，就怕完不成任务，说我向巴洛桑不行，没有能耐，辜负大家的期望。"向洛望着我，说："还有就是怕因保险可能引起的纠纷、上访等问题。"

"最值得你高兴的事呢？"

向洛笑了："那就是完成工作任务了，所有员工都高兴了，这也是我最开心的事。"

"那你对公益的事，做了那么多帮助别人的善事，不是最开心吗？"我又问。

向洛"噢"了一声，摇了摇头："我只是做了自己能做的，不必要放在心里，许多早已忘记了。"他的心地，就如一泓清水，灌溉了庄稼地，却用不着记住对青稞们的恩惠。

我再问："你的财富观，也就是对钱财的看法？"

向洛望了望窗外的行人，又摇摇头。欲言又止。我觉得自己唐突，问了一个愚蠢的问题。向洛的无数行为，不是已经证明了吗！于是，转换一个话题："人的品德中，你最看重的，或者是最在意的是什么？"

"在我们这儿，最讲究一个诚字，最看重一个人的品德，就是诚信。否则，会被人瞧不起，被朋友耻笑而远离你，没有朋友的人，荣誉得的再多，所谓的官当得再大，也是可悲的。你说对不？"

"这当然是对的。"我点点头，"有什么事，让你最伤感，或者说伤心？"

"没有啊，真的没有。"他睁着那双大眼睛，笑道，"为什么要伤感、伤心呢？我是一个快乐的人，我把快乐带到家里，家人就快乐，在我们单位，员工也快乐，朋友们跟我在一起都很快乐的。"

的确，我信。跟他相处就这么几天，我也深受感染。

谈话中，向洛不时接到询问电话，也有内部员工请示工作的。他都一一作了回答与安排。

"要说愧疚，倒是有的。"向洛揾着茶几上的茶杯，沉默了一会，抬起头来说："这么多年忙于工作，家里全顾不上，都由范果操劳，还有我的岳母，每天无论我多晚回去，都在等我。想起来很愧疚，真的对不住她们！"

向洛的两个宝贝女儿，对此也很有意见。不妨将她们在学校时的信，摘录两段。

亲爱的爸爸：我很荣幸成为您的女儿，也很高兴有一个优秀的爸爸。……但是你也有个缺点，就是不正常回家，而且很晚才回来。女儿希望你以后要改正，多陪陪妈妈。其实，妈妈也很不容易，每天晚上你不回来，妈妈都担心得睡不着觉。还有希望你能注意一下自己的身体，少喝点酒，少抽点烟，可以吗？

这是小女儿的信。下面是大女儿的信。

老爸：我希望您多点时间回家陪陪老人，多陪妈妈，把爱家与工作责任划分一下，妈妈真的很希望得到你的关心，做女儿的看得很清楚。我知道，您为工作吃苦受累，也是为这个家，这些，我们都理解，妈妈也理解。但我希望您在扛起工作责任的同时，多给家人一点温暖，多给家人一点爱。还有，您老都过四十了，该为自己的身体考虑，没有健康的身体，您就等于一无所有……希望您铭记女儿的话！

末了，在信纸的左侧，加了一句：又，虽然您当官了，但千万不许贪污，谨记！！！

指着最后一句，向洛笑得合不拢嘴。

顾不上家，并非他的工作之余多么丰富多彩。其实，向洛的业余生活，同他本人一样简单而纯正。看电视新闻，看电视各类球赛，是他的基本爱好。看书，也还是金融类书籍，以及带回家的各种资料报表。除此之外，仍然是工作和事务性的应酬。陪伴家人的时间确实很少，也难怪女儿们向他发起"进攻"。

向洛爱这个家，爱他的亲人，却无暇顾及这个家。

范果在地区工商局工作，本应有自己的一番事业，但这二十多年，几乎从来不出门参加任何应酬活动，白天上班下班两条直线。照顾老人们每天的饮食起居、就医问药，亲戚朋友的往来关系处理。就说两个孩子，从出生、幼儿园到大学，几乎所有的事情，都是妻子默默地承担。向洛说："我们大家庭现在这么好，这么和谐，范果付出的最多，功劳最大。"

然而，范果并没有埋怨丈夫。

　　"我也理解他，我自己倒也罢了，现在老人平安，孩子也大了，没什么后顾之忧。可是，向洛从银行来到保险公司这八年，几乎很少在晚上十二点前回家，越到星期天节假日单位的工作越忙，在家的时间越短。多少年没休过一次假。最担心的，是怕他的身体累垮了。"

　　范果关心的是丈夫的身体，他可是家里的山啊！

　　向洛的一位副职讲，因高原地区特殊，自治区规定县处级干部每年休假50天，加上地区类别和区外在途时间，一年可以有70到80天的休假时间。不过，向洛从没休假，而且身体不太好，自己也不说。有的时候到农牧山区出差太累了，就吃点药，躺一会。这位同事记得，有一次向洛去内地本来准备检查身体的，因公司有急事，在成都只住了一天就匆匆返回。

　　才认识向洛几天的我，一次又一次地被他所感动，也为他的身体心疼。

　　那天上午，向洛陪我刚出察雅县小学大门，我们沿着墙根往高坡上走，边走边说当地教育情况。突然，向洛往后退了一步，捂住胸口，倚着校墙，滑坐在墙根的地上，脸色发白，嘴唇乌紫。我急忙托住他的胸口，感觉到他的心脏如同榔头敲打一般。我随即掏出还没用上的速效救心丸，倒出四粒。他却对我摆摆手，做了个"九"的手势，吞服了九粒丸子。七八分钟后，向洛站了起来，掸了掸身上的土，朝我笑笑，又拍拍自己的胸脯。意思是，没关系，我不是挺好的嘛！

　　当我那天将此事告诉范果，电话那头的笑声没了，一会儿，听到范果的哽咽之声。

　　离开昌都前的晚上，在我下榻的宾馆，我与他们团队几位依依握别。我送向洛到楼下。站在门前的台阶上，我们举头遥望依然璀璨的高原夜空。

　　"不为别的，就为你的家庭，为父母妻子孩子，也要考虑一下自己的身体！"我不无担心地说，"你一定要抽空去检查！"

　　向洛点点头，缓缓转过身来，对我笑了笑，然后平静地说："我有个决定，好几年了，已经立了东西，我一直不想说。就是在我走了之后，将夫妻一部分财产，捐献给社会！"

　　……

我，眼睛早已湿润了。

爱是不求任何回报的。爱是不作任何要求的。爱是恩慈无私的。就算是自己的生命到了最后一刻，爱还在继续。

初稿于 2016 年 5 月　西藏昌都

修改于 2016 年 10 月　　北京

（先后发表于《中国金融工运》《中国金融文学》等杂志）

‖ **作者简介**

　　付颀，中国作家协会会员，中国金融作家协会副主席，《中国金融文学》杂志副主编，《中国金融文化》杂志文学顾问。种过地，当过兵，当过支行行长和金融公司高管，退休前是中国华融资产管理公司工会总经理级巡视员。1978 年在部队时开始写作，有反映军旅生活的话剧《一刀两断》，金融题材长篇小说《影子行长》，家庭问题长篇小说《父与子的战争》，长篇报告文学《金融大潮冲浪人》，创作并拍摄了《你是一团火》等影视作品。

‖ 舞动的 K 线图 ‖

——记第一届全国金融道德模范 唐果

付颀

　　K 线图（candlestick charts）又称蜡烛图、阴阳线等，它是以每个分析周期的开盘价、最高价、最低价和收盘价绘制而成，可以根据其形态变化分析市场走势的规律。K 线是投资市场的一种特殊语言，不同的形态有不同的含义。

——百度百科

一

　　在普通人看来，K 线图是陌生而又神秘的，这条由长短不等的红色或绿色线段组成的时高时低、时阴时阳的曲线，总是让人感到有些稀奇古怪、莫名其妙。然而，在股民们的眼里，它却是一条具有生命的神奇之线。它弯弯曲曲、起起落落、千变万化、飘忽不定。时而像一条昂首冲天的神龙，呼啸着跃出海面，瞬间给你带来巨额的财富；时而又像一个张开血盆大口的黑色巨浪，一下子把你打入深渊、片甲不留。年年岁岁，它承载着股市搏杀的风风雨雨，记录着股民一夜暴富的快乐和瞬间破产的悲伤，让投资者们对它又敬又怕，又爱又恨。

2015 年中国股市的 K 线图走得异常诡异，在这一年里，股市似乎疯了！从上半年股指上涨不回头的疯牛行情，到 6 月 15 日开始崩盘式大幅下跌的股灾，用惊心动魄、悲喜交加、大起大落等来形容都不足以概括。股票指数像一只脱缰的野马嘶鸣着、挣扎着，上蹿下跳，几乎无法控制。在这一年，无数投资者积累一生的资产在短短几周内化为乌有、灰飞烟灭，K 线图上那一条条光头光脚的大阴线成为他们心中永远的痛。有人用"横尸遍野"来形容这一年的股市搏杀，一点也不过分。

然而，就是在这个"黑色的 2015 年"，中国太平保险集团旗下太平资产管理公司的一位"80 后"却实现了令人羡慕的高额利润，他就是权益投资部助理总经理唐果。

自从 2009 年担任投资经理以来，唐果的投资业绩非常突出，也非常稳定：2010 年他所管理的太平财富投资连结保险价值先锋账户，排名全市场投连险第四，在同类型基金中，也进入了百分之十的优秀之列。2011 年熊市，管理的绝对收益账号，没有产生亏损，大幅跑赢市场 20 个点。近年来，唐果管理的太平财富投资连结保险（B 款）价值先锋账户连续领先市场，2013 年收益率 27.82%，在全市场投连险账户中排名第一。2014 年收益率 44.36%，排名第二。唐果管理的多个传统保费账户投资收益率也格外突出，2014 年年初参与管理的四个账户收益率均超过 40%，从年中开始管理的两个账户，收益率也表现理想。唐果尽情展示自身的投资才华，为委托方创造了丰厚的收益，实践了为投保人，为委托方创造价值的诺言。

唐果取得的优异成绩获得了各方面的高度评价，他陆续获得中国金融工会授予的 2013 年度全国金融五一劳动奖章、中央金融团工委授予的 2013 年度全国金融青年岗位能手、2013 年度中国太平保险集团特殊贡献奖、太平资产 2013 年度优秀员工、最佳投资经理等荣誉，并在 2015 年，荣获全国金融道德模范的光荣称号。

唐果的成才之路引起了很多金融员工的关注，大家都想知道他成长的故事，了解他的工作和生活，分享他成功的经验。于是，我受中国金融文联的派遣，专程从北京飞到上海，采访这位具有传奇色彩的年轻人。

从上海机场出来，我迫不及待地直接赶到位于浦东金融区的太平资产大厦。可惜来的时间不巧，工作人员告诉我，深沪股市还在交易中，唐果正在工作，无法接受采访。

我在接待室耐心地等待。过了一会儿，进来一个个头不高的小伙子，笑着与我打招呼，并张罗着给我倒茶。我问："唐果同志什么时候能够忙完？"他有些羞涩地自我介绍说："哦，我就是唐果。"

这让我有些吃惊，在我的印象中，一位金牌投资经理应该是那种戴金丝眼镜，穿名牌西装，精心修饰的头发，沉稳寡言，一脸严肃的人。而眼前的唐果却如此年轻，如此普通，头发有些蓬乱，脸上带着一丝羞涩，看上去就像是个刚刚毕业的研究生。

听说我要专门采访他，唐果从沙发上跳了起来，连忙摆手道："不要不要，我真的没什么可采访的，我是个非常普通的人，真的。"

我一再解释说，我采访的不仅是他，更重要的是采访他的团队，采访中国太平资产管理公司、中国的保险投资业，这样他才勉强坐了下来。

采访唐果并不容易，谈话过程中不停有电话打进来，他也不停地站起身向我微笑一下，跑到一边去接电话。我很理解，股市刚刚收盘，会有很多的投资问题要商量，股市如战场，稍有疏忽就会带来资金的损失。我们谈谈停停，尽管断断续续的，但我事前准备得充分，唐果也十分配合，采访还是进展得比较顺利。于是一个逐渐清晰、活生生的唐果站到了我们的面前。

二

唐果 1980 年 9 月出生在江西一个小县城，那是个风景秀丽的好地方。

唐果的父亲在政府工作，母亲在县中心幼儿园做了几十年的园长。唐果的母亲也是位全国劳动模范和全国五一劳动奖章的获得者。在她的不懈努力下，她所在的县级幼儿园成为江西省的示范幼儿园，她还带着孩子们专门进京到中南海给中央领导人做过汇报演出，受到过两届最高领导人的接见。

　　唐果的父母都是很正统的人，对唐果的教育也非常正统、非常严格，教给他作为人应该具备的良好品德，其中很重要的一条就是做事情要认真。这对唐果走上社会后的为人处世起到很重要的作用。

　　每个做家长的都对自己的孩子寄予厚望。唐果五岁那年，妈妈带着他到北京旅游，特意带上唐果到北京大学看望一个亲戚，实际上她是想让幼小的唐果呼吸一下中国名牌大学的学习空气，为他树立一个远大的理想。那个亲戚当时住在北大 28 号楼。许多年后，唐果竟然也如愿考入了北京大学，也是住在 28 号楼，不知道这是一个奇妙巧合还是当年那次参观起了神奇的作用。

　　唐果小时候有些淘气，学习不是很用功，他爱好的事情太多太广，难免会分散一个男孩子的心。从小学到初中，唐果的学习成绩基本处在中上水平。高一时有一次考外语，满分是 120 分，而唐果只得了 40 分，这样的成绩让唐果的父母十分意外，也是不能容忍的。一气之下，向来坚持"动之以情、晓之以理"教育原则的父亲忍不住给了唐果一巴掌。

　　说实话，这样的成绩唐果自己也觉得很难堪，他开始用功了。除了认真听讲，他还找来很多课外习题来做。两个月后，唐果的外语成绩赶上来了，并在期末英语考试中得了全班第一，让老师和同学们刮目相看。

　　从那以后，唐果不仅外语成绩上来了，其他各科成绩也都上来了，逐渐成为了"学霸级"人物。当他终于拿到北京大学的录取通知书时，觉得那信封沉甸甸的，他深深体会到，每一次成功的里面都浸透着辛勤的汗水。

　　2002 年，唐果从北大经济学院国际经济系毕业了，被保送上海财经大学读国际金融专业的研究生。2005 年研究生毕业后他拿到了很多金融机构的录取通知，最后选择了上海一家许多人梦寐以求的国有金融管理机构工作。

　　单位领导十分器重这个生气勃勃的小伙子，入司仪式上选他代表新员工发言，以后又安排他在不同的部门轮岗，增长他的经验，锻炼他的能力，希望他早日成为一个合格的金融管理人才。

　　然而，唐果更想到金融大潮的浪尖上去冲浪，迎接市场的挑战。参加工作一年后，他经过反复思考，决定提出辞职。这让所有人都感到十分意外，领导找他谈话进行挽留，但唐果是那种轻易不做决定，做了决定就不回头的人。最后领导无可奈何地笑笑："外边的世界很精彩，你想去看看，那就去吧，不满意的话，我们欢迎你回来。"这句话让唐果感动至今，他感慨："我遇到了多么好的领导啊！"

这是 2006 年，中国经济在飞速地发展，中国金融业也在不断创新，时代给中国金融业员工们带来许多新的机会。这一年，唐果进入了中国太平保险旗下的太平资产管理公司，投入到了金融业波涛汹涌的滚滚大潮之中。尽管这里的收入比原单位有所减少，但唐果不甚在意，他选择来太平资产是看好中国的保险投资业，这个行业在国外已经发展得很成熟了，而在中国，这个领域还有很大的成长空间。保险投资是个新业务，这就更加具有挑战性。秉承"专业让财富稳健增长"经营宗旨的保险资管企业——太平资产，恰能给唐果提供这一平台，这个优势深深吸引着他。

那时太平资产管理公司刚成立，唐果是第一批进入公司的员工。起先，唐果被分配在公司战略部门工作，负责写董事会报告、领导讲话稿、业务材料等，是公司非常重要的指挥中枢部门。但唐果还是想到市场第一线，不久之后，他主动请缨，申请调到投资部做研究员，直接参与投资业务。公司看重唐果的表现，认可他的能力，最终还是尊重其意愿，为公司所珍视的人才提供了直接参与投资业务的机会，由此唐果进入一个更为广阔的发展空间。

终于可以直接参与股市博弈了，唐果像一个经过反复要求终于参加了突击队的战士一样，摩拳擦掌，兴奋不已。但是，走向投资经理的路并不一帆风顺，等待他的并不是开满鲜花的坦途，而是一条充满变数、充满挑战、险象环生的路。

三

有人说，中国的股市牛市和熊市都很短，更多的时候是处在一种上蹿下跳的"猴市"状态。牛和熊都是行动缓慢的动物，人们观察它们的走势比较容易，而猴子是灵活多动的，经常是你还没有反应过来，它已经从地上蹿到了树上，又从这棵树跳到另一棵树上。要想把握它的走势，真是比登天还难。只有具备扎实的知识积累和严密的逻辑思维，才能够洞察股市发展走向，把握市场的走势。这是每一个优秀投资经理必须具备的基本功，而要想达到这个境界没有任何捷径，必须刻苦地学习和钻研。

太平资产公司员工的文化层次都很高，三分之二是硕士以上学历，很多人具有海外留学或工作经历。当时中国证券投资业还处在起步的初期阶段，大家都在同一条起跑线上，唐果坚信，只要努力，就会成功。

唐果在学习上是非常刻苦的，几年来他阅读了大量投资专业书籍，认真做好笔记。他读书不满足于数量和一知半解，要读就一定读懂，带着自己的问题和思考去读，不彻底搞清楚决不罢休。

唐果对学习的见解也是独特的。他认为，不能把学习简单地定义为上学和读书，其实更多的知识并不是在学校学来的，而是在以后的工作实践中逐步学习积累的。很多时候越是跨学科才越能开阔思维取得成功，因为跨学科可以使我们思考问题时考虑的面更宽些。

唐果喜欢看投资方面的书，但更喜欢看社科类的书，看历史、人文、人类学、心理学，包括看小说。他认为，一个投资经理的知识面一定要特别宽，否则面对各个不同行业，很难做科学的决策。书读得多了，读得透了，人的视野就更加宽阔了，思维也就更加严谨科学了。

除了看书之外，唐果每天还要看大量的投资信息，这是一个投资经理每天必做的功课，也是唐果学习钻研投资技巧的一个重要渠道。如今包括券商平台在内的投研信息量巨大，信息流转速度加快，唐果每天接到的邮件都在1000封左右。不仅看，更重要的是分析，学会如何在海量信息中精准捕捉到有价值的信息。不能被海量的信息迷惑，而是要在眼花缭乱、真假难辨的信息中发现有用的线索，建立清晰的投资思路。

读书、阅读投资信息等等还不够，一个投资经理还必须到投资企业进行现场调研，凭自己的直接观察去判定一个企业是否具有投资价值。唐果通过各种机会接触产业界和企业界的专家，学习不同行业的专业知识，感受最新的行业动态，努力抓住各种投资机会，并获得回报。

与投资业同行保持密切的沟通，也是唐果必须认真做好的事情。"横看成岭侧成峰，远近高低各不同。"每个投资经理看问题的角度都不大一样，各有各的道理，唐果会广泛听取各方面的意见，和投资界的朋友探讨甚至争论，然后深入分析思考，最后形成自己的观点。

其实唐果并不是一个喜欢交际的人，如果能够选择，他更愿意一个人安静地看书、思考，还有拿出时间来与家人共度美好时光。可是为了公司的发展、为了听取各方面的观点，他必须拿出大量的时间与投资业同行们保持密切的沟通。

在采访唐果同事的过程中，很多人提到，唐果的学习方式与众不同，他学习研究一个东西从来不是零敲碎打、了解一点东西就罢手，而是广泛收集信息，分析整理，理出头绪，把所掌握的知识形成一个完整的体系。这样他就能更加全面系统地分析这个问题。比如说，市场上刚刚出现智能汽车时，引起很多投资人的关注，但多数人只是一般性地了解，而唐果却会系统性地全面研究智能汽车这个新生事物。几周时间下来，他已经能将智能汽车的"环境感知、规划决策、多等级辅助驾驶"等功能以及驱动系统、智能控制、市场前景等说得一清二楚、头头是道，将来是否把智能汽车列入他的投资目标，也早已心中有数。当然，这种学习方式是很累人的，要比一般人花更多的时间去收集信息，去深入思考，反复论证，但没有人可以随便成功，每一个成功者都会付出比一般人更多的艰辛。

功夫不负有心人，通过刻苦的学习和钻研，唐果在很短的时间内，就成为了投资方面的内行。丰富的知识通过操盘实践检验，被唐果充分地理解和消化，逐渐变成了他的投资理念和技巧，使他在投资领域迈上了一个新的台阶。

四

唐果所在的太平资产管理公司是太平保险公司旗下的子公司，是专门对保险资金进行投资运作的。

唐果工作中一直把保费的安全和稳定收益放在第一位。在变化万千的市场中，他追求的不是一时的获利超过市场，而是在尽可能保证本金安全基础上做到"持久获利"。

在投资过程中，唐果特别关注行业未来如何发展、上市公司业绩何时释放、何时被投资者所认可等核心问题，运用自身的知识和经验去分析判断。这些年，唐果曾历经市场数轮"牛熊转换"，已练就了自己对于市场轮动、行情节奏等独到的认知视角。"洞察力敏锐"是同事们对唐果的一致评价。

面对着起伏波动的市场，面对着现实的考核压力，没有信仰和理想，是不可能成为一名优秀的投资经理的。唐果不仅具有思维敏锐、刻苦勤奋等优秀素质，还具有高度的责任感和诚实守信的道德品质。

有人说，做投资经理压力很大，我问唐果："你有压力吗？"他说当然有。我感到有些奇怪："业绩这么好的金牌投资经理也会有压力吗？是来自什么方面的压力呢？"

唐果告诉我："投资经理是一个竞争性很强的职业，每个人都会面临着各种各样的压力。压力最大的，就是如何面对不断变化的市场保持长期的盈利。"

我有点担心地问："长期盈利是很难的事情，你是怎么克服这个压力的呢？"

"学习！不断地学习！把学到的知识与自己的工作实践有机地结合在一起，形成自己的投资体系，找到适合自己的路，把压力变成动力！"

唐果的压力藏在他的内心里，在周围同事们看来，唐果总是一副胸有成竹的样子，每一笔业务都做得有板有眼，最突出的特点就是稳健。

投资行业没有常胜将军，能够做到业绩稳定增长是最不容易的。在股市拼搏，谁也不知道哪单业务会错，投资经理们往往不比谁的胜利多，而是看谁的错误少。错得最少的人才是笑到最后的人。

一个优秀的投资经理要具有稳定的心态。有人情绪波动大，顺利时会兴高采烈，而一旦遇到挫折就会唉声叹气，甚至操作失常，造成更大的资金损失。唐果的最大特点，就是把情绪管理得很好，波动小，胜不骄败不馁，大家在任何时候见到他，都是脸上充满阳光的样子，很开朗，很自信。即便遇到一些坎坷他也会有效舒缓自己的情绪，处变不惊，及时调整战术，集中精力打好下一仗。

"长期稳定"是保险资金投资的重要理念。唐果很少做短线投资，而是喜欢做中长线，因为中长线考验的是投资经理对投资企业的深入了解和信心，而这正是唐果的长项。他对自己选择的项目心里有数，不是靠消息，不是靠直觉，而是靠在企业报表中抓住的核心信息，靠对企业的实地考察，靠自己精心的测算和分析。所以他不为市场的涨涨落落所左右，坚定地走价值投资的道路。短跑靠爆发力，长跑靠耐力。唐果就是一个稳步前进的长跑者，他的整体业绩一直很好，已经形成了自己的投资风格，得到了同事们的充分肯定，成为了太平资产公司不可或缺的业务骨干。

在2014年底，唐果和他的团队经过精心分析测算，已经清晰判断出中国股市即将有一个大行情开始，在公司最高决策层的支持下，他们果断决策大力加仓。事实证明他们的预测是完全正确的，所以在2015年上半年唐果管理的账户就已经实现了丰厚的利润。后来，股市进入了跌宕起伏的牛熊交替阶段，尽管在随后而来的股灾中账面利润大幅缩水，但依然保持了较好的收益。

我问唐果，做投资经理的这些年里，最得意的事情是什么？

唐果想了想说："其实我现在还处在一个学习摸索的阶段，让自己特别满意的事情并不多。如果非要说有什么事情是比较得意的话，就是我经过深入研究、反复论证，终于比较准确地发现了几个具有很大增长潜力的行业。这对于一个投资经理是一项很重要的能力，就像是勘探队能够发现新油田或是星探能够发现颇具潜质的新星一样。每个行业的兴衰都是有周期的，及早预测到这个周期，在行情启动前买入，在行情发展中坚定持仓，在发现拐点时果断卖出，这样就能实现稳定且丰厚的收益。"

我又问："将来你打算做什么呢？"

唐果对我的问题有些不解："将来？当然还是做投资啊。我热爱这个职业，我觉得投资是人们可以一直做下去的行业，不管你将来有多老，甚至行动不便了，但只要有清晰的思维，就可以继续做投资。股神巴菲特今年已经86岁了，还在从事他喜爱的投资事业啊！"

五

我以前采访过很多先进人物，像唐果这个类型的还是头一次，他既没有见义勇为与歹徒搏斗，也没有几十年如一日早来晚走无私奉献或是舍己为人做很多很多的好事。他就是一个普通的投资管理人员，在自己的本职工作岗位上刻苦地学习，努力地工作，踏踏实实地做人，取得了较好的业绩。这样的劳模能不能写？怎么写？

在采访过程中，我常听到"普通"这个词，唐果一再说他就是一个普通的投资从业人员，没什么可写的。而他的同事们提到他时，也会说："唐果吗？很普通的一个人啊。"随着采访的深入，我看到了唐果更多的"普通"的一面。

比如说，唐果过日子很细心，很顾家。工作和学习占用了唐果大量的时间，所以一旦有时间，他会加倍地补偿家人。

唐果平日会经常利用假期带父母和妻儿出去旅游，每年两次，国内国外，只要家人喜欢，哪儿都去看看。

孩子是唐果的心肝宝贝，只要是孩子的事情，哪怕一点小事他都要尽心竭力做到最好。唐果的同事给我讲了一个小例子：带小孩子开车外出需要儿童安全座椅，一般人到商场买一个就是了，唐果却花了不少精力做了细致的研究，就像选择投资项目一样，通过网络反复比较，几乎成了一个安全座椅专家，最后千挑万选，选择了一款荷兰的产品；但买了之后发现一个拉扣有问题，他立刻与商家联系，偏偏国内又没有配件，唐果绝不凑合，他与海外生产厂家直接联系，最后国外给寄过来一个配件，这才解决问题。他说，这关系到孩子的安全问题，是个大事，一点也不能马虎的。

2014年，儿子被医生告知血液指标有异常，全家人都吓坏了，唐果更是心急如焚，多方求诊。每次看到刚一岁的儿子在那里玩耍，他就想流泪。怎么办？他对妻子说：咱们就是倾家荡产也要把儿子的病治好，实在不行，就到国外去治。后来他们找到一位年轻的儿科专家，经过再次仔细检查，确认是虚惊一场，唐果这才长出了一口气，对于"幸福"二字的理解更有了不同。

偶然得知唐果已经是两个孩子的父亲了，这我有点意外。

我问他："你为什么会生老二呢？"

唐果一脸的无辜："政策允许生二胎的啊。"

"不，我的意思是说，带孩子很辛苦的，你们都是高学历的业界精英，工作很忙，带一个孩子已经很辛苦了，为什么会要两个孩子？"

"嗯——，就是觉得一个孩子太孤独嘛，两个孩子，他们能够一起玩，有互动，对他们的成长也有好处的。"

我以前采访过的先进人物中，很多都是忘我地工作，顾不上照顾家人，谈到家庭这个话题时都会充满内疚，甚至落泪。而唐果这位劳模对家人的这种态度让我耳目一新。

唐果对我说过："我很敬佩那些为了工作抛家舍业的人，但是我做不到，也不准备那样做。我会在事业和家庭之间找到一个平衡点。"

我发现唐果在公司的人缘非常好，每个被采访的同事提起唐果来，都是面带笑容，侃侃而谈，说他是个普通的人，又说他很出类拔萃。

唐果性格开朗，很阳光，总是乐呵呵的。他兴趣广泛，读书、游泳、打球都爱好，歌唱得也不错。公司年会他当过主持人，他的主持风格自然、幽默，颇有风采，受到同事们的一致好评。

唐果人缘好，不仅因为他善于和同事们沟通，还在于他有大局意识，勇于承担，以公司利益为重。例如有些客户的资金进入时大盘行情不好，但客户却要求有较高的收益，并要求每个月了解业绩情况和操作情况，这样的账户不好管理，唐果就主动承担，不推给其他同事。

唐果不仅在公司人缘好，在投资圈里人脉也很好，这不仅仅是因为唐果的投资业绩出色，对证券投资有独到的见解，还在于他人品好，为人真诚，同行们愿意与他做朋友。

我在与唐果同事的谈话中，最后总会问到一个问题：你觉得唐果的主要缺点是什么？人无完人嘛，唐果不可能没有缺点的。每位同事听到这个问题都会认真地想一想，然后抱歉地对我说：还真是想不出什么缺点呢！有一位男同事被我追问得没办法，笑着说道："如果非得说一个他的缺点嘛，他可能因为工作太忙，好几次说请我吃饭，但是一直没有下文，给我开了空头支票。"

我开玩笑地把这话转给唐果，他没有生气，反而一脸惭愧地问我："哪个啊？哪个说的啊？真是不好意思，回头我一定要请他的！说话要算数，一定要请的。"

我看着他那真诚的目光，确信他是那种把同事感情看得很重的人。

六

我听说投资领域里人才的竞争是很激烈的。一个出色的投资经理，必然是猎头公司的关注目标，像唐果这样出类拔萃的人才，自然也是很多猎头公司的目标。

唐果会被别的公司"猎"走吗？唐果的同事告诉我：不会的，他对我们太平资产公司是有感情的！通过深入采访我了解到，唐果对太平资产的感情这么深，与公司总经理肖星对他的培养和信任是分不开的。

太平资产的掌门人肖总是位年轻有为的金融高管，是从中国人寿上海分公司一把手岗位调过来的。他上任之后，推出了一系列的改革措施，使太平资产的发展蒸蒸日上，企业文化也更加贴心。

太平资产是中国保险业"老七家"中最年轻的资产管理子公司，目前太平资产管理规模为4300亿。这在金融市场上已经不算小体量了，但肖星总经理并不满足，他制定的太平资产最新五年计划中，已经确立了资产规模过万亿的目标。这是太平资产在2014年完成集团的三年再造之后，制订的又一次翻番计划。

这可能吗？这个目标可不是肖星总经理拍脑袋拍出来的。太平资产公司过去两年权益投资收益接近翻番，与市场同类基金相比也排名前列。在过去两年，太平资产在股票市场上实现了95%的高收益，令投资界惊讶不已。

肖星总经理对太平资产有着远大的战略目标。他提出了"七化"战略，即：市场化、专业化、投行化、产品化、国际化、规范化和精细化。

作为一家管理着4000多亿盘子的资产管理公司的总经理，肖星在管理方面有他独特的方式。他一般不会干预各个专业投资部门的具体行为，而是充分体现一线员工的价值，调动每一个人的工作积极性。但是在"实现收益"这个关键环节他不仅重点盯住，而且经常提出具体的管理性要求。要求公司上下一定要坚守保险资金绝对收益的理念和兑现浮盈、控制仓位的原则，使太平资产去年有效地对抗了波动，成为穿越牛熊的市场赢家。

肖总很开明，有魄力，他采取了很多有效措施，包括员工职务晋升、薪酬制度的改革，进一步激发大家的工作积极性，对年轻人敢于压担子。于是，唐果这样的年轻人有了挑重担的机会。

肖总来第二年，唐果就被提为部门总经理助理，担负起更重的担子。唐果所在部门管理资金有300亿左右，他个人直接管理的资金有100亿左右。公司给予了较大的决策权，大政方针公司定，具体投资决策唐果他们自己定。股市行情瞬息万变，没时间一层层请示审批。唐果没有辜负公司党委和肖总的信任，他用自己辛勤的努力，为太平资产管理公司的发展做出了自己的一份贡献。

投资经理是个相对流动性比较强的职业，没有什么硬性措施能够把人留下来。唐果能够抵住各种诱惑，在收入与同业相比并不占优的情况下安心留在公司，就表明他对太平资产管理公司、对公司领导班子和肖总的充分认可。

我曾问到唐果对肖总的评价，他只是真诚地说了一句："我真的很佩服他的！"

七

在上海采访的几天，唐果既要工作又要接受我的采访，我能感觉到他的繁忙和疲惫，内心颇有些不安，于是我加快谈话速度，适当减少了采访日程，提前两天结束了采访。

我离开太平资产公司那天，唐果赶到酒店送我，在去机场的路上我忍不住问他："小唐，你能不能预测一下，2016年股市K线图将会走出一个什么样的形态？"

"噢？你也开始研究股市K线了？"

我笑着说："来上海采访一位金牌投资经理机会难得，我也想靠你这位投资专家的预测在股市里赚点钱喽！"

他也笑了，摆摆手说："这样的预测没有什么实际意义，股市是动态的，影响股市走向的因素太多了。"

"那什么才有实际意义？"我追问。

"作为一个投资经理，要脚踏实地，做好研究，不断完善自己的投资体系，及时调整投资策略，确保收益。实现委托资金的保值增值，才是最重要的。"

说这番话的时候，他语气坚定，眉宇之间充满严肃，仿佛是一位站在地图前指挥千军万马的将军，我终于看到了唐果工作时的状态。

我默默祝福唐果这个充满阳光的小伙子，在中国投资的 K 线图上勇敢前行，不论是"光头光脚的大阳线"，还是可怕的"死亡交叉"，他都能冷静应对，他所在的太平资产管理公司和他个人的事业都一直走在 K 线图的上升通道中。

2016 年 6 月 6 日于北京金融街

（先后发表于《中国金融工运》《中国金融文学》等杂志）

‖ **作者简介**

　　苏北，本名陈立新，安徽天长人，多年致力于汪曾祺研究。鲁迅文学院第二十六届高级研讨班学员。中国作家协会会员。先后在《人民文学》《上海文学》《十月》《大家》《散文》《文汇报》和香港《大公报》、台湾《联合报》等发表作品 150 多万字。作品入选多种选本。著有小说集《秘密花园》，散文集《城市的气味》《植点青绿在心田：苏北海外散文 71 篇》，随笔集《书犹如此》，回忆性著述《一汪情深：回忆汪曾祺先生》《忆·读汪曾祺》等。曾获第三届汪曾祺文学奖金奖、《小说月报》第十二届百花奖入围作品等多种奖项。

‖ 一个不平凡的人 ‖

——记第一届全国金融道德模范 步同良

苏北

一

　　位于鲁西大平原的茌平县是中国有名的枣乡，盛产"圆铃大枣"，是国家林业局命名的"大枣生产基地"。其实这里不仅盛产大枣，还出过孟尝君、马周、成无己等历史名人，可谓历史悠久，地灵人杰。

　　我和步同良此时正行进在茌平往博平镇的路上，从茌平县到这个镇大约 30 公里，步同良就出生在这个镇的丁块乡步庄村，之后他又在这个镇上的农行营业所工作了 28 年。

　　约莫半个小时，车停在了镇子中心的一户人家的门口，这是步同良的老领导、原镇营业所主任张天虎的家。张天虎是新中国成立初期的全国劳动模范，受到过毛主席等中央领导的接见。他生于 1931 年，今年已八十五岁高龄，可精神矍铄。见到我们，他高兴地招呼我们坐下。

这是普通的几间北方民房。张老家的会客厅十分简朴，可布置得很丰富，像个小型的展览室。迎面墙上挂了许多照片，所镶都是各类证书和奖牌，最引人注目的是两个超长的镜框，里面的黑白照片是他出席全国性表彰大会时与中央领导的合影。

张老一边给我们递烟，一边对步同良说："媳妇刘桂红，是吧？她现在也高兴。男人工作好，媳妇也高兴。正常规律嘛！"

步同良说："我都是顺其自然，肖行长说这个事，我说，没必要，年龄这么大了，咱也不图名不图利的。"

张老说："肖行长对我说，把你培养起来，我说不孬！早就该培养起来了。这不是你个人的需要，这是时代的需要。"

我对张老说，你是他的老领导，你对步同良是什么评价？

张老沉思了一会，抽了一口烟，说："忠诚老实，热爱本职工作，从不计较个人名利，不骄傲自满。他始终在柜面第一线，柜面工作很不容易，在时间上很正规，还一点不能错。一干几十年，这是了不得的事！"

我们在交谈时，步同良一直在看张老家墙上的老照片，近端详远注目的，之后说："眼花得厉害，看不清呢！"

张老接话说："咱不花眼呢！"

张老又接着对我说："之后为了孩子上学，家搬到县城，人还在博平上班。他腿脚不得劲，五六年来回跑，不简单，不容易。从来没卖过功劳架子，跑有五六年了。"

张老说着，想起什么来："我这有个材料，还写到过同良，我找找看。"

转身到里屋的一个箱子里去找。不一会，拿出了一个材料，翻到中间一页，指给我看：

步同良，是 1987 年从部队转业的一等功臣，他在老山前线战斗中负了伤，左腿截肢，行走不便。他（张天虎）及时把小步的住处由原来的二楼调到一楼，后来又了解到他家中只有年逾六旬的老父亲，家境贫困，又及时发给他 200 元救济金。1988 年小步 25 岁，婚姻成了棘手问题，天虎发动干部职工为他牵线搭桥，经多方努力，圆满解决了婚姻问题。生活上的照顾，婚姻上的关心，使小步备受感动。为了报答领导的关怀，他从比较清闲的第三储蓄所自愿要求调入工作繁忙的营业室。工作中，他虚心向老同志请教学习，苦练基本功，在不到一年的时间就胜任了本职工作。1988年底，在县行举办的点钞技术比赛中，达到了二级水平，受到县行表彰奖励，如今他已是所里的业务骨干。

这份25年前的材料，如今就显得十分珍贵了，它从一个方面印证了步同良的成长。

放下材料，张老说："任何事情，都是主客观结合的产物，客观条件允许，主观努力了，两个加在一起，才能出成果。所以领导对我说，推荐同良，我十分赞成。如果推荐了没内容，推荐错了，群众不服气呀！那还起负作用呢！"

之后张老又对步同良说："不要当是自己的事情，这是茌平的光荣，是咱农行的光荣。把它宣传出去，是对社会的贡献。"

我们临走时，张老一直把我们送到门口，又回头指着他墙上的一副对子，对步同良说："这个你给咱念念，啥意思？"

那副对子是：

奇石寿太古，

好花开四时。

之后张老借题发挥："要红就红到底，不要红一会儿就完了。要多学习。这不是你个人的事，这是党的需要，不是你个人的光荣，是共产党的光荣。"

二

步同良1964年12月出生在丁块乡的步庄村，兄妹五个。父亲步昌龄是个没有文化的老农民，母亲步沈氏在他八九岁时就离开了人世。他是由大姐背着长大的，大姐像母亲一样照顾他。小时候家里十分贫困，靠地瓜干、高粱饼糊口，一家子整日为吃饭发愁。

步同良说："那时候不管什么东西，能填饱肚子就满足了。"

小时候的步同良也十分顽皮，泅水、用土圪垃打泥仗，样样行。

姐姐对他要求很严，经常说的话是"咱再穷，咱也不要出去作'业'（孽，意为做坏事、祸害人家）"。就这样步同良在村里读小学，在丁块乡和博平镇读完了中学，1983年高中毕业，生产队民兵营长陈长秋见他家实在太困难了，便动员他当兵，"到部队上锻炼锻炼"。

这是步同良的人生转折点。

参军之后，他先在益都县的新兵连待了三个月，之后分配到淄博市的周村区看守弹药库，一年后的1985年3月部队给调往老山前线，不久即上了阵地。

步同良给我看一些图片，那不是常人能体会的艰苦。当时老山前线流行一句顺口溜："苦不苦比比五九五，累不累想想军工队。"

步同良所在的部队正是五九五部队的军工队。

步同良的任务就是每天背着七八十斤的战备物资送到前沿阵地，然后再把受伤的战友或者烈士背回来，每天都要穿梭二十多个来回，沿途所经过的地方全部在敌人的炮火射程范围之内，每一个来回都面临生死考验，受伤更成了家常便饭。有时由于伤口得不到及时处理，脱衣服经常把身上的肉皮一起带下来，钻心的疼痛可想而知。

步同良对我说："咱是从阵地到弹药库、到卫生队，往返了无数趟，战友称那叫'百米生死线'。"

1985年7月19日晚，那场战斗打得异常惨烈，步同良主动请缨，要求去最前沿的高地抢救负伤的战友。

"是一四二高地吗？"之前采访中我曾听他的战友、也转业到往平农行工作的雷泽生介绍过。

"是的。"

当步同良背着第11名负伤的战友向后方转移时，突然被一股巨大的热浪掀翻在地，摔出了很远。他刚想挣扎着站起来，随即再次摔倒，伸手一摸，只摸到黏糊糊的肉皮和腿连着的脚。他第一反应就是踩上了地雷，赶紧找出急救包，摸出止血带，把腿扎紧，防止流血过多，然后就是尽快找到战友，无论如何也要完成任务。他伸手四处摸索，终于在四五米外的地方摸到了战友。好在战友没有再受伤，没有其他办法，两人只好互相鼓励着，忍着钻心的剧痛一点一点地摸索着向回爬。不知过了多长时间，终于爬到了附近的哨所，步同良因失血过多昏了过去。

等步同良醒来时，已经到了后方医院，左腿也因为伤势过重做了截肢手术。

医生见他醒来，轻声对他说："小伙子啊，你流了那么多血，没有牺牲真是万幸啊！"

步同良赶紧掀起被子，看见缠着绷带的左腿，左脚却没有了，当时就急得大叫起来：

"我的脚呢？我的脚怎么没有了？我才 21 岁，没有脚，我以后怎么生活啊！"

是呵，他才 21 岁呀！想想以后无腿的生活，想想亲人伤心的情景，步同良大哭了起来。

在这个时候，是部队首长和战友们一句句朴素的安慰，把他从低谷中拉了上来，让他重新鼓起了生活的勇气和信心。是啊，和那些牺牲的战友、那些失去双腿、双目失明的战友相比，自己活着已经非常幸运了。经过一段时间的康复治疗和假肢使用训练，步同良终于熬过了这一关。但是截肢产生的疼痛并没有因为他意志的坚定而减缓，晴天还好些，一旦到了阴天下雨天就会胀痛难忍，感觉血液要从伤口中喷出来。起初，他也曾想过自暴自弃，可是，当他们凯旋时，沿途群众夹道欢迎的热烈场面，让他激动不已，忘记了所有的痛苦和烦恼。

三

1987 年，步同良服从组织安排，来到了农行茌平县博平办事处，成为一名银行正式员工。

上班以后，面对着全新的工作环境，步同良有些迷茫，有些失落，身体的伤残还是给工作带来了很多不便，而同事们并没有因此对他另眼相看。从同事们眼中，步同良看到了平等和尊重。他想：我的伤残与张海迪相比，应该好多了，但她身残志坚，在残酷的命运挑战面前，没有退缩和沮丧，而是以顽强的毅力和恒心与疾病斗争，那么热爱学习，实现了自己的人生理想；而我呢，只是少了半条腿，有什么理由灰心丧气呢？我是一名伤残军人，但绝不是废人，我要像张海迪那样成为社会的有用之人，在战场上我用行动捍卫了祖国的尊严，在工作上我也要体现出自己的价值。

想通了，就有了前进的动力。但由于只有高中毕业，对银行知识又一窍不通，真学习起来又谈何容易？但他坚定了信心，于是白天学习业务知识，晚上自己练习基本技能。每次练习，都是把自己关在闷热的宿舍里，一练就是几个小时。时间长了，假肢经常把伤口磨出血来，有时和袜套黏在一起，疼痛可想而知，但步同良身上有一股倔劲，仍然坚持不懈。经过自己的努力，在很短时间里，珠算、点钞等基本技能都达到了上岗要求。

就是这样，步同良坚持学习了几十年，也勤勤恳恳工作了几十年。用他的老领导张天虎的话说："一干几十年，这是了不得的事！"

就是这样，步同良青年起航，中年续航，即使是到了五十岁的年龄，对自己的要求也不放松，依然保持着勤学苦练的好习惯。每次组织柜员考试，总能取得全县前五名的好成绩。

和步同良一年转业进入农行的耿建，最佩服的就是步同良的学习精神："在业务练兵上，老步永远不停步，是我们学习的榜样！"

老耿风趣地说："老步还没有被树为典型的时候，我们就常说'你看人家同良！'。我们还有一句口号：'干好咱农行，学习步同良！'"

2008年，为了让孩子接受更好的教育，步同良把家从博平镇搬到了县城。但是，一个困难摆在他的面前：家离网点远了，每天上下班需要奔波30多公里，可是自己行动不方便。面对这些"不利"因素，怎么办？步同良没有犹豫，不论刮风下雨，坚持每天准时到岗。

2010年冬季的一天，天上下着大雪，乡镇公路的客运都停了，妻子刘桂红对步同良说："下这么大的雪，谁还去办理业务，你行动又不方便，给主任请个假，别去了，万一出点事，我们一家怎么办？"步同良说："我负责管着大库现金，要是不去，全所都要停业。如果有客户着急提钱，不就耽误事情了！"说完，他就推着摩托车上路了。由于路滑地湿，不要说骑车，就是走着有时也会摔倒，只好骑一段推一段。途中摔倒了，假肢也掉了下来，他忍着疼痛，艰难地找到假肢，站起来继续前行。就这样，平时半小时的路程，他用了两个多小时才走完。那些年，桂红觉得"累心"：该下班的时间了，却等不到老步回家，天天为他着急。

农行茌平县支行行长肖栋对笔者说："柜员是银行里面最辛苦、最单调、最平凡的工作，步同良在柜员岗位上任劳任怨地干了28年。对待工作，从不挑肥拣瘦，从没有一句怨言，一直尽职尽责。"

四

随着农行网点优质文明服务的导入，步同良迎来了工作以来的最大考验——站立服务。根据要求，在迎接客户时，首先要微笑站立服务；处理完业务后，还要站立微笑送走客户。乡镇网点的客户群体大多是农村居民，金融知识了解相对较少，服务过程中的琐事较多，需要耐着性子、不厌其烦地告诉客户密码怎么输入，在什么地方签名。碰到耳聋眼花的老年人，困难程度更是可想而知。办理这样的一笔业务，最多要起坐五六次。干过前台柜员的都知道，一个柜员一天一般处理业务150笔以上，这样算起来，就要站起、坐下300次以上，即便是身体健全的员工，一天下来，也会累得腰酸背疼。等晚上回到家里，摘下假肢，步同良的伤口经常会磨出血丝，脱下的袜套都会带着血。这个时候桂红总会心疼说：

"你好歹也算是从前线回来的一等功臣，为了保家卫国受的伤，你就去找找单位领导，调调工作岗位，你看看别人都是找各种理由调离柜员岗位，你倒好，自己还干得津津有味。"

步同良说："现在前台柜员本来就非常缺，就是再苦再累的岗位，总要有人干，比起在前线牺牲的战友，我感觉非常满足了，有什么比活着会更幸福，这点苦对我来说算不了什么。我能够忍受、克服，更何况我还是一名共产党员，我更不能提这种要求。"

茌平县支行综合管理部主任高绪广说："像步同良这种条件，如果他提出其他工作要求，行里一定会准许，但他一次都没提过。包括他从博平办事处调到支行营业部工作，那也是柜员轮岗才调动的。"

28 年，一万多张日历一页页翻过。在 28 年的工作时间里，步同良每天接待客户 100 个以上，要想让每一位客户都感受到农行的优质服务，难度确实相当大。而步同良就是恪守着服务客户的职责，和客户真诚沟通、交流，让这个平凡的岗位散发出了不平凡的光彩。

2011 年 6 月的一天，一名客户走进博平办事处办理挂失补卡业务。在询问过程中该客户支支吾吾，立即引起了步同良的警觉，进行电话核实后才知道，原来此客户和持卡人是亲兄弟，两人长相酷似。这天，由于持卡人没时间，便委托自家兄弟前来网点办理补卡手续。步同良说："我不是刁难你，认真核对信息，是对客户的资金安全负责。"这人听了步同良的耐心解释，不仅表示理解，还向他的尽职尽责竖起了大拇指。

作为一名合格的柜员，不仅要处理好日常业务，还要为客户服务好，管好钱。由于现在社会上短信、电话诈骗较多，每次遇到客户办理无卡汇款，步同良都要习惯性地带上一句话："对方认识吗？为什么要给他汇钱？"提醒他们避免上当受骗。一位姓刘的客户，在博平镇做家具生意，是农行的老客户，每次来网点办理业务都是先和网点的"老朋友们"打个招呼。有一天，他又一次到网点来办理业务，步同良习惯性地跟他打招呼，他不仅没有任何反应，还专注于手中的电话，神秘兮兮而且表情很严肃。步同良仔细留意了他和电话另一方的对话，越听越发觉不对劲，就提醒他对方可能是骗子。刘先生声称："这是我中奖得到的钱，得先给人家汇手续费，人家才会给我奖金。"步同良一听就猜到这是一个骗局，马上提醒他，可是他死活不信，一直催促着步同良尽快汇钱。情急之下，步同良就谎称他写的银行卡号不对，要和对方确认一下，对方听到是银行人员，马上把电话挂断了。刘先生一看就急了，说步同良耽误他赚钱了。没办法，步同良耐心地跟他解释，并拿出近期的"风险提示"给他看相同的诈骗案件，刘先生才如梦方醒，明白自己差点上了骗子的当。他感激地说："多亏你及时阻止，要不然我损失就大了。"

认识步同良的人常说："老步是个热心肠，心里装着一团火。"为客户服务，他是个细心人；对待同事和朋友，他是个热心人。老步用工作的点点滴滴，温暖着客户，温暖着同事，温暖着社会。

在漫长的 28 年柜员生涯中，任何违规行为都逃不过他那双经过战火历练出的"火眼金睛"，他处处为客户着想，赢得了广大客户的一致认可。

五

步同良对待同事总是满腔热情，和大家关系融洽，和谐相处。他总是说："人要时刻感恩，我的伤腿除了阴天下雨天会有风湿性阵痛，平时也疼。刚工作那几年，疼痛时我会情绪低落，同事们就像家人一样开导我，帮助我脱离困境。大家也从不因为我伤残而对我另眼相看。"怀着感恩的心，步同良力所能及地帮助同事，碰到同事有事无法值班他就顶上。去年有一段时间，营业部一名柜员休假，联行岗位缺人，运营主管王静问步同良能干不，步同良爽快地答应了："可以干，就是联行业务不熟悉，大家要多多帮助我。"

王静常说："老步大哥是柜员中年龄最大的，他就是革命的一块砖，哪里需要哪里搬。"

步同良家境一直不富裕，妻子没有工作，还患有心脏病。2012 年，茌平县支行为了减轻步同良的家庭负担，给他送去了 1000 元的慰问金。拿着行里给的钱回到家，恰好女儿和同学来了，当听说女儿同学因家里困难面临辍学的情况后，便毫不犹豫地拿出全部的慰问金交给了她。

这些年来，步同良从来没把自己当成残疾人，周围同事、客户也没有，因为别人能做到的，他都能做到，甚至做得更好。在单位，不少年轻的同事甚至都不知道他的腿受过伤。20 多年来，他每年都需要去济南更换假肢，但由于怕给组织添麻烦，他从来没有要求单位派过车，都是让妻子陪着坐公共汽车，而且也从没为此请过假，都是在公休假期去的。

慢慢步入了中年，他还是争做前锋不掉队，认真学习各项业务，提升自身素质。就拿"三基本"考试来说，为了不让自己掉队，他一有空闲就赶紧看业务操作手册，熟悉操作要点，碰到不会的就向其他人请教。慢慢地不会的题目越来越少，自己知道的也越来越多。有人说："老步，你都是过了五十岁快要退休的人了，还这么认真干啥？"步同良说："在岗一天，就要学习一天。现在是知识时代，不学习就不能更好地为客户服务。"

他的行长肖栋这么给我概括步同良："这个同志在工作中从不计较个人得失，勤勤恳恳、任劳任怨，作为一个最基层农行人，他用实际行动履行着军人的历史使命，用无私奉献体现了农行核心价值观的本质特征，展现了农行员工的价值取向。"

近年来，步同良先后被授予农总行"五一劳动奖章"、中央金融工委"第一届全国金融道德模范"和"全国金融五一劳动奖章"等荣誉。最近，又被中宣部、中央文明办等六家单位联合评为"第十四届全国职工职业道德建设先进个人"。

面对荣誉，步同良说："和全行基层员工一样，我只是一名普普通通在前台一线工作了28年的一般员工，坚守着自己的岗位，履行着自己的职责。我所做的，也只是三尺柜台上一些平凡的不能再平凡的事情，这也是我分内之事。"

在采访的几天中，步同良的平实、开朗和热情，给我留下了极好的印象，我将他引为朋友。几天中他对我说得最多的一句话是："俺当兵出生，俺不想这事，安安稳稳过日子。在前线，领导叫上俺就上，现在，也一样。"

我对步同良爱人刘桂红说："同良既是男子汉，也是帅哥呢！"

刘桂红笑了起来："年轻时帅，那时头发多，现在头发少了。"

我说："现在也帅啊。同良在外面工作忙，家里的后勤主要由你担当了。军功章有你一半！"

刘桂红快乐地笑着，一脸的幸福。之后她说："他幸福指数低，容易满足啊。"

（先后发表于《中国金融工运》《中国金融文学》等杂志）

‖ 作者简介

靳连珠，山西省灵丘县人。1974 年 12 月入伍，1992 年 12 月转业至中国建设银行山西省分行，曾任企业文化部副总经理，机关党委专职副书记，发表新闻和文学作品 30 余万字。现为建设银行山西省分行退休干部。

李小青，女，山西沁水县人。1989 年到建行工作，曾任中国建设银行临汾分行宣传部长、工会主席、纪委书记。现为建设银行临汾分行高级专家。多年来笔耕不辍，在国家、省、市级新闻媒体及网站发表新闻作品百余篇。

‖ 凌寒月季 ‖

——记中国建设银行山西临汾分行六级客户经理李红英

靳连珠　李小青

只道花无十日红，此花无日不春风。一尖已剥胭脂笔，四破犹包翡翠茸。别有香超桃李外，更同梅斗雪霜中。折来喜作新年看，忘却今晨是季冬。

——南宋诗人杨万里

楔子

具有 5000 年历史的唐尧古都山西省临汾市，从 20 世纪 70 年代就有"花果城"之称。在春有花、夏有荫、秋有果、冬有绿的四季景观中，有一种花，无论在初春和煦的春风中，还是在盛夏炎热的烈日下，抑或在金秋送爽的秋风中，甚至在初冬的清冷里，总是不动声色地演绎着生命的故事：一期花开败了，时间不久又开出几朵来，从紧紧包裹着的小花苞，慢慢地变成含苞待放的花骨朵，从初绽的蓓蕾渐渐演化成怒放的花朵。这就是月季。

在位于该市河汾路和中大街交会处的建设银行临汾分行，也有一朵"月季"，她就是第一届"全国金融道德模范"、个人金融部六级客户经理李红英。这朵"月季"，不争春、不夺夏、不抢秋，总是默默地开放。每逢冬季，凌寒而开，也默默地显示着自己特有的魅力。

"只要有我在，就不会放弃他"

2010年1月23日，农历己丑年腊月初九，星期六。严寒中的临汾市透出迎春的气息，购置年货的人们穿行于大街小巷。

平阳南街建行家属楼三单元102房间，女主人李红英一大早就起了床，烧水做饭，掸尘扫屋，脸上洋溢着幸福的笑容。

李红英现年40岁，身高1.6米，紫红色的脸庞透着淳朴和善良。她和爱人秦志伟都在建行工作，女儿秦雪学习成绩优异。兄弟姊妹都以她为自豪。

这天是李红英女儿16岁生日。一家三口约定：上午爱人到单位加班，中午赶回一起吃饭。她和女儿收拾家，干干净净庆贺秦雪的二八妙龄，提前迎接新春佳节。

然而，爱人由于手头工作紧，未能按时赶回。晚上六点多回到家，感觉身体有点儿累，一头倒在客厅的沙发上睡着了。时间一分一秒地过去，李红英隔一会儿看看熟睡的丈夫。她想叫醒他，但又不忍心，就边干家务边等待。

"啊——！"时针指向零点一刻，一声撕心裂肺的叫喊声响彻83平米小屋，接着又是一声重重的"扑通"声。

"怎么啦？这是怎么啦！"李红英和女儿几乎同时冲向秦志伟。只见他从沙发掉到地上，浑身抽搐，口吐白沫，不省人事。两人使劲喊他、推他，怎么也唤不醒。

"小雪，快，快去叫车！"李红英眼睛紧紧盯着秦志伟，一刻也不敢离开。

120急救车风驰电掣般将秦志伟送到临汾市人民医院。诊断结果令人一惊：突发脑溢血，出血量 80 毫升。

"出血量够大的，赶快抢救！" "赶快准备钻孔手术！" 听到医生的悄声议论，李红英不由得一阵眩晕，差点倒在地上。她扶住墙静了一会儿，默默告诫自己："李红英，你可不能倒，要不这个家就全完了。"

天亮了，医办室唤她。她用颤抖的手在手术同意书上签下了自己的名字，急切地对主治医生说："能不能快点手术？您千万要治好他的病呀！"

秦志伟是不幸的，又是幸运的。经过一天全力抢救，他终于从死神中夺回了生命。李红英稍稍松了一口气。

然而，时隔五天，秦志伟又一次发病，出血量达 40 毫升。虽然阎王爷再次将他送了回来，但意识全无，目光呆滞，形同植物人。

一连串的问题再次向李红英袭来：

"秦志伟会不会再发病？"

"再发病，手术成功的概率有多大？"

"今后，这个家该怎么办？"

有好心人直接找到李红英："你全力以赴救治秦志伟，已经做到仁至义尽了，下步也该想想自己了。"

李红英的女儿表面不动声色，背后却躲在角落里哭泣。75 岁的妈妈，天天给她做饭送饭，总是一脸的担心。

面对这一切，李红英的心里像打翻了"五味瓶"。她何曾没有想过这些，她何曾不想大哭一场，但眼前情景不允许她这么做。

李红英共有兄弟姐妹六人，她排行老五。父亲早年去世，母亲是他们生活道路上的良师。老人深受帝尧文化的熏陶，恪守"积善之家，必有余庆"的信条，是远近闻名的大好人。她对孩子们要求非常严格，绝不允许做损人利己的事情。李红英从小便按照母亲的指引做人做事。

这天，李红英拉着妈妈在床边坐下："妈，您不是经常教育我们做人做事要对得起良心吗？秦志伟不管出现什么情况，我都会面对。只要他活着，只要我下班后、小雪放学回家后能看到他，就算他不会走路、不会说话，甚至不认识我们，再累再辛苦我都愿意！"

妈妈一把将李红英揽在怀里，老泪纵横："孩子，别说了，妈支持你，兄弟姐妹们也会支持你。"

李红英把妈妈抱得更紧："妈！您真是我的好妈妈！女儿这一辈子绝不会给你丢脸。"

2010 年 3 月，李红英凑足了一笔巨款，准备将秦志伟转到北京海军总医院治疗。临行前，一个难题摆在她的面前：自己一个人陪侍不了秦志伟，能与她陪侍的只有两个姐姐，但她们一个患严重高血压，一个要照顾生病住院的母亲，都无法与她同行。

情急之下，她敲开了表妹的门。表妹与她情同手足，爽快答应，但孩子正在上小学，需要找人看管。

她又将皮球踢给了大姐。大姐拍了她一巴掌："我看你为了秦志伟，把我们都得拴上。"李红英调皮地一笑说："真让大姐说对了，我把小雪交给二姐照顾了，你俩不偏不向，一人一个。"

就这样，大姐、二姐为她承担起大后方的任务，她和表妹陪着丈夫踏上了临汾到北京的火车。

在海军总医院，李红英像照顾婴儿一样照料着秦志伟。一天，表妹发现李红英在给秦志伟擦洗身子时，总是咧着嘴、皱着眉，一副痛苦不堪的样子，便问："表姐，你怎么了？"

"可能是着急上火，乳腺不舒服。"

表妹突然想起，李红英在秦志伟发病前，曾做过乳腺手术，忙将她拉到卫生间查看，解开衣服不由得叫了起来："啊！都红肿了，流脓了，你怎么不早说呀！"

表妹动员她马上进行治疗。妈妈、大姐、二姐知道后，也打电话劝她："你不能为了秦志伟不要命，趁在好医院，好好把你的乳腺病看看。"

在大家的说服下，李红英进行了诊断。医生告知，她的病属于乳窦堵塞，需要重新手术，尽快手术。手术前先要把炎症消下去。最好住院集中消炎。实在不行，也得打针吃药，减少劳累，加强休息。

李红英选择了后者。然而，过了一周检查，炎症没有消下去；又过了一周检查，炎症还是没有消下去。到第三周检查时，医生不高兴了："告诉你的注意事项，怎么老是不听呢，再这样下去，后果你自己去想吧。"

听到这话，李红英低下了头。表妹却满眼噙着泪花。医生的批评是对的，但他哪里知道，李红英关心丈夫胜过自己，让她减少劳累，加强休息，几乎是不可能的。

秦志伟由于脑出血，呼吸道被痰堵塞，无法正常呼吸。为了防止肺部感染，需要一小时翻一次身、拍一次背。她生怕耽误一次，白天卡着表进行，晚上和表妹在病房打地铺，轮流值班，互相叫醒，每天只能休息四五个小时。表妹让她到临时租房休息，她说"秦志伟离开我心里会很难受，还是咱俩一起在这里吧"。

秦志伟需要定时用吸管机从喉咙切口处吸痰，吸时需要重力拍打。李红英生怕给丈夫带来一点痛苦，每次总是小心翼翼，有时力度掌握不好，弄得痰液四溅，床上、地上、墙上到处都是，她的衣服始终痰迹斑斑。每次吸完痰，都要一点一滴清洗痰迹。表妹帮她操作，她说："你干不了这个活儿，我也不忍心让你干这个活儿。"

秦志伟体重200多斤，每次到康复中心锻炼，李红英用90多斤的身躯先抱住上半身，再使劲儿顶住轮椅，然后让表妹大力推下半身，等丈夫靠住轮椅，再用力拽裤子。每天进行五六次，每次都弄得满头大汗。表妹提出换一下角色，她说："你抱不动他，还是按现在的分工来吧。"

表妹将这些情况告诉了医生。医生说："没想到还有这么好的人。那就赶快让人顶替她，让她回家休息调整一段时间。我们随时做好手术准备。"

表妹背着李红英给她买了回临汾的火车票，同时给家里打了电话。家里决定，将母亲和秦雪交由大姐照管，让二姐前来顶替她。

李红英知道后着了急，第一次和表妹发了火儿："这事怎么不和我商量。志伟现在这情况，我怎忍心离开他呢？"接着又给二姐通了电话："妈妈离不开你，你也招呼不了秦志伟。再说，把妈妈和秦雪都交给大姐，她也承受不了。我不是什么大病，以后手术也行。"

她硬是逼着表妹退了火车票，逼着二姐打消了来北京的念头。她在海军总医院陪伴了丈夫半年，一直没有做乳腺手术。

长期的疾病折磨，秦志伟不仅像个无知的孩子，而且性格孤僻，脾气暴躁，有时弄得人哭笑不得。一个周末，秦志伟想吃蒸饺。李红英和二姐赶紧剁馅儿、擀皮儿，全家人围在一起包了起来。

"蒸饺做好了，快吃吧。"李红英小心翼翼地将蒸饺端到秦志伟面前，夹起一个喂到丈夫嘴里。

"啪！"秦志伟咬了一口，把蒸饺摔到了电视机上，饺馅儿摔得满地都是。

"这是怎回事？是不是有点烫，生气了？"母亲让把蒸饺晾凉再递给秦志伟。

过了一会儿，李红英又将蒸饺喂到他嘴里，结果他还是咬了一口又摔了。

李红英贴近他的耳朵问他："是什么不合适呀？"

"啪！"拳头又狠狠地落在了李红英的头上。

看他还要打，二姐赶紧上去挡住，忍不住说他："你干吗呢？你要吃蒸饺这不给你做了吗？怎么还打人！"

李红英不顾被打乱的头发，把二姐拉到一边说："姐，我们志伟都成这样了，你就别吵他了。"

李红英心疼秦志伟，二姐更心疼李红英。看她这样护着秦志伟，就连她一块儿数落："你就惯吧！看把他惯成什么样子了！"

说完这话，又觉得后悔。她想起很多往事。

秦志伟经常抢起拐杖打人，李红英的眼角好几次被打肿发青。二姐和妹妹曾数落秦志伟，李红英始终用"他是病人"包庇他，并用心理医生的话给自己解围："医生让志伟控制情绪，让我迁就志伟。"

为了尽快帮秦志伟恢复智力，李红英买了一大堆识图卡，经常指着上面的"房子""桌子"教他辨认、发音。有次，二姐看到秦志伟在读卡时，一会儿手舞足蹈，一会儿又把卡片扔得满地都是。李红英毫不介意，将扔的卡捡起来再让丈夫辨认。二姐红着眼圈数落李红英。李红英说："姐，不要说了，就算他的智力只有刚出生的小孩那种程度，我也要尽最大的努力帮他找回记忆，帮他康复。"

想到这些，二姐赶快补充说："不过，姐理解你，对待志伟就得耐心点。"

李红英笑了，又开始一个一个喂秦志伟蒸饺。

功夫不负有心人。现在，秦志伟神志得到完全恢复，并且能用简单的语言与人交流，可以拄着拐杖缓缓行走，可以坐着电动轮椅单独外出，还可以用自动电饭锅煮饭。

"在任何时候，我都要对得起岗位"

2010年8月，秦志伟回到临汾第四人民医院接受康复治疗。安顿下来，李红英显得坐立不安。

"这是怎么啦？秦志伟日渐好转，你应该高兴才是，怎么成天像丢了魂似的？"妈妈觉得不对劲，但又弄不清什么原因，就拉住她问。

旁边的二姐笑着说："妈，别问了，她肯定是想去上班，但秦志伟没人替她照顾，她心里纠结。"

二姐猜对了她的心思。临汾分行有个党的十七大代表王红梅，曾创建了知名服务品牌——红梅理财中心，全国各地有四万多人次来这里参观学习。她自1988年入行以来，始终以她为榜样，多次获得省、市分行电子银行营销能手、信用卡营销能手、巾帼建功标兵、优秀客户经理、优秀共产党员等称号。入行时她是聘用工，后来成了中长期合同员工，从内心十分感谢组织对她的培养。她常说这样一句话：在任何时候，我都要对得起岗位。

秦志伟生病后，她一直在想：志伟不能继续工作了，自己也耽误了这么长时间的工作，对不起组织，也对不起同事。待秦志伟好转后，我得赶快上班，把遗憾补回来。同事们到医院看望秦志伟时，她经常询问行里情况，有时还给大家献计献策。

二姐说完，转向李红英："是不是啊小妹？"

李红英努着嘴说："是又怎样。"

二姐看她紧锁着的眉头没有舒展，就说出了自己的心里话："不要发愁了，妈已经出院了，姐腾开手了，以后姐替你照顾秦志伟，你就放心上班吧！"

一听这话，李红英扑到二姐面前，调皮地亲了她一口："还是二姐和我好！"

其实，李红英早就打上了二姐的主意，只是不好意思和二姐说。二姐也早就猜透了李红英的心思，提前做了各项准备。两人越说越投机，最后商定：白天二姐在医院招呼秦志伟，晚上李红英在病房就寝，接过招呼任务。

从此，李红英有了这样一张时间表：每天 5 点 30 分起床，洗漱，准备早餐。6 点，帮助丈夫大小便，洗漱，吃饭。6 点 30 分，将丈夫搀扶到轮椅上，前往康复室。7 点 10 分，为丈夫绑好康复仪器，二姐到达后立即赶往单位。中午 12 点下班后，打饭送医院，上班前返单位。晚上 7 点后回到医院，继续服侍丈夫吃饭、洗漱、按摩。

李红英把落实这张表，看作是对丈夫的责任，更看作是对事业的追求。

2011 年 5 月 11 日，李红英在尧都支行值大堂，满腔热情地接待着每一位客户。

"您好！请问您办理什么业务？"

"您从这里取号。"

"您跟我来。"

"丁零零"，她的手机铃声响了，没接。"丁零零"，又响了，还是没接。网点规定，服务客户时不能接打电话，她严格遵守这一规定。

不一会儿，电话铃声再次响起。她想，这是谁的电话呢？莫非是家人？按说他们是知道网点规定的，是不是秦志伟……

她不敢再想下去，送走一拨客户，赶快掏出手机，果然是二姐打来的。她心里咯噔一下，屏住呼吸回拨过去："姐，没啥大事吧？"

"我刚才在扶志伟锻炼时，他扑通一下子坐在了地上，扶起一看，嘴有点歪，还流着口水。你快回来吧！"电话那头传来二姐急促的声音。

"啊！姐，你赶快找医生，我一会儿就赶回去！"放下电话，李红英看了看时间，时针指向 17 点 30 分。

她想找领导请假，但看到客户出出进进，看到每个同事都在紧张地忙碌，立即打消了念头。多年来，她一直坚守一个信念，客户比天大。

下班了，她一溜小跑出了门，突然想到设备还没归位，自助银行的门还没落下，大堂还没有做清理，马上又返了回来。在她的潜意识里，每天的工作必须做到位，做彻底。

赶往医院，二姐正按照医生的吩咐，对秦志伟进行观察。李红英左端详、右查看，觉得不对劲，马上找出轮椅，和二姐推着他做了 CT 和其他检查。结果再一次让她们不寒而栗：秦志伟又一次出现了脑出血，出血量 11 毫升。虽然没有生命危险，但前期康复效果要重新归零。

李红英的眼泪哗的一下流了下来。第二次手术以来，她看着丈夫日渐好转，满心欢喜地盼望着他能恢复到正常人，和她一起上下班，一起讨论业务，一起逛街买菜，可眼下她心存的希望全被打碎。更重要的是，下一步上班如何继续？再请假于心不忍，不请假难以坚持。

二姐知道她的难处，再一次给她打气："不要担心，我把你姐夫也动员起来，我们一起帮助志伟，相信还会出现奇迹。"

这时，大哥、大姐和妹妹也都来到医院，大家表态，尽力支持李红英。

李红英止住了眼泪："各家都有一摊子事，我不能把你们都拖进来，麻烦小妹了，你和二姐照顾秦志伟，你看能行吗？"

妹妹默默地点了点头。

第二天，她按点起床、洗漱、做饭，招呼丈夫，7 点 45 分，准时赶往单位参加晨会。上班后，又笑容满面地出现在大堂经理的位置上。

为了方便李红英照顾秦志伟，2011 年 7 月，组织将她调到市分行监控中心。监控中心实行"三班倒"，李红英常常上了白班还争着上夜班，上完夜班又连白班，不久便对 32 个网点的地图了如指掌，对所有探头情况如数家珍，对需要查询的问题两三秒就能定位。

2011 年 9 月的一天深夜，龙信支行行长赵艳瑜在睡梦中接到李红英一个电话："赵行长，对不起，打扰您了。华门支行自动取款机上有张客户遗落的卡，我担心被人拿走，麻烦您帮助拿一下。"

赵行长开始有点不高兴："深更半夜打电话，而且还不是龙信支行的事，是不是有病啊。"但转念一想，这么晚了，能发现这么细小的一个东西，还知道我家离华门支行最近，还能第一时间做出处理，敬佩之心油然而生。于是回答说："辛苦了红英！我马上去拿。"

赵行长在爱人的陪同下将卡拿到手，当即给李红英回了电话，李红英带着感激和歉意的语气说："太感谢了！这么晚了还惊动行长，实在不好意思，请您谅解！"一句话，更使赵行长感到心里暖暖的。

第二天一上班，赵行长将卡送往华门支行。员工们对她表示感谢后，直夸李红英。这时，平时听到的关于李红英的点点滴滴涌上她的脑际。

"在新的工作岗位上，李红英还是那样谦虚谨慎，认真负责。对自助区的灯光是否及时开启、加钞间能否及时关灯、加钞是否双人进行、是否背对客户输密码都观察得仔仔细细，稍有不妥便电话提醒网点。"

"李红英刚到监控中心当班，发现襄汾支行 ATM 旁有 150 元钱掉到地上，立马打电话让房师傅代为保管，然后拨通会计主管的电话告知相关事宜，第二天通过查询交易明细，查到具体的客户。"

"李红英上班后利用远程监控系统查看网点款包交接、柜员操作、自助加钞、保安执勤情况，提示的话语非常亲切。我们下了班，又还利用这个系统与自助区域的客户沟通，给客户带去温馨，也减少了我们的工作量。"

赵行长想着想着，干脆到了监控中心，找熟悉李红英的员工做了一次专题调查。当晚，专门召开夕会，详细讲述了李红英的先进事迹和自己的感悟，号召本行员工向她看齐。

2012 年 9 月，李红英在个人金融部非管理岗位竞聘中脱颖而出，担任了服务管理员，主要负责网点服务规范、客户投诉处理和司法查询等，工作细小琐碎且标准很高。李红英以更大的热情投身其中。有人给她算过一笔账，每天的休息时间，满打满算只有 6 个多小时。长期的疲劳，使她身体极度虚弱。

2014 年春节期间，李红英带秦志伟回家休养。当时，天气寒冷，需要生炉子取暖。初五那天晚上，她下地添火，一阵眩晕失去了知觉。醒过来，发现自己躺在火炉旁，地上有一摊血，头隐隐作痛，一摸有个大口子，仍在流血。她知道，自己是摔在火炉子上了。于是，出门截了一辆出租车，跌跌撞撞来到医院。

"你这是太累了，是不是没有睡好觉？"医生边给她缝针，边给她分析晕倒的原因。

李红英微微点了点头。

是啊，自从秦志伟回临汾进行康复治疗后，病房就是她的家，她一直无法很好入睡。别说晚上要给丈夫喂饭、洗漱、按摩、照顾大小便，单就环境而言，干扰也非常多。有一个隆冬的深夜，病房住进一个多处骨折的病人，呻吟声、哭喊声把她吵醒。她将折叠椅和被褥挪到走廊里，刚躺下不久，感到浑身发麻，嘴唇哆嗦，只好在楼道走动，基本一宿没合眼。

上班时，她经常白天黑夜连轴转。一次，李红英接到一个投诉电话，说，建行的银行卡在其他银行自助机上交易时，多支付了 10 元 5 角钱的费用。为了尽快帮助客户解决，下班后，她急忙赶到医院，安顿了丈夫，叮嘱好护士，又赶回单位，先后电话咨询了五个部门，翻阅了上千份工单，直到半夜两点多，才赶回医院。第二天一上班，又到相关银行协调，调整了客户的手续费。

医生叮嘱她："回去好好静养，以后要多注意休息。"

李红英仍然微微点了点头。

医生哪里知道，李红英最好的休息办法就是晚上下班后，带着丈夫边遛弯边检查自助银行。然而，这哪里是休息呀！每次检查，她都要将发现的问题通过微信告知相关网点和人员，并进行交流互动。员工称，经常看到李红英"微信中晃动的身影"。

不过，李红英确实想趁着春节放假恢复一下身体。谁知，屋漏偏逢连夜雨。第二天，母亲听说她头上缝了四针，到她家看她，一着急突发脑梗，住进了医院。

这一下，李红英更忙了。她带着伤痛，既要照顾秦志伟，还得照料老母亲，累得快要散架了。睡在床上，浑身酸痛。

正月初八一上班，她准时出现在了办公室。领导看到她头上裹着绷带，问清原因后，安排她回家休息。但她说啥也不肯，笑着说："没事，我能行！"

单位的门卫说："李红英就是一个钟表，每个工作日的清晨 7 点 35 分，她那辆双人电动车会准时停放在大院里。"三个单位的签到簿和工作登记簿显示，这些年，李红英没有过一次迟到，没有过一次早退，没有过一次差错，没有过一次投诉。说起李红英的业绩，有一串令人难以置信的数据。担任监控中心检查员时，发现并排除风险隐患百余次，没有发生过任何安全运营问题；担任服务管理员时，受理 95533 工单 1397 份，没有一个工单形成二次投诉；接待司法查询 345 件，查询人数 1801 人，没有出现过一笔业务差错。

"再苦我也熬得住，再难我也挺得过"

2012年8月的一天，秦雪收到大学录取通知书。李红英一阵欣喜之后，却陷入了惆怅。那一夜，她翻来覆去睡不着。

女儿从小喜欢编导艺术，高考前想报特长班。把想法告诉她后，她感到很为难。不让去吧，这是孩子儿时的梦想；让去吧，特长班花费很多，家里的经济条件又不允许。于是就说了一句："你看着办吧。"懂事的女儿听出了她的弦外之音，主动放弃了这一念头。她每每想起这事，内心便无比愧疚。

眼下，女儿如愿以偿地考上了大学，再不能让孩子因学费而失望了。可这笔费用从哪里解决呢？这些年给丈夫治病，花光了所有积蓄，还借了亲戚朋友30多万元。再去借，实在张不开嘴。不借，又没有更好的办法。

第二天，她向亲戚道出了自己的苦衷："小雪上大学需要1万元钱，实在想不出高招，你们说，我该怎么办？"

这些亲戚都借给过李红英钱，他们自身生活也不宽裕。同时，感到李红英还要给秦志伟交住院费，暂时借给她，也解决不了根本问题。于是，建议她向组织反映，申请救助。

李红英摇了摇头走了。她不是没有想到组织，但秦志伟住院后，总行、省分行、市分行提供了8万元的救助基金，上自省分行领导，下至普通员工，主动捐款帮助，她不能再给组织添麻烦。

路上，她想到了自己的房子。她决定卖掉它。

不几天，买主给她交钱，她掉泪了。这是她和丈夫几十年的心血，是她家唯一的资产呀！那一刻，她又觉得舍不得了，但为了丈夫的康复，为了女儿的前程，为了不给亲戚增负担，为了不给组织添麻烦，她咬了咬牙，含泪接过了房款。

卖了房子意味着无家可归。得知这一消息，病榻上的秦志伟不住地用左手捶打着自己，用那含糊不清的话语重复着两个字：死吧！死吧！并开始拒绝服药，不再配合治疗。他嫌自己拖累了妻子，连累了女儿。

面对这种情景，李红英心都碎了。她耐心地做着丈夫的工作。"志伟，你不是我和小雪的拖累，其实，我们更需要你。你在，我们才是一个完整的家呀！"

房子卖了，李红英的经济困难并没有解决。34万的卖房款，她除给女儿交学费，又给秦志伟交了3万元住院费，其余全部用来还债。

家人知道后，对她的做法不理解："就算卖掉房子，也不用急着还债呀！手中没钱，以后的日子怎么过呀！"

李红英耐心解释说："大家把辛辛苦苦赚来的钱借给我，我怎么能只考虑到自己的苦衷，不考虑别人的难处呢？以后的生活也许还会很艰难，但只要有信念，再苦我也熬得住，再难我也挺得过去！"

李红英省吃俭用，每天中午，在单位食堂打三份饭，给医院送两份，自己吃一份。吃时，把肉块和好菜还要拨拉到饭盒里。秦志伟剩下的饭菜，她都悄悄地吃掉。

但是，让她最难过的是对不起关心帮助她的亲朋好友。

那是一个清早，李红英照例早早起来后给秦志伟洗漱、喂饭。二姐看她眼睛有点肿，知道她头天晚上又没睡好，就说："你去吃饭吧，我推秦志伟去康复室。"

她"嗯"了一声，拿着饭盆出了病房。二姐悄悄跟了过去。只见她走到医院走廊的一个角落蹲下，开始吃刚才秦志伟剩下的饭。扒拉了两口后，突然停下，对着饭盒哭了起来，眼泪啪啦啪啦地往饭里掉。

二姐赶紧走了过去。看见二姐，她勉强地笑了笑，眼泪还是止不住地往下流。

"这是怎么啦？"

"二姐，我对不起你。"

"你没有对不起我的地方呀！"二姐丈二和尚摸不着头脑，问其究竟，她说出了心里话。

这些年，二姐把白天陪护志伟的任务全都揽了下来，李红英忙时，晚上还要替她值班，以至于很多人以为二姐是秦志伟的亲姐姐。秦雪常年在二姐家生活。卖房后，二姐家就成了她的栖息地。二姐夫经常推秦志伟出去锻炼。但是，她一直没给二姐任何补偿。本想卖了房给二姐家添置一件东西，可也无力做到。她吃多少苦，受多少泪都无怨无悔，让大家受连累又无法报答，她感到心里难受。

二姐听了她的倾诉也哭了："快不要讲那么多了，只要秦志伟有好转，只要秦雪有前程，只要你把自己招呼好，就是对我们最好的报答。我们所做的一切都是为了让你和你家好起来。"

李红英止住了眼泪，拨拉了最后一点饭，起身向病房走去。走着走着又停下脚步，泪流满面地说了一大堆"对不起"。

她说起表妹。表妹出生在一个很不幸的家庭，两个哥哥一个是哑巴，一个是风湿性心脏病，一个嫂嫂还是智障，一家三个低保户。秦志伟在北京看病期间，撇家舍业和她陪侍，和她打地铺，一睡就是六个月。她想表达谢意，一直未能实现。表妹的父亲因脉管炎住院直至离开人世，她也未能带去什么东西。

她说起母亲。年老体弱却天天为她操心，还时不时给秦志伟做饭、送饭、喂饭。她本该好好照顾母亲，却让她照顾自己。总想让老人吃好穿好，却空有想法。

她说起大哥、大姐、小妹……

"妹妹，难得你有感恩之心，你真的不要再说了，再说姐就要放声大哭了"。二姐听着这些，心里一阵酸楚。

稍后，二姐把话题扯到李红英身上："姐知道，这些年，大家都在为你操心尽力，但最难的是你自己。你谁都对得起，唯独对不起自己。"接着，她说起了李红英的乳腺手术。

李红英的乳腺手术从海军总医院拖到尧都支行，又从尧都支行拖到监控中心。但她没有告诉领导，没有讲给同事，疼痛难忍时，吃点阿莫西林消炎，或用塑料杯放在胸口热敷缓解。有段时间，咳嗽、走路、骑车震动都会疼痛，骑车时，用一只手捂着胸口，另一只手掌握方向。回家后，赶快用热水袋和暖宝宝热敷。家人让她手术，她总是推三阻四。后来，兄弟姐妹几个对她说，没钱我们给你出，行领导也发了狠话，她才利用年休假做了手术。伤口没有痊愈，她又上了班，又出现在秦志伟的病房里。

"你想想，你要是撑不住，倒下去，这个家谁来管呀！"

二姐希望李红英既要关心别人，更要珍重自己，并承诺同她一起共渡难关。

李红英和二姐紧紧地抱在一起。

从此，李红英以坚强的毅力支撑着这个风雨飘摇的家。她很快租了一个简陋的房子住下来，开始了新的生活。

个贷中心李扬是秦志伟的战友，听说此事后，约了四个战友探望他们。那天正好是周六，李红英把秦志伟接回"新家"休息。

战友们一踏进她的家门，都愣了：这哪儿像个家呀！狭小阴暗的空间，没有厕所，不能洗澡，除了一个沙发，一张床，一个热水器，再无像样的东西。

李红英热情接待大家。战友们上下打量了她一番，人很憔悴，白发多了不少，衣服都是几年前的，和以前见到的军嫂简直判若两人。

李红英看到大家愣神，忙解释说："我们把房卖了，这是租下的，条件不好，请坐。"

战友们没有坐，径直来到秦志伟床前。他蠕动着嘴唇，挥动着胳膊，眼睛滚出了两行热泪。看着眼前的情景，有个战友掏出手绢擦泪，其他几个战友眼圈都红了。

临走，大家把凑起来的5000元钱递给李红英："这是我们的一点心意，贴补一下家用吧。"

没想到，李红英连忙推开："不用，真不用，我们的日子还过得去，大家都不容易。"

双方推来推去，她硬是把钱塞给了战友。出门时，大家悄悄把钱放到秦志伟的褥子下，被李红英发现后，又退了回去。

这事很快被建设银行临汾分行知道了。一天，行党委书记、行长张权带领人员到她家慰问，看到眼前的情景，想到李红英的工作情况，深受感动。

张行长问李红英："家里有什么困难没有？"

回答："没有。"

再问："需要组织上帮你解决一些什么问题？"

回答："没有。"

又问："听说你房子卖掉了，仍然资金紧张，还有外债吗？"

回答仍然是："没有。"

这使张行长更加感动，他想，有的人本来没有多大困难，还变着法向组织要这要那。李红英遇到这么大的困难，却始终说"没有"。这是多么博大的胸怀呀！

回到行里，他即刻召开会议，确定在司法巷建行家属院给李红英腾出一间平房让她居住，并帮她安装上坐便器、电热水器和淋浴器。同时，再一次发动员工为她捐款。

之后，张行长在"李红英微故事会"上，以"'没有'的感动"为题，深情地讲述了李红英的先进事迹。

李红英的事迹传开后，建设银行总行和建设银行山西省分行分别给予了李红英10万元的救助，广大员工纷纷向她伸出援助之手。

尾声

临汾市街头的月季年复一年地盛开着，使人深刻领悟到"只道花无十日红，此花无日不春风"的意境，特别是经过风雨洗礼，枝干和叶片是那样的洁净，越发显现出其顽强和旺盛的生命力。即使散落在地上的三两片花瓣，也显出了一种失落的残缺美，印证了"落红不是无情物，化作春泥更护花"。

李红英这朵"月季"，经过了严冬的考验，走进了春天、夏天和秋天，正在无声地散发着自己的花香。她和街头的月季交相辉映，构成了一道特殊的风景。

2014年7月22日，建设银行董事长王洪章对李红英的先进事迹作出批示：虽无惊天伟业，看似事迹平平，但本人承载的分量和持之以恒的"五个没有"工作业绩，难以不让人赞叹和感动。这是建设银行员工的优秀代表，是践行社会主义核心价值观的生动写照。

之后，总行党委作出了向李红英同志学习的决定，举办了李红英先进事迹报告会，向中宣部、中央文明办、银监局党委推荐了李红英。中央级媒体、《建设银行报》以及山西省当地主流媒体都集中宣传了李红英的先进事迹。全行掀起了向李红英同志学习的热潮。

紧接着，李红英先后获得临汾市第三届道德楷模、2014 感动山西十大人物、第一届"全国金融道德模范"、全国岗位学雷锋"十大最美人物"等 20 多项荣誉。

　　在鲜花、掌声面前，李红英依然深爱着丈夫秦志伟，一如既往地照顾着他的饮食起居，充当着他的"贴身保姆"；依然骑电动车上下班，继续保持着没有迟到、没有早退、没有工作差错、没有客户投诉的记录；依然衣着朴素、生活简单；依然不向组织提任何要求。

　　不一样的是，她的工作标准更高了，大爱胸怀更广了，自身要求更严了。她对自己说："我要反思，反思，再反思，沿着道德的航向不断前行。"她对母亲和兄弟姐妹说："我还得好好培养爱心，加倍努力工作。你们还得继续支持我呀！"她对女儿说："好多感动人物比妈妈做得好，妈妈要好好向他们学习，你也要好好向他们学习，做一个对社会有用的人。"她对同事说："荣誉是给我的，更是给大家的，没有大家就没有我李红英，就不会有这奖章。"

　　秋天过去又是冬天。在一定意义上说，艰难困苦是一种考验，鲜花掌声也是一种考验。目前，李红英正在接受着新的考验。我们希望她也相信她能经受住这个考验。因为，李红英始终奉行着《周易》中的一句话：天行健，君子以自强不息；地势坤，君子以厚德载物。她将此比作顶天立地，她说：厚德载物是自强不息的基础，只有立住地，才能顶好天。

（先后发表于《中国金融工运》《中国金融文学》等杂志）

作者简介

王玲，中国金融作家协会会员，陕西省作家协会理事，供职于中国人民银行西安分行。

‖ 善良无悔 ‖

——记第一届全国金融道德模范 王文

王玲

初次见到王文，是在接受采访任务后四月的一天。初见时，感觉他是非常普通的人，不善言谈、老实憨厚。在茫茫人海中看一眼，也许很快就会忘记，但是走近他，你就会一辈子也忘不了。

他作为曾经的军人，眼里容不下一粒沙子，路见不平拔刀相助成了他生存的常态；他20年如一日，资助帮扶贫困保姆包括保姆的孩子读书和生活；他敬业为上，在平凡的工作岗位上做出了不平凡的业绩，先后被评为人民银行广州分行道德模范、人民银行广州分行"身边好人"、人民银行"感动央行人物"、全国金融系统道德模范等。

为什么这个看似平凡的人能够做出那么多不平凡的事？是什么力量支撑他走到现在，一直走进众人敬仰的目光里？

家庭烙印——传承了善良的本质

第一次走进人民银行三亚中心支行后勤主任王文的家里，发现他家正厅墙上端端正正地悬挂着毛主席画像，这与其他人家里有明显不同，给我们留下了神圣的印象。

当驱车几百公里来到王文的老家即其父母家时，一进门，抬头望去仍然是毛主席的画像，给我们的感觉仍然是神圣。

问起阿文，他说非常崇拜毛泽东。他饱含情感地说，像我们这个年龄段的人，对毛主席有一种特殊的情感，发自内心地尊敬和爱戴毛主席。因为没有他老人家就没有我们的今天，更没我王文的今天，他老人家的思想一直影响我的父辈、我和我的子女到今天。

据乡亲们讲，阿文打小生活在文昌县欧村一个贫困的渔民家庭，贫困家庭对阿文人格的形成有很大的影响。姊妹兄弟七人，相互之间非常和睦，彼此相助相扶已经成了习惯。直到现在他们都有了各自的第二代、第三代还没有分家，且在一个大院共同生活，每家外出时房门从来不上锁，这在当下社会家庭关系的维系中委实非常难见。

阿文的父母由于长年劳作，身体孱弱不堪，阿文打小就帮助父母干活，打鱼、晒盐等。因为家穷没有鞋穿，经常顶着炎炎烈日，赤着脚浸在盐水里，收盐、挑盐也都是光着脚丫肩挑手提，每天从早忙到晚，就像一个小陀螺一样，经常是整个人累得全身浮肿。

阿文的父亲是一名老党员，曾遭受日本人的酷刑、国民党的追杀等磨难，但依然未改共产党人的本色。打小父亲就教育阿文，做人要顶天立地，要有所担当，要"铁肩担道义，妙手著文章"。父亲的一切潜移默化地影响了阿文，使阿文的性格增加了坚毅刚强的成分，父亲的勤劳、善良、忠诚成了阿文幸福的胎记，涂抹不掉，相伴终生。

与阿文交谈，他感慨地说："非常遗憾，我的学识不高，这辈子做不到妙手著文章，只能把'铁肩担道义'牢记于心。"正是打小受到的良好家风教育，使阿文在日后只要看到不平的事，总要挺身而出；看到别人有困难，总想伸出手来搭一把。

1963 年 3 月 5 日，毛主席号召全国人民向雷锋同志学习。那时候，阿文只有两岁，并不明白雷锋精神是什么。后来，阿文慢慢长大，明白了什么是雷锋精神，把雷锋当成了自己学习的榜样。

1979 年，阿文像雷锋一样，入伍成了一名光荣的军人。相近的人生经历使阿文更想做一个雷锋式的人，成为一颗永不生锈的螺丝钉；像雷锋一样，向上从善，乐于助人；像雷锋一样，爱岗敬业，无私奉献。阿文认定：雷锋的道路就是自己的道路，雷锋的境界就是自己的人生追求。

阿文所在的部队是海军 38391 部队，他当时被安排在汽车连当一名工程兵司机。阿文从小就羡慕会开车的人，但是真正成为一名司机后，才明白司机不单单是开车，还要懂车，包括修车、保养车等等，这些都是学问。那时阿文才明白，开车其实跟做人一样，不能马虎。阿文所在部队的主要任务是负责亚龙湾码头、陵水机场和西沙机场的国防建设、维护和抢修。工程兵是担负军事工程保障任务的专业兵种，也是军队实施工程保障的技术骨干力量。阿文深知责任重大，不仅要保证工程质量，还要保障施工安全，虽然当时施工条件异常艰苦，但他仍圆满地完成了工作任务。阿文说，看到自己参与的工程能顺利完工，那些苦又算得了什么？在部队的几年间，阿文年年被评为"优秀士兵"。正所谓男儿有志挥金戈，军营生活虽然艰苦，但是收获更大。它锻炼了阿文的胆魄、体魄，培养了他的毅力，坚强了他的意志，教会了他如何做人，使他更加懂得了责任与担当，思想、精神都得到了锻炼和升华。

正是良好的家风教育与部队熔炉两者的有机结合，将阿文炼就成了一块掷地有声的好钢。

见义勇为——诠释了善良的内涵

出身贫困家庭的阿文打小就受到良好的教育，部队大熔炉的锤炼造就了他铁骨铮铮的男儿情怀和宁折不弯的性格，路见不平拔刀相助更是成为他生存的常态。尽管阿文脱下军装已经 20 余载，但他一直把自己当作保家卫国的神圣军人。当危害社会治安的现象出现，需要见义勇为时，他总是临危不惧，挺身而出。

他体格不壮，胆量却很大；力量不多，付出却不少。因为热心又勇敢，他在三亚金融界颇有些名气。曾经的战友，现在的同事、朋友都说阿文是条响当当的硬汉子。多少次惊心动魄，多少次急难险危，他都把个人安危置于脑后，挺身而出，这一切，充分映照出这个质朴的钢铁汉子大无畏的英雄气概。

前些年，三亚市"两抢一盗"相当猖獗，社会治安情况不好。一个夏日晚饭后，出门散步的阿文途经三亚明日酒店时，听到有人大喊"抢劫呀、抢劫呀"。顺着呼救声，他看到一名女子正在追赶一群歹徒。他来不及思索，以军人特有的满腔热血，第一个挺身而出，将自己的生命安危置之度外，凭着良好的身体素质，迅速赶追歹徒并告诉女子赶紧报警。当时，阿文离歹徒越来越近，当追至城市建筑"美丽之冠"时，三名歹徒已大汗淋漓却仍然疲于逃命，阿文越追越勇。此时防暴队和河东派出所的警察也相继赶到，阿文配合警察很快将歹徒制服，夺回了被抢女子的金项链，才发现歹徒怀中竟藏了几寸长的刀。被捕的歹徒被扭送到了派出所，公安部门在审理此案过程中，还破获了多起连环抢劫案。

又一次，阿文在三亚大东海负责接待客人，不料一名歹徒趁客人不备，夺下他手提包后便飞奔。说时迟、那时快，只见阿文一个箭步上前，和同事一起追出一百多米远，将歹徒制服并送交公安机关，保全了客人的财产。

这类事情，阿文遇见过很多次，每一次他都是奋不顾身地冲上前去，义无反顾地紧追到底。很多时候同事们都担心地问他："阿文，你咋就那么拼命呢？你也不怕坏人报复你呀？"而他总是笑呵呵地说："那时候，我顾不上考虑什么。"这话的潜台词是：还用考虑吗？冲上去便是。如果说勇敢是社会理性和道德情感过滤后的产物，那么阿文的勇敢就如同困了上床、饿了端饭一样自然而然，属于本能的范畴。

阿文喜欢游泳。2008 年的一天，他到三亚大东海游泳，听到海里有人呼救，他连衣服都来不及脱，一个猛子就扎进海中救人。第一次摸到了溺水者的衣服，可由于潮流湍急、海浪翻滚，手一滑没抓住，他浮上来深吸一口气又扎下去。经过数次与海浪、急流的搏斗，终于精疲力尽地把溺水者救上岸，一看，才知道是当地邮政局的一位熟人。此时，溺水者已是脸色苍白，心脏跳动非常缓慢，经过现场急救，才活了过来。在场的群众无不感叹"海浪无情人有情"。事后，被救者家人感激得不得了，亲自登门道谢，阿文却憨憨地笑着安慰道："没事就最好，说那些话，可就见外了。"

在采访中，我们见到了这位被救者，他深有感触地说："阿文真是我的大恩人，更是我一家的大恩人！想当年我游泳遇到逆流，脚突然抽筋导致心脏跳动缓慢，游不上来也喊不出来，最后一个劲地往下沉，什么也都不知道了。后来人们告诉我是阿文不顾自己生命安危，几次游到逆流中救我，说我当时出于本能把阿文的脖子搂得他气都喘不上来，脸都憋得铁青，就是这样，阿文都没有松手，在激流中救回了我这条命。他的爱心和勇气、技能，真是没有几个人能够比得上！"

这些年来，喜欢游泳的阿文，在三亚大东海救过许多人，有认识的也有不认识的。被救者中有一位两个孩子的父亲，哽咽着对王文说："救命之恩，无论用什么也表达不了我的感激之情。如果不是恩人相救，我的坟前怕是早就长满了草。我要像您那样，多做善事和好事，报答您的救命之恩，回报社会！"

扶贫救难——延伸了善良的触角

你快乐吗？面对这样的提问，阿文说："帮助他人的人是最快乐的。"多年来，阿文尊老爱幼，付出爱心，不求回报。且不说单位组织的爱心捐款，他积极参与；就说他坚守传统的良知和人间大爱，二十年如一日，资助帮扶了无血缘关系的孤儿寡母的故事，就着实让人发自内心地感动。

2010年，在得知以前来家里干活的保姆因家庭变故，单身抚养三个月大的小孩，生活非常困难后，他便和妻子商量，让保姆再来家中帮忙。尽管此时他们的孩子都已外出读书，没有再请保姆的必要，但他们还是向这位单身妈妈伸出了援手，把保姆的小孩留在身边当成自己的小孩抚养。遇到小孩头痛脑热的，他和妻子亲自带去医院医治。后来还帮保姆申请到经济适用房，其户口也落在阿文家，使母子俩有了生活的依托。

采访中，保姆哭泣着说："如果没有舅舅、舅妈（指阿文和妻子）一家，我都不知道怎么活下去，当时我的孩子才三个月，在三亚我是孤苦伶仃、举目无亲。有了舅舅、舅妈，才有我和孩子的今天。按常规说，单亲家的孩子是得不到父爱的，但是舅舅、舅妈给了我孩子全部的爱。我觉得，舅舅、舅妈真的比自己的亲妈还要亲啊！"保姆是十五岁来阿文家的，现在三十五岁。阿文一家多年如一日帮着保姆把孩子养大，承担着所有花销包括奶粉钱等，阿文所有的亲戚和孩子们都知道保姆的事，每次来阿文家都不会忘记给这个孩子带礼物，所以孩子生活得很开心，根本不像单亲家庭的孩子，和公公婆婆（孩子对他们的称呼）都特别亲近。

采访的时候，阿文的妻子哭了，保姆哭了，我们也哭了。阿文说："我们觉得帮助一个都少了，这是有钱也买不来的快乐。"阿文体验的快乐，蕴含着厚重的生命体验，彰显了平实的人生追求。阿文就是这样，饱含大爱，不求回报，这种境界，不是什么人都可以达到的。

在采访中，我们问起保姆六岁的孩子"什么是爱"，孩子说用"心"去爱就是爱，这话出自一个稚嫩的孩子，委实让人非常感动。

当年，尽管阿文家庭经济条件并不好，但是给孩子的东西一样都不少，孩子已经成为他们家的一部分、他们生命的一部分，一家人照顾保姆母子二十年之久。事隔多年，尽管这个故事的不少细节已无从考究，不过，有一点是肯定的，阿文一家的帮助是一种纯粹的心甘情愿，更是人性中的一种善性担当。人的一辈子，二十年说不上很长，但是也不是很短暂，二十年的甜酸苦辣、二十年的精心照顾、二十年的善良担当，堪可树立一种难以描述的情感标尺。

随后，他的妻子感慨地告诉我说：丈夫是个很有责任感的人，虽然不善言辞，但是跟他过日子心里很踏实，如果有事不回来他都会发信息说明。结婚三十年来，我们从来没有一家四口单独在一起吃饭，因为每顿饭都有亲戚和需要帮助的人一起吃。阿文那点微薄的工资，资助了不少需要帮助的人，虽然我在嘴上从没说一句，但在心里是无怨无悔地支持他，精打细算地过着日子，支持阿文尽量帮助更多的人。

在生他养他的文昌县欧村，村民们一提起他都是赞不绝口，说他是个不忘本的人，是个说句话砸在地上就是个钉、很讲感恩的人。村民们说，自己遇到什么困难，头一个想到的就是阿文，因为他不求回报，更因为他的善良。他曾主动建议村委会征集村民开会，还多次去政府沟通并带头捐款协助村里新建了环村路，他一家的捐款就占全村村民捐款的25%，为欧村脱贫致富建成文明生态村插上了腾飞的翅膀。有一年，村里启动生产基金，还差100多万，也是阿文跑前跑后帮助申请贷款，用真诚的心帮助父老乡亲们排忧解难、迅速致富。

阿文是个有着古道热肠、见难相助的人。听说发小因为严重的腰椎间盘突出无法下地后，当时正在外地的他便想方设法帮其渡过难关，多次打电话安慰并帮助联系医院、购买西药并寄给发小。发小直到现在讲起来还很感动。每每回老家阿文都买东西给贫困家庭的人，挨家挨户看望村里的老人。一次，一个老人因为错过旧房改造的时机无法贷款而成天愁眉苦脸，阿文得知后主动四处奔波，终于帮他申请下来贷款，使老人的旧房得以顺利改造。

不算太小的欧村有村民40多户共100多人，不论老小，人人去三亚市都是在阿文家食宿。他对父老乡亲感情很深，每每乡亲们来，平常寡言少语的他就话很多，唠家长里短，唠收成年景，让乡亲们感到非常亲切踏实。整个欧村的乡亲们对阿文的评价都很高。

他尊老爱幼，每每回家过年都不忘给左邻右舍送红包，为行动不便的老年人置办年货。村里有一家五保户，无儿无女，无依无靠，阿文就和全家人一起把他供养起来，每每双休日回村照顾五保户，并为其养老送终，像子女一样处理了五保户的后事。

阿文几个亲戚的孩子，都在他家待过，他用正能量影响和教育孩子们，在孩子们心目中很有威信。阿文的侄子今年三十岁，已经是广州一家交通厅大企业的项目副总，是该公司最年轻的领导。阿文侄子感慨地对我们说："舅舅教育我要学会做事，更要学会做人。说句心里话，对自己的成长，舅舅真的是比自己的亲生父母还要上心，舅舅心里装了许多人，做了许多的善事，舅舅所做的一切就是一种传统的良知和对人间大爱的坚守。舅舅的人格魅力直接影响了我的一生。舅舅整整十年的辛勤抚育，使我感觉到他就是自己的老天。"

　　采访中，青年职工汤晨露感慨地讲道：虽然与王文大哥接触的次数不多，但是我对他却是满满的感激，正是因为有了他的帮助，才有了现在的我，有了现在的条件，才能踏踏实实地工作。第一次接触到王文大哥仅是一次电话里的答复，那时候我还是一名快毕业的学生，通过电话向人事部门咨询入职相关事项。当时我初入社会，对三亚又人生地不熟，吃住这种基本需求是我们首要关心的。在电话中，我问人事科的一个姐姐："请问贵单位提供住宿吗？"对方愣了一下，回答道："好像宿舍没有空房间。"又等了两秒，她说："你等等，后勤的王文正在这里，我帮你问问。"接下来的几分钟里，我听到了一个中年男子的声音，给了一个肯定的答复。我清楚记得，他的答复是这样的："宿舍确实没有地方了，但行里会尽快想办法把新行员安排好。你们的父母送你们到这工作，我们也是做父母的，将心比心，不安排好怎么放心孩子呀。"他的这一席话，听得我心中的大石头放下了，心头流过一股股暖暖的热流。心里暗想着，真是找了一个好单位、好集体呀，一定要好好工作。随后，因特殊原因，我们提前报到了，给我们拟准备的老办公楼的房间还没有清理出来。我们顿时慌了，怎么办呀？晚上睡哪里呀？小伙伴们都着急了。王文大哥见后，对我们说："别着急，马上安排你们这几天的住处，你们看看还有没有什么别的需要，我一起办了。"就是这几句简单的话，骚动的小伙伴们顿时安静了。大家同时感受到一种"爸爸式"的关心，简单、有条理而又让人安心。

　　没过几天，我们就搬进了老办公楼的新宿舍。没错，是新宿舍。虽然楼是旧的，但是房间里被收拾得干干净净，床、桌子、椅子还有窗帘换上了新的，天花板、洗手间水龙头、洗手池也进行了修补，房间的门锁也都进行了更换，如新宿舍一样，一切都安排得妥妥当当。就连后续一些生活用品的采购，王文大哥都费了很多心思，领着一一购买，争取让我们买到最经济实惠的东西，节约了好多生活开支。

　　由于老办公楼客观环境的制约，如因电路老化无法装热水器，冬天不能用热水；房子在夏天正临西晒，酷热难耐；老办公楼是商用楼，挨近马路，早晚车辆行人的喧嚣都对休息有影响，等等，我们的生活有很多不便。王文大哥看在眼里，记在心里，主动同领导商量调整行里宿舍区，改善住宿条件。得到同意的答复后，他积极同相关人员进行谈话，并协助其搬出宿舍。在房间腾出来后第一时间进行翻新整理、水电维修，尽快将我们安排入住。彻底解决了冬寒夏酷、吵闹喧嚣等问题，提供了一个更好的生活条件，为我们安心工作奠定了基础。

光阴流逝，时光荏苒，行里的年轻干部成长了，部分年轻人已成家立业，其他青年也纷纷到了适婚年龄。有没有房子成为年轻人之间最关心最热门的话题。后来，传来了一个好消息：人行的员工符合三亚市政府限价商品房申请条件，被纳入了申请统计范围。大家都很高兴，认真准备并提交了申请材料。但风雨无常，世事难料，住建办给单位的指标少于申请的人数，这意味有人将拿不到购房指标。很不幸，我被划到了无资格的那一群中。

俗话说得好，"金窝银窝不如自己的狗窝"，家是人生的起点，是生命的源头，更是生命的港湾。自己有一个温暖的家，有一间屋子几乎成为每一个中国人的奋斗目标。有了自己的房子就能将父母接过来住了，有了自己的房子就能组建和美的家庭了，有了自己的房子就可以更自由了，有了自己的房子就可以完成过去一直梦想做的事情了。这些想法和人生道理在我脑海中盘旋了一遍又一遍，一遍又一遍。脑子中的幻想和现实的打击都不断地冲击着我。眼看着将与这次难得的机会失之交臂，我是心急如焚，但更多的是束手无策。

阿文打心底为我们惋惜，但他没有袖手旁观，而是利用自己的人际关系，多方打听，了解到住建办的住房指标还有剩余，就主动向行领导建议，以单位名义与住建办方面积极协调，看是否能多争取一些指标，并带领相关同事准备材料反映情况。这个消息，让已经绝望的年轻人重燃了新的希望。他多次带着材料申请到住建办说明情况，甚至到市长办公室反映问题。不知道有多少次，因为领导开会，无法见面，为了能尽早将材料呈递并说明情况，他耐心在办公室外等待。为了等到办事的人，常常等过了吃饭时间，等过了回家的时间。终于，住建办认可申请，政府批准追加了住房指标。行里所有的年轻人都能有自己的房子了！知道消息的那一刻，年轻人欢欣雀跃，打心底里感激阿文，商量着谢谢他，但是阿文推辞说："你们拿到房子，我和你们一样高兴，我只是做了我应做的和我能做的事。"

爱岗敬业——提升了善良的品质

大家都知道，不论是哪个单位，后勤服务工作都十分繁杂，上至餐厅管理、公务接待，下至修水龙头、打扫卫生，千丝万缕，在单位起到牵一发而动全局的作用，是单位名副其实的"大管家"。就是在这样的工作岗位，尽管人民银行三亚中心支行十几年换了五任行长，但是阿文一干就是二十多年，因为几届领导都觉得阿文敬业又可靠，是做后勤工作的最合适人选。

在后勤工作岗位上，阿文明白，工作不一定要样样精通，但必须事事知晓；不一定要雷厉风行，但必须耐心处理。从接触后勤工作那一刻起，他就热爱上了这份在旁人看来十分"烦人"的工作。

在后勤部门，接待是一项重要工作，特别是会议接待，阿文工作这么多年，从没有在家陪家人度过一个完整的春节。而随着三亚的飞速发展，引来了全世界的关注目光，越来越多的会议也选在了三亚，比如国际清算银行会议、国际反洗钱会议、财经论坛等等。这时候的他都是整日整夜在会场负责后勤保障工作，每天往返市区酒店不记得有多少趟。有时候司机人手不够，他就客串司机，赶上会议高峰期，酒店房间紧张的时候，他就守在前台，只要一有空房就马上定下，有时候一天都吃不上一顿饭。

2010年春节，正赶上国际清算银行会议在三亚召开。那一次，他没回家过春节，一直忙碌了七天，最后累得精疲力尽，身体实在撑不下去时，才在同事的劝说下去医院检查。当检测出心脏有问题、医生建议马上停止手头工作立即住院治疗时，无可奈何，他只好向领导请假住院治疗。但仅仅过了两天，他就又来上班了。同事们劝他赶紧回家休息，他说"睡在医院里憋得慌，老是想着行里的事，也睡不踏实"。就这样，他拖着病体又投身于忙碌的工作之中。

采访中，三亚中心支行支付科的孙安刚深有体会说："有一次，我和单位几位小年轻负责在机场等候前来三亚开会的客人，其中几名客人乘坐的航班晚点至凌晨四点才能到。阿文哥得知后，第一时间赶到机场来让我们先回行休息，他自己却一直坚守在机场直到客人的飞机抵达。这样的事例实在太多了，他总让我们大家深深地感动着。"调统科的陈乐文颇有感触说："阿文哥所做的一切不仅给我们年轻人人生观、价值观的震撼，也给我们思想鼓励。得知阿文哥的事迹后，我经常问自己，遇到歹徒会不会追，有人溺水会不会救，答案可能是会退却。当今社会，许多人因为社会的冷漠而遇到事情总是先考虑自己，但是阿文哥的事迹给我们强烈的震撼，激励我们向着这样的标杆看齐，说明大家还是愿意见到正能量，这就是社会的主流价值观。"后勤服务中心的夏琼深有感慨地说："虽然我和王主任年龄隔代，但是总感觉他就是自己的大哥，在他手底下工作特别舒服。当我看到他每天到食堂指导厨师工作，看到他在办公楼维修、园林绿化、防雷工程等工作中巧妙地跟供应商谈判、认真审查供应商材料、选取施工材料，看到他在工程施工期间，每天现场查看工程进度，看到我们后勤服务中心荣获总行'后勤先进集体'称号时，发自内心的敬佩就油然而生。可以说，在我人生的转折期中，遇到这样的领导很难得。说句心里话，我人生价值观的转变，与阿文哥有直接的关系，他用个人的人格魅力在影响和带动着我们一大批年轻人。"

2013年的一天，当时已经下班，由于新的发电机组安装处于调试阶段，阿文哥带人调试但并不顺利，发电机无法在停电后进行自动切换发电。经检验是转换器出现了问题。当时已是晚上8点了，安装公司的人提议次日再行调试，因为第二天是周末，不会影响工作。但是阿文坚决不同意，说："安全无小事，必须要认真对待，即使是周末，也绝不能马虎。"当时在场的人都为他的认真劲所折服，大家一起加班加点调试，最后终于测试成功，时针已指向北京时间23点多了，大家都很欣慰和佩服，就连安装公司的安装人员都佩服他对工作认真负责的精神，对他频频竖起大拇指。

三亚作为滨海城市，台风时有发生，作为后勤部主任的阿文，更是重任在肩，从不松懈。台风来临前，他带着物业公司人员做好防台风工作；台风来临时，他坚持日夜巡逻，风里来雨里去，经常是一脚泥一脚水，一直坚守岗位抗风救灾，确保单位各项业务工作正常开展，确保对金融机构服务工作不耽误，确保灾区群众金融需求有保障。

2013 年 11 月 10 日，超强台风"海燕"登陆三亚。当时，阿文作为总行级"感动央行"人物正在深圳参加总行"感动央行"电视电话会议，因飞机航班取消一时半刻赶不回来。他心急如焚，恨不得插上翅膀立马飞回来，焦急得一夜未眠，时刻关注台风情况并连夜电话指挥全科同志奋力抗险。当第二天航班恢复正常，一夜无休的阿文立刻坐第一趟班机赶回三亚，他没有回自己严重漏水的家查看情况，和家人一起处理危情，而是马不停蹄赶到行里，立即投入紧张的抢险工作。与科室人员一起，背起一包包沉重的沙袋在办公大楼门口筑起半米多高的沙墙以阻止水流渗入。当大院内的下水道由于淤泥堆积和树根蔓延严重堵塞，排水困难，他二话不说，俯下身子，任凭身子泡在冰冷的水里，将手伸进下水道一把把挖出淤泥，用铁铲和锄头将树根铲断，最终将淤泥清理干净，解决了排水问题。单位机房内出现积水且水位不断上涨，如果不及时排出来，不仅会把电缆泡坏，而且一旦发生漏电，后果不堪设想。情况紧急，阿文不畏危险，深入机房查看，要求电工做好安全工作，并与科室人员一起进行艰难的排水作业。经过几个小时的抢险，终于将机房的水全部排出，保证了机房安全和单位各项工作的正常运转。解决了办公楼积水问题后，他没有喊一声累，也没有休息，继续前往旧办公楼及各个住宅小区去处理灾情，一直忙碌了一天一夜……

平凡孕育高尚，细小昭示博大。阿文虽然没有惊天动地的伟大事迹，但他身上呈现的无数点滴传承和书写着中华民族传统美德。在同事眼里，他是敬业到了为了工作可不吃饭的人；对于年轻人来说，他所做的一切给了年轻人人生观、价值观的启迪；作为邻居，他是人们心中的"热心人"；为人之夫，他是最值得信赖和依靠的人；为人之父，他是个慈祥而严厉的父亲……在所有人心中，他是一个有着朴实外表却又充满内在精神力量的平凡人，更是一个浑身闪烁着忠、孝、仁、勇、智等传统美德的不平凡的人。

他所做的一件件小事，也许很平凡、很简单，但是，越是平凡越是简单的却又是不平凡不简单不容易做得到坚持得住的，就越是能真正映照出他的精神世界和道德水平，就越是感人至深。他就像一粒尘土，微薄、微细、微乎其微，寻找不到，又随处可见。

走进阿文的世界，让人感受到的是一种真实的感动。因为他并不比我们高大，但他所做的一切足以让我们仰望，因为他的心里装着对人们温暖挚爱的情怀、对职责最忠诚的敬畏、对同事最虔诚的尊重，他用他的人生，完美地诠释了中华民族道德最深刻的内涵。他那崇高的人格、善良的本性会让高山仰止，他用爱心唤醒爱心，用善良呼唤善良，让道德传递道德的善举深深地感动着你、我、他……

（先后发表于《中国金融工运》《中国金融文学》等杂志）

作者简介

王张应，安徽潜山人，中国作家协会会员，中国金融作家协会理事。现供职于中国农业发展银行安徽省分行。1980年代开始文学创作，已在《诗刊》《清明》等刊物发表中短篇小说、散文、报告文学及诗歌200余万字。出版诗集《感情的村庄》《那个时候》，散文集《祖母的村庄》《一个人的乡愁》《我对世界另眼相看》《渐行渐远的背影》，中短篇小说集《河街人家》，多次获奖。

‖ "血彪" 女人 ‖

——记第一届全国金融道德模范 谭锡博

王张应

有谁从书本上见过"血彪"这个词吗？反正我是没有见过。所以，这里的"彪"字，不能按照书本上"彪"字的一般用法来理解。因为它是地方方言，来自辽宁大连，具有特定的意义。

在大连，遇上了谁做事超越常规，不靠谱，尤其是做事不为自己着想，睁着眼睛吃亏，人们免不了会说这样一句话，你看，他就是个"彪子"！意思是说，他就是个傻子。话语当中，时常带有一些嗔怨的意味。至于"血彪"，就很好理解了，傻到见血，自然就是大傻而特傻了。

她曾经是父母眼里的"小彪子"

说实话，看到中国金融工会发给我的那份采访通知单时，我当场就犯了个望文生义的错误,自然而然地将"谭锡博"想象成了一位豪迈的东北汉子。真的没有想到,站在这个硬邦邦的姓名背后那个人——全国金融道德模范、全国金融五一劳动奖章获得者谭锡博,竟然是一名女性。而我此前更加无法想象的是,作为女性的谭锡博,在日常生活中竟然常常被人们冠以"彪子",甚至"血彪"的豪放称谓!

"血彪",似乎更容易令人联想起金戈铁马叱咤风云的疆场人物,与大众习惯认知中的女性含义仿佛相去甚远,"血彪"二字极大地冲击了我多年形成的固有的思维模式。

大连,是一座典型的移民城市。一百年前,那地方还是一个小渔村。现在的几百万人口,大都是移民而来。据说,在大连市现有的人口里,70%左右的人祖籍都在山东。这种说法,我想应该可信。因为,历史上曾经有一个大家都很熟悉的词语叫"闯关东",讲叙的就是当年山东人背井离乡到东北讨生活的经历。只是,大连人一般不说"闯关东",而习惯说"海南丢"。

一个"丢"字,十分形象生动地描画了当年人群迁徙的向往和窘迫、憧憬与无奈。历史用如此简洁的方式,道尽了祖先们生活的五味杂陈。大连是辽东半岛的最南端,与胶东半岛隔海相望,从山东来大连谋求生存出路的人,就像是隔着海峡被"丢"了过来一样,来得太简单、太容易了,来的人也实在太多了。

谭锡博就是"海南丢"的后代。她生在大连,长在大连,她的祖籍却在山东青岛。

谭锡博的父母都是山东青岛人,她父亲19岁时来的大连,那是在1946年。谭锡博有兄妹四人,两个哥哥,一个妹妹,她排行老三。不过在姐妹里面,谭锡博就是老大了——大姐。中国传统文化里的血脉关系大有讲究,一个家族里的长子或长女常常被赋予更深的内涵及更大的责任。而作为长子的大哥或长女的大姐,在成长的过程中也往往潜移默化地趋向于"早熟","命中注定"不由自主地习惯帮父母分忧,为家人着想。

大姐谭锡博小时候有一个朴实又好听的小名,"花儿"。花儿,去把地扫扫。花儿,带着妹妹一边玩去。那些年,父母总是这样使唤她。

谭锡博的父亲小时候没有上学的机会,新中国成立后,他才上了政府组织的扫盲班。不过他一直喜爱读书学习，在那个中国老百姓整体文化水平不高的年代里，相对而言，谭锡博的父亲还算得上是有点儿文化。这一点在他给大女儿取的名字上就可以看出来。毫无疑问，姓氏的"谭"字是老祖宗留下来的，当然要世代相传下去，他想都没想。谭氏宗族的辈分排到花儿这一代，正好是"锡"字辈，这个"锡"字也不能丢，他认定了。那么，按照中国传统的习惯姓名一般三个字，姓氏在前，辈分列于中间，只有最后那个字才可以真正彰显个性，体现自我了，取名时选好了最后那个字才是最重要的。对于这个字，他就颇费心思了。花儿的父亲在他数量有限的文字库存里，万分郑重地给她挑了个"博"字。于是，"谭锡博"这个寄托了父亲厚望又不乏男性化的名字，就镌刻在了花儿此后漫长的人生旅途上。

"博"？幼小的花儿心里浮起一个问号，睁大了眼睛看着父亲。父亲笑着问花儿，我们伟大的祖国地大物博，这话，你听过吗？花儿点点头。这样一类豪情万丈激动人心的词语，在那个年代是妇孺皆知的流行语，比她大些的邻居孩子在家里念书的时候，她也曾听见过。父亲这么一问，她就明白这"博"是什么意思了。

"谭锡博……"花儿暗暗地默念两遍，感觉挺好，她喜欢上了这个名字。那时她还没有意识到，这个名字里有着一种铿锵作响的阳刚之气。

圆脸蛋、大眼睛，腮帮上嵌着一对小酒窝的花儿出生于1960年，7岁那年她开始上学了。在未曾进过正规学堂的父亲眼里，"学生"时代几乎意味着一个懵懂儿童另外一个生命的开始，成为学生，这是一桩了不起的大事。对一个进了学堂的学生，就不宜再叫小名了。否则，会遭人笑话。打那以后，在父亲的口中，"花儿"便摇身一变正式成为"谭锡博"了。

有道是名如其人。此言在谭锡博的身上得到了印证。当年谭锡博年纪虽小，却很懂事，甚至懂事到很多时候父母都不叫她名字，直接喊她"懂事儿"了。

也许，孩子过早地过分地懂事了，并不一定就是好事。小小的"懂事儿"一些异常的举动，常常让父母又欣慰又难过。大概就因为这些，父母有时又改了口，不再叫她"懂事儿"，干脆叫她"小彪子"。

　　她 8 岁那年，中秋节的晚上，母亲不知道从哪儿弄来了一块月饼。在物质生活极大丰富的当下，月饼已经是一种稀松平常的食品，很多人嫌其含糖量高都不待见它了。可是，在那年头月饼却是平日里难得见到的稀罕物。看到母亲手上月饼的时候，几个小馋猫心里痒痒了，眼睛也陡然发亮。母亲把那个不过巴掌大的月饼，轻轻地平放在案板上，拿起菜刀，在月饼上切出了一个端端正正的"十"字，一枚月饼就变成了形状和大小几乎相同的四个扇形小块了。四个孩子一人一块，母亲按照从小到大的顺序递给兄妹四人。递给谭锡博的时候，她没有伸手去接月饼，喉咙里"咕咚"一响，说了句我不爱吃，转身跑掉了。母亲一愣，摇了摇头。知女莫如母，她当然明白这孩子的心思，"懂事儿"是真懂事，她哪能不爱吃月饼呢，她这是想省下一口给别人呀！母亲又埋怨又疼爱地叹了一口气，唉，你这个"小彪子"！

　　谭锡博 18 岁时中学毕业，参加了高考，因为几分之差，没能成为天之骄子，与高等学府擦肩而过。恰好，她的母亲到了可以提前退休的年纪。那年头国家有政策，单位正式职工退休可以让子女顶替。母亲是伟大的，为了子女什么都可以放弃。谭锡博的母亲见女儿已经没学可上了，工作的事又不晓得啥时才能有个着落，心急如焚。她知道女孩子还不同于男孩子，特别经不起折腾。与其看着女儿在家待业，还不如自己提前退下来算了，给孩子找了个饭碗，自己也就心安了。于是，母亲向单位申请退休，并提出让大女儿谭锡博顶替。单位同意了谭锡博母亲的申请，批准她退休。可是，谭锡博却不同意了，她不愿意顶替母亲去上班。她的理由是，她好歹还在大连城里，下放了的二哥比她更需要这个机会。前几年，二哥随着知识青年上山下乡的洪流去了农村，被分配在一个砖瓦厂做泥工，活儿又脏又累，日子过得非常辛苦。谭锡博作为妹妹，看到家里终于有了一个可以顶替母亲工职名额的机会，她首先想到的是远在乡下的二哥，而不是她自己。结果二哥终于实现了梦寐以求的愿望，离开了农村回到大连城里。母亲又高兴又难过，高兴的是圆了儿子的梦想，难过的是她格外心疼的这个懂事的女儿，还得待业。手心手背都是母亲的心头肉啊！在谭锡博宣布放弃顶替的那一刻，母亲的眼圈立刻红了，眼泪如断线的珠子止不住地往下落，一连说了好几遍，真是个"小彪子"！真是个"小彪子"！

男大当婚女大当嫁，谭锡博23岁时，经人介绍认识了在大连市皮鞋厂工作的一个小伙子。他叫王洋，是某生产车间的团支部书记。说来挺有意思，那时谭锡博也担任着大连市一个商场的团支部书记。两人都是团支书，本该有缘了，甚至还符合传统观念上的"门当户对"。可是，这位商场的团支书对那位车间的团支书并不看好。有人说她谭锡博"彪"，她倒觉得，那个王洋可能比她还要"彪"，倘若这两个"彪"子"彪"到一块儿了，往后的日子还能过吗？这样一想，她就不愿意继续往下走了。可是，第二次又有人给谭锡博介绍对象时，男女双方一见面，彼此都惊呆了。这世上还当真不是冤家不聚头！居然谭锡博和王洋又见面了。回去以后，谭锡博冷静一想，既然如此，可能就是前世注定的缘分了。而且，这回谭锡博有了新的发现，觉得王洋尽管有些"彪"，却是个厚道人。于是，谭锡博答应和王洋处下去。王洋是个苦孩子，很小就没有了父亲，全凭寡母一手将他拉扯养大，家境非常贫困。谭锡博的母亲得知情况后，轻叹一口气，语重心长地对女儿说，"彪子"，这事你可要想好了，以后的日子你自己过，是苦是甜都是你的，别人帮不了你。后来，接触多了，对王洋有了进一步的了解，谭锡博的母亲很快就改变了自己的看法。这位未来的丈母娘心里很清楚，选女婿固然要看家境，关键还是要看人。家境再好，人不好，也枉然。家境差点，人很好，也还不怕。母亲觉得，那个名叫王洋的小伙子就属于这后者的情况。母亲不再反对女儿了，任由那个"彪子"女儿自己做主。

后来，王洋在工作中发生了一件很意外的事情，一下子从阳关坦途跌入泥潭。谭锡博凭着自己对王洋的了解，根本就不相信外面的风言风语，便找关系向管事的人打探消息。对方欲言又止，不想说话。见谭锡博那么恳切，还是忍不住说了一句，你那对象也太"彪"了，为了别人，宁愿自己背黑锅呢！谭锡博心里更有底了，她没有看错人。王洋并不是别人说的那样，只是他还不够成熟，承担了他本不应该承担的东西，导致自己深陷困境。基本弄清事情的来龙去脉后，谭锡博的"彪"劲一下子上来了，把少女的羞涩一把抛开，索性以王洋未婚妻的名义直接找到了王洋单位的领导，当面陈述了她了解到的情况。领导大吃一惊，连声说，怎么会这样？怎么会这样？

很快，那位领导亲自出面协调解决了问题，还了王洋一身清白。

福不双至，祸不单行。真的是这样。就在王洋倒霉的时候，厄运同时降临到了王洋母亲的头上。王洋的母亲原本身体就不好，因儿子的事情心急如焚，突然病倒了，两条腿不听使唤，瘫痪在床，无法下地行走。后来，王洋的问题得到了解决，王洋母亲的病却久治未愈。

亲戚朋友们商量后出了个主意，让王洋和谭锡博赶快结婚，给王洋病中的母亲"冲冲喜"，说不定"冲喜"过后，王洋母亲的病自然而然就会好呢。谭锡博理解王洋的处境，完全放弃了传统婚嫁里女方应有的矜持，主动积极配合王洋，抓紧操办婚事，为王洋的母亲"冲喜"。其实，这种古老的"冲喜"做法，不过是人们的一个美好愿望，并不能真的让病人疾病离身。这对年轻人匆匆忙忙制造的"喜气"，却未能冲走附着在母亲身上的"晦气"。王洋的母亲依然瘫痪在床，再也没能下地，以后一直是谭锡博这个儿媳妇，一把屎一把尿地照顾着她这个满心愧疚的婆婆。

婚后，谭锡博的母亲作为丈母娘，对于王洋这个女婿有了更多的了解，态度大变。真的应了那句老话，丈母娘看女婿，越看越欢喜。在跟人谈起女儿女婿时，这老人家总是说，他们俩啊，就是"彪子"配"彪子"，正好！合适！

"彪"到见血就是"血彪"了

"血彪"一词用在谭锡博的身上，最早出自她丈夫王洋的一句玩笑话："你血彪吧？"

谭锡博是一名无偿献血者，而且是一名坚持多年的献血者。迄今，她已经持续献血 32 年了，并且还将会献到她不能献为止。有理由相信，她是一名终身的献血者。

我已经想不起来，"无偿献血"这个带有生命温度的词语，最早是什么时候进入我个人记忆的。但我相信，在相当长一段时期里，诸多关于献血问题的热点新闻常常敲叩着社会的耳膜，沉积在大众的记忆深处。

在资讯无比通畅的今天，我无需列举类如"血液""血荒"等等关键词来阐述那种与献血有关的社会焦虑，在此我仅列一组数据：据国家卫计委数据，2014年全国人口无偿献血率为9.5‰。而根据世界卫生组织的指标，人口献血率达到10‰~30‰才能基本满足本国临床用血需求。在发达国家，这一比例已经达到45.4‰。2015年，全国共有近1320万人次参加无偿献血，较2014年增长1.6%；采血总量达到2220余万单位，基本保障了临床用血需求，但季节性、区域性缺血问题仍然突出。

岁月不饶人，光阴最无情。如今的谭锡博，早已没有了年轻时代的清秀、苗条。形容一个女人，人们通常会想到花。谭锡博站在我面前的时候，我却更愿意想到一棵树。谭锡博这棵树，远远望去，真可谓枝繁叶茂、彪魁丰雍了。当然，这里的"彪"字已经言归正传了，不再是大连方言里的那个"彪"字了。对于谭锡博，近距离迎面看上去，她自有成熟女人的从容大度、端庄稳重，从她那一脸灿烂如花的笑容和腮帮上两个浅浅的小酒窝里，依稀可见这个女人年轻时候的秀丽。

说到这里，还仅仅说了一个"彪"字，至于"血"字，那就更加说来话长了。这么说吧，谭锡博的一生怎么也绕不开一个"血"字，正是这个有温度的"血"字，被她用作一种鲜亮的颜料，正在大写而特写着谭锡博人生的瑰丽篇章，抒写出了一个平凡女人那如同一棵华冠庇荫的大树般的不平凡。

正是这棵树，奉献出自己源源不断、生生不息的生命的汁液，润泽了多少几近干涸的心田，为无数患者撑起了生命的保护伞！

救人一命，胜造七级浮屠！谭锡博不知道救过多少人的性命！她曾经救过谁，她说不清楚。被她救过的人，亦不知道是谁救了自己。在这里，我不想借用"高尚""崇高"或者类似的近义词来对谭锡博做出评价，我只想说，在她的血管里除了血液，还流动着一种滚烫的悲悯和善良。她每次救人性命并不是去赴汤蹈火，救人于水深火热之中，她总是无声无息地在自己的生命上扎出一个小小的豁口，让自己的热血一次次地流淌出去，流向了那些最需要血液的生命，使得许许多多原本可能不再存在于人世的生命，至今仍然享受着人世间的明媚阳光，和煦春风，在天伦之乐中安享人生。

在大连的第二天，正好赶上了谭锡博去大连市血站献血。一同去献血的，还有她的同事李义明。

走进大连市血站的献血大厅，第一眼看到的是迎面矗立的一块巨大的宣传牌，那上面详细介绍了有关献血的常识。原来，献血又分为献全血和献血小板。献全血就是直接献出人体血液，它的优点是采取快，直接从静脉血管里抽出血液，一次可采取 200~400 mL，3 到 5 分钟便能完成。缺点是恢复比较慢，一般要到半年后才可以再次献全血。所以，采取献全血的办法，献血的次数和献血量都会受到限制。献血小板正好相反。它的缺点是采取的过程相对比较漫长。因为，它需要再从血液中分离、提取。通过机器采取人体血小板一个治疗量（相当于 250 mL），需要 30~60 分钟。献血小板的优点是恢复快，两周之后就可以再次捐献。我恍然大悟，之前有关媒体在报道谭锡博的献血事迹时，曾经报道了她惊人的献血次数和献血量，正因为她想快献多献，才更多地选择了献出血小板。从这个角度看，谭锡博真是拿自己当成献血机器了，满负荷运转！

那天，谭锡博和她的同事李义明抽血检验合格后，脸上同时露出了灿烂的笑容，两个年过五旬的中年人，竟然孩子一般乐了起来，好像他们正在经历的又一次考试已经顺利过关了。躺在献血椅上，卷起衣袖，露出胳膊弯子，让针头插进血管，殷红的血液在他们的身体与旁边的机器之间循环往复。椅子旁边，各立有一个输液支架，上面挂有一只密封的塑料袋子，那就是用来收集血小板的。捐献完成的时候，透明的密封塑料袋子里面，就装满了淡黄色的液体。如果不到献血现场，估计没有多少人会知道那种在人的身体内部承担凝血功能的血小板，竟然不是血液的红色，而是一种接近柠檬色的淡黄。

李义明献出了一个治疗量，大约花了 40 分钟。谭锡博献了两个治疗量，花了将近一个小时。献多献少，血站会尊重捐献者的意愿，但不是由捐献者说了算，血站会视献血者的身体状况而定。李义明也想捐出两个治疗量，可血站没有准许。谭锡博不止这一次，她平常捐献血小板绝大多数都是两个治疗量。她曾经刷新了大连市无偿献血纪录，从 2009 年 11 月到 2015 年 8 月，连续 79 个月，每月一至两次，每次捐献两个治疗量的血小板。这曾经让她身边的志愿者们钦佩不已，谭锡博自己也很自豪，她经常开玩笑说，耕牛的使命是耕田，奶牛的使命是产奶，我的使命就是献血。我得感谢我的爹妈，是爹妈给了我一个最适宜献血的好身体。

我和谭锡博粗略地算了一笔账，把她捐出的血小板换算成全血的相当量，再加上她捐献的全血量，从第一次到现在，32年来，她累计献血不少于80000mL。80000mL的血液，不要说是浓于水的血了，就算是水吧，也有80公斤呀，远远超出一个女人的正常体重了！这样的计算方式让谭锡博开心地笑了起来，腮帮上两个小酒窝比平时显得深了许多，继而立刻又有点儿腼腆了。她说我的体重可不止80公斤，我足有160多斤呢。她在那个"多"字上明显地加重了语气，做出了特别强调，意思很明显，她要献出的血液将远远不止这么多，她还有很大的捐献空间，她还会继续捐献下去。

世间万事万物，皆有因果缘由。起初，谭锡博怎么也不会想到她这一生竟会和献血结下不解之缘。实际上，她第一次去献血在很大程度上是被逼无奈。那是1984年，谭锡博在大连市一个商场工作的时候，单位有了献血任务。由于缺乏常识，一提到献血大家都害怕，担心会伤了自己的元气，损害身体健康。偌大的商场，没有一个人自愿参加献血。无奈之下，单位领导只好动用组织力量，号召党团员带头去献血。当时，商场里有45名团员，都是因为害怕，没有谁前来报名献血。谭锡博一个年轻姑娘，当然也害怕听到那个"血"字，身为商场团支部书记，面对组织上的动员，加上其他人不敢上前，她就不能无动于衷了。她几乎是"外强中干"地表现出个人的勇敢姿态，冲在了最前列，率先走到血站，惶恐地挽起衣袖，露出胳膊弯子，第一次献出了200mL血液，为单位完成了献血任务。

谭锡博至今还记得，当针头扎进血管的时候，她把牙关咬得"咯吱咯吱"响。看着殷红的鲜血汩汩而出，很快就装满了一只透明的塑料袋子，这个年仅24岁的姑娘心里十分紧张，感到非常害怕。她很担心，献血之后是不是真的会伤元气。此外，作为山东人的后裔，这个根在孔孟之乡的大连姑娘，她骨子里面还悄悄泛起一股歉疚感。按照老祖宗的说法，人之发肤，受之于父母，理当珍惜。若不珍惜，那可是大不孝了。何况，她捐献出去的还不是发肤之类外在之物，那可是鲜血，是生命的源泉啊！

后来的献血当然都是无偿了。最初，那种任务式的献血还有适当的补偿。谭锡博第一次献血获得了血站32元钱的补偿，和单位补贴的作为营养品的几十个鸡蛋。同时，单位还给她 15 天的假期，让她在家休息。因为担心献血的事被父母知道，谭锡博不敢回家休息，坚持在单位上班。就连单位给的鸡蛋，谭锡博也不敢往家带，担心带回家去说不圆一个善意的谎言，只好送给了同事。平时谭锡博每月的工资都是原封不动地交给了母亲，那笔 32 元补偿款，她却没敢交给母亲。交了这笔"来历不明"的钱款，她的母亲一定会追问来源。既然不宜上交，就只好留作私房钱了。在工资水平普遍很低的日子里，那可是好大的一笔私房钱呢！谭锡博买了好几只以前一直舍不得买的漂亮发夹，还买了些自学考试的教材（那会儿，她为了争取拿到大学文凭，正在进行自学考试复习），好长一段时间她都没有花完那笔"巨款"。

第一次献血之后，谭锡博的心里有过一些忐忑，好在经过一段时间的仔细留意，竟然没有发现任何不适。身体还是原来那般健康强壮，并没有出现别人所担心的什么伤了元气啦、浑身没劲啦、抵抗力下降、感冒生病等不良反应。谭锡博一直悬着的心才渐渐地放了下来。

她第一次献血是在年初，当年秋天的时候，她的家里发生了一件意外的事情。谭锡博的父亲突患疾病，被救护车拉进了医院。在病房里，她的父亲已经昏迷不醒，情况十分危急，一家人围着父亲哭哭啼啼，急得团团转。医生检查发现，病人的胃部大出血，失血过多导致昏迷，急需补血，大约需要输血 3000mL。那个年代，医院给病人用血，是要经过层层审批的，并不是花钱就能买到血。批准给病人用血有一个关键条件，是看病人所在单位是否完成了献血任务。谭锡博父亲所在的单位碰巧没有完成献血任务，在这病人急需抢救的紧要关头，输血陡然成为医院束手无策的严重难题。

谭锡博听医生说她父亲单位没有完成献血任务时，想都没想，脱口而出说，我们单位献血任务完成了。医生并不在乎，随口回答，你们单位任务完成了有什么用呢？除非是你自己献血完成的。谭锡博眼睛一亮，几乎是尖叫了一声对医生说，对，就是我献血完成的，我有献血证呢！医生扭头问她，献血证在哪？赶快拿来！谭锡博发疯似的冲出医院，在街头拦住了一辆小货车，对着司机大声叫嚷，司机叔叔，求您帮个忙！我要回家拿献血证，给我父亲输血！司机二话没说就打开车门，送她回家拿到了献血证，掉头又送她返回了医院。这期间医生已经为她父亲做好了全部的输血准备，连血液都从血库里调了出来。万事俱备只欠东风，一大家人就只等着谭锡博那份救命的献血证了！

在特殊的情境下，在那个特殊的时刻，一张特殊的小小献血证，使谭锡博的父亲得到了 2800 mL 血液的及时救助。当今天我们回望 32 年前的那个生活事件时，完全可以这么理解，正是谭锡博年初时人生的第一次献血，在那个不祥的秋天，把她的父亲从死神的手上拽了回来。康复出院后，她的父亲一直健健康康，平平安安地生活了 21 年，享受到了差一点离他而去的人生最美夕阳红的幸福时光。直到 2005 年 78 周岁那年，老人家寿终正寝，驾鹤西去。

如今，一提起这件事，谭锡博仍然感动万分，她常常一边述说，一边抹眼泪。她感动的原因有两个：一个是很自豪，因为她献了一次血，才 200 mL，却救回了父亲一条命，让父亲的人生没有缺憾，有了一个幸福的晚年，轻轻松松地多活了 21 年；另外一个，非常感激在街头被她拦下的那辆小货车，那个陌生的司机叔叔，一个热心肠的好人！就在父亲睁开眼睛的那一刻，谭锡博忽然转身奔向门外，她要去寻找那辆小货车，她要去跟那位陌生的司机叔叔说声谢谢，因为他的热心肠，为救治她的父亲赢得了宝贵的时间。可是，那辆小货车早已不知去向。随后多少年来，谭锡博对这事一直耿耿于怀，她特别后悔，责怪自己那时太年轻，没有经验，太"彪"了，竟在慌乱中没有记住那辆小货车的车牌号。她只知道那辆小货车的型号，是当年十分常见的"130"。后来，在路上，只要遇见了"130"型小货车，谭锡博总是忍不住去仔细打量，想看看驾车的人是不是当年那位热心的叔叔。几乎就在拦停了小货车的那个时刻，谭锡博认定了这个世界上还有好人，她这辈子就要做个好人！

谭锡博曾经献血的事情再也捂不住了，在父亲的病床前给泄露了出来。当她对医生说她献过血，有献血证时，她的母亲、哥哥和妹妹，在场所有的人目光突然都集中在了她的脸上，仿佛她是个陌生人，大家都不认识她似的。这……这简直太不可思议了，实在令人不敢相信自己的耳朵。也许，在那一刻亲人们都不禁猛地担起了心，这个小彪子，该不是一时急昏了头说假话骗医生吧？直到她把那张小小的献血证从家里找到了，拿了回来，递给了医生，所有的人才长长地松下一口气，杌陧不安的心情骤然转变成惊喜和敬佩。世事往往就是这样让人始料不及，谭锡博一次悄悄的义举，挽救了父亲的生命，换回了这一个大家庭的团圆和幸福。似乎是老天爷特

地要以这种意味深长的方式告诉谭锡博的家人，她曾经献血，并且预示今后将要持之以恒地继续献下去。

谭锡博自然不会受到她所担心的那些埋怨和责怪了，相反，在大家的心目中，她不啻为一个横空出世的大功臣。对于这个家庭来说，父亲的存在实在太重要了，简直就是顶梁柱。父亲倒下了，在这个家里，天就塌下了。谭锡博却不认为她有多大功劳，反而有些惭愧。她不过才献了200 mL血液，父亲用了2800 mL血液呢，她觉得他们家亏欠人家太多了！如果没有社会上许许多多好心人的常年献血，父亲就不会得救。从那以后，在这个大家庭里，对于献血这件事，大家的态度完全一致了，都是肯定和支持。

在谭锡博的带动下，她的哥哥、嫂嫂、妹妹，都先后到血站献过血，都是无偿献血志愿者。自从国家《献血法》颁布之后，献血就变成无偿的了，不再有任何形式的补偿。

家人开始支持谭锡博献血。但是，对于谭锡博坚持每月两次、长期连续献血的情况，大家还是有些不放心，担心她献出太多，献得太快，身体吃不消。她生就了一个胖乎乎的身材，一张圆圆的脸上总是挂着开心的笑容，看起来挺结实的样子，但家里人知道，谭锡博不容易，日子过得并不轻松，她肩上的担子很重。尤其是最近几年来，她也不年轻了，身体状况明显没有以前好了。

家人都知道，谭锡博的心里装了太多的东西，装了单位工作，装了社会义务，装了亲人，唯独没有把她自己给装进去。家人对她怎能不担心！很多时候，在娘家人的眼里，她这个女儿，她这个妹妹，她这个姐姐，就是太"彪"了，"彪"得让人放心不下。至于她的爱人王洋，那个快人快语的东北汉子，说得就更加直接了。他说，这"娘们"根本不像个"娘们"，倒像一个哥们，跟咱一样，都是"血彪"！

"彪"，是可以传染的

1998 年《献血法》颁布之后，谭锡博才知道每年的 6 月 14 日竟然是"世界献血日"。她久久地凝视着案头的台历，思绪万千，半天说不出话来。一个人的一生，总会有那么几个极其重要的日子！真是太巧了，6 月 14 日这一天恰好是她的生日啊！没有这一天，也就没有她谭锡博！一个人的生日赶上了"世界献血日"，是不是意味着她就是为了献血而降生的！

谭锡博每每这样一想，都会激动不已。直至今日，一提起她的生日，谭锡博仍然重复那句话，我就是为献血而生的！

近朱者赤，近墨者黑。这次去大连采访，我算是领教到了这句话的意思了。不过，除了"朱"和"墨"之外，我还想加上一个字，那就是"彪"：近"彪"者，也"彪"！我发现，"彪"是可以传染的。

话还得从头说起，我们还需要对谭锡博的人生轨迹进行一次回看。

谭锡博在待业期间，自己找了一家校办工厂，在那里做销售，干得很出色，收益也不菲，为当年那个尚且困难兄妹众多的大家庭助过一臂之力。后来，她参加了大连市商业系统的招工考试，被录取到商业局下面的一个商场，在那里一干就是十几年，成为市商业系统有名的"一口清""一秤准"的技术能手。1998 年，一个意外的机会，使得谭锡博加盟到保险业。

那次，谭锡博到保险公司本来是去投诉的。她买保险时人家都说得挺好，可售后服务却没有人管了。谭锡博气呼呼地去找老总投诉，被前台的姑娘给截了下来。那姑娘一番连珠妙语，让谭锡博心中的怨气在不知不觉中烟消云散了。到后来，姑娘问她，您还要见我们老总吗？若是真的想见，我就去报告老总。谭锡博说，来都来了，还是见见吧。其实，这时的谭锡博想见老总，已经不为投诉了，她只是想给公司提点儿建议。在前台姑娘去报告老总的那个短暂空当，谭锡博听到了旁边两个保险业务员的对话。一个问，上个月你拿了多少佣金？一个答，不多，上个月没做到什么业务，才拿三四千块钱。一个问，你上个月呢？一个答，我上个月不走运，业务没有开张，只拿到了以前的续佣，才不过两千块钱。天啊，谭锡博大吃一惊，她在商场干了将近 20 年了，每月才拿四百块钱工资呢，这两个二十郎当岁的小伙子，一个月居然就拿好几千！她感到自己的心跳加速了，暗暗地喘了两口气，头脑里一股"彪"劲不知不觉地冒出来了。她想，保险业也没那么高深莫测，别人能干好，我一样也能干好！几乎就在那一刻，她突然改变了主意，去见老总的目的不再是投诉，也不是提建议了，干脆，就直接变成了求职！

　　谭锡博就是这样的性格，敢想敢干，看准的事就一定去干。一见老总的面，谭锡博就直截了当地问，公司还招人吗？老总疑惑不解，反问她，你不是来投诉的吗？怎么问起这个？谭锡博笑笑说，投诉的话等会儿再说，先来问问公司是否招人呢。老总说，招啊，正在招聘培训讲师呢。谭锡博小时候的梦想就是当个老师或者医生，就因为这个梦想没有实现，她一直于心不甘。这回，机会终于来了。谭锡博开心一笑，笑得有些灿烂了，两个小酒窝明显地露了出来，无意中把保险从业人员一种很重要的个人素质——亲和力，直接展示在老总的面前。因此，老总才答应她先来试试。她转身就走，说明天就来报到。正要出门时，老总把她叫停了，告诉她，还是把你的投诉意见留下来吧。谭锡博转回身去，对老总说，原本是来投诉的，而且意见还不小，现在不投诉了，只是提个建议。就是建议你们公司，不对，应该说是我们公司了，今后一定要做好售后服务！否则，留不住客户！

　　谭锡博就此进入了保险行业。只是，在那家保险公司，谭锡博待的时间并不长，很快又跳槽了。之后，她连续跳了好几次。这大概是保险行业的一个特点吧，竞争性强，人员流动快。可能，更主要的还是谭锡博的性格使然，她一直追求完美拒绝平庸。谭锡博进入民生人寿保险股份有限公司（以下简称"民生保险"）的时候，已经是47岁的"高龄"了，按照工人身份，女性满50岁便可以退休了。民生保险大连中心支公司（民生保险大连分公司的前身）在2007年录用了这样一位只有三年就得退休的女员工，真可谓是不拘一格了。

　　那些年，谭锡博的工作变换频繁。但是，无论工作怎么变，有一个情况始终不变，那就是无偿献血！事情似乎就是这么神奇，在冥冥之中，总好像有那么一种看不见摸不着却又如影随形的因缘存在。

　　谭锡博执着于无偿献血的精神，首先打动了她的亲人。她的丈夫和儿子，现在都是大连市无偿献血志愿组织的成员。她的丈夫王洋，每隔一段时间也到血站去献一次血小板，迄今已累计献血近 10000mL。她的儿子王景一，大学毕业以后在郑州工作，并在那里结婚安家。每次儿子回大连，妈妈陪他出门去，十有八九就是母子俩一起去血站献血。至今，这个生活和工作在郑州的年轻人，在大连竟也已经献血近 2000mL 了。

谭锡博曾经很自豪地说，我这个"血彪"女人传染性强着呢！此话当真。谭锡博和王洋去郑州走亲戚，亲家公因为心疼女婿，有些埋怨谭锡博夫妇俩。话没直说，意思还是表达了出来，你们老两口献出了那么多的血，自己傻了也就算了，连儿子都给你们带傻了，也时不时跑到郑州血站去献血，这要是弄垮了身体可怎么办？我可只有一个女儿，你俩也就这么一个儿子呀！谭锡博一听，乐起来了，笑着说，亲家公，放心吧，孩子不傻！我们这样不叫傻，最多也只是"彪"！其实，能够献血就是福分，证明你的身体很健康。要是身体不好，你想献血人家还不让你献呢！再说了，只要是按照规定去献血，不仅不会弄坏身体，相反还会有益于身体健康。

的确，从医学的角度看待，经常献出一些血小板，能够降低血黏度，对心脑血管有一定的好处。这些年来，谭锡博夫妇两人的血压血脂血糖都始终保持在正常值上，他们认为其中，肯定少不了捐献血小板的功劳！借着这个机会，谭锡博反倒以切身的感受做起了亲家的工作，建议他们也去献献血，尤其是可以献出血小板。

榜样的力量是无穷的。这句话现在虽然说得少了，但还必须承认，"榜样"在生活中依然是有强大引领作用的。谭锡博的苦口婆心到底说动了亲家公，他的自尊心强，没有当场改口表示接受，事后却悄悄地去郑州血站咨询过，他发现专家说的情况还真是亲家母说的那么回事呢。那天，亲家公当即决定在血站抽血检验，还不错，他的各项指标正常，可以献血。这位亲家公由此开始了他的献血之举。谭锡博的亲家公献血以后，生活方式也随之改变了不少，油腻的食物吃得少了，适当地增加了一些锻炼活动。每次献血前的体检，他的各项指标都合格。现在身体棒着呢，体重也有所减轻，人显得精神多了。

谭锡博进入保险行业后工作做得风生水起，作为民生保险大连中心支公司的培训讲师，她是一个普通的员工，同时她又是一位特殊的职员，特殊到独一无二、绝无仅有、空前绝后。在这里之所以反复强调，甚至不惜使用如此雷同叠加的词语进行赘述，完全是因为谭锡博在民生保险的身份，实在太特殊以至罕见了——她竟然是该公司的一名终身荣誉员工！

一般而言，在一些会长或者主席等比较虚的头衔前面，加上"名誉"或者"荣誉"二字的还是常见。在"员工"这个普普通通实实在在的称谓之前加上"荣誉"二字，而且冠以"终身"，绝对是一种超乎寻常的特例了。

原来，2010年谭锡博到龄退休了。由于她工作出色，退休以后民生保险大连分公司留用她，继续从事培训讲师工作。2012年，谭锡博长期坚持无偿献血的先进事迹被媒体报道后，引起了民生保险最高领导层的特别重视。当年，总公司授予她"民生使命先锋奖""民生保险终身荣誉员工"等荣誉。据了解，这"荣誉员工"并非一个虚空的荣誉称号，除了表示组织上对谭锡博的表彰之外，还有一份实实在在的褒奖。也就是说，这个曾经退休的员工，如今被返聘了，继续在单位上班，只要她愿意，只要她身体健康许可，今后公司就不存在让她离开单位了，否则咋叫"终身"呢？一家企业，对一名员工给出了这样的待遇，在全国各地，在各行各业，都是鲜见的。可见这家公司对于正气和正能量的重视程度了。关于这一荣誉称号，民生保险总公司文化品牌室孙红伟女士说，这在民生保险，也是首例，而且，到目前为止，仅此一例。

提起"终身荣誉员工"这个话题，谭锡博开心地笑道，我这个人很"彪"，组织上可不"彪"！是我的"彪"劲打动了组织！看来，今后，我还得继续"彪"下去，不继续"彪"下去，我可就辜负了组织上的厚望啊！

谭锡博就凭着一股"彪"劲把无偿献血这项公益事业坚持了下来，并且发扬光大。谭锡博是个大名人，公司专门为她设立了"谭锡博工作室"。她的"粉丝"众多，谁见了都喊她谭老师。一方面，因为谭锡博的身份是培训老师，另一方面，也是出于对她的尊敬，甚至不乏一定程度的崇拜。民生保险大连分公司有一个公益活动小分队，队长就是谭锡博。许多员工都跟着谭锡博去献血，或者从事其他公益志愿活动。前面说的李义明，他是民生保险大连分公司行政部负责人，一位资深的公司中层负责人，竟是谭锡博的铁杆"粉丝"。他跟随谭锡博长时间坚持无偿献血，还自己出钱出力从事一些公益活动。军人出身的李义明，性格开朗、身体健壮、长相英俊，人显得很年轻，看不出他的实际年龄。估计，与他坚持献血，保持了良好的生活方式，该是不无关系吧。

谭锡博反复说，她能做到今天这个份上，与民生保险总公司、大连分公司的大力支持是分不开的。她知道，没有公司的支持，她会寸步难行！一切都无从谈起！

这话不是客套，是真的。不说别的，只说时间，献血大都需要占用工作时间，情况紧急时，血站一个电话打来了，谭锡博得立刻离开岗位。献血救人，甚于救火，刻不容缓呀！没有公司的支持，随叫随走，谈何容易！说到这里，不由得让人想起这样一句话，一个好的人，必定存在于一个好的组织当中！

"彪"人自有"彪"福

如今的谭锡博，是大连市无偿献血者志愿服务队队长，大连市红十字学会造血干细胞副秘书长。她还是首届全国金融道德模范、全国金融五一劳动奖章获得者，曾经多次荣获国家无偿献血奉献奖金奖。她身上的荣誉多得数都数不清了，家里珍藏的各种各样的荣誉证书，若是叠加起来，真可谓高可等身了。或许是获得的荣誉太多了，她自己看得倒是很淡。谭锡博总说她这个人实际上是没有多少说头的，她就只是一个大连人司空见惯的"彪子"。

不过，谭锡博又十分认真地说，我可是一个有福气的"彪子"。

好人有好报，"彪"人自有"彪"福！谭锡博这个被称为"大连好人"的"血彪"女人，信这句话。

几年前的一个中午，谭锡博陪同她的同事外出见客户。吃完饭返回公司的路上，她坐的出租车跟别的车子撞上了。两车相撞的一瞬间冲击力非常大，她在车厢内翻了几个跟头，之后就昏迷过去，什么都不知道了。她所乘坐的出租车受损严重，几近报废。交警调查发现，原来，发生碰撞的对方司机为了避让行人，想紧急刹车。不料，慌乱中，那个司机非但没有踩住刹车，反而把油门使劲地踩了下去。已经来不及再减速停车了，为保护行人，那司机就只好猛打方向盘，直接撞上了谭锡博乘坐的这辆无辜的出租车。所幸的是，谭锡博在车祸中只是头部撞击到了车厢内壁，导致了轻微的脑震荡，身上没有一处外伤。在救护车把谭锡博送往医院的途中，她眼睛紧闭迷迷糊糊地说，我不要输液，我还要献血！住进医院的时候，她已经苏醒过来了，她立即从病床上爬起来，说她没事了，要回单位上班。

事后，谭锡博曾经多次半真半假地说，那一天，一定是老天爷眷顾她，她才幸免于难。她所乘坐的车子，那个钢铁制作的家伙都被撞烂得不成样子了，她这血肉之躯翻滚摔打在车厢里，竟然不破一块皮，不流一滴血，真是不可思议，现在想想都很后怕。一定是老天爷开了眼，看她谭锡博一向心地善良，处处做了好事，献出了许多血，才让她这次免于出血了。

谭锡博在那次车祸中能够幸运地躲过一劫，没有受到大的伤害，真正的原因是什么，恐怕只有当时去现场处理事故的交警最清楚了。对于谭锡博本人的解释，从某个角度看，其实也是可信的。因为，某些事情，人们总是宁可信其有，也不信其无。毕竟，谭锡博的这种解释，完全是出自一个善良人的最善良的愿望啊！

还有一次是 2015 年，她在医院检查时查出了甲状腺肿瘤。谭锡博老早就觉得自己的颈脖有问题，伸手一摸，不够顺溜，有些异常感，甚至还能摸到一些大大小小的包块。起先，谭锡博也没太在意。在大连这样一个海滨城市，人们的饮食自然少不了海产品。海产品吃多了，也不是好事，至少会对人的甲状腺不利。所以，在大连，甲状腺出毛病的人实在不少见。因为多发，人们也就不太拿它当回事。谭锡博对于颈脖上的包块，也没有怎么重视。这倒挺符合她的个性，否则，她就不"彪"了，更不会被人称为"血彪"！

提到这事，她的丈夫王洋特别恼火。王洋说，一个女人家，岁数那么大了，全然不顾自己的身体，成天东奔西走，把自己累得不成样子。不仅顾不了家，做不了家务事，就连自己的衣物放在哪里都不知道了，还都是我来帮她找。我一见她那个样子，又是心疼，又很生气。有时，躺在床上，我也想跟她唠唠嗑，少年夫妻老来伴嘛！还没说上两句，她就不搭腔了，取而代之的是惊天动地的鼾声。那个时候，我真觉得这个娘们已经不是娘们了，是个地地道道的爷们，就连打呼噜也是爷们的派头。王洋说着忍不住哈哈地笑了。谭锡博在一旁也笑了，笑得有些脸红，估计她心里是有歉疚的。不过，知妻者莫如夫，丈夫还是理解她的，王洋接着说，唉，谁让她在外干的都是好人好事呢，若是为了挣钱，我怎么也不会同意让她这么辛苦！

熟悉的人都知道，谭锡博的手机24小时开机，从不关机。她还经常跟她的服务对象开玩笑说，随时恭候你的电话，欢迎"骚扰"。她就是这样，心里总想着别人，却忽视了自己。直到她那颈脖子上的包块把皮肤撑了起来，形成了几个明显的大包之后，她才想起该去医院检查了。检查过后，医生直言不讳地告诉她，你要做最坏打算！天啊，这还听不出来吗？最坏打算不就是一死嘛！那些包块肯定是恶性肿瘤了！

谭锡博真不愧是个"血彪"女人，因为她"彪"，所以坚强。她住在肿瘤科的病房里，该吃时吃，该睡时睡，该玩的时候玩。玩的时候，她把住在肿瘤科的邻近几个病房里的女病友召集起来，手拉着手，一起唱歌，一起跳舞，号召大家不要被病魔吓倒，一定要有信心。那情景好悲壮，好动人，谁见了都会被感动，眼窝子里都会涌泉。

谭锡博几乎已经做好了最坏打算。可是，手术发现，情况却没有想象的那么糟糕，检验表明，那东西竟然还是良性的！谭锡博的手术很顺利，很成功，没休息多久，她又回单位上班了。术后五个月，她到血站做了一次体检，各项指标完全正常，合乎献血标准。至此，她恢复了中断了半年之久的血小板捐献，继续每月捐献两次，而且，每次还是献出两个治疗量。

这次甲状腺肿瘤摘除手术，她几乎到鬼门关走了一遭。有惊无险地折返回来后，谭锡博更加坚定了她的认知，人这一辈子，必须做好人做好事。平时多做点好人好事，你有难处了，老天爷都会帮助你。就算你一只脚跨进了阎王殿，老天爷也会把你拉回来！

一个善良的好人，一个"血彪"的女人，也许，这就是她的心目中给自己所做的定位！

采访结束前，谭锡博悄悄地递过来一样东西，让我看。那是一张小磁卡，仔细看过，我顿时吃惊得张大了嘴巴说不出话来——它不是一张普通的磁卡，它竟然是一张"中国人体器官捐献志愿登记卡"。原来，谭锡博不仅献血，还把捐献计划做到自己的身后了，跟大连市红十字会签订过遗体捐献协议书。弄清情况后，我这个自以为有泪不轻弹的五尺男儿，两眼不禁有了一丝湿润。我停了停，平静了一下自己的情绪。然后，强作笑脸对谭锡博说，对不起，谭大姐，我并不支持您的想法，我希望您这最后的捐献计划落空！她有些不解地瞧瞧我。我只好进一步解释说，您这么一个大好人怎么也该活到100岁，甚至120岁，到那时，您想捐给人家，人家也不要了。谭锡博"哦"了一声，似乎有些失落地说，那也得捐出去，不能用于救人，还可以用于科学研究啊。

看来，这个"血彪"女人，她这一生已经认定了一个"捐"字。无论是她的生前还是身后，都要把自己"捐献"给这个世界！

采访结束后，离开大连前，我给谭锡博发了一条辞别微信。我说，谭大姐，感谢您的支持与配合，让我顺利完成了采访任务。通过这两天的接触和了解，我要纠正您的一个说法。其实，您真的不是一个"彪子"，您恰恰就是一个"标子"！准确地说，您就是一把"标尺"！一个好人的"标杆"！我和您一样，坚信好人终有好报！我衷心地祝愿您这个大好人，一生平安！

2016 年 5 月 1 日写于合肥

（先后发表于《中国金融工运》《中国金融文学》等杂志）

作者简介

　　杨军，陕西金融作家协会主席，陕西省作家协会会员，中国金融作家协会理事，中国现代诗歌学会会员，陕西省"百优人才"，中广联电视剧编剧工作委员学会会员，中国电影文学学会会员，陕西省编剧协会理事。

‖ 把幸福给你 ‖

——记第一届全国金融道德模范　朱捷

杨 军

如果善行像春雨，自然润物细无声。

——题记

序　特殊的除夕夜

　　生活中我们不必有惊天动地之举，也无需慷慨激昂之语，举手之劳帮助他人，细微之处表达善行，世界便会变成美好的人间。

　　一个人做点好事并不难，难的是一辈子做好事，不做坏事。面对日新月异的时代，其实，善行就在我们身边。"银行业最美人物"朱捷，就是其中的一位。

　　2012 年除夕夜，在上海普陀区一幢普通的居民楼里，朱捷和他的爱人、儿子和母亲，还有一位特殊的、毫无血缘关系的亲人，83岁的台湾老兵杨银岳，全家人其乐融融地吃着年夜饭，看着春晚。

电视里，歌手孙楠正在深情地演唱："千百次的我问自己，我的人生我的爱在哪里，答案总以热血的名义，我真心地告诉你，这就是我守候的唯一……放飞这世界的爱翼，把幸福给你……"听着听着，老人的视线模糊了，他端起一杯酒，哽咽地说："小朱，我，谢谢你……"朱捷急忙上去搀扶住老人："杨伯伯，今天是过年，要高兴的，祝您健康长寿！就像这歌里唱的，我们要把幸福给您。"老人再也抑制不住自己的泪水。

看到他这样，朱捷再次坚定了要陪伴老人终老的决心。可他没想到，这一天来得竟然那么快，这是他今生陪老人过的最后一个新年。半年后，老人带着不舍的眷恋，在快乐与幸福中匆匆离开了他们。杨伯伯啊，这辈子做您的"儿子"我没有做够，下辈子，我一定还要做您的儿子！

一个台湾老兵，一个年轻的大陆银行职员，他们非亲非故，为什么却有着如此深厚的感情？

一场意外变故，富有的老人变得一文不名，原来婉拒做义子的朱捷，为什么要把老人接到家里照顾，养老送终？

一封来自老人战友的感谢信，引出了一段震撼人心、跨越海峡的十年情感故事……

带着一系列的疑问，我来到了朱捷工作的中国工商银行上海普陀区支行。第一次见到他，就被他眉宇间的一团正气所打动。高个头、身着整洁的职业装，言谈举止表现出朴实与干练。在与他相处的日子里，我的心灵得到巨大的洗礼。一位平凡的银行员工，十年如一日，以拳拳的赤子之心，演绎了一曲无私的人间大爱，折射出当代青年身上闪烁的道义之光。

这事我会帮到底

2010年12月7日，上海虹桥机场。

朱捷用手推车推着杨银岳老人忙前忙后办理手续。这已经不是第一次了，老人每年回台湾一次，都是他到机场接送。他对乘务员千叮咛万嘱咐，老人的衣服、药品和随身携带的东西，生怕漏掉什么。

直到乘务员对他的交代复述了一遍后，他才放心地和老人告别，然后，在亲属关系一栏，郑重地写下两个字："父子"。

看到老人的背影缓缓地进了安检区，他向老人挥手。但老人没有转过头，他知道，老人每次和他分别都老泪纵横，他不想让"儿子"看到他难过的样子。

像这样"父子情深"的情景，对朱捷来说已经习以为常。

我在采访的过程中，时时被他真挚的感情所打动。我提出让他带我在上海随便走走，每到一地，他总会无意中想起杨伯伯。在豫园商城，他领我到上海烤鱿鱼滩前，想起他带老人来时的情景；在苏州河上，他激动地谈起陪老人一起乘坐游艇，老人是那么的高兴；在七宝老街，他告诉我老人生前最爱吃的，就是这家老字号的肉汤团，老人没有牙，就喜欢吃这个。

我一次次被他的细心、他的真诚所感动。可以想象，在杨伯伯晚年，能遇到这样的"儿子"，肯定是非常的幸福和安逸，这是命运赐予他的福分，让他遇见朱捷这样的好人！

朱捷清晰地记得十多年前和老人第一次认识时的情景。

那天，身为大堂经理的朱捷像往常一样，忙碌地接待着客户，一位七十多岁的老人引起了他的注意。他，就是杨银岳。朱捷主动上前询问，原来，老人是一位退伍的台湾老兵，儿女早已离台失去联系。他携老伴想定居上海，买房款均从台湾汇款至上海一个远房亲戚的账户；由亲戚代办，部分存款也由那位亲戚在银行开立了存单，但亲戚却没有告知他密码，致使老人无法正常取款。他去了多家银行，均被告知无法办理。万般无奈，他抱着试试看的心理，来到工行曹杨新村第二支行。

朱捷了解情况后，诚恳地告诉他，银行规定办理大额取款，必须携带存单所有人身份证与代理人身份证，而且要凭密码办理。老人面露失望和沮丧，情绪也有点激动。朱捷非常能理解。他所在的曹杨新村第二支行，位于老式居民区，客户群中60%以上的都是上了岁数的老人。他平时对待客户，就像对待自己家里的长辈，每次老人们踏进网点，他总会主动迎上前去，帮忙取号排队，大家都亲切地称呼他小朱。即使下班以后，那些叔叔阿姨也经常打电话给他，嘘寒问暖，什么都喜欢和他聊。

看着眼前老人无助的样子，朱捷也挺着急。他想：在不违反规章制度的前提下，如何才能帮老人解决这个难题？作为大堂经理，我就这么让他回去，老人心里会有多么难受？如果我能帮助他解决问题，还可以吸引一个储蓄客户，岂不是一举两得的好事？于是，他就把老人请进了办公室，仔细了解事情的来龙去脉，几番真诚的询问，老人道出了其中的原委。他当时没有细想，只想着如何为老人解决难题，说："杨伯伯，您放心，这事我会帮你到底。"

在征得老人同意后，第二天他利用休息时间前往老人购房所在地的居委会，在居委会的帮助下，终于找到了老人的那位远房亲戚。但事情远非他想象的那么简单，老人和远房亲戚之间也有一些家庭问题。清官还难断家务事，何况他一个陌生人。但他想着一个老人遇到了困难，怎么能袖手旁观呢？老经过一番恳谈，他晓之以理、动之以情，说服了老人的远亲，得到她的配合，最终顺利解决了杨伯伯的存款问题，房子也顺利地买了下来。

朱捷当时怎么也想不到，一笔普通的业务，他只是做了一位客户经理应该做的事，之后，却会因此和杨伯伯成为忘年之交，更没想到会陪伴他度过人生的最后十年。

从那以后，杨银岳和他的老伴都成了工行的客户，他们相信，工商银行是值得信赖的，在大陆处处都有亲人。老人决定把自己的存款统统转入朱捷所在的支行。由于外汇跨境业务繁琐复杂，朱捷多次放弃休息时间，陪同老人前往各外资银行办理跨境、跨行托收业务，不厌其烦。

让朱捷感动的是，在老人去世后他才发现，老人留下的唯一一个银行账户，就是当时自己帮着开立的，老人一直都没有更换过。

至少还有我

认识小朱以后，杨银岳老人和他的老伴，有事没事都喜欢到银行网点来看看，哪怕不办理业务。他们喜欢坐在大堂里，远远地看着朱捷工作，劝他喝点水，有时一坐就是一上午，慢慢地这成了他们的一种习惯。

老两口和朱捷越来越熟悉，聊天的内容不再只是银行业务，多了不少家长里短。通过聊天，朱捷知道老人虽有一双儿女，但早已失去联系。朱捷觉得他们一定很孤单，在生活上一定需要更多的关怀，于是，在帮助他们处理各种有需要的银行业务之外，格外留心他们的生活，尽量能够多帮一些。

杨银岳老人有糖尿病、心脏病和高血压等老年慢性疾病，常年靠打胰岛素控制血糖。每次外出打针，两个老人因为手脚不便，总要花费很长的时间。知道这个情况后，朱捷就自告奋勇地对老人说，自己当年在部队做过卫生员，主动揽下了为老人打针的活。朱捷从那以后，每个星期有两三次下班后骑车到老人家里，替他干一些需要体力的家务活，帮他打针，再为他们俩做做颈椎和关节按摩，有时候还帮忙进行针灸治疗。

朱捷对老人的照顾，使得老人对他多少也有了依赖感，在生活中遇到了困难，第一个想到的就是找朱捷。一天，老夫妻俩怄气拌嘴，他们分别拿起电话，都打给了小朱。"不过了，我们离婚！"看到老人的孩子脾气，朱捷哭笑不得。为了安抚二老的情绪，朱捷以最快速度赶到他们家里，发现一脸怒气和委屈的老太太已经打包好行李。为了平息两个人的争执，让他们先冷静下来，朱捷只好把老太太接回自己家里，慢慢地规劝。然后再过去做杨银岳老人的思想工作。直到第二天，等他们俩的脾气过去后，再送老太太回家和好。在两位老人的心里，朱捷俨然已经是他们的儿子。

杨银岳不止一次跟朱捷说"做我们干儿子吧"，但都被朱捷婉言谢绝了。他说："我不想被人闲言碎语，被人家说成贪图你的财产，我有我的做人原则，不管做不做干儿子，我都会做我应该做的事情。"看到他这么坚决，老人也没有坚持。但是在给别人介绍的时候，他总是说："小朱是我的干儿子。"

朱捷心想，老人年龄大了，最怕孤独，也可能是我做得不够，老人担心我是一时心热，随时会离开他们吧，所以，他尽量安排陪老人的时间多一些。朱捷年轻时也当过兵，他就和老人经常交流，老人也喜欢回忆自己的年轻岁月。有时候，朱捷刚刚回到家，老人的电话又打过来，他不厌其烦地倾听老人诉说，有时一聊就是几个小时。

对故土的热爱，让老人有了落叶归根的想法。2005年年底，两位老人说要回宁波慈溪老家定居，虽然朱捷舍不得离开他们，但还是尽心尽力，陪伴他们帮助出售了上海的房产。

老人离开上海以后，朱捷一直不放心老人，经常利用周末前往慈溪探望。看到他们在慈溪幸福地安度晚年，才放了心。

人世间常有许多的不如意。有一段时间，朱捷几次拨打老人慈溪住所的电话，总是没有人接。朱捷心里有一种不祥的预感，他在心里责怪自己由于工作忙碌，疏忽了对老人的关心。就在他决定周末到慈溪去再次看望老人的时候，杨银岳老人的电话来了。

电话那头传来老人颤抖的声音："小朱，我回上海了，我活不下去了。"朱捷心急如焚，他二话没说就赶往老人在浦东的临时租所。见到朱捷，老人像见到亲人一样，再也掩饰不住难过的心情，给朱捷讲了他的遭遇。

原来这段时间，老人经历了巨大的人生变故。老伴因病过世，他自己又遭遇了诈骗，一连串的打击，使老人的健康与经济状况都到了低谷。无依无靠地回到上海，本想一个人咬牙挺住，却在孤苦不堪中再次拨通了朱捷的电话。

得知老人的意外变故，朱捷心疼不已，但他又很埋怨，像儿子对父亲一样，第一次对老人大发脾气。出了这么大的事情，你为什么不早点告诉我？在上海至少还有我啊！至少我能够帮你减少一些损失，你的身体也不至于垮到这样呀！老人理解朱捷的心情，让他尽情发泄，等他发过脾气，"父子"俩抱头痛哭。

从那以后，朱捷发誓，自己要尽最大努力，尽量照顾好这位孤苦伶仃的老人。从朱捷工作的浦西到老人住的浦东，几乎横穿了整个上海市区。他不顾舟车劳顿，坚持每周去探望老人两次，陪老人聊天散步，带老人去洗澡，购置生活用品，帮助老人做饭，整理房间。在朱捷的悉心照顾下，老人的生活又渐渐恢复了正常。

看到老人身体逐渐恢复，朱捷的心里才踏实了一些。但一个新的问题再次摆在他的面前。

把幸福给你

初春的上海，天气乍暖还寒。

朱捷开着车，带老人去公园看樱花。三月的气候，依然寒气袭人。朱捷给老人披了件厚衣服，老人望着落满一地的白色花瓣，突然间伤感起来。他对朱捷说："你平时工作太忙，来回跑照顾我已经很辛苦了，但……我要是哪天一个人死在房间里，都没有人知道。"这句话对朱捷触动很大。

当时，朱捷正在嘉定支行挂职交流，除去休息日的探望，他坚持每周两次下班后去老人的租处探望照料。每次从嘉定赶往浦东，单程耗时最少一个半小时。慢慢地他发现，每周两次的探望解决不了根本问题，特别是老人独自一人的孤单和寂寞，万一真出点事怎么办？这成了朱捷的一块心病。

朱捷平时工作时间很紧张，爱人在中学当老师，也是经常加班加点，所以，他一般都是晚上接了小孩，再带着孩子一起去看望老人。由于时间太晚，孩子经常都睡着在车上。

老人也很喜欢小孩，经常说有孩子的屋子才会有生气。这天，朱捷带着儿子一起去看望老人，儿子一口一个"爷爷"叫得杨银岳老人满心欢喜。儿子从小就是个尊重长辈的乖孩子，不仅乐于陪着朱捷一起去看望爷爷，更喜欢和爷爷聊天。朱捷的父亲过世早，儿子就把老人当成自己的爷爷，每次去看爷爷，都要和朱捷一起带着爷爷去澡堂洗澡，老中少三代其乐融融。那天，儿子不经意间对朱捷说："爸爸，我们把爷爷接到家里，我就能每天见到爷爷了。"儿子的随口一说，提醒了朱捷，如果和老人住在一起，老人就不会孤单了，我也能更好地照顾。

这个念头一出，朱捷又犹豫了。接到家里？妈妈和妻子能接受吗？朱捷的妈妈和妻子虽然都知道他和老人亲如父子的关系，但平时去照料是一回事，接到身边日日照看又是一回事，他心里确实也没底。

其实，朱捷家里的情况并不乐观，妈妈身体一直不好，身患癌症已经多年，妻子工作也很忙，家里的经济并不宽裕，要按揭买房、要给母亲看病、孩子要上学等等，再加一位老人，自己能承受得了吗？但如果继续像现在这样下去，他对老人实在放心不下。

一天晚饭后，妻子正好提到她白天给老人买了血压仪，朱捷借机试探着问妻子应该怎么办。妻子故意问他："你想怎么办？"他没底气地说想接老人过来住。接着，妈妈、妻子和儿子都说了自己的想法。本来朱捷想这是家里的大事情，肯定要经过漫长的讨论，没想到，家里人像是早就知道他的心思一样，当即都表示赞成。妻子提醒他，既然想好了就一定要坚持，也就有了责任，如果半途而废的话，就是抛弃老人的行为，会显得不仁义。大家的支持让朱捷非常感动，他的妈妈和妻子甚至开始着手准备老人的起居用品。家人的理解，使朱捷更坚定了照顾老人的决心。

当朱捷告诉老人要接他过去时，老人激动地说："好！小朱啊，我一直都盼着能有这一天，只是不忍心再给你添麻烦。"听老人这么说，朱捷回答："那就别耽误了，星期天我来帮您收拾，我们早点搬吧！"

这个大胆的决定，说起来简单，真正实施起来却是困难重重。

朱捷遇到的第一个难题是，老人搬过来住哪儿呢？杨银岳老人是个闲不住的人，平时喜欢走动，天气好的时候更喜欢外出晒太阳，而朱捷的家住六楼，老人80岁了，根本无法上下楼梯，难道每天把他关在家里吗？为了能让老人走动方便，朱捷看中了自己家同单元楼房一楼住户家的房子，进出方便不需要爬楼，又在楼上楼下便于他照料，没有比这房子更适合的了。可是这房子已经出租了。为了老人，朱捷费尽周折，多次上门和房东进行沟通，让房东把租约还没到期的房子租给他。

房东开始很不理解，还好心地劝朱捷："别人遇见这事躲都来不及，你怎么还去请个爹回来啊？再说一个独身老人住在我这里，万一有个三长两短，我这房子以后怎么租出去？"朱捷诚恳地说："我的亲爹不在了，杨伯伯现在就是我的爹，你就帮帮我吧！再说，我就住在楼上，你怕什么？我每天都会来照看。要不，我多加你一点房租。"软磨硬泡，最后终于打动了房东。他又给原来租房未到期的房客付了违约金，才如愿租到一楼的房子。

朱捷自己拿钱为老人租下房子，为了能让老人住得舒服，又拿出积蓄三万元，给老房子重新做了装修，还添置了电器家具。老人高兴地住进了新居。朱捷有了更多的时间陪伴老人，他帮老人洗澡、理发、洗衣服、剪指甲。特别是在老人生命的最后半年多时间，他的腿因为血管硬化，脚抬不起来，皮肤烂了发出恶臭，朱捷丝毫没有嫌弃，依旧帮老人洗脚、穿裤子，像亲儿子一样照顾着老人。

紧接着，第二个难题又出现了。因为朱捷和妻子都要上班，所以工作时段老人还是没人照顾，老人要有什么事情还是没法解决啊！他和妈妈商量，妈妈说她退休在家可以替他在工作时段照顾老人。能得到妈妈的帮助朱捷当然很高兴。但是妈妈在 2003 年就身患癌症，至今没能康复，他怎么忍心再让她操劳呢？于是，他想到了一楼对门的严阿姨，严阿姨住在老人隔壁同时又是本楼的楼组长。他与阿姨讲了杨伯伯来自台湾，现在孤苦无依的窘境，严阿姨被朱捷的举动感动了，从此以后严阿姨也加入了帮助老人的行列。

为了让老人能吃到新鲜健康的食物，朱捷每天早晨将母亲做好的饭菜端下楼，看到老人平安他才去上班。在朱捷上班的时候，妈妈和严阿姨一起帮助照料老人。晚上下班后，朱捷照例去陪伴老人，为他检查身体，陪他聊天；双休日会带他去逛逛公园，看场他喜欢的京剧或者篮球赛。

那是一段让老人终生难忘的日子，这飞来的幸福，来自于大陆这些萍水相逢的普通人。只有在这样的社会，在这样的国家，才能有这样的事情发生，这是人间的真情啊！杨银岳老人以前连想都不敢想，自己老年怎么会有这么好的福气。这个特殊家庭的善举，也同样感动着像严阿姨这样的邻居。

每天清晨六点半，朱捷都会将母亲做好的饭菜，定时送到老人手上，这时，老人会在楼下等朱捷。他总是满眼含情地接过饭菜，目送朱捷去上班。妈妈虽然疼爱儿子，但总是说："这是儿子的任务，一定要完成好。"晚上，老人总会为朱捷打开靠院子边的房间里的灯，让朱捷能在光亮中，安全地走进门道。朱捷也同样感受到，老人对他的关爱，这份关爱，是用语言也无法表达的温暖。

朱捷一家人也经常利用周末时间带老人去外面吃饭，那是老人最开心的时候。他们会一起拍照、聊天，在不了解实情的人看来，俨然是一家几代人快乐地聚餐。他们每年都要给老人过生日，朱捷看到老人喜欢吃鳗鱼，就向饭店师傅请教如何做，回家专门给老人做好。

但随之而来的又一个难题也来了。人终将有生老病死的这一天，对朱捷这样有着家庭负担的工薪阶层来说，在经济上将怎样去承担？老人已身无分文，他的房租费、他的日常生活开销、他的医疗费等，都是一笔巨大的费用。朱捷经过和家人商量，决定将孩子的成长基金，改换为老人的养老基金，家里节省平时的日常开销，为老人存了一笔养老备用金。就这样，他们像一家人那样快乐生活着。

下辈子还做你儿子

幸福的日子像花儿一样，而花期总是那么短暂。

2012 年 8 月 26 日，杨银岳老人安详地辞世，享年 83 岁。那一天，是他们一家人刚刚给老人过生日不久。

黄浦江畔，海风呜咽。虽然朱捷知道迟早会有这一天，但他没想到，这一天竟然来得这么早，和杨伯伯一起生活才两年多时间。杨伯伯啊，您怎么这么快就离开我们？我们不是说好还要一起去看西湖，一起去北方看更多的地方吗？您怎么说走就走了呢？

老人的突然离去，让朱捷他们全家人悲痛万分。虽然朱捷和妻子平时去看老人，老人对他的后事已经早有交代，但他们还是觉得太突然了。他们的儿子也经常下楼给爷爷送饭，和爷爷开心地交谈，他也舍不得一下子没有了爷爷呀！

但朱捷很快就振作起来。虽然他从来没有经历过这样的事情，但他知道把老人安全送走，老人才会彻底安心，这也是他对老人生前的承诺。

由于无法找到老人的亲属，朱捷只好自己承担老人的后事。那天，他一个人为老人擦洗了身子，为老人换上他生前早已准备好，只有朱捷知道的放在柜子里的寿衣。殡仪馆的工作人员对他说："你是儿子，你抬头，我来抬脚。"朱捷没有解释，亲手将老人抬上了灵车。

安排完这一切，朱捷心里空荡荡的。房子的桌子上，放着八只会发声的玩具小鸟。老人曾经对朱捷说，他寂寞的时候，就拍拍桌子，听这些小鸟的叫声，它们的声音是多么好听啊！人去楼空，睹物思人，朱捷再也控制不住自己的感情。十年了，整整十年，从当初的一笔业务结缘，到后来成为朋友、成为"父子"，他放声大哭！他把自己关在老人曾经住过的房子里，从早上一直到晚上……

杨银岳老人生前已经没有什么亲戚朋友，在他遗留下的大量电话号码中，朱捷一一拨打，终于找到了他身在台湾的老战友徐明。和徐明老先生取得联系后，在实在联系不到老人其他亲属的情况下，一个月后，朱捷和徐明商量将杨银岳尽快安葬，让老人入土为安。

老人生前有一个心愿，就是想终了能回到老家，他曾带着朱捷去老家坟地，再三关照将来要葬在那里。2012年9月26日，朱捷带着老人的骨灰，在徐明老人的陪同下，将骨灰送至他的老家慈溪，与他的老伴合葬在一起。

一位一生漂泊在外的台湾老兵，终于实现了叶落归根的夙愿。

十年，在人生的长河里并不算长，但这十年，朱捷和杨银岳老人却结下了不解之缘。老人去世后，朱捷经常去曾经带老人去过的长风公园，独自徘徊。面对眼前熟悉的一草一木，他在心里默念：杨伯伯啊，如果有来生，我一定还做你的儿子。

生活是本教科书。朱捷的孩提时代，是和支内的父母在远离上海的大山里度过的。那时，他家里的生活虽然拮据，但是却充满着欢乐。父母对他的教诲，总是那么的朴实无华，对他的要求是，人生一世，首先是做人，做一个好人，做一个敢于承担责任的人。

朱捷是个普通人。他没有一句豪言壮语，也没有惊天动地的壮举，他热爱银行工作。1990年他应征入伍，退伍后进工商银行工作，在保卫科担任了五年科员。他苦练工作技能，拿到"全能优秀射手"的荣誉。1998年，他向领导主动申请，进入一线的银行服务平台，成为一名储蓄柜员。从没接触过业务的朱捷，花费了比别人更多的时间苦练基本功，努力钻研业务，从基本的点钞、打算盘到电脑的输入及操作，他的岗位很快就成为网点的服务示范岗。

朱捷是个有心人。2002年，他被安排当大堂经理。作为银行服务的第一岗，他深知自己的一举一动都代表着工商银行，他在工作中耐心细致，认真研究不同客户的心理。为了让客户排队少一些等候时间，他坚持一天不喝水，担心要上厕所。他随身带着一个小本子，里面记满了每个客户的情况，特别是一些老年客户的住址、电话，甚至老人家里子女的联系方式。许多客户都和他成了朋友，经常有客户半夜打电话给他，有的老年客户家里换煤气、搬东西甚至买房都要找他帮忙。他细致周全的服务，得到了客户和同事的一致肯定，多次被列入普陀支行先进个人，2004 年度还被评为分行"十佳大堂经理"。他正是在担任大堂经理期间，认识了来自台湾的杨银岳老人，从此结下了这段"父子"情。

朱捷是个"无情"的人。他结婚的时候没有新房，当时在他租住的小房里，和母亲仅有一张床。他没有给妻子一件婚纱，连婚礼也没有举行。照顾老人这些年，朱捷没有参加过饭局，没有时间去唱卡拉 OK，没有好好地陪伴孩子读书补习，更没有带妻儿母亲出去旅游散心，甚至看一场电影。在我采访的过程中，他甚至找不出一张一家三口人的"全家福"照片。他的妻子告诉我，朱捷买车，主要是为了杨银岳老人，连自己的母亲都没有坐过几次，母亲每周去医院复查，都是自己挤公交车去。朋友们说他，是个不够"意思"的人。

可朱捷不这么想，他也没有时间去想。他觉得自己没有做什么了不起的事呀。在一个和谐美好的生活环境中，本来就有许多好人，真正值得感激的应该是他们。

朱捷告诉我，当老人去世后，他去单位请假，网点领导在知道这件事后，给予他极大的帮助和鼓励；多年来，小区楼组长严阿姨一直帮他关心照顾老人；在处理老人后事的过程中，120 急救中心、殡仪馆的工作人员都对这件事给予了支持和帮助；还有房东以及原租房的房客，自己的家人等等，如果没有他们，自己也坚持不下去。

这就是我们的社会主义大家庭，当身边的人有困难时，每一个人都会伸出援助之手。中华民族的大义之道，在这些普通而平凡的老百姓中，被表达得淋漓尽致！

这是我的责任

大爱无疆，大善无声。

2012 年 10 月 10 日，工商银行上海分行办公室收到了一封题为《大爱工行，仁义之师》的表扬信，一位名叫徐明的台湾同胞，在信中深切表达了对朱捷的赞扬与感谢。他详尽描述了他的挚友杨银岳先生，从 2002 年到

2012年十年间得到朱捷无私关怀与帮助的故事,讲述了一名大陆银行员工,对客户付出的拳拳之情。

通过这封信,大家才知道了朱捷十年来,默默无闻地帮助照顾台湾老人的故事。

徐明先生不仅转述了杨银岳老人生前数度提及朱捷对他的热忱照顾,十年如一日的付出与努力,更亲眼见证了朱捷处理老友后事鞍前马后、尽心尽力的场景。他深情地写道:"老友的一双儿女虽然没能找到,但老友已无遗憾。"从这位台湾同胞的表扬信里,我们读到了真情与厚意,读到了信赖与付出,读到了这位工行员工在平凡的岗位上,所默默承担起的责任与使命。

徐明先生在整理杨银岳老人遗物时,偶然发现在房间的墙上有一个挂历,上面,杨银岳老人记满了文字:×月×日,小朱给钱多少,从500元到几千元不等。徐明先生的眼睛湿润了,他从这位同生死共患难的老战友留下的笔迹中,看出了朱捷平时对老人无微不至的关爱。

杨银岳老人走了,朱捷每到清明、冬至都会去墓地祭奠。老人留给朱捷唯一的遗物是一本发黄的相册——是他50多年前船员训练班的同学通讯录。通讯录上,杨银岳和徐明先生一对帅气的年轻人在一起。朱捷说,这个我一定要留下,也好留个念想,看着它,我就会想起慈祥的杨伯伯。

从最初的结缘,到最后的养老送终,很多人都问朱捷,是什么让他做出了这样的选择,又是什么让他为这样的选择付出十年的坚持。朱捷微微一笑:"我真的也说不上来什么原因,可能是我和杨伯伯的缘分吧。这事让我碰到了,放弃不忍心,遇到谁都会这样。自从和杨伯伯认识后,我觉得自己有责任这样做。"

善行是一种境界。朱捷一句"我觉得自己有责任这样做",已经表达出他这种至高无上的境界!如果每个人都能这样想和这样做,那我们的世界一定会像春天般温暖。

雨珠无私的奉献,才使花草如此鲜艳。

对任何一个普通人来说,很多时候,不过是举手之劳,既有利于他人,又能换来自己内心的愉悦,何乐而不为呢?

孔子曰："知者乐,仁者寿。"以慈善的良心和仁义精神,救济和帮助别人,自己可以获得双倍的快乐与幸福。我们的和谐社会尤其需要有能力的人去帮助更多需要帮助的人的慈心善行,这是一个主动的、自愿的、快乐的过程。在这个过程中,无论救助者、受助者,还是旁观者,都能从中体会到一种和谐愉快的互爱感。

愿我们的社会到处都有这样的"仁者"!愿朱捷这样的好人一生永远平安!

（先后发表于《中国金融工运》《中国金融文化》等杂志）

作者简介

　　徐建华，四川人，笔名蜀蛇，中国作家协会会员，中国金融作家协会"德艺双馨"会员兼理事，江苏金融作家协会主席，交通银行作家协会常务副主席。现供职于交通银行常州分行。2009年时代文艺出版社出版其金融探索小说三部曲：《金钱人生》《银行风暴》《保险战争》。其中《金钱人生》获得第一届中国金融文学奖长篇小说一等奖。2015年中国言实出版社出版其长篇小说《真的不重要》，被列入"全民阅读精品文库"。2017年其长篇小说《资本的血》，获得第二届中国金融文学新作奖。《第一书记》系中国金融工会指定创作的报告文学。

‖ 第一书记 ‖

徐建华

"无穷的远方，无数人和我有关"

　　2018年8月2日，我至今都不知道发生了什么事。我登上成都飞兰州的下午航班，系好安全带给王文华发出微信："准点。"他回复："好。"大约五点过，透过舷窗已隐约看见兰州，突然广播宣布：必须返回成都。

　　六点半左右飞机回到成都降落，却不许下飞机，要在机上等候。我马上打开手机，准备给王文华发消息，看到他早已发出消息："我在兰州机场等到消息，你们航班取消了，我就回去了。"

　　大约七点钟，飞机重新起飞，我再次发出微信："预计八点半到兰州……"

　　我感觉像在捉弄王文华，等候行李又花去不少时间，坐上他开的汽车已是夜里十点左右。

　　车外倾盆大雨，王文华说：兰州很少下这么大的雨，傍晚就开始一直下。

他好像不习惯雨中驾驶，或者雨雪天开车给他留下过什么阴影，显得很紧张。也可能疲劳，兰州市区到机场将近八十公里，暴雨中行驶至少一个半小时，王文华一来一返，再一来一返，傍晚到现在已开了五个多小时。高速公路上看见重装卡车几乎首尾相连，白天卡车限行，夜里就倾巢出动。我提议歇一歇，王文华说高速公路边没有饭店。终于进入一家二十四小时营业的牛肉面馆，已是午夜。

第二天约好八点见，我提前几分钟到宾馆大堂，王文华已等候在此，他说自己只要睡五六个小时。

他陪我熟悉兰州，先到甘肃省博物馆。他一路给我介绍，从大地湾文化、马家窑文化到中国第一件青铜器，直到丝绸之路带来《资治通鉴》所说的"天下称富庶者，无如陇右"……虽不可与讲解员等量齐观，但已足以令我刮目相看。

之前交通银行总行给了我一些王文华的背景资料，他只是一名司机。

从博物馆出来，我差不多已把他当老师，他的生活经验和走遍千山万水的见多识广，不是书斋里学者能与之相提并论的。像敦煌、麦积山，他说不知去过多少回了。那时帮领导开车，领导带客人去参观，他尾随其后默不作声，就只是听，听得多了就懂一些。他还自修了大专课程，对历史、地理、民俗很感兴趣。我问：除了旅游景点，还有哪些值得看？他说：明天我开车，去扶贫点。

第二天星期六，他夫人马琳也在交通银行甘肃省分行工作，属于派遣制员工，正好有空，七点钟就赶来宾馆。

上车后我发现，马琳买了矿泉水、香瓜、梨、牛肉干，我嘴上什么也没说，心头暗暗想：安排得好细致啊。以前我印象中的西北人，粗粗拉拉大大咧咧，这对夫妇却是心细如发。包括早餐，进入牛肉面馆，王文华点了粗、细、极细三碗，让我先挑。我一向不吃粗面，越细越好，这一点他都考虑到了。

王文华甘南口音很重，我不能完全听懂。好在马琳是兰州城里人，普通话很标准。仍旧是王文华开车，向西过永登县朝祁连山方向行驶。

我已恶补了地理常识，知道甘肃像巨大的楔子，插在宁夏、内蒙古、新疆、青海之间，把蒙藏回汉和西域人既联系起来又适当分割，形成多民族缓冲带。

像我们驶向的天祝，就是新中国成立后的第一个民族自治县，早先是戎羌、月氏、匈奴的驻牧地，后来归入吐蕃，长期属于凉州地区，就是《凉州词》里"一片孤城万仞山"那一带。

兰州到天祝不到两百公里，马琳说：十多年前王文华在天祝蹲点扶贫时，没有高速公路，路况很差，乘车需要四五个小时。王文华一个月两个月也不一定回来一趟，隔两个星期我就带孩子去。不光到县城，王文华经常蹲在乡下。像在哈溪镇蹲点时，距离县城还有一百八十公里，公路经常遭洪水冲毁或者大雪封堵。

马琳说那时她才三十来岁，感觉像千里寻夫，一路都在哭。想想人家老婆孩子热炕头，自己像孟姜女，她就眼泪簌簌流。还不好跟人说，说出来人家也不理解，反而可能说她得了便宜还卖乖。毕竟王文华只是司机，突然抽调出来，代表交通银行总行长期驻点天祝县，完成国务院交给交通银行的定点脱贫任务，不管怎么说也是重用，而且是破格重用，再有多少苦她也只能和着泪水咽回去。

我仰靠在椅背，侧过脸望着车窗外，两边高山耸峙，不是南方的秀山奇峰，也不是荒山秃岭，而是裸露的石灰岩或者花岗岩横七竖八堆积，巉岩狰狞，乱石嶙峋，危如累卵，很高很险，好像随时都可能崩塌。公路挤压在狭窄山沟，不断穿越幽长隧道，有的隧道长达十多公里，车在隧道里感觉呼吸都堵塞了，很容易想到正在进入地心世界。

除了车辆看不见行人，看不见田野，看不见庄稼，看不见劳作的身影，好像只有山，至多看见瘌痢头一样的稀疏植被和泥浆般浑浊的河水。

王文华说：刚去天祝时公路都不畅通，我的前任就出车祸了。他出车祸才派我去，我也出车祸了，连人带车滚进山沟。不光出车祸，有时洪水天大雪天半路受阻，就只好露宿荒野。

他说得轻描淡写，我听得心头一片苍凉，油然想到纳兰性德的词："山一程，水一程，身向榆关那畔行，夜深千帐灯。风一更，雪一更，聒碎乡心梦不成，故园无此声。"

马琳说：现在好多了。国家拨款修建提灌站，把黄河水抽到山顶上，蓄在水库自上而下灌溉，所以山坡变绿了。

这就叫变绿了？这就叫好多了？我长期生活在成都平原和苏南水乡，看惯了绿水青山，看惯了沃野千里，很难想象这里以前什么样子，只能去猜想"不毛之地""飞沙走石"，去猜想杜甫诗中的景象："岁暮百草零，疾风高冈裂。……老妻寄异县，十口隔风雪。……入门闻号啕，幼子饥已卒……"

王文华打开车载光盘，播出降央卓玛《天上的祝愿》：

仰望天上的珠穆朗玛

五星红旗高高飘扬

我们西藏各族人民

手捧洁白的哈达

举起青稞美酒

跳起锅庄舞

……

王文华的车技相当好，单手就能娴熟掌控方向盘。但也显得很累。他问：抽烟吗？我摇头说：你随意。他果然就点上烟。我有三十年烟龄，虽然刚刚戒掉，也算烟鬼，仅仅看他深深地吸一口，过了片刻才缓缓吐出烟圈，就看出他烟瘾不小。然而从前天晚上接我，到昨天陪我，竟然没见他抽过一支烟。我问：你抽几年烟了？

马琳接过话说：原先从不抽烟。到了天祝扶贫，天天跟藏民一起，什么烟都抽。特别是出了那场车祸，大雪天连人带车翻进山沟，抢救过来总是说头痛，整夜整夜睡不着，就抽烟。

王文华别过脸，显得十分难为情，很不愿意妻子揭他的短。他粗重地吐口烟雾说：我能控制。就再也没点第二支烟。

临近中午，眼前出现异域风光，红色房顶、黄色装饰、蓝色陪衬，还有白色墙面、黑色包边，整个感觉五颜六色，建筑物和街道像电视里见过的西藏。不断看见"华藏"字样，王文华说这就是天祝的县城，根据附近的华藏寺取名华藏镇，天祝也是根据天堂寺、祝贡寺得名。

他将车开到县政府门口广场，我下车就吸进一口特别清爽的空气。紫外线非常强烈，明显感到皮肤灼痛，太阳下不敢大睁眼睛。王文华从后备箱拿出伞，他自己不撑，好像他已完全适应高原气候。

步行去饭店的路上，王文华说他刚来天祝时，整个县城才两家饭店，一是县政府招待所，另一家是牛肉面馆。乡下一家饭店都没有，只能自己做饭。没有煤气，经常停电，柴火、牛粪要自己上山捡拾。水也要自己去河沟担，遇到下雨河水浑浊不堪，就自己澄清。水中可能缺少人体必需的矿物质，重金属含量也可能超标，容易生怪病，当地人能不喝水就不喝水，能不洗澡就不洗澡，能不用水就不用水。

这样说我才想起，从兰州出来到现在，没见王文华喝过水。我把手中矿泉水递给他，他说：习惯了，不渴。

我正好面对广场的雕像，是三头牦牛。不知为什么，我一下子就把王文华与特别耐旱、耐寒、耐饥、耐劳的牦牛联系起来，想起藏族人孔镇长说：牦牛是黑的，挤出的奶雪白。

孔镇长是孔子的七十二代孙，庆字辈，至今还保留着盖了"衍圣公府"大印的家谱。但他是藏族，儒释两种文化已根植在他骨髓里，已在他血液里合二为一。

他文秀儒雅，很在乎待人的礼节。明文规定不能喝酒，可藏族人待客不能缺酒，孔镇长去自己家取来自己的酒。敬酒时他用无名指弹飞三滴，表明敬天敬地敬父母，再敬客人。他说：歌不歇酒不停。王文华急忙为我解围，挡住说：徐老师不沾酒。

王文华自己也滴酒不沾，显得孔镇长很没面子。看场面有点尴尬，刘书记提议马琳代喝。马琳颇有几分豪气，马上就把气氛调动起来。

王文华和孔镇长、刘书记曾经蹲在一个点上，跟村民（牧民）"同吃同住同劳动"。后来一个升镇长，一个担任扶贫点第一书记，王文华不是党员，只是个没有官阶没有品级的扶贫干事。

王文华照样快乐地跟他们一起回忆蹲点的生活。孔镇长、刘书记接连朝王文华竖起大拇指，说王文华干了几件大事，都是实事，造福于民的好事，把好几个乡镇都真的脱贫了。县委县政府领导说到王文华赞不绝口，甘肃电视台还为王文华做了个专集：《雪域高原筑梦人——交通银行员工王文华》。

中国金融工会安排我采访王文华，我穷尽所有想象，从接触到的每一个人嘴里，去了解王文华究竟做了什么。

这一天走进乡政府，我差点以为到了农家小院。当中一排平房，竖列两排厢房，大门口悬挂一溜吊牌：乡党委、乡政府……连派出所、土管所、电管所等七站八所都集中在这里。却是清风雅静，可能因为是星期天，四周寂静无声。

我想上厕所，王文华唤住看门人问：厕屎，在哪儿？

看门人前面领路，来到正房背后，一座砖砌的小房子。我推门进去，前脚没落地就赶快后退，"嗡"的一声苍蝇扑面而来，不是一只两只，不是十只八只，只感到眼前一黑，我浑身肉皮发麻……

王文华给我解释：这里的人直到现在，还用旱厕。就是地上挖个沟槽，大小便堆积在沟槽，完全裸露，没水冲洗，苍蝇密密麻麻覆盖。

马琳接过话说，那时儿子才六岁，想爸爸，就把儿子送到王文华身边。三天后儿子给妈妈打电话，哭着说肚皮痛。怎么会肚皮痛？儿子说三天没大便，厕所里净是苍蝇，他害怕。马琳叫儿子：去外面草地上，随便找个地方。儿子说：老师说不能随地大小便……

马琳从兰州赶来，接上儿子回去。她说路上四五个小时，她眼泪没干过，一直哭一直哭，就算把儿子接回去了，丈夫不还在那儿吗？

王文华说：这点苦，算什么。

他却不肯讲自己吃了多少苦，还一再叮嘱我：不要把所有的苦写出来，写得太苦不好。藏族人说"大小河都有两岸，大小事都有两面"。像磕长头，你觉得苦，人家不觉得。

我说：你是来扶贫的，不把贫苦写出来，怎么体现扶贫的意义？

王文华才勉强同意我写一个片段。

他说祁连山东北，天祝县的中间，有条东西走向的乌鞘岭，是陇中高原与河西走廊的分界线。他在这里的哈溪镇定点帮扶时，距离县城一百多公里，距离临近的武威市也将近一百公里。海拔超过三千米，自然条件很差，卫生条件更差，一年到头不洗一次澡，大便后都没手纸，也不可能冲洗。不少疾病因此而生，生病了又得不到有效治疗。

他去卫生院查看，所谓的手术室竟然升起火炭炉子，门窗紧闭空气污浊。

院长说：没办法，买不起空调，光溜溜躺在手术台冷。

王文华去看产房，很像影视剧里用于刑讯逼供的刑房：锈迹斑斑铁链手铐，把产妇仰面八叉固定在木板上，四肢不能动弹……婴儿就这样被拖出子宫，难产孕妇就这样被切开肚皮，地面血流血淌，每天都是血，方圆百公里内只有这里算医院。

王文华说他以前只是服从派遣，不得不来扶贫。自从深深地扎下根后，跟当地人呼吸与共了，扶贫就不仅仅是帮助别人，也是升华自己。从此他像藏族民歌唱的那样："黑色大地我用身体量过，白色云彩我用手指数过，陡峭山崖我当梯子爬过，平坦草原我像读经书那样掀过……"

他无数次回到兰州，无数次去上海，找到交通银行甘肃省分行的领导，找到交通银行总行的领导，不是托钵化缘，不是乞求布施，而是像五体投地磕长头的藏民：行不远数千里，历数月经年，风餐露宿，朝行夕止，匍匐于沙石冰雪之上，执着地向目的地进发。手套护具，双手合十，不断地趴下又起来，起来又趴下，不惧千难万苦，心存虔诚之念，朝向圣山圣湖。尽管尘埃满面，甚至额头磕出血痕，但脸上不见痛苦，平和得像高原的天空一尘不染……

他的行为感动了好多人，交通银行总行原党委书记董事长牛锡明、新任党委书记董事长彭纯、总行行长任德奇、总行工会常务副主席徐明、总行宣传部长帅师，还有具体管理扶危济困事务的方征、徐莹、包小玲等处长、主任，一个接一个赶来，带来交通银行十万员工的心意，带来国务院赋予交通银行的脱贫攻坚使命。

藏族人说："盐巴水不解渴，漂亮话不顶用。"他们看人看事："马好不好看昂起的头，心诚不诚看碗里的奶。"他们把王文华叫"木华"，藏语的意思是"女婿"。

"我升起风马，只为守候你的到来"

王文华带我去他的第二故乡：临夏回族自治州。

汽车沿着大夏河由北向南溯流而上，公路两边明显开阔，不再行驶在幽深峡谷中。河滩两岸冲击出小块平原，种植了小麦、油菜、玉米、青稞，一年一熟，没有夏粮秋粮之分，八月油菜花还盛开，恍若南方的四月天。我抬头仰望，仍旧山势险峻，但植被茂密，明显感到这一带的自然条件优越。

过了三甲集，远远看见山坡上、村寨里、河谷平坝一座接一座清真寺，屋顶大多穹隆形，闪闪发光的金属针塔塔尖悬托一轮月牙，十分醒目。我对回民的生活一无所知，不知他们为什么建造这么多清真寺。

马琳说她大概数过，这一路下去一百多座，好像只要有民居就有清真寺，一个村寨就有好几座，都建造得美轮美奂，绿水青山中光彩夺目。可这里是地广人稀的乡村，群山环抱长期闭塞的陇中高原，维持基本的生存都困难重重，哪来这么大的财力物力？

王文华说他在这条路上走了三十年，以前没有高速，每次坐长途汽车颠簸七八个小时，有足够的时间思考。早先并没有这么多清真寺，最近十来年才增加很多。他起初也不理解，干上扶贫工作后，才慢慢理解，回民也在获得帮助。所不同的是，扶贫不能只是送去财物，不能只是改善扶贫对象的物质生活，回民更注重精神生活。王文华说他越来越相信，扶贫是看不见的战线，扶贫的意义早已不是播撒恩情那么简单，关乎民心向背。

进入临夏市已近黄昏。在新城区住下，王文华指向面前马路说：舅舅他们就住这里，十七岁被他们接来，这是我的第二故乡，也是我的祖籍。

他详细讲述自己的家世，曾经十分显赫。他是西汉外戚王氏家族的后人，当时九人封侯、五人担任大司马。后来王莽称帝失败，连舌头都遭人"分而食之"，家族四分五裂。为了免遭株连，他家这一支往西逃难，躲进回民、藏民共处的大夏河流域避祸。他家这一支在"王莽新政"时期掌管全国的铸币，大多是手艺人。铸币手艺用不上了，就改为铸造铜器、礼器、法器、明器都做。佛教兴盛后，主要给寺庙做铜佛像，包括铜油灯、转经筒，实际是寺庙的御用工匠，称为铜匠王，整个村庄都改名铜匠村，就是现在的临夏市枹罕镇铜匠庄村，距离市区不过十来公里。

马步芳当上甘肃省主席后，他是临夏县人，纯正的回族，不能容忍藏族，1938年发兵灭藏，连带把为寺庙服务的铜匠村也剿了。

王家再次遭受灭顶之灾。王文华的爷爷冒死突围出去，沿着大夏河继续溯流而上，一直逃到大夏河的发源地夏河县，属于如今的甘南藏族自治州，藏民的心脏地带之一。

夏河"一座县城一座庙"，拉卜楞寺差不多覆盖整个县城。县城所在地也叫拉卜楞镇，被誉为"世界藏学府"，相当于藏传佛教的大学城，连活佛高僧都要来这里进修，或者讲经机辩弘法利生，其影响力不在拉萨大昭寺、西宁塔尔寺之下。

王文华指给我看他的老家，建造在狭窄河滩，一个房屋密集的汉人村落，显得逼仄冷清，整个夏河县汉人只占28%。

大夏河由此往北流过临夏，流入刘家峡水库，汇入黄河奔流到海。王文华说从这里到兰州，以前汽车也要十四五个小时，几乎与世隔绝。海拔三千米到四千米，一年中只有三四个月不下雪，土地瘠薄地处高寒，自然条件比临夏差很多，除了收获少量青稞，其他农作物很难生长。他记忆中的蔬菜就是外面贩来的洋芋，十七岁前他没见过大米、白面，很少吃到肉，经常吃的青稞也混杂了麸皮。虽然可以爬上高高的山顶刨挖冬虫夏草，但冬虫夏草更适合海拔五千米左右的高山，这里的冬虫夏草极其稀少，忙碌一个假期仅够挣满学费。乡下没中学，他要去五公里外的县城念书，吃苦不说开销也大。

他家兄弟三个，他是老大，两个弟弟都是农民。农民连牧民都不如。他们是汉人，习惯了定居，可没有土地；不习惯游牧，而这里只有草原。早先的铜匠手艺又失传，两个弟弟至今都在靠打工艰难度日。即便结婚后，王文华也是工资的一半交给父母，另一半留给妻子。刚刚也就几天前，小弟弟的媳妇又跑了，嫌这个家太穷，她连亲生女儿都丢下不要了。马琳说：小弟弟在外头打工也不肯回来，只好我们照顾这小侄女……

王文华不肯过多地讲自家困难，可能怕人家知道，他也是贫困对象，他也需要帮扶。

我看他抽的烟，包括发给朋友的烟，都是十来块钱一包的简装"利群"。我跟他说：在我印象中，银行员工没人抽这么便宜的烟。他说：好烟抽不起。况且习惯了，三天两头跟困难户泡在一起，有烟抽就算奢侈了。

他的工作环境是：进门就可能看见只有一张床，揭开锅只有黑乎乎糌粑，掀开瓮空空荡荡。床上光屁股娃,男女主人蜷缩在一角觳觫发抖……他给一位孤残老汉送去一袋大米,老汉号啕大哭,说他活了七十多岁,从没吃过大米饭。老汉长跪不起,他读过书,给王文华大声朗诵不知谁写的诗文:"我升起风马,不为祈福,只为守候你的到来;我摇动所有经筒,不为超度,只为触摸你的指尖;我磕长头在山路,不为觐见,只为贴着你的温暖;我转山转水转佛塔啊,不为修来生,只为佑你喜乐平安……"

王文华说:每天处在这样的环境中,总是被感动,总是感到自己太富有,得到的太多,为老百姓做得太少。

中午在桑科草原的帐篷用餐。王文华的两个好朋友,也是发小赶来作陪,一位县纪委干部,一位县人社局局长。点了一份酸奶,只给客人喝;点了一碗米饭,也是只给客人吃……我十分不解:这是为什么?

王文华和他的朋友都不解释,只说如今富裕了,他们经常吃。显然不是吃腻了,吃腻了不会专门点给客人吃。只可能舍不得,酸奶、米饭对于他们是珍馐美味。

人社局熊局长说:全县六千多平方公里,财政收入不到五千万,公务员教师工资和基本建设,每年必须好几个亿,都要靠中央财政转移支付。

我不知道该不该告诉他,我曾经工作过的江苏武进县,仅仅一千多平方公里,面积不到他们的五分之一,但仅仅地方财政收入就超过一百六十亿,是他们的三百倍。

午餐后驱车驶向甘南藏族自治州州府合作市,途经阿木去乎草原。这里被费孝通先生称为"青藏高原的窗口",美国《视野》杂志将其评为"让生命感受自由"的世界五十个户外天堂之一。

随处可见飘扬的五彩经幡,还有色彩斑斓的绣花拷边帐篷,绵羊、牦牛像天上落下的朵朵云彩,蓝天白云下禽兽不惊生灵安详,黄色、紫色、红色蒲公英和不知名的野花,跟随一望无际的青草在风中整齐划一摇曳,像是草原上波浪起伏,绿色山丘形如海水潮涌。

我问:那些牛羊,不是钱吗?

王文华说这叫"浪山"。随着脱贫攻坚的强力推进,好多乡镇都建成集镇化藏民定居点,藏民过上了定居生活。但藏民说:"杂草多的地方庄稼少，闲话多的地方是非多。"他们仍然习惯游牧，定期不定期回到草原，搭好帐篷、扯出经幡，跳起锅庄舞，一边放牧一边享受沿袭千年的自由自在游牧生活，称为"浪山"。牛奶从自家奶牛取，吃肉宰杀自家牛羊，酒用青稞酿制，连帐篷都可以拿牦牛的长毛编织，算得上富有。

但他们"有毛的不算财富"。王文华说：好多人家养了几十头牦牛，还有上百只绵羊。兰州市面上牦牛五千元一头，绵羊一千元一只。

关键是怎么运出去？王小强在《富饶的贫困》中说：交通闭塞阻断了一切，包括财富和文明。

天祝县也是如此，地处青藏高原、黄土高原、内蒙古高原的交会地带，海拔在 2040 米到 4874 米之间，乌鞘岭横亘东西，地貌诡异峡谷幽深。庄浪河将县城一分为二，却只有一座桥梁。

县城的河才一座桥，其他河可想而知。几乎一条沟壑一道天堑，无论此岸还是彼岸，都只能隔岸相望，谁也不知道对岸的另一面，极少贸易往来，极少信息沟通，极少关爱问候，大多困陷一隅自生自灭。

王文华曾是司机，对道路的敏感异乎常人。随着跟他的接触加深，我越来越怀疑自己的学习能力，即便我一直搜索地图，王文华专注于开车，也是我经常迷失方向。他像藏族人说的："脚走的路，是手修的。"他对脚下的路了如指掌，不仅在天祝县七千平方公里地面上，包括甘南地区、陇南地区，河西走廊的甘州、肃州、凉州，直至整个"一带一路"涉及的区域，他都相当熟悉，甚至对中国发起的"一带一路"倡议也有自己独到见解。

他说他也从网上看到一些杂音，包括对"一带一路"倡议的误解。那是因为没有扎根进深厚的黄土地，没有纵马驰骋在"天苍苍野茫茫，风吹草低见牛羊"的无边草原，没有对"深山不知岁月老，人间已过上千年"的切身体验。

他走进一顶帐篷又一顶帐篷，走到一个定居点又一个定居点，还走出兰州，走到上海，他不能像出家人那样："我独坐须弥山巅，将万里浮云一眼看穿。"而是像藏族人说的："鸡长双翅不能高飞，兔脚虽短却能翻山。"他翻越了不知多少座高山，像仓央嘉措描写的那样："殉葬的花朵，开合有度，菩提的果实，奏响了空山。"

他感天动地的呼唤，呼唤来交通银行一批捐助又一批捐助，四千多万资金，还有源源不断的物资。在天祝县城华藏镇的庄浪河上，修建了第二座大桥——"交行大桥"；把哈溪镇的卫生院，改建成天祝县第二人民医院……

在天祝县松山滩牧场，我看见交通银行援建的种植养殖暖棚，看见交通银行援建的藏民定居点：统一的民族风貌，统一的建筑规制，统一的色彩搭配，统一的前庭后院……蓝天白云下，红彤彤屋顶、色彩鲜艳门窗、黑色高速公路，把绿色草地点缀得像童话世界。

我不敢相信自己的眼睛：这就是藏民新居吗？

在抓喜秀龙草原，看见更多的藏民定居点，学校、医院、社区一应俱全，就建造在高速公路边。这里的高速公路像天路，一头在云中，一头在天边，前后都看不到尽头，四周辽阔无边，除了草原就是蓝天，我脑子里不断冒出一个词：天堂草原……

"你若盛开，蜂蝶自来"

王文华说他在临夏的舅舅，一直设法帮助解放前逃难到夏河的亲人。可心有余力不足，舅舅的生活也难，没力量伸出援手。改革开放后，稍微有点力量了，就把十七岁的王文华接去城里。王文华在临夏学会驾驶，然后去兰州打工，在一家建筑公司开卡车，兼做装卸工。

有一天他正在挥动铁锹装卸砂浆，公司老板过来跟他握手，发现他长期握方向盘的手，因为装货卸货，磨砺出厚皮老茧。茧巴厚到手指都难以弯曲，弯曲了也不能握成拳头，老板含着眼泪说他：娃，还没娶媳妇呢，恁粗糙的手哪个女娃喜欢！

省经贸委领导是老板的朋友，无意中说起想物色个可靠的司机：第一，不能打着领导的旗号多事；第二，信得过。老板把王文华推荐给省经贸委领导，一做就好多年。后来领导说：年纪轻轻不能一直做临时工，可司机很难转正。

正好交通银行兰州分行有个机会，王文华就去兰州交行，给张万银行长当司机。

张万银行长评价王文华：做啥像啥，专心专注不好高骛远，不叫苦叫累偷奸耍滑……王文华说，这样的性情可能是他们的家族遗传。

给寺庙做铜佛像，不光是靠手艺，还要心怀崇敬，庄严虔诚一丝不苟，既敬畏又感激。感激人家给活做，以前叫"赏饭"，唯恐做不好丢了饭碗。即便不再做铜佛像了，只是给人家开车，他也像面对神，每样活都尽可能做到不给人家说闲话。

张万银行长把他推荐给交通银行总行，代表总行长期驻点天祝县，帮助当地老百姓脱贫攻坚。当时马琳说：王文华做啥都怕人家说闲话，做啥都一头扎进去，这要一头扎进祁连山，还出得来啊？

王文华说他起初并不了解脱贫攻坚的艰难，一头扎进祁连山，才很快感受到，他像背负了一座山。山上一个乡镇又一个乡镇，一群人又一群人，有的乡镇距离县城一百多公里，有的人祖祖辈辈没走出过大山，看见他像看见活佛。

如今总算小有成果，脱贫攻坚的成效有目共睹。但藏民的渴望远不止这些，尤其年轻一代。"穗小的青稞高昂起头，穗大的青稞低头不语。"随着生活越来越富裕，他们也开始新的思考，对幸福的向往跨过高山、越过草原，也在放飞他们的梦想。

王文华说扶贫不是布施，扶贫不是恩赏，扶贫不是把人分为三六九等分别打上收入标记贴上身价标签，扶贫的根本目的是激活潜能。没有哪个地方，没有哪个人，一定必然贫困，无非脱贫致富的潜能还没激活，一旦激活，无论身处什么样的条件，都没有理由安于贫困。

藏族人也说："鸭子不会遭水冲走，乌鸦不会被风刮跑。"何况人，有手可以干活，有腿可以走路，无非在于有没有冲破束缚。

王文华说：长期困陷在高原大山中，藏民的有些固有观念束缚了自己手脚。比如他们说："甘蔗虽然香甜，不如糌粑耐吃。"对生活的品质不是强烈地积极追求，而是满足于耐吃、耐穿、耐用。再比如他们说："金子是黄的，却可使人心黑。"藏民对金钱高度提防，甚至可能真的"视钱财如粪土"。有位藏民受村里人委托，驱赶一百头牦牛去冈仁波齐山，准备全部奉献给圣山。路途十分遥远，他还没赶到就饿死途中。临死前他说，他的心是红的，血是干净的，哪怕饿死也不宰杀奉献给圣山的牦牛。

"老牛肉有嚼头，老人言有听头。"藏民十分在意老人的经验，十分相信老人的智慧。而对于年轻人，他们认为"口虽大在鼻下，河虽大在桥下"，难免压制。他们坚信"山再高高不过蓝天，水再涨涨不过桥面"，不太接受"雏凤清于老凤声""青出于蓝而胜于蓝"的现实。他们说："蜂背虽花不称虎，蜗牛有角不是牛。""牦牛不知道它的角弯，骏马不知道它的脸长。"因此"水头不清水尾浑"，他们从很小的孩子就开始严加管束，灌输传统观念。

王文华决心带领藏民走出去。"要致富先修路"千真万确，但修路的目的不光是方便货物运输，还要走出去。如果不是他十七岁就走出去，不是到了夏河又走向兰州，他很难设想自己的今天什么样子。

交通银行援建的打柴沟镇深沟小学落成后，正值上海世博会期间，当时有个政策，可以公费参加世博会。世博会是交通银行参与主办的，上海分行专程邀请王文华，承诺为他开通绿色参观通道。

他七十多岁的父母，一辈子当农民，连火车都没见过，也想坐一回火车去外面走走。岳父母嘴上不说，心头一样地像冯雪刚的歌唱的，"世界这么大，我想去看看"。还有妻子、孩子……实在愧对他们。

王文华说他不会写诗，但喜欢抄录，经常抄录的是："结尽同心缔尽缘，此生虽短意缠绵。有心持钵丛林去，又负美人一片情。争奈相思无拘检，意马心猿到卿卿。曾虑多情损梵行，入山又恐别倾城。世间安得两全法，不负如来不负卿？"

他最终拒绝了父母，也没带上妻子、儿子和岳父母，他带上了二十个打柴沟镇深沟小学的孩子。

交通银行上海分行同时联系上海的汉族小朋友，六一儿童节一起去世博会。所有国家的展馆都为他们开通绿色通道，有的国家驻华领事还亲自为他们讲解。王文华说：不知道这样的一次参观会带来什么样的影响，只知道整个天祝县都沸腾了。

电视台做了现场报道，县委、县政府领导纷纷表扬他，说他这个事干得特别好。

就在王文华获得越来越多赞誉时，埋怨也铺天盖地而来。不仅有埋怨，还有终身遗憾。老父亲合上了眼，老岳父合上了眼，老母亲也合上了眼……不到一年的时间里，三位至爱亲人接二连三离开，都才七十出头，都是突然辞世，一个晴天霹雳接着一个晴天霹雳。

马琳说：那时差不多天天哭，才哭完一个，又哭一个。王文华白天还要去天祝县扶贫，那时正好特别忙，在给藏民援建蔬菜大棚，王文华必须赶去监理，连母亲去世、岳父去世他都不在家。

回来他就跪在灵柩前，默默流泪，一直流，一直流……不知他有多少话要说，但一句也不说。有时自言自语，听不清他说什么，只是一个人嘀嘀咕咕。等到终于听清他的嘀嘀咕咕，才知道他在反复说：对不起，对不起……好像他有无数的对不起，就没想过：他对得起自己吗？

交通银行甘肃省分行工会主任包小玲说：实在想象不出，还有谁吃得下王文华那些苦。不过能理解他，就像诗人艾青写的："为什么我的眼里常含泪水，因为我对这土地爱得深沉。"

王文华唯一的不良嗜好就是抽点劣质卷烟。他一头扎在祁连山里，帮助这个乡，扶持那个镇，走村串户，行走在千沟万壑中，翻越在千山万岭里，日复一日年复一年，祁连山的雪下过一场又下过一场，一年过去又一年过去，十年过去了，十四年过去了，他已年近五十。

2006年跟他一起的王英东，在哈溪镇升任党委书记，后来升任古浪县副县长，再回到天祝县担任县长。王县长难以置信地问他：王文华，你怎么还趴在下面？

2016年他入了党，终于离开天祝县。却是去了距离兰州将近七百公里的陇南徽县，那是秦巴山区，仍旧去扶贫。

所不同的是，脱贫攻坚已升华为精准扶贫，由上级党委按照干部管理权限，委派驻点的第一书记，实行"责任包干"。王文华负责的徽县榆树乡火站村，就由他担任第一书记兼帮扶工作队队长。

从2002年开始，由司机到扶贫干事，再升任第一书记，王文华说：只要自己看得起自己，做人做事别给人家说闲话，就一定会得到承认。

我问马琳：这样一来，分隔得更远了，更难见上一面了，有什么想法？

马琳捎给我一张手写的纸条，说是写给王文华的，说是六世达赖仓央嘉措的诗《见与不见》：

你见，或者不见我

我就在那里

不悲不喜

你念，或者不念我

情就在那里

不来不去

你爱，或者不爱我

爱就在那里

不增不减

你跟，或者不跟我

我的手就在你手里

不舍不弃

来我的怀里

或者

让我住进你的心里……

（发表于《中国金融工运》《中国金融文学》等杂志）

152

‖ 作者简介

　　牟丕志，生于辽宁朝阳县，中国作家协会会员，中国金融作家协会副主席，中国农业银行作家协会主席，辽宁省金融作家协会常务副主席兼秘书长，辽宁省杂文学会副会长。现供职于中国农业银行辽宁省分行。著有长篇小说《机关中的机关》，杂文随笔集《世象小品》《人间话本》《一个人的官场》《小故事 大职场》等。多篇作品收入学生课本及阅读教材，曾获冰心文学奖等多个奖项。

‖ 老智的五个人生关键词 ‖

——记第一届全国金融道德模范 智呼声

牟丕志

　　这是一位普通的汉子。他看上去朴实、谦和、坦诚、直爽、坚毅，举止言谈风风火火的，且精气神十足。他叫智呼声，曾任农行内蒙古自治区分行营业部现金中心总经理。

　　他在保卫、出纳、守押、现金中心等岗位工作三十余年，押运行程200多万公里，相当于绕地球52圈。

　　他累计经手现金近10000亿元，管理和调拨黄金1000多公斤，从没有出现过差错和事故。

　　他被同事称为"不要命的工作狂"，三十多年早来晚归放弃许许多多休息时间，累计加班5万小时。

　　他总是将方便让给别人，将困难留给自己，连续25年在单位吃年夜饭。

　　他先后获得80多项系统内外的荣誉和表彰，曾连续4次被国务院授予

"全国劳动模范"称号。

他被评为"时代领跑者——新中国成立 60 周年全国最具影响力 60 位劳动模范"之一，在新中国成立 60 周年的庆祝大会上光荣地登上了观礼台。

平凡而丰富的履历，记录了他的成长轨迹，也见证了他崇高的精神境界和不懈的奋斗足迹。

采访智呼声的过程是经历洗礼和启迪的过程，萦绕笔者脑际的是这样一些关键词语：吃苦、敬业、真诚、大爱、传承……

也许，用这些"关键词"来解读和描述智呼声，并非准确和全面，不过，这确实是笔者最为感动和有共鸣的地方，以期与读者共享。

吃苦，是一种财富

"吃苦是一种财富，对人生的一种磨炼，不吃苦中苦，难得甜中甜；一个人吃不了苦，啥事也干不成。"谈起工作，智呼声首先说到了吃苦，"从走上社会开始，我面对的就是吃苦，我这个人不怕吃苦，后来养成了习惯。"

智呼声 1954 年 11 月出生在内蒙古呼和浩特市。父亲智锦秀和母亲董志萍都是呼和浩特市人民银行的干部，他们工作扎扎实实，兢兢业业，在单位拥有良好的口碑。他们在治家方面严谨而务实，充满了正能量。良好的家风造就了智呼声踏实进取、积极向上的优秀品质。

1972 年 3 月，高中毕业后，18 岁的智呼声来到呼和浩特市托克托县五申公社郭县营子大队插队，当上一名普通的知青。这是他走上社会的第一步。

"人生的每一步都面临着种种考验，踏上农村这片土地，就意味着吃苦和流汗。我真心实意地将自己当成了农民的一员，人家咋干我就咋干，决不拖人家的后腿。"智呼声说。

智呼声干活特别卖力。春天种地，夏天锄地，秋天收割，脱粒入仓，样样做得认真扎实。当时，郭县营子大队主要种植小麦、高粱、玉米、土豆等传统农作物，采取传统的耕作方式，劳动强度很大。一天劳作下来，累得全身酸痛不已，但他咬紧牙关，不退缩，不掉队，保持了饱满的精神状态。

到了秋后，智呼声有一重要的工作，那就是要将牛、羊、猪圈中的农家肥挖出来。这活又脏又累，但他心中有一种不服输的"冲劲"，总是争着抢着去干，干得热火朝天，有板有眼，受到了社员们的夸赞和认可。

进入冬天，智呼声一项工作任务就是烧砖。他一次要背上50多块砖坯装窑，一口气干上几个小时。一周后，砖烧好了，大家再将砖背出来。汗水哗啦哗啦地往下淌，他有时候累得躺在地上就能睡着觉；手上开裂了，鲜血直流，简单地贴上一条胶布，继续干活。

"当时和我们一起插队的几个往届知青，看上去比当地的农民还朴实，要是双方不说话，根本不知道他们是城里人。干活时，他们总是抢着干脏活重活，这给我触动很大。1968年就在托县村里下乡的上海女知青薛秀宝，干起活来像一个小伙子，春季社员从储粪池里往上面挖牛粪，她和男知青一起下到粪池里干活，弄得全身脏兮兮的，但她一点也不含糊，不叫苦，不喊累。知青们脚踏实地、吃苦耐劳的精神让我很受教育和启发，做什么事都不能让别人看不起。"智呼声说。

当时，智呼声和社员一样挣工分，不同劳动工分是不一样的。一般一天挣工分2分，一个工分合人民币6角钱。

"有一首古诗：锄禾日当午，汗滴禾下土；谁知盘中餐，粒粒皆辛苦。这下子全都理解了。"智呼声意味深长地说。

初冬，生产队用水渠浇地，大家分工负责，忙碌了一阵子。有一次，智呼声和另外一名知青田永维负责巡视，他们拎着马灯，发现水渠有一处决口了。由于决口很大，一大股水流奔泻到水渠外面。他们急中生智，在附近抱来几捆高粱秆挡在了决口处，同时两人奋不顾身地跳进了齐腰深的水渠中，用身体抵住高粱秆，阻挡渠水外泄。在闻讯赶来的社员们的帮助下，及时堵住了水渠的缺口。当他们被社员们拉上田埂的时候，湿透的衣服很快被冻成了冰砣。社员们为他们这么"玩命"保护水渠的精神深深打动了，纷纷竖了大拇指，说他们是好样的。

一年多时间，智呼声几乎干遍了所有的农活。每一样都干得十分起劲，奋力争先。因此，一年以后，通过生产队的推荐，他荣获了呼和浩特市和托克托县两个级别的"优秀知识青年"称号。这两个荣誉称号使他深受鼓舞和激励，使他深刻地认识到一分耕耘一分收获的真理。

智呼声说："农民的朴实、善良、勤劳、吃苦、乐观的品质和精神对我影响很大，这一年知青经历，学习的东西和得到的启发受用终生。从那时起，我养成了不怕吃苦、任劳任怨的品质。"

在当知青的一年半时间里，智呼声坚守岗位，忘我劳动，没有回过一次家，连春节都是在老乡家度过的。

智呼声是个勤快人。他还有一个习惯，就是每天早早地起床，将房东的院子打扫得干干净净，并到村里的水井挑水将房东的水缸加得满满的。天天如此，雷打不动，这种执着和善良令房东十分感动，连说"没想到"。

因为劳动成绩突出，1973年10月，经过层层推荐，智呼声来到乌兰察布盟集宁市（现乌兰察布市集宁区）的北京军区某部的军营，当上了一名光荣的解放军战士。这是一支有着光荣革命传统的部队，军队里的传统教育让他受益匪浅，也为他今后的工作打下了坚实的基础。

经过三个月的严格而艰苦的新兵训练，智呼声被编入了连队。当时，他所在部队的任务是建造防御工事，主要是修建战壕、坑道、山洞、碉堡，大锤、钢钎、铁镐、铁锹等是战士最常用的工具，大多是手工作业，基本上都是体力活，困难和艰苦可想而知。

"修筑工事，既耗体力又很危险。由于汽车较少，施工用的水泥要靠战士们到40公里外的一个军用仓库去背，每天干完活战士们和水泥常常粘在了一起，一个个都变成了'泥人'。有时，一连几天白天晚上连轴转，由于疲乏过度，有时在吃饭的时候，手里端着饭碗人却睡着了。"谈起当兵的岁月，智呼声记忆犹新，娓娓道来。

智呼声和战友们在山坡上施工挖巷道时，需要用绳子拴在腰上悬在空中打炮眼，放完炮后还要把活动的石头用棍子捅下来。最危险的是爆破，悬在半山腰的四五个爆破员要负责点燃100多个爆破点的炸药。点燃导火索后，山顶上的人飞快地往上拉绳子，爆破员迅速上升。尽管在夏天穿着棉衣棉裤作保护，爆破员还是被磕碰得身上青一块紫一块的，伤痕累累。爆破中，爆破员还要准确地记住爆炸的次数，防止出现哑炮。耳朵听不准，大家就坐在石块上，用震动来统计爆炸的次数。虽然处处小心，但危险还是不时地降临到战士的身上。

"有一次，我亲眼看到两名战士因为上面用于固定绳子的木桩倾斜了，掉进了山崖底下，两名战士当场就牺牲了。在他们的遗物里，找到了入党申请书，在场的人泪如雨下……"讲起在部队的生涯，智呼声感到历历在目，仿佛就在昨天。

在部队，来自河北的老班长尚广达对智呼声影响很大。他是从军四年的老兵，他对智呼声说：部队虽然条件差、工作艰苦，但这是人生的一种历练，而为祖国的安全吃苦，更是光荣而神圣的。当兵就要当个好兵，要干就要干出一个样来。

"他的话至今记得清清楚楚，他的话对我起到很大的鼓舞和激励作用。可惜的是，他转业后，意外地因病英年早逝。"智呼声说道。

在部队，智呼声发挥他的吃苦耐劳精神，凡是累的、险的、难的，他都抢着干，谁是先进，他就铆足了劲向他看齐，主动比学赶超。

他的出色表现得到了部队领导和战友们的认可，在他入伍短短的九个月之后，就光荣地加入了中国共产党，成为战士当中的佼佼者。

在部队六年时间，智呼声修过工事，担任过饲养员、炊事员等。他把军营作为锤炼自己的熔炉。由于成绩突出，他先后两次荣立三等功，受到部队的表彰。

"下乡当知青和参军当战士是我人生的重要组成部分，练就了自己不怕苦、勇于克服困难的良好精神品格，也养成了任劳任怨、遇困难不退缩、办事不偷懒、不拖后腿的良好习惯，可谓受用终生。"智呼声深有感触地说。

敬业，是一种信仰

"干一行就要爱一行，永远不服输，永远不甘落后，不论将我放在哪个岗位上，我都力争上游，努力干好，决不拖后腿。敬业也是一种信仰。"智呼声对笔者谈起了他的从业之道。

1979年，智呼声从部队转业后进入农行系统，在农行内蒙古自治区分行郊区支行营业室当上了一名记账员。这是他的职业生涯的第一步。

起初，智呼声以为记账员无非就是记记账，付付款，没什么太难的。

没想到，工作起来远远不是这么回事。他负责记录的账务有时候因为差几分钱怎么也弄不平。一遇到这种情况，一起工作的师傅们就会翻出记录过的一大摞传票和账本，一页页地认真审查核对。一开始智呼声不以为然："不就是几分钱的事吗，自己垫上不就行了，还用得着这么穷折腾？"

有一次，智呼声记录的账目又出了错，平时一向对他宽容的师傅忽然生气地对他说："这次你自己把问题找出来，什么时候找出来什么时候下班，找不出来我就一直陪着你。"

这件事对智呼声触动非常大。他终于明白了在银行工作来不得半点差错。工作中他用心跟师傅们学，回去后不断总结，对工作严格要求、精益求精，终于熟练掌握了记账的方法。

智呼声先后在农行内蒙古自治区分行的郊区支行、新城支行和古楼支行等不同的几个支行工作和历练，他将在乡下当知青和部队当战士时养成的好传统、好作风带到了工作岗位上，勤快、吃苦、扎实、敬业、奉献的品格和作风得到了上级领导以及同事们的认可。

1986年，他被上级任命为农行内蒙古自治区分行古楼支行出纳保卫科副科长，负责金库的安全保卫，现金接送、调拨等业务。从此，他将满腔热情倾注于农行这个最令人"头痛"的岗位上。他的职业生涯大部分时光工作在农行内蒙古自治区分行营业部的保卫、守押和现金管理岗位上，执着无悔地履行职责，无私无畏，默默奉献，兢兢业业，百折不挠，付出了辛勤的汗水。

"打铁必先自身硬，既然组织上把我放在了领头羊的位置上，我就应该起到示范带头作用，冲锋在前，享受在后，没有别的选择。"智呼声说。

农行内蒙古自治区呼和浩特市分行营业部地跨一市（呼和浩特市）五县，全辖55个城区网点、15个县域网点、20个离行式自助银行，最远的网点在距市区150多公里的县域，不仅路途遥远，而且路况很差，狂风暴雨、大雪封路是常有的事。

智呼声的职务是"兵头将尾"，既要管人，又要做事，他手下的员工少则30余人，多则60多人，可谓肩负重担。

"要想带好一支队伍，必须摆正自己的位置，你不是领导人家，而是以身作则,带领和团结大家一齐努力。"说到带队伍,智呼声有他的独特见解,"要少说多干,立起标杆,大家就会自觉或不自觉地向你看齐,向你靠拢,队伍也就有了凝聚力和战斗力。"

智呼声每天既要统筹协调数辆运钞车的调配,还要坚持每天至少跟车押钞三次,早晨押车把款送到,晚上押车把款收回,白天押车调送,一天至少行程 200 公里,经常啃个凉馒头当午餐,近三十年从未间断过。有时遇到雨雪天气,他就提前两个小时出发,确保每次出行都能够准时到达。

金融保卫和守押工作风险大、责任重,且工作辛苦,智呼声就像一个上满发条的闹钟,永不停歇地奔波和忙碌着。他的同事曾描述他那日复一日的"工作画面":

工作画面 A:晨曦微露,六点半钟,智呼声骑着那辆破旧的自行车早早地来到单位。到单位后,他习惯性地首先检查办公楼内和金库周边的安全情况,回放中心金库区晚间的安全监控录像。接下来便是监督款包、枪支出库情况和运钞车车况,随后安排款车给市区各营业网点送款。款车出发后,又安排整点前一天收回的现钞,根据情况在留足备付金后,将其余现钞缴存人民银行。同时,还要安排上门服务人员到超市及医院上门收款,给市区各营业网点配送重要空白凭证。

工作画面 B:晚霞的余晖消失了,天色渐渐暗了下来。呼和浩特市街道旁的路灯发出微弱的亮光,喧闹了一天的大街渐渐趋于宁静。智呼声还在默默地忙碌着,他刚刚跟随押款车把所有储蓄所的款接回来,悉数安全入库,待守库员上岗后,再仔细检查营业厅和办公楼的门窗,确定没有问题时,才放心地离开。回到家中,时针已指向 9 点。午饭在中午忙碌中凑合着吃的,肚子已饿得咕咕直叫,但面对妻子做好的饭菜,却胃口欠佳,他实在太累了,只想好好地大睡一觉。然而,他刚吃了几口饭,突然想起在转交库款的时候有一个环节麻痹了,怕出现疏漏被思想不健康的人钻了空子,于是又匆忙地骑上自行车返回库房检查安全去了。

工作画面 C:大年三十的夜晚,鞭炮声此起彼伏,此时家家户户灯火明亮,正是阖家团聚的时候,人们正聚集在一起,吃着团圆饭,观看中央电视台的春节联欢晚会。在农行内蒙古自治区分行营业部守押中心,一间四面无窗的屋子里，阴暗潮湿和空气污浊几乎令人无法忍受。然而，就在这样的库房值班室里，智呼声摆上妻子给他做好的年夜饭，和另一位守库员平静而从容地吃着。他已习惯了这里的一切。他把寂寞与责任留给了自己，把祥和与欢乐留给了他人。

工作画面 D：连日来的疾病的折磨，让智呼声身心疲惫，他感到再不吃药就坚持不下去了，让妻子送他到了医院。在呼和浩特市一家医院里，智呼声疼痛难忍，腰都直不起来，脚肿得连鞋都穿不上去。由于工作劳累，生活失调，他的胃病、痔疮病和肾病复发了。妻子心疼得流下了眼泪。大夫检查后，开了药，还给他开了休息的假条，并警告说："要卧床休息！你这病可要注意，如果继续这样下去，我们当大夫的可没有别的办法了。"妻子知道倘若病情继续发展的严重性，就极力劝他回家休息。妻子说："咱们不能为了工作不要命，咱们家不能没有你啊！"智呼声叹息着说："我知道，我知道，等把这一批年轻人带出来，我就休息。你放心，不要紧的，以前是因为我没有吃药，以后我注意吃药就不会有问题的。"智呼声让妻子拎上药，两个人一起走出医院。他偷偷地揣起了诊断书，没有和妻子一起回家，而是径直走进了守库值班室……

2014 年 4 月的一天，内蒙古自治区人大常委会副主任、自治区总工会主席呼尔查来到智呼声的家中，送上自治区党委、政府和工会的慰问。此次慰问是内蒙古自治区于"五一"国际劳动节前夕组织的劳模慰问活动之一，由自治区总工会代表自治区党委、政府向部分全国劳模代表送去节日的慰问。

"智呼声在平凡的岗位上，几十年如一日，做得非常好，发挥了劳动模范的带头作用和榜样的力量。"呼尔查说。

在了解到智呼声患病坚持工作情况后，呼尔查表示，这种同疾病作斗争，不耽误工作，吃苦耐劳、勤勉敬业的精神，是时代的精神，是劳模精神的充分体现。

"在我患病期间，在我最难的时候，各级领导给予了我很大的帮助，非常感谢。还是那句话，我会擦亮劳模的牌子，到任何时候，劳模这面旗也不能倒。"智呼声回应着呼尔查的问候。

路遥知马力，日久显风采。从 1986 年从事金融保卫和现金管理工作以来，智呼声几乎牺牲了所有的节假日、休息日，也没有休过一天病假和事假，每天都在工作岗位上忙碌着。同志们看他拖着病体不知疲倦地工作着，被这种铁人般的精神所感动，他的无私无畏的行为感染了保卫科所有的人，大家纷纷支持他的工作并向他看齐，营造了良好的团队氛围。单位的同事都以他为核心建立了深厚的友谊，大家心往一处想，劲往一处使，使这个集体生龙活虎，风风火火，形成了一股强大的凝聚力和战斗力。

郭建平自 1997 年初至 2014 年底与智呼声一起工作了将近 18 年。提起智呼声，他一五一十地说道："老智做事特别认真精细，敢抓敢管，雷厉风行；他坚持吃苦在前，享受在后；他关心同志，爱护下属，我们很敬佩他。"

多年来，智呼声的工作态度和敬业精神令大家钦佩和认可，接连获得了一项又一项荣誉称号，但他没有躺在功劳簿上止步不前，而是以此为动力，为保卫和守押工作更加尽心竭力，付出了全部的心血。

智呼声担任保卫和守押工作负责人以来，狠抓制度和安全设施建设，工作中以身作则，率先垂范，要求别人做到的自己先做到，除完成每天的日常工作外，带领保卫科的有关同志利用八小时以外时间，下到辖区支行营业网点和金库进行安全检查。除在单位值班外，他还抽出时间，几十年如一日，骑着自己家里那辆破旧自行车到各网点检查安全情况，双休日和节假日也不例外。

人们经常见到一位中年汉子骑一辆破旧的自行车在银行的网点巡逻。有时晚上下班路过一个营业机构，他也像犯了职业病似的要进去看一看。从担任保卫科长至今，他来回奔波于从城区到乡镇的每一个营业网点，累计随车押运近 4000 次，累计检查网点 1500 多个。

农行内蒙古自治区分行营业部现金中心主任李卫东这样评价智呼声："他从平凡的小事做起，以行为家，兢兢业业，这么多年了，一直是早来晚走，风雨无阻，不改初心，默默付出，太难能可贵了。"

智呼声先后担任中国农业银行内蒙古自治区分行营业部出纳科科长、守押中心主任、保卫科科长，每到一个新环境新岗位，他都能把部队思想政治工作带到那里，做到"两手抓，两手都过硬"。他一手抓"软件"，从提高保卫人员的素质做起，开展一些有意义的活动，比如定期组织保卫人员开总结会，对工作中存在的问题积极征求每个同志的意见，集思广益，研究改进措施；发动大家开展读书活动提高队伍的整体素质。他一手抓"硬件"，抓安全保卫设施建设，定期对金库、运款车、营业室、储蓄网点、枪支弹药及防盗防抢报警设备、灭火器材等重点部位和要害部门以及各种安全防范设施进行检查，发现问题马上解决，及时消除事故隐患，做到防患于未然。

以前农行内蒙古自治区分行营业部安装防弹玻璃的网点只有11个，与呼和浩特市的金融同业基层网点相比差距甚远。作为一名转业军人，他知道装备对武装部队的重要性。为了努力做好安全保卫工作，智呼声担任营业部保卫科科长和守押中心主任的12年时间里，主动进入工作角色，千方百计使营业部全辖储蓄网点安装了防弹玻璃，所有网点都安装了电视监控系统和110报警系统，并为5个农村行和8个城区行级守押中心更换了23辆防弹运钞车，使分行营业部的安全保卫和现金管理工作质量大幅提升。

智呼声常说："安全是一切事业的生命线，是银行经营的效益之源。坚守制度，严格管理，是做好各项工作的前提。"三十多年来，他坚持制度高于一切，以高度的事业心和责任感对待工作，恪尽职守，履职尽责。

工作上严格认真、敢抓敢管、不讲情面是大家对他的一致印象。

"工作上不能怕得罪人，只要出于公心，将良心摆正，大家会理解的。"智呼声说。

原河林格尔县支行行长卢在清是智呼声很要好的老朋友。然而，朋友归朋友，友谊归友谊，在执行制度方面不会有丝毫的含糊。智呼声经常来河林格尔县支行检查安全保卫工作，如果发现了问题，卢在清就会被智呼声严厉地批评，并限期纠正。

有一次，智呼声突然半夜来到河林格尔县支行进行突击检查，每一项业务检查都毫不含糊。事后，卢在清笑着对智呼声说：真的连老朋友都不放过呀。

智呼声接过话茬："严是爱，宽是害。就怕你由于咱们关系好就忽视了安全工作。"

说到智呼声，卢在清深情地说道："智呼声敢于担当，敢抓敢管，严格认真，不怕得罪人，谁也不知道他啥时来查岗，他是那么的严厉，我们总是绷紧了安全弦，一点也不敢马虎。"

对于执行制度，智呼声斩钉截铁地说："在原则问题上，绝不会通融，一是一，二是二，谁也不行。"

智呼声"爱行如家"，这是他的同事对他的一致评价。智呼声在工作中有这样一个习惯和细节，那就是下班以后，他要将营业大厅所有房间巡视一遍，将所有灯关闭之后才肯离去，否则，他就会感到心里不踏实。

他说："我们每个人都是靠单位生存的，是单位养活我们，单位也靠我们发展，单位就是家，不是别的。"

反假币工作是出纳保卫部门的一项艰巨任务。假币的出现，不但严重地扰乱了金融市场秩序，而且损害了金融系统的声誉，并给人民群众带来了不安情绪和一定的经济损失，同时也给国家和社会带来了隐患。准确识别假钞，是银行业务操作人员的一项基本功。智呼声深知这项工作责任重大，他常和科里的同事讲，决不能让一张假钞从我们手里蒙混过关。他曾多次带领科里的同事去当地人民银行看假钞票样，学习先进的识别假钞经验，以不断提高自己和同志们识别假钞的能力。自 2000 年以来，智呼声和同志们发现并没收面额不一的假钞近 70000 元，迅速上交了人民银行，得到了呼和浩特市人行的高度评价。

1997 年，分行营业部为了使市区现金库存管理趋于合理和提高市区网点合理服务，专门成立了守押中心，把呼市市区农行系统库存现金守押集中在一处。

守押中心的领头人配备十分关键。这时，营业部领导首先想到了智呼声，调任他为营业部保卫科长兼守押中心主任。

智呼声转业到地方依然是军人作风，军人以服从命令为天职，他对待上级领导安排的工作从来不打折扣，可以说指到哪里打到哪里。从上任第一天，他就立即投入金库基建、选定人员、制定制度、筹备开业等工作中。开业后，他和同志们放弃了星期天和节假日，一起下基层调查了解现金库存偏大原因，千方百计调整现金存量，力求将库存压缩到最低限度，减少了非生息资金的占用。

在守押中心工作的岁月里，智呼声和同志们一道，每天工作超过十三个小时，坚守在四面无窗、一年四季无光照的库房里。他为了让年轻人能得到更多的休息时间和家人团聚，就经常一人连续顶班，保证工作正常运转。他开动脑筋，通过反复测试和改进，日均库存现金在原有的基础上又压缩1000多万元，每年增加利息收入100多万元，既加速了资金的周转，又减少了资金风险，为分行营业部创收增效做出了重要贡献。

1996年，银行出纳与会计分家，成立中心库，主要针对市区70多个营业网点，负责接送、押运、付款、保卫、整点款等工作。银行领导让智呼声担任中心库主任。

农行呼和浩特支行在呼和浩特市设有现金中心，在城区、所辖的5个旗县共有70多个金库，保卫工作十分繁重，保卫力量薄弱。智呼声又被任命为农行呼和浩特支行保卫科长兼现金中心主任。

新官上任，智呼声承诺：三年要让银行保卫工作大变样。从此，智呼声开始奔波在农行呼和浩特支行所属的5个旗县行、100多个网点搞调研，检查金库、枪支管理、现金管理情况，详细记录金库保卫工作存在的缺点和不足。

检查中智呼声发现，基层金库值班人员待遇偏低，值一个夜班，补助只有两毛钱。为了解真实情况，智呼声白天在单位上班，晚上带着咸菜焙子方便面等食品开车下到基层单位检查。

有一天晚上智呼声去清水河县检查时，发现值班室只有一名值班人员坐在炉子前面烤火。因为银行值班时都是双人制，智呼声就询问另一名值班员的去向，回答说是去老乡家里找吃的了。一会儿那名值班员回来了，带回来的是冷的莜面和馒头。还有一天晚上他带着人在武川县西乌兰不浪的农行营业室检查时，发现值班人员用盆子在炉子上煮玉米粒吃。

智呼声被深深地触动了：原来基层保卫人员生活过得这么苦。他立即从身上掏出20元钱，让司机去附近的供销社买瓶酒，再买些鸡蛋，他又把车上带的方便面全部拿出来，和金库值班人员一起吃了顿饭。当天晚上，他没有像往常一样连夜赶回呼市，而是和值班人员一起在办公桌上睡了一夜。

"按纪律银行值班期间严禁喝酒，但是看到基层的同志那么辛苦，当时我黹出去了，我一定要犒劳一下基层的值班员。"智呼声说。通过调研，智呼声向银行领导提出建议，一是提高基层工作人员的待遇标准，二是加强基层金库的硬件建设。

为了加强银行金库的安全管理，智呼声首次实现将银行与110报警系统联网，使农业银行成为呼和浩特地区首家与110报警系统联网的银行。接下来，在银行安全保卫方面，他又创造了安装监控系统，为柜台安装防弹玻璃几项纪录。

智呼声对待工作始终有火一般的热忱，对待不正之风他铁面无私、坚持正义。1999年底，守押中心配备了一台20多万元的全防弹运钞车，它在使用不到半年的时间内，连续出现故障。检修时，机修师傅告诉他："这是一台由旧车改装的车。"

智呼声不怕得罪有关部门，不顾好心人的劝告，及时向直管领导汇报情况，对供货厂家丝毫不留情面，坚决要求更换合格的新车，并多次与厂家交涉。当时厂家矢口否认，智呼声翻阅大量资料，多方咨询，据理力争，与厂家僵持了两个月的官司，终于有了结果。经有关技术部门鉴定，车辆确定是改装的。厂家派人来到农行内蒙古自治区分行营业部，愿意承担全部责任，无条件更换貌似相同却有本质差别的新车。这为农行挽回了20多万元的经济损失。

为了在新世纪使农行安全防范工作达到当今行业保卫先进水平，2000年，根据农总行、农行内蒙古自治区分行对基层网点加强安防设施安装和改造要求，他提出全方位安装和改造中国农业银行内蒙古自治区分行营业部下属14个支行所有网点的电视监控系统，这一建议很快得到了行领导的大力支持。

在施工时，智呼声连轴跟班施工现场，一丝不苟抓质量，稍有误差他就责令返工，每次都是保质保量提前完工，每次竣工质检时该监控系统都被评为优良工程。在工程经费上，每次施工他都请专人评估，一点一滴"斤斤计较"，努力使费用降到最低点。仅2000年至2007年共计为单位节省安全费用250多万元，受到上级的肯定和好评。通过几年努力，营业部的网点安保硬件由落后状态一下子进入了先进行列。

　　智呼声十分重视钻研业务。在长期的工作实践中，潜心研究，反复实践，摸索出了独特的业务技能。2000年，他将纸币整点的一项绝活传给了出纳科的同志，呼和浩特市人民银行曾专门组织各家银行分管出纳工作的行长及办事处主任，在营业部召开了观摩学习现场会，推广了他们的先进经验。他们收回的现金不但达到了现金回笼的"五好"（点准、挑净、墩齐、扎紧、印章清晰）标准，而且独辟蹊径，增加了捆腰一条线的内容，从而达到了"六好"标准，成为全区同行业的佼佼者，使内蒙古农行在总行的检查评比中争得了第一名。农业银行总行的一位领导称赞他们的方法是内蒙古独有，堪称一绝。随后，全国同行纷纷来内蒙古考察学习，推广智呼声他们的经验。

　　当有人称赞智呼声做的工作时，他总是谦虚地说："不论干啥，只要有决心和恒心，就一定能干好。"

　　作为保卫科长和守押中心主任，既要负责现金的调出调入和发行工作，又要负责呼和浩特市营业部的保卫工作，任务之艰巨、责任之重大是可想而知的。可智呼声从未因工作繁忙和艰难而叫过苦，也未因家务事影响过工作。在这个岗位上工作的12年里，为了单位的安全，每天早上智呼声都是比其他同志早到单位一个小时以上，在智呼声的工作日程表上从没有星期天和节假日，也没有过一天病事假。

　　"责任心是一个人的基本职业素养，从事我们这行的，如果缺乏责任心，迟早会出大事，弄不好会毁掉自己的一生的。"谈起责任心，智呼声有自己独到的观点。

　　2002年6月，营业部守押中心金库改造和安装电视监控系统，在一个半月的施工改造和安装过程中，他白天坚守工作岗位，晚上又跟班在安装第一线，连续四十多天不回家，眼熬红了，人累瘦了。

　　领导和同志们曾多次劝他注意身体，回家休息休息，并照顾一下家，他却说："为确保工程质量，再苦再累也值。"

　　一个人做一件好事并不难，难的是一辈子做好事。智呼声常说："只要你对所做的事情投入全部的热情，脚踏实地去干，抛开功、名、利，你想做的事情就一定能做好。"

　　三十多年来，他累计经手现金近10000亿元，从未出现过差错和责任事故；他随车押运 2 万多次，检查网点 5000 多次，无论严寒酷暑，从来没有间断过，累计行程 200 多万公里。

三十多年来，他每天工作超过 13 个小时，牺牲节假日 2500 多天。有人给他八小时以外的工作时间做过一个计算，得出的结论是参加农行工作三十多年来，加班干了 5 万个小时，而他却没有多拿过一分钱的报酬。

说到奉献，智呼声掏出自己的心里话："我成长在积极向英雄模范学习的年代，英模精神在我的心里深深地扎下了根，不管干什么工作，坚持让组织选择我，而不是向组织讲条件，将付出当成一种天经地义的事情，以付出为荣，以奉献为乐。"

辛勤的耕耘取得丰硕的果实，农行内蒙古自治区分行营业部在自治区分行及公安部门历次安全保卫检查评比中，次次名列先进行列，年年都是呼市地区综合治理工作的先进集体，多次在呼和浩特市金融系统受到通报表扬，成为呼市地区安全保卫和现金管理工作的一面旗帜。

真诚，是一种本色

"真诚使你成为一个堂堂正正的人，具有亲和力的人，真诚也会是一家银行靠得住的金字招牌。真诚是一种本色。"智呼声如是说。

为客户提供高质量的金融服务，是每一家银行努力追寻的目标。现金发行工作是银行工作的重要窗口，也是反映银行风貌的一面镜子，服务态度的好坏，工作质量的优劣，直接关系到银行声誉的好坏和业务的兴衰。

在守押中心和保卫科工作期间，作为一名负责人，智呼声深感服务的重要性，深知只有优良上乘的服务才能赢得客户的信赖。他经常和科里的同志讲，要坚持将客户至上、信誉第一的宗旨细化到每一个工作细节，以对客户高度负责精神，办好每一项业务，让客户真正高兴而来，满意而归。

他经常组织本部门人员开展怎样更好地为客户服务的讨论和学习活动，通过讨论和学习，不断提升大家的服务素质、工作质量，让每一位来办业务的客户都感受到一种友好、和谐、周到、高效的气氛。特别是在调送款时，他根据用户单位需要现金的多少，主动给予主副币的搭配，这样大大方便了客户。在收款时，不论金额多少、面额多少，他都热情接待每一位客户，并做到了准确无误。

一次，内蒙古农机局的两位同志，在智呼声的团队刚好下班现金入库时，送来了面额不一的八万多元现金。这天正好是周末，如果让客户带回去星期一再来办业务，星期天的日子是最危险的，因为农机局没有金库。为了使客户现金不遭受意外损失，当时智呼声毫不犹豫地接待了这两个人。在点钞机不能使用的情况下，他和全科的同志一起用手工操作，一直点到晚上8点多钟才清点完毕，并准确无误地入了库。这两位同志当时感动地说："智科长，你们这样的服务真是让我们心里过意不去，走，我们请你们吃饭。"同时还要付给加班费，智呼声婉言谢绝了。

一次，内蒙古自治区石化公司来交款时，由于疏忽多交了1047元，智呼声经过反复核对，第二天带着这笔长款，找到了这个单位的财务部门。当时这个单位的交款员自信地说：她交的款绝对不会多出一分钱。智呼声就对她详细说清了头一天的交款情况，并让这位客户仔细回忆。在智呼声的提示下，她终于在现金收入账上发现了错误。当时这位客户感动地说："智科长，让我怎么感谢你呢？要不是你，我就是跳进黄河也洗不清。"

呼市购物中心电子游戏经销部、呼市防寒用品经理部和内蒙古电子技术服务公司，这三个单位在交款时都出现过类似的问题：前两个多交了5000元，另一个多交了9600元。他和同志们在收款时发现后及时向这些单位说明情况，并及时退还了长款。事后，这些单位为了表示谢意多次提出请吃饭以及送礼品，都被他一一谢绝。

从1986年至1996年在鼓楼支行担任出纳保卫科长期间，他共为客户退长款250多次，金额达39万多元。

"一个真正成功的人，不一定是能力超群的人，但不可能是个没有爱心的人。世界上每一个创举最初行为的萌发点都是爱和奉献。"智呼声说道。

有一个大学生毕业分配到保卫部门工作，由于他在校所学专业非金融专业，所学非所用使他背上了思想包袱，致使他一度精神不振，工作被动。他在黄昏落日时，常会越发地情绪不安，偏偏喜欢吟咏一些凄苦的古诗句，让大家都感受到他内心的不安和失落。

曾经历军旅生涯的智呼声，看到他那种凄苦的表情和悲观的情绪，想起了在部队时期自己思念家乡时的那种焦虑的状态，他非常焦急，担心年轻人走不出困惑的圈子，对待事情钻牛角尖。一个人倘若长期处于抑郁状态，可能导致逆反情绪，照此下去可能会发生量变到质变的后果。

智呼声主动和这个年轻的大学生交朋友，经常和他促膝谈心，将自己多年来的工作体会和经验讲述给他听，潜移默化地引导他。渐渐地这位同事茅塞顿开，改变了看法，对保卫工作产生了浓厚的兴趣，工作由被动变为主动，业务水平显著提高，成为一名工作骨干。在从事出纳保卫工作的几年时间里，他成了反假币行家里手，并多次发现假币，为开展打假活动立下了汗马功劳。他撰写的识别假币的文章还多次被报刊发表，受到社会各界的认可和好评。

智呼声在工作中十分关爱员工。他说："大家在一起工作是一种难得的缘分，能帮的就帮，能支持的就支持，这是分内的事，毕竟工作是大家共同完成的。"

营业部保卫科职工斯日古楞住院做手术，当时科内已有两位同志有病请假，人员非常紧张，智呼声没有向领导提出困难要求，而是想办法合理地安排人员。自己以身作则加班加点，一个人担负着几个人的工作任务。在病人住院一个多月的时间里，白天，他抽人去医院陪床；晚上下班后，智呼声有时连饭也顾不上吃，就去医院陪床护理；为病人送水送饭，端屎端尿。星期天他也没忘记躺在病床上的职工，把单位的工作忙完后，就买上东西去医院看望和护理。

病人的父母感激地说："你这个科长比他亲哥还亲呀，要不是你这样帮忙，我们家里还不知道该怎么办呢！"

智呼声所在单位的女职工仁斯玛是一名老病号，因患有慢性肾炎和其他疾病，一年当中总有半年在家中休病假。智呼声经常利用业余时间，和其他同志一起去她家看望和安慰她，并千方百计帮她解决生活中的实际困难。为此，仁斯玛及其家人都很感激，仁斯玛常对同事们说："大家的帮助是我战胜疾病的动力，我一定要加倍地努力工作来报答大家的深情厚谊。"

在成绩和荣誉面前他没有飘飘然，正如他所说的，荣誉是党给的，是领导和同志们关心帮助的结果，应该归功于他们，成绩也只能说明过去，不能说明现在和将来。他决心把这些荣誉和成绩化为强大的精神动力，为党的金融事业多做奉献。

在平凡中坚守，永不放弃。我们从智呼声的身上看到了一位普普通通银行员工的生活和工作历程，解读了什么是平凡与伟大，什么是卑微与崇高，什么是艰苦与快乐，什么是寂寞与辉煌。

大爱，是一种付出

"工作是一种奉献，大爱是一种付出。"智呼声是这样理解工作和生活的。

人生一世，事业与家庭之间是有一个天平的。孰轻孰重，怎样取舍，对每一个人都是一个严峻的考验。

对此，智呼声常说："没有大家，哪来的小家？单位的事再小也是大事，家里的事再大也是小事。"这就是智呼声简单而朴素的事业观和家庭观。

智呼声对家，对父母、妻子、女儿有着深深的爱。他一直对爱情的甜蜜、家庭的幸福有着不倦的追求。

然而，智呼声的精力和时间的天平始终倾向于公事，妻子却无怨无悔地扶持他，说他是"大爱无垠"。

"对于自己取得的荣誉，第一要感谢党组织和农业银行的培养，第二要感谢我妻子的支持和帮助。没有妻子当后盾，我就不能安下心来工作。她的付出太大了。"智呼声感激地说道。

智呼声有一个幸福的家庭，有一个温柔贤惠的妻子和一个活泼可爱的女儿。他的妻子张改生在内蒙古自治区化工研究所工作，是搞课题研究的，上大学时就学这个专业，毕业后分配工作，专业又对口。然而，当妻子看到他疲劳的面孔和一心为了事业拼命工作的时候，心里承受了巨大的压力，为了维护这个家庭，她暗地里不知掉过多少泪。她是智呼声工作的坚强后盾，也是为智呼声事业付出最多的人。

2015 年 5 月 22 日，在北京举办了全国首届金融道德模范颁奖大会，中国金融工会特邀张改生为丈夫智呼声颁奖。

"智呼声是个大忙人，孩子小的时候，我自己常常一个人拖着有病的身体去医院给孩子看医生；别人家的孩子经常由父亲带着出去玩，我家的孩子却很少有这样的机会；收拾房子的体力活都由我来干，智呼声没有时间干这些。对这些，一开始我很不理解，也抱怨过，后来了解了智呼声的工作性质和他一门心思干好工作的心情，就逐渐地理解了，当他的坚强后盾。"张改生意味深长地说道。

为了弥补对妻子的歉疚，智呼声在出差到外地的时候，常常想着给妻子买一些首饰等"小玩艺"，并亲手给妻子佩戴上。这使妻子大为感动。

智呼声的几位舅舅在美国和澳大利亚生活，生意不错，家庭富有。舅舅们曾多次劝他到国外去干，争取更优裕的生活。面对这样的诱惑，智呼声保持了清醒的头脑，他认为自己是一名共产党员，决不能为了贪图个人享受而辜负组织对自己的培养。他多次婉言谢绝了亲人们的好意，仍然干着那种重复、劳累但却是自己热爱的工作。夜深人静的时候，夫妻两人安静地躺在床上，谈起国外亲戚们善意的邀请，智呼声深感内疚，他总觉得对不住妻子。

2000年9月，他的独生女儿患了肺炎，检测发现血小板减少，继而又摔成脑震荡，先后两次住院治疗长达50多天。对于一个孩子来说，如果治疗不及时，将意味着什么？作为父亲，智呼声非常明白，他本应该守护在女儿身边，然而，那个时期单位正处于网点改造过程中，金库的安全成了他的一块心病，工作离不开他。智呼声认为父女之情固然重要，但特殊的工作任务更重要。女儿病重期间需要父亲的照顾，企盼父爱，但是在女儿住院期间，他没有请一天假，晚上下班很晚了他才去医院看护自己的女儿，以补偿那没有尽到的责任。

都说男儿有泪不轻弹，望着女儿那憔悴的面孔，他的泪水常常止不住夺眶而出。是啊，自己欠女儿的太多了。他不由得联想起自己不知多少次答应带爱人和女儿到公园去玩，更记不清有多少次被女儿指责"老爸说话不算数"。女儿也常说："爸爸回家就像住旅店，早晨天不亮就走，晚上天黑黑的才回来，一点都不管我。"

作为父亲，听了这样的指责，不免难过，但想到自己要做一名称职的农行职工，他只能一次又一次地答应，而一次又一次地让孩子失望。就连医院的大夫都说："像这样的父亲真是少见。"可他又怎能放弃自己热爱的工作和神圣的职责呢？

在那一段时间里，智呼声每天晚上只能休息四五个小时，白天又要集中精力工作，有时显得精疲力竭。领导和同志们多次劝他休息几天，可他为了工作不受影响，硬是坚持挺了过来。

2001年初，从小将他抚养长大的姥姥病故了。远居海外的舅舅们都回来了，父母亲决定让他一同回天津去为姥姥办丧事，可他想到单位还有许多工作等待着他，便强忍着悲痛，含着眼泪说服了父母亲。人生最大的痛苦莫过于生离死别，更何况是从小抚养他长大的亲人呢？

在他一心扑在工作上的时候，妻子患的急性肾炎病转成慢性肾炎并引起了综合性并发症，三次住院治疗长达八个多月。在住院和病重期间，双方父母先后到单位找到他，让他请几天假，照顾一下妻子，并生气地对他说："家你可以不管，姥姥去世你也可以不管，孩子病了有你妻子照顾，可你的妻子病重住院了你总该照顾她几天吧！"

然而连这个最简单的要求也未能如愿，又是因为工作的特殊性，智呼声说服了年迈多病的父母及亲戚，让她们请假白天轮流在医院照顾妻子，他晚上下班后，把女儿托付给邻居照看，然后匆匆赶到医院照顾妻子。

2000年3月，智呼声七十多岁的父亲病重卧床不起，先后两次住进医院治疗。2007年4月，智呼声的父亲又因膀胱癌住院做手术，他的弟弟和妹妹都找到他说："大哥，你和领导请上几天假，去医院和我们一块护理几天老人吧！妈妈的身体又常年有病，她老人家的意思也是想让你去医院护理。"

智呼声也想到医院守护着亲人，可是他放心不下安全保卫工作，担心年轻人疏忽大意出现纰漏。于是他坚持白天照常坚守工作岗位，晚上下班后才去医院护理病重的父亲。

2003年，又一次人生的不幸降到了智呼声的身上，他的二弟患了肺癌。这对于一个家庭来说无异于晴天霹雳。身为家中的长子，智呼声一方面安排妻子白天到医院照顾二弟，另一方面还要小心地向父母说明情况，开导老人。从二弟病重住院做手术到2007年3月去世的三年时间里，他白天到单位工作，晚上赶到医院陪床，还要抽时间回家看望父母。妻子心疼地让他请假休息两天，可是他一天不到"战斗"岗位上去看一看，一颗心便总是悬在空中不踏实，他还是没有请假休息。家里众多事情的烦忧，都是妻子请假进行应急处理。

就这样，家里连续发生了许多的不幸，他却没有因此请一天假。这令所有的同事都竖起了大拇指。

春节是万家团圆的日子，家家户户聚在一起，其乐融融。为了让同志们在家过好大年，智呼声却连年除夕夜在库房值班。听着外面的声声爆竹，吃着妻子送来的年夜饺子，智呼声的心里却是另一种幸福和满足。智呼声觉得，自己虽苦了一点，但能让领导和同事们安心、平安地欢度节日，与家人共享天伦之乐，这就是最大的幸福，也是最大的快乐。

智呼声是一个富有爱心的人。"我是一个普通人，面对那些处于困境急需帮助的人，我总是伸出双手，尽自己的微薄之力去关心和帮助他们，给他们以真诚和关爱，让他们感受到社会大家庭的温暖。我认为，只要有一种为人民服务的情怀，以一颗感恩的心回报社会，人活着才有意义，才能体现自身的价值，帮助他人是我最大的快乐。"这是智呼声在一次演讲中所说的一段话。

1999年3月的一天上午，智呼声带着妻子到医院看病。一位从乌盟（今乌兰察布市）远道而来的农村妇女也给她患肝炎病的女儿看病，在办理住院手续时才发现自己所带的现金不知道什么时候已经全部丢失。手足无措的她一时号啕大哭："我的钱没了，这咋给女儿看病呀！"当时智呼声正好也在收费窗口前排队等待缴费，听到妇女的哭喊，再看她焦急、痛苦、绝望、无助的眼泪，心里很不是滋味，萌生了帮帮她的想法。智呼声对妻子说："母女俩大老远来，把救命钱给丢了，看她们怪可怜的，咱们帮帮吧。"妻子疑惑地望着智呼声，没有说话，智呼声接着对妻子说："咱们没有积蓄，但咱们每月都有收入，再说，咱们借也比她容易啊，这事要落到咱们身上，感受该是什么样啊！"

听了智呼声这番话，妻子点了点头表示赞同。智呼声走到那位妇女跟前，安慰她说："你不用心急，不要哭了，我替你想想办法，给孩子看病要紧。"随后，智呼声掏出准备给妻子办住院的 5000 多元帮助妇女为孩子办理了住院手续。想不到那妇女一下子跪在智呼声的面前，泪流满面地说："我和你不沾亲不带故，你真是天底下的大好人，让我和孩子怎样感谢你啊！"智呼声赶紧扶她起来，一边说："使不得，你不要这样，人人都有困难的时候，再说我帮助你也是自愿的，不要说谢不谢的。"智呼声的举动感动了当时在场的人，在众人的一再追问下，智呼声说"我是呼市农行的"，并将自己的名字和家庭住址告诉给那名妇女，说有事尽管找他。后来智呼声去医院看妻子时，顺便去病房看望了那个重病住院的孩子，见那个孩子身体很虚弱，又把身上仅有的 300 多元钱塞给那个妇女，让她给孩子买点营养品滋补滋补身体。后来，孩子病愈出院后，他们全家一直记着智呼声这个"恩人"，专程从外地来呼市感谢智呼声，回去的时候智呼声硬让他们将买的礼品带走。

智呼声的家庭实际并不宽裕，亲人先后住院，妻子 1997 年下岗失业，同时身体有病也不时住院，但智呼声还是克服困难，尽最大力量去帮助那些需要帮助的人。南方冰灾、汶川地震、捐资助学、职工家属和孩子住院手术、助残及其他各种捐助活动中智呼声都走在前面，慷慨解囊。1995 年以来，智呼声先后参与的社会上的各种捐助就达 12 万元，还把多次荣获劳动模范的奖金全部捐献给了希望工程，并和乌兰察布市化德县 7 名贫困儿童结成帮扶对子，为他们付清小学阶段全部学费，助其完成了学业。

有人不解地问智呼声究竟图个啥，智呼声说："我是一名共产党员，帮助别人是我应该做的。"

传承，是一种责任

奖章、鲜花、掌声、报道，隆重而热烈的表彰场面，智呼声经历了无数次了。他的心情总是很平静，他目光注视的永远是远方，他心里所想的永远是从头做起、从一点一滴做起，永远是努力、奉献以及传承。

"智呼声没有轰轰烈烈的伟业，他将单位的'小平台'做成了展示农业银行员工精神风貌的'大舞台'，多年来他不改初心，铸就了敬业爱岗的典范。我们希望全辖员工以他为标杆，努力传承劳模精神，在员工队伍中涌现出更多的'智呼声'。"农行内蒙古自治区分行副行长马明华说。

　　智呼声是一个懂得感恩的人。"我的这个劳模'红花'是同志们这些'绿叶'衬托出来的，是大家支持的结果。"智呼声说道，"面对几十年来获得的一次又一次的荣誉，我总感觉自己做得还很不够，我只有用一颗感恩的心来回报社会，努力将劳模精神发扬光大，以不懈努力来回报组织的培养。"

　　2014年11月，智呼声从农行内蒙古分行营业部守押中心总经理岗位退休。按说，他有充裕的时间在家，或者帮老伴做家务，或者哄着可爱的小外孙享受天伦之乐，或者在种有花草和时令蔬菜的小院里陶冶情操。

　　但是，智呼声并没有真正闲下来。他用更多的时间来参加劳模精神宣传活动以及社会公益事业，以执着和坚守，不断地传承劳模精神。

　　"传承是一种责任，我会努力让劳模精神感染和带动更多的人。"智呼声说道。

　　智呼声担任内蒙古自治区劳模协会的副会长，他认真履行职责，经常组织劳模开展有益的社会活动，努力将劳模精神传导至各行各业。用他的话来讲："劳模也是一个集体，也得发挥大家的合力，扩大劳模精神的影响力和感召力。"

　　他还加入了呼和浩特市爱心义工之家活动行列，和团队成员一起，不定期到攸攸板镇、毫沁营乡的敬老院探望孤寡老人，送去粮油、果蔬，并捐助现金。他像普通义工一样，帮助敬老院打扫卫生、做饭，替老人们洗衣叠被等。此外，他还经常到市、区社会福利院看望那里的孩子们。当地两所小学聘智呼声为校外辅导员，请他给学生们讲述老一辈光荣革命传统。每次到学校，学生们都会围上前，专注地听他讲故事。

　　作为"内蒙古劳模林"计划发起人之一，智呼声为这项工作忙前跑后，付出了不少心血。

　　他说："五年后树木成林，我们会把'劳模林'移交当地管理，然后再选择一处植树造林。我要在自己能走得动的时候为大地播下一片绿荫，多为社会做一点事情，为后代造福。"据了解，该计划拟在和林格尔县承包 1000 亩荒山荒坡，由劳模进行义务植树造林。

智呼声性格直爽，生活中爱管"闲事"。他自愿当起了所住小区的义务调解员和环保宣传监督员。业主和物业发生纠纷，只要被他碰上或听到，总要出面调解。发现物业公司在管理和服务方面不到位时，他便会找物业指出不足，建议对方加以改正；有的业主不爱护小区的环境卫生，有的践踏草坪，有的乱丢垃圾，有的家中宠物狗在外随处便溺，如他看到，总会善意劝告，提醒他们爱惜小区环境。

智呼声经常回分行营业部现金中心，和曾经一起工作的同事们聊聊天、唠唠嗑，少不了关心行里的事情。他常对在职的员工说："要珍惜在岗的大好时光，应该本本分分做人，脚踏实地工作，不要荒废了自己。希望每一位农行人都能爱护自己的团队，用感恩的心回报农行、回报社会。"

连续四次获得全国劳动模范称号的智呼声，曾多次登过天安门城楼。每次当他登上天安门城楼时，就感慨不已："没有想到首都的变化真是太大了，经济的快速发展与国家的强大使我感到自豪。我要把登上天安门城楼的光荣和自豪化作新的动力，在自己的工作岗位上做出更大的贡献。在工作中要全身心地投入，为国家建设贡献自己的一切。"

全国劳动模范是党和国家给劳动者的最高荣誉，也是亿万职工群众的优秀代表，作为新中国成立以来最具影响的劳动模范之一，智呼声坚定地认为，中国梦的实现更需要发挥劳模精神。

他说："现在社会价值观的取向多元化，人们对劳模的关注度有所降低，这其中有多方面的原因，但是今天党和国家要在全社会大力弘扬劳模精神，主要目的是使'劳模'这个响亮的名号重新回到社会的主流意识当中，特别是在实现中国梦的道路中，爱岗敬业，勇于创新，争创一流，艰苦奋斗，甘于奉献，淡泊名利的劳模精神必须一直传承。"按照智呼声的话说，"时代在变，劳模精神永远不会变。"

"你今天获得劳动模范称号，不代表你会一直顶着这个光环，即使离开岗位也要继续在别处传承劳模精神，发挥劳动模范的带头作用，不然愧对党和国家给予的这么高的荣誉，所以退休后我有一个公益环保梦。"提起自己的"公益环保梦",智呼声情绪高涨起来。

他始终相信,不管社会价值观如何多元,时代如何变迁,永不褪色的劳模精神将一代又一代地传承下去。

受中华全国总工会邀请,智呼声参加了2015年9月3日纪念中国人民抗日战争暨世界反法西斯战争胜利70周年阅兵观礼活动。参加此次阅兵观礼后,智呼声表示:"我作为一名农行普通退休员工有幸参加这次阅兵观礼活动,心情非常激动,这是莫大的光荣和荣誉,当然这不仅是我个人的荣誉,也是农业银行的荣誉。在现场观看阅兵感觉非常震撼,恢弘的阅兵仪式体现了我国国力以及军事力量的不断增强。当抗战老兵方队从观礼台前经过时,现场观众自发起立鼓掌欢呼,许多人流出了激动的泪水,没有他们的付出,就没有我们的今天。我们要永远铭记历史,珍惜今天来之不易的美好生活。"智呼声激动地说。

虽然退休了,智呼声将自己的时间安排得井井有条,不乏可取之处。如果不外出的话,他每天早晨5点半起床,然后将房间打扫得干干净净,吃过早饭休息一会儿便开始锻炼。

"我每天要做900个俯卧撑,这对健康很有好处,也能帮助提升精气神。"智呼声津津有味地说道。

上午和下午分别进行一个半小时的锻炼,做俯卧撑,练哑铃,练臂力器,天天练习,雷打不动,使他保持了良好的体质。

粗茶淡饭,乐在其中。"在主食方面我最爱吃的是烤馒头。这个食品容易做,但吃起很上瘾。"智呼声拿出自己亲手烤制的馒头给记者展示。

平凡并快乐着,这就是智呼声。笔者对他的坚持和毅力感到十分钦佩,也从一个侧面解读了他的精神风貌和人生境界。

智呼声在平凡的工作岗位上付出了常人难以付出的劳动,他对金融事业的忠诚与无私奉献得到中央、地方党政及农业银行的高度评价。他80多次获得各种荣誉,连续4次被国务院授予"全国劳动模范"称号,被评为"时代领跑者——新中国成立60周年全国最具影响力60位劳动模范"之一,2次被评为全国民族团结进步模范,3次被评为全国金融系统劳动模范,2次被评为全国金融系统优秀共产党员,3次被评为全国农行系统优秀共产党员,

2011 年被评为全国农行系统 60 年农行十大人物，3 次被评为内蒙古劳动模范、内蒙古自治区优秀共产党员、内蒙古自治区民族团结进步模范，入选"内蒙古最具影响力十位全国劳动模范"，2015 年被中国金融工会评为金融道德模范，并被授予全国金融系统五一劳动奖章。

在采访智呼声时，他的同事，原农行内蒙古自治区分行营业部副总经理周鹏江专门为智呼声撰写了一首题为《说说劳模智呼声》的五律诗，精致而又生动，遂照搬如下：

　　　说说劳模智呼声

　　平凡且普通，甘做小螺钉。

　　废寝扬博爱，殚精献赤诚。

　　无私托使命，拒腐倡新风。

　　卅载如一日，辛勤见大行。

（先后发表于《中国金融工运》《中国金融文学》等杂志）

‖ 作者简介

　　赵宇，女，中国作家协会会员，中国金融作家协会副主席兼秘书长，现供职于中国工商银行辽宁省分行。

‖ "90后"阳光大男孩的华彩乐章 ‖

——记全国金融道德模范张文良

赵宇

引子

　　他的华彩人生应该是从 14 岁开始的，那年他从乡下来到城里，从此他的命运悄悄地发生了改变。

　　但在当时，他自己并没有意识到这一点。那时他一点也不知道，未来的他将会出人头地，他的名字将会出现在全国行业比赛冠军的名单中；那时他一点也不知道，他的身上将要挂满无数的令人羡慕的光环。就这样，他改写了他的人生，他就是张文良，一个"90后"阳光帅气的大男孩！

　　当我刚接到采访任务时，对他还是一无所知。张文良，从名字上看，我想他可能是一位老者；从工种上看，钳工，我心下里判断他一定是一个技术过硬的老工人。我想，我还是先到百度里搜索一下吧，我想不一定能搜索到，但可以试试。当我在百度输入沈阳张文良后，出现的结果把我惊呆了，关于张文良的词条成千上万，一下子涌入我的眼帘，原来我低估了他。我在诸多词条中了解张文良，他是"90后"，多个全国第一名，辽宁省五一劳动奖章获得者。能取得这些耀眼的荣誉，真的很不简单，一不小心遇到了一条大鱼！他年纪轻轻就获得如此多的荣誉，是个不折不扣的"90后"翘楚！对他有了初步了解后，我很想早点去采访他，了解更多的东西。

在 6 月中旬的一个上午，那天晴空万里，我在沈阳造币有限公司见到了张文良。他很高很帅，青春的气息扑面而来。他长得清爽干净，白皙的脸上挂着稚嫩的神情，他待人谦和礼貌。我采访的切入点是他的童年。

童年早熟，梦想的天空绚丽多姿

1991 年 10 月，张文良出生在辽宁省鞍山市岫岩县雅河乡。他是满族，父母都是地道的农民。他一来到这个多彩的世界，便给他的家庭带来了无比的喜悦，父母将他视若珍宝，对他的未来也寄予了太多的希望！虽然他们住的房子又狭小又简陋，但这个小家庭是快乐的。可是天有不测风云，在小文良 21 个月时，父亲忽然病逝了，当时父亲年仅 25 岁。父亲的离世，给这个原本快乐的家庭罩上了巨大的阴影，家里的顶梁柱倒了，家庭的重担一下子全落到了母亲一个人的肩上。

从此母亲独自撑起了家庭的一切，她带着小文良含辛茹苦，为了孩子的成长，母亲情愿独自艰辛地生活。母亲的爱，以润物无声的姿态滋养着他，让他慢慢地长大。那时母亲在农村没有地，在农具厂做临时工，勉强维持家里的生活。后来母亲失业了，为了生存，开始到集上去卖小商品。微薄的收入仅能解决温饱，母子两人就这样艰难地生活着！文良很懂事，他早早地就学会了帮母亲干家务，帮母亲去集上卖货。直到小文良 7 岁时，母亲又组建了新的家庭，从此文良有了继父，后来他有了一个可爱的妹妹，一家人的生活虽很清贫，但很快乐。

从小学到初中，张文良的学习成绩一直很好，在班级一直保持在前三名。当时他姨是学校的老师，学校一直对他很照顾，老师们都说他很聪明。上初中后，张文良的英语总是跟不上，这影响了他的平均成绩，但也能排在班级的前五名。他的理想是考大学，但在当时的雅河乡中学，一直没有人考上大学，这让早熟的他陷入了深深的思考之中。如果继续念书，考不上大学的可能性很大，与其这样还不如早点出去打工，为家庭在经济上分担一些，自己也不用再问家里要钱了。他看到身边大点的同学有很多都不念书了，去学玉雕，这在盛产岫玉的岫岩这个小地方非常流行。其实，张文良很羡慕学玉雕挣钱的那些同学，学玉雕不仅不花钱还能挣钱学技术，于是他动心了。当时，他在家待了几天后没有找到学玉雕的差事，却找到一份修理农用车的活，他满怀希望地走进了农用车修理厂。修理部老板看他太小，只能安排他在别人修车的时候，给师傅打个下手。一天下来他满身是油，手是黑的，脸是黑的。他看不明白怎么修理，干了两天便打了退堂鼓。之后他又去找了其他工作，都因年龄小而被拒之门外。在一次次的碰壁与失望中，他开始明晰了自己的方向，他要学习技术，他要回到课堂寻找自身的价值。

走出乡村，进城求学之举绽放希望

当张文良将自己想进城学技术的想法告诉家人后，得到了家人们的支持。姨夫托人找了朋友，给他联系了城里的一所学校。就这样在亲友们的鼎力帮助下，2005年10月张文良进入了岫岩职业学校机械专业班上学，这是一所中专学校。当他把借来的一厚摞的1500元钱学费交到学校时，看在眼里，疼在心上。他从来没有见过这么多的钱，他暗想，不好好学习真对不起家里。他痛下决心在技校里要学点本领、学点技术，回报家庭。那年他才14岁，小小年龄便树立了学好本领的信心和决心。岫岩职业学校本可以住校，可是三年中，因为家庭条件不好，为了省下住宿费和吃饭费用，他没有住校。每天早晨骑车40多分钟，迎着初升的太阳上学，晚上太阳落山了他还在回家的路上。春夏秋冬，年复一年，每天上学花去80多分钟的往返时间，但他从没旷过课，他努力学习，聪明的他专业课成绩一直在学校名列前茅。那时的岫岩在张文良的眼中就是大城市了，他不止一次地幻想着自己如果能留在这个小县城就太好了。他经常痴情地打量着这个既熟悉又陌生的小城，他多么想快点成为小城中的一员呀，他渴望被接纳，可是这对于他来说比登天还难！

初出茅庐，没伞的孩子跑得快

2008年，张文良以优异的成绩从岫岩职业学校毕业了。当年，他参加了中专升大专的考试。9月份，雅河乡迎来了丰收的秋天，内心忐忑的张文良终于接到了大专录取通知书。他考入了沈阳丰田金杯技师学院。他满怀着对机械技术学习的渴望，背起行装和同学一同从岫岩老家踏上了夜车赴沈阳读书。虽然岫岩离沈阳仅几百里路，但对张文良来说，一切都是陌生的。他和同学都是第一次到沈阳，感觉这个城市的一切都那么新奇。他看见，多彩的霓虹在城市的高楼大厦间不停地闪烁着，他的内心充满了好奇和感动。他一直记得来到沈阳后和同学吃过的第一顿早饭。他们去了一个小餐馆，要了三屉小笼包，两碗鸡蛋瓜片汤，当时也没看价，匆匆地吃完后，一算账，竟然花了38元！这对17岁的张文良来说是一笔巨额消费，他觉得早饭就花这么多，午饭就会更贵了吧？于是，他对这座城市的第一印象是：沈阳这城市的物价太高了。之后，他们乘车去沈阳丰田金杯技师学院报到，办完手续后，校车把他们从主校区的总院拉到了铁西的分校。当时，这个学院下辖有三所分院，一所在铁西区；一所在东陵区，是汽车分院；一所在南湖公园附近，是城市分院。当然总院是最好的，学生都愿意在总院学习。进入分校区他所见到的一切与他想象的完全不一样，校园不太大，似乎有些荒凉和破旧，分院的环境，甚至动摇了他的信心。

但很快他就释然了，适者生存。他看到很多同学都是有背景有靠山的，唯独他是纯正的农民的孩子。他也知道，没伞的孩子跑得快。他意识到，自己是一个从大山里走出来的没有伞的孩子，他必须拼命地奔跑，才能从人群中脱颖而出！要想在这个城市生存下去，除了刻苦学习，他不再有别的想法。调整好心态后，很快他便投入到了紧张的学习之中。上课时，他珍惜每一分钟，认真听老师的讲解。而在实践课中从不嫌脏，也从不喊累。他把农村吃苦的精神用在学习技能上，用在实践中，别人累了休息，他却反反复复地练习。他把家乡孩子那吃苦耐劳的劲头发挥得淋漓尽致。

他刚接触钳工工作，是从练习站姿开始的。为了掌握这个基本姿势，他用粉笔圈出脚的轮廓一次次练习。经过几天的边琢磨边训练，张文良的站姿被老师当众称赞为"标准站姿"。钳工离不开锉刀，怎么拿锉刀？如何加工？他为了掌握基本知识，开始时不得法，手上常常磨得满是血泡，加工一个零件要无数次地打磨，无数次地重复一个动作，而无数次地动作都要在站立中完成。张文良凭着自己努力学习和刻苦钻研的精神，渐入佳境，游刃有余，在实践课中成绩一直名列前茅，成为了大家学习的榜样。

他早就听说曲骊老师技术过硬，获得过多次全国大奖。有一次张文良去曲骊老师的办公室，看到了曲骊老师那些厚厚的证书和一个刻着"全国技术能手"的漂亮奖杯，很是羡慕，心想如果他也能像老师这样获得全国大奖，该有多好呀！他暗下决心，以后也要像老师一样拿个大奖。他学习的劲头更足了，目标也似乎更加清晰了。

从此，在他的心中，便种下了向着"最高级别技术能手进发"的种子。就这样，他勤学苦练、悉心钻研，成绩有了突飞猛进的提升。老师们都认为他是一个好苗子，值得重点培养。而恰在这时，张文良因为长期苦练，总保持一个姿势，落下了腰痛的毛病。有一次忽然疼痛加剧，到医院后诊断为腰脱，他躺在床上不能动了，医生建议他停止一切练功，躺在床上静养。学校得知他的病情后，建议他回老家调养，就这样他被病痛击倒了，只好回家养病。在家养病期间，他想了很多，他想，也许自己如此热爱的钳工技术从此就要停止了，一时间他陷入了深深的痛苦之中，未来的路似乎变得愈来愈窄了。

正当他忍受着病痛心灰意冷时，学校忽然给他打来了电话，说有一个全国比赛，学校让他参加。他一听到这个"好消息"，认为机会终于来了，病痛一下好了一大半，他立刻从床上跳了起来，要马上回学校参加比赛。当时，母亲用心疼的目光看着他，他知道母亲是在担心他的身体。他对母亲说："妈，你放心吧，我行的！"

就这样，他又离开了家，踏上了回沈阳的征程。他走时，母亲偷偷地哭了，母亲心疼儿子呀，为他捏着一把汗。

他回到学校后，报名参加 2010 年第三届全国技工院校学生技能大赛。比赛集训时，由于腰痛，别人能练习 8 个小时，他只能咬牙练习 2 个小时。腰痛得厉害了，他就自己去药房买膏药贴上，然后接着练，就这样一点点地增加练习时间，慢慢地腰痛竟然好起来了。

集训采取淘汰制，开始是 60 多人，经过层层选拔，最后优选 6 人，代表辽宁省参加全国比赛。比赛在成都举行，张文良在这次比赛中取得了"第七名"的好成绩，并获得"雏鹰奖"，辽宁省只有他一个人获奖。学校为了鼓励张文良，奖励了他一个笔记本电脑。第一次参加比赛，就在全国获奖，这个成绩对一名学生来说，是巨大的鼓舞。从此，初出茅庐的张文良便崭露头角了，这更加坚定了张文良向高级别技能大赛进发的信心和决心。

从学生到工人，开启璀璨的职业生涯

2011 年，张文良在沈阳丰田金杯技师学院的学习即将结束了。在毕业之际，最让他发愁的就是找工作了。他也和其他同学一样，出去找工作，经过几次碰壁，他深知找工作真是太难了，更何况他学的专业是钳工，面太窄，加之他仅有理论学习而没有工作经验，很多单位不愿意接纳他。经历多次求职碰壁，就在他几乎绝望的时候，在老师的大力推荐下，最终他被学院下属的沈阳东兴机电设备有限公司聘用了，工种为工具钳工。这个工厂不大，虽然每月只有 1200 元的工资，除了交房租、吃饭等花销后，工资已所剩无几，但他还是决定留下。

他很珍惜这份工作，他告诉自己不要只看到眼前的不如意，他相信通过他自己的刻苦努力，未来的路肯定会越走越宽。

钳工是纯手工操作，这个工作劳动强度大，对工人的技术要求也很高。刚开始学钳工的时候感觉特别枯燥，手上磨起血泡是常事，有人还把手指甲锉掉了。正因为劳动强度大，技术含量又高，所以，当时与张文良一起入厂的人，不久一个个都走了。而张文良认为，既然选择了这行，就要爱这行，要把这个技术掌握好，掌握到极致。这就是他的性格，只要他做的事情，他就要做到最好，他是一个不折不扣的完美主义者。为了做好工作，每次厂里来新活儿的时候，张文良都会默默跟在老师傅身边学艺。同事下班后都出去消遣了，他则继续干活，经常干到深夜。

他经常是一个人干几个人的活儿，而且大部分时间都与机器在一起。这个二十出头的小伙子，在机器轰隆的车间里经常一待就是一天。白天工作时跟着设备跑，晚上下班后往工地的实训基地跑，继续钻研技术。他放弃了很多同龄人的休闲娱乐，更加刻苦掌握钳工的基本技术，锉削、锯割、錾削、钻孔、绞孔、攻丝等工作逐渐规范和熟练了。张文良正是以精益求精的态度，使他所加工的产品质量让领导放心、检查员满意，并受到工人的一致好评。入厂不久，一次承揽加工一个微调支撑机构件，因产品结构复杂，精度高，难度大，张文良与大家共同切磋。最后，高质量地完成了该产品的设计、加工和制作。张文良虽然入厂才几个月，又年轻没有多少工作经验，但是，他负责的重要工件总是能保质保量地完成。他起到了"挑大梁"的作用，很快就崭露头角。

有一次，张文良主持设计和加工一个自锁螺纹结构，由于厂里人员工作经验不足，对这个产品没有多少认识，加工时遇到许多难点无法进行，他便利用业余时间查找资料。经小组几个人一番努力，终于设计完成了一套精巧的自锁螺纹结构，解决了结构工艺设计和工艺制造的难题，圆满地完成了对外加工生产的任务。

张文良对自己的要求是在掌握钳工加工技术的同时，还要学习车工操作、铣工操作。作为钳工没有机械加工技能的支持，就不能构成完整的钳工加工。他认为，企业工种尤其是机电企业只有单一工种知识是不够的，没有其他知识的支撑，就不能很好地去理解加工的真实意义，因为所有的加工工种都需要懂得一个道理，即"金属切削原理"。现在，张文良已经具备了铣工的基本技能和车工基本操作知识，当然，后续努力更重要，一专多能的目标离他并不遥远。他还要学习电工和焊接，这已成为他多专多能多元的发展方向。

他说："只要努力就有回报，学习专业技能是我终身的方向。"他从没有放松学习技能，不断拓展专业知识，不断向新的目标攀登。

虽然他只有二十出头的年龄，但是，他却挑起了厂里生产的大梁。在这个只有 11 台设备的小车间里，他熟络每台机器。他说："在自己眼里每台机器都是有生命的。"这里的每一台机器，都和张文良结下了深厚的情感，因为张文良陪伴它们的时间最多。

2012 年，张文良凭着自己勤劳的双手和坚忍不拔的毅力，在沈阳钳工圈里已经小有名气，因为他在 2010 年参加的"亚龙杯"第三届全省技工院校职业技能竞赛中获得了装配钳工高级组第三名，并被授予"优秀选手"荣誉称号。此时，这位年轻人又迎来了人生的重要转折——第八届"振兴杯"全国青年职业技能大赛。这个大赛是由共青团中央和人力资源和社会保障部联合举办的，最后的决赛在辽宁沈阳举行。大赛决赛的参赛者，来自全国 31 个省区市。大赛在全国掀起了青年职业技能比武的热潮，竞赛的参与度高，覆盖面大。全国累计组织了省级初赛 715 场，市级比赛 1799 场，近450 万名青年职工参加了各个层次的技能比拼，可谓竞争激烈。经过层层筛选，254 名选手分别代表各省参加计算机网络管理员、工具钳工、汽车修理工三个工种的比拼。经过三天的激烈角逐，张文良登上了钳工组冠军的奖台，金灿灿的奖牌在他的胸前闪耀。张文良这枚沉甸甸的奖牌，展示了他勤奋敬业、刻苦钻研，奋力攀登技能高峰的执着和坚韧，诠释了"90 后"青年技术工人承载"中国制造"到"中国创造"的追求，也实现了他多年的梦想。

张文良获得钳工组冠军，并因此荣获当年"全国青年岗位能手"称号。工作刚满一年就获得全国大赛冠军，张文良成为了国家级行业舞台上的一颗耀眼的新星。

取得这样非凡的成绩使他顺利晋升为高级技师，他拿到了高级技师的证书。这可不是一般的证书，因为技工级别晋升有着严格的要求。从初级工到中级工，需要两年。从中级工到高级工，再到技师，再到高级技工，每个等级之间必须有四年的时间。这样算下来，从一个初级工到高级工，一般需要十四年，而到高级技师则需要更长的时间。张文良的破格晋升，是用他响当当的成绩换来的。二十岁刚出头就破例成为技师者可谓寥寥无几，他赢得了社会的认同。2013 年 3 月沈阳技师学院与张文良签订了劳动派遣合同，他光荣地成为了学院的一名钳工指导教师。

敬业奉献，永远耀眼的行业明星

2013年是张文良职业生涯发生转变的一年。由于他名声在外，许多单位都想将他挖走。最终，他选择了沈阳造币有限公司。沈阳造币有限公司将他作为高技能人才引进，聘请他为设备维修工。从此他告别了小工厂来到大国企，成为沈阳造币公司（简称"沈币公司"）里最年轻的技师，迈向了一个更宽广的舞台。白天，他在车间里勤学苦练，晚上回家则学习设备相关专业理论知识和工艺方法。他放弃了很多同龄人的休闲娱乐，却收获了突飞猛进的技能进步，很快地适应了本岗位工作。对待技术技能，他精益求精；对待设备，他高度负责。正是凭着这种主动钻研、锲而不舍的学习精神，他终于练就了一身过硬的本领。他常说："身为技术工人，就要勇于为企业排解技术难题。"他对技术精益求精的态度受到了领导和工友的一致好评。

沈阳造币有限公司作为国家法定货币生产企业，造币工艺流程要求十分严格，需要精益求精的工作态度，才能保证生产出精美的"国家名片"。而作为维修钳工的张文良，其工作职责就是要保证自己所负责的造币设备高效、准确运转，对此他付出了艰辛的努力。

一次，张文良发现生产联动线上包装卷歪斜，碎卷现象比较多。一连几天，他一有空就蹲在传送带前仔细观察。一位师傅对他说："联动线是专业厂家论证设计的，电子探头—气缸—阀门的结构可复杂了，咱们可解决不了。"这话反而触动了张文良的灵感。"如果用一块不锈钢板取代这个复杂结构，不就不会出现各部位配合不一致的现象了吗？歪卷和碎卷的问题不就解决了吗？"经过精细计算，他设计并制作了有着合适弯曲弧度和安全角度的不锈钢板，不仅提高了生产效率，还降低了生产成本。

2016年初，为了让他更多地掌握企业各种基础设备的运行和操作，培养他解决问题的能力，组织上把他安排到印花岗位担任机长。仅两个多月，他就完全掌握了印花机操作技巧，并针对印花机因配件老化引起的漏油、掉丝等情况提出改进方案，彻底解决了印花机废品率高的顽疾。

2017年，是沈币公司转型发展的关键之年。特别是作为公司的主要生产品种普通纪念币，要适应市场的需求，必须对现有产品包装方式进行改革，以满足消费者需要。为此，公司下达任务，要求各造币部要针对现有包装线，进行优化改革。作为公司主力生产车间，造币二部成立包装线改革攻关小组，由张文良担任攻关小组机修组长。在时间紧、任务重、压力大和强度高等形势下，张文良下定决心，一定要将包装线攻关工作拿下来，为此他便投入了没日没夜的攻关之中，加班延点便成了家常便饭。在此期间，他主动放弃休息日和节假日，加班加点，最终通过不懈的努力，完成了此次包装线改造重要任务，为企业生产经营赢得了主动。

在承接急难险重的工作任务的同时，张文良在工作中勤于钻研，勇于创新，敢于实践，曾参与设备维修 50 余项，设备改进 20 余项，设备零件自主加工设计 60 余件，完成了"贴标机吸标风鼓改进""人工检查机与包装机连接处下料板的改进"等"五小"（小发明、小创造、小革新、小设计、小建议）近十项，荣获公司十佳"五小" 1 项、一等奖 1 项、二等奖 2 项。四年间，张文良取得了几十项技术成果，解决了多项公司维修技术难题，为企业降本增效做出了自己的贡献。

越战越勇，擂台上名副其实的获奖专业户

张文良从 2010 年获得第一个奖励后，后来又获得多项大奖，在圈内声名鹊起。2014 年中国技能大赛——辽宁省"技师杯"职业技能竞赛，张文良再次报名参加，迎接新的挑战。在大赛中，经过六个小时的锯割、锉削、钻孔等项目的激烈角逐，张文良终于完成了加工精度 0.01 毫米，相当于头发丝的八分之一，取得了第一名的好成绩，获得了大赛冠军，再次证明了一个"90 后"青工的勇气和实力，为企业赢得了荣誉。

他积极进取，业绩突出，曾在省市及全国技能比赛中屡创佳绩，其典型事迹曾被多家媒体报道，屡见报端，甚至登上了央视新闻联播。2016 年，中央人民广播电台朝闻天下栏目《劳动者之歌》对他进行了采访并播放。2018 年，中央电视台法制频道《青春榜样》对他进行了长达 16 分钟的报道。《人民日报》、《光明日报》、新华社和《经济日报》等也纷纷对他的事

迹进行了专题报道。在第八届、第九届"振兴杯"全国青年职业技能竞赛中，凭借扎实过硬的操作技能，他先后获得工具钳工"第一名"，机械设备安装工"第三名"的好成绩，并先后囊括了雏鹰奖、沈阳市技术标兵、全国技术能手、全国青年岗位能手、辽宁省青年岗位能手、辽宁五一劳动奖章、辽宁省技术能手、沈阳市五一劳动奖章、沈阳十佳青年岗位能手、沈阳市五四奖章、辽宁青年五四奖章、沈阳市技术大王等诸多殊荣，成为沈阳造币公司"90后最美钳工"。2015年7月他当选为第十二届全国青联委员，2016年5月当选"全国向上向善好青年"，2017年，在北京展览馆举办的"砥砺奋进的五年"大型成就展展出了张文良的事迹、图片。2018年5月张文良被中国金融工会评为"全国金融道德模范"。

在这些殊荣的背后，镌刻着这个小伙子怀揣梦想、不懈努力的青春印记和他勤学苦练、刻苦钻研的成长足迹。

一路走来，张文良用行动践行"工匠精神"，用技术改变人生。张文良已经把他个人的"钳工梦"和报国的"印制梦"紧密相连，展现给人们一个怀有梦想，不懈奋斗，上进心强，有责任感的完美形象。机会总是留给懂得把握时机的人，成功总是留给懂得付出的人，成就总是留给懂得追求的人。张文良走出了一条自己的"钳工之路"，他正在一步一个脚印稳步向前迈进，在钳工领域，书写着"90后"沈阳造币公司青年独有的精彩华章。

互帮互学，传承技艺同进步

张文良的成功，带动了沈阳造币公司职工学技术的积极性。张文良不光一个人进步，还充分发挥传帮带的作用，将自己的技艺无私地传授给每一个工友。在他的带动下，丁佳伟、王春明等都多次参加比赛，并获得了大奖，给沈币公司带来了无上的荣誉。谈到比赛不能不说说丁佳伟，丁佳伟经常和张文良参加同样的比赛，每次也都像张文良一样荣获大奖。张文良和丁佳伟是沈币的两位比赛达人，他们的成绩有时不相上下。丁佳伟比张文良小一岁，他和张文良是校友，比张文良小两届，都是从沈阳丰田金杯技师学院毕业的。有意思的是，丁佳伟也和张文良一样，是沈币公司作为特殊人才引进的。有人说，张文良和丁佳伟长期以来一直是赛场上的竞争对手，工作中他们两人应该是死对头吧？其实大家都想错了，他们不仅不是死对头，反而是工作和生活中的好朋友。在工作中他们两人总是互相切磋技艺，在赛场上他们也总是互相鼓励互相加油。二部班长王春明也是张文良的好朋友，在张文良的带动和鼓励下，王春明多次报名参加比赛，每次都取得了很好的成绩。沈币公司团委有一个创客空间，这个空间专门为年轻人提供发挥才智的机会，张文良和丁佳伟的许多发明创造都是在这个空间里实现的。沈币公司团委在这个平台上成立的"机电兴趣小组"是由五六个优秀的年轻人组成的，该小组由张文良牵头。兴趣小组成立不久就取得了很大的成绩，新颖的小发明小创造像雨后春笋应运而生！

鼎力坚守，美好生活花样红

现在的张文良，工作生活都走上了正轨。他的父母还在岫岩老家，过着平静幸福的生活。他的妹妹已长大成人，目前在沈阳上大学。他自己在沈阳买了房子，过着有房有车的小康生活。时光荏苒，随着生命年轮的渐次加厚，不觉他也已经 27 岁了。27 岁的他更加成熟更加稳重了。某一天，张文良特意找到了多年前他第一次来沈阳就餐的小饭店，饭店依然在经营。他点了到沈阳第一次曾吃过的早餐，花的钱多于原来，可他的心情却不一样了。这顿早餐他吃得很惬意很悠闲，再没有了初次的窘迫，这种惬意的感觉使他的心比往日更显从容。说到张文良的性格，同事们都说他的性格是双重的。日常生活中的张文良是外向的开朗的，而工作中的张文良是严肃的认真的。他通常给人一种漫不经心的样子，实则不然，当他投入到工作状态时，你立刻会看到他截然相反的另一面。尤其在赛场上的时候，他那种执着和沉迷的样子，太帅了！他是一个偶尔喜欢沉默，并愿意独自一个人思考的人。现在他虽然外事活动繁多，但他从不因此而耽误工作，该他做的工作他总是保质保量地完成。

是的，他通过自身的努力，已在这个城市里扎下了根，他已和这座城市融为一体，再也找不到外乡人的痕迹。

尾声

年纪轻轻的张文良用短短几年的时间，取得了别人要十年二十年才能得到的荣誉和成绩。现在根据行业比赛规定，他已经不再有资格参加各种比赛了，他也觉得在这个人才辈出的社会里，应该把更多的获奖机会让给别人。但与此同时，他的职业生涯也似乎遇到了瓶颈，有时他也有点迷茫，有点无所适从，但他很快就调整了自己的心态，他已开始寻找新的发展空间。以他这种不服输的性格，无论做什么都肯定会成功的！他愿意永远保持一颗年轻干净的心，坦诚地面对这个世界。他感觉这个国家是那样的公平，她只问努力不问出身，只要付出就会给你以人生出彩的回报！

新的理想已在他的心间萌发，他将继续前行，走向更大的舞台。

他的未来注定会更加绚丽多彩！

（先后发表于《中国金融工运》《中国金融文学》等杂志）

‖ **作者简介** ‖

- -

　　王炜炜，女，中国作家协会会员，中国金融文联
全国委员会委员，中国金融作家协会副秘书长。现供
职于中国农业发展银行福建泉州市分行。

- -

‖ 一盏明亮的灯 ‖

——记全国金融道德模范　袁文华

王炜炜

　　他是一个"多产作家"，撰写了 100 多篇调研报告在省级以上报刊登载。

　　他是一个"考证达人"，先后考取中国注册金融分析师（一级）、高级人力资源管理师、标普信用分析师。

　　他是一个"兼职教师"，他是农业发展银行总行党校兼职教师、南京农业大学 MBA 硕士生校外导师和中国银行业协会的"百佳培训师"。

　　他是一个"优秀党务工作者"，把对党忠诚、敢于担当、清廉正派作为立身处世的根本，连续两次被农业发展银行党委评为优秀党务工作者

　　他是一个"优秀纪检干部"，他被中央纪委予以表彰嘉奖。他坚持党建引领，不断创造新的辉煌，他就是第二届全国金融道德模范，中国农业发展银行江苏省分行党委委员、纪委书记、副行长——袁文华！

学霸行长是怎样炼成的

　　说实话，接到中国金融工会给我的采访道德模范袁文华任务时，我心里是忐忑不安的，拥有这么多的荣誉称号的省级分行的大领导该有多威严，劳模行长该不会是个不苟言笑的老古板吧？从机场往南京城的路上，我迫不及待地问了来接我的江苏省分行的同事。他们笑道，袁行长是大帅哥，是江苏分行四大帅哥之一；袁行长是暖男，我们从来没有看见他发过脾气，即使员工犯了错误，他也是和颜悦色地与你讲道理；袁行长是潮男，他的思维敏锐，紧跟时代的潮流，年轻人会玩的 QQ 群、微博、微信、支付宝等新潮的事，他样样都会，他坚持用办公平台处理公文。过年的时候，我们在微信群里发贺年短信，袁行长的回信从来是一对一的，他会根据你实际情况写上一段暖心的鼓励话；袁行长是学霸，他从刚入行时的高中毕业学到了现在的研究生学历，拥有各种证书，发表大量文章，这也是我们最佩服他的地方！听了介绍，我肃然起敬，对这位学霸行长更是充满好奇！

　　一个小时后，我来到了农发行江苏省分行办公大楼，见到了袁文华行长。他给人第一感觉是风度翩翩、谦和儒雅，温暖的笑容给人如沐春风之感。

　　由于袁文华行长要到总行开会，他就成了我第一个采访对象。我发现他事先做了认真的准备，思路开阔，且条理清晰。在他的娓娓讲述中，我悟到一种隐忍、倔强和不屈不挠的个性与精神，这是成功者必备的素质。

　　1961 年 10 月，一个桂花飘香的日子，高邮北门酒厂的袁家迎来了第二个儿子，袁父笑呵呵地给这个眉清目秀的孩子取名文华，希望儿子是个文采飞扬有才华的人，将来成为国家的栋梁。

　　家风，是一个家族文化的缩影，文明的延续。它渗透到家族每个后代的血骨中。袁家承继了高邮人尊老爱幼，宽厚包容，善良诚实，崇尚文化的传统。袁文华的父母对他要求很严格，教育他做人要实在。首先要善良，要存好心，做好事。袁文华清楚地记得，虽然那时家里很穷，母亲上街遇到街边乞讨的，都会拿些零钱给他们。父亲告诉他做人要沉得住气，弯得下腰，抬得起头。沉得住气是无论什么情况都要坦然面对；弯得下腰是能屈能伸；抬得起头是谦虚待人，平等处世。他没有辜负父母的期望，从小就热爱学习，有很强的求知欲，做什么事都很认真，爱动脑、肯钻研。

高中毕业的袁文华并没能如愿进入大学学习，1977 年，16 岁的他作为知识青年下放到高邮市马棚乡，随后进入乡镇的农具厂，成为一名车工。他的工友回忆，在农具厂，袁文华性格随和，乐于助人，常常帮助师兄洗衣服；他做事有原则，生活自律，从不睡懒觉；他珍惜时间，在别人打牌的时候，他一个人躲在蚊帐里看书，一个小木箱就是他的书桌。一般学徒要三个月才能独立站车床，他不到一个月就能熟练掌握机床的操作技能。

机会总是给有准备的人。1980 年 3 月，袁文华通过招工考试进入中国农业银行高邮市支行。面对全新的银行的业务，他自觉高中的学历难以胜任工作要求，便参加职工夜校补习班，随后，又报考了金融专业的函授中专。他爱学习，但并不死读书，善于把学到的知识应用到工作中去，加上他为人正派，工作积极肯干，在同期入行的员工中很快脱颖而出。他从基层的支行会计干起，先后经历稽核员、审计员，副科长、科长，支行副行长等多个岗位的锻炼。1995 年 12 月，他被提拔为中国农业银行高邮支行副行长。在此期间，他通过函授拿到了南京农业大学农村金融专业、南京农业大学货币银行学两个大专毕业证书。那时还未实行双休日，他每个周日早上 5 点起来赶到南京农业大学上课，上完课再赶回高邮，几年里，风雨无阻。这个对知识如饥似渴的年轻人特别珍惜自己进入大学课堂的机会，在知识的海洋里忘我地学习。

1999 年，38 岁的袁文华已经是中国农业发展银行扬州市分行党组成员、副行长，风华正茂的他有了文凭，有了位置，对于一般人来说，也许就知足了，但他并未停下学习进取的脚步。他认为前期的学习仅仅是做事的知识准备，如果想要站得更高去看更远的风景，还必须奋力向前。1998 年到 2003 年，他又分别拿到了扬州大学英语专业函授专科毕业证书和南京农业大学金融学函授本科毕业证书。为了使自己的知识结构更加完善，其间，他还拿到了中华人民共和国人事部颁发的计算机应用能力中级证书，并取得了中级审计师的资格。

2004 年，他通过干部竞聘，成为中国农业发展银行江苏省分行营业部党委成员、副总经理。工作更忙，担子更重，但他攀登知识高峰的脚步依然没有停止。从 2001 年 10 月到 2004 年 4 月，他利用周末和节假日的时间，攻下了南京农业大学农业推广专业硕士研究生这座高峰。长期的学习和积累，他养成了勤学、善思、敏行的习惯。在学习中注重调研，积极探索。在读硕士研究生的课堂上，他给教授和同学们留下了深刻的印象。每节课的讨论，他提出的问题都是当今社会农业发展中最实际和最亟须解决的问题，而解决问题的方法恰好能帮助解决工作中的难点，他的毕业论文成了同学们毕业论文的范文。

袁文华有一个响当当的外号："考证达人"。除了学历证书，他主动适应现代金融发展趋势，凭着恒心和韧劲，先后考取了中国注册金融分析师（一级）、高级人力资源管理师、标普信用分析师。他被农发行总行评为"知识型学习标兵"，获得中国金融教育技术专业委员会"促进金融教育技术发展先进个人"称号。

他是一名"兼职教师"。他先后七次在总行党校井冈山班、青岛班，为农发行系统处级以上干部的春季进修班、秋季进修班和县行行长研修班进行授课。学员们普遍反映袁老师的课"听得懂，学得会，能解渴"。他的授课能够紧紧结合工作实际，用通俗生动的语言、精准翔实的数据、鲜活透彻的事例，系统阐述如何加强新时代基层农发行党建工作，比如如何从严治党，如何监督执纪，如何选人用人，如何廉政共建，如何做四有合规党员等党建工作中的重点难点问题。他的讲解深入浅出、旁征博引，信息量大，适用性强，既有鲜明的理论指导性，又有很强的现实针对性。他还被南京农业大学聘为 MBA 硕士生校外导师，被中国银行业协会评为"百佳培训师"。

他是一个"多产作家"。无论在哪个岗位他都努力钻研业务，不断地总结与思考，写出高质量的调研文章在专业领域的媒体发表。据不完全统计，参加工作以来，他在省级以上刊物登载的调研文章有 140 多篇，内容涉及全面从严治党、人力资源管理、干部队伍建设、信息网络科技、金融人才培养、党群工作等多个领域。近三年来，就有 11 篇调研报告在重要刊物和媒体登载，其中《坚持预防为主，推进党风廉政体检》发于江苏省纪委内部网站，《借鉴美国管理理念 完善人力资源管理》发于《农业发展与金融》2016 年第 4

期，《坚持把从严管党治行引向深入》发表于《党的生活》2017年第9期等。这些文章的发表引起了很大的反响。

我问袁行长，这么多的证书与成绩就是专职人员也是难以完成的，您在繁忙工作之余是如何做到的？

他说，学历证书是生存的需要、做事的需要，专业证书是成长与事业的需求。事业发展到哪个阶段都需要相对应的专业知识与更开阔的视野。说到时间，基本上是利用节假日，还有平时别人喝酒打牌的时间。人对自己要有点要求，我给自己下的任务是每年必须有一两篇调研文章在省级以上刊物发表，这样逼着自己去读书钻研。当然，我会选择与当前自己工作相关的领域去调查研究。读书也是这样。现在我是省分行副行长，分管全行信贷后台工作，我就进修中国注册信贷分析师课程。做好工作是我学习的出发点与动力。我对自己的工作要求是，要做就做好，在工作中求新、求变、求实！

说起自己过往，袁行长语言质朴实在，没有一点夸耀。可是，没有人知道在一本本红彤彤的证书后面，他曾放弃了多少个与家人团聚的节假日；没有人知道在一篇篇文章的后面，他曾熬过多少不眠之夜；没有人知道在一个个闪光的称号后面，他付出多少心血与汗水；没有人知道在一切荣耀后面，需要怎样的信念与毅力的支撑！

三色笔绘出创新图

自党的十八大以来，习近平总书记的公开讲话和报道中，"创新"一词出现超过千次。他指出：创新是一个民族进步的灵魂，是一个国家兴旺发达的不竭动力，也是中华民族最深沉的民族禀赋。抓创新就是抓发展，谋创新就是谋未来。

与袁文华共事过的同事，都知道他有很多的笔记本。这些笔记本按所分管的部门，分门别类，有工作笔记、学习笔记等。需要讨论什么问题时，他能迅速地找到相对应的笔记本，并用黑、蓝、红三种颜色的笔进行记录。黑色的笔记录日常工作，蓝色的笔记录需要解决的问题，红色的笔是针对问题的思路和措施。

我到了袁文华曾经工作过的农发行高邮市支行、扬州市分行、江苏省分行，采访了从普通员工到部门领导、处长和省分行行长共数十人，他们众口一词，说袁文华是："干一行，爱一行，钻一行，创一行，强一行！"参加工作37年，他的岗位不停地在变动，从最早的会计、稽查员、审计员，到支行行长、分行行长、人力资源处处长、党委组织部部长、客户三处处长，再到省分行副行长、纪委书记。工作变动幅度大，需要不同领域的专业知识，他在每个岗位上都把学到的新知识、新方法进行成果转化，解决工作中的实际问题，交出了最美的答卷！

2007年以来，他共创新人才培养、纪检监察、信贷管理、财会核算、绩效考核等11项管理办法。我们无法一一向大家介绍，只能撷取近几年的创新成果。

成果之一："四类人才"模型

2009年12月，袁文华调到了农发行江苏省分行任人力资源处处长、党委组织部部长。为了能够适应新的工作，他利用业余时间参加高级人力资源管理课程学习，系统地掌握了人力资源管理的相关知识与理论。

在江苏省分行人力资源处工作过的老同志都记得，在一次全省人力资源会议上，时任处长的袁文华，给大家发了一份闭卷考试的卷子，考试的内容都是人力资源工作中应知应会的基本常识，由于大家没有准备，考试成绩都不理想。袁处长并没有责备大家，他是想用这种方式提醒大家，及时补充提高自己的专业知识与技能。虽然大家都有些尴尬，但没有人抱怨。袁处长率先垂范，考取了高级人力资源管理师证书。榜样的力量是巨大的，科室里的同事纷纷报名参加企业人力资源管理师学习，4人获得人力资源管理师一级、二级证书，2人通过国际人力资源管理师考试，为人力资源处工作创新打下了坚实的基础。随后，用了一年半时间，人事处创建人才考评模型和配置模型，使人才考评实现了由"经验＋感觉"向"事实＋数据"的转变。首先，建立基层行四类人才架构。结合市县行特点，将人才划分为领军人才、复合人才、专业人才、应用人才四大类。以量化考核为主构建四类人才评价体系。其次，创建四类人才考评模型。根据习近平总书记提出的好干部标准，他采用"有本事，想干事，能干事，干成事，不出事"的标尺，建立有效、管用的考评框架。在四类人才胜任特征模型下，建立两个分项模型，将20项总的考核内容划分为定量考核15项、定性考核5项，分值的权重为80%、20%。体现以定量为主、定性为辅的考核导向。创建四类人才配置模型。把考评结果和人才选拔使用挂钩。在人才使用上，规定县行行长应该在领军人才库中选配，县行副行长应该在复合人才或领军人才库中选配，有效解决了干部使用过程中的不正之风。2014年，他主导创建的"四类人才"考评模型，被人民银行总行评为"金融教育优秀研究成果三等奖"。

成果之二："网络学院"系统

2013年，袁文华参加农发行总行在香港举办的人力资源培训班学习，受到很大的启发。他开始思考，江苏省分行该如何有效防止干部断档和人才断层的风险？是否能借鉴香港银行业先进理念和网络管理经验，依托信息化手段，创新人才培养模式？在他的推动下，江苏省分行自主开发了涵盖学习考试、绩效考评、跟踪培养、人才管理的具有江苏省分行特色的"网络学院"。

江苏农发行网络学院分两期开发完成。一期工程实现培训四库管理、在线考试系统、在职基础教育三个功能模块。自2012年开始研发，2013年底开发完成。二期工程实现人才培养规划、员工四卡考核、员工跟踪培养、员工成长档案四个功能模块，自2014年开始研发，2015年9月开发完成。

2012年年初，为整合省市行的培训资源，他提出了建立培训"四库"，即教材库、案例库、试题库、讲师库的工作思路。他指出要充分利用网络技术来实现全省的培训资源共享。他组织召开座谈会，研究制定了《江苏省分行培训"四库"管理暂行办法》，建立了"四库"联络员制度。按专业、岗位分类建立了教材库、案例库、试题库、讲师库。2012年底培训四库管理模块搭建完成，自系统上线以来，共发布教材160个，案例25个，试题103500题，讲师88名。全省利用网络学院组织培训175次，共计16500人次；统一调配讲师150人次。

2013年江苏农发行推行每日晨会制度，实施部门每周一测，支行每月一考，市行每季一评，省行每半年一考和一年一赛的办法。为帮助基层行提高培训效率，他提出了要在全系统率先建设网络在线考试系统的工作目标。他多次亲自参加考试系统供应商的系统说明推介会，通过多方咨询、对比，研究确定了系统开发团队，2013年9月完成了在线考试系统功能模块的建设。该功能模块实现岗位测试、资格认证、晋升选拔等各类无纸化考试，建立了省市县考试分级管理系统。系统上线以来，广泛开展星级客户经理评定、管理岗位选拔等资格认证、晋升选拔考试。全省建立定期业务考试制度，县级支行至少每月，二级分行至少每季，省行至少每半年开展一次集中考试。截至目前全省组织考试13000次，参加考试42000人次，单次参考人数最多为1500人。2013年12月江苏农发行在线考试系统在总行培训管理人员和星网操作人员培训班上进行了经验交流。

从2013年10月开始，江苏农发行与南京大学联合办学。利用一年半的每月两个双休日时间，分两批组织全省468名35岁以下青年员工学习培训，占职工总数的24%。面对培训人数多时间跨度长的难题，他带领省行人力资源处同志积极推广"翻转课堂"教学模式。在网络学院中开发在职基础教育模块，设立五个专栏，定期发布通知安排、考核通报、教学课件、课后作业、学习体会。运用网络技术实现培训信息的传达、共享和分享，方便了学员学习。下载阅读量达12000人次。

2014年初，他提出网络学院不仅仅是一个单纯的培训平台，而是要把人才培养模式中已建立的员工绩效考核"四卡"、新员工成长跟踪管理、青年员工培养规划等制度办法进行有效整合，通过构建岗位培训体系、效果评估体系、目标激励体系，对员工的学习成长进行全流程管理。这一设想的提出，突破了传统网络培训平台的研发思路，是金融人才培养模式与平台建设相结合的创新举措。为实现这一设想，他积极向省行党委汇报，争取了网络学院二期工程的立项。多次召集人员研究编写网络学院二期工程的开发需求，精选三家专业公司参与网络学院二期工程的招投标，制定了网络学院二期工程的研发计划。经过一年的开发、测试、试运行，网络学院二期工程于2015年9月上线运行。分四个模块，"人才培养规划"模块实现2014—2018年青年员工"1515"工程培养规划的统一部署，领军、复合、专业、应用人才库的动态管理。"员工四卡考核"模块实现了以绩效积分卡为主卡，培训、奖励、违规积分卡为副卡的"四卡联动"绩效考核的电子化、网络化管理。"员工跟踪培养"模块实现了身边教师制暨新员工跟踪培养的电子化、网络化管理。"员工成长档案"模块汇总记录员工的成长轨迹，综合反映员工的学习、考试、考证、绩效、成长趋势。

该系统获中国金融教育发展基金会2014年金融教育优秀研究成果远程教育类三等奖，在中国教育技术协会第五届金融教育培训多媒体课件评比中，获网络培训项目类优秀奖，被总行人力资源部通报表扬。

成果之三：纪检监察三项工程

袁文华任江苏省分行纪委书记后，坚持预防为主原则，大胆创新。

2015年，实施对二级分行领导班子及成员开展党风廉政体检的第一项工程。他引用大数据概念，采取定量为主、定性为辅方法，建立了70%定量考核、30%定性评价的考核体系，先后经过四个多月的讨论修改，细化二级分行领导班子90条、班子成员60条的具体考评指标。成立党风廉政体检中心，在省行党委领导下，由纪委书记具体负责，建立日常随诊、内部评诊、外部问诊、纪委会诊、党委确诊五个程序。体检结果实行"三挂钩"。他坚持对苗头性问题早打"预防针"，防止小毛病拖成大问题。将体检考核得分和问题性质，与干部选拔任用、评先评优、年度奖金分配考核挂钩。根据体检结果，终止2名处级干部任职资格；取消2家条线旗帜、5名岗位标兵的评比资格；对18名基本健康和亚健康型的扣减年度绩效奖金，有效推动基层行班子及成员的肌体健康。此项工程在农发行总行党风廉政建设会议上进行了交流。

2016年，实施省行对市行党委巡视的第二项工程。他在试点基础上，制定《省行对市行党委巡视实施办法》。他担任巡视组长，坚持把政治巡视放在首位，采取"四谈、五访、六看、七查"的方式。走访当地政府主管领导、金融办、银监局、检察院和纪委，查找和纠正在执行政治纪律、组织纪律、廉洁纪律等方面的问题。他制定工作流程，形成七个巡视专题，设计一套工作底稿和工具表，明确59项必查项目，建立首查人负责制，用制度保障巡视工作的开展。通过巡视，查处133个违纪违规问题，挽回资金损失123万元，17名责任人受到党纪政纪处分。

2017年，实施省市县三级行齐抓共管的第三项工程。他创新"一条主线、三个重点、四项制度"的工作思路，明确省行巡视、市行巡察、县行纪检小组的这条主线，突出信贷、财会、选人用人三个领域，制定市行纪委、县行纪检小组、市行巡察和市行对县行党风廉政体检四项制度，把党中央要求的全面从严治党向基层延伸真正落地落实。

2017年9月，中央纪委对他在纪检监察工作中取得的优异成绩给予嘉奖，在所有政策性银行和国有商业银行中，他是唯一被中央纪委嘉奖的纪检干部。

成果之四：银企共建反"四风"

2018年5月24日，《农发行党建通讯》第8期全文刊登了袁文华的文章《加强银企党建共建，深入推进反"四风"》。文章详细地介绍了农发行江苏省分行把党建工作融入业务、融入企业、融入人心，创新开展银企党建共建廉洁合作活动的情况与做法。本着"平等共建，廉洁合作"的原则，2018年农发行江苏分行全面开展银企党建共创活动，明确全省与100家企业签订廉政合作协议书的年度目标。

银企廉政合作协议书的内容中，把总行规定的"纪律红线"嵌入承诺书中，明确规定双方不得相互赠送或接受礼金、购物卡、有价证券，以及贵金属与土特产；农发行不得向企业兜售商品、推销保险产品等；双方不得安排或接受超标准的接待；不得用公款安排高消费娱乐健身活动；不得向对方转嫁招待费等报销费用。农发行不得以个人或单位的名义违规为企业提供任何形式的担保。农发行员工不得参与企业民间集资"倒贷"。农发行员工不得与企业有任何利益瓜葛。离职后三年内不得到企业任职。农发行员工不得向企业借款。双方不得有违反党的廉洁纪律和中央八项规定的其他行为。

开展银企党建共建以来，省市县三级行共与 140 家企业建立了廉洁合作关系。此项活动的开展得到了地方党政充分肯定和企业高度认可。新华网、中国江苏网、各地区主流报刊和地方门户网站先后登载了银企党建共建的信息。

心底无私天地宽

袁文华对党、对农发行的忠诚不是挂在嘴上的，而是付诸实际行动，以担当诠释忠诚。在采访的过程中，我听了许多关于袁文华的故事，有几个故事我觉得特别能突出袁文华作为一名共产党员忠诚、正派、勇敢的品行与操守。

故事一：受命于"危难"之中

2005 年 4 月，时任农发行江苏省分行营业部副总经理的袁文华接到调令，去盐城分行担任行长、党委书记。熟悉盐城分行情况的同事都为他捏了一把汗，盐城分行可是一块硬骨头啊，搞不好会把自己的名声给毁了！

盐城是江苏省面积最大的地级市，也是江苏省最大的棉花产地。当时在农发行的棉花贷款在省内乃至全国农发行系统内所占份额都很大，一年的棉花贷款有十个亿。然而棉花不良贷款也占了很大的比例，挤占挪用现象严重，盐城分行的告状信和群众来访非常多，千头万绪。新行长的第一把火要如何烧呢？所有的眼睛都在看着他。针对盐城分行内部管理混乱，员工情绪低落，部分企业信用观念较差，历史遗留问题较多的情况，他带领全行员工"抓队伍、促发展、解难题"。为盐城市分行规划了"起步，起飞，腾飞"，争做苏北第一的发展愿景。

第一把火，"打造新的盐城农发行形象"，实现从"不行，不能"到

"我行，我能"的转变。改变市分行机关作风，推行领导干部下访谈心制度，行里专门发了一个文件，要求中层以上的干部都要走下去专访职工的思想动态与需求，及时帮助困难员工解决实际问题。实行行长接待日制度，按季征集合理化建议。除了接待日，员工也可随时找行长沟通，提出自己的想法与看法，只要行里能帮忙解决的问题，会尽最大努力帮助员工解决。实在没有条件解决的也会拿出相关的文件向员工做好解释工作。当时，有一名员工母亲生病，袁行长自己接手了员工手中的报表，让他回家照顾母亲。经常开展有益员工身心健康的活动，如：职工运动会，唱歌比赛，节日慰问等。丰富多彩的活动可以凝聚人心，弘扬正能量。在提高员工素质方面大下功夫。2010年，农发行总行要求员工进行上岗考试，要求是从事信贷就参加信贷考试，从事财会的就参加财会的考试，年纪大的同事可以申请免考。袁行长要求盐城分行所有的员工都参加财会信贷的考试，不参加的待岗处理。当时，议论的很多，特别是老同志多有不服。袁行长不多说什么，自己带头报名参加了两个门类的考试。最后全行通过了考试，取得了信贷99分、财会97分的好成绩。建立制度，强化监督，全行违规违纪问题明显下降。2007年，信访案件与2004年同比减少79%，形成了人心所向的内外部良好环境。

第二把火，"以利润为核心，力争绩效苏北领先"，实现扭亏增盈。大力支持2005年夏季粮油收购。累放收购贷款14.60亿元；差别支持2005年秋季棉花收购，有效控制了盐城棉花贷款的风险。全力支持2006年小麦托市收购，累放贷款15亿元。在防控信贷风险方面，首先采取了多法并举，促进销售。实施"三三制"促销策略，市县行联动抓促销，夏季粮油收贷率100%。攻坚克难，清收不良。当时，盐城不良贷款有10亿，占总贷款20%。通过支新还陈和资产变现等办法，2005年清收4600万元，2006年清收4300万元；清收具体做法在农发行总行《简报》2005年第37期刊发，并在总行风险管理座谈会上进行了交流。

第三把火，建立考核评价机制，制定《业务经营综合考核办法》，与绩效工资挂钩，将利润计划、不良贷款清收和存款增加指标与支行工资挂钩，与财务资源分配挂钩，按月考核，按月公布。经过一系列的措施，盐城分行 2005 年经营绩效由前一年的倒数第二位前移五位。2006 年各项指标又进了一大步，受到了市委、市政府的表彰。

回首望去，一切似乎云淡风轻，或许只有袁行长自己知道，他曾付出了怎样的努力。然而，低调的他却没有谈到过自己经历的不易和受过的委屈。有老同志提到，在盐城时，恰巧是袁行长父亲病重去世的非常时期，为了工作他却很少有时间陪护在父亲的身边，这也是他一个很大的遗憾。

故事二："小题大做"的纪委书记

江苏省分行员工是这样评价纪委书记袁文华的："原则面前不留情面，服务基层不失温度，以身作则不遗余力。"2015 年，他在担任农发行江苏省分行纪委书记后，把纪委监督责任挺在前面，把对党忠诚、待人真诚作为立身处世的根本，对于工作中执行不力的人，勇于做黑脸包公。

江苏省分行的员工都知道"一瓶 68 元红酒"的故事。2015 年 5 月，省分行接到一份举报信，无锡某支行召开会议时，违规用公款消费一瓶 68 元红酒。省分行相当重视，马上组织调查。原来那天工作餐时，恰好有一位同志工作调动，有人就拿了一瓶 68 元红酒以示庆贺。查明情况属实后，省分行对相关责任人进行了查处和通报。有些同志不理解，认为不过是吃喝小事，也没花多少钱。袁书记强调用公款违规去买红酒，用于内部会议招待，是违反了中央八项规定精神的大事，要通过这件小事告诉所有的党员干部，从今以后，搞变通、打擦边球是行不通的。

2016 年 6 月，通过巡视发现某市分行对省行纪委转办的信访件核查不实。他亲自督办，对市分行纪委书记进行诫勉谈话。有些同志认为问责过于严厉，袁书记强调纪检干部只有秉公执纪，敢于担当才能履行好党章赋予的职责，要通过抓典型来警示纪检干部牢记使命，忠诚干净，勇于担当。

查"四风问题"时，查到了某分行食堂库存一箱五粮液，违反了不准用高档酒的规定，当时分行领导回答说是某员工寄存的酒。袁书记要求与寄酒员工当面对质，分行领导吞吞吐吐地说，他出差了。袁书记当即打电话向那位员工核实情况。市分行领导立刻慌了，才说这酒是地方政府送的，放在食堂仓库几年了，一直没敢喝。分行领导是袁书记的老部下，但他并没有特殊照顾，而是按规定给予诫勉谈话的处分。我问过当事人，你记恨袁书记吗？他真诚地说："当时脸上有些挂不住，过后想明白了，严管就是厚爱，有些事不从一开始就加以制止，等犯了大错就来不及了！"

在纪检工作中，袁书记能够准确把握政策要求，抓早抓小，对苗头线索紧追不放，对违规违纪问题严肃处理。近几年来，先后对12名党员领导干部进行函询，对34名违规违纪的二级分行班子成员进行谈话。2015年8月，他在纪委会上点名批评一家分行党委书记上党课情况不实，四个纪委书记回访工作弄虚作假问题，起到红脸出汗的效果。他强调要合理运用党内警告、严重警告的轻处分，是教育与挽救，不是一棍子打死，体现"惩前毖后、治病救人"的方针，达到对党员干部的关心爱护。在处理某支行副行长参与企业间借贷问题时，对责任人使用了党内警告处分。某分行发生一起故意撕毁银票、冲入下水道试图嫁祸于人的案件，上报来的初步意见是警告处分。在审议中，袁书记指出案件的严重性，要求对照处分条例进行复议，市分行最终将处分决定改为了重处分，达到预防与惩处相结合。

在省分行党委的领导下，他处理违规违纪问题15起，给予党纪处分19人，追责问责22人，经济处罚6.3万元，1人被开除党籍并行政开除，1人因长期失联被除名，2名县级支行负责人被免职。这些违规违纪的人当中，有的是他的老同事、老部下，有人自己来求情，有人托人来求情，他都不为所动。在他心里党的纪律是第一位的。

我问袁书记，您不怕得罪人吗？

袁书记声音不大却坚定地回答，以本心做事，对事业忠诚，客观公正做事，群众的不理解也是一时的。作为一名党员，在党的纪律与得罪人之间应该有自己清醒与坚定的判断与选择！

打铁还须自身硬，袁书记之所以有勇气面对不良现象，首先是他自己站得直。他由衷地热爱中国共产党，感恩党的培养。他常常讲，没有党的好政策，自己不可能从一名车间工人考入银行工作，没有党组织的培养，自己不可能从一名银行柜面人员成长为县支行、市分行领导，没有党的十八大以来，习近平总书记坚持的德才兼备、以德为先的好干部标准，没有总行党委坚持的公正、客观、公开的选拔程序，自己不可能走上省行领导的岗位。

他把对党感恩的真挚情怀内化为对党的绝对忠诚。他牢固树立"四个意识"，坚定"四个自信"，把坚决维护核心，维护党中央权威作为自己神圣的使命。他不仅身体力行，而且告诫全行党员干部，要心中有党不忘恩，始终牢记今天能担任领导职务，是党多年培养的结果，要永远听党话，跟党走，党中央提倡的坚决响应，党中央决定的坚决执行，党中央禁止的坚决不做。

参加工作以来，他始终秉承优良作风，干净做人，廉洁自律。在盐城的三年时间里，干部员工都不知道他具体的住址，这样有效地谢绝了托他办事送礼的人。他说，无论是工作上还是个人的事，只要合情合理，不违规违法，我都会尽力帮忙，请客送礼就免了。

袁文华同志一向看重道德建设。他说，道德是做人的基本准则，一个知识不全的人可以用道德去弥补，而道德不全的人却难以用知识去弥补。一个格局小的人说不出大气的话，一个境界低的人做不出有担当的事，只有大格局的人，未来的路才会宽广！他是这样说的，更是以实际行动去身体力行，袁文华同志以其严谨的工作作风，刚正不阿的品德，成为全国金融道德楷模！

一盏灯亮成一片海

在采访过程中，我每时每刻都感受到了袁文华独特的人格魅力，无论是领导还是普通的员工说起他都有很多心里话要说。采访时，计划一个上午安排接访四到五个人，有的同事说着就停不下来了。我能感受到他们对袁行长的敬佩与爱戴是发自内心的，总结归纳得很到位。有位同志归纳了六点评价袁行长："忠诚而付出行动，严格而富有魅力，领率而长于亲为，务实而善于创新，沉稳而饱含激情，均衡而业绩突出。"还有一位同志说，袁行长在他心目中是"可敬的师者、可亲的领导、可畏的包公"。听完他们饱含深情的诉说，我脑子里突然闪出这几个字："人人都爱'袁思想'。"

"袁思想"是袁文华在农发行总行流传的绰号。大家都知道，袁文华在工作中善于思考，工作中遇到难点，他总是有办法解决。只要他待过的岗位，都有创新成果，而且工作业绩都能在全国农发行名列前茅。

说到这里，不得不提袁文华在江苏省分行客户三处工作的一些事。2008 年，袁文华被任命为江苏省分行客户三处处长。当时，农发行总行刚成立了客户三部，农业农村基础设施建设贷款这项新的业务，该如何开展，对所有的人都是新的课题与挑战。在困难面前，他工作的热情被大大地激发出来了。首先在知识上及时充电，他参加南京师范大学培训班，通过考试，获得中国注册金融分析师一级证书。在实际工作中，他学以致用。在带领全处室员工调查研究时，针对支持的非经营性中长期贷款项目大多采用"政府入口，市场出口"模式，项目还款资金大多来源于土地出让的实际收入，创新提出土地出让还款来源资金管理。系统内首创土地出让收入资金管理。在落实财政承诺还款的基础上，签订资金管理协议。对明确地块出让收入作为还款来源的，要求土地使用权人承诺贷款期内对应的土地不得对外抵押、转让和出租，加强项目实际还款资金的管理。同时，在他的带领下，江苏省分行积极拓展业务发展领域，支持水利建设、生态环境建设、农业生产基地建设。农民集中居住及土地整治等领域，累计发放水利建设贷款43 亿元，生态环境建设贷款 40 亿元，生产基地建设贷款 16 亿元，县域城镇建设贷款 18 亿元，总计 117 亿元。占客户三处同期贷款累放额的 58%。同时严控农村路网项目，农村路网贷款占比从成立时的 94% 下降到 33%。2009 年末，客户三处贷款余额超过 200 亿元，列全系统第一，未发生一笔不良贷款。

因为党委工作分工调整，袁行长自 2017 年 8 月开始分管信用审批工作，并担任省行贷审委主任。2017 年上半年国家多部委密集下发文件，进一步规范政府平台融资行为，总行也及时发文调整中长期贷款运作模式。在这政策调整关键期，接手贷审委工作，要在抓好风险防控和保障业务持续健康发展之间找到平衡点，难度可想而知。袁行长结合多年的基层工作经验，认真研究判断经济金融形势，及时理清工作流程脉络，把握关键节点，进一步规范了贷审委工作流程，明确了工作重点。在他的领导下，省行贷审委优质高效运转，筑牢了贷款审批前的最后一道防线。既保证了江苏分行持续健康发展，也为江苏分行不良贷款率控制在 0.16% 这个极低的水平做出了较大贡献。

他主持的贷审委工作可以用三个词描述：精准、严格、服务。首先，执行政策精准。他能够准确执行外部监管机构和行内的各项制度规定，研究制定了分类支持策略。按照一、二、三类客户的业务内容及特点，优先保障政策性指令性贷款，积极支持政策指导性贷款，审慎支持自营性贷款。他改进贷审会汇报要求，要求调查人重点报告现场调查情况，突出保障真实性；审查人重点汇报审查发现问题，着重解决合规性、风险性。其次，审议把关严格。他主持的贷审会，对照办法要求，不符合规定的、有严重风险隐患的，该不贷就不贷，该压降额度就压降额度，该进一步深入研究的就复议。某分行上报的一笔粮食加工企业集团授信，企业在未增加有效风险防范措施的情况下向银行申请增加 5000 万元的授信额度。虽然，该行的领导是袁行长的老部下，但是对于这种增加银行风险隐患的行为，他坚定地予以否决，最终将增加的额度予以核减。第三，积极服务基层。他把服务基层、服务客户的理念贯穿于工作过程中。省行贷审委负责全省绝大部分信贷事项的审议工作，所以为了满足业务需求，保证分行正常业务工作不受影响，贷审委坚持每周召开一次贷审会。此外，还根据业务需要增加召开频次。2018 年夏收期间，贷审委在一周时间内召开四次贷审会，确保了工作任务及时完成，保证了收购资金及时到位。

人人都爱"袁思想"，是因为他有格局，大胸怀，能够尊敬人、关心人、凝聚人。

在我采访的几十人中，有省分行领导，有中层干部，还有普通员工。他们都说与袁文华在一起，能够感受到他沉稳而坚定的人格魅力。他站在那里就像一棵大树，伟岸挺拔，不畏风暴。你从心底敬仰他，却从来没有压迫感，反而想亲近他。他对人总是那样亲切、平等，他给人的感觉不是领导，而是家人、亲人！

他善于引导人，在工作上他对你要求很高，却不是以权势压你，而是他自己先做在前面。每当总行下发一个新的文件，他会自己先解读，再与相关同事讲解，保证对政策理解与操作上的准确性。和他工作过的同志业务能力都进步很快。2009 年，银监会出台了《固定资产贷款管理暂行办法》

和《项目融资业务指引》等贷款新规，新规首次提出"受托支付""实贷实付"等管理要求，是金融业在贷款使用管理方面的重大制度变革，袁文华同志是第一批学习了解贷款新规的银行人。通过银监部门组织的研讨活动，他系统地学习了新规全文，结合实际工作撰写了《〈固定资产贷款管理暂行办法〉和〈项目融资业务指引〉学习要点》。在处室每周工作例会上，他组织全体成员认真学习贷款新规，亲自讲解重点内容。当时新规尚未正式公布，大家对"实贷实付""受托支付"等新名词完全不了解，袁文华详细解释了新规制定的背景和意义，各类新要求具体含义和执行标准，新规与现行政策的差异，新规实行后执行重点和需要配套改进完善的管理环节。通过学习，大家对贷款新规有了准确、完整的理解。新规正式公布后，实现了贯彻执行的"无缝对接"。

他去基层行上午听汇报，下午就能准确地说出每个基层行工作的亮点与不足。这对基层行来说，既是压力也是动力。有名同志从业务岗转到人事岗，面对岗位跨度大，向袁文华诉说心里的不安。在袁行长开导下，他顺利过渡到新的岗位。有位县支行的老同志因为业务岗位聘任的事闹情绪，袁文华耐心地与他解释省分行的政策，直到老同志解开心结。

他善于关心人。在生活中，也许你从未在他面前提及，可是，当家里老人生病了，他的关心问候从不缺席。孩子入学遇到困难了，他会想办法解决你的后顾之忧。袁文华在高邮工作时的一位老同事，退休后中风，患有老年痴呆。袁文华每年春节都会去探望他，已持续了十几年，许多熟人，老人都认不得了，只要袁文华去，他眼里就闪着欢喜的光。

他善于凝聚人，他始终保持积极向上、追求进步的心态，走到哪里就把正能量带到哪里。他就任江苏省分行人力资源处处长期间，对人力资源处的同志们的要求是："嘴紧、手勤、脑勤、做精品"，打造"沟通、包容、支持"的和谐团队。任省行工会工委主任期间，他大力倡导"快乐工作、健康生活"理念，营造和谐向上、积极进取的氛围。2016年4月开始，他通过"咕咚"软件平台在全省发起健步走活动，各级行积极响应，全力推动。活动开展以来，1900多人加入，参与率达到90%，40岁以下员工达到了全覆盖，累计近20亿步，总里程可以绕地球30圈。他主动参与，上下班是步行，双休日一有时间就到秦淮河畔、玄武湖公园进行健步走，月均步行超过 100 公里。

他的敬业故事也是江苏省分行员工津津乐道的。2017 年 8 月，一个星期一的上午，为了去总行井冈山党校授课，在没有飞机和铁路交通可选的情况下，袁行长坚持乘汽车前往。上午 9 点半出发，一直到晚上 9 点半才到达。周二上午完成授课任务后，他不顾旅途疲劳，下午又乘车返回，于当晚到达江苏宿迁市，准备参加第二天上午的全省系统纪检监察年中推进会。晚饭后还召集材料组研究会议材料，凌晨 5 点又起来修改讲话稿。上午会议结束后，下午返回南京，准备参加省行的一个座谈会。他不知疲倦，在 60 个小时内，坐车 27 个小时，行程 2000 多公里，完成了授课和参会讲话的任务。细心的人会发现，在农发行与南京大学联合办学的周末课堂上，三年时间里，只要不出差，袁文华都坐在课堂的最后一排，认真听课做笔记。行里的年轻人说："功成名就的袁处长这么努力，我们还有什么理由不努力？"他在江苏省分行组织的"新布局、新战略、新青年"主题座谈会上鼓励年轻人要有理想，有信念，把学习作为首要任务，自觉投身到农发行改革发展当中去，争取做"四有青年"。新入行的年轻人说："总以为领导的讲话都是说教训诫，袁行长的讲话却充满激情，处处说到我们的心里，对未来，我信心满满！"

采访结束后，我的内心一直不能平静。如果说去之前，我对"道德模范"这个词的认识还有些模糊，那么现在，我心悦诚服。每当有人问起我此行的收获，我便会自豪地充当袁文华模范事迹的义务宣传员；当感动与敬佩的激情推动着我的笔在纸上疾走的时候，我在思考是什么力量在撑着袁文华从一名高中生为起点，在行长的创新路上勇往直前，直奔事业的最高峰。

我想，是因为热爱，他才会 37 年如一日坚持学习，通过在职教育，先后获得中专、大专、本科、研究生学历；是因为责任，他才会不知疲倦地坚持岗位创新，摘取一顶顶工作创新的桂冠；是因为信念，他才会心系农业政策性金融事业的发展，用智慧谱写出农村金融最美的华章！

人无德不立，国无德不兴；模范引领，万千人同行。全国金融道德模范袁文华是一盏明亮的灯，他的光里有一份挚爱，温暖许多渴望光明的心灵；

他的光照亮了前行的路，引领着更多的人奔向灿烂之巅……

看，这盏明亮的灯，已亮成了一片海！

（先后发表于《中国金融工运》《中国金融文学》等杂志）

‖ **作者简介**

朱晔，中国作家协会会员，中国金融作家协会理事、副秘书长。现供职于中国工商银行总行。作品散见于《文艺报》《中外文摘》《厦门文学》等纯文学刊物，累计出版发表作品200多万字。著有历史散文集3部、游记1部、长篇小说2部。

‖ 愿寄热血写金融 ‖

——记全国金融道德模范 李鹏

朱晔

题记：因为体内不乏热血，所以胸怀爱岗敬业的热情；因为热血始终奔流，所以传递大爱无疆的温度。

1

在中国工商银行新疆维吾尔自治区长春路支行，毗邻营业窗口，有一个十几平方米的办公室，办公室门口挂着"李鹏工作室"的铜牌匾。这就是十九大党代表、全国五一劳动奖章获得者、全国金融道德模范李鹏的工作岗位。

李鹏的工作室温馨且有品位，书柜里面摆放着银行从业、金融博览、投资理财等专业类书籍，以及名人传记、小说、文史类书籍和生活类期刊，书柜最底层摆放了一摞摞证书和一座座奖杯。身后的墙上喷涂着行徽、行标及她的服务宗旨。这样的背景时刻激励着她始终以银行的名义为客户做好服务工作。办公桌上一台电脑、一部电话，一块"销售专区"的牌子和一块"风险提示"的牌子。而在主人座椅边上，放了一个便携式整理柜，打开柜子，里面简直是个"百宝箱"，日常用品应有尽有。

她留着干练的齐耳短发，保持着招牌式微笑，礼貌地注视着客户，虽年近半百，可她的嗓音依然甜润，行为举止稳重而优雅。她耐心地倾听着客户的诉求，并不时地与客户进行着交流。

时间一分一秒地走向中午。

在工作室里，李鹏耐心细致地解答着客户的业务咨询。放在桌子下面置于静音状态的手机，不时地有信息提示。面对客户，她通常不看手机。今天，依然如此。可心里，她时时惦记着手机收到的每条信息。

就在清早，她收到乌鲁木齐中心血站打来的一个电话，说有一名危重病人急需输血。因为血源告急，血站一时半会找不到合适的供血者。工作人员抱着试试看的心理找到了她，因为她是乌鲁木齐无偿献血的英雄，更是无偿献血志愿者服务队的一面旗帜。

李鹏立即在乌鲁木齐无偿献血志愿者群里发出通知，很快就有三个志愿者报名献血。在确定了名单、献血时间和地点之后，她建了一个小微信群，让大家有消息就在群里发布。

送完最后一个客户，李鹏匆忙走进更衣室换上便装，跑到银行门口打了一辆出租车。刚一坐定，她就开始打电话。

"小于，您好！我是李鹏，我已经打上车了，估计半个小时后到血站，我们三个志愿者能来献血，到血站后联系谁？"

"陈哥好！我是李鹏，我大概还有二十分钟就到血站了，您到哪儿了，大概还要多长时间？"

"王师傅您好，不好意思啊，我预计还有十分钟才能到，您先到血站门口，那边有位于护士，她负责接待您。"

"小王，我到了血站门口了，你到了吗？"李鹏边等着电话里面的回复，边打开钱包准备付车钱。

车门竟然打开了，出租司机恭恭敬敬地站在车边为她打开了车门。

"李鹏老师，今天太幸运了，能见到您！您的事迹我在满大街的公交车身广告上都看到了，20000cc热血，拯救多少生命呢。您真的了不起，我要向您学习。今天算我义务接您，希望把您的爱心传递下去。"

李鹏还没有反应过来，出租车师傅向她微笑着挥挥手，转身开车走了。

2

下午上班之前，李鹏赶回到工位。她是非常自律的人，不会因献血或者做公益影响到自己的工作。

她快速地查阅自己的"台账"，回忆着丁先生的咨询记录。这本号称"百事通"的记录本，详细地记录了产品信息、客户产品到账提醒时间及待办事项。

上周三上午11点，丁先生经人推荐来到工作室。丁先生说想买一款预期年化收益率在8%的产品。在综合评测丁先生的风险承受能力及流动性需求后，因为该款产品风险等级高并且流动性差，不适合丁先生对风险的承受能力和资金的周转需求。李鹏向丁先生说明了情况，建议他考虑下稳健型的产品，虽说预期收益率稍低，但风险等级低，流动性也好。

丁先生有些不高兴："有钱还买不上产品？别的银行都有8%的产品呢，你们大行是不是牛啊？爱存不存！"

李鹏笑着说："真不是这样，我们工行不是店大欺客，而是倡导稳健经营的理念。我们秉承以客户为中心的宗旨，将合适的产品推荐给合适的客户。我真的认为您的情况不适合买这款产品。您也知道，我们每个人都有营销任务，若只为自己着想，我还巴不得您赶紧买呢。"

丁先生不置可否地离开了。将丁先生送出支行的那一刹那，李鹏感觉有一丝遗憾和失落写在丁先生的脸上。没有让丁先生满意，她心里也有些失落。原本以为没有机缘见到丁先生了，没想到，山不转路转，中午血站组织献血的对象就是丁先生的妻子。

看到李鹏，丁先生的面部表情原本有些复杂，通过李鹏关于献血常识的介绍，丁先生内心的紧张也得到缓解。他没想到，李鹏不仅银行业务水平高，在献血方面同样专业。

他们聊了很多，从献血聊到银行，从理财聊到银行业务，从工作谈到了人生。丁先生对李鹏从不熟悉到熟悉，从不信任到信任。

3

20 世纪 90 年代初，一个稚气未脱的小姑娘走进了银行柜台，当年的她做梦都想不到，这一做就是十五年。

有一天，她依然故我地溜到了街上。不经意间，看见街上停了一辆无偿献血车。有几个护士在车前向路人散发着传单，她也随手接了一张。

虽然献血车上一个人也没有，可她对"无偿献血"这个词感到了好奇，就独自走上了献血车。根据护士的指导，她果敢地挽起袖子，一股殷红的鲜血顺着针头喷涌而出。

她就是李鹏。

血不断地流进血袋里。护士给她普及了很多义务献血的知识，献血对社会的贡献，她还听到了医院紧急用血时，因血库无法及时供应导致患者死亡的事故。血液是生命的载体，她输出的是血，因她的内心也收获到一些东西。

工作七年之后，她遇到了人生的第一道坎。

她的爱人下岗了。随后的五年，爱人一直处于不断寻找工作的状态。家庭的重担瞬间压在她一个人的身上，她感受到了责任和使命。她戏称"工作就像是铁券丹书，免死金牌"，因为，工作给予她生活的保证，让她和外面风雨飘摇、朝不保夕的生活隔离开来，她的家有了稳定安康的生活。

她的人生开始觉醒。自觉的种子一旦萌发，便以燎原之势生长。工作上，只要职之所在，她必尽职尽责；生活中，只要力所能及，她必义无反顾。

她成为了单位里勇挑重担的好员工，乌鲁木齐无偿献血志愿者队伍中的好成员！

4

回顾自己的成长经历，李鹏对组织始终怀着一颗感恩的心。在她职业发展的关键时期，组织一直在关爱着她。

她清楚地记得在做了十五年对公出纳后，行里安排她轮岗综合柜员。面临着新的变化，她因为害怕而拒绝，以至于跟主管行长发生了不快。听到她一会儿说照顾不了孩子学习，一会儿说记不住交易代码，一会儿说会出很多错影响大家的绩效，主管行长笑了。她知道李鹏的脾气，请将不如激将。

"你连柜员都不会干，你准备再干十五年出纳吗？你准备让大家都知道，你李鹏在银行只会打算盘、点钱吗？"

主管行长说完，李鹏不吭声了。她的小心思逃不过主管行长的火眼金睛。对于如此了解自己的领导，她没有理由再退缩。

不知道的就学，记不住的吃饭睡觉都背诵。她自信，别人做到的她就能做到。工作日，她利用午休时间整理传票、核封包；面对客户，她始终保持谦和的态度，以微笑面对自己接待的每一个人；休息日，她能把业务书当成小说看。因为过度投入，晚上梦见用错交易码，梦见收到假币，还梦见被投诉……

功夫不负有心人。工作只要用心了，所有的付出都会成为收获的资本。当年年底，李鹏的业务量在支行排名第一。接下来，她的业绩始终排在分行的前列，客户满意度最高。当第一次站在领奖台上，李鹏彻底地觉悟了，她意识到了个人成功离不开组织的培养和呵护，只有将组织目标当成努力的方向，才会实现个人与组织的共成长。

5

轮岗到综合柜员的成功，让支行发现了李鹏的工作潜能，让李鹏发现了自己的潜力。当她再次转到理财经理岗位的时候，内心多了几分淡定和从容，因为，机会总是给有准备的人。

她对自己做了深度剖析，她知道以前说的"不能"，仅仅是因为自己的"不为"。世上无难事，只怕有心人。只要努力了，就没有做不成的事，只要付出了，就没有攀不过的火焰山。借助转岗养成的良好学习习惯，她努力地实现并超越自己。

生于忧患，死于安乐。她不愿意在安逸的生活中不思进取，她要在奋斗中勇往直前。为了胜任理财经理岗位，她通过了 AFP 考试，并先后获得经济师、保险代理资格证、基金从业资格证、银行从业资格证、大学本科等各种证书。

证书只是一种资格，给做理财工作搬来了敲门砖。是否能够胜任理财工作，理论与实践之间还存在着天大的差距。理财不仅要笑迎八方客，且要智取四方财。可她连基本的客户关系维护都不会，偏偏理财客户是银行客户群中相对专业、知识更丰富、思维更缜密的特殊群体。

由于资金市场风云变幻，很多熟悉的客户都在资金市场折戟沉沙，那些没有涉足理财市场的客户，看见别人遭遇的失败，对理财噤若寒蝉。如何赢得客户的信任并争取到客户资源，这是书本上学不来的技能。

当一通通电话，接到的都是被拒绝；当一个个客户，反馈的是怀疑和不信任，留给李鹏的只有痛不欲生。当月末综合排名不断往下掉的时候，陪伴她的是无尽的眼泪。那是一段无比灰暗的日子，那是一串串伤心的记忆。在没有人的空荡荡办公室，陪伴李鹏的没有业绩，只有哭声。她脑子里多次闪过求行长将自己调回柜员岗位的念头，因为这样没有尽头的苦日子让她失去了进取的信心。

就在李鹏焦虑万分的同时，支行领导也时刻在关注着李鹏的转型。因为李鹏是支行遵照总行改革战略而进行试点的个人，是第一个吃螃蟹的，综合柜员向理财经理转型是发展趋势，支行必须积极做出尝试。李鹏的成败不仅关乎她个人的职业发展，更关乎银行经营管理转型的结果。

支行行长适时地找李鹏谈心，帮助她克服心理上的障碍和思想上的困惑；让业绩领先的同事对李鹏进行针对性的帮扶，寻找业绩突破的方法；同事们跟李鹏一起想主意，以发现客户源和挖掘新的优质客户。一个篱笆三个桩，一个好汉三个帮。李鹏以自己的坚持和坚守，以自己的专业加智慧，终于向领导和同事们证明，总行的经营战略转型是正确的，综合柜员向理财经理的身份转变是可行的。

当李鹏工作室的牌匾立起来的时候，李鹏已不仅是一个理财专家，还是一个符号，一个水平专业、服务亲和的符号了。

6

其实，早在几年前，李鹏就已经是乌鲁木齐的符号了。

还记得刀郎的《2002年的第一场雪》吗？"2002年的第一场雪，比以往时候来得更晚一些，停靠在八楼的二路汽车，带走了最后一片飘落的黄叶。"

乌鲁木齐的二路汽车带走落叶的同时，也带来了英雄的符号。2015年3月，乌鲁木齐市首次启动公交车车体及车站进行无偿献血公益广告，李鹏以"献血英雄"的形象出现在市区的各条公交线上和各大站台上。

同年5月，乌鲁木齐献血办公室特邀李鹏为"无偿献血先进事迹宣讲员"，深入到公交公司、防疫站、社区、学校、广播电台等部门去宣讲，受到了所到之处人们的高度赞誉。

从1999年第一次无偿献血开始，李鹏就利用业余时间做着与献血有关的公益事业。她除了坚持进行正常的义务献血，还利用节假日去献血屋做义工，向人们讲解献血常识，为无偿献血者提供服务。她不仅自己带头献血，还带动身边的同事朋友同学加入了无偿献血志愿者的队伍。在李鹏的带动下，她爱人先后献血10000cc以上，在2015年他也获得了乌鲁木齐无偿献血亚心金奖。女儿考上大学后，李鹏又带着她去了献血屋，献出了300cc鲜血。

因为无偿献血，李鹏认识了很多志同道合的人。他们相互影响、相互激励，共同用爱心谱写着一曲曲大爱之歌。

每次宣讲无偿献血故事的时候，李鹏都会提到一个人。他叫王俊州，是个自由从业者，其貌不扬。因为他每个月都去献血，休息时间基本上都花在公益事业上，由此引起了李鹏的注意。虽然，王俊州献血的年头和献血量超过很多人，可在团队中获得的荣誉比很多人都少。他不善言辞，有出头露面的机会，他也让给了其他人。他是李鹏最尊重的队友。

7

李鹏想把自己培养成能讲故事的人。因为工作和生活中接触到的人和事，她希望能通过自己的笔去颂扬。

开始写作的时候，她仅仅是想写出自己的所思、所想、所惑、所感。即使不写作，她也会这么过上十年。关于写作，她有一个很好的比喻：就像天下所有的父母，即使没有孩子，头发也会花白。而写作更像是时间的刻度，能准确地刻录下一切过往。尤其是生活和工作中那些动人的瞬间，身边感人的事、令人崇敬的人。自己学到的金融知识、理财心得，以及献血和公益知识，这都是李鹏创作的素材。

李鹏有个男同事叫塞新，别看他貌不惊人、才不出众，可一辈子凭借着热心、真诚和无私，赢得了领导、同事及所在片区储户的信任，做出了不平凡的业绩。李鹏把塞新的故事献给了中国工商银行首届诗歌散文大赛，最后获得了大赛的最高奖"优胜奖"。

李鹏的师傅是维吾尔族人，大家都叫他"老阿"。自从高中毕业进入工行工作，老阿在基层岗位一干就是三十多年。虽然业务娴熟，工作能力很强，苦于文化基础太差，一直不能通过职级晋升的资格考试，虽然已届退休年龄，他仍然乐此不疲地在大堂经理的岗位上辛勤地工作着。通过李鹏鲜活的描述，《老阿》一文获得中国金融工会"五月微表彰"征文优秀奖。

一个金融人的光芒与生命，往往就在他的知识储备上。李鹏不仅拥有销售岗位必备的全部资格证书，还利用网络微信平台，与理财界的各类精英人物沟通学习，经常撰写一些理财感悟和普及文章。2015年2月，她利用春节休假写出的基金投资文章《2015年，将基金投资进行到底》，短短三天，阅读量近万人次，各家基金公司的渠道经理纷纷转载，将此文作为销售范本广为流传。随后，李鹏参加了主要针对西南地区金融界的巴蜀养基场线上金牌讲师的活动，与同行分享资管新规下金融人的进阶之路。又在线上与成都分行四百多名理财经理分享了自己在揽储与基金营销及客户维护方面的心得。

在公益宣传方面，她用自己的笔，讲述着身边感人的事件、鲜活的英

献血银奖和金奖。她平均每年无偿献血 2~3 次，有自己主动去献血屋或献血车献的，有从媒体或者无偿献血群里知道有人缺血就去献的，也有亲戚朋友同事急需用血而去互助献的。她也没有固定在一个血站或者一个地区献，在乌鲁木齐中心血站、兵团血站、军区血站、昌吉血站、哈密血站，都留下了她的涓涓爱心。

10

李鹏在新疆出名了。每天到她理财工作室办理业务的客户络绎不绝。老客户认可李鹏的专业水平、过硬人品和服务态度，新客户仰慕李鹏的爱心和人缘。李鹏已经成为优质服务、专业理财的一个代名词。

"李鹏做的理财业务好！"

"李鹏工作特别有耐心，服务特别周到和热情！"

"这孩子对老年人服务态度特别好，比我的亲闺女都亲，过几天没见到还挺想她的。"

"我是被李鹏的事迹感召来的，心里装着大爱的人，一定值得深交。"

不同的人有不同赞美李鹏的方法，所有的赞美都指向人们一直在追求的真善美。这是一个非常好的开端，支行发现了品牌的价值，经组织研究，行里决定以点带面地创造优质服务品牌。

一枝独秀不是春，百花齐放春满园。

李鹏工作室变成了李鹏工作团队，由此形成一带十、十带百、百带千的优质服务团队。因为，所有人都坚信，李鹏的成功是可以复制的！

在繁忙的工作之余，行里安排李鹏抽时间给新员工、给营销团队、给基层网点、给经营管理人员等多个团队讲解李鹏工作法；总行也在以李鹏等劳模为试点，以李鹏创新工作室为阵地，在全行试行劳模精神对文化建设的推动作用；中国金融工会也在研究金融道德模范在团队建设、文化创造等精神文明建设方面的引领作用。

作为边疆地区金融战线唯一一名党的十九大代表，李鹏还带着民族团结的使命，奔赴南北疆的工矿企业、村镇宣传党的十九大精神。李鹏所到之处，受到民族兄弟热烈的欢迎！

她的课大家喜欢听、愿意听、盼着听。因为，她无愧于8900万党员中"最典型的代表"称号，她二十余年献出的献血已经滋润了新疆大地，成百上千人的血管里流淌着李鹏的爱心。

党中央一直倡导边疆地区的人民要"像石榴籽一样紧紧地抱在一起"，李鹏以自己的实际行动向世人证明，她不仅与民族兄弟心连心，更为重要的是，她以热血与民族兄弟之间建立起了"血浓于水"的亲情！

11

一滴水怎样才能保证不干涸？答案是，把它放到大海中。在总结李鹏成长轨迹时，新疆分行工会办矫国华主任这样总结。

李鹏的成功取决于两个方面的因素：个人积极进取和组织关心培养。先是她凭着个人的努力一鸣惊人，随后是组织对她个人的个性化培养。在个人与组织的共同作用下，她从一棵幼苗长成了参天大树。当初，她的事迹被报道后，分行立即把她当成好苗子，从分行到支行的领导和同事对她一路帮扶，密切关注，确保她能全面发展，早日成才。事实证明，李鹏没有辜负领导和同事的期望。

在"李鹏工作室"挂牌之前，行里给她请了礼仪老师，专门训练她的讲演能力及仪态仪表；在她当选十九大党代表之后，为了让她更好地发挥参政议政能力，分行请了党史专家吴典平同志给她一对一地进行党史和党的理论知识辅导，为她宣传十九大精神和中央政策理论奠定了坚实的基础。

李鹏这个道德模范非常有典型示范作用！在民族自治地区，她献出的鲜血将各兄弟民族紧紧地联系在一起，结成了血浓于水、心血相连的情谊，对于维护民族团结非常有积极意义！我为金融系统培养出这样的道德模范感到骄傲！新疆金融工会办公室的维吾尔族女正处级调研员茹仙古丽如是说。

茹仙古丽同志的观点，得到了新疆银监局党委宣传部负责人杨金荣处长的认同。杨处长说，李鹏不仅是中国工商银行的一面旗帜，更是新疆金融系统的一面旗帜，她的事迹告诉全社会，我们金融人在为国理财、为民创富的同时，也肩负着神圣的社会责任。我们以温暖的鲜血滋润着社会，时刻在传递和弘扬人间大爱。金融人也拥有饱满的正能量，也时刻准备着为社会做出方方面面的贡献。通过学习李鹏的成长轨迹，我非常赞赏中国工商银行的人才培养模式，将合适的人以适合她的成长路径培养，才能造就对社会有价值的又红又专的人才。

作为李鹏成长的见证人，新疆分行党委委员、纪委书记、工会主任张脉群最有发言权。

最先发现李鹏的时候，张脉群书记担任营业部总经理。有次去网点调研，他看见网点有个年轻女柜员非常耐心地解答一个老年客户的问题。

听网点负责人说，那位老大爷带了三张卡来取钱，其中有一张卡的密码忘记了，大爷不知所措。在李鹏的耐心启发下，老人用了足足一个小时终于想起了密码。帮他取出钱后，李鹏还当着他的面，一张一张帮他确认点验，并搀扶着他送出大门。

张书记又远远地观察了她一会儿，发现李鹏不仅服务态度和蔼，且业务水平精湛。他详细地咨询了网点负责人关于李鹏更详细的信息，从那天开始，李鹏的名字就深深镌刻在张书记的脑海里。

投我以木桃，报之以琼瑶。有这样的好苗子在自己的手下，营业部必须给她充足的阳光和雨露。工作上，他要求支行给李鹏压担子，让她扩大知识面；学习上，以新任务激励李鹏去钻研新知识，获得更多的专业资格；成长上，及时地对李鹏取得的成绩予以认可。此外，认真分析李鹏的不足，予以针对性的培养和引导。

回顾李鹏的成长经历，张书记概括为三个阶段。一是自发阶段。工作中她有强烈的责任心和积极进取的精神；公益上，她积极献血造福社会，赢得了社会尊重。二是自觉阶段。自发到自觉需要思想的帮扶和教导，让优秀的品质固化，确保正能量持续得到弘扬。如分行开设的"李鹏工作室"，就是确保这个服务窗口能成为业务办理的标杆，供全体一线人员学习和借鉴。三是觉悟阶段。通过李鹏这个窗口形成一个辐射效应，让"李鹏工作室"带动一个团队、一个支行共同发展，形成以点带面、覆盖全行的共同奋斗局面。

12

　　李鹏一家三口住在一个老旧的二室一厅的房子里，房子不大，但显得很温馨。

　　房子里家具和电器不多，但却有着一般家庭所没有的珍稀宝贝，那就是 100 多本无偿献血证和几十本各级组织颁发的获奖证书和荣誉证书。这些证书如果堆在一起，就像一座小山，一座由业绩、专业、公益与美德组成的山峰。这座山峰值得所有人景仰。李鹏一家人更是为家里珍藏的宝贝，这座沉甸甸的小山感到自豪。

　　金融与血，似乎是完全不相干的概念。假如将资金比喻成带动经济活动的鲜血，金融机构就是接收和供应鲜血的中转机构。李鹏是亲历者，也是见证者。李鹏用自己的满腔热血，书写了新时代金融人的奉献故事。

　　血液是有温度的，因为有李鹏，金融事业也变得非常暖心。

　　　　（先后发表于《中国金融工运》《中国金融文学》等杂志）

‖ 作者简介

　　黄国标，中国金融作家协会会员，现供职于中国农业银行盐城分行。长期从事经济金融理论研究、公文写作、文学理论研究和小说、报告文学、散文等创作，有近300万字作品发表于《人民日报》《半月谈》《经济参考报》《经济管理》《中国金融文学》等报刊，多有获奖。

‖ 人生没有彩排 ‖

——记全国金融道德模范 韦世明

黄国标

　　人永远都无法知道自己该要什么，因为人只能活一次，既不能拿它跟前世相比，也不能在来生加以修正。没有任何方法可以检验哪种抉择是好的，因为不存在任何比较，一切都是马上经历，仅此一次，不能准备。

——米兰·昆德拉《不能承受的生命之轻》

楔　子

　　"世事洞明皆学问，人情练达即文章。"这是农行广西宾阳支行大堂经理韦世明名字的由来，他也正如其名。然而，不同人眼中，他又是不同的。在歹徒的眼里，他是"很傻"的一个人，为了客户，连自己的性命都可以不要。

在妻子的眼里，他是"很耿"的一个人，心里想的，全都写在脸上，说在嘴上。在老师的眼里，他是"很犟"的一个人，认准的理，九头牛也拉不回。在同事的眼里，他是"很拼"的一个人，工作起来，像打了鸡血一样。在领导眼里，他是"很正"的一个人，正直、正派，满满的正能量。他自己说，爸妈赐我"世明"，是要我明事理、知轻重，而不是通世故、耍滑头。对的事，我就是固固的（很坚持的意思）；不对的，再咋地你都别想过了我。

与歹徒谈"交易"——"你放开客户，我做你的人质"

广西宾阳县黎塘镇，一派宁静、祥和的景象。

宽不足百米的建设东路上，坐落着十几家金融机构。绿树掩映下的中国农业银行宾阳黎塘支行，一座普普通通的五层小楼，却在2017年4月7日，发生了一场惊心动魄、感人至深的"生死交易"，使这家银行和它的主人们一起，走出广西，走向全国，走进了千千万万人的心里。

时针指向13时12分，营业大厅里七八位顾客，或是在窗口，或是在自助机那办理着各自的业务。这时，"快拿钱来！"就像一声炸雷在营业室里炸响。人们惊慌地回头一看，在3号窗口，一个青年男子一身黑衣，左手牢牢地按住一位女客户的头，右手持着一把约20公分长的带柄匕首，紧紧地抵住她的脖子，逼她交出钱来。

柜台内，柜员吴明智为了稳住歹徒，赶紧劝说他不要冲动，有事好商量。主管黄雪艳上前观察了一下情况，悄悄地退到一边，拨打了110报警电话。

柜台外，大堂经理韦世明急步将巡视在贵宾室的保安罗赤芳叫了出来，两个人分头行动，一边取来盾牌和防爆叉，密切注视着歹徒的一举一动，一边劝说其他顾客赶紧离开，并迅速关好卷帘门。

这时，女顾客将刚刚取出的7800块钱，连同存折一起，推到歹徒的面前，颤抖着嘴唇，结结巴巴地说："就……就这么多，是老，老人的养养老金，你全，全全拿去吧……"歹徒用左手稍微翻了翻，恶狠狠地说："我不要你的钱，我要银行的钱！"

见此情景，韦世明趁机说："你是不是遇到什么难处了，不要紧，我卡上有钱，你放了客户，跟我去柜员机那边，我取钱给你。"歹徒先是脸色稍稍缓和了一点，但旋即又紧绷起来："不行！"

"滴答、滴答"，时间就这样一分一秒地过去了，虽然只有几分钟，但在韦世明看来，却比一个世纪还要漫长。眼看着歹徒变得越来越烦躁，在场的每一个人心都提到了嗓子眼。时间拖得越长，后果越是不堪设想。不行，不能再这样耗下去，不能再这样僵持不下！

保安罗赤芳向韦世明示意，是不是动手强攻？韦世明摆摆手，缓和了一下情绪，故装轻松地对歹徒说："客户的钱你又不要，你只要银行的钱。你看这样好不好？我是银行的工作人员，你不如放了客户，挟持我。我做你的人质，要银行的钱肯定更容易一点。"

听了这话，歹徒犹豫了一下，就真的放开了客户。一时间，客户愣住了，韦世明愣住了，在场的所有人都愣住了。但仅仅是几秒钟，反应过来后，韦世明给那位女客户递了一个眼色，并低声对客户说："快走！"

"你坐下！"歹徒吼道，说时迟，那时快，歹徒的匕首就架上了韦世明的脖子，逼着他在人质的位子上坐了下来。

匕首紧紧地顶着喉管，冰凉冰凉的，他的心此时也"拔凉拔凉的"。那匕首发出绿幽幽的光，银色的刀柄此刻也是那样的刺眼，韦世明下意识地闭上了眼睛。他想起了妻子梁州彦，他们结婚才十几天，可现在就让人将刀子架到了自己脖子上。

"拿钱来！"歹徒又一次狂躁地叫嚣起来。

"你看，里面有好多钱，你到里面来。"贵宾窗口柜员卢卫河赶忙说。吴明智则机智地抓起一把钱，佯装递给歹徒。就在歹徒探身接钱，略有松懈当口，说时迟，那时快，韦世明迅捷转身，双手死死抓住歹徒持刀的右手。保安罗赤芳则拿警棍迅速勒住歹徒的脖子，和韦世明一道，与歹徒展开殊死搏斗。歹徒又高又壮，拼死抵抗。

吴明智、卢卫河也从营业室里冲出来扑了上去。外出联系客户，刚刚赶到现场的宾阳支行副行长李志军、黎塘支行行长阮良进也压了上来。歹徒被他们六个人摁得死死的，动弹不得。当随后赶到的警察将歹徒押出大门时，人们看了一下表：13 时 22 分。仅仅十分钟，勇敢的农行人成功地保卫了客户的生命，捍卫了国家的财产。韦世明临危不惧，以身涉险，谱写了一曲智勇双全、见义勇为的正义之歌。

对妻子说大话——"就当是预案演练，什么事也没有"

梁州彦是在宾阳吧及员工群看到这一消息的，她第一时间打了个电话给丈夫："你在哪里，有什么事没有？"正在派出所做笔录的韦世明故作轻松地说："就当是预案演练，什么事也没有，不用担心！"

在银行里，负责基层网点现场环境远程监测的，一般都是零售金融部，宾阳支行的这项工作正好就是梁州彦负责。当天下午 4 时左右，上级行、公安机关陆续前来调阅监控录像。当小梁看到世明被歹徒用匕首抵着脖子的那一刻，整个人一下子就瘫了……

"春分者，阴阳相半也，故昼夜均而寒暑平。"2017 年 3 月 21 日，农历春分，世明和州彦选择这一天领证，就是寓意夫妻平等，相敬如宾，阴阳相合，厮守一生。

然而，仅仅 18 天，还没来得及去蜜月旅行，生命中最重要的人就面临这么危险的境地，与死神擦肩而过，她的眼眶立刻红了。此时此刻的她，恨不得立即抓住韦世明，狠狠地咬上一口，再重重地捶上几把。

州彦最大的爱好就是看书，尤其喜欢杨绛先生的《洗澡》《我们仨》《风絮》，喜欢她和钱钟书的"琴瑟和弦，鸾凤和鸣"，喜欢钱钟书送给她的那句话："最贤的妻，最才的女。"

回想起当初的情景，她和世明一开始只是普通朋友，并且两个人还时不时地"触角""抬杠"，谁也瞧不上谁。真正触动州彦心房的，是一次偶然聊到了世明的父母，小韦满是牵挂与不舍，说他们家境非常不好，现在工作了，要好好地报答他们。州彦觉得：一个如此孝顺、善良的男孩子，其本质是不会差到哪里去的。

当他俩正式处"对象"时，却招来了很多人的反对。其理由也大同小异：这小伙子太实成，跟着他会有"亏"吃。而爸爸妈妈却十分支持她：要相信自己的眼光，自己的事自己决定，并要对做出的决定负责。

好不容易将几拨人接待完毕，小梁再也坚持不下去了，回到家里，扑到床上，放声大哭起来。任凭世明怎么劝，眼泪就是止不住地往下流，几乎是哭了整整一夜。

一直到第二天清晨，见她稍稍平静了一些，世明继续劝说道："你也是农行员工，换了是你，想想你该怎么做？"

是啊，换成自己，该怎么做呢？客户到我们银行，如果连生命安全都没有保障，还谈什么以客户为中心，客户是上帝呢？

"你看，我不是有胳膊有腿的，活生生地陪在你身边嘛。"一句话，说得州彦破涕为笑："真是前世的冤家！"

用宾阳支行副行长陈峰的话说，"他们不是一路人，不进一家门"。经常为工作的事"顶牛"，也算是不打不相识。世明为工作挺拼的，而小梁也是一个"拼命三郎"。2018 年 6 月，在拓展线上缴费商户业务最紧张的时候，梁州彦和部门同事跑网点，整材料，录系统，忙授权，午饭常常要到下午 4 点多才吃，有时弄点面包和牛奶瞎对付一下。

那时，韦世明是黎塘支行的大堂经理，不久他就调到支行营业室工作，并被提拔为副主任（主持工作）。从那之后，更是忙得不见个人影。小梁心疼他，利用班前班后及周末时间，通过贵宾客户系统，将营业室金融资产前一百位客户，全部排出来，并分门别类地教给他服务、跟踪和维护的办法。

谁知，世明却得寸进尺。一个周末，夫妻俩难得同时在家休息，州彦本想看场电影，也去浪漫一把，而他却想拉着小梁去跑客户。一家叫新美物业的客户，他们以前也多次去过，连滴水也泼不进，每次都无功而返。这天听到小韦再次提起这事，小梁的气就不打一处来："要去你去，我可没那闲工夫！"

"精诚所至，金石为开，万一这次就成了呢？"

"好好好，祝你成功！"

"不去就不去，你这是什么态度？！"世明的牛脾气又上来了……就这样，两个你一言我一语，一个不让一个地吵了起来，这是他们婚后的第一次吵架。

待冷静下来之后，州彦站起来，拎起包："走呃！"

"干吗？"世明不解地问。

"我梁州彦前世就是你韦主任的跟班！"

小韦激动地搂着老婆亲了一口。

让小梁没有想到的是，这次还真被世明说中了，客户不仅办理了扫码支付业务，而且还开通了 POS 机，签订了代发工资协议。由于被他抓住了"把柄"，当小韦再次提出一起去拜访供电公司、光华中学等客户时，州彦只有"缴械投降"的分了。实践是检验真理的唯一标准，谁让人家说的都对呢！

待同事如亲人——"阿哥不要客气，让我背你上楼"

十年修得同船渡，百年修得共枕眠。茫茫人海，芸芸众生，如果能够同在一个行、一个网点工作，再怎么着，也要有个五十年的修行吧？韦世明常说，朋友可以选择，但同事不可以选择，大家一定要十分珍惜在一起共事的缘分。他是这么说的，也是这么做的。

2018 年 6 月 5 日清晨，世明像往常一样，早早地来到单位，先是和大家一起，将营业室里里外外打扫了一遍，然后开始上上下下地巡查。当巡视到地下车库时，发现大堂经理韦以平抱着右脚，满脸痛苦地瘫坐在地上。"韦哥，怎么啦？"

"脚，脚……"

"我看看！"世明扒开他手一看，以平的右脚和双手被鲜血染得通红。

"快去医院！"小韦二话没说，背起以平，直奔县中医院。

原来，早上到单位停车时，韦以平的右脚踝不小心被电动车脚支架划了一个四公分长、两公分深的大口子。排队、挂号、检查、缴费、清创、缝合，楼上楼下，来来回回，世明忙得满头大汗。以平实在过意不去，说："主任你先去忙吧，我让人过来。"

"你小孩们都有事，就不要劳烦他们了，先休息会儿，我再送你回去。"

"不不不，千万不要！"

以平心里说，自己家住在六楼，可不能再让主任背上六楼哇。可世明硬是按着他的手，不让打电话，背上他，坐进车里，来到以平所住的小区，再一次小心翼翼地背着他，一层一层地向楼上爬去。

韦以平是个入党快 26 年的老党员，我去宾阳采访时，他正在休假。那天，他专门找到我说："我不是一个容易激动的人，但那次自己的眼泪抑制不住地往下流。当时，贴着世明汗湿湿的后背，我问他：主任，你为啥对我这么好呢？世明说：'阿哥，人活在世上，谁还没个难处，互相帮衬帮衬也就过去了，何况我们还是朝夕相处的同事呢！'"

支行工会主席黎明告诉我，按照行里的绩效分配办法，营业网点的主要负责人，可以拿到本单位公共绩效的 20%~30%，贡献大的，还可以拿得更高一些。可 2018 年一季度"开门红"绩效分配兑现时，韦世明说什么也不肯这么做，他只是象征性地比员工们多拿了几百块钱，而将他该得的那份分给了大家。

静水流深。想不到，看上去有点木讷、冷酷的韦世明，背后会有那么多故事。

提到韦世明，韦鑫的话匣子好像再也关不上了。在黎塘，他们一起当柜员，一起做大堂经理，一起参加青年突击队，一起谈工作，一起聊生活。有交谈甚欢的美好回忆，也有话不投机的难忘时刻。一次，谈起韦鑫老公经常喝酒的事，两个人就争得面红耳赤。韦鑫说，看到老公喝得醉醺醺的，头皮就会发麻，任他再怎么讨好也懒得理他。"这就是你的不对了！"

"我又怎么不对了？"

"你就帮你们男人说话！"

"这不是男人女人的问题。夫妻俩过日子，最关键的，就是相互理解和包容。即使要说他，也是在平常他没喝酒的时候，从关心他身体的角度，让他尽量少喝一点。"

韦鑫虽然当时很不以为然，但照着世明说的去做了几次以后，不仅老公喝酒越来越节制，而且夫妻关系也更加和谐。韦鑫佩服得五体投地，以前她劝过，闹过，可越是说丈夫越是喝。韦鑫说，世明就像她哥哥一样，给人以安全感和依靠。

"如果让你用一个词来形容世明，你会想到什么？"

韦鑫脱口而出:"积极!工作积极,生活积极,待人积极。他就是一个乐观向上、不断给你正能量的人。"

真是树直用处多,人直朋友多。

2018年3月,汉营教育咨询服务公司的李老师,为世明所在单位进行绩效提升培训。仅仅"同事"一个月,李老师就被小韦的真诚好学所折服,主动利用业余时间,与他一起外拓、发展并维护客户。

"我以为是世明的新同事,那么耐心地宣传与演示。"黎塘工业瓷厂销售部的徐先生说:"搞营销几十年,我还没有看到过这么默契、这么用心的'编外团队'!关键时刻见人品,如果一个人平时与同事斤斤计较的,肯定就不会带出这样的团队。"

"我是前锋,他是得分后卫。"支行行长助理江海滨经常与韦世明一起打篮球,他这样介绍世明,"他控场能力很强,运球、带球、投球一气呵成,球路跟做人一样,直来直往,干净利落,从不拖泥带水。"

给自己定规矩——"做人明事理,做事知轻重"

"您有没有动手打过世明?"我问小韦的爸爸韦继清。

"这事您应该问我。"世明抢着回答。"为什么?"我更加好奇。

"他嫌我动手比较多呗!"老韦说,"我和他妈一共生了五个子女,世明细弟(最小的意思),我们那儿对细弟都比较宠。但我不这样做,桑树条子要从小扳。"

"我爸可能不好意思说,还是我来说吧。"

老韦"嘿嘿"地憨笑。世明像得到了鼓励似的,继续说道:"就说2007年暑假那次吧!当时我高中毕业,考上了邕江大学,"老韦插话:"本来还可以报个更好一点的学校,但这家学费比较便宜。"

世明接着说,紧算慢算,一个学期至少要6000多块钱。经人介绍,我来到南宁七星路上的一处建筑工地,跟在钢筋工后面当小工,不停地用手搬、用肩抬,几个人一天搬抬了十几吨钢筋。中午,只啃了两个馒头,喝了一碗自来水。当时正是南宁最热的季节,那一捆捆钢筋被晒得滚烫滚烫的。

当时，我只有十几岁，晚上回到家里，整个人像散了架似的，双手满是血泡，肿胀得连筷子都拿不起来。第二天，我就想打退堂鼓，可还没等我把话说完，老爸就劈头盖脸地骂了起来："苦？哪个事情不苦，钢筋工不是人做的？！要读书，就必须做下去！"

"我的心也是肉长的，看到小孩那样，我比谁都难受。"老韦嘶哑着嗓子说，"但不能让他养成怕吃苦的坏习惯，自己挣来的血汗钱，才知道好好珍惜，才会认真读书。"喝了一口水，世明老爸又说："其实，他打了一个多月的工，总共才挣了2000多块，还差4000，是我好说歹说，跟他打工的那个四川老板借的。"

沿宾阳县城一路向西向南，二十多公里后，道路变得狭窄弯曲起来，车子也不停地摇晃、颠簸，两旁群山起伏，连绵不断。在背平山、三冒山、无名山的山坳里，有一个农户不足100户、总人口不到1000人的贫困村——思陇镇那周村。在一座低矮的平房前，世明说："这就是我的老家，最近雨水多，家里已经漏得不成样子，正好钥匙也没带在身上，我就不请您屋里坐啦。"

一亩多地，几十棵树，你父母亲靠啥将你们兄妹五个拉扯大的？面对我的疑问，世明望着远处的群山，老半天才说："山里人吃的苦，受的罪，可能好多人都不能理解。那时，爸爸、妈妈看到谁都想借钱，亲戚和村上的人像躲瘟疫一样躲着他们，我爸有好几次都不想活了。可爷爷对他说，想死还不容易？但你这样死了，就会变成地上的红土，个个都能将你踩在脚底下，人人都可以向你吐口水。而山上石头缝里钻出来的松树，你哪次看它，都不要头抬得高高的？"

死不了，只有想办法活。父母先是带着世明去广东打工。在小韦十岁那年，做工的那家工厂倒闭了，他只好跟着母亲又回到家乡，放牛，拉犁，耕田，插秧和打谷。读大学以后，发过宣传单，扮过吉祥物，当过促销员，做过小帮工，七拼八凑，再加上省吃俭用，勉强坚持到毕业。工作后不久，就去挨个归还当初的欠账。那位四川老板不肯要，说本来就没想过要他们父子还，可世明和他爸硬是将钱塞到他的手上。

世明一家过去经常受别人照顾，现在看到比他们更不好过的，心里就很不是滋味，总想着去帮一把。这几年来，兄妹五个和父母亲没少向社会捐款。老韦说，人活在世上，就要相互帮，有骨气。2010 年的一天，发现一个男人抢女学生的电动车，他奋不顾身地追上去，硬是从那人手上夺了回来。

那天，在《南国早报》看到替换人质的报道后，他立即拨通世明的电话："细弟，老爸没有看错你！真是'有其子必有其父'！"

在世明的印象中，只有在过年的时候，母亲才会赊上一块肥肉，先炖上一锅汤，用一只坛子小心地盛起来，留着亲戚来时煮青菜。然后，再将煮烂的肥肉放上一点酱油。这才是世明兄妹们的一个"肥年"。即使如此，那肥肉父母亲也从来没有沾过嘴唇，说他们"吃不惯"。

母亲不识字，经常挂在嘴上的一句话，就是"做人要胆正（胆大、正直的意思）"。

这句话，对世明的影响很大。在读初一的时候，世明无意中听班上的同学说，有一个高年级学生经常欺负他，跟他要钱、要香烟。第二天，世明就报告了老师。那个高年级学生被学校开除后，经常在校门口和上学的路上晃荡，并放出风来：韦世明长着一副欠揍的脸，化成灰也认识他。如果不向他认错，总有一天要"废了他"。

世明说，当时自己也非常害怕，不少同学甚至有老师都劝他，跟那个人认个错算了。但他偏不，自己没有错，为什么要打招呼。他宁可转学，也不肯低头。

周粤生是宾阳县光华中学副校长，对当初世明转学的情景仍然记忆犹新。周校长说，世明这小孩话不多，但句句都能打动你的心。我问他，你为啥要转学？他回答说，想安心读书。我又说，我们是民办中学，学杂费很高的。世明沉默了下，顿了顿，鼓起勇气说，现在家里没有钱，不过以后我会还的。这么有骨气的学生到哪找去？周校长当即拍板：同意转学，免收所有学杂费！"他有这个举动（指韦世明见义勇为），一点也不奇怪。"周校长加重了语气。

"我就是想让孩子们多读书。穷不要紧，要紧的是没有好好读书。读书不是为了去挣大钱，当大官，而是养正气，明事理。"这些话从老韦的嘴里说出来，着实让人吃了一惊。

向组织提要求——"在比分胶着的最后一秒，我投进了一个关键球"

轻狂，张扬，离经叛道，曾经是贴在80后身上的标签。有人恨铁不成钢，说80后是"垮掉"的一代。有人痛心疾首，说80后是自私的一代。有人站在道德的制高点上，说80后是最没责任心的一代。80后，就这样一边被人注目着，一边被人鄙视着；一边被人宠溺着，一边被人声讨着；一边被人羡慕着，一边被人排斥着。

一个80后银行青年的壮举，颠覆了人们的认知，重塑了80后的形象，吸引了全世界的眼球。中央电视台CCTV-1"晚间新闻""新闻联播"，CCTV-13"新闻直播间""共同关注""东方时空""24小时""朝闻天下"等栏目分别从不同角度反复报道；新华社、人民日报以及新浪、网易、搜狐、腾讯等二百多家主流媒体，以"农行员工大气凛然保护客户，替做人质制服持刀歹徒"为题持续跟进与宣传。

一石激起千层浪。

腾讯新闻网友留言：大堂经理是条汉子，如果我们遇见这种事，扪心自问，有几个人能有这样的勇气去替换人质！

网易网友表示：如果他是女人，我一定要娶她！

搜狐网友跟帖：80后，好样的！80后，长脸了！

中国农业银行总行党委书记、董事长周慕冰，监事长袁长青等领导分别作出批示，对挟持客户事件的成功处置予以肯定，对韦世明在本次事件中彰显出的英雄本色表示敬意。

"农行工作人员韦世明跟歹徒斗智斗勇，为了客户，主动做人质，没有造成人员伤亡和财产损失，我要为他点赞。"宾阳公安局黎塘派出所副所长丁勇如是说。

黎塘支行行长阮良进介绍：这个事件发生后，好多顾客慕名而来。有的只是想当面看看世明，有的则舍近求远地来办业务。一位女顾客，是某公司的财务人员，以往来办理大额现金存取时，都有一个身强力壮的保安随行，现在她都是只身前往。

"这件事情发生没有多长时间，本地另外一家银行也发生了一件差不多的案件，该银行工作人员密切配合，使歹徒没能得逞。"中国人民银行宾阳支行行长李杰深有感触："韦世明树立了一个很好的榜样，对金融系统员工的积极影响不容低估！"

中国银行保险业监督管理委员会广西宾阳办事处主任施居新说："一个银行大堂经理，将客户的生命看得比自己还重，是当之无愧的英雄，是整个银行业学习的楷模！"

"韦世明同志临危不惧，舍生取义，这既是银行业的光荣，更是整个宾阳县的骄傲！我们将不断加大宣传力度，在全社会掀起'向好人学习''向英模学习'的浓厚氛围。"提起韦世明，宾阳县文明办主任冼灿荣就备感自豪。

各种荣誉纷至沓来：中国农业银行见义勇为先进个人、五一劳动奖章，中国金融工会全国委员会全国金融道德模范、全国金融五一劳动奖章、全国金融青年五四奖章，广西壮族自治区、南宁市以及宾阳县等各级各类荣誉称号。

"可能大家之前都看到了相关新闻。"面对镜头，面对各级领导，韦世明有些腼腆："我们黎塘支行成功处置了一起歹徒持刀挟持客户事件，但很多报道和大家的关注点都侧重在我个人替换客户做人质的行为上。其实我只是出现在了我应该出现的位置，做出了我本职应该做的事情。"他强调说："能够成功处理此次暴力事件，离不开我们网点所有当班人员的通力合作，更离不开我们农行严谨的安全保卫制度和平时规范的网点防暴安全演练措施。"

"这就好比一场精彩的篮球比赛，比分胶着到最后一秒时，我投进了最后一个关键球，赢得了比赛的胜利。大家的鼓掌和欢呼，可能更多的是冲我而来。但是，如果没有前面团队的努力拼搏，就不会有最后的这个制胜点。"韦世明又拿篮球打起了比方。

让我们将镜头切换。

时间：2017年3月16日21时；地点：黎塘支行营业大厅；内容：一季度防暴预案演练；经过：一个歹徒闯到3号柜台前，用刀挟持一名客户威胁柜员交出现金。3号柜员设法稳住歹徒："领导正在审批，请你耐心等候。"运营主管迅速报警并向上级行报告。大堂经理立即将大厅清场并趁着歹徒接钱的那一瞬，与保安一起控制了歹徒。

怪不得，周旋、报案、清场、关门、替换、示意、搏斗、控制……一系列的动作是那么的协调连贯，一气呵成。

其实，当晚的演练，他们一连做了三遍。在宾阳支行，大家已经形成了这样一种共识：平时不想流汗，实战就会流血。演练做形式，走过场，其实质就是"自己玩自己"。

值得一提的是，那次演练，世明扮演的是抢钱的"歹徒"。为了真正"入戏"，他设想自己炒股亏得一塌糊涂，欠下一屁股债，实在走投无路了，只有拼死去抢银行。世明说，一个人一旦失去理智，动起了抢银行的心思，其实是十分危险和可怕的。

事情往往就是那么惊人的巧合。3号柜台！歹徒持刀挟持客户！配合默契，成功化解！唯一不同的，就是大堂经理与客户的"生死替换"，而正是这样，才更加彰显出韦世明的有勇有谋，有胆有略。尽照预案，不如没有预案。这是因为，保护客户和银行员工的生命安全才是最最重要的，这也是见义勇为这一壮举的时代特征和必要内涵。

单丝不成线，独木不成林。在事迹报告会、英模座谈会上，在各种不同的场合，韦世明都不断重申：这次事件能够成功处置，不是我一个人的功劳，而是我们黎塘支行几位同事通力配合的结果。当歹徒实施抢劫时，运营主管黄雪艳和柜员吴明智发现歹徒手持尖刀顶住客户脖子，便考虑到如果摁下紧急报警按钮，营业厅内的警报声可能会进一步激怒歹徒，伤害客户的风险反而加大，黄雪艳于是沉着冷静地选择了电话报警；柜员吴明智不停地与歹徒周旋，争取时间；柜员卢卫河佯装数钱，分散歹徒注意力，也为我能够从刀下脱身制造机会。保安罗赤芳第一时间冲上来协助我制服歹徒，这才成功处置了这次事件。事后，组织上授予我那么多荣誉，我又光荣地成为一名中共预备党员，给我的实在太多了，工作都是大家做的。

不仅如此，世明还又爆了同事一个"料"：吴明智一直在默默无闻地见义勇为，助人为乐。同一个小偷，曾经被老吴抓了三次"现行"。在一起交通事故中，救了几个人后自己悄悄地离开。经常在"轻松筹"上帮助素不相识的人……

宾阳支行党委副书记闭国同说："韦世明不仅是一名智勇双全的英雄，而且顾大局识大体，他想得最多的是客户、是同事、是单位！歹徒挟持客户，抢劫银行是一个偶然事件，但韦世明同志临危不惧，忠于职守，敢于牺牲，与客户进行生死替换，却是偶然中的必然。见荣誉就让，见困难就上，工作以来连年被评为先进，这也许就是一个很好的注脚。"

尾　声

"如果没有吓到你们，我想问你们一个问题。"在采访快要结束时，我忍不住还是向世明、州彦小两口提了出来："你们知道不知道匕首抵着脖子有多危险？"看他们一脸茫然的样子，我继续说："来宾阳之前，我特地求教了这方面的专家。人家说，脖子上有食管、气管，还有静脉、动脉，如果稍微用一点点力气，几分钟时间人就不行了。即便是在医院，也没有什么抢救的机会。"

听了这话，小韦和小梁愣怔了好一会。等他们缓过神来后，我轻轻地问："现在知道有多危险了，再遇到这种事还会这样做吗？"

"会！"几乎是异口同声。

"为什么？"我盯着州彦问。

"按世明的脾气，他一定还会这么做的。说不担心，那是假话。但我相信他，既能保护别人，还能顾及到自己的安全。"州彦的眼里，满是爱恋与信赖。

同样的问题，我也向世明爸爸提过。老韦回答："世明是单位上的人，就像当兵一样，敌人来了，贪生怕死，那不是我韦继清的子孙！再遇上了，拼了老命也要冲！"

在宾阳期间，世明和我说得最多的就是，人生没有演练，每时每刻都在现场直播，这个直播不是给别人看的，而是自己真实的人生。

"一朵芙蕖，开过尚盈盈。"人生哪怕轻如荷花，但是轻轻地，我来过，我美丽，我清净，"中通外直，不蔓不枝"，"出淤泥而不染，濯清涟而不妖"。

人生或重似昆仑，历经千年，巍巍屹立，一夫当关，万夫莫开，一切歪风邪气和来犯之敌，你就别想过了我。

（先后发表于《中国金融工运》《中国金融文学》等杂志）

‖ **作者简介**

　　赵晓舟，中国金融作家协会会员，陕西金融作家协会副主席，陕西创意文化产业协会副会长，中国品牌文化管理委员会专家委员，供职于中国银行陕西省分行。主要著作有《银海拾趣》(三卷)、散文集《撞钟自闻》等。

‖ 指尖的舞蹈 ‖

——记全国金融道德模范 赵顺

赵晓舟

新时代是奋斗者的时代。只有奋斗的人生才称得上幸福的人生。

——题记

　　如果生命中缺少奋斗的点缀，那么生命的色彩就会黯淡些许。有的人，为了追求科学的真理，愿意付出毕生的精力去求索研磨；有的人，为了人民百姓的福祉，跋山涉水留下一串串汗水的印记。那么，朋友，属于你的生命色彩该如何定义？或许你会回答，我本普通，平凡的生命泛不起风浪。但你可知道，平凡的生命一样可以拥有别样的精彩？

　　公元 2017 年初春时节，一个以"赵顺工作法"命名的银行业务处理方法，从素有"红瓦绿树、碧海蓝天"美誉的海滨之城青岛，通过当地各家媒体，以"独具匠心，中行推'赵顺工作法'提升业务效率"、"'赵顺工作法'

锻造金融工匠精神"等为题迅速传遍全国。此后，"赵顺工作法"率先被中国银行总行及其辖属辽宁、山西、浙江、北京、内蒙古、湖南、陕西、河南、西藏等省区分行逐次推广，并以星火燎原之势，直接影响到整个中国银行业一线业务的服务模式创新。该工作法的主要内容是把每一笔业务按步骤进行拆分，每个步骤限时完成，改变传统操作习惯，运用运筹学理念，优化操作流程，节约业务处理时间，提高工作效率，使银行二十类业务交易效率平均提高 26.13%，多名员工工作效率提升 50% 以上。这个工作法就是赵顺总结的"无鼠标法""业务步骤限时法""运筹法"。有关其详细内容也许大家不明白，这都没关系，关键是这个工作法在全国推广后，使无数名银行一线业务人员以及他们所服务的客户受益匪浅。为此，赵顺所在的中国银行青岛市南第二支行为其组建了以他名字命名的"赵顺工作室"，他本人也先后荣获山东省"十佳服务明星"、青岛金融团工委双提升"金点子"大赛第一名、青岛市职工节能减排合理化建议"金点子"奖、青岛市安全生产标准化班组称号、中国银行最美一线青年员工称号、"中银卓越个人"奖、全国金融五一劳动奖章、青岛市创新能手、齐鲁之星、全国金融青年服务明星、山东省劳动模范、全国第二届金融道德模范等殊荣。

（一）岁月不易

赵顺出生在一个普普通通的工人家庭，父亲是大学里的一名职工，开过车当过钳工，为人忠厚、朴实，平时无论多忙，只要单位有需要，他总是第一个出现。但过度的劳累以及家庭的重担使其精神和身体长期处于疲惫状态，脑部疾病一直困扰着这个山东汉子。母亲是食品厂工人，从事过生产也做过经营，善良却过度操劳，身体一直欠佳。过去的岁月里，父母一年四季早出晚归，风里来雨里去，经常是白天肩扛一身风尘，晚上携回满身油污，岁月毫不客气地在这对辛勤的夫妻脸颊刻下许多痕迹，单薄了原本就瘦弱的身体。长期奔波于劳动一线，双手爬满层层老茧，为自己孩子倾注了一生辛劳的父母，多希望用自己的双手为赵顺的成长撑起一片新的天空。

赵顺是独生子，从小目睹了父母的辛劳，童年的印记里多是父母的艰辛与不易，十几年如一日。这一切他看在眼里，记在心里。他见过酷暑下，父亲暴晒在烈日里抢修设备，热气扑红了双脸，汗水湿透衣衫；他见过风雨里，雨点无情地拍打着父亲的脊背，豆大的雨点甚至让父亲睁不开双眼，父亲却麻利地擦擦雨水接着干。他常常拉起母亲的手，看看被北风无情划割的裂纹是否好转，而母亲只是微微一笑道："不疼。"可谁不知伤口疼在母亲手上，却更像是刀尖剜在儿的心里。

尝尽了生活的辛苦滋味，父母着实希望赵顺的生活轨迹发生改变。在高考志愿填报时，赵顺郑重填报了会计专业，因为父母希望赵顺在毕业后能够坐在宽敞明亮的办公室里，至少不再像他们一样辛劳。

（二）当头一棒

2006 年，是中国金融史上不平凡的一年，这一年，备受社会关注的中国银行业将向外资银行全面开放，此举意味着中外银行将站上同一起跑线赛跑，同时，也意味着银行业的薪酬待遇将有较大幅度调整。当此风云际会之时，面对银行宽敞明亮的工作环境，稳定的收入，无数普通百姓口中的"铁饭碗"，很多人羡慕不已，银行的工作成为莘莘学子的就业首选。赵顺也不例外，在得知中国银行山东省分行招聘员工的消息后，立即参加了应聘。当年 2 月份，他过五关斩六将，顺利入职原中国银行山东省分行，成为省行营业部的一名低柜柜员。面对这来之不易的机会，刚刚步入社会大门的赵顺无比开心和感恩，眼睛里时常释放出神采，额头和嘴角似乎也蓄满笑意，连举手投足都渐渐地带上了一种轻快的节奏。

路是人走出来的，但路也是土地的伤痕，即便再好走的路，你每前进一步，都会觉察到点滴隐痛。选择银行这份职业是赵顺及其家人梦寐以求的愿望，然而，当他真正从事银行工作后却发现，这份职业并不像北京十里长街那样笔直坦荡，更不像北斗七星那样璀璨耀眼。

初入银行柜台业务，赵顺觉得操作系统简单、便捷，很快便掌握了基本操作要领，即快速打字、精准计算。这些稍一用功就能出成效的业务技能，让赵顺有点自得其乐，甚至自以为是。见习才一个月，他便拎着尾箱独立临柜了。看似简单的银行业务操作技能其实并不像自己想象的那般容易，日常的键盘操作虽然简单，但要达到精准却非一日之功，而赵顺仍然沉浸在新入职的新鲜与独立临柜的幸福之中，却不知一场风暴正悄然袭来。

繁忙的工作、大批量的待处理业务多少让赵顺有点透不过气，基本功的欠缺，加之粗心大意，让他连续出现十笔业务差错。他所服务的这家公司一向以严谨著称，因为纠错冲账对会计人员业务处理带来诸多麻烦，客户对此怒火中烧，不依不饶，非要让赵顺给个说法。对这突如其来的打击，赵顺不知所措。对于柜员来说，冲一笔账需要复核、主任、分管总经理三级签字，因为赵顺前期频发的工作失误，事中复核员隔三岔五就要替他去找各级领导逐一签字，每次都要承受领导的批评。这让事中复核员对赵顺也产生了些许不满，直到此次连续十笔差错让他对赵顺彻底失望，当着赵顺身边所有同事以及客户的面，对赵顺厉声喝道："赵顺，我认为你不适合在银行干，你还是想想有没有更好的岗位适合你吧！"这对刚刚参加工作不久的赵顺来说无异于当头一棒，让他羞愧难当。

频繁的业务差错暴露了赵顺银行专业知识的匮乏，生疏的临柜操作让他的业务量名列部门倒数第一。那时，他才意识到，频发的各种业务差错彻底让自己陷入窘地。

但是，之后的路，该如何抉择？

（三）不眠之夜

当晚回到家的赵顺寝食不安，把自己关在卧室闭门思过。宁静的夜，冷清的月，空虚的心，掩埋了赵顺平日里灵魂深处的天真与洒脱，揭开了暗藏于心底的孤独与惆怅，无情地敲打着他曾经的自负与狂热。不知过了多久，他打开窗户，仰望着静谧的夜空，反思自己参加银行工作以来的点点滴滴。

自他进入银行工作以来经常起早贪黑、加班加点，父母从无一句怨言，从未做过一件拉后腿的事，更多的是关心、支持和鼓励。父母经常对他说的一句话就是："安心工作，家里有我们，好好工作就是对我们最大的回报。"为了不影响他工作，父母生病从来都不告诉赵顺，担心他知道后会请假，工作上会分神。父母这种无私的爱让赵顺在工作中充满力量，但也让他感到深深的愧疚。父母的爱就如冬天里的暖阳、夏天里的甘泉，总能给他一种精神上的温馨、心灵上的滋润。

凝思间，他听到厨房里又响起了碗盆碰撞的声音，母亲又在着手准备明日的早餐，想想父母的淳朴、豁达、坚韧，感受父母对自己工作上的支持、帮助、付出，回想起单位领导以及同事对自己无微不至的关怀帮助，再想想自己的所作所为，瞬间他萌生了一个信念："我要彻底改变这种状况！"

（四）平凡之路

易卜生说："不因幸运而故步自封，不因厄运而一蹶不振。真正的强者，善于从顺境中找到阴影，从逆境中找到光亮，时时校准自己前进的目标。"赵顺痛定思痛，决心彻底改变自己。

从那以后，无论冰霜雨雪、春夏秋冬，赵顺都六点半准时到达单位，利用班前时间练习业务技能。嗒、嗒、嗒，指尖敲打键盘的声音在空旷的营业大厅里显得格外清亮。从下定决心的那天起，赵顺就要求自己每天必须达到一级能手才可以去吃饭。早上达不到一级能手就饿着肚子工作，中午下班接着练；中午达不到一级就继续饿着肚子工作，下午下班接着练；每天必须保证练到一次一级能手水平才肯罢休。

起初，这个过程很苦很累，嗒、嗒、嗒，敲击键盘的节奏错乱无序。冬天的时候单位一大早没有暖气，他就用嘴不停地对着手呼热气练习，不停地搓着自己的双手，让指尖的舞蹈变得有韵律。嗒、嗒、嗒，时间长了，他竟觉得练技能这样一件枯燥的事情也很有意义，听着键盘的敲击声，看着一连串变换的数字，赵顺感觉付出一定会有收获。周围的同事都很诧异，总是用异样的眼光看他，感觉他是一个怪人，完全没有必要这样和自己较真。在大家的不解中，赵顺沉默不语，他也习惯了听别人的冷语，看他人的冷脸，久而久之却养成了自己的一份执着、坚守。为此，他从不给自己找借口，也不给自己留退路，虽然体重下降了，视力减弱了，头发稀疏了，但随之而来的是他的服务效率提高了，差错减少了，客户赞誉增多了，他的内心多的是一份欣慰。

（五）又起波澜

人生不可能一帆风顺，做人一定要学会勇敢面对。赵顺就是这样一位勇于面对挫折、善于面对困难的青年人。他是一名办理公司结算业务的柜员，经常有客户咨询这样一个问题：这笔业务到底需要多长时间？起初，他真的回答不出来，同时也发自内心地感到自己很不专业。工作中遇到这些问题，让他意识到，随着社会的发展和客户对银行服务需求的变化，单纯的微笑服务已经远远满足不了当今快节奏的生活，同业竞争日趋激烈的今天，银行优质高效服务其实才是客户最迫切需要的。

在柜台工作期间，赵顺曾经遇到过这样一件事：有一位客户来银行办业务，因为人多须排队等待，可等了很久都没有轮到自己。这位客户很生气地来到赵顺柜台前质问："先生，还要等多久？"赵顺说："不好意思，真不清楚。"这句否定的话让客户感到非常不爽，这位客户当即高声质问："你连自己做业务需要多长时间都不知道，还有脸坐在这里？"随即，这位客户又接着问需要多久，赵顺随口回了句大约五六分钟。客户问到底是五分钟还是六分钟，赵顺随口说五分钟，于是客户掐表计时，五分钟后没有结束，客户就直接投诉。这件事深深刺痛了赵顺，促使他开始研究和总结自己所做每笔业务、每个步骤所需的时间。

2010年，是中国银行互联网信息技术上台阶的一年。这一年，历经了无数个夜以继日的加班加点，克服了重重困难上线的 IT 蓝图使中行员工办理业务终于用上了新系统。作为新 IT 蓝图上线的直接参与者、亲历者，赵顺充分运用自己在上线期间学习的知识，紧密结合工作实际，对原先的工作思路重新梳理、归纳、总结，他以严谨的态度、锲而不舍的精神在不断摸索中寻求高效、快捷、专业的服务方式，思考着流程再造的合理化建议，重新探索与研究柜员操作之间存在的差异。

在实践与探索中，赵顺通过操作系统快捷键的使用，替代了原有右手鼠标、右手键盘相互切换的模式，减少了右手来回切换所耗费的时间，极大地提升了工作效率。与此同时，他运用运筹学理念，把柜员处理同一笔业务的操作时间相比较，把每一笔业务操作环节需要的动作分解开进行梳理，把演练环境与操作环境的差异点逐一排查，又用秒表计时，实现分步骤限时，每做完一个步骤就详细记录。通过长期的归纳与总结，他对办好本行对公业务的时间有了精确的掌握。"道虽通不行不至，事虽小不为不成。"历经无数个日日夜夜，经过反复的实践探索，慢慢总结出属于自己的一套工作诀窍和操作技巧，梳理出新的流程，形成了一套快速处理业务的方法，就如同指尖精灵在键盘间灵活地舞动，奏出美妙的旋律。

苦练和实干让赵顺知道，平凡的工作也能成就不平凡的自己。

（六）成果初探

"只要你对某一事业感兴趣，长久地坚持下去就会成功，因为上帝赋予你的时间和智慧够你圆满做完一件事情。"这句名言恰好也是对赵顺的写照。

2016年4月，青岛市南第二支行开展"寻找业务小专家"活动，在面试中赵顺把自己在平时工作中发现的问题以及解决问题的建议写成书面报告，并以"我行业务流程中出现的问题及如何解决"这一命题向所在行领导进行了详尽的汇报。听取汇报后，支行领导非常振奋，也非常感动，立即决定组织相关人员把赵顺汇报中提出的工作方法进行细化，逐条进行可行性的探讨与论证，并向中国银行青岛分行领导作了专题报告。分行领导对此高度重视，多次莅临中行青岛市南第二支行进行指导，并将此工作方法命名为"赵顺工作法"。

工作法试点推广初期，赵顺白天要工作，晚上要做宣讲，有些同事抱怨他没事找事，还有些质疑说："这个工作法听起来很厉害，可实际能有多少作用呢？""工作这么多年了，我自己的工作法比这个好用！"听到这些议论，赵顺很困惑，加上父母多病、孩子年幼，诸多的压力让他在角色转变的过程中身心疲惫，以至于身上出现了局部白癜风病症，这对已经寝食俱废的赵顺无疑是雪上加霜。面对工作上的重压和生活中的无奈，赵顺好几次提出要放弃推广自己的工作法的想法，分行工会及支行领导非常理解他的苦衷，多次与他进行谈心，对他及时进行心理舒压疏导，鼓励他战胜困难，放飞心情，莫负美好年华。领导的关怀、家庭的支持，给了他战胜困难的动力和信心，终使他"柳暗花明"渡过了这一关。去年5月份，他荣幸地参加了中国银行"全球青年节"活动，入选了全国"最美一线员工"，其间受到了有关领导的亲切接见和问候。这让赵顺再次深切感受到，他不是一个人在战斗，他的身后，有各级领导的谆谆嘱托，有各位同事的殷切期盼。这种责任，这份信任，伴随着他走过了漫长的心灵黑夜，迎来了美好的今天。

（七）走向全国

2016年5月，"赵顺工作法"首先在中国银行青岛市南第二支行进行内部推广。全体一线柜员就业务操作录入环节运用赵顺工作法首先进行尝试，将柜员技能测评系统与生产环境系统合二为一，每天抽出至少一小时时间进行技能训练，并将技能达标中的快捷键熟练运用到工作实践中，配合左手鼠标法，录入环节较推广前工作效率大幅度提升，在业务流程方面也确保了每类业务规范、统一。此次试点交易均提升了接近50%的录入速度，柜员在业务差错及拒绝率方面也有很大程度的降低。此方法的推出，在柜台操作质效方面得到了客户的一致好评，让前期有顾虑不认可的员工打消了疑虑。

2016年10月25日，中国银行青岛市分行召开论证会，就"赵顺工作法"具体内容及前期试点推进情况进行集体论证和验证推广。从验收成绩来看，柜员在系统录入环节较之前操作模式平均提升幅度达到50.61%，个别柜员提升幅度达到60%。会上，中国银行青岛市分行纪委书记付连晔对"赵顺工作法"进行了总结点评，他代表分行党委号召大家以此次活动为契机，鼓励广大一线员工学习赵顺精神，立足基层干事创业，进一步激发员工崇尚职业品质、专业精神、敬业态度的正确理念，培育员工的"工匠精神"。

2017年3月5日，青岛市分行成功举行"赵顺工作室"揭牌仪式，这是青岛市分行以个人命名的首个工作室，中国银行总行工会工委张鲁华副主任在致辞中表示，青岛市分行能在短期内快速挖掘、发现、展示"赵顺工作法"这一典型，为全辖做出了一个好的示范，达到了工匠精神"示范、引领"的工作目的，它的意义已经远远超出了简单地设一个标杆、拉一个先进的作用。希望这个工作室不是一个简单的工作室，而是一种精神、一种文化，是一种做法、一种导向，把整个工作带起来，把我们员工"快乐生活、激情工作"带起来。

2017年4月11—15日，青岛市行组织"赵顺工作法"工作小组成员，对全辖推广情况进行了验收：现场操作录入环节平均提高效率47.99%，多只交易测试平均提高效率26.13%。为弘扬"工匠精神"，发挥榜样力量，推动"赵顺工作法"在全国范围内推广实施，2017年5月25—26日，"赵顺工作法"全国现场学习交流会在中国银行青岛市分行成功举办。来自全国36家分行的工会条线负责人、优秀柜员代表，青岛市分行相关部门领导、各分支行工会条线负责人和工会干事齐聚一堂，研究和探讨"赵顺工作法"的推广工作。通过对使用"赵顺工作法"前后的成绩进行对比，经过测算，成绩提升39.1%，效果明显。据此，中行总行领导要求，"赵顺工作法"全国培训班于2017年6月份开始分为三个阶段先后在江苏、广东、陕西分别举行。

"赵顺工作法"的推广获得了一线员工的普遍认可，一名参与培训的一线员工说："'赵顺工作法'的使用，就如同为指尖按上了加速器，有节奏更充满韵律，平凡的坚守带来不一样的结果，为我们树立了榜样。"

（八）工匠精神

冰冻三尺非一日之寒，滴水石穿非一日之功。赵顺作为一名普通的基层一线员工，不甘平凡、不畏困难，不讲条件、不负诺言，这种爱岗敬业、乐于钻研、追求卓越、勇于奉献的精神，正是新时期呼唤的"工匠精神"。以"赵顺工作法"推广为契机，不仅带来了工作效率提升和服务质量优化，而且与业务流程改造结合起来，推动了业务处理各个环节、业务操作各个阶段的统一、规范、高效。

向赵顺同志学习，把他当作一面镜子，把他的"工匠精神"贯穿到事业发展的各个方面，渗透到思想深处，使之成为一种精神理念、一种价值追求、一份精神承诺，有利于带动和激发更多的员工以精益求精的职业操守、严谨细致的求实作风、追求卓越的价值理念、博采众长的学习态度、勇于创新的开拓精神，认真负责对待工作，一丝不苟对待产品，真诚用心对待客户，把产品做成精品，把服务做到星级，为客户提供更加优质高效、安全便捷的金融体验。

工作中的赵顺恪尽职守不辱使命，生活中的赵顺侠肝义胆乐善好施。2017年8月的一天，赵顺父亲因病紧急住院，为了尽量不影响他工作，直到做手术的前一天家人才告诉他。凑巧当天时任支行领导的冯玲芝行长在朋友圈发了一条消息，说她同学因车祸在医院抢救，因为没有钱，所以向社会求救。赵顺发现自己的父亲正好和这位被抢救者住在同一个病房，进一步了解得知对方家庭生活举步维艰、苦不堪言，该家人整日以泪洗面。得知此情后，赵顺没多想就直接先匿名捐了款，然后默默无闻地承担起义务照顾双方的责任。一周后，被抢救者清醒过来才打听到一直照顾他们的中行青年叫赵顺。对此，赵顺从未提及过。

俗话说，一个人做一件好事并不难，难的是数十年能做好一件事，赵顺就是这样的人。他在银行一线柜员岗位上一干就是十二年，守望了十二年，苦练了十二年。这十二年的风霜雨雪，沿途没有康庄大道可走，一路荆棘一路坎坷，只有最初那份感恩的心，在追逐梦想的征程上始终伴随左右。这不仅是一种付出，更是一种获得。赵顺同志用自己勤勤恳恳、永不懈怠的努力，把银行普通岗位打造成了金色名片。

今年是赵顺在中国银行工作的第十二年，他表示："从加入中国银行起，真的没想到会有今天的成绩，感谢所有领导对我们一线柜员的关怀与支持，给了我们一线柜员许多展示自己的平台。我是一名普通的一线员工，立足本职岗位，怀有一颗感恩的心去工作是我一直遵循的原则。我将以此为契机，带动身边更多的同事爱岗敬业，苦练基本功，用专业的技能为广大客户提供更加便捷和高效的金融服务。"

（九）初心不忘

幸福总是与痛苦结伴而行。赵顺坚守三尺柜台前，十年如一日，通过领导的关心，团队的共同努力，获得过不少大大小小的荣誉，可是在这期间也多次迷茫过、彷徨过、无助过。2014 年当他被评为青岛地区唯一一位六项一级能手的时候，突然感到很茫然，很疲倦。自己赢得诸多奖项本来是件高兴的事，可他却不停地问自己：每天来这么早练习技能，每年保持着多项一级能手于一身有何用？那段时间他特别郁闷，以至于在当年的星级柜员考试中直接放弃了五星级柜员的评定。对此他沉默了很久打不起精神，整日郁郁寡欢，清瘦的脸上也少了些光彩。直到有一天突然看到"不忘初心，方得始终"八个字，他猛然醒悟，既然自己选择了银行这份职业，无论遇到什么困难，都要保持一颗纯真的心，追逐最初的梦。此后不久，他通过一番努力，又重新拿回自己放弃过的五星级柜员称号，他相信，创造美好的代价是：努力、失望以及毅力。

2017 年赵顺有幸参加了中国银行"担当·分享——全球青年节表彰大会"。在会上，他听到总行领导分享保尔·柯察金的那段名言：人最宝贵的是生命，生命对于每个人只有一次，人的一生应当这样度过：当他回首往事时不因虚度年华而悔恨，也不因碌碌无为而羞耻。这样在他临死的时候就能够说："我的整个生命和全部精力都已献给最壮丽的事业——为人类的解放而斗争。"会后，保尔的名言一直在他脑海回荡，让他内心久久不能平静。他暗下决心，一定要做一个有情怀、有担当、有责任感的新时代中行员工，用自己的专业知识回报中行，回馈社会。

赵顺在一线岗位上工作了十多年，至今依然将每一天的自己都当作刚入职的新人，以爱心对同事、以诚心对客户、以细心对工作。步入新时代，赵顺表示要以党的十九大精神为指引，以党员的标准严格要求自己，忠诚于职业，无愧于时代，每时每刻不忘初心，全心全意尽好责任，绝不躺在功劳簿上睡觉，不迷失在固有方法上，努力做到不死板、不迂腐。赵顺表示，今后他将一如既往地延续对事业的忠诚和执着，继续为中行、为金融事业的发展贡献自己微薄之力，努力把"赵顺工作法"发扬光大。对此，我们期待赵顺有更新的作为、更大的建树、更多的成果。

（先后发表于《中国金融工运》《中国金融文学》等杂志）

║ 作者简介

　　吴文茹，本名吴群英，女，中国作家协会会员，
中国金融作家协会理事、副秘书长，陕西金融作家协会
副主席，供职于中国建设银行陕西省分行。发表诗歌、
散文、小说等作品 200 余万字，出版《雪域星生——西
藏民间文化守望者》《山流水》《我愿是雪花》《太白》
《雪又白》等五部文学著作。

║ 金融人的大爱 ║

——记全国金融道德模范 杨长健

吴文茹

　　道德的最大秘密就是爱；或者说，就是逾越我们自己的本性，而溶于
旁人的思想、行为或人格中存在的美。

—— 雪莱

精准扶贫"三步曲"

　　四坪村党支部书记成满平回想起杨长健第一次来四坪村的景象时说，
他们是打着光脚板、蹚着水、挂着棍子上来的，蹚了一次又一次……典型
的摸着石头过河。

　　2013 年 3 月，绵阳市委确定北川县陈家坝乡四坪村为中国建设银行绵
阳市分行对口扶贫帮扶村，时任市分行人力资源部总经理的杨长健，欣然

接受组织安排，奔赴扶贫第一线。由绵阳市委组织部任命为北川县陈家坝乡党委副书记兼四坪村党支部第一书记，负责四坪村的定点帮扶工作。

北川自古暴雨、洪涝灾害频繁，山高坡陡，沟壑纵横，土地贫瘠，自然条件恶劣。四坪村"5·12"汶川大地震之前，一共六个组，地震中三个组的土地被山体滑坡完全掩埋，被异地搬迁集中安置。劫难过后，亲人故去，房屋田地没有了，千余亩耕地和林地被闲置多年。2013年的四坪村，荒芜的土地，破损的房屋，泥泞的道路，河上没有桥，车开不进去。村子里非老即小，基本上看不到年轻人，听不到鸡鸣犬吠，暮气沉沉。

面对这一切，杨长健通过走访调研，很快进入第一书记和建行人的双重角色，得到了双重的信任和支持，奏响了精准扶贫的"三步曲"——

第一步，锁定产业。杨长健利用周末和节假日多次深入四坪村进行摸底，了解到四坪村经济来源以传统农业和外出务工为主，人均收入不足2000元。同时他发现，当地虽然与外界天然隔离，但生态环境良好，闲置土地和山林多达2000多亩，这些都是发展生态循环农业得天独厚的有利条件；另外村主任苟义伦具有多年的生猪养殖和宰杀经历，是发展原生态黑猪养殖的技术保障。天时地利有了，"人和"——村委的认可和支持也有。

第二步，攻坚示范。发展养殖生猪、种植高山农作物，四坪村以前也尝试过，但由于发展不对路，没有评估市场，村民吃了亏。杨长健他们审时度势，决定首先动员村委成员和党员带头"试水"。他和村组干部拉家常、摆龙门阵，一家一户地走访，由村支两委成员及党员干部带头成立了"生态养殖专业合作社"，养殖原生态黑猪。他们就地取材，充分利用大山里的玉米、麦麸、红薯及野菜、野草等丰富食材喂猪。帮扶的第一年，他向建行绵阳分行党委请示，号召员工和客户按照市场价格提前认购黑猪，解决了启动资金的难题。卖出去的黑猪因为肉质鲜美、口感极佳，得到好评，合作社出栏的生态猪"试水"首战告捷。

第三步，扩大规模。村民尝到了实实在在的甜头，杨长健心中也有了底气。有了底气，对了路子，脱贫就能加快步子了。他们结合前期的销售成果，挨家挨户深入宣传有机生态养猪的好处，给村民算经济账，引导贫困户放弃饲料喂养，采用科学养殖模式。杨长健他们知道，精准扶贫的核心是脱贫，但扶贫的关键是产业，精力必须花在整户、整村脱贫上，要扩大养殖规模，形成集体经济效益，必须下一番功夫。

功到自然成。他们收获了沉甸甸的果实：2014 年，四坪村出栏"羌巴佬"生态猪 500 余头，实现产值 250 余万元，村民人均年收入由 2013 年不足 2000 元增至 5300 余元。2015—2017 年，根据市场需求逐步扩大养殖规模，三年出栏生态猪分别为 800、1200、1500 头，平均销售收入为 4000 元 / 头，实现产值年均 550 余万元；全村年人均收入逐年递增，分别达到 7500、9600、11000 元。通过发展养殖产业、引导劳动力外出务工和落实惠民政策等，与 2013 年相比，全村整体收入增长 350%，基本实现全村脱贫。

从北川县领导到四坪村村民都说：建行这几年扶贫成绩突出，杨长健功不可没。2016 年 8 月，团中央书记处书记汪鸿雁看到四坪村的扶贫发展后对精准扶贫模式予以高度肯定；2017 年 8 月，陕西省团委副书记、省青联主席徐永胜率陕西省团委、省青联考察团专程赴四坪村实地调研助力脱贫攻坚的亮点、经验和做法；杨长健和绵阳建行的扶贫工作，先后得到《新华网》《四川日报》等主流媒体的重点宣传报道，社会效益显著。

三年三大步，四坪村因猪而兴，从当地的落后村、贫困村，一跃而成当地的先进村、明星村，发展后劲十足。杨长健欣慰地说，2017 年 3 月 9 日，习近平总书记参加人大会议四川省代表团讨论时指出：扶贫要下一番"绣花功夫"。而建行绵阳分行扶贫团队正是以"绣花功夫"，在羌山深处写下了扶贫帮困、逐步实现共同富裕的锦绣诗篇。

美丽的蜕变

"2008 年 5 月 12 日，汶川地震的当天，村里遇难的有 76 人，心灵上的创伤很深。震后那段日子，白天大家看起来都没有什么，晚上睡到半夜的时候，都听得到有人在被子里哭，老百姓震后很长时间缓不过来……"村支书成满平介绍：我们当时的产业状况到底怎样？产业就是零，没有。我们四坪村全村全年生猪年出栏不超过一百头。历史性的转折出现在建行和杨书记来帮扶之后，四坪村发生了翻天覆地的"美丽蜕变"。

首先是村道的修建。2014年到2015年两年时间，四坪村完成了村道的全面修建。在杨长健的指导下，抓住贫困地区和革命老区等利好政策，不怕碰壁，不遗余力帮助对接政策补助、整合建设资金，一条从山脚修起，入舍、入户的村道，一步到位修成了四米五宽的水泥路，还进行了农家院落的美化改造。如今，汽车可以直接开到村民院坝了。成书记说："如果没有建行的帮扶，没有杨书记东奔西跑，这条路不知道什么时候才能修起。"公路局是绵阳分行营业部的客户，当客户答应给四坪村修路时，杨长健高兴地说："我又为四坪村办成了一件事。"

其次是饮水的改造。四坪村以前的饮用水是从一万多米远的地方引过来的，地震后水源、水质都出现了问题，用水矛盾突出，时有纠纷发生。在杨长健和建行的帮助下，现在四坪村的基础设施建设走在了前面，在全乡是第一个整村农户全部使用自来水表的村。不仅实现了安全饮水，还做到了节约用水，村民的生活条件和卫生习惯得到了很大的改善。

村民们说，千言万语难以表达，变化都是看得见的。

杨长健和村干部说，现在人心暖了，等靠要的人少了，自力更生的人多了，他们有决心、有信心，要把日子过好。你去看看吧。

山路弯弯，林木葱葱，果实累累，宛如世外桃源。我沿着四米五宽的水泥村道，去了四坪生态养殖场，去了贫困户杨志国和四社社长杨进刚家。

杨志国是杨长健重点帮扶的特困户之一。以前他靠吃救济混日子。村里给他备好了建材，大家帮他盖起了新房，杨长健还给他家送来了建行员工捐助的2万元钱，给他买猪、买鸡养，养好了又收购了他的猪和鸡。就这样，杨志国被触动了，脱贫之后他主动出去打工挣钱了。杨志国的家虽然很简朴，但里里外外收拾得干干净净，紧挨住房的独立厕所，里面自来水、电热淋浴器、白色陶瓷的坐便器、洁具样样齐全，和城市家庭的卫生间并无两样。他74岁的母亲杨进秀热情招呼着我们，满脸的幸福，那种幸福感我在见到的每一个四坪村人的脸上、眼睛里，都看到了，那一个个幸福的笑涡，很甜很甜。

杨进刚戴着眼镜，湖蓝色暗格子短袖衬衫，深蓝色裤子，黑皮鞋，说话走路很斯文，像个教书先生。他养殖生猪一年多，规模达到百余头，成为养殖"带头人"。他去年忙着给五保户盖房，自己养的猪没有顾上卖，杨长健他们知道后帮他把猪卖到了成都，还和那边的专卖店达成了长期供销意向，他说今后的猪肉和其他土特产销路都不用发愁了。

走村入户看到：生态猪喂着，林下鸡养着，树上结满了果子，旧房变成了新居，村民纷纷加入了合作社，有分红，还为贫困户兜底。我看到，"羌巴佬"已是四坪村系列农产品的知名品牌，供不应求了。村民们欣喜于脱贫带给他们生活的巨大变化。去年，在外打工干得风生水起的杨德银也回来了，以他多年的经验负责起了合作社的农庄经营，人称"庄主"。村干部的儿女们带头留在村里，外出的年轻人开始返乡，村里有了人气，有了生机和希望。如今在这片曾经满目疮痍的土地上，村民迈开了铿锵的脱贫步伐。

我站在杨进刚家门前的辛夷树下，清风习习，陶醉在一种幸福中。紫色的辛夷花开得正好，色泽鲜艳，花蕾紧凑，芳香浓郁。听说，这棵树近几年每月开一次花，很神奇。我的感觉也很神奇，这里已不再是贫困落后的乡村，四坪村就像这神奇的辛夷花一样美丽。

党建是扶贫的动力

四坪村村委会办公楼前，一面党旗，一面国旗，迎风猎猎。大楼四个柱子白底红字写着四句话："能人带村，产业强村，民主治村，服务乐村。"村委会大门外的板报最上面挂着三个牌匾，一个大红色的党徽下面印着两行字：中共中国建设银行绵阳分行委员会、中共北川羌族自治区陈家坝四坪村党支部——"基层党建共建点"，另外两个金色的分别是中国建设银行绵阳分行精准扶贫帮扶"联系村"和中共中国建设银行绵阳分行委员会"微党校"。村委会办公室、院子里、大门口，各种宣传板报非常醒目，有"四坪村脱贫攻坚作战图"、全面落实基层党建3+2书记项目工作的"三大工程"，等等。这些挂在墙上的口号和标语，在党建和扶贫工作中掷地有声，把基层党组织的作用和党员的积极性调动发挥到了新的高度。

杨长健在绵阳分行营业部就很注重团队建设和党建工作，他提出"公私联动"，即对公和对私客户经理结成对子，一起认领任务。同时他还提出"双务结合"，即党务建设和业务工作相结合，党建活动不仅在行内跨部门、越层级进行，还扩展到了工、青、妇，拓展到了建行客户和扶贫村民。他要求经营客户要采取"综合性服务"，不能反复折腾客户。

杨长健在四坪村的扶贫工作也采取了全方位的"综合性服务"，他自己当起了"三员"：

——"宣传员"杨长健，把绵阳分行党、团组织活动和工、青、妇等群团活动都带到了扶贫村，以扶贫攻坚为载体，结合深入推进"两学一做"，建立"微党校"，丰富创新党课形式内容。每年七一，绵阳分行的党员聚集四坪村，国旗、党旗交相辉映下，新党员入党宣誓，老党员重温入党誓词；每年三八节，绵阳分行组织女职工及家属到四坪村，与村民"结对子"、搞活动；每逢春节，分行党委都会进村入户，看望慰问困难群众，倾听大家的新年愿望，帮助解决实际问题，真正把温暖送到村民"心坎"上。

——"推销员"杨长健，结合客户营销，带领重要公司、机构及高端客户以"党建活动""银企共建""扶贫公益行""私享家——健康公益行"等活动，深入贫困山区体验羌族风情、农耕文化，参观生态绿色养殖现场。"各路神仙"齐聚四坪村各显神通，促进了生态黑猪和农产品的销售，通过口口相传，滚雪球似的打开了市场。同时，还解决了农村青年就业、贫困失学儿童支助等难题。在活动中，有的客户结对认养了困难儿童，有的客户资助了贫困大学生，扶贫带动了就业和支教，形成了社会力量共同扶贫救困的良性循环。

——"辅导员"杨长健，建行扶贫不摆花架子，不是常规的看望和慰问，而是实实在在地做事，真心实意把扶贫工作做实做细。"有金有银不如有人"，四坪村转变了观念，完善了班子的配备。四坪村的党员干部是有思想、有抱负的新一代村领导"，也都是村里的能人，他们想干事，能干事，冲在第一线干事，都成了致富带头人。杨长健和建行扶贫团队，村干部和全村党员，通过党建全方位的"紧密合作"，建立起了牢固的信任关系。

四坪村党支部书记成满平动情地说，如果每个地方的扶贫，都像建行这样，就不愁哪里脱不了贫；如果每个扶贫干部都像杨书记这样，把扶贫工作做到这个程度，致富就不会有什么问题。他说：杨书记和建行是带着责任和担当、带着真心和感情来的，他们全身心扶贫，把村委会、党员和村民的积极性都调动起来了，每一个党员带动几个农户，从"要我干"到"我要干"，扶贫扶起了我们的精气神，让贫困户真正从精神上站了起来。

杨长健和建行绵阳分行在四坪村的扶贫工作，坚持将党建融入扶贫、工建融入扶贫，第一书记使党建工作与精准扶贫工作无缝对接，实现同步谋划、同步部署、同步推进、同步发展。以党建促扶贫，成为弘扬正气、凝聚意志力量的强大思想武器。

一位曾在四坪村听过党课的建行员工说："四坪村不等不靠重建家园，在村党支部的带领下，在建行的帮扶下，一步一步走，一年一个样，越来越好。我作为一名90后的员工，真实地听到了、亲眼见到了杨总在四坪村这几年发挥的先锋模范带头作用，他是我人生中学习的榜样。"

在四坪村采访那天，蓝蓝的天，白白的云，明晃晃的太阳，一切都那么透亮。最让我心情敞亮的是党旗在那片扶贫攻坚阵地上高高飘扬。站在他们上党课的地方，杨长健在党课上说的一段话在我的耳边响起，在四坪村的坝坝上响起：

"我以一个党员的名义，向我们四坪村的父老乡亲庄严承诺：不忘初心，砥砺前行，当好纽带，做好表率，为我们绵阳建行的扶贫攻坚，为我们四坪村的小康实现而不懈奋斗。"

我从四坪村党建和扶贫工作中，真切地感受到了作为共产党员起到的先锋模范作用。而这种党性，应该在每一个党员身上，在每个人不同的社会生活中，得到发扬光大。

授人以渔的扶贫理念

古人说："授人以鱼不如授人以渔。"授鱼，乃有爱之人的瞬时反应，它能饱腹充饥；授渔，则是大爱之人的长远之计，它能使人生存，并且创造个人的价值。在杨长健他们看来，扶贫攻坚、"授人以渔"的路程没有终点，永远是正在进行时。

建行绵阳分行举全行之力的扶贫工作在紧锣密鼓、有条不紊地进行。

杨长健他们开始思考一个问题：来自政府、建行以及社会各界的扶贫救助进入贫困乡村，老百姓可以凭这些物资救援生活一时，但之后呢？他们怎样生活得更好？在输血的同时，如何完成自身造血？

定点扶贫伊始，杨长健就让大家理解，扶贫不应该只是直接给钱、给物，而是要扶持根基。银行在扶贫工作中的角色定位是"中介"，他是中间的"纽带"，是整合资源、牵线搭桥，让需要钱的人能够找到有钱的人，发展特色产业，培育长期客户，稳定产品市场。

杨长健担任四坪村第一书记的同时还兼着绵阳分行营业部总经理，这些年他两头跑，并没天天驻扎在村里。杨长健说，我们的长处不在于守在那里，帮他们种地、养猪……我们可以做得更好。他们把树苗、果苗发给村民种，把猪仔、小鸡送给贫困户养，收获的果实和成猪帮助销售，他们把致富的种子和希望播种在了那片让他们魂牵梦绕的土地上。

随着生态黑猪大规模批量出栏，如何确保销路畅通成了摆在面前的难题。为解决四坪生态黑猪的规模生产及市场，杨长健他们逐步探索出一套行之有效的办法。

他们每隔一段时间，便邀请专家把脉有机生态循环农业发展方向，给村民传授专业知识，进行技术指导；为了四坪村的长效发展，带领村支书、村主任到知名生猪加工企业考察学习，去网络平台企业及"乡村旅游模范村"学习和寻求合作；他们与建行客户合作建立蓝莓种植基地，为四坪村带来新的经济增长点。目前又成立了陈家坝四坪村益康生态农业合作社，入股村民达121户，充分利用土地和林地，打造高山蔬菜、农禽循环生态养殖基地。

他们指导四坪村创立"羌巴佬"精品猪肉系列产品，并在建行网点推广宣传，扩大影响；他们借助互联网扩大销售渠道，在总、分行的支持下，"羌巴佬"靠电商"飞出"了大山，落户建设银行"善融商务"平台和淘宝店铺；他们还在养殖场安装了摄像头，让大客户在网上能随时看到四坪黑猪的养殖过程，花明白钱，买放心肉；他们多次聘请专家培训讲解互联网思维下的农产品电商平台的运营模式、经营方式，分享交流国内涉农企业的经典案例。绵阳分行团委还在村里建立起"大学生自主创业示范基地"，辅导农村大学生回乡创业。如今，四坪村90%的村民对电子商务都有了一定了解，网络店铺初具规模。同时，产品进入城市专卖店营销也启动起来，不少顾客得知了品牌背后的故事后深受感动，成为忠实的消费者；知名企业也慕名而来，通过长期合作形式给予"羌巴佬"鼎力支持。

"羌巴佬"品牌立起来了，客户订单多了，可是猪肉配送却成了大问题。杨长健他们将员工扶贫募的资金用在了"刀刃"上，为四坪村购置了一台价值6万余元的冷藏车。现在绵阳市全辖和成都市部分区域的客户只要一个电话，或者在"淘宝""善融商务"等网上下个订单，冷藏车就会把最新鲜的"羌巴佬"精品猪肉或生、鲜农副产品送到家门口。

扶贫需要真金白银。他们想方设法用好政策、用活资金，以创新观念解决"钱从哪里来"的问题。他们营销"羌巴佬"系列农产品，宣传四坪村的生态环境和农耕文化，引进社会爱心人士、借力企业平台参股合作社，解决了"高山有机生态蔬菜农庄"前期启动资金和今后市场难题；他们带动客户参与扶贫，密切银企关系，拓展了营销路径。越来越多的企事业单位和各界人士开始关注四坪村和建行的扶贫善举，一些企业主动上门，与建行、与四坪村谈合作，谋发展。四年里，绵阳分行四两拨千斤，用自筹的十余万元扶贫资金投入，撬动了四坪村600多万元的产业发展，并用建行在客户、市场、信息方面的优势，帮助四坪村利用自然资源优势，以生态养种殖（植）为基础、以"农耕文化"旅游为特色，发展绿色、生态、循环农业组合式产业脱贫奔康，探索出了一条银行业金融机构帮扶贫困山区推进产业发展、乡村旅游、循环农业、社会主义新农村建设切实可行的路子。

建行把企业和客户带到了四坪村参与扶贫工作，并且达成了多项合作意向，带动了农村产业结构性改革，这是一个很大的成就。通过建行平台"羌巴佬"们走向市场，这几年其实一直是建设银行的信誉在为四坪村的产业和产品做担保。

"授人以渔"的理念，建立"造血"功能，探索致富路子，一系列的顶层设计、微观实践，核心是精准，关键是落实，只有这样才可确保持续。如今，北川羌族自治县和陈家坝乡的各种项目、政策、资金纷纷落地四坪村，为坚持产业扶贫，提供了不竭动力。

集体帮扶，彰显美德善行

"四坪村扶贫成功离不开建设银行绵阳分行领导集体的大力支持和扶贫团队的全程参与，离不开四坪村村干部的积极进取和勇于作为。"在采访中，杨长健不止一次这样真诚地对我说。这不仅仅是他的谦逊，也是一个不争的事实。杨长健，他不是一个人在战斗。

绵阳分行专门成立了以行长挂帅的金融扶贫工作领导小组，扶贫团队成员包括分行所有部门的负责人。扶贫工作一开始就明确了"一户不少"扶贫基调，即凡是贫困户都是帮扶对象，全体脱贫只是阶段目标，长期小康才是终极目标。与此相呼应，在四坪村制定了扶贫攻坚作战帮扶体系，分析致贫原因，成立了六个突击队，落实了"五个一结对帮扶"工作，实施了"三大工程"：基层党建规范化强基工程、示范性带动工程、智慧型扬帆工程。

在四坪村定点扶贫工作上，绵阳分行领导班子是决策者，杨长健是建设银行驻村扶贫的代表、执行者，绵阳建行、四川省建行、建行总行和全社会共同参与扶贫，大家充分利用建行品牌在系统内部、合作客户群体、朋友圈广为宣传，举全行之力打这场脱贫攻坚战。

四川省分行党委书记杨丰来行长会见客户时不忘推销四坪村的"羌巴佬"生态黑猪；绵阳分行前任行长于戈离开建行后还在客户和四坪村之间牵线搭桥；刚刚退休并获得中国银行业协会授予的"2017年中国银行业最佳社会责任管理者奖"的管建国副行长说，2020年退出前，我们一定要把市场做实。他们探索走集体经济和社会企业的路子，通过商业模式运作来达成"帮扶计划"，在逐批次推进产业并销售产品后，实现资金的回笼和积累，并最终依靠销售盈利扩大规模、良性发展。一方面，他们建立了完整的产销体系。"羌巴佬"试水成功之后，没有盲目扩大养殖规模，而是根据"订单"定量生产，理智发展，避免了盲目扩张给村民带来的损失和挫折；另一方面，他们清楚，一个品牌能够在竞争残酷的市场上站稳脚跟，只有爱心是不够的，人们可能因为同情购买一两次，但却不会成为品牌的长期消费者。必须逐步形成以生态产品为核心的产业链和产业集群，打造有影响力的地方品牌。

为此，他们一边培养团队，一边邀请对口企业和专家，为生态产品赋予了科技内涵与时代活力。

在建行群体中，由绵阳分行团委组成的"羌山深处的志愿者"是一股青春的力量。他们创造性地开展了"互联网＋精品产业＋精准扶贫＋草根创业"的特色产业促进活动，深入探索"共享社区"建设模式，通过建立APP平台，实现推送当地旅游攻略、定制服务等功能。他们联合绵阳市金融团工委和多个医学院校组成专家教授志愿者团队，送金融知识、送义诊，开展"贫困家庭慰问""儿童关爱""义务劳动""大学生座谈"等多种形式的活动。他们在"劳动摘除贫困帽，奋斗实现幸福梦"的演讲中说："夫英雄者，胸怀大志，腹有良策，有包藏宇宙之机，吞吐天地之志也。"新一代建行扶贫"接棒人"已帅气登场。

杨长健说，建行扶贫是全员参与，一个都没有例外。同时，建行扶贫"扶上马，还要好好送一程，确保中途不掉下马来，一个也不能少"。为在四坪村建立精准扶贫的长效机制，绵阳分行通过员工捐赠筹措资金6万元，建立了四坪村"返贫帮扶基金"，专门用于帮扶因各种原因返贫的村民。截至目前，建行、四坪村委已与3户因病、因家庭变故返贫的村民签订了三方定向扶贫协议书，每户获得2万元基金作为本金入股合作社，由村委会安排公益性岗位，其获得的劳动报酬与分红一部分归还本金，一部分用作贫困村民生产生活资金。此举从机制和资源上为解决未来可能出现的返贫情况提供了保障，小资金促成了大扶贫。

建行人心系扶贫大业，大爱传递人间真情。杨长健和建行绵阳分行扶贫团队，以堪称典范的精准扶贫行动和显著成果，出色履行了建行人的社会责任，体现了强烈的责任担当。通过因地制宜谋划、合理运用资源等，用绣花的功夫精心绣制了帮扶村脱贫奔康的美丽图画。现在，四坪村"支部＋合作社＋农户＋扶贫"的产业发展模式逐渐成熟起来，杨长健他们还在精心描绘着心里的蓝图：田园要变成公园，让空气变成人气，让产品变成商品，真正让集体强起来，农民富起来，农村美起来，让贫困群众都能过上幸福生活。

面对这幅蓝图，我想起一句名言：奉献乃生活的真正意义。一点善心，一个善举，大家一起做善事，对一个人一生的影响可能会超出你的想象。笔者看到，每一个去过四坪村的人都和杨长健一样，爱上了那里，爱上了扶贫，爱上了奉献。

"干精火旺"的暖男

建行的同事和四坪村的村民都说，杨长健当上了全国金融道德模范，大家心里可服气了，他可不是吹出来的，是用一点一滴汗水浇灌出来的。

大伙儿评价他的关键词是：敬业、拼命，情商高，暖男。

杨长健有多敬业拼命，说说他的传奇经历：2007 年，他因公出差途中遭遇车祸，造成脾、胆和胰腺多个器官严重受损被迫摘除。在死亡线上走了一遭的他更加珍惜工作，重伤初愈他便立即回到工作岗位，这些年没有因为身体器官的残缺而耽误任何工作，反而比健全的人更加拼命，把很多周末、节假日全搭进去了。同事们说，我们感觉他把生死看透了，把自己的身体看淡了，甚至没把身体当作是自己的了。杨长健说，车祸之后，就是死了一次又活过来的人，觉得往后每活的一天都是赚的，而我做事的习惯就是把事情做好。他从绵阳分行人力资源部总经理、办公室主任、小企业部总经理、毅德支行行长、分行营业部总经理到四坪村第一书记，曾一人身兼多职。无论组织安排他做什么工作，他都兢兢业业、任劳任怨，他的爱岗敬业、忠于职守，始终为人称道。同事说他干工作就像一个英勇的战士，总是奋不顾身、冲锋陷阵。

杨长健是助人爱亲的道德模范。一般事业干得轰轰烈烈的人都顾不上家庭，他是一个特例。他的妻子是农行四川省分行的中层干部，两人一个在成都，一个在绵阳，长期两地分居。他便主动留在绵阳承担起家庭责任，照顾老人和儿子，十几年如一日敬老爱幼，是圈内外和街坊邻居公认的好女婿、好父亲、好丈夫。他多次放弃异地交流的机会。对此，爱惜关心他前途的领导曾"批评"说：你就是太顾家，家庭观念太重。对此他说，一个男人，家庭都弄不好还说啥子事业嘛。

绵阳分行有个孤寡老人刘树根，退休后一直疾病缠身，杨长健对他没少操心，比照顾自己的父母还把细。住院、转院、守护、洗屎尿衣裤，样样都做，医院社区有啥事就找他过去处理。80岁的老人时刻念叨着"恩人杨总"。

杨长健的人善心细，几乎众口一词。有一次，杨长健和同事去拜访一个重要的部队客户。那位首长说话时鼻音重，好像不舒服的样子，他就记在了心里，回去之后找了治疗鼻炎的偏方给送去，首长既意外又感动。之后，营业部和这个大客户合作关系更为稳定。同事说，杨长健参加员工亲人的追悼会，探望生病住院的员工和家属，节假日给大家发祝福短信，心细如发，行动如风，大家想不到的事他都做到了。看他在业务上尽心尽力，又无微不至地照顾员工，我们就在心里暗下决心，一定要更加努力把工作做好，无论多么辛苦都心甘情愿。

杨长健是公认的暖男。同事说，每年过生日，收到的第一个祝福是杨总发来的，他在人力资源部做总经理的时候给全行每个员工发，不仅给老员工发，新来的员工还不认识他也发，一直坚持到现在。他为人正直、真诚，待人真心、交心，大家信任他，喜欢和他在一起做事。和他在一个部门的人不愿意离开，参加集体活动分组时总想和他分在一个组。

同事们说，小事见人格。领导说，大事是模范。在他的荣誉册上记录着：2011年度总行级的优秀党务工作者，2014年度维稳工作先进个人，2010—2011年度省分行级优秀党务工作者、优秀培训工作者和2013年度"创新金融服务，支持经济发展，做一名合格建行员工"建功立业竞赛活动先进个人，2013—2017年度绵阳分行优秀党务工作者、优秀共产党员和2015—2016年度四川省银监局四川银行业扶贫工作先进个人，2018年第二届全国金融道德模范。杨长健用自己的实际行动书写了助人爱亲的华彩篇章。

在绵阳采访中，我同杨长健的谈话放到了最后。我们面对面坐着，我问他：你怎么有那么旺盛的精力和干劲，累不累？他干脆地回答道：辛苦，但心不累。

他说，有人曾用"干精火旺"四个字形容我，我自己觉得还是比较贴切的。"干精火旺"是重庆方言，比喻一个人争强好胜，但他并不只是争强好胜，而是像一团燃烧不尽的火，充满激情和热情地在做每一件事，不遗余力地做，豁出自己在做。

杨长健白净，温和，热情中透着一丝腼腆。他开朗，健谈，一口标准的"川普"，说话时始终微笑着，目光中有一种坚毅。

他笑着给我爆料：我在绵阳分行营业部还是一个喜欢"说教"的总经理。但我从不板起脸来说教，开会时我经常这样给员工他们讲：将心比心，响鼓不用重锤。我给大家算了笔账：工作几十年，真正为建行做事的时间非常有限，只用了一天三分之一的时间，但建行对你的回报却很多：一份令人称羡的职业，足够养家糊口的收入。有了经济基础，养育子女，送他们上好学校，出去旅游，晒美照，晒幸福感……换位思考，我们有什么理由不好好工作，有事做是一件幸福的事情。被人需要，可以帮到需要帮助的人，是幸福的。

对同一件事的认知不一样，结果也不一样，态度决定行动，行动决定效果。杨长健说他做事之前并没有什么崇高的想法，做的时候也没有想到结果、回报，就直接投入去做了。往往是一个善念，举手之劳的一个善举，在这个过程中获得了幸福感，就真正融入了。

一个心有大爱、肩有担当的人，无论做什么事，都想着尽自己的全力，帮助别人，成全别人。杨长健就是这样的人。

"建行连心桥"的诞生

四川省北川县是中国唯一的羌族自治县。陈家坝乡四坪村位于川西北九黄环线东缘，海拔 500~1500 米，是"5·12"特大地震极重灾区，地处龙门山断裂带北段中心，典型的川西北山区，是特大地震重灾区、少数民族地区、革命老区、边远山区和连片特困地区"五区合一"的贫困县乡村。四坪村位于龙门山脉九龙山脚下，距离绵阳城区一百多公里，道路崎岖，交通不便。震后村道不通，须涉水过河，遇到汛期山洪咆哮，几近与世隔绝。

2016 年 12 月，一座人工索桥在杨家沟河上建成了。这是建设银行的扶贫项目，架起了四坪村与建设银行、四坪村与社会和市场的桥梁，被命名为"建行连心桥"。

村民们奔走相告：有桥了，以后不用蹚河了！这座桥，不仅连通了四坪村走出大山的路，还使邻近的四个村受益，实现了村民几代人便利出行的梦想。

"扶贫手拉手，大爱心连心"，对绵阳分行定点扶贫的四坪村来说，不是一句口号，而是实实在在的行动。这座造价70万元的"建行连心桥"，就是杨长健他们利用建设银行的融资平台和客户渠道，通过与当地政府和公路局、交通局、扶贫局等相关部门的沟通联系，立项审批，建设银行总行扶贫捐赠资金补足资金缺口，使得这座桥如期建成投入使用。

"一定要建造一座桥！"这个念头早在杨长健他们第一次蹚河进村的时候就扎在了心里。2013年7月下旬，杨长健第一次考察四坪村，6月的暴雨致使河水猛涨，阻断了四坪村的外出交通，一行人蹚水过河一路泥泞地来到村民家里，天气闷热，蚊虫叮咬，还缺水缺电。看到这一切，杨长健内心五味杂陈，心情沉重。杨长健说："也就是从那个时候，无形之中，我的心中也升腾起了一份党和国家赋予我们共产党人的责任和担当。几年下来，我感谢绵阳分行党委和全体同仁，他们不仅没有让我成为孤独的驻村第一书记，也没有让我们四坪村780余名村民独自前行，而是用我们建行人的务实用心和敢于担当的精神，全力以赴践行党和国家的扶贫政策，群策群力不断创新，把四坪村当成了我们自己的家。"

2018年6月22日上午，笔者同绵阳分行副行长管建国、分行工会副主席冯勇和杨长健，一行几人去四坪村。盘山公路上，坐在汽车后排的杨长健一直沉默不语。我问他，回四坪村，有什么感觉？他憨憨一笑用四川话说："没得啥子感觉。太熟悉了，太亲了！……"在他心里，四坪村和建行都是自己的家。几年来，杨长健把自己的表彰奖励、扶贫补贴和奖金、津贴等，一分不留全部用于四坪村多家特困户的家庭资助和帮助生活困难的群众。

杨长健说，当时去扶贫我没想那么多，就是一个过程。也许正因为没想那么多，所以一切就来得比较自然。通过扶贫工作，他有一个最大的收获，就是大家是因为一种信念，也可以说因为一种理想聚在一起的。扶贫不仅带来生活的改善，也提升了精神意识，找寻到一种归属感与价值肯定。帮扶的不仅仅是一个农户，一个家庭，同时将散沙一般的村民凝结起来，形成自己、家庭、生活社区的和谐统一发展。就像是连心桥，把大家的幸福连在一起。

作为特殊身份的驻村第一书记，杨长健在挂职帮扶过程中，用满腔的热忱、辛勤的汗水，穿针引线，架起了这座"连心桥"。站在"建行连心桥"上，我的心底升腾起了一股温暖的激情和感动，那里面有责任和担当，有作为建行扶贫人员的骄傲和自豪。

举目望去，坐落在四坪村村口的"建行连心桥"，已成为一个显著的地标。连心桥，是在心河两岸建起的一座虹桥，它连接着永恒，也连接着现实和理想，它从建行人的爱心出发，在四坪人的心田抵达，是建行人和四坪村心连心的象征。如果说，杨长健是建行扶贫攻坚的新榜样，那么"建行连心桥"就是金融精神的新坐标。

心存大爱，任重道远

笔者去四坪村采访之前，已悉上级正在考虑委派杨长健赴凉山担当扶贫重任。面对新的使命，他笑着说，这是组织对我的认可和信任，我坚决服从组织安排，尽管自己和家人，都有些担心我的身体能不能扛住。他妻子曾评价他说：不懂拒绝，好管闲事。很多事情和他毫无关系，但只要别人需要，他就会去做；他岳母对他说：组织上给了你那么大的荣誉，你去吧，家里的事放心。同事朋友们劝他：不要太卖命了。可是他说，有一种幸福感。

杨长健多次提到"幸福感"，我也亲眼看到了他身边人的幸福感。

我问他，你的幸福感是怎样的？他说，大家有事需要我了，而我也能够帮助他们，我能够办到、办好，这样幸福感就很强。

我问杨长健，如果真要去凉山了，你能放下四坪村吗？他说，放不下。其实2016年他的扶贫期就满了，四坪村支书成满平说，但建设银行始终关怀支持我们，第一书记也没有离开我们，直到现在建行对我们的扶贫力度还是有增无减。或将履新的杨长健笑着说，四坪村脱贫工作已进入常态化、长足发展轨道，我的幸福感也是满满的。

笔者看到，自2013年以来，各级党委、四川省银监局安排绵阳分行及其所辖支行对口帮扶贫困县1个、贫困村12个，共有建档立卡贫困户337户，建档立卡贫困人口985人。近五年来，在建设银行总行、四川省分行的部署下，绵阳分行党委探索出一条符合国有金融企业实际的精准扶贫之路，精准化定点扶贫及产业链扶贫工作成绩斐然。目前，正结合业务转型，创新扶贫产品，大力推进"善融"平台电商扶贫模式，广泛拓展"裕农通"助农取款服务点延伸普惠金融，着力对接贫困地区金融需求。最近，由建行搭桥，定点扶贫村又与农科院等单位签订了"战略扶贫协议"，金融扶贫工作正在向纵深推进。

笔者看到，四坪村正着力开展精准扶贫工作回头看，动态掌握贫困户的生产生活情况；继续做好扶贫政策宣传落实，抓党建促扶贫，巩固扶贫产业，合理利用产业扶持周转金，辅助贫困户入股合作社抱团发展；充分利用农民夜校平台，开展农村实用人才和专业技术培训，拓宽就业渠道；深化民俗民风和感恩教育，促进精神文明建设和农村和谐发展。

笔者看到，面对荣誉和新的考验，杨长健正以更大的激情、更实的工作、更强的担当投身扶贫攻坚事业中，奋笔书写新的光荣篇章。

用杨长健的话说，作为北川的有缘人，北川四坪村已成为我们人生旅途的宝贵一站，必将是我们永恒的牵挂。不管我们在与不在，我们的帮扶行动总在那里；不管今后我们在哪里，牵挂祝愿大美北川、生态羌城的心永远在这里。

是的，建行和四坪，是永远不解散的"扶贫攻坚合作社"，我们的扶贫誓言和庄严承诺，金融人的大爱，山水为证，写在了羌山深处。

（先后发表于《中国金融工运》《中国金融文学》等杂志）

‖ 作者简介

李阿华，中国金融作家协会会员、中国报告文学
学会会员、中国散文学会会员，江苏省作家协会会员、
江苏金融作家协会副秘书长、江苏省苏州市吴江区作
家协会副主席。现供职于中国人寿保险公司苏州市吴
江支公司。

‖ 绽放的马兰花 ‖

——记全国金融道德模范 马海花

李阿华

引子

宁夏，因为黄河穿过，有着"塞上江南"的美称，但宁夏山多川少，
也有黄河无法滋养到的地方，于是有了光山秃岭，有了大漠孤烟。

从银川走高速一路往南，望不尽的是两边绿树成荫的美景。越往东南
开，但见广漠连绵，峰岭交织，绿树越来越稀少，特别是那些山岭更是荒凉。
关马湖、滚泉坡、盐池——路旁不时出现水灵灵的路牌。地名含水量很高，
但周围依然是看不尽的干土地。

车入同心境内，但见莽莽苍苍的黄土地，布满纵横交错的干沟，荒凉
苦焦。同心是宁夏回族自治区的一个县，属于典型的"老、少、贫"地区，
总面积 4662 平方公里，因为干旱少雨，沙漠侵袭严重，被联合国粮食开发

署确定为最不适合人类生存的地区之一。

但就是这样的地方，有一位"80后"女子，却在沙里炼出金子，在石头挤出水来。如果说著名作家张贤亮在银川郊区卖"荒凉"成就了一番事业，那么她在同心却让"荒凉"变成"保险绿洲"，实现了自己的人生价值。她成了"保险绿洲"中一朵绽放的马兰花。

这位"80后"是谁？她有多少值得讴歌的故事呢？

花为谁开

她叫马海花。

这在同心是个大众化的名字。同心严重缺水，但人们取名字喜欢用"海"，女孩子用"花"。不难理解，同心人渴望雨露甘霖，渴望蔚蓝的大海，渴望花的芬芳。

马海花，1980年4月出生。她的父母生了八个孩子，她最小。或许年龄最小，她受到父母的宠爱也最多。不幸的是，在马海花6岁的时候，她的父亲因病去世了。在母亲的关爱和一帮哥哥姐姐的照顾下，马海花渐渐长大。

别看马海花特别受家里人宠爱，但她很能吃苦，小时候争强好胜，特别爱学习。说话伶俐，对人礼貌，全家人都喜欢她。

1996年7月，马海花高中毕业。踏上社会，她做着晶莹剔透的梦，在梦中自由飞翔。1997年4月的一天，她听大哥说，中国人寿保险公司（以下简称"国寿"）同心支公司营销服务部刚成立，正在招兵买马。如果进入该公司，坐坐办公室，是不错的工作。马海花听了大哥的话，兴冲冲赶到国寿同心支公司营销服务部报名。她没有想到，面试人员回绝了她。理由很简单：她刚走出学校，年龄小，像个孩子，不能胜任保险工作。

马海花怎么是个小孩呢？她已跨入17岁的门槛了。1.65米的个子，那里一站，犹如黄土高坡上一株含苞绽放的马兰花。漂亮的脸蛋，一脸阳光。长长的睫毛，遮不住眼睛的灵气。

眼看自己要被淘汰，马海花发了"蛮"劲。她敲开了营销服务部经理周家忠办公室的门。周家忠，1986年进入中国人民保险公司同心支公司。

1996 年人民保险机构分设，他被分到国寿公司筹备同心营销服务部。他是保险的拓荒者。

他见马海花一脸窘相，暗暗佩服她的勇气，而这种勇气正是保险业务员必须具备的基本素质。周家忠一连问了马海花几个问题，她竟然对答如流。周家忠十分满意，当场拍板录用马海花。

马海花"花"落国寿，不久，她和一起录用的保险新人参加上级公司组织的培训。全面系统的授课、专业化的训练，让马海花对保险有了全新的认识。

培训结束，马海花回到同心正式上班。

这是高原上的马兰花盛开的季节。有马兰花盛开的地方，最干旱的泥土也变得动人。

马海花对自己从事的职业充满期待。脚下的土地是贫瘠的，但同时也是一方光荣的土地。

这是工农红军战斗过的地方。红军西征总部就曾设在同心县豫旺镇，留下了许多可歌可泣的故事。1936 年 8 月 16 日，美国记者斯诺来到同心，进行了大量的采访，著名的《抗战之声》就是在这里拍摄的。那年 9 月 7 日，斯诺离开同心。走之前，他完成了《红星照耀中国》（又名《西行漫记》）三分之一篇幅。这本书像一扇敞开的窗户，让世界第一次看到了真实的中国共产党及其领导的工农红军。随着《红星照耀中国》在世界各地流传，同心也从那时起闻名于世。那年的 10 月 20 日，受党中央、毛主席指示，陕甘宁省主席李富春和西征红军总部在同心清真大寺与当地回民群众一道，举行中国历史上第一个回民自治政府豫海县成立大会。当地回民马和福当选为政府主席。同年的 11 月 12 日，红军一、二、四方面军会聚同心城，与刚成立的豫海县群众一起欢庆三军会师。朱德总司令和张国焘、彭德怀、贺龙三军首长都发表了讲话。

——这是载入中国革命史册、民族史册的大事。

同心是一方红色的土地，作为同心人，马海花为自己成长的土地而自豪。

作为回民新一代，马海花也为家乡特有的民族风情所陶醉。同心县是中国回民四大教派之一虎夫耶派的主传承地，宗教色彩特别浓郁。同心总人口 39.8 万人，近 90% 是回族人口，是全国建制县中回族人口比例最高的县。在同心城里，有一座翘檐斗拱、庄重朴素，建于明万历年间的清真大寺，是中国现存历史最久、规模最大的一座伊斯兰教建筑。它是同心回民举行宗教活动的重要场所。他们日日礼拜，风雨无阻。特别每年的开斋节、古尔邦节、圣纪节三大节日，回民更是精心准备，庆祝场面十分隆重。

但马海花面临一个不可回避的现象是，同心的回民对保险无法接受。被他们奉为圣典的《古兰经》中，保险的含义就是使不得。像红利、利息，是不能要的。

在回民的风俗习惯和宗教礼仪中，女性不能抛头露面，家妇不见外男，特别是未婚的女孩子，更不能随便外出。即使外出，也要有至亲长者陪同前往。

还有，同心的许多百姓缺乏支付保险费的能力。他们生活在干旱地区，不少家庭居住在窑洞里，喝水要到几十里外拉来。平时主要依靠喂养几头家畜、种植几亩薄地过日子，收入来源少。许多的家庭，生活到了捉襟见肘的地步，哪有钱买保险？

这是横亘在马海花面前的一道道坎。

保险销售需要宣传，而现实生活中不能谈保险。女性不能抛头露面，而她和许多伙伴偏偏就是女性，况且马海花还待字闺中呢。保险需要客户的收入支撑，而马海花服务的对象，偏偏缺钱少钱。

随便哪一条坎，都让马海花难以跨越。

果真，当马海花骑着自行车拜访客户时，好多人对她侧目而视，一副怪异的样子。有一天，她在街上碰到一个熟人，那人笑嘻嘻问马海花在干什么时，她回答说在做保险。话音刚落，他的脸僵住了，眼光飘忽不定，变得沉默起来。这样的际遇算不了什么，叫她难于承受的是，有的居民在街头当众嘲讽她、挖苦她。马海花伤心得大哭起来。

能怪人家吗？是啊！长期形成的习俗、观念已在人们心中根深蒂固，一个女孩子跟人家一照面就大谈身故、伤残、疾病、保险理财，人家会乐意接受吗？

马海花变得尴尬起来，多想找一个知心朋友倾诉，可找谁呢？她们会不会也反对自己做保险？

同心城不大，即使芝麻小的事也很快就会传遍大街小巷。她的家人终于明白，马海花不是坐办公室的。她的工作时间：白＋黑，五＋二；工作地点：街头＋乡村；收入来源：业绩提成＋零工资。

马海花竟然干的是这样的营生？不行，应该制止。马海花有一位在机关工作的姐姐，她冲着妹妹说道："以后你不要跟我介绍保险，我不会买的。"她见妹妹愣住了，告诫道："我不买，你也不要到我的单位，打着我的牌子跟我的同事推销。"

马海花直淌眼泪。她心里明白，家人怕她丢他们的脸。

保险陷入困境。跟马海花一起进公司的一些小姐妹打起了退堂鼓，不辞而别。

马海花好孤独。同心的大地荒凉，但同心的天空异常美丽。瓦蓝瓦蓝的天空明净纯洁，云卷云舒，马海花真想变成其中的一朵云，自由飞翔。

马海花希望保险的天空也美呢！但保险的天空在哪里呢？

难道同心真的不需要保险吗？同心全县 39.8 万人口，很多家庭生存环境艰苦，在生产、生活中意外事故频频发生。还有的家庭，经济保障缺乏，因病致贫。甚至有的人患了重病，无力治疗，只能听天由命。

马海花相信，同心人缺乏保险意识，但并不是无法拓展，就如同心的土地，只要找到适合的树种，或对土壤进行改造，就能让树木郁郁葱葱，生机盎然。

保险的种子撒在哪里？应该撒在同心人的心坎上。

马海花又骑着自行车出现在马路上。叩响居民门，拜访一户户家庭，走访大大小小的商家、机关、学校。回到家里，她整理工作笔记，梳理客户信息，准备第二天的拜访。

看着马海花穿街走巷、一张脸被太阳烤得通红，家里人心疼了。一哥哥劝道："海花，人言可畏啊！那些话要噎死人的。推销保险这个工作不适合你干，你就是摆个小摊位做生意也比做保险强啊！"

马海花摇摇头，满脸委屈。家里人觉得不能让她任性下去。自认为将妹妹推入"火坑"的哥哥使出"绝招"——给马海花找一份轻松而又体面的工作。他喜滋滋叫来马海花，还没有开口，却看到马海花刚展业回来，一副兴高采烈、心满意足的样子。这位性情憨厚、正直的哥哥将刚到嘴的话咽了进去，竟然不敢将已经落实新单位的事告诉妹妹。

马海花的哥哥没有想到，自己的妹妹不仅没有离开国寿公司的念头，反而日久弥坚。

机遇往往垂青有准备的人。艰难的拜访，终于让马海花有了收获的一天。1997年的一天，马海花去某单位拜访，认识了该单位财务部的陈会计，那年他50来岁。或许经常跟数据打交道，陈会计对花小钱获大保障的简易人身险很感兴趣。他不仅自己买，还介绍别人买保险。在陈会计的帮助下，该单位180人参加保险。尽管每人每月只有20元，但180人加起来每月就是3600元。一年下来保费就是4万多元。一下子发展180个客户，马海花信心大增。陈会计成了马海花人生路上的"贵人"。他退休后，马海花经常看他，直到陈会计因病去世。

坚持和执着，使马海花赢得了客户信任，在寿险市场打出了一片天地。当手头一件件的保单送向一个个客户时，她的心头开满了"花"。

马海花的客户群在扩大，业绩节节攀高。2000年，因工作需要，马海花由业务员转向内勤岗位，她真的成为坐办公室的人了。但办公室工作并不轻松，一早上班打扫卫生，每天的保费输入，客户的赔案处理，为业务员准备保险资料等等。尽管一天下来疲惫不堪，但她毫无怨言，工作有条不紊。由于表现出色，不久，马海花担任客服部经理。

马海花每天忙忙碌碌。她发现，在业务岗位上，自己不懂的地方还有很多，长此以往，自己就要被淘汰。马海花忐忑不安起来。

没有其他捷径，"充电"是唯一的出路。2001年9月，马海花选择了自学考试，报考宁夏大学会计专业。

俗话说，能者多劳。不久马海花又担任了个险部经理、银保部经理、团险部经理。每一个角色，马海花均做到尽心尽职，她成了国寿同心支公司的多面手。

不经意间，马海花冷落了朋友。和她关系好的几个闺蜜在周末想约她逛逛街、喝喝茶，可马海花总是以工作忙推脱。有一天晚上，和马海花一起长大的买吉英、马金凤悄悄来到国寿同心支公司一探究竟。她俩不相信马海花真的很忙。马海花眼尖，一看见她们就叫道："你们真闲啊！这是我们业务员从客户那里收来的保费，我来不及清点，你们就帮帮我吧！"她一吆喝，买吉英、马金凤立马成了她的助手。

马海花在办公室忙，还经常和总经理周家忠下乡跑业务呢。周总工作节奏特别快，吃饭也快。碰到吃饭时间，他随意找一家路边店"呼啦呼啦"三下两下吃完，丢下碗，就匆匆赶路。这可苦了习惯慢饮细嚼的马海花，好几次饿着肚子跟着周总跑客户。不久，马海花学乖了、学快了，还没有辨出味道，饭菜已经下肚。但这哪里是享受啊！

有人问马海花："你在单位那么忙，回家又要自学本科课程，真的不怕吃苦？"

马海花回答："这一切其实还是源于热爱。你要是爱了，就不觉得苦，不觉得累了。莫负青春，莫负时光，我觉得未来会越来越好。"

2005年12月，在新年即将来临的时候，她拿到了厚重的礼物——宁夏大学颁发的大学本科学历证书。

马海花，又站在了新的起点上。

美丽的绽放

2008年，国寿同心营销服务部升格为国寿同心支公司。办公楼搬到城区的主干道长征西街20号。6月，马海花担任公司副总经理。那一年，马海花刚满28岁。

马海花升"官"了，但现实给她一个下马威。

那年，由于种种原因，公司不少业务员离开了，马海花点了点，手下不到十个业务员。

基础不牢，地动山摇。马海花的心里很清楚，此时此刻如果稍有松懈，业务员就会成为散兵游勇，公司的个人业务极可能出现断崖式的下滑。当前最要紧的是想尽一切办法稳定团队，留下队伍。那段时间，马海花不分白天夜晚地奔走在伙伴们家中，挨家挨户做工作，一遍又一遍地登门拜访，一次又一次地交流谈心。经过努力，团队终于稳定下来了，不断发展壮大。

要留住业务员，关键还是留住业务员的心。而做到这一点，还要得到家人的支持。

马海花可谓费尽了心血。

马秀月就是其中的一个。她加入国寿同心支公司之前，当过村小学的代课老师，后来跟着调到县机关工作的丈夫来到县城。夫妻俩生有三个女儿。为减轻丈夫负担，她在街上摆了小摊，但生意并不理想。一个偶然的机会，她进了国寿同心支公司，成了一名业务员。

但她的丈夫周先生一开始默许，后来开始强烈反对。

周先生有他的理由。他妻子马秀月是 2005 年进国寿同心支公司的。那时候，社会对保险并不认同，就是能做一点保险也要靠一定的人脉关系。他们夫妻俩来自农村，交往圈子很小，人脉关系正是他们缺乏的。马秀月只能陌生拜访，挨家挨户去跑，经常吃"闭门羹"。几年下来，业绩并不理想。她一回家就是掉眼泪。周先生心烦了，挥挥手叫她不要干了。

周先生反对妻子做保险，其实还有一个担心，就是妻子一直在外，家也照顾不到了。一摊子家务、照顾女儿的事全扔给他干，那不行。

马海花得知这一情况，丢下手里的活，登门拜访周先生。马海花的目的很明确，就是希望周先生支持妻子的工作。一番劝说，但周先生就是不领情。此时，已近半夜时分，马海花站起身告辞，说自己要马上回家照顾身体不佳的母亲，以后抽空再拜访周先生。马海花说完，急急驾驶小车消失在夜色之中。

周先生纳闷起来。马海花的老妈怎么住在女儿家里，由女儿一手照顾呢？按理，老人应该住在儿子家才天经地义。

马秀月告诉丈夫：马总很有孝心，是从兄弟姐妹间将母亲抢来的，已经照顾很多年了。马总很忙，但只要有空，特别在节日里，总要挤出时间陪着母亲走亲访友，像个乖巧的小孩子。

周先生对马海花不禁刮目相看。孝敬长辈，这是一种可贵的美德。但在马海花身上，体现得更完美。妻子跟着这样的领导，还有什么不放心的？

当马海花再一次拜访周先生家时，看到这么一幕：周先生正在好言好语劝说妻子马秀月。原来，马秀月的任务指标还缺一点，眼看竞赛日期即将结束，她急哭了。周先生劝慰着妻子想办法，说不定还得大奖呢！马秀月破涕为笑。

马海花也情不自禁地笑了。

一番艰苦的努力，马海花终于将一支濒临解体的队伍巩固起来。

队伍不断扩大，马海花的服务领域也不断拓宽。她不断挑战自己，将服务触角延伸到陌生的银行业。

那一年，国寿公司和多家银行开展合作，发展保险代理业务。这种银保业务是方便客户的一种资源联合，是金融行业一体化下混合经营的产物。但不少基层银行鉴于自身的业务指标大，已忙得团团转，未必肯花精力去落实。

有一次，马海花去一家国有银行拓展银保业务，希望合作。但该银行并不乐意。习惯由客户求银行，银行叫客户买保险，怎么也抹不开面子。该银行以自己的业务压力大为理由，不想合作。

银行代理保险业务陷入僵局。

马海花没有退却，她又一次去那家银行，找到分管业务的副行长介绍保险。刚一落座，快言快语的马海花直奔主题，将代理保险的特点、优势、操作流程一一道来，那位副行长越听越感兴趣。马海花眼尖，发现副行长办公室的窗户上积了不少灰尘，她连忙站起来，一边继续介绍业务，一边拿起一块抹布利索地擦了起来。

那位副行长惊讶起来，说道："你多多少少也是个公司副总经理啊！怎么就没有一点架子，当起保洁员了？"

马海花笑道："我已经习惯为客户服务。再说，说不定你以后也是我的客户，对吧？"

那位副行长连连点头，爽朗地说道："其实我们应该是合作伙伴。这样吧，你帮我们的客户经理培训一下，等他们熟悉了代理业务，我们银行就推开。"

马海花马上回自己的公司，着手准备业务培训。一切水到渠成，没多久，国寿同心支公司和那家银行合作，保险代理业务顺利推出。

良好的职业形象、专业的业务技能，让马海花在银行业开辟了市场。

但她知道，作为公司的管理者，不但要掌握业务知识和技能，还得设身处地当好客户参谋，多为客户着想，才能赢得客户的信赖，业务才能持久发展。

马海花把目光瞄准了一家地方银行。

这是一家服务农村、网络齐全的银行，以存蓄、发放小额贷款为主。按常规，业务做得越大越好，但该银行的信贷员不敢这么做。他们不敢大量放贷，为啥？一个字：怕。怕放出去的贷款收不回来。如果贷款人发生意外身故，那更麻烦了。虽然他们可以走诉讼之路，但一趟流程走下来，也吃不消。一句话，信贷员的精力耗不起。

但农户有意见了，去银行贷款，设置的门槛很多，即使办到的贷款也是数量有限，无法扩大再生产。

"为什么不能用保险的途径来解决？"马海花想，她决心把这一业务做下来。她经过市场调查，觉得国寿公司推出的"信贷保"可以满足该银行的需求。

没有想到，该银行很抵触"信贷保"保险。他们觉得银行实力强，存在的风险应该由自身来消化，靠保险公司来理赔是不靠谱的。再说，银行跟一个青年女子来谈保险，更是不妥当。

马海花吃了"闭门羹"。但天性不服输的她又开始了一次一次的拜访，她相信"信贷保"的魅力。通过锲而不舍的努力，那家银行终于接受了"信贷保"业务。

承保了"信贷保"业务，马海花依然和该银行保持密切联系。一旦发现赔案，马上收集资料处理，并以最快的速度将赔款打到银行账上。

那些信贷员没想到，平常自己最担心的事竟然被国寿同心支公司轻轻化解了。一下子，那些信贷员的胆子大了。他们放贷量大增，一时赢得了农户的交口称赞。

一项"信贷保"业务，撬动银行的业务。这是双赢，不，是银行、国寿公司、农户三方的共赢！

但故事没有结束。那些银行和马海花打交道，竟然对她公司管理的模式感兴趣了。

马海花所带的队伍没有编制、没有工资，但纪律严明，爱岗敬业。他们既有恪守传统的一面，又有着和时代相融的一面。他们准时参加公司早会。早会结束，精神抖擞走出公司，一会儿便出没在人海中，宣传保险，乐此不疲。

他们搞不懂，这样一支队伍马海花是如何带出来的。

他们悄悄去同心支公司观摩、取经，回来将学到的东西运用到工作中。有个银行副行长竟然将刚大学毕业的女儿送到国寿同心支公司接受培训。经过一段时间历练，她考进了政府机关。其中面试十分出色，取得第一名。不用猜，是国寿同心支公司的经历锻炼了她。

国寿同心支公司，赢得了客户的信任，也赢得了市场，业绩蒸蒸日上。那年，经国寿宁夏分公司评比，同心支公司获得了全区国寿系统的年度桂冠。

这是一份来之不易的殊荣。分管业务的马海花笑了。那笑容很美丽，像马兰花一样绽放。

谁知我心

当时光进入 2009 年，国寿同心支公司的业绩继续上扬，一路高歌，捷报频传。

那年 12 月，同心支公司再次获得全区国寿系统的年度桂冠。未来得及庆祝，业务员发现，马海花突然销声匿迹。

群雁高飞，但领头雁不见了。落日斜阳，断鸿声声。离群的雁，你在哪里？

马海花——业务员的领头雁真的飞走了，她飞到了 250 公里外的银川，到一家新单位上班了。

这是一个爆炸式的新闻，似乎不可思议，但事出有因。马海花虽然当了国寿同心支公司的副总经理，但高强度、高节奏的工作让她无法照顾家人和孩子，家里人除了埋怨还是埋怨。一些喜欢捕风捉影的人更是评头品足，彰显了人性最卑劣的一面，让听者不寒而栗。面对风言风语，家里人承受不了压力，要求马海花马上改行。

马海花强烈感受到自己被抛在了生活的漩涡中，无所适从。

在哥哥的"裹挟"下，马海花去银川上班了。多好的工作环境啊！漂亮的大楼，窗明几净的办公室。这里不用到处奔波，不用和形形色色的人打交道，是一种平静理想的工作。但马海花无法满意，这样的工作环境不符合她的性格。她恨自己的软弱。自己不厌其烦、一遍一遍请那些离职的业务员回来，自己却成了"逃兵"？

"谁知我心？"马海花一声长叹。她坐立不安，苦不堪言，她已是"身在曹营心在汉"。

两个月不到，马海花打点行李回到同心。她怕哥哥反对，竟然没有告诉他。

这可是千辛万苦为她寻找工作的哥哥啊！这一次，马海花算是将哥哥彻底得罪了，以至于好久不敢见哥哥的面。

马海花风尘仆仆再一次回到同心支公司，那是飞鸟归林，鱼儿入水。那天早会，伙伴们的掌声是如此热烈，马海花的眼睛湿润了。

一旦倾心投入，身躯内爆发的力量是惊人的。在同心这片土地上，马海花将如何大显身手呢？

马海花要打造一支新型的团队，把团队拧成一股绳。

社会上有些人说业务员必须是杂牌军，马海花不服。她组织大家参加培训，举止、走姿、坐姿、站姿必须符合礼仪规范；业务知识、技能必须跟上形势发展。

一些人指责女性不能抛头露面，马海花不信。她组织业务员到公司的大门口跳晨操，让路人一睹"娘子军"的风采。

清真寺对女性来说，是禁区。但马海花竟然带着业务员到清真寺宣传保险。在清真寺大门口，国寿公司的司旗迎风招展。业务员佩戴有中国人寿标识的绶带穿梭在客户中，向客户介绍保险。

——这岂止是一道亮丽的风景？简直是同心街头掠过的一股旋风！

这是一股旋风，是一股新风。同心人无法拒绝，惊喜地看着眼前发生的变化。

倏然之间，那些业务员发现自己平时生活的空间是如此狭窄，而国寿同心支公司提供的舞台是如此宽广。如果说，马海花是最早跃入同心人视野的一朵鲜艳绚丽的马兰花，那么，如今的同心支公司已是花团锦簇，四季缤纷。

在国寿同心支公司，业务员庆幸自己进入了一个好单位，跨入了一个好时代。

同心在飞速发展，人民的生活水平在不断提高。同心县党和政府为了改变贫困群众的生活，从 2009 年 6 月开始，对居住在大山脚下的群众实施大搬迁。

这是一次从同心首创到宁夏经验的生态大移民，一场气壮山河的家园大重建。几万的贫困群众搬出大山，搬出了贫瘠的土地，走进了希望的田野，从此生活翻开崭新的一页。

2010 年，许许多多的老百姓搬进阳光照耀下的新居，一起生产、生活。他们脸上淌着热泪，但那是幸福的泪水、欢乐的泪水。

移民集中居住，对他们来说，可谓欢天喜地。对国寿同心支公司来说，同样鼓舞人心。谁都知道，这是一次拓展保险业务的绝好机会。

这是机遇，更是挑战。在马海花的带领下，同心公司的业务员奔忙着。业务高歌猛进，发展迅速。2010 年，同心支公司再度摘获宁夏分公司的桂冠。

在同心支公司，马海花像个不停旋转的陀螺。回到家里，她要总结一天的工作，计划明天甚至更长时间的工作。第二天一早，赶到公司，召开主管早会，分析业务状况，安排任务。接着，召开全辖业务员参加的大早会。

每次大早会，她登台，那英姿飒爽的身姿，那精神饱满的神态，那激情洋溢的话语，让许多营销员被感染。须知，这仅仅是马海花早晨工作的一部分。每天，她要自己拜访客户，有时候陪同业务员拜访客户。团队之间、业务员之间出现矛盾要及时解决，等等。那些业务员哪里知道，马海花每天安睡的时间太少、太少。

一直暗暗关心她的家人看不下去了。她的一位哥哥有一天在街头碰到她，说道："你经常忙到半夜三更，能不能早点歇歇。你经常这样，就是铁人也会倒下的。"

哥哥的脸上十分难看。马海花给他一个笑脸，轻轻说道："我习惯了，我不会倒下。"

盛开的花不会凋零

但马海花真的倒下了。她倒在公司营销职场的讲台下。

2011年9月，国寿同心支公司向着各项年度指标昂首挺进。胜利在望，曙光在前，马海花的工作节奏在加快。但她隐隐感到自己的手脚不听使唤，视力也急剧下降，变得模糊起来。一天早晨，马海花像以往一样赶到公司营销职场。她走上讲台还没有开口，突然一个趔趄倒下了。伙伴们惊呼起来，七手八脚将马海花送到医院。一检查，马海花的左眼完全失明，右眼视力不足0.5。

医院要求必须住院治疗。马海花懵了，怎么能住院？公司的任务到了关键时刻，自己分管的业务还没有完成，在这节骨眼上，怎么能缺席？自己的视力下降，是用眼过度，休息一下就会好的。马海花不顾医生的劝阻，在同事的搀扶下回到公司。

马海花成了"瞎指挥"，但她不会盲目指挥。此时她更加冷静周到。她调兵遣将，指挥有方。

同心支公司梦想成真：在宁夏国寿系统又一次提前一季度完成全年各项任务指标。马海花分管的个险业务更是一枝独秀——当月十年期缴保费突破200万元。这一数据创下了国寿宁夏系统历史先河。

马海花多想和公司的伙伴一起庆祝，一起欢歌，但她的病情不争气地恶化了。由于四肢间歇性出现麻木僵硬，她不时倒在公司大楼的楼道上、走廊里。在同事、家人的强烈要求下，马海花办好请假手续，走进了银川的一家大医院。这一次她作了全面的检查。

检查结果，马海花患上了多发性硬化疾病。

从事保险工作已达15个年头的马海花清楚，这是重疾险中才会出现的病名。

这种疾病的病灶位于脑部和脊髓，容易让患者出现四肢无力、麻木，是一种人体中枢神经系统遭到破坏的疾病。发病是渐进式的，静悄悄的，本人毫无感觉。如果某一天视力急剧下降，或四肢乏力，那意味着病情十分凶险了。这是一种具有极大破坏力的疾病。

马海花难道会被病魔击垮？她是一朵刚刚盛开的马兰花呀！

同心支公司很多人并不知道马海花病情的真相，以为是寻常疾病。他们一边探病，一边来汇报工作。马海花的病房变成了临时办公室。有一位同事汇报完工作后，顺口问她病情怎么样了，马海花笑道："可能会双目失明，可能下身瘫痪。"同事见她神情淡定，以为在开玩笑。正巧主治医生推门而入，告知马海花病情严重需要转院治疗，那同事震惊了，十分难过。马海花茫然地看着他。那同事哪里知道，马海花已看不清他的表情，她的视力此时只有0.1。

这一次，马海花非常听医生的话。三个月里，病情不断复发又不断治疗，渐渐得到控制。马海花哪里还待得下去，她要回同心，要和业务员在一起。她不顾医生的劝导、家人的阻止，毅然回到同心投入到紧张的工作之中。但疾病是残酷的，没多久，马海花的病情再度复发，而且更加严重。

由于宁夏的医疗技术有限，马海花不得不辗转到北京做系统治疗。

马海花要去的是全国有名的神经内科权威医院——北京宣武医院。但该医院一床难求，找专家坐诊更是难上加难。马海花的家人四处奔波，千辛万苦为她办理了住院手续。

马海花在北京治疗，而同心支公司正在全力备战2012年"开门红"业务竞赛。

在病床上，马海花每天关心的竟然不是病情，而是来自同心支公司的消息。她住院没有几天，就听到同心支公司"开门红"首场产说会效果不佳。她顿时心急如焚。她明白，"开门红"则全年红，如果"开门红"做不好，接下来的工作可怎么做呀？一边是费了很大的劲头才住进大医院，才刚刚开始治疗；一边是公司的"开门红"出师不利。马海花左右为难，最终她还是不顾医生的警告，毅然决然中断治疗，坐飞机星夜回到同心支公司。

回到同心，马海花从策划到运作环环把关，层层梳理，全身心投入到开门红战役中。有同事劝她说身体要紧，别为了工作后悔终身。马海花笑着对他们说："要么精彩地活，要么就赶紧死。"同事再也不敢吱声。

经过不懈的努力，最终，同心支公司顺利达成开门红任务目标。

2012年4月1日，时隔一个月后，马海花再次来到北京，继续接受治疗，但她延误了最佳的治疗时机。

治疗的过程让马海花刻骨铭心。当医生用冰冷的针头刺入她眼球的那一刻，她的泪水哗哗直流。她从来没有想过，病痛能让一个人生不如死。在病房里，马海花用镜子照见自己那张模糊的脸，再看着身边双目失明、全身瘫痪的病友，真切地感受到健康的重要，生命的可贵。

事实上，治疗的复杂性远远超出大家的想象。治疗的每一个方案，都是一个让人惊恐和无奈的未知数。马海花仿佛在梦境和现实之间来回穿梭。

在医生的精心治疗下，马海花的病情渐渐好转。

马海花又想着同心支公司了。一天早晨，马海花突然接到一个陌生电话。来电者自报家门：是同心支公司的一名刚入司的新人。那新人说道："马经理，十几天都没看见您了，您好点了吗？您快点回来，我们很想念您。我最近一直没有开单，但我很喜欢这份工作，我很着急，我觉得我快坚持不下去了。"听到这个新伙伴的求助，她像一门哑炮般顿时失语了。在疾病面前不轻易流泪的马海花，眼角湿润了，她哽咽着说道："你等我，我会尽快回去，相信我！"

马海花归心似箭。她见身体稍稍好转就办理了出院手续，回到了同心。

花香，一直在路上

马海花回到同心，应该好好养病了。

但历史的重任落到了马海花身上。2012 年 6 月，她被委任为国寿同心支公司总经理。马海花感受到从未有过的压力。

有道是，为将者谋战术，是帅者谋战略。所站位置的高度，决定着视野的范围。

作为公司的掌舵人，马海花的高度，就是对自己的要求：服务同心，让百姓获得更多的保险保障，生活越来越好。

事在人为，而这一切依然离不开业务员。

马海花和公司班子成员一起经常讨论业务员培训计划，变着花样训练，从训练中提升业务员的展业技能。对新进公司、业绩不佳的业务员，马海花积极鼓励，她说："没有后来者，只有后来居上者。"一句话如暖流滚滚，让那些业务员信心倍增。

严格的管理制度，高强度的业务训练，接连不断的客户拜访，个别业务员吃不消，和公司再见了，但更多的业务员留了下来。

——这是一支实力团队、智慧团队、活力团队。

那一年，国寿同心支公司各项业务继续上扬，又一次摘获国寿宁夏分公司的桂冠。

光荣属于国寿同心支公司，属于指挥有方的马海花。2013年6月，又是马兰花盛开的时节，马海花光荣地加入中国共产党。

花香，应该一直在路上。2013年12月，同心支公司完成全年任务。当大家还沉浸在欢乐之中的时候，马海花开始策划2014年"开门红"启动会方案。当务之急是制作启动会视频。公司总经理助理马博和办公室主任王磊、团险部经理马小林等部门经理参与，组建制作小组。他们不敢掉以轻心，精心制作。他们知道，之前很多视频送到马总那里，她的眼光很凶，总能挑出很多毛病，有的甚至全盘否定。这次无论如何要制作好。

制作小组花了一番苦功，完成了视频制作。他们自己觉得很满意，但送到马海花那里，她又挑出了不少毛病，提出了不少修改意见。制作小组成员不敢懈怠，又用一天时间修改。到下班时，视频送到马海花办公室审核。视力不佳的马海花浏览了一下，很快看出了问题，认为修改没有到位，没有将2013年很多重要、感人的内容特别是业务员的精神风貌在视频中展示出来。这是一种几乎推倒重来的要求。面对高要求，制作小组成员没有下班，草草吃了盒饭，重新构思、完善内容。大家奋战一个通宵，终于在早晨6时完成视频制作。上午8时，国寿同心支公司2014年"开门红"启动会正式开始。挑灯夜战、反复修改的视频呈现在大家眼前。这是一次生动的回顾和展望。每一个镜头、每一帧画面、每一句解说都让大家心潮澎湃。众多的业务员看到自己奋战保险市场的镜头，顿时热泪盈眶。

业务员发现，他们的马总，这位女强人，竟然当场泪奔。

"开门红"启动会特别成功。业务员的热情被点燃，大家齐心协力，奋力拼搏，一季度创下业绩新高。

初战告捷，国寿同心支公司的业务进入了艳阳天。但马海花没有陶醉。她知道，要让业务员保持高昂的工作激情并非易事。

在国寿同心支公司，大家知道，马海花有个习惯，她的手机24小时开着。难道半夜三更还有客户咨询业务？不是，或者说即使有也很少。那为什么？说起来，马海花是为了自己的业务员。

业务员有自己的喜怒哀乐。签到了保险单子，特别是大单，那一晚很兴奋，无法入睡是肯定的，此时希望自己的领导和自己分享。接这样的电话，马海花可谓乐此不疲。还有的业务员在生活上遇到困顿疑惑，也喜欢向他们的领导倾诉。但有的电话，马海花一接就无法待在家了。譬如有的业务员回家晚了，家里人不理解，一见面就吵架，彼此翻脸，互相赌气。接到这样的告急电话，马海花便会掀开被子，推开家门，立马赶去调解。

但这样也不是最佳的办法。马海花回到家里，辗转反侧，很难入睡。

这些业务员真的很辛苦。不少业务员马不停蹄拜访客户，回家还要受委屈。难怪有业务员戏言，他们的心田快要变成黄土了。想想也是，不下雨，黄土干旱；下大雨，洪灾频发，泥石流失。只有细雨滋润，黄土才能变成一片沃土。

而业务员的心田比黄土要复杂得多，他们心头除了需要细雨滋润，更需要得到尊重，得到理解。

马海花的手机24小时开着，她的心向业务员敞开着。

为了让业务员的家属理解，马海花精心安排，邀请他们来公司参加答谢会。答谢会上，组织家属参观公司大楼、业务员活动场所，将业务员成长的经历视频放给大家观看。

一场答谢会，让那些家属感慨万分，心里曾有的抱怨、不解顿时烟消云散。

2013年，65岁的团队老主管周彦霞从伊斯兰教第一圣地沙特阿拉伯的麦加朝觐归来。马海花笑盈盈送上礼物——一本精美的相册。相册上，除了一张张国寿同心支公司几年来发展的照片，公司的许多伙伴在相册上留下了美好的寄语。周彦霞浏览相册的那一刻，流下了激动的眼泪。

也是2013年，有一天马海花的手机骤然响起。她一接通，听到离司的业务员杨梅花因突发心梗死亡的消息。她不禁黯然神伤，放下手机，第一时间将杨梅花生前的影像资料整理好送到家属手中。杨梅花家属看到公司留下的这些珍贵的影像资料，感动不已！

马海花细致入微的关怀，让业务员感受到公司的温暖。有的业务员离司没多久又回来了，回到公司的大家庭。

同心支公司锦盛团队有个业务员叫马会玲。她原先在同心城开一家化妆品商店，虽然挣钱不多，但足够家里开销。2007年，国寿同心支公司有个业务员向她推销保险，她觉得保险好，干脆将店面转给人家，自己也到了同心支公司。做了不到四年，因为家里有事，马会玲放弃做保险。马海花理解她，为她办理离司手续。2011年，马会玲又回到保险公司。马海花又笑脸相迎。2015年，马会玲因身体不佳又离开了保险公司。2016年，马会玲的病情严重起来，经诊断，是卵巢癌。得知消息，马海花带领杜学峰等几个公司领导，还有马会玲曾经的主管周丽娟来探望她。马海花得知马会玲在2013年为自己投了保额38万的防癌险——康宁定期保险后，当即安排专人理赔，并在马会玲手术后的7天内将38万赔款打到她银行卡上。

马会玲非常感动。身体渐渐恢复后，她毫不犹豫又回到国寿同心支公司。

国寿同心支公司面向业务员的活动一个接一个。

公司提前完成任务，马海花带着总经理室成员和业务员一起包饺子庆功；元宵节来临，向业务员送上汤圆；公司内勤忙忙碌碌，无暇外出休闲，马海花买来羊肉、牛肉等，组织大家举办户外烧烤活动；不少业务员业绩突出，于是同心支公司协助业务员举办感恩客户答谢宴会；员工生日，公司送去蛋糕；员工生病住院，公司领导前往慰问；等等。

公司里的业务员发现，马海花特别关心女业务员。有的业务员晚上很迟回家，马海花就开车护送。家里人看到由一位女领导亲自送回家，心里的那份怨气、担忧顿时荡然无存，唯有对国寿同心支公司的感激之情。

点点滴滴，虽然细小，但在业务员心中激起了阵阵波澜。一种荣誉感、幸福感、归属感油然而生。在马海花的领导下，同心支公司有着超强的凝聚力和向心力，伙伴们称呼她为可亲可敬的马总。

众多业务员展业热情被激发，他们信心高涨、干劲倍增，形成了你追我赶、只争上游的工作热潮。

国寿同心支公司在同心这片土地上大放异彩！

眼前发生的一切，马海花的家人看在眼里。他们惊喜地看着这一切。想不到，不安分的马海花竟然将同心的保险业激活了，干出了一番令人刮目相看的事业。在他们眼里，马海花不再是"不撞南墙不回头"的倔丫头。她做业务员，是驰骋保险行业的千里马；她当单位领导，是慧眼识人挑选良将的伯乐。

他们暗暗佩服马海花，接下来就是贴心贴肺的支持。马海花的心头好温暖！

马海花业绩辉煌，名声远扬，请她交流、培训的单位接连不断。2014年年初，她受外省一家保险公司邀请，去为该公司"开门红"作经验分享。马海花知道"开门红"的重要性，她精心准备课件。为了达到效果，她决心将讲话稿一字不漏背出来。

长长的演讲稿要背出来，谈何容易。马海花白天忙于繁重的工作，只能利用在家的时间背诵演讲稿。

那一天，马海花回到家里，此时又是半夜时分。她一番简单的收拾后，就对着墙上的大镜子背诵着。她怕惊醒妈妈，只是轻轻地低吟。

"海花，你这样的演讲，节奏有些不对呀！"边上有人在低语。

马海花一看，竟然是妈妈来到了她的身边。原来她妈妈睡不着，悄悄起床了。她见女儿有口无心背诵着，忍不住指点起来。

夜已深深，同心的夜空迷人、温馨。

爱的芬芳

同心，沟壑纵横，飞沙走壁，道道刀砍斧凿的山梁，弥漫着一种粗犷的野性。

缺水的同心，但不缺爱。在国寿同心支公司，这样的爱，在马海花身上得到体现。它涌动着，又化作一股股潺潺流淌的清泉，滋润着客户的心田。

看，在同心支公司召开的早会上，马海花带头向一位盲人慷慨解囊，早会变成了爱心捐款会；瞧，同心的下马关镇突发洪涝灾害，损失严重，马海花马上成立突击队，赶赴现场抢险；看，同心出现了涉毒家庭，马海花心里沉重，她开展了"关爱涉毒家庭留守儿童，中国人寿保险同心支公司在行动"活动……

一项项公益性的活动，让同心人看到了国寿同心支公司情系百姓、服务社会的追求。

马海花爱的芬芳在不断延续，最精彩的一笔当属在同心推出的"扶贫保"。

"扶贫保"和一位领导有关，这位领导正是国寿宁夏分公司总经理刘霞。

刘霞出生在文化底蕴深厚的江苏省兴化市，她踏上社会后投身保险业，多年来一直在黑龙江这片黑土地上纵横驰骋。2014年11月，她调到国寿宁夏分公司工作。

2015年春天，刘霞专门挤出时间驱车赶到同心支公司，看望战斗在一线的马海花和她的伙伴。刘霞去同心，还有一个目的，她酝酿已久的"扶贫保"能否推行，要在这个全国有名的贫困县作个前期调查。

有必要说一下"扶贫保"出台的背景。

刘霞调到宁夏工作时，她看到这样一组数据：全区15万户58万贫困人口中，每年因病因残因灾三项加起来有7万余户，占全部建档立卡贫困户的47%。

——这是一组沉甸甸的数据。

如何通过引入商业保险介入扶贫工作，兜住因病、因灾、因意外返贫的底线，为党担责，为政府分忧？刘霞一直在思考。2015年，在她的倡导下，国寿宁夏分公司积极向宁夏回族自治区党委、政府建议在精准扶贫工作中引入商业保险，通过"保险兜底"，减少"建档立卡"贫困户"因病返贫致贫、因意外返贫致贫"现象，为自治区扶贫攻坚任务顺利完成作出贡献。通过多次沟通，2016年初，宁夏回族自治区党委、政府下发了《关于力争提前两年实现"两个确保"脱贫目标的意见》文件，出台了"支持发展农村小额保险和小额信贷保险，对贫困户保费予以补助，实施农业保险，防范贫困户农业生产风险"的政策。

2016 年 4 月，国寿宁夏分公司会同自治区扶贫办、宁夏保监局等，正式启动了全国首个省级全覆盖精准保险扶贫项目"扶贫保"。

"扶贫保"项目是全国首个省级精准保险扶贫项目，是金融行业创新思路、服务民生的经典范例，得到了时任国务院副总理汪洋等各级领导的肯定与赞扬。

对于这样一项利国利民的保险，作为同心支公司总经理的马海花一看，不由眼睛发亮：这不就是国寿公司所追求的吗？

但在同心推出"扶贫保"并不顺利。

不是政府不支持。同心县的职能部门——扶贫办有着自己的打算：让国寿同心支公司和另一家商业保险公司一起承办。

这样的安排自有道理。你国寿同心支公司不是商业保险公司吗？既然是商业行为，就要接受市场的检验，要比服务质量，比服务效率。还有一个原因，扶贫办觉得国寿同心支公司总是盯着扶贫资金，根本就没有真正想到为那些贫困户服务。

对马海花来说，这是国寿宁夏分公司深入调研为贫困户量身打造的险种，应该由国寿公司独家服务。至于国寿同心支公司是不是为了困难户，只能让事实来说话。

抱着强烈责任感和使命感，马海花一次次去扶贫办沟通，一次次被拒绝。马海花眼泪扑簌簌掉下，心中五味杂陈。她擦掉眼泪，又一次次锲而不舍地上门。在多达十数次的拜访后，马海花终于迎来了"柳暗花明又一村"。扶贫办的领导被她的精神所打动，由她代表国寿同心支公司承保办理了 2016 年"扶贫保"业务。

马海花承保了"扶贫保"业务，她知道来之不易。她组织公司员工专门开会，要求大家在服务上苦下功夫，让"扶贫保"深入人心，发挥作用。

"扶贫保"承保开始之日不久，客户中就发生了赔案。

为扩大"扶贫保"的影响，马海花在县扶贫办的支持下，进行现场理赔。

王团镇圆枣村马自华家发生赔案，马海花组织专员快速兑付赔款，现场理赔；大沟沿村王耀东、马玉林家发生赔案，当场兑现……

随便挑一个案例，看一下"扶贫保"是怎么回事。

案例的主人叫马进川，是河西镇同德村村民，1969 年出生。2013 年从 75 公里外的大山里搬迁到现在的同德村。搬到新居后，他出去打工，运气好的话，每年可挣到三万元。

2015 年年底，他突然全身无力，茶饭不思。几家医院查下来也没有结果。2016 年 12 月 22 日，经宁夏医科大学总医院诊断，确诊为肺栓塞、冠心病、低钾血症等十二种疾病。医院就诊花去了 60771 元。这笔医疗费用，对一个刚刚从大山深处搬迁出来的移民家庭来说，难于承受。

但幸运的是，马进川因为被列入建档立卡的贫困户，享受多项保障。60771 元的医疗费，自己只承担了 7666 元，负担仅占总医疗费用的 12.6%，其余的全部报销了。其中"扶贫保"大病补充医疗保险报销 8293 元，占 13.7%。

"扶贫保"达到了"四两拨千斤"的效果，让那些贫困户得到了真真切切的实惠。

但一段时间下来，马海花发现，同心地广人稀，有些村民并不知道"扶贫保"险种。他们发生赔案不知道来理赔，而国寿同心支公司也缺乏途径了解出险人的信息。

马海花不安起来，她寻找理赔服务的改进方式。在同心县人民政府的关心和重视下，国寿同心支公司和县政府的服务大厅联网，实行一站式理赔服务。

这是方便客户的一种快捷、现代的理赔方式。

且看案例：2017 年，同心县丁塘镇长沟村的锁明伏患了脑梗死。他先后三次住院，医疗费用花去 26 万多元。根据规定，他参加的基本医保和大病保险为其赔付了 15.44 万元。

因为锁明伏由县扶贫办为他办理了"扶贫保"，他还能获得该险种的赔款 67575 元。按照以往，锁明伏的家属要拿着资料到国寿同心公司理赔。但这次不同，在锁明伏出院时，该赔款由医院垫付，国寿同心支公司根据治疗费用将赔款直接支付给医院。

这种理赔方式，虽然国寿同心支公司的工作量增加，但方便了客户，更主要的是不会轻易遗漏一个贫困户患者。

一笔笔"扶贫保"赔款让客户绝处逢生，化险为夷，赢得了社会的好评。在理赔现场，一些客户向马海花竖起大拇指。马海花笑道："不要谢我，应该谢谢党和政府，谢谢县扶贫办公室！"

最绚丽的花朵

马海花的家安在同心县城一个普通小区里。

马海花住在顶楼。顶楼很特别，有上下两层阳台。从阳台上看，整个同心城一览无遗。远处起伏的山峦清晰可见。马海花喜欢在阳台上看风景，但这是她的奢望。她每天一早就要出发，半夜时分悄悄回家，只能见到灯火中的同心城、睡梦中的同心城。

马海花还是这么忙，难道她还不满足？

这是国寿同心支公司获得的成绩：

九年来，同心公司实现了业务年均30%的增长速度，市场份额始终保持在90%以上，牢牢占据着市场老大的地位。2008年至2016年，同心支公司连续九年获评国寿宁夏分公司先进集体，绩效达到甲类AAA级，创造了全区唯一的九连冠神话。2012年、2013年，同心支公司分别被评为国寿股份公司、国寿集团公司先进集体，2014年至2016年，连续三年荣获宁夏金融团工委授予的"宁夏金融系统五四青年奖章"。2016年同心支公司获得了同心县政府授予的群众评议机关和干部作风、效能目标管理考核以及年度脱贫攻坚先进集体荣誉。

国寿同心支公司进入了一个花红果硕、流光溢彩的年代。

而马海花本人，各种荣誉也是接踵而至。2013年、2014年，连续两年登上《宁夏保险》封面，被国寿股份公司评为系统"十佳员工"、"先进个人"，当选国寿股份公司、国寿集团公司十九大党代表。2015年被宁夏回族自治区政府授予"劳动模范"荣誉。2017年获评国寿集团公司"感动国寿十大人物"。

在国寿系统，马海花是个神话。她在最不可能做保险的地方拓展业务，频频获奖，一路领先。众多的百姓通过保险获得经济保障。多少人为她喝彩！

在同心城乡，马海花是个传奇。她将不能抛头露面的妇女精心培训，引领她们走向社会，走向市场，获得人生的价值，体会到人生的尊严。多少人为她骄傲！

这是马海花创造的"同心现象"。

然而，有谁知道，马海花付出了巨大的代价。

这是一种病痛的煎熬和折磨。2012年后，马海花感到西医已无法治疗她的疾病，她开始寻求中医治疗。按医院要求，她必须每个月去北京做一次检查，然后配上中药回来。为了尽可能不影响工作，她利用双休日，当天去，第二天回到同心。后来，马海花为节省来回时间，就让医生通过手机微信视频观察她的病情，然后由医生根据病情寄来药品。

通过中医治疗，马海花的病情得到控制，但让她痛苦的是，手脚依然不听使唤，视力依然在0.2~0.4之间。

每天，马海花和病魔作斗争，但她保持着甜蜜的笑容，和马兰花一样的美丽。

是的，马海花就是马兰花。是的，土壤越贫瘠，马兰花越安之若素，纵然有许多艰难困苦，它依旧把最绚丽的花朵献给世人。

马海花的病痛，让上级公司的领导十分牵挂。

为减轻马海花的工作强度，2016年10月，国寿宁夏分公司党委、总经理室决定，马海花担任客户中心总经理助理（主持工作），继续兼任同心支公司总经理。

有些人不理解，其实自治区分公司领导的意图，是让马海花尽快培养干部，从一线支公司总经理岗位脱身出来。这是领导对马海花的重用，更是一种爱护。

自治区分公司领导的一番好意，马海花清楚得很。分公司领导没有想到，两个职务一肩挑却加重了马海花的负担。她在银川、同心两地跑，仅车程就是2个小时，如果遇上堵车，那路上时间更长了，何况马海花的视力那么差。

不能这样下去。为了降低马海花的工作量，更好地治疗疾病，2017年10月，国寿宁夏分公司党委、总经理室决定，让马海花卸任所兼任的同心支公司总经理职务，全身心投入银川工作。

听说马海花将正式调离，同心支公司的业务员们哭了。马海花安慰道："我会经常来同心，谢谢大家多年来对我的支持和帮助。"

马海花将家安在银川，她又将耄耋之年的母亲接到了银川。

别以为宁夏分公司客户中心是个安闲的部门。客户熟悉的"95519"平台就是该部门管理的。它是用声音交流的领域，是国寿公司对外展示形象的窗口。每一岗位的要求很高，不仅要普通话标准，用语规范，还要有过硬的专业知识。具备这些技能还不够，碰到脾气暴烈、出口伤人的客户，还得有一副好脾气。

作为从基层上来的新任领导，马海花知道"95519"是何等的重要。她经常组织大家学习，寻找差距，不断提升自己。她每天关注着来自"95519"的信息，对工作人员不能处理的客户回访、咨询、投诉及时处理。在马海花的努力下，客户的满意度在增加。

但马海花并不满意，她在寻找新的目标：要利用客户中心的信息资源，做好客户经营，挖掘客户的保险需求，为国寿公司的业务发展作出贡献。

勇于挑战自我的马海花又站在一个新的起点上。

马海花，这枝同心盛开的马兰花，如今又将在新的天地绽放！

（先后发表于《中国金融工运》《中国金融文学》等杂志）

高建武，男，河北省保定顺平县人，经济学硕士，高级经济师，中国金融作家协会会员，中国楹联学会会员，现供职于中国长城资产管理股份有限公司。2003 年开始文学创作，先后创作中长篇小说《落叶满长安》《德贵》《天雷舞》《玉川行》《孙温城》《白衣渡江》等，刊登于《中国金融文学》《今古传奇》《金融文坛》等杂志，总计超 100 万字。撰写的短篇小说《钓鱼》，获得中国金融作家协会庆祝改革开放四十周年"金融人的故事"短篇小说一等奖。

‖ 股海弄潮的女中英杰 ‖

——记全国金融道德模范　周立杰

高建武

君不见木兰女郎代戍边，铁甲卧起二十年。

不知谁作古乐府，至今流传木兰篇。

——宋末元初·方回

采访周立杰之前，虽然知道她是一位巾帼女杰，但见面之后，还是感觉有些惊诧。一方面，很难将这么硬气的一个名字与这么温婉的一个形象联系起来；另一方面，也很难将这么温婉的一个形象和她在资本市场叱咤风云、屡创辉煌的骄人业绩联系起来。或许是她的父母早有预见，在她呱呱落地的时候，就预感到这个孩子蕴含的巨大能量，起了这个硬气名字，希望她将来自立自强，成为人中之杰。

这是一个夏日的早晨，阳光从北京朝阳区环球金融中心的玻璃幕墙透进来，给整个会议室镀上一层淡淡的金黄。我如约在阳光资管公司见到了周立杰，她穿着一套大方合体的藏蓝色职业装，梳着一头短发，显得简洁而又干练。更让我印象深刻的是，她在讲话之前，嘴角总是先绽开一丝淡淡的微笑，用手轻拂一下额角垂下来的短发，似乎略带一点羞涩，让人根本看不出是一位股海弄潮的女中英杰，更像是一位气质内敛的名门闺秀。

翻开周立杰的成绩单，其取得的优异成绩令人侧目。她率领的阳光资管公司研究部，从 5 人扩充到 30 人，从研究 A 股到覆盖全球主要资本市场，目前已成为业内一支很有竞争力的精英团队。她带领团队发起设立"研究精选"资产管理产品，2017 年实现绝对收益 39.6%，超越沪深 300 指数 24 个百分点，在可比基金中排名前 2%。基于她和团队的突出贡献，2006—2016 年阳光资管公司实现年均投资收益率 9.93%，超越同期保险行业平均投资收益率 4 个百分点以上，更是大幅超越同期指数表现。在取得骄人业绩的同时，周立杰本人及团队也获得一系列荣誉称号。2015 年，她率领的证券研究部获得阳光保险集团"最具价值贡献奖"；2016 年，她本人荣获阳光保险集团"阳光年度人物"奖；2017 年，基于对她险资投研能力的充分认可，中国保险资产管理协会聘她为公开市场投资专业委员会执行专家；2018 年 5 月，因在学习创新方面的卓越表现，她被中国金融工会评为"第二届全国金融道德模范"。

"这些荣誉，都是大家共同努力的结果。"周立杰拂拂额角的头发，谦逊地说。

随着采访的深入，我对周立杰有了更加全面的了解。谈起她的学习经历、家庭生活，周立杰略有一点腼腆和拘谨，认为自己跟 70 年代出生的同龄人相比，经历相似，也曾过了一段苦日子，但也享受到了社会经济发展带来的成果，并没有什么特殊的地方。不过，一谈及她的专业领域，她马上就眸子放光，娓娓而谈，露出了充满热情、外向的另一面。应该说，资产管理和证券研究都是金融行业的高端业务，技术含量很高，一般人很难窥其门径。但周立杰已经浸淫这个行业近二十年，早就成了行家里手。因此，谈起最拿手的业务，她自然就是如鱼得水。至于获得的众多荣誉称号，她谦虚地说，自己做得还很不够，是社会各界、上级单位和公司领导给予的表彰太多了。

实际上，作为金融行业的职业道德模范，周立杰的学习历程和职业生涯，都是一步一个脚印，扎扎实实、砥砺前行，都做出了骄人的成绩，已经是同龄人中的佼佼者，更是证券研究行业中的领军人。她的低调，掩盖不了她的光彩。

让我们向时光的来处追溯，从她的儿时和故乡谈起。

一

1974年4月16日，在新疆还是春风料峭、乍暖还寒的时节，一个新的小生命诞生了。

周立杰是这个家庭的第三个孩子，她的出生给这个家庭带来了更多的温暖，也带来更多的欢乐。她的父母都是新疆八一钢铁公司的职工，1957年响应国家号召，由内地迁往边疆支援建设，一干就是18年。尤其是周立杰的母亲，从小生活在书香门第，接受了传统的家教启蒙，后来上学之后，学习也非常优秀。可惜造化弄人，接到大学录取通知书时，恰逢"文革"，因为家庭成分的限制，周立杰的母亲没有能够如愿就读大学，后来就辗转来到新疆，结识了周立杰的父亲并组建了家庭。尽管命运多舛，但周立杰的母亲并不甘心，而是把全部未竟的梦想都寄托在孩子身上。

"多亏了母亲的含辛茹苦，才有了我的今天。"谈起已经过世的母亲，周立杰垂下眼睑，轻轻转动着手里的茶杯。她的鼻子有些酸涩，眼睛有些湿润了。

追溯起来，新疆八一钢铁公司始建于1951年，是新疆维吾尔自治区为数不多的老工业企业之一。六七十年代，钢铁公司的经营规模不大，普通工人的工资收入也很低，父母养育了周立杰兄弟姐妹四人，家庭负担很重，日子过得很清苦。但周立杰的母亲不辞辛劳，勤俭持家，对孩子"严而有度，爱而有方"，条件再差、生活再苦，也要全力培养孩子成才。80年代初期，对学生及家长来讲，"小中专"很吃香。所谓"小中专"，就是招收初中毕业生的普通中专，招生对象为应届初中毕业生，学制一般为2~3年，毕业后即安排工作。考入这种学校，能早几年参加工作，早点挣到工资，帮家里减轻负担，因此也是许多优秀学生的首选。但周立杰的母亲眼光长远，她不许四个孩子报考"小中专"，而是继续上高中，然后参加高考。后来的事实证明，母亲虽然没有上过大学，但视野超出常人，四个孩子最终都不负众望，依次考上了大学。对一个普通的工人家庭来说，这个成果是丰硕的。

"她老人家一辈子，没有享过什么福，等我们四个孩子都成才了，她也像熬干的油灯一样熄灭了。"提及这段往事，周立杰的语调满含深情。我也感喟道："您的母亲确实是一位伟大的母亲。你们都成才了，才是最大的懂事和孝顺，也是对她最好的报答啊。"

从小学到高中，由于周立杰属于厂矿子弟，就读的学校自然就是厂矿学校。在母亲的长期教导和影响下，她从小就学习优秀，是典型的学霸人物。高考时以全疆文科第四名的优异成绩，考入中国人民大学投资经济专业，成为当地轰动一时的新闻人物。四年的高校学习，既开拓了她的视野，也让她明晰了未来的发展方向。毕业之后，她又考入天津商学院金融系攻读硕士研究生，进一步锤炼了自己分析和解决金融领域实际问题的素质和能力。不仅如此，在硕士学习期间，她还自学了 CPA、CFA 等前沿的金融课程，为以后的职业发展奠定了良好的理论基础。常言说，心有多大，舞台就有多大。站在高高的起点上，周立杰心中的理想就像鸟儿舒开了翅膀。她相信，机会一定会眷顾有准备的人。

毕业之后，周立杰首先入职了北京海问咨询有限公司。这家公司成立于 1991 年，是我国成立最早的三家专业性咨询公司之一，在业界享有盛名。在海问公司期间，周立杰开始涉足证券研究行业，对证券制度、交易设计、投行业务、证券分析等知识和技能进行了系统的学习和研究。特别是在台湾做了二十多年证券研究、投资的主讲老师，对周立杰等一众新人给予了精心指点。早在 2001 年，中国的证券市场虽然已经起步，但各方面还停留在初级阶段，与台湾 80 年代很像。从证券行业发展来说，台湾比大陆要早20 余年，其行业分析模式主要来源于美国投资银行，但也结合台湾本地实际进行了归纳、完善和演进，有了更加成熟、更加自主的分析模式和理论创新。台湾与大陆一衣带水，文化背景一脉相承，市场规则也比较契合。因此，这种对整体趋势的把握，既有经验的分析、研究理念的更新，既符合大陆的实际状况，也带有一定的预见性、前沿性。对于初涉证券行业的周立杰来说，参加这种培训如饮醇醪，无比甘甜。不知道经历了多少个不眠的夜晚，她经常忘了时间，忘了吃饭，沉浸在新知识的海洋里。伴随她时间最长的就是办公桌上的那盏灯，有时候通宵达旦，整夜不熄。她就像一块厚实的海绵，不断汲取着新知识、新理念的营养汁液。

"台湾老师的正规培训，对我的帮助很大。"谈起这一段培训经历，周立杰至今仍然感喟良多，自觉受益匪浅。那一段日子，每天都是分析案例、贴近市场、模拟实战，在此基础上再撰写相应的行业分析报告，然后再讨论、再修改、再提升。也就是说，她从一开始就是以实战为目标，接受了最前沿的专业培训。比如说，以电子产品为例，我们普通人通常只了解到产品的性能、价格等层面。但周立杰接受的专业培训，却将其细分到面板、材料、芯片等每个配件，针对每个配件的工艺水平、成本结构、竞争优势都清晰、准确、透彻地分析，如解剖麻雀一般了如指掌。

我听得瞠目结舌。周立杰为我续斟了茶，看懂了我的惊诧，笑了笑，说："就是要研究这么细，才能明白这个行业的优势啊。这还不够呢，还要再作进一步调研，才能更准确地判断它的前景。"

就是在这样精细化的培训之下，周立杰建立了极为规范的研究体系。用通俗的话来讲，一开始她就走上了"正路子"，而没有误入"野路子"，这就为她下一步的专业研究之路奠定了坚实基础。后来的事实证明，中国证券市场的创立、发展和成长，也确实借鉴了很多的台湾经验，最早对台湾模式进行系统研究的周立杰，自然是如鱼得水、脱颖而出，伴随和见证了中国证券市场的整个发展历程。从这方面讲，周立杰也是幸运的。

2009 年，周立杰加入阳光资产管理股份有限公司证券研究部，步入了职业生涯的另一个重要阶段。此时，中国加入 WTO 已满了八年时间，基于人口、资源、改革、开放等红利驱动，经济进入了一个快速发展的黄金机遇期。伴随着经济发展，资本市场也开始空前繁荣，给周立杰提供了施展才华的广阔舞台。

八年磨一剑，这把剑确实到了发硎试锋的时候。

二

在阳光资产管理公司三楼的一间明亮的办公室里，我采访了公司的总裁助理马翔。马翔四十多岁，面容清癯，侃侃而谈，睿智而又笃定，是资管行业富有经验的资深专家。作为分管证券研究部的领导，谈及周立杰这位得力下属，马翔的语气中也充满了肯定和嘉许。

"周立杰很不简单，勤奋好学，工作中善于总结经验。她既有财务会计的扎实功底，又接受了证券分析的正统培训，同时还在多年的实战中锻炼成长，取得今天的成就也是顺理成章的结果。"

采访前我看过一些资料，知道阳光资产管理公司成立于2012年12月，前身是阳光保险集团的资产管理中心，始于2005年成立的阳光财产保险公司的资金运用部。经过几年的跨越式发展，截止到目前，受托管理的资产规模已超6000亿元，是中国资本市场最具规模与影响力的机构投资者之一，连续十年投资收益率稳居行业前列。实事求是地讲，算得上是资管行业内的"航空母舰"之一。

我问："在业务方面，阳光资产管理公司跟阳光保险集团是什么关系呢？"

马翔介绍说："就集团来讲，目前旗下主要有财产保险、人寿保险、信用保证保险、资产管理、医疗健康、互联网金融等几个板块，但核心业务主要是保险和资管两大业务。我们这个阳光资产管理公司，主要对接的是集团的保险资金。"

"可不可以这样说，"我打了个不太恰当的比喻，"保险业务是赚取保费资金的，资管业务是对这些资金进行理财的。一个负责筹钱，是搂钱的耙子；一个负责管钱，是盛钱的匣子。"

马翔笑了，说："大致是这样。但光管钱还不行，必须要让它增值。另外，我们资管公司的资金来源，除了集团的保险资金，还有自有资金、受托资金等等。"

我又问："那么，单就咱们这个资管公司来讲，周立杰带领的证券研究部处于什么位置呢？"

"证券研究部是资管公司的核心部门，因为所有资管公司的特点都是树立研究导向，无论是投资股票市场，还是投资债券市场，都是研究在先、投资在后，概括来讲就是'以研究推动业务'。也就是说，研究不是无源之水、无本之木，必须转化成生产力。从一定程度来讲，周立杰主导的证券研究部就是资管公司的参谋部，为公司的投资理财和资产配置发挥着重要作用。这几年，资管公司的经营效益很好，实事求是地说，周立杰个人功不可没。"

在马翔的介绍之中，证券研究部的业务脉络更加清晰了。保险资金有其独特的特点，更注重追求长期稳定的收益。要追求长期稳定的收益，就需要在权益和债权配置、一级市场和二级市场配置、中国和海外资产配置等方面做出合理安排。周立杰带领的证券研究部，主要从事两方面业务：一方面是加强行业研究、行业追踪；一方面是建立研究组合、实盘操作。从业务触角看，不仅在国内股票市场，还逐渐延伸到了美国资本市场的中概股、美国本土的科技股等。核心的业务流程也相对简单，就是挑股票、配权重、投资金，然后再分析、再调整、再组合，由此形成良性循环。

有人讲过：最理想的职场关系，就是有水平、有能力的上下级之间，也有惺惺相惜的默契。采访马翔之后，我们又回到周立杰的办公室。与公司领导始终表扬周立杰相对应，周立杰对公司领导也是充满感激："集团和资管公司各位领导非常重视宏观研究、行业研究和信用研究等基础性工作，在咨询、调研、资金、人力等各方面给予了很大的支持和帮助。如果说研究部取得了一点成绩，这跟各级领导的支持是密不可分的，当然也离不开团队的共同努力。同时，公司的文化和机制都很棒，有能力、能干活的在公司都是受欢迎的，晋升通道也有，管理架构、运行机制上也都很前沿。遇到这样的公司和领导，我是非常幸运的。"周立杰微笑着说。

在加入阳光资管公司之后，周立杰在学习创新方面又踏上了一个新的台阶。从财务到估值，从产业链到行业生命周期分析，从价值投资理论到成长投资方法，周立杰不断丰富着自己的研究体系和投资理念。她深深知道，时代在变化，形势在发展，不与时俱进、持续学习就注定会被市场淘汰。尤其是在证券投研领域，技术的演进、公司的发展、市场的变化都日新月异，逼得人喘不过气来，必须加强学习、不断提升，学以致用、学以创新。

"怎么形容呢？夸张点儿说，就是必须以奔跑的速度不断学习，才能不掉队。"周立杰沉思了一会儿,做了个前后甩臂的姿势。

"奔跑的速度?"我感觉这个说法很新颖。

"是的。不止是我,每一个从事这个行当的人,都得奔跑起来,否则就会被淘汰。"

我想到刚才在阳光资管公司的前台大厅里,看到那些年轻的员工都是迈着急匆匆的步子,神色冷峻,来往穿梭,似乎走路的时候都在抢时间,一下子就理解了这句话的含义。

"如果不涉及商业机密,你认为做好证券研究工作的核心秘诀是什么?"

"就我个人理解,不存在很特殊的核心秘诀。证券研究的理论方法多种多样,条条大路通罗马,但必须选择最适合自己的正确路径。"周立杰思索了一下,认真地说。

周立杰认为,大道至简,万变不离其宗,股票的价值决定其价格,股票的价格围绕价值波动,这也奠定了周立杰的基本研究原则,那就是价值投资。如何围绕价值投资做好研究呢?周立杰倒是有自己的独特理念。她认为财务数据的分析、估值模型的建立、行业核心竞争力的分析,在证券研究中至关重要。这三个方面也是证券研究行业中最具有技术含量的部分,是筛选好公司、好项目的"过滤网",有了它才能做到"慧眼识珠"。具体研究过程中,周立杰始终坚持选出好公司是研究的第一要务,以好公司为基础,跟随行业和宏观经济的变化进行投资,才能够在控制风险的前提下获得长期超额收益。她笃信的原则是:与企业共同进步、共同成长,而不是与企业博弈,与企业争利。针对这个定位,周立杰按照自己的理念,重点从好行业、好公司上下功夫,不随波逐流,不人云亦云,注重的是基本面分析、价值投资与长期投资分析,用数据说话。

当然,有了研究理念和分析方法,还没有达到目的。主要目的是,在研究理念和分析方法的测算基础上,进行业务实战。

毕竟,实践才是检验真理的唯一标准。

三

细雨淅淅沥沥下了半夜，天亮时终于停了。又是一个绚丽多彩、充满生机的清晨。

从环球金融中心的三楼会议室向外望去，可以看到四面八方有很多的年轻人，正迈着急匆匆的脚步，向这个东三环的商业金融核心区汇集而来。

还没到上班的时间，但周立杰早就坐在了会议室里，打开笔记本电脑梳理一天的工作，这也是她多年养成的习惯。事实上，在此之前，她已经在公园晨练了一个小时，保持着非常饱满的精神状态。虽然已经投身证券研究工作十余年，对国际国内证券行业的动态了如指掌，但周立杰仍坚持每天准时参加证券研究部的晨会，与员工共同学习、分享市场的新变化。

"一根独篙，难渡汪洋；众人划桨，乘风破浪。"周立杰深深知道，要做好证券研究，光靠自己的力量是远远不够的，必须组建一支诚信敬业、创新进取的高绩效专业团队。只有大家群策群力，才能积累起跨市场的资产配置以及全品种的投资经验，才能打造"稳健、规范、专业"的业界口碑。抱着这种理念，在打造团队方面，她始终坚持理性与感性相结合，以感情留人，以激励留人，让所有团队成员如沐春风，让整个集体氛围和谐向上。短短几年时间，周立杰将一个部门由最早的 5 人，发展到 10 人，再到如今的 30 多人，一步步从无到有、从有到强，打造了一支具有市场竞争力、兵精将勇、敢打敢拼的证券研究团队。

作为团队的核心领袖，周立杰最早就设计了整个研究团队的投资理念和理论框架，这也是她树立的"一面旗帜"。在理论应用方面，周立杰牵头完成了两项研究工作，将证券投资理论应用于实际工作中：第一项，将 DCF 估值理论应用于公司商业模式和投资价值的判断，认为估值方法背后体现的估值思想能够很好地体现企业价值的本质，反映企业管理层的管理水平和经验；第二项，将波特竞争理论应用于公司市场竞争力研究，认为波特竞争理论直观地反映了公司的竞争优势，对行业研究有极强的指导意义。两者有机结合，可以更好地、全面地判断一家公司的实际投资价值。在开创性地提出这个理论之后，她也要求研究团队在此理论框架下讨论公司价值。

晨会上，周立杰和大家一起讨论了市场新规和最新的行业动态、政策变化，又对当日的工作做了具体安排。9点半左右，我们一起回到她的办公室里，继续座谈。

"实战的核心是选公司。选什么样的公司有没有一定的标准呢？"我问。这是我酝酿已久的问题。

"所有公司都要基于财务分析、价值估值、竞争力分析进行具体研究，但绝不能用一把尺子进行衡量。"周立杰说，"行业不同，企业成长阶段不同，都需要确定不同的关注重点。"

周立杰如数家珍，娓娓道来。比如，针对格力电器、招商银行这些传统行业的优秀公司，她将关注重点放在竞争格局、公司治理等方面，而对于新能源、新材料等新兴行业具有潜质的公司，她则加大对新技术、新需求的跟踪。近年来，科技的发展成为主导许多行业新变化的动力，周立杰也要求团队跟随全球技术变革，寻找其中的优质公司。2017年证券研究部正式推出覆盖中美优秀科技公司的"新经济"组合，研究领域扩展至全球电商巨头、智能驾驶、金融科技等领域。总体来讲，周立杰始终敏锐地跟踪和追逐着时代的脚步。

"那么，对这么多不同行业的公司，怎样均衡排布好研究力量呢？毕竟，每个人精力有限，不可能研究得面面俱到。"

周立杰点点头，说："是的。我把手下的研究团队进行了科学组合，建立了金融地产组、能源原材料组、制造业组、消费医药组、TMT组五大研究小组，每个小组侧重不同的行业，各司其职，一门深入。术业有专攻嘛。这样，我们就能伸出五个较大的触角，涉猎更多的行业领域，为阳光资管公司的配置投资、组合投资和股权投资，提供各个方面的研究支持。"

不仅如此，实际上周立杰的站位更高，思路更宽，触角更广。她抽调了部分骨干力量，组成研究团队，进行了两个跨界研究：一个是股权投资市场与股票投资市场的跨界；另一个是A股、港股和美股市场的跨界。两个跨界使公司的投资范围得到了极大的拓展，全面覆盖了国内A股、港股、美股市场，可以面向全球市场选择有比较优势的公司进行资产配置，以获取更高的投资回报。简单打个比方，在海里捕鱼，当然比在河里捕鱼有更多的选择。周立杰的厉害之处，就是不断创新更加前沿的证券研究模式，进而指导公司的全球资产配置，从而带来更多的投资收益，使得她率领的研究团队超越了同业平均水平，短短几年，就成为行业内快速崛起的一匹"黑马"。

"这几年，国内的股市经历过大起大落，你们的研究有没有出现大的决策失误呢？我可能问得比较尖锐，您不要介意。"

"风险和机遇同在，只要不盲目追求热点，不被市场左右，就不会出现大的失误。"说到这里，周立杰的脸上透出一种自信的神色，"我们是投资而不是投机，时间会证明一切的。"

确实如此。庄子说过，"小心驶得万年船"。面对大起大落的资本市场，周立杰经常提醒自己要从市场环境中"跳出来"，研究工作要做到前瞻布局、逆向思考，而不只是被动跟随当下热点。2013 年，她带领团队开展港股市场的研究工作。当时，A 股市场正是一片红火，创业板屡创新高，而港股市场的优秀公司估值却屡创新低。周立杰敏锐地感觉到，A 股市场当前已处于非理性高位，此时介入绝非良机，而香港股市则恰恰相反，正是低成本介入的有利时机。对此，研究团队保持客观理性，毅然转战港股市场，在精细测算的基础上，挖掘了一批香港市场低估值的优秀公司。2015 年，A 股市场经历剧烈调整，哀鸿遍野，市场悲观情绪弥漫。而基于扎实的研究结论，周立杰认为优秀公司的投资价值已经显现，她果断带领团队回归 A 股市场，支持阳光资管公司投资了一批优秀企业。例如，2015 年受股灾影响，有一家上市公司资金链即将断裂，其他投资者都退避三舍，但周立杰通过理性分析后，认为此公司具有优秀的治理结构、稳定的分红预期、长期的行业竞争力，毅然决定参与其股份的定向增发，为该公司"雪中送炭"，解了它的"燃眉之急"。其后连续三年，该项目都为阳光资管公司提供了稳定、丰厚的收益。

投资收益是对周立杰团队的研究成果最客观、最直接的检验。十年来，阳光资管公司实现年均投资收益率 9.93%，超越同期保险行业平均水平 4 个百分点以上。尤其是 2017 年，在 A 股市场行情低迷的情况下，她带领团队发起设立的"研究精选"资管产品，全年竟然实现绝对收益 39.6%，超越沪深 300 指数 24 个百分点。可以说是逆势而上、一骑绝尘，跑赢了大盘，创造了奇迹。

风物长宜放眼量。十年试剑，周立杰用优良的业绩，很好地诠释了她的价值投资理念。

四

一花独放不是春，百花齐放春满园。

周立杰在证券研究岗位上，十年如一日，带领团队努力创新、不断进取。她把自己的学习经历、价值理念都带进了团队，尤其重视对新进员工特别是应届毕业生的招募和培养。但这同时也为她带来了大量额外的工作，就是对新人研究员的培训。

如何当好团队的领路人，做好对新人研究员的"传帮带"，周立杰自有一套办法。她生于新疆、长于新疆，骨子里带着西北人那种坚韧、认真、不服输的特质。同时，她的性格平和温柔，情商高、亲和力强，理性与感性相结合，这就具备了刚柔相济的特点。

首先，因材施教。周立杰对于财务会计、行业研究、估值模型，都有一套成熟的模式。在对年轻研究员的日常指导中，周立杰更是言传身教，手把手教、一对一传，要求研究员从最基本的会计知识出发，熟读年报、深思模型，在此基础上进一步研究公司治理、商业模式、行业格局，以及经济规律，而不是盲目被短期市场热点所左右。同时，周立杰积极引入各种外部培训，内容涵盖财务会计、估值建模、行业分析、工具应用等，确保每个研究员年培训时长超过 100 个小时。而她自己也经常与研究员讨论交流至深夜，将自己十余年的研究心得向年轻人倾囊而授、无私分享。直至今日，周立杰仍然笔耕不辍，坚持批阅与修改新人研究员的研究成果，每场不落地参加相关报告的讨论与答辩，并给予相关的修改建议，带领团队共同成长。加入研究员队伍的都是名校高材生，有智商、有个性，周立杰注重因材施教，用好每一个人的专长。

有个北大的毕业生，非常聪明，但也很有个性，开始周立杰分派给他一个传统的商业零售项目，他并不感兴趣，成绩平平，但对互联网却情有独钟，表现出浓厚的兴趣。周立杰从另一个同事处得知这个员工的兴趣点后，马上转变战术，让他专门研究互联网企业，彻底激发了他的主观能动性和创造力，由此别开生面，大获成功。另一个北大毕业的员工，性格内向、沉默寡言，但周立杰敏锐地察觉，这个人思路清晰，做事有条理，考虑问题全面细致，是个非常内秀的人，于是毅然举荐他担任部门副职。他果然不负重托，替周立杰分担了很多工作。正所谓，千里马常有，而伯乐不常有，周立杰就是因材施教的伯乐。

每年7月份，上市公司开始密集发布季报，因为资本市场的特点，这些季报发布的时间较晚，大多在收盘之后，有的甚至在晚上七八点钟。而最注重时效性的行业研究员，总是在第一时间开始解读和点评。解读报告出炉之后，一般都在当晚九点多钟，周立杰马上组织大家在群里谈论交流，往往就讨论到深夜。这种不过夜的工作习惯，虽然有些辛苦，但大家互相交流、互相学习，都得到了很大程度的提升。

其次，以情动人。周立杰总是对新人讲，这个行业市场化程度高，靠真本事吃饭，只要努力就有机会。周立杰本人特别注重体育锻炼，每天快走一万步以上，打羽毛球曾荣获公司混双比赛的冠军。这是她小时候养成的习惯。她小时候就是个闲不住的假小子，经常爬山、跳绳，精力旺盛。身体上的协调性也辅助了工作上的韧性，这是她"刚"的一面。同时，她身上更多的还是女性的温柔。她的爱人是她的大学同学，十几年来两人靠自己的努力成就了各自的事业，并有了一个可爱的女儿，一家人其乐融融。周立杰把家庭的这种幸福感也移植到团队之中，在下属面前她更像个大姐，非常有亲和力，让人有信任感，具有独特的人格魅力，这是她"柔"的一面。

"我是2015年硕士毕业入职的，当时就是周总面试我的。"我们随机采访了研究部一名入职三年的研究员。她是个灵秀的年轻姑娘，也是北大毕业的硕士生，说话清晰而有逻辑，"这也是我的第一份工作，非常珍惜。入职三年以来，我感觉特别舒服，主要是周总给营造了一个特别好的氛围，她亲和力很强，始终和员工打成一片。周总对自己要求非常严格，但并不把压力全都传导给员工，她自己默默承担了很多。她看人、看问题都注重深层次的东西，不看表面，非常关心下属。我记得第一次参加公司晨会，汇报工作时因为紧张有些语无伦次，受到了高层领导的批评。当时我感到很强的挫败感。但会议结束后，周总就在楼道中拉住我，说你是新人嘛，缺乏经验，正常，不要放在心上，但要学习别人的长处。当时我很受感动，心里得到莫大的安慰。我只是一个新入职的普通员工，周总那么忙，还敏锐地察觉到我的情绪，真是一个体贴入微的大姐。"

还有一位年轻女员工说："刚入职时，开始我写报告总是抓不住重点，后来在周总的指点下，沉下来潜心研究，花了两个月的时间，完成了新的项目研究报告。我记得当时已经是晚上十点，周总第一时间看完，就立即在微信工作群里表扬了我，精准地指出我的用心之处，肯定我下了很多功夫。你的每一点进步她都看在眼里，跟着这样的领导，你怎么能不舒心呢？对于我们的行业研究，她不是高高在上地审查终稿，而是从一开始就参与讨论、修改和完善，始终全程参与，把握每一个细节。过程中出现了新的问题，就马上研究解决。用一句话概括，她这样的领导不是批评型、催促型的，而是参与型、融入型的，更接地气，也更能服众。"她的话代表了很多年轻研究员的心声。

最后一点最重要，就是公平考核。对于初踏职场的新人来讲，薪水不是最重要的，大家看重的是更多的学习机会，是否有成长空间，是否有施展才华的舞台，是否能够发挥自己的特长。周立杰谈起部下的员工，嘴角泛起慈爱的笑容，说："这些年轻人智商都极高，单纯靠灌输理念来洗脑是完全不可能的，必须给机会、给舞台、给激励。高压不成，过于放松也不行，必须有放有收，张弛有度，让其心服口服，这说起来容易，做起来难，真要讲一些领导艺术才行。"不过这个行当也有个特点，那就是"不承认错误，市场马上就会教训你"。因此，即使有些表面接受、内心抵触的年轻人，也会在数次的教训中端正自我、反思自我，从而逐步对周立杰做到专业上佩服，情感上归属。

考核机制的核心理念就是要做到优胜劣汰。这一点是周立杰一直坚守的原则。团队的考核奖惩机制一定要公平，不能讲人情，不能讲资历，要以业绩论英雄。年末评比、表彰不管入职时间长短，主要以实际表现、实力和业绩为标准，绝不搞人情照顾，不搞平衡，奖励资源、晋升机会真正向那些做得好的优秀员工倾斜。周立杰强调说："年轻人积极向上的热情是很宝贵的，必须要保护啊。要给他们时间，让他们慢慢进步。其实年轻人也教了我很多。"

周立杰认为，要营造和谐健康的团队氛围，建立长效机制，还必须建设一套良性的文化体系，打造团队的造血功能。这个行业是市场化程度较高的行业，人员不可避免有流动，但体系在、文化在，就营造了良好的机制，夯牢了扎实的基础。传统的证券投研工作对个人依赖程度较高，打造"明星研究员"是很多机构选择的经营方式。但是，周立杰不这么认为，她深知这种模式面临着更高的管理风险，那就是一名核心人员的流动，可能就会导致一大部分工作"塌方"，带来不能承受的损失，甚至会对整个团队造成极大扰动。为此，周立杰创新性地提出，在分级决策、权责明晰的基础上，相信团队每个成员的选股能力，每个研究小组精选多个个股长期持有，这样确保组合分散、换手率低、波动率小。简言之，就是最大限度发挥集体智慧，减少对某一个研究员的过分依赖。

"铁打的营盘，流水的兵。"事实证明，周立杰创新性地打造了一个稳固的"营盘"。这是一次将研究成果应用于投资领域的重大实践，也是团队投资文化的一次重大革新。

五

采访到了尾声的时候，我自己也有很多的感慨。一方面，通过对全国金融模范周立杰的采访，系统了解了证券研究行业的苦辣酸甜，也对这位不断学习创新实践的全国金融模范深深地感到钦佩。另一方面，这次对金融模范的采访和撰写过程，对我本人来讲，也是一次学习上的提升，更是一次精神上的洗礼，让我获得了良好的人生体验，可以说是收获满满、感触良多。

谈及未来的打算时，我觉得周立杰取得今天的成就，可以阶段性做个暂时休整了。周立杰笑了笑，摇了摇头，谦虚地说："这个行业充分验证了那句老话，学如逆水行舟，不进则退。时代的发展催生了很多的行业，新生事物层出不穷，比如，互联网、电商、游戏、直播等等，其生态模式跟传统行业大相径庭，沿用过去的经验是远远不够的，必须与时俱进、不断创新。"

周立杰的目光显得非常坚毅，语气也非常笃定，看来她的心中，早就确定了下一步的目标。这个拥有多重定位的金融模范，既是团队的导师，又是部门的领导，也是身先士卒的研究员，面对未来发展的新征程，她是不会停下脚步的，一定会继续砥砺前行。

最后，我还问了周立杰一个较为敏感的话题："当前，中国的资本市场行情持续低迷了很长一段时间了，作为专业的证券研究人员，你对未来中国股市的走向怎么看？"

周立杰说："作为从业近二十年的证券研究人员，这些年我见证了太多资本市场的风风雨雨，感触很多。其实股市就像人生，有波峰也有低谷，关键是要充满信心、冷静面对。我认为，中国经济是有韧性的，是有希望的。你也知道，当前中美爆发了贸易战，虽然暂时给我们带来了一些挑战，但这次贸易战也让我们看到了自己的短板和不足，进一步会倒逼我们通过改革发展模式，逐步解决自身的问题。我坚信，这些积累的矛盾和问题彻底解决之后，中国经济一定会迈上更加广阔的发展征程。从长远来看，有了这个基本面作支撑，未来中国的资本市场一定会迎来生机蓬勃的春天。"

是啊！让我们共同祝愿、共同期待吧，中国经济能够更加稳健发展，中华民族伟大复兴的中国梦能够早日实现！我也相信，有千千万万个周立杰这样的道德模范的无私奉献、不懈奋斗，中华民族伟大复兴的中国梦一定能够实现！

（发表于《中国金融工运》《中国金融文学》等杂志）

‖ 作者简介

郝俊文，曾为中国金融作家协会副秘书长、理事，《中国金融文学》责任编辑，中国金融文联第二届"金融德艺双馨文艺工作者"，中国金融作家协会第一届"德艺双馨会员"，人民出版社读书会百名签约作家之一。曾供职于中国工商银行石河子分行。曾获得第二届中国金融文学奖中短篇小说二等奖和第三届中国金融文学奖中篇小说奖，并入围第六届和第七届鲁迅文学奖。其小说、诗歌、散文、评论散见于《人民日报》、人民网、新华网、《金融时报》、《光明日报》、《诗刊》、《中国金融文学》等报刊，传略被收录在 2017 年《时代楷模》一书。

‖ 青城之歌 ‖

——记全国金融道德模范 张智

郝俊文

在内蒙古高原，在阴山脚下，在青城的草原上，望见蓝蓝的天上白云飘，白云下面马儿跑，会使人想起南北朝的一名佚名诗人的一首诗："敕勒川，阴山下。天似穹庐，笼盖四野。天苍苍，野茫茫。风吹草低见牛羊。"

时间定格在 2016 年 8 月 6 日，那是一个蓝天里飘着洁白的云朵、白云下面跑着马儿的一天，那也是一年五十二个周六中、八月的第一个双休日的周六。包商银行呼和浩特分行大召支行市场部的主管张智同志在一周忙碌的工作后，放松一下。然而，即使在阳光四射的清晨，也时常会有风雨来袭。也是在这一天，由包商银行呼和浩特分行的张智同志谱写了一曲惊天地泣鬼神的见义勇为之歌。故事还得从头说起。

6日清晨6点钟左右，张智到电力小区门口等候友人，并且提前近二十多分钟来到约定地点。包商银行呼和浩特分行的行纪上，要求员工上班不迟到、不早退。一向遵守纪律的他，即使双休日，和友人约会，依然不迟到，他已经养成了一种习惯。当然，并非包商银行员工张智一人有这种习惯，其实，包商银行的领导和员工都有这种准军事化的守时好习惯。

他坐在车里边听音乐，边等待。他这个出生在大青山的汉子，对草原既熟悉又陌生。说熟悉吧，大青山一草一木好像就在眼前；说陌生吧，由于工作忙的缘故，确实有很长一段时间没有去过草原了。因为，哲学上讲，人不可能两次踏进同一条河流。他期待着，只要报晓的钟声一响，彩霞般的奇迹就会出现在天边，一切不可思议般美满。

在他车前方不远处停下了一辆出租车，张智头戴耳机，微微抬起头朝窗外望去。他看见从出租车上下来一名三四十岁女子，穿着一条紫色裙子，头发烫得有些卷，皮肤白皙，人到中年，风韵犹存。只见她一只手拎着一个大包，另一只手提着一个小包，风尘仆仆的样子，像是远道而来，拖着一个疲惫身子，准备回家。张智同志又低下了头听歌。然而谁也没想到，就在出租车离开后，朗朗乾坤，在光天化日之下，一名戴着墨镜、身着黑衣、身材瘦小的男子，手里拿着一把菜刀，从公交车站牌后方冲了出来。他对那个女子吼道："打劫！"上前拽住那个女子的包，意图将包抢走。那个女子被突如其来的抢劫行为惊住了，但她并没有松手，死死地拽着包，不肯松开。而这个丧心病狂的凶恶劫犯，并不就此罢休，使出吃奶的劲拼命往回拽。正在车里听歌的张智，无意间一个抬头，看到了这使人憎恶的一幕，脑海里立刻闪现出"这是抢劫"的念头。他没有丝毫犹豫，顺手摘下耳机，拉开车门，对抢劫犯大声怒吼："住手！"抢劫犯没想到半路上杀出个程咬金来，他先是愣了一下，可是仗着手中拿着的菜刀壮胆，并没把张智放在眼里，他再次用力拽那女子的包。看到这情景，张智也有些吃惊。可眼前这个可不是小蟊贼，他是胆大包天的抢劫犯。他用力地死拽，将那名女子拖倒在地。此时，张智同志面对寒光闪闪的砍刀，毫不畏惧，冲向那个抢劫犯。抢劫犯不舍放弃即将到嘴的"鸭子"，更加丧尽天良，居然举起那把菜刀砍向张智同志。张智一脚踢向那个抢劫犯。也就在此时那个丧心病狂的抢劫犯手起刀落，那把寒光闪闪的、带有杀气的菜刀，不偏不倚地砍在了张智同志的腿上。疼得他龇牙咧嘴，看见自己的裤子被砍破，腿上的肉翻开，一股鲜红的血液流了出来。那个抢劫犯一见到鲜红的血液流出，先是一愣，接着松开包带，扔下菜刀就仓皇逃走了。张智看到那个抢劫犯逃走了，用手捂着伤口紧追了几步，担心他有同伙，又担心受害女子有所闪失，便放弃追赶。他急忙回身将惊魂未定的受害女子扶起，此时的受害人已是惊慌失措，看着他仍在流血的小腿不知如何是好，嘴里不停地说："谢谢！谢谢！这次多亏你！"接着她弯下腰，拍了拍身上的泥土后，又直起腰，用手理了理头发，问："小伙子，要不要紧，没大事吧？" 张智这才仔细地看了看自己腿上的伤口，血肉模糊。只见地上、鞋里全是血迹。裤子被砍开一个长长的口子，动一动脚，仍然有大量的血从鞋里流出，同时也伴随着剧烈的疼痛。但是，张智无暇顾及这些，他害怕吓到那位受害女子，忙安慰她说："没事，没事。"那位受害女子听到张智说没事，就说："你赶紧去医院看看，我还有急事。"她说完后，便拎着两个包，头也不回地走了。与此同时，张智的朋友走到小区门口，看见张智腿上、裤子上、鞋上全是血迹，地上也流了很多血，问清缘由，急忙开车送张智到医院进行处理。医院门诊部的一位女医护人员在给他处理伤口时，问明缘由，被他的见义勇为行为感动得流下了热泪。她一边用纸巾擦着泪水，一边问张智："你是哪个单位？"

张智回答："我是包商银行呼和浩特分行大召支行的。"

她说："哦，包商银行大召支行呀，我就在贵行存款办业务，贵行教育出这么好的见义勇为员工，现在没有设'最可爱的银行人'，可是，你在我们心里，是最可爱的银行人！"她看了张智一眼后又说："我还要动员我的朋友去贵行办理业务，因为，现在人都现实得很，倒在地上的人都没有人去扶，别说面对拿刀拿枪的抢劫犯了。"

她处理伤口时，一脸严肃地说道："好在你上辈子造化好，福大命大呀，骨头损伤不大。"她看了他一眼，嘴里"啧啧"道："要是刀再砍深一点点，就是大动脉了，太危险了。砍断大动脉，几分钟血就流完了，就不一定能救活你了，不过，骨头伤得不重，你真是不幸中的万幸。"

当她处理完伤口又问："下回遇到这样的事情，你会怎么做？"

张智说："党和政府以及包商银行的领导教育我为人民服务，如果下回让我又碰上了，我还会伸张正义的。"

女医护人员听了他的话后，开始从上到下仔细地打量起他来，然后说："小伙子，你多大了？"

张智说："二十八岁了。"

她略微停顿一下，问："你有女朋友吗？要是没有的话，我给你介绍一个漂亮的姑娘。你能见义勇为，舍身救人，是个靠得住的男人呢。"

他听了她的话后，脸颊泛起了一层淡淡的红晕，低下头说："我工作太忙了，个人问题，以后再说吧。"他又抬起了头问："我的腿会残废吗？"

她瞪了他一眼说："差一点命都没了。不过，要看恢复得怎样。"

他有点沮丧，坐在那里没有吭声。

"不过现在伤口处理好了。钝刀子见肉快三分，伤口长，又砍得深，我把里面清洗干净了，害怕里面肌肉组织不好痊愈，肌肉组织缝十几针，以防一使劲，肌肉再次翻开，那就麻烦了，那还要到医院重缝针。要是感染了，化脓了，变成骨髓炎，就要把腿锯掉。"

他坐在那里抬起头看着她，现在她用镊子夹了一个酒精棉球，弯下腰在他受伤的小腿上擦着。她严肃起来了，语气也严厉起来，以一个医生对一个病人的命令语气："张智，请注意两件事：一，注意静养。我给你们单位开个证明，在家好好休息一段时间吧。"

张智打断了她的话问："大约休息多长时间。"

"你说多长时间？"她瞪起了杏眼："伤筋动骨一百天，怎么也得三个月。虽然，你骨头伤得不重，筋还是伤着了。"

张智苦笑着摇了摇头。

她指着他的腿说："不信我的话，你看腿已经肿了吧，你自己按按就知道了。"

张智看了看自己受伤的腿，肿得发亮，用手一按一个窝，松开手指，皮肤没有弹性："我说怎么涨疼呢，原来肿了。"

"等麻药过去了，更疼呢。二，千万不要沾水。天气炎热，出汗再多也不要冲澡，以防伤口感染。如果伤口痒痒，千万不要用手挠。"

"我要拄拐吗？"

"必须！砍得太深了，现在还要打破伤风的针。"她叹了一口气，直起腰来，把酒精棉球扔进垃圾桶。

2

8月8日，星期一，张智拄了根拐棍，大汗淋漓，一瘸一拐来到包商银行大召支行市场部上班。他的右小腿缠上了厚厚的白色绷带，伤口处依旧留有斑斑血迹，因为伤到肌肉，本来健硕的小腿肿胀异常，无法用力，整条右腿更泛起暗红色。这么严重的伤他还工作，原因是张智手头有两笔特别着急的业务，他不想失信于客户，不想影响行里的应收任务，不想让大家替他担心。支行行长问清缘由后，立刻向呼和浩特分行行长徐翔打电话汇报了情况。当时行里正好在会议室里开例会。徐翔行长正在向大家宣布包商银行呼和浩特分行获得由全国总工会颁发的"工人先锋号"的称号的喜讯时，他的手机铃声响了。他拿起手机一看，是大召支行行长来的电话。徐翔，这个浓眉大眼，身体结实的中年汉子，包商银行呼和浩特分行几百名员工的领头人，行长、党委书记。他知道他的部下这时候给他打电话，肯定有情况。于是，他毫不犹豫接了电话。当他听说张智见义勇为，被抢劫犯用刀砍了时，眉毛拧成了麻花，问道："张智被砍了要不要紧？"

支行长说："砍在腿上了，离心脏还远。不过，医生说，再砍深一点点，就是大动脉了，那人就会在殡仪馆了。"

徐翔行长没有听清，环顾四周，现在大家目光都投向了他，他又接着问，"请你告诉我，张智人在哪儿？"

支行长说："人在市场部的岗位上。医生让他休息三个月，他非要拄着拐棍上班，他现在和我在一起，我让他回家休息一下，撵都撵不走。"

徐翔行长说："你和他在一起，我和石副书记一同去大召支行看望他。"接着他又将张智见义勇为、被抢劫犯砍了一刀受伤的事情告诉了行长们，同时宣布散会。

石文刚，一个四十出头，一米八左右的个头，出生在乌兰夫家乡土默特左旗的内蒙古汉子，两只眼睛炯炯有神，说一口地道的山西话，闻其名如见其人。在进入包商银行前，是内蒙古银监局的一名管理工作者，现任包商银行呼和浩特分行党委副书记、工会主席。他对正在做笔记的办公室主任达步说："达步，我和徐翔行长去看望张智，咱们买点营养品。"

达步抬起头来看了石文刚副书记一眼，点了点头，合上笔记本。

在去看望张智的路上，徐翔给包商银行董事长、党委书记李镇西同志打电话汇报了张智见义勇为一事。李镇西董事长对张智见义勇为的事情给予高度重视，并作了重要指示，又从包头市赶到呼和浩特市来看望慰问张智同志。

不久，内蒙古自治区主流媒体报道了张智见义勇为的英雄事迹，当大家得知了他的侠肝义胆后，纷纷竖起了大拇指。最值得欣慰的是，内蒙古自治区能源建设集团一位漂亮的未婚女工作人员张宁，被张智见义勇为的精神深深感动，最后她和见义勇为的英雄张智喜结良缘。

2012 年，石文刚副书记（当年是行长助理）带着包商银行呼和浩特分行党委的重托，去内蒙古财经大学为该行招贤纳士。他像一位"伯乐"一样，在毕业生的人才交流会上，在茫茫的毕业生人群中为包商银行呼和浩特分行相"千里马"。他看见清瘦、高挑、一脸稚气的张智，接过张智手中的应聘书和推荐函，看到他是双学位，第一学位是统计学学士学位，第二学位是管理学学士学位，英语四级，志愿一栏里填着包商银行。他抬起头来问："包商银行精神是什么？"

张智答道："学习、创新、诚信、发展。"

石文刚副书记站了起来，握住他的手说："参加内财大笔试，笔试完了，合格了，再去包商银行呼和浩特分行面试，听通知吧。"

3

1988 年 10 月 11 日，张智出生在内蒙古自治区察哈尔右翼前旗土贵镇。父亲张育斌是土贵镇旗办木材厂的厂长，其母叫智殿凰，是当地小学的一位英语教师。在孩子出生一百天时，张育斌请了一家人为孩子过百岁。他从妻子智殿凰的怀里抱起了儿子对老母亲说："娘，咱大不在了，现在您是一家之主，您给孩子起个名字吧。"

张育斌的老母亲看了儿媳智殿凰一眼说："你俩商量一下，给他起吧。"

张育斌一边用手逗着怀里的儿子，一边转过头对智殿凰说："你是老师，还是你给孩子起个名吧。"

张育斌的姐姐说："咱老张家从山西走西口来到察哈尔右翼前旗，还是咱娘给孙子起名字，因为咱娘最有文化，旗长都让咱娘当顾问哩。"

老母亲笑了，说："我都老了，就叫张智吧。咱老张家的孙娃子，自然要姓张，儿媳妇姓智，智是智家的，也有一半血缘。现在提倡一对夫妻只生一个孩子，不偏不向。"她看了一眼张育斌，又说："我儿叫张育斌，为什么你大给他起名育斌？育斌就是希望以后把他自己儿子教育成文武双全的人。"

在张智长到四岁时，有一天镇子上传来一个坏消息。人说是从大同农村来察哈尔右翼前旗土贵镇打工的民工（走西口），家住在北营子村，由于天气热，他家两个娃和其他家的娃，去泉玉林河洗澡，结果，赶上下暴雨，山洪下来，几个娃来不及跑，就被滚滚洪水卷走了。洪水退去后，几个娃的尸体，在黄旗海找到了，就摆在海子岸边。有一个娃的母亲，看到自己的娃淹死了，也跳海了。这个消息，对张育斌夫妇震动很大。

还是那一年，土贵镇驻扎着一个解放军的炮兵团，演习时挖了一些战壕。战壕内外堆满了树枝，这些树枝是给士兵作伪装掩护用的，演习完后，就扔在那里，经过风吹日晒变成了干树枝。张智和小伙伴们在那些战士演习过的战壕里玩，有个小伙伴点燃了它们。等干树枝燃完了，小伙伴们在烟熏火燎之后，一个个变成了大花脸，战壕里露出一些手雷，各种机步枪子弹。他们找了几个编织袋，把手雷和子弹抬到几千米远的部队。部队为了奖励他们，给他们一人一大块烧好的白猪肉吃。

张育斌小两口下班回来，左等右等就是不见张智回来。晚上，疯跑了一天的张智灰头土脸回到家，张育斌瞪着两只牛眼，巴掌举在空中骂道："给爹讲，你上树跳井的，浑身是泥土，疯哪去了？"他一五一十告诉了张育斌。听完儿子的话，张育斌举在空中的巴掌终于放了下来，但是，他还是有点半信半疑。于是，他找来一起玩耍的小伙伴问，句句属实。小两口听完后，转念一想，吓出一身冷汗，还是智殿凰先开口："要是子弹烧爆了，子弹可不长眼，能打死娃的。"

这两件事对他俩触动不小，娃整日在外疯跑，有个三长两短咋办？两个人都在工作，就一个娃，总不能把娃拴在裤腰带上。后来小两口合计，既然生了他，就养好他。钱多少是多？钱多了就多花，没有就不花。小两口一边干着工作，一边为娃的安全提心吊胆，工作干不好不说，娃还容易出事，那还不如让智殿凰专门在家带娃。一家人平平安安的，不就少挣一个人的工资。为此，她辞去小学英语教师的工作，专职在家带张智。

一次，智殿凰带着张智在河里洗衣服，张智在沙滩上玩耍，玩了一会儿肚子饿了，跑过来跟智殿凰要饼子吃。她放下衣服，洗了洗手后，在包里取出一个饼子，掰了一半，递给张智。张智没有拿稳，掉在沙滩上，结果，他嫌脏，不吃了，伸手还要。智殿凰让他捡起来，他不捡，还躺在沙滩上打起滚来。智殿凰非常生气，走过去，朝他的屁股上打了两巴掌。他从地上一骨碌爬了起来，把地上的饼子也捡了起来。智殿凰指着河边一大一小两块石头问："那两块石头像什么？"

张智瞪着两只小眼睛看了一会儿说："像一个大人和一个小男娃坐在那里。"

智殿凰说："你都能看出一个大石人和一个小石娃。那个大石人是小石娃的娘，小男娃要坐在地上，娃他娘嫌地上湿，就拿了个饼子垫在小男娃的屁股底下。老天爷看见了，就从天上扔下来两块石头，把娘和她娃包在里面变成了两个石人。饼子是粮食做的，不能浪费。浪费粮食，天打五雷轰。"

张智知道自己错了，他吹掉了饼子上的土，吃了起来。

2008年9月，那是内蒙古高原最美的秋天，也是一个金果满园的秋天，呼和浩特空气里飘着瓜果的芳香。张智也有一个大收获，他考上了梦寐以求的内蒙古财经大学统计与数学学院，拿着录取通知书报到了。报到后，他和班长康梁同学忙于迎接新生，他重活抢在先，帮同学拿行李、提背包，一连干了好几天，直到把全班新生全安排好为止。

大二，他又报考了内蒙古财经大学会计学院双学位的考试。还是在大二，他还报了英语四级过级考试。第一次英语四级过级考试的结果出来了，不是很理想，差了不少分。当天晚上，他躺在床上辗转反复不能入眠，痛定思痛，决心一定要把英语成绩赶上。第二天黎明时分，为了不影响室友休息，他摸黑起床，拿着大学英语课本从宿舍出来到教室上背英语单词。外面的世界一片漆黑，到了外面才发现自己忘带手电筒了。他不小心碰到了足球的大门框子上，鼻子生疼，书也碰到了地上。他感觉鼻子里往下流东西，用舌头往上舔了舔嘴唇，一点咸味，夹杂着一股血腥味，他知道鼻子被碰流血了。他有点生气，对着足球大门的立柱踢了几脚，像唐·吉诃德大战风车。他的脚生疼，蹲在那儿，一只手捂着脚，另一只手在地上摸索着，把书捡了起来。但是，当他仰望天空时，启明星在朝他眨着眼睛，他想启明星每天晚上第一个早早出现在天空的西方，天亮前最后一个消失在天空的东方，要学习启明星的精神。于是，他又下决心一定要学好英语，恶补英语。他计划每天下午下课后，或者晚饭后，去学校图书馆看英文版的《中国日报》和英语杂志，来提升自己的英语水平。

又是一年落叶黄，一层秋雨一层凉。那年的那场秋雨渐渐沥沥一连下了三天，直到第三天下午，日头打西边出来，晚霞染红了西天，把大青山的草木染得通红。天空中有一只孤雁，在落霞中一边发出"嘎嘎"的叫声，一边奋力地追赶着南飞的雁群。而落霞透过玻璃把图书馆内照得通体透亮。张智就像那落单的孤雁一样，奋力地追赶着他的同学。他坐在图书室的一角翻看着英文版的《中国日报》，他的旁边坐着一位漂亮的女生。她身着一件粉红色的毛衣，修长的手指在一本杂志上胡乱地翻动着。她时不时地用眼睛的余光扫视一下正在阅读的张智。当张智放下手中的杂志时，那女生在他手背上点了一下，张智抬起头来问："有事吗？"

她点了点头说："我宿舍的电脑坏了，我要参加全国大学生数学建模竞赛，能帮我修理一下吗？"

他站了起来，跟她去了她宿舍。

"怎么屋子里就剩你一人了？"

"今天是周末，有的回家了，有的出去玩了。"

电脑修好了，他走了。她连一个谢字都忘了说。

一天下午，张智去了图书馆，那个女生晚来了几分钟，有点气喘吁吁，坐在他的对面。他向她点头示意，她对他莞尔一笑。天渐渐黑了下来，她提议他俩到校园草坪上散步。在草坪上，她说："我和你是同一个学院的同学，我在数学建模的参赛名单上看到你的名字了，你也参加全国大学生数学建模竞赛了，我俩可是竞争对手呢。"

　　"我俩相互学习，共同提高。"

　　"那天帮我修好了电脑，还没有来得及谢你呢。"

　　"谢就不说了，应该的。"

　　他们在一张长条椅子的两头坐下了。

　　"你学习真够刻苦的，听说你报了双学位，真是咱们内财大学生里的楷模。"她落落大方地说。

　　"我可当不了榜样，就想利用四年时间，学完双学位，将来也好找工作。"他有点激动，不停搓着自己的手。他不敢直视她，目光注视着天上的星星。

　　她说："你的眼睛老往天上看，是在看牛郎，还是看织女呢？"

　　张智说："我在看织女，被王母娘娘在天上划了一条天河，每年七月七才能见面。"

　　"那牛郎和织女可够苦的。不过，你身后有好几个'织女'，她们都暗恋你呢。在宿舍里疯的时候，说要嫁给你。"她停了下来，看了他几秒钟后，感觉自己的脸在发烧。不等张智回答，她又说："我给我妈说了，我妈说，大学里可以谈朋友，但是，不允许结婚。有个头疼脑热，相互可以照应。"

　　"我害怕耽误学业。"

　　她往他那头挪了挪说："世界上最遥远的距离，不是生与死的距离，不是天各一方，而是，我就站在你的面前，你却不知道我爱你。"

　　他往椅子的尽头挪了挪，现在他半个臀部已悬空了，说："别挤了，再挤你就会怀孕了。"

　　她听了他的话，笑得肚子疼说："这好像是一个外国女大学生的诗，你也会呢？"

　　……

　　"你也会泰戈尔的诗？"

她说："嗯，你都拜读泰戈尔的诗，不了解女生。女生天性就胆小，天这么黑，也不知道关心人家，坐得离人家那么远。"

他听了她的话后，往椅子中间挪了挪，闻到了她身上散发出的一股淡淡的清香，他刚平静的心，又扑通扑通跳了起来。

她从包里拿出一个苹果来，递给他，他并没有接，她自己先咬了一口后说："我带了一个苹果，吃了将来我俩平平安安。"

他站了起来说："祝您平安和幸福！"

她问："为什么不是我俩平安幸福呢？难道我不漂亮吗？"

2012年，张智经过在内蒙古财经大学四年的学习，取得经济学学士学位和会计学院管理学学士学位，而且英语也过了四级。他用了四年时间，完成了八年应该学习的课程。

4

张智同志自从2012年进入包商银行呼和浩特分行工作以来，在包商银行上下而求索的精神的指引下，更是不断学习相关金融知识、法律法规，积极参加行里组织的培训。

张智作为包商银行呼和浩特大召支行市场部的一位主管，他不因自己取得的工作成绩而骄傲，在日常工作中始终忠于本职，安于本分。每天上班他总是早早来到行里，整理前一天工作思路，按照计划落实当天工作。热爱生活的他经常帮助同事们整理办公环境，打扫卫生。他办事稳重不浮躁，外出见客户之前总是先检查好资料，整理好着装和仪容，一切资料准备妥当后，更不忘为客户着想，时刻思考如何为客户量身定做一款最适合他们自身的贷款服务。

有一年冬天，青城一连下了好几场大雪，远方的大青山像被刷了一层白漆，宛如一道拱卫京师的白色屏障耸立在那里，天像是漏了一样，呼和浩特大街上的雪还没有清理完，又被一场大雪覆盖了。汽车把路上的雪碾成了冰，在阳光的照耀下白里透亮。张智的一位客户，平时，他一有"闲钱"就打电话给张智，可最近他的那位客户没有给他打电话了。那天又是一个双休日，张智在宿舍里想起了他，就给他打电话。那位客户在电话那头，讲话吞吞吐吐，答非所问的，接着张智隐隐约约听到他在抽泣。张智感觉有些不对头，就开车去了对方家，在路上几次差点追尾。张智到了客户家怎么敲门对方也不开。他急得像热锅上的蚂蚁，一边使劲地敲门，一边大声喊道："你肯定有事，别想不开，钱多人傻，再不开门，我就打电话给氧焊队把你的门切割掉！"

客户家的狗，在屋里听到动静对着门不停地狂吠，震得屋子的墙一摇三晃的，客户在屋里吼道："叫啥叫，滚一边去！"那狗叫声顿时哑了。

当客户把门打开，一股酒气从屋里涌了出来，客户的嘴里也喷着酒气，眼里闪着泪花说："你再晚来一步，我就可能不在这个世界上了。"

张智坐在沙发上吃惊地问："你喝酒了？"

"我喝了一瓶白酒。"他站在那里左摇右晃地瞪着两只血红的眼睛，从口袋里掏出一个打火机，放在头顶说："现在打着，就是一盏酒精灯。"

张智说："别闹了。"

"婆娘出轨了，跟别人跑了。你说，我活着还有啥意思呢？还不如醉生梦死算了。"

张智慢条斯理地说："婆娘跑了，你就不活了，你对得起养你的爹妈吗？"

他双手一摊，说："对不起！我上吊，刚挂上去，绳子就断了，连阎王都不收我。你说我钱多人傻。我是被你骂醒了。"

客户家的那条狼狗，是草原上牧民抱给他的。是草原上的野狼和牧民的牧羊犬杂交的，背黝黑，皮毛发亮，两只耳朵竖着，主人给它取了个名字叫黑贝。黑贝四只爪子雪白，一只眼上有一个白点，像一个人戴着一副眼镜，因此主人又常叫它"四眼"。它真聪明，听到主人说"上吊"时，它嘴里叼了一截一两米长的绳子，来到张智的面前，向张智证明它的主人是用那根绳子上吊的，那绳子上还系了一个活口。张智全明白了。

客户说："我死了，婆娘别人搂，孩子别人打，钱别人花，你说得对呀，钱多人傻。老子不死了，死了便宜那对狗男女了。活着，让那背叛我的'狐狸精'睁开眼睛看看，老子过得比她好，有她后悔的那一天。"他说完后，抱着张智的头，又号啕大哭起来。

张智知道男儿有泪不轻弹，只是未到伤心处，于是安慰他说："别难过了，到时候，我给你介绍一个好的。"又说："我工作忙，没有关心你。"

"我的苦日子，啥时候是个头呀。"

"冬天来了，春天还会远吗？"

张智从此一直牵挂着那位客户再组合一个家庭的大事。

春天来了，大雁在青城的上空飞翔，梨花开遍了大青山的山崖，小草也在希拉穆仁草原上发出了翠绿小芽。春天来了，青城的春天来了，我们的春天来了。

一天，临近下班时间，一位三十多岁的女士，一米六左右的个头，头发披肩，两只眼睛会说话，身穿一件红色上衣，足蹬一双高跟鞋来包商银行大召支行办理业务。张智接待了她。她把填写好的申请书交给张智，张智在审查时发现夫妻关系一栏未填。他用铅笔在该栏中画了一个问号，抬起头问："带户口本了吗？结婚证、身份证呢？"

她听了他的问话，用手捋捋自己的头发，一边在包里找着身份证，一边说："没有带户口本，怎么办贷款还要户口本吗？身份证在包里。哦，结婚证没有，不过我有离婚证。男人出轨了，不要我和孩子了。"说到这里，她眼睛里闪着泪花。

张智试探道："姐，碰到好男人了，还想再找吗？"

"为什么不呢？碰见好男人了，对我的孩子好，姐再把自己嫁一回。"张智把他一直牵挂的那位客户，现在已是他的朋友介绍给了那位女客户，不久，他俩组成了幸福的一对。为了感谢张智同志，这几年来，他俩不但把自己的余钱存进了包商银行，还把亲戚朋友的钱也存进了包商银行。

5

王春平同志，内蒙古金融工会专职副主席，黑发里夹有少许白发，中等个子，人很精明，也很干练。他利用午餐后，离上班还有几十分钟的时间，在床上眯了一小会儿。没有睡着，他睁开眼，看了看表，还有十几分钟，便顺手拿起了枕头旁边一本叫《雷锋》的杂志。他翻开目录，"包商银行呼和浩特大召支行张智见义勇为的事迹"赫然在目，他吃了一惊。中国金融工会全国委员会在全国金融系统内评选道德模范通知已下发到全国各家金融单位了，上报时间就要截止了，为什么包商银行没有给自治区金融工会上报呢？一股强烈的责任感涌上心头，这是咱自治区金融系统大事。上班后，他带着疑问，第一时间就打电话给包商银行董事长、党委书记李镇西同志。然后，又给中国金融工会宣教部彭飞主任打电话。彭飞说："申报的时间已经截止了，为了把评选道德模范的工作搞扎实，原则上同意你们申报，不过，我还要给宣教部长郭永琰汇报。你们也要请示郭部长。"

王春平专职副主席又给郭永琰部长打电话请示。郭永琰部长，湖北随州人，一米七几的个子，参军后在中央警卫局工作，转业到中国金融工会工作。他说："不能让见义勇为英雄的血白流了，这是咱们金融人的骄傲，同意你们申报。"

6

张智 2018 年 5 月被中国金融工会全国委员会评为"第二届全国金融道德模范（见义勇为）"，2016 年 12 月荣获中国银监会颁发的"2016 年度银行业'最美人物奖'"，2017 年 5 月荣获包商银行股份有限公司颁发的"2016 年度包商文明传播奖"，2017 年 12 月被包商银行股份有限公司授予"包商星榜样"称号，2016 年 12 月受邀参加包商银行股份有限公司第一期"醒客沙龙"暨董事长与青年员工思享汇，2016 年 12 月荣获包商银行股份有限公司呼和浩特分行授予的"先进个人"称号，2015 年 12 月荣获包商银行股份有限公司呼和浩特分行授予的"信贷标兵"称号，2014 年 12 月荣获包商银行股份有限公司呼和浩特分行授予的"VIP 客户经理"荣誉称号。

（先后发表于《中国金融工运》《中国金融文学》等杂志）

‖ 作者简介

　　楚淇蒙，四川威远人，中国金融作家协会会员。
1986年退伍进入中国农业银行四川分行工作，先后在《四
川农村金融》《金融时报》《中国城乡金融报》《人民
日报》《经济日报》《四川日报》和新华网、人民网等
媒体上发表《春雨》《我不再哭了》《一把铝瓢的故事》
等50多万字的散文诗歌和新闻作品。

‖ "生命禁区"的坚守与忠诚 ‖

——记全国劳动模范农行四川石渠县支行 达瓦

楚淇蒙

　　甘孜州石渠县位于四川省西北部、青藏高原东南边缘，平均海拔4500米。
这里空气含氧量只有平原地区的50%，水烧到70度就开锅，最低气温零下
40度。长期在这里工作生活的人容易患上心肺肿大等高原性疾病，这里因
此被称为"生命禁区"。

　　笔者第一次在石渠见到全国劳动模范、农业银行石渠县支行营业部运
营主管达瓦时，便被深深震撼——从参加农行工作第一天起，他就立志扎
根石渠，眨眼之间，他已在青藏高原奋战了三十个春秋。他皮肤黝黑，脸
颊瘦削，双手粗糙，脸上印着"高原红"。这些，都是风霜镌刻的痕迹。

　　三十年的坚守，达瓦用踏实、勤奋、认真、负责的工作态度，为自己
赢得了荣誉、赢得了尊重。石渠县委第一副书记罗林说，达瓦不仅是农行
的骄傲，也是石渠各族儿女学习的榜样。

把忠诚和责任化为能力

坚守，源自忠诚，源自责任。

达瓦坐在办公室，显得有点拘谨。可从他的眼神能感受到，他的稳重、干练和顽强。当问及他在石渠工作三十年的感受时，他只是淡淡地说了一句："我没多大的成绩，能坚持下来，只因我有一颗为农行工作的心，在岗位上做好该做的事情。"

人一旦有了信念，也就有了精神，有了力量，有了动力。达瓦长年带病坚持学习，锤炼业务基本功。在他看来，能力是对忠诚和责任的考验。

石渠支行营业部的员工们说，他三十年如一日，不断充实知识，提升业务能力，无论工作在哪个岗位，都兢兢业业，任劳任怨，从不计较个人得失。

由于身怀过硬的业务技能，又有踏实、吃苦、勤奋的精神，2005 年，达瓦担任了县支行营业部运营主管一职。但无论是当初的普通员工，还是后来的管理人员，他始终在自己的岗位上忠于职守，尽心尽责。

"有过硬的技能，才能更好地履职尽责。"达瓦说。面对临柜业务知识不断更新，他将柜员基本知识、基本制度和基本技能"三基本"学习考试，作为提高自身业务素质的重要途径。他反复练习"三基本"作业题，认真对待每一次演练，熟记每一笔交易码、每一步操作规程，通过对演练、考试、学习的循环往复，提升管理水平和业务技能。在甘孜分行"三基本"现场抽考中，他取得了全州第三名的优异成绩。在他的示范带动效应激励下，石渠支行营业网点形成了"后进赶先进"的浓厚氛围。

客户们实实在在体会着达瓦优秀而敬业的服务。石渠支行有许多身患心脏肿大、肺气肿等高原性疾病的客户。"不能让这些客户来农行办理业务时，再遭'罪'！"达瓦说。他在营业网点设立"党员示范岗""特殊客户"等绿色服务窗口，专门服务行动不便的客户。对一些年事已高、行动不便的老年客户，他登门服务，让老人安心放心。

"达瓦让我们看到了他对农行的忠诚和热爱，感受到他爱岗敬业的精神。正是这种忠诚和热爱支撑起石渠支行的发展。"石渠支行行长罗绒翁加说。

困难再大也压不垮坚守

坚守，有时需要牺牲和付出。

一提到过世的妻子，达瓦的愧疚之泪便挂满眼角。2013 年，达瓦 50 岁的结发妻子因尿毒症病发去世。在妻子患病的五年里，因为工作忙，他没能很好地照顾她。然而还没从失去亲人的悲痛中缓过来，达瓦自己又病倒了。这一年，他身形日渐消瘦，在一连七次推掉去医院的检查后，领导和同事们逼着他到成都的医院检查，最终他被确诊自己的肺部长出了肿瘤。

其实在妻子病逝的前一年，达瓦已经患上了胸膜炎、面瘫等多种疾病，他刻意向单位隐瞒了自己的病情。在医院动手术时，医生一次性从他的腹腔中抽出了八斤多积水。

尽管身在成都医院，达瓦的心仍挂念营业网点三尺柜台。在做完肺部肿瘤摘除手术后的第三天，他不顾子女的劝阻，新年刚一过，便回到了滴水成冰的石渠。由于身体过度虚弱，他在上班途中不慎跌倒，摔断了四根肋骨。在常人看来，他是在拿生命开玩笑。

"希望领导和同事不要考虑我的病情，特意给我安排轻松的岗位。如果是这样，我会一直不安的。"达瓦这么说。

他像往常一样早出晚归，面对每位柜员，从授权到每一张传票的审查，都一一过问，细细把关；加班制定案件及事故易发多发环节工作方案，检查落实"三基本"情况；积极发挥带头作用，将平生所学倾囊传授给新入行的大学生员工。

"像他这样工作，正常人都很难吃得消，更何况是一个刚刚做完肺部切除手术、伤口还未完全愈合的病人啊！"刚入行不久的大学生陶丽君说。

谈到父亲，达瓦的两个女儿非常自豪。大女儿曲忠说，父亲为她取了一个"忠"名，就是要自己热爱党和社会，忠于自己的工作。二女儿巴姆说，父亲在石渠坚守了一辈子，自己也要像父亲那样。

达瓦的坚守得到了上级行的关心、帮助和肯定。省、州分行动用爱心基金帮助他治病，县支行为他建立了困难员工、困难党员档案，制定帮扶措施。2014 年，达瓦获得了省分行"建功立业标兵"称号，营业部荣获农总行"十佳班组"荣誉，这让他倍感骄傲。

将温情洒满扎溪卡草原

坚守，同样需要希望和温情。

"扎溪卡"是石渠的藏语别称，"达瓦"藏语意为"月亮"。每当夏季来临的时候，扎溪卡草原上，月光如水，照亮漫山遍野盛开的格桑花。

由于石渠支行条件特殊，人员紧张，达瓦除了坚持做好柜面管理工作外，在县支行的统一领导下，他投入大量精力，开展群众帮扶工作。

一说到帮扶困难群众，达瓦与先前不同，开始侃侃而谈。他是 1995 年加入中国共产党的，他的生日恰好与党的生日在同一天。入党 20 年来，他每年都和党一起过生日，感到非常幸福。从入党的那天起，达瓦就把对党的赤胆忠心化作对工作的热爱。党的先进性要求党员模范带头，甘于吃苦、一心为民，达瓦淋漓尽致地展现了党员的先锋模范作用。

石渠温波长须干玛乡是县支行群众工作联系点。由于达瓦工作经验丰富，政治觉悟高，懂藏汉双语，支行拟让他参加接对认亲工作，但考虑到他有病在身，一直举棋不定。他知道后，主动请缨，在极其艰苦的条件下，一待就是六个多月，挨家挨户收集资料，登记基本信息。

在自身家庭条件差的情况下，他还时常为联系乡的孤儿、城镇"三无"人员、农村"五保户"、残疾人、困难群体送去棉衣、毛毯和床垫等生活物品，鼓励困难群众要相信和依靠党委政府，力争早日脱贫致富。在乡下的二百多个日日夜夜，达瓦拖着病体，与工作组其他成员一道，走遍扎溪卡牧区，累计走访牧民和僧侣 3000 余人，为工作组义务当翻译 3000 多次。

党员的特点就是有爱心，讲原则，行义务。达瓦完全具备了这些素质。他积极参加县支行党支部与瓦须乡党委共建共创联系点帮扶工作。每年，达瓦都要挤出时间，带领着同事到 247 公里外的瓦须乡四村藏族同胞降泽家开展五次对口帮扶。他说，自己要言传身教，做好贫困群众帮扶工作传帮带。

今年 5 月 20 日，达瓦与同事又来到瓦须乡。此时，天空狂风大作、电闪雷鸣，下起了冰雹，尔后飞雪连天，而瓦须乡的降泽一家则围坐在火炉旁被温暖拥抱。"要不是达瓦他们拿出钱来，帮助我们修建了80平米的房子，我们一家六口人，又要挨冰雹了！"降泽感激地说道。

达瓦积极奔走倡议，带头参加社会募捐，分别为无房户和残疾儿童募集到4万元资金，并在支行的支持下，力促乡党委政府组织人员义务投工投劳，帮助贫困群众渡过难关。

扎溪卡的群众说，达瓦就像草原上的月亮，默默照亮这里的一草一木。

作别时，达瓦对笔者说，他之所以能成长为全国劳模，靠的是领导的关心和团队的力量，是上级行的精心培养，对此，他非常感恩。他说，虽然甘孜条件特殊，但农行的各项规章制度必须严格执行，工作任务的标准不能降低，这里的农行人，缺氧不缺精神，艰苦不降标准。

（《中国城乡金融报》2015年5月29日）

作者简介

　　甘绍群，湖北省竹溪县人，中国金融作家协会会员、理事。供职于中国农业发展银行湖北省分行。在省部级以上报刊刊发工作研究、论文、调查报告等300余万字；参与编写《农业银行思想政治工作》《中国金融文化》等6部专著；参与主编《金融写作知识》《文明礼仪实用手册》等3部农业发展银行系统职工培训教材。文学作品散见于多家报刊，著有散文集《寻梦履痕》。

‖ 金融世家传薪火 ‖

甘绍群

　　爷爷没有文化，是个"睁眼瞎"，但他天然对集攒老物件有兴趣；父亲是新中国成立时县人民银行（后为农业银行）的老员工；自己和女儿先后在银行供职。当了几辈子"破烂王"的袁家，到了袁裕校这一代，终于当出了名堂：六年前创办家庭博物馆……

　　时间可以是随意翻过的日历；时间也可以是一段难忘的记忆，一部厚重的历史。

　　博物馆就是一个留住时间、承载历史的地方。

　　这些年，我在国内外旅行，曾经参观过为数众多的博物馆。这些博物馆，大多是以地域或历史文化名城命名。以个人名字命名的博物馆，也几乎都是帝王将相、达官贵人、名人名家的。早就听说三十年前在农行的同事袁裕校办了一家个人家庭博物馆。他没有显赫的家世，没有功成名就的声望，一介平民，这个馆能立得起来吗？不禁心生疑窦。

1986 年 5 月，袁裕校由兴山县农行一名会计员借调到省分行《湖北农金报》做摄影记者，与报社领导一起到我所在的鄂西北一个县支行出差。两个月后，我也调到该报当编辑，和裕校成为同事。一年后，省分行给了他一个"戴帽读书"的机会，去中南财经大学专修科支行行长班脱产学习两年。此时，袁裕校还不是行长，就因为他在兴山县支行工作时在揽储上有创新，发挥摄影特长，推出储蓄个性化宣传，而受到省分行存款处的嘉奖。可见其精明能干、聪慧过人。毕业后调任省农行宜昌干训部主任，后又离开银行任兴山县移民办副主任、兴山县驻武汉办事处主任。在三峡工程建设的大背景下，移民办、驻汉办都是挺风光的单位，他也是当年兴山县最年轻的科局级干部。1995 年，看到原来不少农行的同事纷纷下海，袁裕校也辞职投入期间，在房地产这个行当摸爬滚打，淘到了第一桶金，后来又办过几家餐饮企业，实现了财务自由。

因为我在机构分设时进入新组建的农发行，与农行的朋友渐渐联系少了。前几年，得知袁裕校开办家庭博物馆，成了新闻人物，也听到、看到一些褒贬不一的议论。2017 年 11 月 10 日《人民日报》"记者调查"栏目刊发的《走进湖北宜昌袁裕校家庭博物馆 一个家庭 百年中国》通讯，我反复阅读多遍，产生强烈的兴趣，萌发去现场一窥究竟的愿望。

前些日子，我去宜昌，辗转查到袁裕校的联系方式。晚上，他收到我发去的短信即打来电话叙旧，相约次日长谈。

2018 年 1 月 20 日，周六。沐浴着冬日的暖阳，我走进了中国首家平民家庭博物馆——袁裕校家庭博物馆。博物馆位于点军区五龙村五龙河街，从宜昌城区出发过夷陵长江大桥只需要十来分钟车程便可到达。这里濒临长江，绿荫环绕，环境优美，交通十分便利，选择这里开馆可见主人其良苦用心。这儿以前是长航红光港机厂子弟中学，闲置多年。袁裕校筹资 650万元，将这所废弃的旧学校改建成如今的家庭博物馆。青砖灰瓦，旧迹斑驳；毛泽东主席雕像耸立院落中央；三面教学楼上一些带有那个时代印记的标语都保存得完好如初。进入此地，一如踏入时光隧道，又回到上世纪六七十年代。博物馆内，陈列着袁裕校家庭自清晚期至当代的一百多年生产生活用品和文化精神证物，其中文物单品 3 万余件。旧式建筑的一砖一瓦，解放初期没用完的粮票布票车票，一应俱全；《袁裕校家志》记录的历史，更是上溯至该家庭始祖从河南迁徙到兴山定居的 1461 年，时间跨度 500 年。在长达一百多年的时间里，袁裕校家族虽多次搬迁，但其家庭用品却无一丢弃，四代接力，终于瓜熟蒂落。为保存这些文物，袁裕校花去了所有积蓄和做生意赚的钱，共计 2000 多万元，方成就了今天家庭博物馆的规模。李路拍电视剧《山楂树之恋》曾选择这里作为外景地之一。

袁裕校那天推掉一些应酬，专门安排大半天时间为我们参观当解说员，并与我们座谈、交流。三十多年过去了，岁月的沧桑没有改变他的容颜，只是让他比以前显得更稳重自信、睿智豁达，颇有几分学者的风度。

"这儿有我爷爷解放前要饭的碗，弹棉花的弓；我父亲在抗战时期当背夫用过的背篓；我使用过的'大哥大'、BP 机；我女儿使用过的手机、电脑……"对 55 岁的袁裕校来说，每一个老物件都能打开记忆的闸门，都能讲述"我爷爷""我父亲""我自己"或者"我女儿"的故事：祖父是个"睁眼瞎"，父亲读过私塾、进了银行，自己辞职下海最折腾，女儿加入海归潮……

博物馆收藏了袁家自清末到新中国成立百年来舍不得扔掉的旧物件，以及翻山越岭淘来的"破烂"——3 万多件"宝贝"。其中有家具、衣物、日用品、粮票布票、杂志报纸、家庭生产器具、墓碑等；大的有雕花床，小的有绣花针。在留存的文字资料中，有公粮契约、购物清单等，件件记录着、承载着这家人百年来的奋斗经历和悲欢忧喜，普通人家的生活琐事。上世纪 30 年代祖父那辈人穿过的长袍马褂，50 年代父亲用过的搪瓷盆、茶杯，80 年代馆主踩过的缝纫机，新世纪女儿从澳洲求学寄回的袋鼠皮饰……这些展品谈不上珍贵，馆中的每一件器物上，都有生活留下的温度，在我们的日常生活中曾随处可见。可是，当它们走过时间的长河，聚集在一起并集中呈现在我们眼前的时候，我们内心深处的记忆就被不可遏制地激发了，不禁产生强烈的共鸣！一个普通家庭的变迁，其实也是我们的民族、国家发展的缩影。

袁裕校在整理和收集这些馆藏中，付出了极大的艰辛。为节约成本改建博物馆，他曾当了三年泥瓦工，把墙壁上涂抹的石灰水泥一层层抠掉，让它露出青砖的本来模样。为此，手套磨破了上百双，鞋子穿破了十几双，板车换了四辆。他先后两次从梯子上摔下来，断了几根肋骨，住了几次医院……

我们边看实物、翻看有关资料边听他讲解，抑制不住内心的激动——

"爷爷袁之仕，19世纪末生于兴山县古夫镇丰邑坪村，曾祖认为儿子生来聪明机灵，盼望他能出仕为官，故取名'之仕'。然而，人多口阔、家境贫寒，袁之仕不仅一生没有做官，连学堂门也未进过，大字不识一个，被人称为'睁眼瞎'。但他聪明能干，是当地的'能人'：农忙时种地，农闲时到古夫镇帮工，在香溪河码头当过搬运工，帮大户人家推磨、舂米、砍柴，脏活、重活都干，赚点零钱补贴家用。尤其是后来到外地学会了种棉花，还学会了弹棉花、纺棉线等技术，而当时同一块地种棉花的收入，要数倍于种包谷。博物馆展示的纺车、编织机、织带机、弹花弓，都是他那时传下来的。"

"我父亲袁名龙是爷爷的次子，1922年出生，几次入学又辍学。成年后，他被国民党抓壮丁服苦役。一直没有放弃读书，断断续续读到27岁，1949年从兴山县简易师范毕业。新中国成立后，简师毕业的父亲在当时也算是个文化人，成为刚组建的人民银行兴山县支行的一名农金员，有了稳定的工作。父母共生了12个孩子，活下来3个，我最小，母亲生我时已45岁。爷爷和父亲给我留下的，有民国初年的税票，有土改时的地契，有人民公社时期的工分表，也有早年的工资单。家中每个人从出生到成长的每个环节、每个过程都'有据可查'。现在回头看，这其中有勤俭持家之道，可能也有谨小慎微的百姓必须处处为自己'留证'的考虑。"

"打我记事起，听爷爷说得最多的两个字就是'捡到'，这几乎是他的口头禅。'捡到'在兴山方言中是收存的意思。在村里，在路上，看到一根铁钉、一颗纽扣、一块布片，甚至一截麻绳，他都要捡回家。爷爷把'不准丢弃任何使用过的旧物'作为一条家训教育后代。因为这条祖训，这'奇怪的'规矩，只要是丢掉了自己使用过的东西，家里的几代人没少受惩罚。曾有一次，家人用5元钱的价格卖掉了一个实在不能使用的电饭煲，我却又瞒着家人，花20元钱从破烂王那里收购了回来。"

"父亲的'捡到'习惯可以说是'变本加厉'。他当年从事农村信贷，需要经常下乡，他用过的水壶、帆布挎包、手电筒、草鞋，至今保存完好。他'捡到'的丰收期是在三峡大移民时，那会兴山县城要从高阳镇搬到古夫镇，我们村几百户人家要搬进移民新居，很多人家的旧家具、破铜烂铁等，都要处理。我父亲就当起了'破烂王'，忙得连饭都顾不上吃，在这当口还真淘到了许多宝贝。"

"我原来是一名农村电影放映员，那时也学起了摄影，在父亲到龄退休顶岗进的县农行。在农行几年后调到政府部门工作，发展顺风顺水时，我突然要冒风险下海，全家都反对。办实业有了积蓄，想到要给爷爷、父亲传下来的堆积如山、还四处租房子存放的老物件找'归宿'。三峡工程蓄水至175米，一家人不得不移民搬迁。'几辈人留下的遗产，怎么办？'为此租用了十多个仓库，才让这些'宝贝'有了安身之处，一年租金高过十万。一个偶然的机会，遇到了在地方志办工作的朋友李辉，无意中提起自己家收藏的这些东西。李辉立即意识到，这些收藏品在当代已难得一见，建议创建一个博物馆。经此提醒，觉得'捡到'的家规已执行了近百年，现在确实到了该'使后人铭记'的阶段了。遂下定决心建馆。历经三年，寻场地跑手续整资料，既当馆主又当小工，克服了重重困难，功夫不负有心人。2011年9月30日，在社会各界期待的目光中，以我个人名字命名的平民博物馆正式开馆接待公众。走上了这条路，才知道这条路的艰辛。以往，我是给家里挣钱，而建馆、搞收藏，都是往外送钱的事。对外开放以来的六年多，一直实行免费参观，按物价局核定的价格，仅门票一项回馈社会达一百多万元。有人说我不务正业，也有人说我败家。好在女儿理解与支持，这是对我最大的安慰。女儿在国内读的本科，后到澳大利亚读研并在那儿工作了几年。看到身边越来越多的同学回国发展，女儿感到'国内的发展机会更多'，2014年也回来了，帮助我整理了大半年博物馆藏品，暂时弥补了我这儿专业人才的不足。她后到武汉一家金融机构工作。前不久入读清华大学文化产业方向的博士生。女儿的愿望是帮我把家庭档案译成英文，申报世界吉尼斯纪录呢。"

博物馆里面有个特别的展室，袁氏祖训"苦言能益，苦味能养，苦钱能久，苦工能恒"高悬——一边是忏悔墙，一边是荣誉墙。袁家从不忌讳家人所犯的错误，从祖父开始四代人每个人都记录下生活中需要反省的事件，前事不忘，后事之师，以便让后世子孙引以为戒。荣誉墙上展示的是家人所获得的荣誉。家德、家风在这里得到了最直观的诠释。

中国现存的博物馆，生活在最底层的平民家庭被忽视，袁裕校家庭博物馆，正好填补了平民家庭历史空白，成为中国第一家规模化的平民家庭博物馆。袁裕校的努力获得社会高度认可和好评。这个家庭博物馆不仅成为宜昌市"国防教育基地""省情市情教育基地""湖北省家庭档案馆示范基地""教学实习基地"等，还是"宜昌市家德家风教育示范基地"。袁裕校入选由中央文明办评选的"中国好人榜"。党的十九大胜利召开以来，不少单位组织来到博物馆开展"践行党的十九大精神，爱党爱国爱家"主题党日、重温入党誓词活动。前不久，中纪委、监察部网站推出"家德家风传承教化"专栏进行讨论报道，引起全国网民的强烈反响。一位来自宜昌五中的"00后"学生在留言中写道："来到博物馆，很多我从未见过的老物件都变得鲜活、明丽起来，让人仿佛听到了缝纫机吱吱呀呀的踩板声，60多年前的搪瓷盆似乎正等着有人来倒热水……它们走过漫长岁月，汇聚于此，奏响了一曲属于中国亿万普通家庭的交响乐。"

一块"宜昌市知识产权保护单位"的标志牌挂上了博物馆的大门，表明地方对博物馆的支持。袁裕校获得第四届"薪火相传——中国文化遗产保护年度杰出人物评选"活动"年度贡献奖"。评委会给他的颁奖词是："一个家庭博物馆，是一百余年来中国社会的一个缩影，是一部活生生的历史教材。他用丰富而翔实的家庭史料见证着历史的盛衰和变迁，填补了我国家庭方志史上的一个空白。"中央电视台《新闻联播》对袁裕校家庭博物馆进行了专门报道。央视记者拍摄的《我们的传家宝》专题片，袁裕校家庭博物馆是其重要内容之一，即将在央视新闻频道播放。

走进袁裕校家庭博物馆如同走进时空隧道，时光的打磨也许会淡化人们的一些记忆，但在这里有些记忆却会成为永恒。是呀，这些展品收藏的历史是亲切的，贴近生活的，富有亲和力的。如果是在别的博物馆参观，你看到的可能是宏大叙事，是和普通人日常生活无关的他者的历史，但在这里却明显不同：在奶奶的灶台上放着的，是曾经熟悉，但现在已难得一见的陶制油盐罐；在父亲出门常带的玻璃杯上，或许还有母亲亲手为他编织的防烫防摔胶丝杯套；求学时使用的台灯上，有不小心摔坏的凹痕；孩子出生时的塑料洗澡盆也安静地在那里，像在等待一盆刚烧开的清水。这些器物虽然是沉默的，但这种沉默的讲述非常有力，像是不小心走进了数十年前的老家，或熟悉的邻居家。每一件器物都可亲可感，像从手中刚刚离开。

"四代人，3万件藏品聚沙成塔，粗茶淡饭的岁月凝固成可以触摸的记忆雕像。"人们在这里会感觉到传承的力量，不能不为主人的传承精神所感动，这种精神体现在对过去生活的怀想，对现时生活的感恩。心怀感恩的人始终是幸福的，袁裕校是幸福的，我们衷心祝福他！

静静的博物馆内，是我们普通人曾经走过的百年道路；喧嚣的馆外，是车流滚滚的长江大桥和高楼林立的宜昌主城区。走出博物馆，转身融入的，是自己的历史和人生，虽然普通，但不可替代。袁裕校家庭博物馆引起了国家高层人士的关注和重视。全国政协副主席卢展工等多位国家领导人，国家文化部、中国文联、湖北省主要领导亲临视察。国家文物局、档案局专家对馆藏物品进行多次考察、鉴定，给予高度评价，认为相当部分属于国内孤品，具有很高的文物、史料价值，尤其是一些民间金融票据、账簿，历史悠久、保存完好，弥补了国家博物馆的空白。

由于场馆面积小、展馆少，很多藏品无法展出，很多场景无法再现。对此，有眼光、有社会责任感的企业家已开始关注，准备发起成立公益基金会，以解决博物馆经费和专业人才缺乏的问题。夷陵区政府向袁裕校伸出橄榄枝，与经发集团合作在黄花镇兴建一座园景式新馆，并命名为袁裕校家庭博物园，并将开设湖北省第一个金融专馆，以满足馆藏展示、文物保护、学术研究、文化教育和文旅融合的需求，让中华平民家庭生产生活场景定格，成为科研教育、文化影视创作和旅游观光的大观园。目前，建园地址已初步敲定，正稳步推进袁裕校家博园这一大型文化项目的实施和落地。

面对未来，袁裕校对我们说得最多的是："不忘初心，感恩、回报社会，尤其是要感恩金融部门对父亲、我与女儿的教育和培养。"女儿对一位参观者的留言念念不忘："就在袁裕校家庭博物馆，我们回到了最初的起点。

一个人，不管走多远，都不能忘记，起点在哪里，初心是什么。""我还有一个梦，2020年咱们国家将全面建成小康社会。届时我想在北京举办一次《我家这一百年》家史展，就用我家几代人用过的这些老物件说话：中国人'生活一年更比一年好'。"

"祖训传家岁月悠，点滴积累汇成流。虽为百姓寻常物，却见万家乐与忧。"从一个农村青年，成长为农村金融明星；从一名公务员，到下海当起实业家；从一个摄影爱好者，变身家庭博物馆馆主。他收藏普通人自己的历史，遵守家规，传承遗产，建馆收藏存族史；他扶贫济困，助学修桥，感恩回报惠乡亲。袁裕校的人生，就像一部电视连续剧，充满了太多传奇色彩，看着让人惊叹，听后让人敬佩，走近让人为之动容！

（原载《金融博览》杂志 2018 年第 4 期）

338

| 作者简介

　　刘广云，又名科尔沁夫，蒙古族，中国作家协会会员、中国金融作家协会理事、中国少数民族作家协会会员、中国散文学会会员、中国写作学会会员，工商银行内蒙古分行金融作家协会常务副主席。现供职于中国工商银行总行《金融论坛》编辑部。曾在《人民日报》《经济日报》《国际商报》《金融时报》等报刊上发表诗歌、散文、论文等各类文章，多次获奖。代表作有电视教育片《警钟长鸣》、金融报告文学《向阳花开报春晖》、散文集《金魂》、诗集《悠悠银河情》。

‖ 一片冰心在玉壶 ‖

——记中国工商银行内蒙古分行包头稽核特派办唐丽芳

刘广云

　　题记：人的灵魂，人生的真谛，人的价值，本身就是一首写不完的诗。几度风雨，几度春秋，立足于事业的坐标，点燃自己的生命之光，追求卓越，无私奉献，如春蚕一样吐尽柔丝，把自己毕生的精力献给了党，献给了金融事业。她用实际行动践行了党旗下的誓言，这就是唐丽芳的情怀。

　　在共和国 55 岁生日前夕，一个秋高气爽、风和日丽的日子，在包头稽核特派办程主任的陪同下，笔者采访了全国工商银行系统"优秀共产党员"、"感动工行"十位人物之首、内蒙古自治区劳动模范，原工商银行内蒙古分行包头稽核特派办现场稽核科科长唐丽芳。

时年47岁的唐丽芳，1979年调入银行工作后，先后任包头市昆区、东河区环城路支行的会计员、会计科副科长、科长、总会计，1993年任东河区桥西支行副行长，2002年2月，调任包头稽核特派员办事处（后改为内蒙古分行包头内控监督中心）现场稽核科科长。在25年的金融生涯中，她被评为包头分行优秀党员4次，荣获包头分行金融红旗手称号3次，被包头市团被评为一等功1次。获评内蒙古分行优秀会计员1次，内蒙古分行金融红旗手2次，内蒙古分行稽核监督先进工作者2次，2004年被评为中国工商银行工会积极分子……她在平凡的工作中，做出了不平凡的业绩，展示了新时代女性无私奉献的精神风貌，谱写了一曲新时期妇女自尊、自信、自强、自立的爱岗敬业之歌。

勤学苦练——梅花香自苦寒来

唐丽芳1956年出生于一个普通干部家庭，父母亲是五十年代从山东省来内蒙古支援边疆的知识分子。她受家庭的熏陶和良好的教育，从小就养成勤奋刻苦、勇于探索的品格。唐丽芳从小学到中学，每年都是班级的"三好学生"、班干部、科代表，她品学兼优，乐于助人，经常帮助班里的落后学生补习功课，每天放学后，总是很晚才回家吃饭。在全班的学生中，她第一批加入共青团。

唐丽芳在享受学习的乐趣中深有体会地说："人活着，就是要不断学习，学习是增强生存和发展能力的基础。不学习，就要落后，甚至被淘汰。学习是一种乐趣和享受，在某种意义上说，也是一种生活方式。"

唐丽芳高中毕业后，进入银行前，在包头市东河区和糖商店任核算员。1979年初调入银行工作。在此之前，金融对她来说是个全新的领域，金融会计更是从未接触过。于是，她横下一条心，刻苦钻研，用心去学、去记，白天抽空学，晚上学到深夜，有时通宵达旦。功夫不负有心人，勤学苦练出精兵，唐丽芳很快就进入了角色，并挑起重任。到银行仅一个多月的时间，她就独立经管五项科目共150多个账户，平均每天业务都在250笔以上。如此庞大的业务量对谁都不是件容易的事，唐丽芳咬着牙硬是把它拿了下来。她抓住一切时间熟悉业务，苦练珠算基本功。由于珠算成绩好，打得准，算得快，她曾多次代表自治区分行参加总行的业务比赛，并获得了多项奖励。1987年9月，中国工商银行总行张肖行长到内蒙古分行视察工作时，还专门到包头东河支行看望了时任副行长的唐丽芳，并了解会计工作情况。

无志者常立志，有志者立长志。为使自己真正成为金融专业人才，唐丽芳制定了鲜为人知的十年学习规划。从金融理论到会计基础知识，从金融政策法规到财务管理制度，唐丽芳边学习边运用。她定了十年学习规划，学了十年。丈夫和女儿最清楚，她的闲暇时间几乎全用在了学习上。

唐丽芳在繁忙的业务和管理工作中，能够妥善处理好工学矛盾，先后取得了中央财政金融学院经济管理函授专科学历和中央党校法律专业函授本科学历。

她的专业知识和业务能力在日复一日的勤奋学习中不断提高。在整个银行会计实务中，不论是专柜核算、联行结算，还是综合核算，唐丽芳都称得上是能手。1989年，她运用自己的专业知识为纺织批发系统等开户企业讲授银行计算业务课程；1990年她与同事们合力查处一起涉款26万元的金融诈骗案，并协助公安机关抓获犯罪嫌疑人，受到内蒙古分行的通报表扬；1991年她被开户企业内蒙古包头铁路分局聘请为资调中心财务顾问；同年她在担任支行总会计期间，就岗位责任制、业务操作程序、柜组间凭证传递程序、事后监督办法、标准化管理等方面提出了诸多改进意见，受到了总行相关部门的好评。

监督服务——痴心尽在敬业中

"没有任何一样工作是在为别人干，只要干工作，都是为自己干，因为工作给予你生存的机会和做事情的快乐，所以，人没有理由不敬业。"唐丽芳如是说。

色彩斑斓、千姿百态的各种货币，变化无穷、奇妙无比的金融世界，是令人神往的理想所在。

自从 1979 年初调入银行工作后,她不仅从此开始投身金融生涯,而且与金融结下了终生不解之缘。

唐丽芳从银行最基层的会计员、复核员、综合员做起,历任会计科副科长、科长、总会计、支行副行长。业内人士都知道这是一名业务型的干部,没有任何背景,完全凭借自己踏实的工作和出色的业务能力一步一个脚印走过来……

按照工商银行内蒙古分行稽核体制改革实施方案的要求,包头稽核特派员办事处于 2001 年筹组成立。稽核是银行内部的审计部门,稽核监督检查贯穿于银行经营管理和各项业务的全过程,是一个政策性强、涉及面广,对从业人员的业务和政治素质要求很高的综合性专业。从事稽核的管理和业务人员必须具有扎实系统的金融专业知识,熟悉经济、金融政策和银行各项经营业务。唐丽芳就是特派办筹组时第一个被圈定的合适人选。于是,2002 年初,内蒙古分行调唐丽芳到包头稽核特派办担任现场科科长。现场稽核是特派办的主营业务,全处 27 名职工,现场科就占 10 人。全新的稽核工作,对唐丽芳来说,既是机遇,又是挑战。她深知,要胜任稽核工作,就要尽快完成由一个好的运动员向一个好的裁判员的过渡,转变角色,必须在学习中提高,在工作实践中锻炼。根据稽核人员必须掌握六个方面的基本知识要求,唐丽芳自我加压,强化提高,她说,自己身为现场科科长,业务不过关,怎么指导工作?

作为现场科科长,唐丽芳深知自己肩上的重任,她把强化业务培训、提高员工综合素质作为一项重要任务,坚持政治和业务学习不放松,通过加强职业道德教育,寓监督于服务之中。有些同志对工作任务产生了畏难情绪,她鼓励大家要增强信心,只有通过每个人的努力,齐心协力才能做好工作,保证金融业务的快速健康发展。她善于发现每个同志身上的闪光点,扬长避短地发挥他们特长,为有志成才的青年员工创造学习提高机会 。她善于为同志"压担子",言传身教,鼓励他们坚定信心,开动脑筋,帮助他们解决工作中的困难,促使他们不断提高监督检查水平。

针对不同的现场稽核任务,稽核办都要组织专项业务培训,指定唐丽芳担任主讲教师。她在讲授中对现场稽核流程结合实际旁征博引、深入浅出的分析，生动活泼、寓教于乐的精彩讲述，强烈地吸引了员工，为此，大家对稽核产生了浓厚的兴趣，更加热爱稽核监督工作。

包头稽核办设在稀土高新技术开发区，唐丽芳家在东河区，两地相距30多公里，上下班乘坐公交车除两头步行到车站外，中途还要换乘车，每日一个单程就需一个半小时，早出晚归，中午不回家，每天要比正常上班多三个小时。善于吃苦和克服困难的唐丽芳倒不在乎，关键是上高中的女儿无人照顾。丈夫在铁路公安处工作，经常出差，夫妇俩着实犯难了。但丈夫明白，妻子已经服从了组织安排，依她的性格，绝不会打退堂鼓，只有自己变通了。就这样，丈夫申请调整了工作，干上了内勤，承担了一定的家务。可即便如此，也难保证每天按时按点回家做饭，女儿还是免不了经常要到门口小饭馆凑合一顿。

稽核办现场科工作，需要经常出差到所辖行稽核。唐丽芳到稽核办上班的第二天就接受了外出稽核的任务，每次出差少则一两周，多则一两个月，甚至几个月。一年中有二百多天在外地工作，回家的时间很少。现场稽核向来都像打仗一样紧张，不加班加点就不成其为现场稽核。唐丽芳作为主稽人赴乌海、通辽、呼和浩特、赤峰、海拉尔等地开展稽核。在现场，她除参与日常检查外，还要搜集整理被查行基本信息，严格把握稽核范围、确定稽核重点，同时还要妥善处理检查组与被检查行之间的关系，工作十分繁重。在通辽进行贷后专项稽核现场检查的五十多个日子里，唐丽芳每晚回到宿舍都要整理当天的资料，分析被查行贷款总体情况。五十多天中，她没有一个晚上是在12点前睡觉的。检查中常常是别的同志已经睡了，她还在审查记录表和签证单，还在查阅资料或赶写材料。这样的情形一直持续到回到包头后续整理的一个多月时间里，去内蒙古分行汇报工作前，她连续奋战了整整两昼夜。消瘦的身躯、专注的神情是唐丽芳在繁忙的稽核中给所有人留下的印象。三年时间里，她是全区金融系统外出最多的一位，工作最认真最辛苦的一位，稽核质量最高的一位。2002、2003年，唐丽芳连续两年被内蒙古分行和包头稽核办评为"稽核监督先进工作者"。

包头稽核办成立时间较短，工作千头万绪。唐丽芳即使不出差工作也十分繁忙。和她在一起工作过的同志都说，唐丽芳工作起来，既细致入微，又像拼命三郎。包头稽核办的陈主任评价说："对于唐丽芳,几乎找不出什么缺点毛病,她最大的特点,就是吃苦耐劳,责任心强,凡事不甘落后。"长期废寝忘食、超负荷的工作,使她积劳成疾。丈夫说,她一回家就说太累了,什么都不想干,只想躺一会儿。2003年春,唐丽芳病了,不定期地发热,查了几次都没有确诊。几家医院都说是患了风湿热,建议住院治疗,说如不及时治疗可能会发展为风湿性心脏病。唐丽芳放不下工作,没去住院。医生又建议每天去洗一次桑拿浴,蒸一蒸出点汗或许会有改善。丈夫特意为她办了张洗浴卡,可她只去了一次就再也没时间去了。为了工作和治病两不误,丈夫又给她办了住院手续,只要她下班后去输液就行。结果开了两周的药,她只输了四天就去呼和浩特出差了。

2004年,她发烧间隔的时间越来越短。出差在外,晚上给家里打电话说,我太难受了,浑身发冷,什么也吃不下。丈夫告诉她吃点药,盖上被子捂捂汗。她说不行,还有材料没写完,同事们都在加班。2004年5月间,根据领导安排,唐丽芳开始在家编撰稽核流程。这是她调到稽核办在家待的最长的一段时间。可她的病情却越来越重了。人一天天消瘦下去,皮肤发黄,持续低烧,吃不下饭。丈夫几次催她住院,她却总在拖,每天拖着病体在电脑前工作十几个小时。6月份开始,她憔悴得不成样子,眼睛都发黄了,就这样6月中旬她还是去内蒙古分行汇报工作,一去又是一个多星期,并且她在连续参加了六项稽核任务后,又带回了新的任务。长期废寝忘食、超负荷的工作,使她积劳成疾。直到6月24日,她实在坚持不住才不得已放下手中的工作住了院,经确诊唐丽芳患了十二指肠乳头病,胆汁已经流入肝脏,命悬一线,一入院便做了手术。术后,病情稍稍稳定,她就让丈夫把手提电脑给她拿到医院来,丈夫和女儿实在不忍心她这么玩命,便告诉她,医院禁用电脑。来探望她的同事们看到她枕边放着的稽核资料,编撰的稽核流程手稿,禁不住潸然泪下。他们感叹道:如今哪里去找唐科长这样的干部!大家都说她是第二个任长霞。

让唐丽芳在愧疚中感到欣慰的是,争气的女儿在她赴外地稽核期间完成了高考,并且考上了国家名牌大学。懂事的女儿在日记中这样写道:"高考终于结束了,本来期待着一家人享受一次难得的旅行,但这个梦想却因妈妈的病而破灭了。回想起高考那段时间，真的很苦，当我学习很累的时候，我总想起妈妈，可是妈妈却总不在我的身边。当我最困难的时候，也是妈妈最忙的时候。妈妈出差，一去就是一个星期，而且周而复始。每天下了夜自习，我就跑回家，这是我和妈妈电话联系的唯一时间。每次拿起电话，妈妈总是很忙，安慰我几句就挂了电话。也就是在那段时间里，同学们无意间谈起自己的妈妈如何为自己高考做准备，而我能说什么呢，只能默默地祈祷妈妈早日康复。作为妈妈的天空，女儿的心总是随着妈妈的心在飘荡，妈妈的现在会成为女儿的未来，女儿的未来会成为妈妈的骄傲。"

金融稽核是唐丽芳无限热爱的事业，岗位奉献已成为她无怨无悔的人生追求。按说，这个夏天，从常人的角度，她有远比工作更值得关切的事情，那就是女儿高考。不少做母亲的都有这样的感受，孩子高考这一年，不到考完，别的什么事也不放在心上。唐丽芳又何尝不是如此呢！她长年累月在外稽核，对女儿的关爱自觉少了许多。如今女儿就要临考了，以她的善良和慈爱，当然希望更多地陪护女儿渡过高考难关。

然而，在她的眼里，"家"的内涵更深刻——以事业为重，以行为家，这是"大家"。当个人的"小家"和集体的"大家"发生矛盾时，她总是把"大家"放在第一位。工作对她来说非常重要，稽核终究是她无法割舍的事业。可以说，金融稽核已经和她的生命紧紧联系在一起，成为她一生一世的一个情结。

多年来，唐丽芳就是凭着这样无私的奉献和对事业的执着追求，迈着坚实的步伐走着自己的路。她虽然愧对爱人、愧对女儿、愧对家庭，却没有愧对工商银行和自己挚爱的事业。

严细认真、依法稽核，树立稽核人员正派、无私、坚持原则的良好形象。唐丽芳说，稽核赋予我捍卫金融法规的神圣职责，我就要让稽核真正为商业银行改革和发展保驾护航。通过稽核，收回了流失的中间业务收入，规范了票据融资业务，降低了贷款风险，减少了损失，有力地保障了各项业务的健康发展。如2003年三季度，对分行中间业务收入及核算专项稽核，通过现场稽核，督促被稽核行收回人寿保险公司应交代收保险费手续费、供电局应交代收电费业务手续费等中间业务收入，共计91万元。在2003年三季度，对某分行票据融资业务进行专项稽核时发现：办理无真实贸易背景的银票贴现业务 1 亿多元。2002 年，对某二级分行新增贷款及贷后管理专项稽核时，发现该行 2001 年 3 月向某集团有限公司 676 名职工，以购房、购物、消费等名义发放个人综合消费贷款 676 笔，金额合计 1695.8 万元，贷款全部用于该企业二线项目固定资产投资。到 2002 年 6 月 30 日，贷款严重违约。稽核后，引起了自治区分行的高度重视，在上级行的督办下，于 2003 年底将违规发放的 1695.8 万元消费贷款全部收回，避免了损失。

唐丽芳是一名老党员，她的思想觉悟和党性原则与她的业务一样过硬。办事处就如何做一名清正廉洁的稽核人员组织了十一次政治学习，唐丽芳每一次都认真谈体会，找不足，目的是增强政治责任感和服务意识，保证廉洁高效、客观公正地开展稽核工作。在稽核检查中，唐丽芳坚持查、看、问、核对账务、账实、账表以及明察暗访，不走过场、不留死角，发现疑点一查到底。业界评价唐丽芳担任主稽人的稽核案例做到了查前有方案、查时有记录，稽核结果真实可靠、实事求是、客观公正，把握了"深、准、细"三度。对重大问题查得深、查得透，是非责任明确。

稽核工作就是挑毛病、找问题，无论是经营管理中的漏洞，还是内控制度执行中的违规违纪行为，被稽核单位宁可隐藏起来在经营中受损失，也不愿意让稽核人员查出来接受经济或行政处罚。因此，对稽核人员他们从内心是不欢迎的。唐丽芳正确处理稽核与被稽核单位的关系，从大局利益出发，耐心讲清稽核就是服务，稽核就是效益的意义，终于消除了被稽核单位与稽核人员的对立情绪，由不欢迎变为积极配合，由怕稽核人员来查变为主动请稽核人员来帮助诊断问题。

金融稽核工作，就如金融医生，用专门的方法诊断、查找金融机构经营管理的病灶。唐代医学家孙思邈《大医精诚》上说："凡大医治病，必当安神定志，无欲无求……"常在河边走，就是不湿鞋。唐丽芳作为金融医生主持现场稽核，有问题的被稽核单位自然会找她遮掩。她的职位也就最能以权谋私。但是与唐丽芳哪怕只接触过一次的人都会说，唐丽芳那人出不了格。的确，唐丽芳的清廉和自律是出了名的。唐丽芳搞稽核，坚持"深、准、细"三原则，创建了"查、看、问"方法，看问题实事求是，作评价客观公正。从不吃被查单位的宴请，不收礼品，工作起来有一就是一，有二就是二，不夸大事实，不敷衍了事，面对查出的问题，被查单位无不心服口服。唐丽芳就是这样，时刻不忘一名共产党员应有的党性原则和自己肩负的神圣职责，兢兢业业，孜孜以求，无悔于金融稽核赋予的历史使命。

在做好现场稽核业务的同时，唐丽芳还兼任稽核办的工会主席。她认真组织、积极协调，千方百计发挥工会的职能作用，加强工会组织建设，创建职工之家，参政议政，民主管理等做了大量的工作。稽核办成立了"劳动竞赛委员会""劳动争议委员会""经费审查委员会"，推行处务公开，实行民主监督，开展职工思想状况调查，开办图书馆，举办各种文体活动，慰问生病住院职工，年终慰问员工家属，组织召开职工代表大会和总结表彰大会，树立先进典型。由于切实维护职工合法权益、推动了民主化进程等，员工工作热情空前高涨，积极性充分发挥，稽核办呈现出人人争先、个个奋进的局面。

心系金融——追求卓越无穷期

唐丽芳说："选择什么样的工作有时候不一定由你，但适应工作和岗位需要都是你一定要做的。只要给我一份工作，我就一定能够干得最好。"

在工作中，她刻苦钻研会计记账理论与操作方法，结合实际工作，总结了三点记账经验，其中的"三看"即：抽账页时看账号；记账时看户名；记完账后账号户名一起看。在全科得以推广，大大地提高了核算效率。

唐丽芳勤于思考、善于理论联系实际解决工作中遇到的问题。从每天的具体核算到月度报表，再到年度决算以及编制财务计划、组织财务分析，她都驾驭自如。她做记账员半年便被提为核算员，又做复核员半年便被提为综合会计员，一年后便升为主管会计。唐丽芳善于思考，富于创新精神。她在岗位责任制、业务操作程序、柜组间凭证传递程序、事后监督办法、标准化管理等方面提出过不少改进意见，实践证明，有利于工作效率的提高和减少差错。她所在的科因此多次被评为先进集体。唐丽芳曾被评为市行技术比赛记账打表能手并取得珠算第一名的优异成绩；荣获自治区金融红旗手、优秀会计员等荣誉称号。

2004年夏天，可能是唐丽芳一生中最为疲惫的一段日子。她在连续参加了六项现场稽核后，又承担了工行内蒙古分行《稽核工作流程》的编撰工作。其实，以她的专业知识和实践经验，这项工作消消停停就可完成。但唐丽芳属于那种"举轻若重"的人，她把自己担当的每一件事，哪怕在别人看来无足轻重的事都看得很重要，必定要用心去做。唐丽芳负责《稽核工作流程》中部分章节的编撰，她感觉自己仿佛置身于生产流水线中，生怕因为自己的进度慢而影响整个流程。于是，从接手的那天起，她就紧着往前赶。长期忘我的工作，唐丽芳积劳成疾，身体再也扛不住了，终于换来了一场大手术。术后，原本单薄的身体更加虚弱。但在病榻上，她仍旧牵系着《稽核工作流程》，焦虑得吃不下饭、睡不着觉。实际上，这时，唐丽芳承担的章节绝大部分已经成稿，只剩下最后的一少部分。唐丽芳把刚刚结束高考的女儿叫到床边，她微弱地口述，女儿往电脑里输。这情景，让每一个来探望的人都唏嘘不已。人们怜惜地责备她："你都成这个样子了，还在工作，你难道不要命了？！"唐丽芳说："工作完不成，我怎么能安心养病呢！或许赤峰那边的同行早就结稿了。"她打电话过去，人家告诉她才刚刚动手，因为分行要求8月份拿出初稿就行。熟悉唐丽芳的人都说，这符合唐丽芳的性格，她就是不吃饭、不睡觉，也要先把工作做完，并且做得最好。

金融稽核工作，就如金融医生，用专门的方法诊断、查找金融机构经营管理的病灶，分析病情，制定治疗方案，对症下药，根除病灶，确保金融机构健康持续运行，进而支持促进国民经济发展。唐丽芳就是一名悬壶济世、德艺双馨的金融医生。

唐丽芳从2002年初任现场稽核科长到她病倒在医院里，据不完全统计，共计外出稽核检查22次（曾两次参加总行组织的赴长春和西安对一级分行领导干部的离任稽核，均圆满完成了工作任务），合计450多天。三年中，21次担任主稽核人，主持的稽核共查出各类问题6254个，发出签证单1670份，发出整改通知书669份，提出整改意见1207条、处罚建议320条，完善了信贷、会计结算、个人金融等业务手续779笔，依法合规各类资金1.5

亿元，清收转化不良贷款 104 笔，金额 15712 万元，收回中间业务收入 91 万元。她在历次稽核检查中能够认真细致、严格规范地开展稽核工作，实事求是、客观公正地反映所发现的问题，积极帮助被稽核行认真整改，结合被稽核行实际情况与其共同探索依法合规经营和风险防范治理的有效途径，取得了良好的实效。

鉴于唐丽芳突出的工作业绩和先进事迹，包头稽核特派办于 2004 年、内蒙古分行于 2005 年分别作出了向唐丽芳同志学习的决定。号召全行员工向她学习，学习她渴求知识、钻研业务、精益求精的进取精神；学习她忘我工作、生命不息、奋斗不止的敬业精神；学习她爱行如家、追求卓越、无私奉献的崇高职业道德；学习她一尘不染、廉洁自律、勤俭建行的工作作风。唐丽芳同志不仅是包头稽核特派员办事处、内蒙古工商银行的先进典型，同时也是全国工商银行系统的先进典型，乃至整个金融战线学习的楷模。

唐丽芳的感人事迹，在社会上引起了强烈的反响，《人民日报》《金融时报》《金融队伍建设》《城市金融报》《内蒙古日报》《内蒙古商报》和《内蒙古城市金融》以及网络等多家媒体先后报道了唐丽芳的事迹。特别是内蒙古电视台《故事》栏目播出了唐丽芳同志生前事迹专题片——《无悔的人生》，引起了社会观众和工商银行全行员工的热烈反响。她在平凡的工作中，做出了不平凡的业绩，展示了新时期共产党员克己为公、自强不息的良好形象。

人无信念不立。在唐丽芳瘦弱的躯体里，信念是强有力的支柱，这个信念就是为金融稽核奉献全部的心血和赤诚。她时刻忠于职守，严于律己，以高度的责任感和使命感肩负起工作重任，用生命书写着一名共产党员为金融事业执着奉献的情怀。

榜样的力量是无穷的。我们需要榜样，时代需要英雄，有了她（他）们，我们才有更好的参照系，才能在平凡的工作中，做出不平凡的业绩，展现新时代金融人无私奉献的精神风貌，才能让英雄模范的精神在我们的时代闪耀、升华。

唐丽芳的感人事迹在全行员工中传颂，人们回味着，敬仰着，思考着，事迹中凝聚的精神，成为全行巨大的精神财富，正在积淀为我们的行魂。

后记

　　《一片冰心在玉壶》主人公唐丽芳身患癌症仍坚持工作，其催人泪下、激人奋进的感人事迹，被写成报告文学等文章，先后在《金融队伍建设》《人民日报》《金融时报》《城市金融报》《内蒙古日报》《内蒙古商报》和《内蒙古城市金融》等多家媒体以及网络发表后，在金融系统和社会上引起了强烈的反响。中国工商银行内蒙古分行亦作出了《关于开展向唐丽芳同志学习的决定》（工银蒙党发〔2005〕28 号）、《关于开展向荣获自治区五一劳动奖状、五一劳动奖章的科技信息部和唐丽芳同志学习的决定》（工银蒙党发〔2006〕22 号），2006 年唐丽芳荣获了全国金融系统"五一劳动奖章"、内蒙古自治区"劳动模范"和全国工商银行系统"优秀共产党员"荣誉称号（全国共 10 名，唐丽芳排首位）。2009 年荣获了中国工商银行总行首届"感动工行"员工荣誉称号（全国共 10 名，唐丽芳列十位人物之首）。在全国表彰大会上，主持人动情地宣读了这样的推荐辞：唐丽芳一生敬业如歌、奋斗不止，在任何工作岗位上，都任劳任怨、无怨无悔。特别是从事稽核工作以来，一年中有 200 多天出差在外，是内蒙古金融系统外出稽核最多、稽核质量最高的稽核员。就是在生命垂危之际，她仍旧放不下未完稿的《稽核工作流程》，用微弱的声音口述，让女儿代笔写作……

　　2008 年 6 月 24 日，年仅 52 岁的唐丽芳因为积劳成疾，永远地离开了她热爱的金融事业。在唐丽芳去世这些年里，熟悉她和不熟悉她的人们，均以各种不同的方式追忆她，悼念她。如，她女承母业的女儿工作单位中国工商银行大连分行的领导等曾前往内蒙古包头吊唁……

　　自从 2004 年国庆节前夕，我采访了唐丽芳后，她忘我工作，生命不息奋斗不止的敬业精神，爱行如家、追求卓越、无私奉献的崇高职业道德，一尘不染、廉洁自律、勤俭建行的工作作风……一直萦绕于我的脑际，回荡于我的心海，这位巾帼英模，为了工商银行的事业，可谓鞠躬尽瘁，死而后已。

　　唐丽芳的感人事迹、敬业精神和道德情怀，不断地激励着我和我的同事们奋发图强，努力工作。

我常想，如果我们的员工、我们国家的公务人员，都像唐丽芳那样刻苦学习、钻研业务，那样忘我工作、勤奋敬业，何愁民之不富，国之不强？

　　在感奋之余，写了这些文字，是为缅怀和纪念。

（原载《金融队伍建设》2005 年第 1 期）

作者简介

张仲全，重庆市人。中国作家协会会员，中国金融作家协会理事，重庆市作家协会会员，鲁迅文学院第24届中青年作家高级研讨班学员，中国报告文学学会青年创作委员会常务委员。现供职于中国银行重庆市分行。先后在《中国作家》《北京文学》《中国报告文学》等媒体发表报告文学、小说、诗歌、散文等作品150多万字。其作品曾获得中国作家协会专项扶持，荣获第三届中国金融文学奖。

‖ 海那边，带露珠的紫薇 ‖

——飞往毛里求斯的中国姑娘

张仲全

一

陈露薇是带着梦想来到非洲岛国毛里求斯的。公元2013年1月4日下午5时踏上这片异国的土地起，她经历了台风中的电闪雷鸣。

陈露薇一行是到毛里求斯进行中文教学援助的。同行的11名队员在机场就被分成了三组，各奔东西。她与3名队友居住在距首都路易港约一个小时车程的贫困郊区——瓦科阿区。住房是毛里求斯教育部提供的一处临时居所，一间平房。由于长时间没人居住，平房潮湿闷热，时常发出阵阵霉味，水龙头流出的是污秽发黑的臭水，热水管里没有一滴热水，电视只有一两个说着当地土人语言的频道伴着"雪花"在不停地抖动，断断续续的网络连个QQ都登录不上去……

夜晚，这个来自中国·银行重庆市分行的26岁姑娘陈露薇，经过重庆一北京—迪拜—路易港 33 个小时的长距离飞行，疲惫不堪地蜷缩在一张没有被褥的空床上，无奈地等待着工作人员……此时，她回想起一天一夜的飞行、转机、等待，是如何拖着浮肿的双腿踏上这片叫毛里求斯的土地，眼前浮现出机场工地上和他们相视一笑的中国工人、当空的骄阳、满目的甘蔗地。而现在，台风过境毁损的树枝，还有打滑的泥土，夜晚的蝉鸣……一切都在提醒她，这不是旅行，更不是度假，她的 365 天志愿者之旅已经开始。

毛里求斯共和国系非洲东部、印度洋西南部的一个岛国，面积约 2040 平方公里（包括本岛和属岛），拥有人口 120 万人，其中有 3% 的华人及其后裔，其官方语言为英语和法语。

在这个国家，从小学一年级开始，学生除了要学英语、法语外，还有五到六门语言课程（即中文、印地语、阿拉伯语、乌尔都语、泰米尔语、克里奥尔语）供学生选修。毛里求斯从小学读到大学虽是免费的，但竞争激烈，每当升学时，选修课就显示出加分的优势了，于是就有许多学生选学中文。

可是这里汉语老师很少，一般都是从中国嫁过去的华人担任汉语教学老师。汉语老师分为正式和非正式的，正式的当然要经过正式的培训和考核。长期以来，毛里求斯的中文师资队伍很不稳定。毛里求斯政府也十分重视中文教育，在教育部专门有一个小学中文督导来管理全国的小学中文教学。这个人叫林曼谷，70 多岁，一个退休后又被政府返聘的老太太。她做事严谨、认真，人们都称她"林妈妈"。

经过短暂的两天适应性休息，"林妈妈"就带领陈露薇去她援教的学校。

这一天，小陈跟在"林妈妈"后面，诚惶诚恐地沿着道路的边缘，左顾右盼来到了她在毛里求斯援教的第一所学校———Visitation R.C.A School（音译：维西达兄小学）。

英语成绩很好的陈露薇，从小学到大学成绩都十分优秀，加之有在入境之前的语言恶补，以及到达毛里求斯后的简单培训，自认为应付一些小毛孩应该不是难事。可是她想错了。毛里求斯的官方语言为英语和法语，但在民间，当地土人使用的却是克里奥尔语（法语的一种变体），她的讲话让同学们摸不着北，学生们的语言也使她如在云里雾里一般，与同学们交流完全无法进行。整天教学课程是一到六年级连轴转，这种尴尬和慌张的场面不知是如何结束的。

当天晚上，随行的队友有的就打起了退堂鼓，小陈虽然也同样沮丧，但她脑海里总是回想起那群怯怯地看着她的小孩子，偶尔会用一两句生涩的土语跟她打招呼的情景。感觉这些小孩子是那么的可爱，那么需要她的帮助。

陈露薇对困难从来都是积极面对，对生活总是充满希望和梦想。她向来都是个要强的姑娘，在决不言弃信念支撑下，她不但做好了晚餐，还鼓励队友决不放弃、乐观向上，共同面对。

就在这一晚，小陈想到的是，获得这个到国外援教机会是那么的难得。她清楚地记得，当从《中国青年报》和当地媒体得知要招聘赴毛志愿者的消息后，自己是如何下定决心，取得家人支持，好不容易从数百名报考者中一路过关斩将，在通过笔试、面试、政审，并且在原单位调整工作、保留职位的大力关怀下，才从亚洲中国内陆来到这个非洲岛国。是的，决不能放弃，在这里，你的行为不仅仅是代表你个人，还代表国家的荣誉。

在语言交流不通畅的情况下，课堂管理和教学实施成了很困难的事。毛里求斯教育主管部门规定，任何学校都不能关门上课，任何老师对孩子绝不能有丝毫的侮辱和体罚。这样无疑增加了课堂管理难度。

为了安全，给低年级的孩子上中文课，陈露薇还要到班上去接送。管理高年级的孩子们自然是最令人烦恼的事情，每天连续六个年级的中文课上下来要费很大的精力。

由于低年级孩子的英语并不是特别好，因此小陈决心攻克当地克里奥尔语。学习没有捷径，必须尽量降低时间成本以换取教学上的效率。多听、多说便是最实用的方法。很幸运的是，小陈所在的学校有当地老师，她虚心学习课堂用语和课堂管理。每当一个新的语句从老师口中冒出来时，她就不停地问刚刚说的什么，这个反反复复的过程需要足够的耐心和信心。在这个学习与适应的过程中，还必须很好地管理自己的情绪，不能被孩子们的各种状况扰乱心绪。说到这里不得不提到一个 12 岁叫 Akille 的小邻居，由于近年常有来自中国的汉语老师在他家对面居住，加之他对这些"老外"的喜欢，一来二去自然也同小陈成了熟人。这次，他不但成了小陈的汉语学生，而且还成了教授小陈当地克里奥尔语的老师。他们经常在一块学习、聊天以及游戏。后来，这个小男孩还给陈露薇取了个外号——"小圆"，意为圆圆的脸蛋。不但小陈欣然接纳了这个雅号，队友们也都称她为"小圆"了。

在初始援教的时候，陈露薇与所有队友一样在痛苦中前行，在收获中追逐着梦想。至今仍清楚地记得当时的经历：

第1—2天，孩子们距她远远的，课堂发出的声音也很小；

第3天，孩子们开始向她投来不设防的微笑，害羞的女孩推搡着问她的名字，露薇发自内心地笑着，回应一双双亮晶晶的眼睛；

第7天，有的孩子开始调皮了，没有经验的露薇有些慌张了；

第10天，和队友们交流了经验，向老师们取了经，坚定地告诉自己能行，要坚守梦想；

20天过去了，师生彼此在适应磨合，阵痛过后一切都越来越好，学生开始熟悉她的方法与风格，陈露薇也掌握了一些课堂手段，没有当过老师的陈露薇感到好新鲜呢！

就这样，一段时间后，陈露薇掌握了必要的课堂用语，从一开始的只言片语到一个完整的句子。当能在沟通中发现问题、在交流中解决问题的时候，她感觉到自己和孩子们在彼此熟悉，共同成长。

当克服语言问题后，世界变得无比辽阔起来。

这时，一年级的孩子每天上课用稚嫩的嗓音喊着"老师你好，老师再见"；二、三年级的孩子扳着指头认真数数字；四、五年级的孩子大声朗读课文认读生词；六年级的孩子对课后练习提问回答……陈露薇则从刚开始面对点名册上五花八门闻所未闻的姓名一头雾水，到后来慢慢读清楚了名字，认清了姓氏；再后来，看五官看头发看姓氏，慢慢分清了哪些是当地土人，哪些是印度后裔，哪些是阿拉伯人后裔——当然每个班上也都有华人子女；再后来，从调皮的孩子、成绩优秀的孩子，到不爱做作业的孩子、上课害羞沉默的孩子，慢慢地，脸孔和名字逐渐清晰……

中国传统节日春节很快来到。生平第一个在异国他乡的春节，陈露薇给老师和学生送去了饺子，她还尽可能地搜集图片，向他们解释舞龙舞狮、对联剪纸在中国春节中的含义。她努力学习对方的语言，交换彼此的心情。不仅使心灵在碰撞，而且使人世间共同的友爱精神得到弘扬。

在毛里求斯，有时一个中文老师要担负几所学校的教学工作。一个多月后，正当陈露薇对这里的孩子产生感情和教学取得进展的时候，根据教育部"林妈妈"的安排，她转到另一所学校。

这是陈露薇援教的第 38 天，突然要离开自己朝夕相处的学生和编织梦想的学校，复杂的心情难以言表。

但经过磨砺和摔打的陈露薇已经有点羽翼丰满、胸有成竹了。这一次她跟在"林妈妈"后面，没有了以前的惶恐和胆怯，扬在脸上的始终是满面的笑容和强烈的自信，她还不时走在了"林妈妈"的前面。沿着首都路易港唐人街一路向东，拐过和平大街，来到了她任教的第二所学校——Notre Dame de La Paix R.C.A School。这是一所天主教会学校，翻译过来的中文就是和平小学。校门右边是一个小而宁静的天主教堂。走进大门，结束晨祷的学生正三三两两地走出教堂。她们和校门口的孩子们打过招呼，签到，与学校老师贴面问安，穿过印地语和泰米尔语的教室，再往前走就是中文教室了。

新的学校，新的生活，一切都表现出那么从容不迫。

二

陈露薇当志愿者可有些经历了。早在上海外国语大学主修金融专业时，大一就加入了红十字会，一直都是学校志愿者公益活动的积极分子。在几年大学期间，她与同学们时常去上海残障儿童福利院，在与这里的孩子进行游戏互动的同时，还对他们进行心理辅导，帮助孩子们学习知识，提升生活自理能力和勇敢面对人生困难勇气。由于她在志愿者服务方面的突出表现，2007 年 7 月，上海特殊奥林匹克运动会组委会，专门聘请她为外国残疾人运动员做了近半个月的志愿者翻译工作。正是这些与众不同的阅历，构成了陈露薇与众不同的成长经历，让她认识不同的人，体验不同的生活，感悟不同的人生。志愿服务的经历好像大海上的灯塔，照亮着她心中的爱，也启迪着她感恩的心。

民以食为天。在毛里求斯这个非洲岛国，不得不说到吃。而陈露薇所居的瓦科阿区，距住所不远就有一个菜市场。这里，常年瓜果飘香，水果、蔬菜应有尽有。但这里的菜市不是每天都营业，每周只有一两天的时间可供市民们购买。这样一来，每到市场营业时，她就要与队友们扛回好几天的伙食用品。共同开伙还发挥了陈露薇在银行从事财务工作的业务优势。每天，她都把队友们交上来的钱记得清清楚楚，而每次的开支也记录得井井有条。她的收支两条线让人一目了然、清楚明白，驻在其他点的队长曾薇还专门组织队员前来参观陈露薇的记账方法，让大家学习推广。

记账这一工作虽然要花费一些时间，但小陈感觉这一工作是有益的，它能公平、公正地反映收入和支出，也是队友和睦相处的必要条件。

可是，没有多久，小陈这项免费代账的公益事业就停止了。原因很简单，几个队员分别在不同的学校援教，返回住所的时间当然不一致了，还有他们虽然都在重庆通过志愿者选拔来到毛里求斯，但也不都是重庆本地人，比如小陈从小在贵阳长大，是大学毕业后才应聘进入中国银行驻渝机构工作的。队友们口味各异，众口难调，统一开伙的事儿时间长了不得不搁浅。

旧问题的解决总是伴着新问题的出现，否则事物就不能在矛盾中运行发展。不统一开伙了，并不意味着他们的日子轻松好过了。每个援教的队友每天在经过长达六节课的中文教学后，还要经过长途颠簸回家。刚回到住地后，又要马不停蹄地进行灶台作业。回来晚了的队友，也就只好等着前面的队友做完饭菜，才操刀上阵，生火做饭。说实话，这时做饭没有了色香味的奢求，只有填肚充饥的生理需要。在毛里求斯这些日子里，包括陈露薇在内的每个援教队友没有一个长胖的。

在毛里求斯的所有小学都没有设置食堂，学校周边也没有餐馆，中午饭是一个很难解决的问题。学生和老师不但要吃了早饭到校，还要自带午餐。陈露薇每天晚上回到住处要一次做好三顿饭（也就是当天晚上、次日早晨和中午的饭菜）。有时回家晚了，做好晚饭已接近零时，睡不了一会，就要起床准备早餐，顺便将午饭热一下，这样带到学校中午食用时还有余温。若有时没有来得及准备次日午饭，就只好学着当地土人孩子的样子，啃一个生冷的面包凑合了。

面对如此情景，小陈也时常在思考：为什么要来这里，为什么要做志愿服务，人这一生哪些是真正重要的，哪些事是值得付出和努力的……不断地设想和推翻，不断地思索，引领发现更好的自己。

半年过去了，饮食习惯都开始慢慢被同化。一个硬壳圆面包，里面夹上肉和蔬菜，就是一顿午餐了。记得刚来的时候对学生和老师吃这种午餐简直难以置信，看看现在的自己，陈露薇感到由衷的兴奋，这一切的努力和超越离她的梦想又近了一步。

在异国他乡做志愿服务，并没有想象的光鲜。在生活补贴方面，每月只有300美元，这是由我国政府委托外交部驻毛里求斯大使馆支付的。而住宿、交通费用则由毛里求斯教育部承担。队友们每天往返学校乘坐公交车，得用现金支付，学校报销直线距离最低的费用。当然，走高速与不走高速路价不一样，学校报销反正是最低标准的。学校每天还给援教老师100卢比（相当于20元人民币）的补助，按工作日计算，每月连同公交费报销时一起领取。

志愿者的日子是简朴的，而工作却是艰辛的。

三

"志愿精神起源于爱，并在爱中得到补给和延续，所以志愿服务不是单向给予，而是相互成长。"

刚开始，由于整所学校只有小陈一个中文老师，所以得教六个年级，好在由于基础都差不多，教学内容大致相同，只是根据年龄不同来调整教学进度。一年级是她最喜欢的年级之一，虽然他们之间交流存在巨大问题，两种不同语言的碰撞，就等于一团糟。一至三年级有20多人学中文，老师要去排好队，拉着走，否则学生会乱跑。在这里，合理运用肢体语言，就把这两种不同的语言连通起来了。渐渐地，学生们知道了"你好"就等于"bonjour"，"老师"就等于"monsieur"，然后每天见到陈露薇就会说"老师你好"。每当此时，小陈总是感觉有一股暖流在心头流淌……

并不是所有学生都如同一年级小孩子听话的，越往上，就越是调皮捣蛋，却又无时无刻不想得到你的承认，特别是三年级的学生。陈露薇先前得到督导和老师们的提醒，说一定要严厉点，不然学生不会买账的。她还没有太当真，但是现实总是残酷的，有些学生真是软硬不吃。四到六年级的学生学中文的人数相对少些，虽然不去教室接送，但孩子们大了，也有 hold 不住的时候，还得要隔壁老师来帮忙才压得住阵脚。

　　发生这种事的时候，小陈总是在失落中拖着疲惫的身躯回到家中，尽管心里很是颓丧，当看着孩子们的照片，他们写的字，画的画，稚嫩却温暖，一切的不快就烟消云散，爱意重生……

　　毛里求斯教育相对比较自由，对学生的管教也较为放松，从教材上就能看出来，也许是竞争压力比中国小很多，所以很多科目都是贴近生活，而不全是为了升学。但陈露薇还是严格要求学生，努力传播和光大中华文化。

　　刚到三年级上课的第一天，陈露薇要求学生们第二天带田字格作业本，以便书写汉字使用。次日，学生们都拿出了本子，唯独坐在角落的 Shanaelle 没有，害羞得像做了错事一样不敢正视小陈的眼睛。后来在班主任老师的帮助下才得知，Shanaelle 有两个哥哥一个妹妹，父亲前不久因为车祸去世了，家里很穷，连买练习本的钱都很难拿得出。陈露薇第二天就专门带了几个本子给她。当天的课堂上，Shanaelle 学得特别努力特别认真，眼里仿佛闪着泪光。之后的日子里，她也一直是班上汉语成绩拔尖的学生之一。可是，一个学期过后，她的母亲来到学校，面带愧意地对陈露薇表示因为搬家要转学，也意味着孩子要离开小陈的中文课堂了。失去一个如此好学聪慧的孩子，陈露薇感到很是心酸和惋惜。

　　在适应繁重的课堂教学后，陈露薇的梦想之旅真正张开了翅膀。这里的学校虽然建筑质量差，教室大，人又多，十分简陋，但在她眼中，一切都变得那么美好、温馨，生活如彩虹般绚烂，当地居民友好的笑容，可爱的学生和趣味非凡的课堂都给予她极大的鼓励，鞭策着她成为更好的自己。

　　每天早晨 7 点钟，完成晨练的陈露薇穿戴整理完毕，照例对着镜子里的自己鼓劲加油，检查随身物品，带上午餐饭盒，拿上自己做的教具出发。走上家门口的大路，和每天晨跑的 Margaret 打招呼已然成为惯例，开往路易港 141 路的司机和售票员的点头微笑依旧温暖。坐上疾驰的公交车,看着眼前越来越近的路易港口海景,车未到校人的心早已飞到了孩子身边。陈露薇太热爱这项工作了,太喜欢这些孩子了,下车后,想着想着,走向学校的步子也加快了许多。

六年级有个当地土人小姑娘叫 Anne,很喜欢中文,写得很漂亮,但就是不能开口讲。为了吸引她的兴趣,第一课是与春节有关的语文,陈露薇特地找了一些图片、简易海报,如春联、水饺等,让她主动开讲。

为了提升学生们的中文口语水平,学校每天 8 时前有全校师生的集会活动,校长要安排学生轮流演讲。小陈抓住这个机会,让学中文的学生用中文演讲和唱歌。在一个月时间内,就有 4 名学生先后上台用中文演讲了中国故事,其中有春节来历、拜年礼仪等,极大地提升了中文学生的自信心和积极性。

心怀梦想的陈露薇多么希望能将全部的身心投入到教学之中。但在这里,学校规定不得占用学生课余时间,也不能安排课余作业,更不允许把外国文化还当成主要课件来让学生死记硬背,当地教育部还要求不能增加学生课堂压力。针对种种限制,陈露薇就充分利用课堂时间,努力做好中文知识传播,最大限度提高课堂效率并因材施教。

有一家华人兄妹,哥读四年级,妹读二年级,中文基础不好,陈露薇主动联系家长,没想到其父母也不会讲中文,家中语言环境较差。陈露薇专门送给他们一张中文入门光盘。很快,兄妹俩的中文成绩就有了明显提升。

孩子们在学习汉语过程中所经历的挣扎、喜悦和成长都时刻提醒陈露薇深刻反思自己,不断提升自身能力和教学艺术,她把孩子们的笑容、进步看成是对她的最大的鼓励与褒奖,从而对自己有了新的认知,进一步深刻理解到不论在什么环境下,都要用乐观的心态,人间大爱的情怀去发现和感悟世界。

每天中午 12 时到下午上课前是孩子们的课余活动时间。她就会与学校的中文教师林玉芬一起边吃饭边聊天。林老师是在和平小学任教的本地华人老师,她 20 多年前从广东梅县来到毛里求斯定居,与本地华人结婚生子,如今,独生子去年去了英国留学。几十年的当地生活,一口熟练的本地克里奥尔语，有些改变的乡音。在毛里求斯，像林老师这样的当地中文老师还有很多，她们大多已步入中年，熟悉中文和本地土话，是她们最大的优势。虽然工资并不高，教学任务和压力也不小，但从她们脸上，小陈总能读出一份乐观积极，一种不骄不躁的坦然，在日积月累中安抚着自己年轻躁动的心境，也成为她在异国他乡工作面对压力时最大的慰藉。

还有一位校工 Siege，胖胖的肚子，时不时架上的眼镜，笑起来总能露出洁白的牙，让小陈的嘴角也不由自主地上扬。每天早上进教室发签到册时，Siege 都会跟全班学生用中文打招呼，一句简单的"你们好"很是字正腔圆，每当得到陈露薇和学生们的回应，他脸上的笑容更加灿烂了。Siege 是典型的毛里求斯土人，和其他众多普通家庭一样，已经有一儿一女的他，年初又新添了一个小女儿。每天总能和他聊上几句，听他说周末计划，听他说想带孩子们去中国看看摩天高楼，听他说儿女吵闹生活不易，听他时而兴奋时而低落的诉说。

不管是林老师，还是 Siege，不管他们的人种、肤色，他们是众多普通毛里求斯人中的一两个，他们过着平凡简单的生活，他们会抱怨物价的上涨，会议论时事，会忧伤，会喜悦，春夏秋冬季节更替，喜怒哀乐轮番上演。陈露薇来到他们身边，聆听他们的故事，参与他们的生活。在这里，尽情地体验人情冷暖，感受平淡的岁月交替，感受丰富的人生历程。像是四方桌上的土碗土碟，一碗装满清淡朴素的豆花，一碟装满咸辣鲜香的调料，滋味自知。

在和平小学，下午是一、二、三年级的课程，这里学中文的低年级学生人数不少。看着一张张充满求知欲的脸孔心里安慰甚多，不过这个年纪的孩子也着实令人头疼。比如说三年级有一个叫 Loic 的调皮大王，二年级的 Messie 和 Adian 又因为对方在自己的书上乱写乱画打了起来；还有一年级的 Mitch 又不知为何大哭不止……每次结束下午的课后，小陈总是感到疲累，但每天的劳累，又会因为孩子们一点点的进步而烟消云散。很快，孩子们会熟练地背诵汉语拼音表，能顺利地从 1 数到 100，还会自信地唱出一首首简单的儿歌，会克服羞涩站起来朗读课文。这时的陈露薇也从最开始的那个听不懂说不出克里奥尔语的新来的 Miss Mandarin，逐渐成长为自信有经验，保持微笑与耐心的 Luna 老师，和孩子们一同成长，内心充满喜悦与温暖。

毛里求斯小学除了重视科学文化知识的教授以外，十分看重对小学生的德育教育。各种世界性纪念日、毛里求斯本土节日，教会小学还有宗教性节日，在这些节日前后，学校会举行大大小小各种各样的活动。有实物展览，幻灯片展示，多语演讲。毛里求斯的母亲节是在五月的最后一个星期日。为了抓住这一良好时机，陈露薇专门给学生介绍了中国的母亲节，教低年级的学生读写"母亲节快乐，我爱妈妈，谢谢妈妈"这样的句子，教高年级的学生唱那首耳熟能详的《世上只有妈妈好》，让一个普通的节日充分融入中国元素。

还有一个六年级的孩子叫丘正，他是班上汉语成绩最好的，好几次陈露薇单独给他布置作业，丘正眼神中流露出不乐意。小陈看在眼里，但想起家长会上他爸爸的嘱托，还是严格要求。在她看来，两个月之后的六年级统考，中文考试拿 A+ 对这孩子来说轻而易举。陈露薇真正希望的是，基础不错的丘正中学之后不要放弃汉语学习。因为丘正是毛里求斯本地华人第四代第五代中的一个，他们的祖辈多是从我国沿海的广东福建来到这里定居，时至今日，能熟练掌握汉语的年轻人已经越来越少。和其他地区的学校不同，路易港靠近唐人街的学校每个年级都有为数不少的华人子女。对他们的汉语教学，陈露薇自然也是更费心思。在陈露薇心中，这些孩子是中国人的后裔，他们的根在中国。

听林老师介绍，因为家庭搬迁、学校竞争等原因，和平小学这几年华裔孩子的数量越来越少，四年级的华裔学生是六个年级里面最多的，也难免更让人费一番心思。谢喜春、陈其言和梁志雄，固定地坐在离老师离黑板最近的一桌，底子不错，学习劲头和竞争意识都不小，进步退步，拿 A 还是 A+，喜悦失落都挂在脸上，不过犯懒不按时完成作业也是常事。四年级是关键的一年，和三年级相比，教材难度一下子提高，再加上新加入了不少语法内容，课文也没了拼音的注解，再加上班级几大"混世魔王"的捣乱，如何上好四年级的课着实让陈露薇费了一番功夫。

一年级的学生性格最是丰富，刚踏入校园，新鲜感尚未褪去，体内顽皮的因子尚未被激活，于是纯真与烂漫就被进一步放大。Naomi 是典型的本地克里奥尔女孩，小小的身子里面却蕴藏着无尽的能量，现在可以说算是班上的尖子生了，学得最快最积极，第二天复习也能一口答出老师的问题。每天 Naomi 的妈妈骑着摩托车来接她放学，小小的脸蛋藏在大大的头盔下面，伴着一句清脆的"老师再见"，让陈露薇不禁嘴角上扬。Naomi，明天见！

第一次给四年级的 Shu'yab 上课时，看到这个穆斯林名字，自个儿琢磨了一阵应该怎么念，最后还是问了他本人。Shu'yab 深眼窝，翘睫毛，长大一定是帅哥无误，也是积极上进的好学生无误。每次上课前，都要一溜小跑到陈露薇面前，递上家庭作业，虽然发音不太准确，倒笔画也是家常便饭，但那种求知欲激发着小陈老师的能量与耐心，让她打起精神，努力、努力，再努力一点。

时间长了，陈露薇与这里的孩子们已经变得密不可分、水乳交融了。孩子们有什么心里话都愿意同她讲，比如学生 Moyline 妈妈给她生了个小弟弟，Kelsha 家的母牛产了崽都要告诉陈露薇，与之分享。

这里的每一个孩子都是一本内容丰富的故事书，陈露薇慢慢地翻阅，细细地体会，播撒着对他们的关怀与爱。

在毛求里斯这片单纯的土地上，有好多美好的事物伸手即得，毫不吝啬的阳光、大片芳香的草地、肆意乱逛的白云、自由散漫的轻风，这些温和的存在，每天周而复始伴随着陈露薇。每天都有所期待，每天都有所收获，日落日出，月升月降，看上去无聊乏味，但惊喜与精彩总在下一秒出现，让心跳动得更加有力。和孩子们在一起，和每一个毛里求斯普通人在一起，感受他们的喜怒哀乐，悲欢离合。

陈露薇特地在日记中写道：用"志愿者"这口锅，加上 200 克"奉献"，200 克"付出"，200 克"勇气"，一大勺"爱"，一大勺"真情"，打开"热情"的炉火，用"坚持"吹散油烟，让我们共享这道热情腾腾的家常菜！

四

陈露薇一行到达毛里求斯不久，有时周末、晚上就有华人社团请他们去上中文课。有时也请他们的领队、队长或我国驻毛里求斯大使馆的大使及工作人员参加。参加这些带有集体性质和公益性质的活动是没有报酬的。开始队友们都轮流上阵，但时间长了，就凸显出时间的紧迫和与教学工作的矛盾了。中秋节时，距陈露薇住所很远的一个华人社团办了一个中秋晚会，邀请他们前去参加。由于课多辛苦，一般情况下参加这类集会还要表演节目，晚会结束，要很晚才能回家，加之，包括大使馆也打过招呼，晚上最好不要一个人外出，于是一些队友不愿去参加这些活动。当小陈接到队长的电话后，生怕队友都不去，那不就冷场了吗？于是陈露薇与另外两名队友从不同方向赶到了晚会现场。

队长曾薇对笔者说，那一晚，她看到提前到达的小陈还在与华人朋友们一块精心布置着舞台，身高 1.70 米的陈露薇穿了一身漂亮的旗袍，尤显华丽大方，深得社团同胞的赞美。

许多华人朋友对陈露薇的优美大方给予了极高赞许，对她丰富的学识和良好的素养十分敬慕。他们真诚地希望小陈老师能为他们社团的中文教学给予帮助。盛情之下，陈露薇专为该社团开办了周末班，时常放弃休息时间前去讲课。

还有一家名叫"南顺会馆"的华人会所，会馆的成人学生虽然只上了几堂课，但给陈露薇的印象却格外深刻。穿过唐人街，在一栋普通建筑的五楼，有一个中文教室静静地存在着，白板上依稀可见过往擦除的笔迹。课堂上大声地诵读，下课后积极地提问，还有主动要求安排作业的阿姨。小陈真心地佩服这些平均年龄 60 岁以上的老人们，他们对中文学习的决心和热情让小陈感叹又动容。每次给他们上课都是一种享受：没有严肃的伪装，没有歇斯底里的咆哮。是这群老年学生让她觉得课堂其实就是与朋友围绕着中文交流的一个场所，能够轻松愉快，有说有笑，充满乐趣。

秉承"奉献、友爱、互助、进步"的志愿精神，挥洒青春与热情，虚心学习、认真工作，在与毛里求斯人民生活相处的第一线，用爱架起中毛友好友谊的桥梁，为大力推进毛里求斯文化教育事业发展和中毛友谊事业贡献力量：这是陈露薇及其队员的共同愿望。

10 月，国内来了一个汉语交流团，带来了许多图片，包括中国风景和其他一些优秀摄影。队里联系了一个巡展，并取名"美丽中国"。小陈得知这一消息后，无论如何要争取到这一传播中华文化的机会。她在征得我国驻毛里求斯大使馆同意后，找到校长，软磨硬缠，不但找到了良好的展览场地，而且还找了50多幅反映中国文化的画板，如：中国人的面条如何来的，还有人类的智慧、文明（如星球）、环境污染与保护，中国婚姻习俗，用大幅图片反映出来。小陈主动担任讲解，向前来参观的学生、老师和家长们介绍风景名胜、国宝熊猫、名山大川、民俗风情和剪纸等获奖作品，使展出取得圆满成功。

毛里求斯小学的集体活动比较多，陈露薇援教的和平小学每年的第二学期是学校活动最丰富的一学期（毛里求斯学校每年有三个学期），先后要举行郊游、运动会和音乐会。举行的运动会，与国内小学的运动会差异较大，它的组织、形式、项目、氛围以及给人的总体感觉就是一场让学校包括学生、教师一起玩得开心的团体游乐活动。学校有六个年级，每个年级四个班，每个班分成四队，通过穿着红、蓝、黄、绿（国旗的颜色）上衣以示区别。早上学生盛装打扮，即使不参加比赛的同学也是穿上自己班级颜色的衣服，手腕上系上班级颜色的彩带，女孩子在发辫上绑上彩色丝带，男孩子就在头上系上彩带，脸上画上班级颜色的图，整个校园非洲民族色彩浓郁，连运动会的伴奏歌曲也是 WakaWaka。运动会的项目按照不同年级小朋友的特点设计，突出的是趣味性和团体性。每个年级的学生与班主任一道唱歌跳舞，气氛很是热烈。小陈则利用这个机会，与当地中文老师合作，教同学们做起了中国菜，然后现场卖给学生及家长，一份卖价大约为15元人民币（按卢比算），一整天卖了近300份，收入有4000元（折合人民币）之多，她把这些全都捐给了学校。

……

天下没有不散的宴席。一年的援教工作很快期满。这时，所有的志愿者队友们都感觉时光飞逝，岁月无情。他们真是恨不得把这个美丽的非洲岛国游个够，将鹿岛、黑河谷、七色土景区、马可邦好好看个遍。

毛里求斯岛是火山岛，四周被珊瑚礁环绕。岛上地貌千姿百态，令人神往。陈露薇对这片曾经流下过汗水和泪水的土地突然变得那么留恋，感觉大海里的每一朵浪花都变得如此多情。她走在海边，步子变得特别沉重，沙粒子好像伸出了一双双挽留她的手，拂面的海风也仿佛在她耳边说："别走，别走……"

要走，我想把这美丽的梦想带走，把它带回我的祖国，带给我的人民，留在我的身边。于是陈露薇在援教结束前，特地到潜水俱乐部去报名参加了潜水学习。她顺利地拿到了水下30米的潜水资格证书。在她看来，这不仅是对自己心理和生理极限的挑战和超越，也是从毛里求斯带回来的难忘收获之一。每当翻开证书，就翻开了在毛里求斯的年轻岁月。

回国前，根据往年的惯例，志愿者老师都要给每个中文学生准备一份小礼物。礼物虽然只是糖果、巧克力和一些简单的文具，并不贵重，但陈露薇在给每一位同学包装礼物时，脑海都会浮现出孩子的脸庞，对他们的感情也都倾注在临别赠语里。也许现在的他们还不能理解小陈老师写下的话，但陈露薇希望，在孩子们记忆的长河里，会记得曾经有那么一位中文老师，在倾注心血教育他们，关爱他们。

离校那天，孩子们都穿上了五颜六色的衣服，一个一个排着队领取礼物。已经和她相处了近一年的学生们，此时的感情爆发都达到了顶峰。不仅学生眼含热泪，陈露薇自己也早已是泪眼婆娑。

"无比感谢这段志愿服务经历，感谢它在让我实现理想、帮助他人的同时也开拓体验了新的心灵旅程。我坚信人生只有走出来的美丽，没有等出来的辉煌。"时间总是跑得太快，转眼，陈露薇与这一群来自山城重庆的中国青年已然完成一年的志愿使命。曾经，他们带着"逐梦异乡，青春无悔"的誓言而来，在这片美丽如虹的土地上种下了心中火辣辣的志愿梦想。这一路，他们坚持、奋斗、服务、奉献，义无反顾。如今，他们怀着满满的感恩与珍惜离去。他们无比感恩在这一年遇到的所有人和事，经历的所有挑战和成长，以及得到的所有关怀与照顾。对这些年轻人而言，这一年，这一回，是此生难忘的志愿经历，他们从中找到了更好的"小我"，也发现了更有力量的"大我"。

……

采访结束，我与她分手的时候，突然发现路边一束束、一片片紫薇花在雨过天晴之后，正挂着露珠，发出迷人的芳香。透过晶莹的露珠，又仿佛看到陈露薇那圆圆的笑脸，和在异国他乡拼搏奋进的身影！

（原载《时代报告·中国报告文学》2015 年第 6 期）

作者简介

陈竹扬，湖北省作家协会会员、中国金融作家协会会员，先后在国内数十家文学报刊发表作品近 40 万字，现供职于湖北长阳农村商业银行。出版诗集《陈竹扬金融诗》、纪实文学集《信合人笔记》等，主编多部文集。

‖ 大山深处追梦人 ‖

陈竹扬

在美丽的鄂西南山区，当秀美的清江蜿蜒着进入湖北长阳土家族自治县时，只见江北岸的大山似乎是拔地参天，而那南岸的却是座座相连的小小山丘。江水绕着山丘，形成了美丽的百岛湖。这不仅给本来就天生丽质的清江又平添了几分姿色，而且还为以百岛湖为中心的 300 里清江画廊被评定为国家五 A 级风景区，起到了决定性作用。但是，你可能不知道，那江北岸的大山之上，却有着比这五 A 级风景区更具影响力的产业——长阳火烧坪乡高山蔬菜。提到长阳火烧坪乡高山蔬菜，我不由得想起一个人来，他就是扎根深山 27 年的长阳农村商业银行火烧坪支行员工林大伦。

一个梦和一个人生选择

1989 年元月的一天，20 多岁的土家族青年林大伦，被命运之手推到了他人生的十字路口：一个是跳出"农门"，到县城的一家县属企业去当工人；另一个是到只有四个村，2269户7996人，平均海拔1800米，年平均气温7.6℃，全年无霜期不足200天，素有"长阳的西藏"之称的火烧坪乡当一名信用社合同工。好心的老村支书不明白林大伦，不明白他为什么在面对人生的重要选择时，竟然没有一点儿犹豫地去火烧坪信用社。他知道老书记很喜欢他，也明白老书记的疑虑。于是，他向老书记讲述了这样一件事。那是在他12岁的那一年，他的父亲在劳作时，不慎从三米多高的田坎上摔了下来。是信用社贷款500元，才让他的父亲及时得到了救治。他说他当时就想，信用社的人是为农民群众做好事的人，他长大后一定要像信用社里的人那样，多为农民群众做好事。于是，美丽的梦想便从此停在了他的脑海里。

一次远行和一群农村经纪人的涌现

　　林大伦进信用社后，先是在柜员岗位上干了一年，接着又在会计主管岗位上干了五年。1995年年初，他从老主任手里接过了火烧坪乡信用社主任的重担。接过重担后，他便暗下决心，一定全力帮助农民将火烧坪乡的高山蔬菜产业做大做强。火烧坪种植高山蔬菜是从1986年开始的。这一年，全乡共种植高山蔬菜130亩。之后，几经沉浮，到1995年时，全乡高山蔬菜种植面积还不足3000亩，农民年人均纯收入仅400多元。林大伦目睹了这一起伏过程，并认为火烧坪乡农民要实现脱贫致富，发展高山蔬菜生产是最有效的途径，而当时急需解决的问题就是如何在蔬菜收获期，及时帮助菜农将蔬菜销出去。于是，在1995年的3月间，他便与乡里的乡长，还有全国人大代表，时任青树苞村党支部书记的刘德春一同踏上了去武汉、广州寻找蔬菜销售之路的征程。这次出征，虽然收获甚少，但却触动了林大伦的某一神经：我们必须培养一支优秀的属本乡本土的农村经纪人队伍。林大伦说干就干，仅1995年至1996年上半年，他就对肖荣平、李小年等十多位农村能人发放贷款347万元，支持他们跑销售，并使他们很快成长为在县内，甚至省内具有影响力的农村经纪人。青树苞村农民、全国劳模李晓年在接受采访时说了这样一段话："我能成为一名光荣的全国劳模，主要是因为我作为一名农村经纪人，能及时将山里的蔬菜销到山外，能给乡亲们带来实实在在的好处。而我之所以能成长为一名农村经纪人，同时又是乡里的种菜大户，靠的就是林大伦他们不离不弃的支持。"本土农村经纪人队伍的出现，为火烧坪高山蔬菜产业的发展注入了新的动力。到1996年8月时，火烧坪乡的高山蔬菜种植面积就猛增到9300多亩。在当时的火烧坪乡，搞开发、种蔬菜成了一股势不可挡的热潮。

一条街和一对好兄弟的故事

在经过大开发的热潮之后，到1999年时，火烧坪乡高山蔬菜生产面积更是达到11万亩，品种也由原来单一的球白菜增加到14个品种，每亩平均增收5000元以上。规模上来了，品种增加了，可问题也跟着来。因为不能储藏，优质蔬菜卖不出个好价来，甚至部分农户还因此出现了大额亏损。怎么办？林大伦在走访了十多个相关农户后，兴冲冲地来到了乡政府所在地，同时又是高山蔬菜生产核心村的青树苞村，找到了新上任的村党支部书记向道军。向道军与林大伦是同龄人，是高山蔬菜让他们成了好同志、好兄弟。当向道军知道林大伦的来意后，连声说好。他们顾不上坐下来喝杯水，便径直来到了乡党委书记的办公室。他们的想法得到乡党委和乡政府的高度重视。就在他们走出乡党委书记办公室后不足三小时，乡党委和乡政府即组织由城建办等单位负责人参加的现场办公会议。会议决定将主街后的一片开阔地确定为以高山蔬菜加工冷藏为主的创业区建设用地。乡党委和乡政府的办事效率让林大伦和向道军很感动。于是他们俩又聚在了一起，商讨共同寻找动员本地能人在创业区建高山蔬菜包装厂房和冷库等事项。很快他们便确定了有从事高山蔬菜加工包装和储藏愿望的四位农村能人为帮扶对象。而在当时，要建四座冷库，就需要有不少于50万元的资金。这个数目，在现在看来是个很小的数目，而在当时却是一笔巨额资金。面对这个数目，林大伦似乎一点没有多想，他很快便在帮助四位能人办齐相关营运手续的基础上，及时给他们一人发放贷款10万元，支持他们在创业区建冷库及附属厂房。由于支持力度大，到次年年底，创业新区的冷库就增加到八座，兴业街的雏形便由此形成。

一个人和一群脱贫致富带头人的相知与信任

2012 年，长阳农村信用联社改制为长阳农村商业银行。改制后的次年年初，林大伦从长阳农村商业银行火烧坪支行行长的位置上退了下来，成了一名管片信贷客户经理。在长达 17 年的信用社主任和支行行长岗位上，林大伦累计经手发放贷款多达 3.16 亿元，为全乡农户的脱贫致富起到了关键性作用。1999 年 3 月的一天，为了更好地做好支农服务工作，林大伦组织外勤人员到大旋窝村集中办公，送贷上门。这天的办公结束后，一个小青年惶恐不安地走到了他面前。那小青年低声向他询问借款条件，以及要求。林大伦用心倾听。原来小青年名叫田维华，19 岁，家住大旋窝村八组。因父母早逝，自己与 70 多岁的奶奶相依为命。他家有耕地 15 亩，但却苦于无钱投资，生活十分困难。了解到这些情况后，林大伦立即同信用站会计一起找到了大旋窝村八组组长。随后，他们三人一起又来到田维华家中调查了解情况，进行座谈分工。最后，他们共同决定，由信用社负责贷款 6000 元解决当年投资，由组长和站会计负责技术指导和相关帮助，由林大伦负责联系销售，并每周跟踪一次解决其生产生活困难。真是皇天不负有心人，田维华家当年就实现蔬菜总收入 4 万多元，19 岁的田维华挖到了蔬菜种植的第一桶金。之后，经过信用社的连续支持，田维华的蔬菜种植面积出现了逐年大幅增加的态势。现在，田维华已成长为乡内有名的蔬菜种植和营销能人，年蔬菜种植面积近千亩，每年的纯收入在 200 万元以上，并带动周边的 29 个农户靠发展高山蔬菜生产实现了脱贫致富。像田维华这样在林大伦支持下出现的种菜致富带头人，在全乡就多达 50 余人。

一个点子和一个企业的起死回生

打从在兴业街支持建冷库起，林大伦就开始钻研如何更好地支持企业发展这一课题，并在实践中积累了丰富的经验。2009 年 12 月，长阳信用联社组织专班，对濒临破产的欠县信用联社贷款 270 万元，并已无力偿付利息的长阳大清江公司进行了调查。经过调查分析，县联社决定与火烧坪信用社进行协商，并在征得火烧坪信用社同意的情况下，将大清江公司的 270 万元贷款划转到火烧坪信用社。在座谈会上，当问到林大伦是否愿意接收大清江公司的 270 万元贷款时，他像当初选择火烧坪信用社时一样，一点犹豫也没有地说：要接收 270 万元的贷款可以，但县联社必须帮助他促成长阳大清江公司易主。县联社答应了他的要求，并安排由信贷管理部组织人员与长阳大清江公司商谈重组转让事宜，由林大伦去寻找懂管理会经营的买家。之后，林大伦在他先后支持的 50 多个农村能人中进行了反复筛选。最后，他将目光盯上了已将高山蔬菜生产加工项目延伸至五峰县的青树苞村农民曾令刚。此后，通过数次多方协商，最终于 2011 年 4 月成功促成长阳大清江公司易主，并落实了贷款债务转移。随后，林大伦及时为该企业注入启动资金贷款 80 万元。曾令刚不负林大伦的厚望，硬是将企业发展得一年比一年好。现在，长阳大清江公司不仅还清了全部贷款，而且已成长为宜昌市农业产业化龙头企业。

时光在飞速地流逝，似乎就在转眼之间，时光的脚步便从 1989 年踏进了 2015 年的冬天。这天，鹅毛大雪漫天飞舞。风雪中，一位瘦弱伛偻，且上衣过于宽大的老者与一位年轻的高个男子一前一后，行走在白雪覆盖的山路上。年轻的男子说："您还是依我的，到县城去上班吧。"老者回答说："不。我还有十多笔，共三十万元的不良贷款没收回啊！"听了老者的回答，年轻男子的两眼里有泪珠滑落。那老者不是别人，他就是长阳农村商业银行火烧坪支行管片信贷客户经理林大伦。而那位青年男子，则是长阳农村商业银行党委书记、董事长谭志平。鹅毛大雪还在漫天飞舞。林大伦回过头对谭志平说："你看这雪下得多好啊，看来明年又是一个丰收年。"那深深的山谷里，回荡着一老一少对话的声音。

（原载《中国农村金融》2017 年第 1 期）

作者简介

罗毅，中国金融作家协会、中国散文学会、重庆市作家协会会员，重庆市散文学会理事。现供职于中国银保监会黔江监管分局。发表中篇小说《避风塘里》《士官凡小强》，短篇小说《九斤》《醉官》和散文随笔、文学评论等近百万字。出版散文集《在重庆江山里呼吸》《拿什么雕刻时光》。

忠诚

——记中国银监会系统监管标兵 刘相建

罗毅

是在审读永川银监分局送来的申报监管标兵材料中，看到刘相建的名字的。材料不长，说刘相建年届半百，担任基层分局监管科长多年，从事银行业监管工作近三十年。主要事迹大致是勤奋好学、爱岗敬业、踏实工作、业绩突出、清正廉洁，等等。

也有认识刘相建的人说他老实巴交，木讷，人前不太爱说话，有时候甚至是"三脚踢不出个屁"，但他心里头敞亮得很。为保险起见，我与分局徐智宁局长通了三次电话。老徐说，其实在我们基层，刘相建这种默默无闻的"老黄牛"还是比较多的。相建性格确实比较内向，也没有什么特别的爱好，偶尔约人出去爬爬山、钓钓鱼，就算是雅趣了。节假日喜欢玩玩自驾，或远或近，带上家人转转，看看祖国大好山河。要说对待工作，那真是一把好手。监管执法，较起真来，有时候六亲不认。你想咱们中国，怎么说也是个人情社会，查处你的问题，谁会高兴？能够在是非面前不含糊，不讲情面，拉得下面子，真还考验咱们的党性。再说永川辖区，也就这么大点，大家低头不见抬头见，熟人、朋友一大堆，对各个渠道来的说情者，相建还是蛮有智慧的，监管本来就是一门艺术嘛。能推就推，能顶就顶，急了就甩个白眼或傻笑，一来二去，委实得罪了不少人。"这样的同志，要是他自己没有两刷子，敢这样？！这样的同志，不树成典型，说不过去呢！""好吧，既然你们分局党委认准的事，算数。"于是放心地挂了电话。刘相建的名字，从此印入脑海。

这是 2014 年的事。

最终的申报结果是：重庆永川银监分局监管一科科长刘相建，被中国银监会党委评为年度监管标兵，成为该分局自组建以来第二位获得省部级荣誉的先进人物。

未曾想到一年后的夏天，关于刘相建的坏消息传来了。

重庆的 8 月，酷暑难耐，气温总是在摄氏 40 度上下徘徊，典型的桑拿天。刘相建请了公休假，携妻带子赶往东北避暑。一家人一路走来，本该开心快乐的旅行，却变得异常难受。望着空中白晃晃的日头，相建感到头晕目眩，疲惫、厌食、腹部肿胀、下肢水肿的症状，接二连三出现在他身上。

一丝不祥掠过心头，这应该不是中暑。风油精抹在头上、藿香正气水喝进肚中，根本没有反应。一个大男人，哪里会平白无故出现水肿？该不是休假前没日没夜的"两加强、两遏制"现场检查加班加点连轴转，太累而积重难返？转念又想，人吃五谷杂粮，哪能会不生病？就是钢铁机器也还要磨损呢。刘相建对老婆张小琴说，咱们还是回去看看医生再说。明年，再找机会出来旅行。身为乡村医生的妻子点点头，心头却像十五只吊桶打水——七上八下。农村有老话说，"男怕穿靴，女怕戴帽"，老公脚杆肿胀，肯定不是好事情。嘴上还是一直安慰丈夫，没事的，没事的，我说就是你一个人连更连夜开车累倒了。

回到永川城区的当天，两口子就去了重庆医科大学附属永川医院检查。很快，检查结果出来了，门静脉高压、胃底静脉曲张、中度贫血、低蛋白血症、乙肝肝硬化失代偿期致腹部积水、双下肢水肿。医师建议：立即住院治疗，作进一步检查。

平素伤风感冒都少遇到的刘相建，打量着手中的诊断书，对这些如同天书的医学名词一头雾水。医生拣重点说，乙肝肝硬化失代偿期，就是我们通常说的肝硬化晚期。

肝硬化晚期？兰考县委书记焦裕禄不就是得的这个病么？！瞬间，一团巨大的阴影袭来……会不会是肝癌？

谈癌色变的当下，有谁，会对癌症无动于衷？！

医院拍摄的 CT 胶片显示，刘相建肝上存有一个 1.0cm×1.1cm 的疙瘩，疑似肿瘤。是不是原发性肝癌，还需作进一步确诊。

2015 年 8 月 17 日，刘相建拖着住院几天尚未消肿的身体，与张小琴来到重庆主城的西南医院，做肿瘤全身断层显像检查。不知为何，却未发现肿瘤细胞。小琴正待高兴，肝胆外科专家仔细查看了他们随身带着的 CT 胶片，一双眉头始终紧锁着，悄悄把小琴领到一边："我个人判断，你爱人应该是原发性肝癌。肝硬化到了晚期，切除已经没有任何意义。唯一的救治办法，是尽快做肝移植。不然，存活期不会超过一年。"

专家的话语，刻意地做到很轻、很淡，无事一般，极尽慈祥的话语，却似晴天霹雳。医学结论，容不得有丝毫怀疑。本身是乡村医生的小琴，当场吓得痛哭起来。从妻子凄厉的哭声中，刘相建明白了八九分。大难临头！任何人染上肝癌，在当今医学科学还徒唤奈何的时候，无异于宣判死刑。两口子泪流满面，浑身冰凉，搀扶着，走出医院大门……

坐在回永川区的长途大巴上，夫妻俩无语凝噎。忽然，小琴想起了肿瘤全身断层显像检查的结果，那可是目前重庆市最为先进的诊疗仪器，为何就没有发现肿瘤呢？会不会是医生弄错了，也许是专家看走眼了呢。相建决然地摇了摇头，不会的，人家是西南医院肝胆外科的主任医生，权威啊。既是专家，肯定会为他的结论负责。我们，还是面对现实吧。

回到永川，刘相建继续住院，一边用药水消除肝腹水和下肢肿胀，一边观察那恐怖的小疙瘩如何发展。躺在病床上，相建思绪万千，辗转反侧，有时候竟彻夜难眠——

该死的癌细胞，早不来迟不来，偏偏在人生的黄金季节来，我怎么就这么倒霉呢。多年的银行监管工作，已是顺风顺水。多少金融风险，能逃得过我练就的火眼金睛？单位领导看重，同事们信任，多少次领军担纲主查，防范和化解了多少风险，完成了多少课题调研……眼下，正值现场检查的节骨眼上，作为项目主查人，我却被病魔放倒在这里……不甘，不甘，不甘哪！但是，重病来袭如山倒，这不是头疼脑热，是肝癌！未必我的生命，会就此止步？一切的一切，都将画上终止符？分局领导和医生，开导说要积极面对，但让我如何面对？若要换肝，有合适的肝源吗？手术开膛破肚，风险巨大，术后的排异，需要终身服药，这无底洞般的医治费用，从何而来？如果硬撑下去，不换肝，那肝硬化已临晚期，也怕是离大限不远了吧。如果那一天真的来临，两眼一闭万事休，可年事已高的父母、上学读书的孩子，怎么办？怎么办？怎么办？

分局的徐局长、刘副局长领着工会的同志们来到医院看望，这已是他们第三次来慰问病榻上的刘相建。领导和同事们拎来水果，送上慰问金，简短的问候，如清雨滋润，慰藉了相建的心田。徐局说，老刘，安心养病，战胜病魔，我们与你共进退。工作上的事，有大家伙呢，你就别再惦记了。

"谢谢领导，谢谢同志们！"抑制不住感激的泪水，刘相建紧紧握住曾经朝夕相处的局领导的手。

一个月后，为证实肝癌的进展，刘相建来到重庆医科大学附属第二医院，再次进行增强 CT 检查，发现肝上小疙瘩已经达到 2.0cm×2.8cm。短短一个多月，这个面目可憎的家伙疯长，竟整整增大了一倍。肝胆外科主任说，小刘，这肯定是肝癌无疑。赶紧抓紧时间做移植吧。如果肿瘤超过了 3cm，移植的效果会很差，且复发的可能性更大。

此时的刘相建，已经变得出奇的冷静。我还如此年轻，孩子、家庭、单位都还需要我。虽然身处监管机构最前沿，也做不了多么宏伟壮丽的事业，但毕竟我一生钟爱的，就是这个银行监管啊。不，我不能就这样撒手离去。求生的欲念，让他下定决心，死马当做活马医吧，肝移植，或许还有一线生机。

说干就干。刘相建与妻子商量，加入了一个微信移植 QQ 群。通过电脑、手机与群员交流，对肝胆移植的基本知识、肝源行情、医疗机构作深入了解。当得知武汉中南医院在这方面具备较多优势时，迅速与该院取得了联系，报名，等候肝源。

10月4日，又与成都华西医院取得联系，前往该院咨询病情。就在刘相建与妻子驱车前往成都途中，接到了武汉中南医院的电话，告知有肝源并要求其立刻前往。夫妇俩兴奋起来，车停成都，飞抵武汉。

天道酬勤，皇天不负苦心人。刘相建第一时间赶到了中南医院，迅速配型，情况良好！患者与医院，迅速进入术前准备。

2015年10月5日下午6时许，刘相建被推进了手术室。无影灯下，武汉中南医院移植中心主任王彦峰教授亲自主刀。经过教授、医生、护士团队近六个小时的生命接力，肝脏移植手术顺利完成。

刘相建从深沉的麻醉中苏醒过来。此时，奄奄一息的病肝已经切除，一副鲜活健康的肝脏进入体内，获得新生。其间，价值三万余元的白蛋白、丙种球蛋白、凝血酶、乙肝免疫球蛋白等药物，源源不断输入相建体内。脱离危险后，送入ICU监护。又三天，转入普通病房护理。经过十二天的治疗恢复后，于10月22日办理了出院手续。

九省通衢的武汉三镇，有著名的龟山、蛇山，有名闻中外的黄鹤楼、归元寺、古琴台，有碧波荡漾的东湖风景区，这些，都曾让热爱旅行的监管人心向往之。此时此刻，刘相建夫妇哪里还有心思去光顾这些风景名胜呢。回家吧，回家，伤口尚未拆线，身体依旧虚弱，小琴搀扶着相建，一步三回头，别离武汉。

接下来的故事，完全出乎众人的意料，近似大团圆的结局，让人惊诧，更让人感奋——

换肝人近乎执着地遵守医嘱，防止排异反应、感冒和术后感染，喝酒、抽烟、熬夜这些过去不太好的生活习惯，早已扔到九霄云外，按时服药、准时休息成为常态。同时，开始轻量运动，从住家小区缓慢行走、慢步行走开始，渐渐发展到每天晚上围绕永川区神女湖快走八九公里。当体力恢复到一定程度后，刘相建竟又摸上了方向盘，带着家人去贵州高原旅行，履行了一年前许下的诺言。

刘相建生病住院和换肝成功的消息，迅速传到了重庆银监局，传到了中国银监会，银监会、银监局领导或亲自到医院看望慰问，或委托工会组织，向刘相建伸出援手。分局党委多方"救助"，不仅把在乡村从业的张小琴调到城区工作，方便照顾病人，而且想方设法为刘相建争取到一笔医疗费，较好地缓解了换肝、治疗带来的燃眉之急。

2016年春节过后，做完肝脏移植手术刚刚四个月的刘相建，奇迹般地出现在分局局长办公室，"我已经恢复得差不多了，还是准许我回来工作吧。我是党员，是科长，领导您千万不要认为我是个换肝人。我从农村出来的，知道什么事大，什么事小，能给分局分担，就应该分担。现在监管任务这么繁重，我能做一点是一点。"

……

重返工作岗位的刘相建同志，身体吃得消吗？正欲询问分局，却从银监局党委组织部那里看到了永川分局报来的优秀党员先进事迹材料——拖着病体一如既往工作的刘相建，参与了永川辖内"双录"工作和非银行金融机构与中资银行开展展业合作情况专题调研，撰写的信息直报件获得市局领导批示。调研永川辖内小微支行运行模式及运营情况，永川区房地产"假按揭""零首付"有关情况，小微企业"融资难、融资贵"等工作，亲手撰写的《土地储备管理新规对辖内银行业有四方面影响》《建议加强对融资性首付的风险排查和防范》等调研报告，相继被银监会《监管工作信息》、重庆银监局《监管信息与调研》采用。此外，还率队对重庆银行大足支行关注类贷款进行现场检查，对重庆三峡银行大足支行、邮储银行永川支行、邮政局永川支局电信网络新型违法犯罪检查进行现场督察。手把手教导分局青年职工现场检查技巧，在检查方案拟制、查前培训检查要点及方法、检查业务指导和问题把关上，当仁不让地发挥骨干作用。2017年4月，刘相建作为永川银监分局党组织选举出来的党代表，光荣地出席了中国共产党重庆银监局党代表大会……

"想不到，完全想不到！相建这把老骨头，经得熬！"永川银监分局领导逢人就要竖起大拇指。呵呵，生命不息，追求不止，全凭一颗赤子心！相建所为，不正是一位共产党员、普通监管工作者对理想、对信念、对党的事业无限忠诚的写照么？

刘相建，好兄弟！我们，为你点赞！

（原载《中国金融工运》2017年第9期）

‖ 作者简介

　　蒙广盛，广西隆安县人，1984 年参军，在对越自卫反击作战中，五次荣立三等功，2001 年 4 月退役。现供职于中国人寿保险公司广西区分公司。1986 年开始写作，多篇作品被新华社、《人民日报》《解放军报》《中国青年报》《金融时报》《广西日报》、广西电台电视台等采用。

‖ 壮乡木棉红 ‖

蒙广盛

弹指一瞬

她从幸福云端坠落冷深渊

几度春秋

她从过门新娘变成

膝下亲人

侍奉二老

甘苦化作一片丹心

倾心敬业

热血炼就保险能人

管理多面手

中国好儿媳

——引子·开篇题记

　　有人说，她像一朵盛开在壮乡的木棉花，红彤彤，一簇簇，像一团火焰，蕊红似血，艳丽如霞，不畏风雨，临风怒放。

　　她四年如一日，用柔弱而坚强的双肩，撑起一个即将坍塌的家，让瘫痪多病的公公婆婆看到希望。她"孝老爱亲"的故事，就像刘三姐的山歌，感动广西，感动全国。她，就是中国人寿平果支公司客户服务中心经理麻莉红，一个普普通通的壮族姑娘。

　　"你起来，你起来啊……你说带我去看高原蓝的……怎么说话不算数啊……你起来啊……呜呜呜……"麻莉红难抑悲情，趴在丈夫的遗体上放声恸哭。这天，她结婚仅17天就承受了从大喜到大悲的丧夫之痛。

　　麻莉红原本有一个幸福美满的家庭。2011年5月，经人介绍，她在县城遇到了和自己情投意合的白马王子——韦俊。他儒雅的气质、阳光的形象一下就吸引了麻莉红。而他也曾告诉麻莉红，她就是他寻找和最喜欢的那种女孩。很快，他们双双坠入爱河，一起说笑，一起看电影，一起憧憬未来。但麻莉红的父母了解到男方家并不富裕，父亲又瘫痪在床，母亲身体也不好的情况后，多次劝女儿慎重考虑。当时麻莉红想只要两人真心相爱，这些困难又算得了什么？那时的麻莉红，心里被爱情的甜蜜填得满满的。

　　2012年12月18日，这是麻莉红终生难忘的日子，也是麻莉红二十多年人生的一个猝然转折。那天，是麻莉红结婚的喜庆日子。婚后，爱人不仅对麻莉红疼爱有加，而且还计划来年带麻莉红去她最向往的西藏去看高原蓝……那时候的麻莉红，觉得自己就是这个世界上最幸福的女人。

　　建立家庭后幸福的生活刚刚开始，对未来的幸福规划还没来得及细想，而人生却如万花筒般变幻莫测，谁都未曾想到，厄运悄悄降临到麻莉红头上。

　　结婚后的第七天，麻莉红清楚地记得，那天天气特别好，蓝天白云，阳光灿烂。但丈夫起床后脸色却很难看，咳嗽越来越严重，呕吐时还伴有血丝。麻莉红心疼地责怪他，是不是这段时间又忙工作又筹办婚礼，太辛苦了，身体吃不消。于是，麻莉红逼着他去医院体检。三天后，爱人一大早便去了单位，麻莉红上班途中顺路去医院拿报告单。

当天，主治医生看到麻莉红走进门诊部，问麻莉红是不是病人家属，麻莉红微笑地点点头，心却跳动加快，呼吸急促，一种不祥的预感压住心头。麻莉红两眼木木地瞪着、等着。医生把麻莉红带到办公室，面色凝重地对麻莉红说："你爱人确诊为'食道癌'，病情已到中晚期，治愈率很低，你早作准备吧……"

癌？食道癌？新婚刚十天的丈夫患食道癌？麻莉红神情恍惚地听完医生的叙述，顿时觉得天旋地转，一个人呆住了、傻了，脑子一片空白。她不相信命运，可这时她多么希望这一切只是一个梦、一次误诊。麻莉红心头一阵阵绞痛，她拼命地忍着，可怎么也忍不住夺眶的泪水，终于禁不住悲伤，趴在医生的办公桌上号啕大哭起来……

对于未来的生活，麻莉红害怕想下去。但要想的欲望又无时无刻不袭上心头。自己才二十多岁，生活才刚刚开始，今后陪伴自己的将是怎样的路？麻莉红做梦都想和大家一样有一个美满幸福的家庭。可现在，两人刚结婚，爱人就患了不治之症……

麻莉红不知道自己怎么回的家。当她擦干眼泪后，却又不得不面对这个现实。很多好朋友都劝麻莉红尽快离开这个家。但麻莉红却含着泪说："这个时候你让我怎么走啊……不行！我要给他治病，哪怕只有一丝希望我也不能放弃他。他的命就是我的命！"

由于爱人的病情发展迅速，没几天时间，病痛已经将他折磨得几乎崩溃，生活不能自理，手脚关节全部变形，甚至连走路都无法像正常人那样。

麻莉红到处寻医问药，并陪爱人到南宁市一家大医院做手术。当天的手术从早上8：30一直到下午18：00，共割了三个部位：喉部、胸口、背部。麻莉红一直持续在手术室外等候，不吃不喝，心情焦虑。当爱人从手术室推出来时，全身已插满管子，双眼紧闭着，但眼角却流下一行泪水……

看到这一幕，麻莉红快崩溃了，她不知道自己该怎么办才好，一个人愣愣地站在医院的走廊上发呆。爱人虽然做了手术，但并没有扼制住病情的恶化。化疗期间，他无法进食，无法说话，有时候深更半夜自己偷偷爬起来吐血，又悄悄把垃圾袋包好缚紧，让护士拿到室外的垃圾桶扔，从不给麻莉红看见。有时候爱人的情绪特别反常，故意找茬把麻莉红送来的饭菜打翻在地，甚至用枕头、鞋子、药瓶向麻莉红身上扔，责怪麻莉红对自己照顾不周，要和麻莉红离婚，要把麻莉红赶走……过后又紧紧地拉着麻莉红的手，满脸泪水，想说些什么，却一个字也说不出来……

爱人病倒后，麻莉红专门休假天天陪在爱人身边照顾他，任他怎么骂怎么赶都从不生气，还到处寻医问药，哪怕只有百分之一的希望也要想尽办法给他治疗。然而，由于是癌症晚期，2013年1月5日，爱人把麻莉红叫到病床边，流着泪摸着她的脸断断续续地说："我走了，我的——父母——就——托付——给你了……"说完，手从麻莉红的脸上滑落下来……

麻莉红难抑悲情，趴在丈夫的遗体上放声恸哭："你起来，你起来啊……你说带我去看高原蓝的……怎么说话不算数啊……你起来啊……呜呜呜……"

当天，麻莉红的爱人因病情恶化丢下瘫痪的父亲、年迈多病的母亲和心爱的妻子永远离开了人世。而这一天，离他们结婚的日子仅仅相隔17天！在短短的17天时间里，麻莉红承受了从大喜到大悲的丧夫之痛！

"你走，我们家不需要你，你为什么还要待在我家里，你走啊！现在就走……"婆婆把饭菜推翻在地，指着麻莉红说。

属于麻莉红的苦日子刚刚开始。

处理完丈夫的后事不久，妈妈就让麻莉红回了趟家。父母开始试探麻莉红对未来的打算，见女儿不开窍，便提醒她："你还年轻，该为自己早作打算。"曾经无话不谈的好闺蜜也来开导麻莉红："你不要待在那个家了，你待在那里会孤独死的，你这辈子永远都走不出来。"有的甚至给她出主意："趁现在刚过门也没孩子，赶紧重新找个人嫁了。"

是啊，麻莉红才28岁，还年轻，人生还有很长的路要走，难道就这样天天守着他的照片过一辈子吗？麻莉红犹豫了，动摇了。正好有个亲戚给麻莉红介绍一个男的，条件很好，父母也多次催她去相亲。

麻莉红决定离开这个家。她回到家里收拾行李，中风的公公躺在床上痛苦呻吟，婆婆正端着一盆热水给他擦背。见麻莉红在房间收拾衣服，婆婆看了一眼，什么也没说，换了一盆水，开始自己洗脸，一次又一次地洗，哗哗的水声在麻莉红心里击打着。麻莉红提着行李箱站在门口，看了看婆婆，又看了看公公，眼泪"刷刷刷"就掉下来……

麻莉红懂得，她这一走，对几乎瘫痪的公公和体弱多病的婆婆意味着什么。她说，丈夫是家里唯一的男孩，我这一走，这个家就塌了。麻莉红想起了丈夫临终前那满含泪水的双眼，还有嘱托她的话。麻莉红说，爱的意义不在于两人彼此的相爱，而是爱他的一切。即使他不在了，但生他养他的父母还在，既然入了他们家的门，就永远是他们韦家的媳妇！

看到两位老人这样消沉下去，麻莉红心里很难过。采访中，她含着泪向我们叙述自己的感受："谁不眷恋人生？谁没有儿女之情？年迈的公公婆婆把孩子拉扯成人不容易。如今，正当他们年老多病需要人照顾的时候，儿子却不在了，我作为儿媳，有什么理由也消沉下去呢？难道爱人不在了，我就倒下了？不，不能，决不能！我虽然失去了心爱的人，但公公婆婆还需要我照顾。"麻莉红说："老人是必须赡养的，我不可能因为爱人不在了，就丢下这两个老人不管，我也做不到。"

麻莉红站在门口想了很久，最后又含着泪把行李放了回去……

早上，麻莉红基本都是6：30起床，做好早餐、熬好药等两位老人起床了端给他们，然后才出门上班。一天晚上，当麻莉红从公司加完班匆匆赶到家里，一刻未停地煮好饭菜送到公公婆婆面前时，婆婆却一下子把饭菜推翻在地，指着麻莉红说："你走，我们家不需要你。我儿子不在了，你为什么还要待在我家里，你走啊！现在就走……"看着满地四散迸裂的瓷片，麻莉红心如刀绞，她没想到，自己精心照顾着的两位老人，却如此待自己。麻莉红哭着跑回房间，捡好行李就冲出家门……

华灯初上，街道上的人们行色匆匆，麻莉红却不知道自己该往哪里去。采访中，麻莉红掩面哭诉："我当时心里很难过，不止一次地问自己，我的家呢？我的家在哪？……"麻莉红说："当我冷静下来的时候，才感悟到，这里就是我的家啊。虽然我的爱人不在了，但爱人的父母还在。我爱他，就要代替他行孝尽孝，尽自己最大努力照顾好老人，不能受了点委屈就想走……"

当麻莉红返回家里，婆婆正坐在沙发上拿着儿子的照片，呆呆地看着，眼角的两行泪水在灯光的照射下晶晶发亮。见到麻莉红回来，婆婆吃了一惊，又忍不住哭着说："闺女啊，你也就刚刚过门十几天，怎么就不愿走啊！我们都是半死的人了，你不要管我们了，赶紧找个好人家嫁了吧……"婆婆一边说一边擦眼泪。麻莉红"扑通"一声跪趴在婆婆的膝上痛哭起来："我怎么能丢下你们不管呢？把我当成你们的女儿吧，妈……"

虽然，麻莉红艰难地维系着这个家，但那段时间，还是有一些闲言碎语时不时刺激着麻莉红本就敏感而脆弱的神经。一天傍晚，麻莉红匆匆忙忙从菜市场拎着菜奔回家，听到几个邻居正聊着什么，麻莉红隐隐约约听到一个说："你说这女人多傻啊，不到30岁的人在这儿守着寡，这日子哪天是个头啊！"另一个则接上话说："你知道啥呀，这两个老的还能活几天？留下的财产不就全是她的了？人家这才是聪明哩！"旁边又一个人赶紧附和着："是啊是啊，这两个老的没几天活头喽，早晚会被她折磨死不可。"闲聊的人见麻莉红从身边经过，赶紧低头岔开话题。麻莉红强忍住心中的怒火，可不争气的眼泪还是夺眶而出……

回到家里，麻莉红顾不上做晚饭，一个人坐在家门口，呆呆地望着远处忽明忽暗的夜景哭了很久很久，也想了很多很多。最后还是狠狠地擦干眼泪咬咬牙，再一次下定决心，不论街上多少流言蜚语，也不能丢下公公婆婆不管不问！

"感谢老天爷呐，这辈子给我们送来了这么好的儿媳妇，没有莉红的照顾，我们恐怕活不到今天了！"婆婆喃喃自语，却又转过身去偷偷抹眼泪。

爱人走后，麻莉红感到肩上的担子更重了。她要承担起照顾两位老人的责任，尽一个媳妇的微薄之力。麻莉红觉得，孝敬老人，能为他们做点事，解点难，就是自己生活中的幸福。

然而祸不单行，更大的不幸再次向麻莉红袭来。爱人去世不到半年，悲伤过度的公公婆婆受不了老年丧子的打击，整天以泪洗面，茶饭不思。公公常常一个人呆呆地坐在沙发上，一筹莫展，陷入痛苦沉思。不久，本身就患有糖尿病和中风等综合症的公公病情进一步恶化，走路需要人扶，吃饭需要人喂，还先后两次到医院进行心血管支架搭桥手术。婆婆也承受不了家庭变故的打击，思想负担太重，加上思儿心切，精神萎靡，以至于一天不看看儿子的照片，就魂不守舍，身体一天比一天虚弱。不到一个月就病倒了，患上了可怕的脑萎缩，整个人虽然思维清醒，但身体极度虚弱，卧床不起，有时吃喝拉撒全然不知。此外，婆婆还患有严重的风湿性关节炎，天气变化就疼痛难忍。那些日子，麻莉红一连几个晚上都不能入睡。

麻莉红不知道那个时候是怎么捱过来的。一方面她是客户服务中心的经理，需要处理繁杂细致的工作，每一流程和环节都必须确保质量和时效；另一方面，她又要照顾两个卧病在床生活不能自理的老人。同事心疼她，又劝她早点离开："这不是你一个新婚17天的女人所该承受的，走吧。"麻莉红说："我没有办法离开，我也离不开，我不能离开。我离开了这两个老人怎么办？……"

邻居看到麻莉红这个不幸的家庭，也无不感到痛惜："这个家，老的老，病的病，以后的日子怎么过呀？"那几天，麻莉红整个人就像失了魂似的，情绪低落。家里的顶梁柱走了，留下70多岁因脑中风瘫痪又说不了话的公公和60多岁年迈多病的婆婆需要照顾，一家人就像天塌下来一样。麻莉红整天吃不下整夜整夜睡不着，为了不让公公婆婆更加伤心，麻莉红经常一个人躲到厕所里偷偷哭，默默流眼泪。但过后，又强装笑脸细心照顾公公婆婆。

为了便于随时照顾两位老人，麻莉红把床铺搬到婆婆房间和他们住到一起，从生活的点滴小事上照顾他们，不让老人稍感不便。

一天夜里，屋外下着大雨，雷电交加，当时婆婆的病情突然加重，疼痛难忍，时而在床上翻滚，时而痛苦呻吟。听到婆婆的呻吟声，麻莉红赶紧披衣起床来到婆婆床前，一量体温高烧达到40℃。麻莉红二话没说，立即背起婆婆，披上雨衣，冲进雨幕。好不容易拦到一辆三轮车，一边安慰着婆婆不要着急不要着急有我呢，一面催促哀求着三轮车师傅快点快点再快点。赶到平果县人民医院，挂号检查取药打点滴治疗，好不容易把婆婆的病情控制了下来，麻莉红一个人又在医院病床边伺候婆婆整整一夜。第二天，当麻莉红端来药和水劝婆婆服下时，病情还没稳定的婆婆一挥手就把药和水打翻在地。麻莉红心里很不是滋味，但她理解老人的心情，只能又重新端来药和水给婆婆服下。婆婆心疼地拉着麻莉红的手，嗫嚅着嘴，一句话也说不出来，眼泪只是"扑簌簌"地往下流……

为了给公公婆婆治病，麻莉红开始四处打听哪儿有好医院好医生。当得知南宁有一家医院有位主治医生治疗公公婆婆的病很有疗效时，麻莉红立即哄着公公婆婆坐车赶到一百多公里外的南宁某医院挂了这个专家的号，每年还专门陪公公婆婆到这家医院治疗一次。每天工作回家无论多晚，麻莉红做的第一件事就是点火熬药，然后洗衣、做饭，打扫卫生，甚至为公公、婆婆洗头、擦澡、按摩，几乎每天都是累得筋疲力尽，浑身像散了架似的。久而久之，麻莉红患上了腰椎间盘突出，有时疼痛难忍。但身体的痛自己还能挺着，经济上的捉襟见肘才让麻莉红更艰难。长年不断的医药费很快花光了所有积蓄，麻莉红不得不悄悄变卖结婚时购买的首饰，后来又不得不伸手向亲朋好友借钱，一年下来就欠了2万多元的债。生活虽然艰难，但麻莉红却深切感受到和睦家庭给她带来的温暖。

医生告诉麻莉红，公公婆婆的病一方面要治疗，一方面还要保持愉悦的心情。于是，麻莉红就主动承担起义务护理的任务。公公常年卧床容易生褥疮，麻莉红就专门买来一张按摩床，定期为公公按摩、翻身，有时一按就是一两个小时，胳膊都累得抬不起来。公公脑中风说不了话，麻莉红就打手势与他沟通。婆婆胃不好，吃饭吞咽困难，更不能吃油腻的饭菜，麻莉红就专门给她单独煮，一勺一勺喂，吃一碗饭，喝一杯水。吃一顿饭常常需要近一个小时，麻莉红总是不厌其烦，不急不怨。

麻莉红知道，"乐观益寿，运动延年"，公公婆婆的病，药物治疗不可少，但精神安慰更重要。为此，麻莉红每天都坚持尽可能多地待在家里陪伴公公、婆婆。晚饭后，麻莉红除多抽时间和他们唠家常外，还经常陪他们到周边的公园和马路边散步。

南方大石山区湿气大，回南天墙壁都要流水，被子衣服很容易受潮发霉。由于公公婆婆常年卧病在床，怕老人久卧生褥疮，麻莉红经常用温水给老人擦澡，帮助他们翻身。遇到好天气，麻莉红就把全家的被褥全部拆洗一遍，晒干、叠好。公公病痛难忍，经常痛苦呻吟，麻莉红就按时给他服药，扶他到门口晒太阳。老人的日常护理虽然累得麻莉红腰酸背痛，按摩的手都搓肿了，但麻莉红心里却很敞亮，觉得尽到了儿媳的一份责任。

为了解除老人的孤独伤感之情，麻莉红把全部感情倾注到他们身上。公公婆婆由于想念儿子或被病痛折磨，有时心情比较烦躁。遇到这种情况，麻莉红边为他们治疗，边主动同他们聊天唠家常，说些开心的话题，做些力所能及的事，安定他们的情绪。有一次，麻莉红给公公倒水，他不喝，给他吃药，他不吃。看到他焦躁不安，麻莉红心里很着急。麻莉红知道他又想儿子了，说："爸，我永远做你的媳妇、你的女儿好不好？"公公竖起大拇指直对麻莉红笑。

在麻莉红的精心照料下，公公婆婆的病情稳定，有的病还有了明显好转。婆婆很快恢复了以往的精神，而卧床多年的公公也慢慢好起来，后来竟然可以试探着下床走路，再后来还能走出家门找邻居聊天了。看到老人脸上渐渐出现的笑容，麻莉红觉得一切的付出都是值得的。

人是有感情的，特别是老年人，他们不仅需要生活上的照顾，也需要精神上的安慰。麻莉红只为他们做了一点力所能及的事，他们却把麻莉红当成了自己的大恩人。婆婆常常喃喃自语："感谢老天爷呐，这辈子给我们送来了这么好的儿媳妇……"

照顾公公婆婆的日日夜夜，让麻莉红长期心力交瘁，体重已不到100斤。日子苦得真的有点撑不住了，公公眼看着麻莉红一天天瘦下去，嘴上说不出话，心里却十分难过，眼泪像断了线的珠子顺着脸颊流下来。婆婆忍不住心疼地抱着麻莉红痛哭起来："儿媳啊，这个家让你受苦了，你把我们俩送去福利院吧……"说完，就转过身去抹眼泪。

麻莉红听了，不觉一阵心痛，但有什么办法呢？"福利院"并不是他们所希望的。公公听后也慌了神，可也想不出更好的办法，只好瘫坐在沙发上默默拭泪。麻莉红笑着对公公婆婆说："你们安心在家里养病吧，我不仅是你们的媳妇，也是你们的女儿，只要我麻莉红在，我们就是一个完整的家。"

每个人都追求幸福，都希望有一个幸福的家庭。而麻莉红的家，虽然经历诸多不幸，但始终不乏幸福的内涵。冬去春来，花开花落。转眼间，四年多过去了，麻莉红就是这样不离不弃精心照顾着两位老人。虽然婆婆头脑清醒时能做些简单的自理，但公公病情严重，生活基本不能自理，洗脸、刷牙、吃饭、穿衣、洗澡都要别人照顾。可老人的生活愉快，心情舒畅，性格开朗，他们一家的感情也越来越深，每天麻莉红下班回到家，公公就主动帮开门、提包包。

2016年以来，天性乐观的公公，身体奇迹般的有了一些康复。他可以自己出去散步了，有时还到老人活动中心看老伙伴们下象棋，一家人经常坐在一起看电视，总有说不完的话。婆婆常常对麻莉红说："莉红呐，没有你的照顾，我们恐怕活不到今天了！"

"我只是略尽了一个儿媳、一个女儿和一名基层员工的责任，是微不足道的。作为一个儿媳，既然已经跨进这个家的大门，就应该有一份责任，主动去承担，宁肯自己多累点，也要让老人感到生活的美好。"麻莉红感慨地说。

2011年3月，鉴于麻莉红的工作表现和管理能力，公司决定让麻莉红担任平果支公司客户服务中心经理。当时，麻莉红想了很多，担任这个职务，思想压力是很大的，因为管理工作涉及面广，有的工作自己还未接触过，又没有现成的经验可供借鉴。加上如果挑起这份责任，自己就没有更多的时间照顾公公婆婆了，但想到公司对自己多年的培养，各级领导和同事们对自己的支持和信任，麻莉红豁出去了："困难再多、难度再大也要闯一闯！"

为了把工作推上一个新台阶，更多地服务客户，麻莉红不断强化柜面日常基础工作，通过让员工学习业务技能、提高服务意识，不断适应公司"深化体制改革"发展需要，内强素质、外树形象。还通过晨会、夕会、例会开展各项制度的学习，采用"询问式"等方式组织实地演练，提高柜员综合素质。

公司员工的成分普遍比较新，绝大部分是院校毕业的。这些员工文化基础好，工作热情高，但由于缺少实践锻炼，经验和工作办法少一些。针对这一情况，麻莉红就"躬身而行"，手把手教，既要"面对面"，更要"肩并肩"。为打造一支有凝聚力和战斗力的团队，麻莉红把"无情的管理和有情的操作"结合起来，以"团队就是我的家"来要求员工、贯穿全员，通过一对一的传、帮、带营造出相互学习的氛围。

客服前台工作千头万绪，琐碎繁杂，特别是执行"一站式"服务以后，提升员工的综合技能更是重中之重。要做好前台工作，不单要用体力，还要用脑力。目前公司仅主要险种的条款就有上百个，有的条款和规定都要熟悉、弄懂，许多内容还要背下来。麻莉红每天早起一小时，晚睡一小时，硬是把一些主要内容背得滚瓜烂熟。特别是每年"开门红"或年终业务冲刺，麻莉红则必须班班跟着，天天守在前台服务。

使麻莉红最难忘的，是2015年"开门红"的一个周末，当时即将下班，一位客户领着四岁的女儿匆匆赶到前台办理业务。经过核保，麻莉红发现她提交的资料不全，缺少一份单位证明，客户很着急。麻莉红立即安排人员骑上电动车到县城20多公里外的客户单位去开证明。由于是周末，直到晚上9点多钟才把证明拿回来。麻莉红立即通过绿色通道，特事特办。当麻莉红为客户办完业务出单时，已是晚上11点钟，又累又饿。这时，小姑娘看到麻莉红疲惫的样子，从小书包里拿出一包饼干，双手颤巍巍地举到柜台前，奶声奶气地对麻莉红说："阿姨，这包饼干送给你的！"麻莉红眼泪止不住"刷"地流了下来……

工作上的付出得到客户的理解，生活上的奉献也得到亲人的支持。一天晚上，麻莉红处理一起比较棘手的客户纠纷，9点多才回到家。打开门，看见桌子上摆满了早已没有热气的饭菜，两位老人则一边看着电视一边焦急地等待着。麻莉红看到这一情况，责备地说："怎么还不吃饭呀！这都几点了。"婆婆笑嘻嘻地说："你爸呀非要等你回来才一起吃，这不，我都热了几次了，他还是这么坚持着。"一瞬间麻莉红泪眼蒙眬。这一天，一家三口有说有笑吃了一顿晚饭，吃什么不重要，对麻莉红来说，每一口都是美味佳肴。而曾经冷嘲热讽的一些邻居，看着容光焕发的婆婆和病情好转的公公，也不禁羡慕起来，不止一次地夸婆婆不知是哪辈子修来的福，摊上这么个打都打不走的孝顺媳妇。而每逢这时，婆婆的脸上都乐开了花。

知道麻莉红工作比较忙，公公婆婆都尽可能地减轻儿媳的家庭负担，有时公公病情稳定，婆婆还会煲一壶汤悄悄送到公司来给麻莉红。而麻莉红也将更多的时间和精力投入到工作当中，不仅做好对外的客户服务工作，对内也做好业务支持，协调好与渠道之间的关系，促进业务的健康合规发展。近年来，客服前台已妥善处理客户各类纠纷120多起，无一例因处理不当引发个体或群体性事件，客户满意度达98%以上，并始终保持"零投诉"纪录。

生活的实践使麻莉红认识到：一个合格的客户服务经理，只有把个人的前途同公司的发展联系起来，把自己的理想同公司的事业融合起来，把人生追求同本职工作结合起来，才能发挥自己的聪明才智，才能在事业上有所作为。

然而，紧张的工作，过度的劳累，使麻莉红经常感到心律不齐和偏头痛，严重时，她就吃一两片随身携带的药，坚持工作。2014年4月11日，当时麻莉红正在公司和大家一起开晨会，突然感到腰椎疼得厉害，伙伴们急忙跑到药店买来止痛药。麻莉红以为可能是由于太劳累的原因撑一撑就过去了。但是，仅过了十分钟，就痛得支持不住。几名同事立即将麻莉红送到医院。经医生诊断，患的是肾绞痛，需要住院治疗，但麻莉红想，如果自己住院了，家里的公公婆婆怎么办？公司的工作怎么办？许多客户闻讯后，纷纷到公司探望或打电话问候，有的客户还托人送来花篮、水果和营养品。大家都劝麻莉红注意休息，不要太拼命。

2013年12月，当麻莉红组织客户服务中心员工投入紧张工作，迎接全区系统柜面业务年度考核的时候，麻莉红公公的老毛病又犯了，手脚动不了，吃饭要人喂，每天还要给他按摩一个小时以上。婆婆也瘦了很多，麻莉红知道婆婆不想拖累她，硬是撑着自己的病体，在家既照顾自己，还要照顾公公。

一天，婆婆突然跑到单位告诉麻莉红说："公公病重了，现在躺在床上起不来。"

麻莉红急忙赶回家里一看，公公面容憔悴，正躺在床上痛苦呻吟。原来公公旧病复发，心脏也很不好。麻莉红深知这种病的后果，立即送他到县医院住院治疗。一个星期后，公公回来了，病虽有所好转，但精神状态反而不好了。麻莉红一打听，才知道公公的病情虽重，但精神负担更重。一听说要送他住院，心情就紧张，导致心动过速，几次出现虚脱。为慎重起见，医生建议他到南宁市一家大医院治疗，这样一来，公公的心情就更沉重了。俗话说："朽木烟多，病人疑多"，公公是舍不得离开温暖的家。

为了让麻莉红安心迎考，争取更多的时间，婆婆每天都要到单位给麻莉红送午饭。一天，麻莉红看见婆婆坐在一边，用手按住胸口不停地咳嗽，忙问："妈，你怎么了？"她笑笑说："喝水呛着了。"麻莉红对婆婆说："眼下考核太忙了，等我忙完了，再陪你到医院看看病。"婆婆说："你干你的正事，妈见到你的面就行了。"

就这样，由于婆婆帮麻莉红分忧，麻莉红和中心员工也没有辜负大家期望，团队在2013年度考核中排名第一，荣获百色分公司柜面服务技能大赛团队第三名，麻莉红个人也被评为广西分公司"优秀柜面经理"。后来麻莉红才知道，当时，婆婆的肺结核病犯了。她到单位来，原想让麻莉红带她到医院看看病的，看麻莉红忙成那样，临走也没提这件事。直到今天，当麻莉红想起这件事，心里还很不是滋味。

生活是不平坦的，也许视事业和亲情如生命的麻莉红更要经历太多的磨难。入司九年多来，麻莉红把压力变动力，既无白天黑夜之分，也无八小时内外之别，一年四季几乎没有星期天和节假日，每天早出晚归，一日三餐温饱不调，经常带病上班，公司同事都非常关心她，很多客户都是把麻莉红当作自己的亲人一样相待。一次，麻莉红感到身体不适要到医院看病，当时已是晚上10点多钟，员工韦爱月和客户李艳精得知后，主动赶来陪麻莉红到医院就诊。

麻莉红用自强不息的精神和对社会对家庭的博爱之心谱写了人生绚丽的篇章。如今，中国人寿平果支公司客户服务中心在麻莉红的带领下，团队有了较强的凝聚力和协作精神，整个团队自觉学习、积极向上、团结协作的氛围浓厚，是百色分公司辖区实现柜面人员流失率为零且上岗持证率100%的柜面。多次在百色分公司月度考核中被评为"月度先进柜面"，还是2013年度百色分公司柜面竞赛活动"优胜单位"。麻莉红个人也多次被广西分公司评为"优秀柜面经理"、授予"巾帼标兵"荣誉称号，多次被平果支公司评为"优秀员工"，被广西保险行业誉为"最美壮乡保险人"，荣获全国系统2015年度"感动国寿十大人物"和2016年度"百朵金花"荣誉称号。

有人说，麻莉红的人生就是一部苦难史；也有人说，麻莉红太傻太不懂得为自己着想。但麻莉红却始终感到，每个人的内心深处都有自己的真善美。虽然，在人生的最重要路口，她选择的是"逆向行驶"，但是，她始终遵从的是敬业、友善的核心价值观，信奉的是中华民族"孝老爱亲"的传统美德。采访中，麻莉红感慨地说："作为一个儿媳，既然已经跨进这个家的大门，就应该有一份责任，主动去承担，宁肯自己多累点，也要让老人感到生活的美好。"

在麻莉红看来，照顾老人是她应尽的义务，做好客户服务工作是她义不容辞的责任。回顾这几年走过的路程，麻莉红说："我只是略尽了一个儿媳、一个女儿和一名基层员工的责任，是微不足道的。生活给我更多的是磨炼，是担当。"麻莉红深知，在今后的路途中，她还会遇到更多困难，面临更大挑战，但她矢志不渝、无怨无悔……

（原载《广西民族报》2018 年 12 月 7 日）

‖ **作者简介**

　　江天伦，中国金融作家协会会员，原为中国工商银行总行新闻处干部、《城市金融报》记者，现供职于海南省儋州市农村信用合作联社。

‖ 从新四军走来的银行家 ‖

——记中国工商银行第一任行长陈立

江天伦

　　在中国工商银行成立二十周年之际，记者在北京采访了中国工商银行首任行长、党组书记陈立。

　　陈老行长已年届 82 岁高龄，但老先生身体硬朗，思维敏捷，耳聪目明，至今还担任着中国工商银行的特约顾问，关心着工商银行及我国金融事业的改革和发展。

电视连续剧《新四军》引发的回忆

　　前不久中央电视台热播的电视连续剧《新四军》在一位 82 岁的老人心中掀起了阵阵波浪，他就是本文的主人公陈立老先生。1940 年，面对日寇入侵中国，国难当头，18 岁的陈立在老家江苏南通毅然报名参加叶挺、项英领导的新四军，成为一名年轻的新四军战士。他决心用枪杆子保家卫国，把日寇赶出中国去。在新四军这个革命的大熔炉中，陈立刻苦训练，努力学习军事和科学文化知识，而且头脑灵活，聪颖活泼，因而被安排在新四军财政经济部担任会计工作，这是陈立首次与财政金融工作结缘。

在新四军财政部，陈立既是会计员，又是税收员。当时，由于国民党政府在财力上一再卡新四军，新四军的财政异常吃紧，财政工作十分难做，财政部的一班人马真是巧妇难为无米之炊。随着抗日战争的深入，新四军在中国共产党领导下，在华中敌后先后建立了苏中、淮南、苏北、淮北、鄂豫、苏南、皖江和浙东等抗日民主根据地，培植了财源，新四军的财政官员们能够在自己的根据地收到属于中央财政的税收，紧张的财政状况才得到缓解。

最让陈立难以忘怀的是皖南事变。那是1941年1月4日，驻守在皖南泾县云岭的新四军军部及其所属的一支部队，共9000余人，奉命北上到日寇后方开展游击战争。到达茂林一带时，突遭国民党军队七个师8万余人的包围袭击。因寡不敌众，除突围2000多人外，3000多名指战员壮烈牺牲，其余被俘。蒋介石随即宣布取消新四军番号，并下令向新四军其他部队进攻。这个严重事件，震惊中外，史称"皖南事变"。1月18日重庆《新华日报》发表了周恩来同志的亲笔题词："为江南死国难者志哀！""千古奇冤，江南一叶；同室操戈，相煎何急！"同日，中共中央发言人发表谈话，揭露皖南事变的真相，声讨国民党反共顽固派摧残抗日力量、破坏统一战线的滔天罪行。1月20日，中共中央军委发布重建新四军军部的命令，任命陈毅为代理军长，刘少奇为政治委员，张云逸为副军长，赖传珠为参谋长，邓子恢为政治部主任，并把华中新四军部队统一整编为七个师。从此新四军成为华东战场上转战大江南北，抗击日寇的决定力量。

那是一个风雨交加的下午，陈毅代理军长、刘少奇政委在江苏盐城召开的一次新四军干部大会上，发表了激昂的讲话，痛陈蒋介石的卑鄙无耻。陈立和情绪激动的新四军各级指挥官们听了报告后，当即扯下原属于国民政府的国民革命军的领章和帽徽，愤怒地扔了出去。从此，陈立像新四军的所有革命同志一样，更加坚定了跟着共产党打天下的决心。

经历过皖南事变后的陈立，更加认清了蒋介石的丑恶嘴脸，在共产党领导的新四军里发奋工作。1945年1月陈立被选送到苏北公学学习。这个学校主要培养根据地基层干部。陈立在苏北公学如饥似渴地学习，由于成绩突出，结业时，苏北公学拟让陈立留校任教，但新四军财政经济工作更需要他，最后陈立还是回到了新四军苏中行署财政处会计科。从此，陈立与财政金融工作结下了不解之缘。

新中国金融会计专家

早在新四军中，陈立就是财政部的会计员。1941年4月江淮银行在江苏盐城成立。朱毅、李人俊任正副行长。同年9月撤销。这是解放区成立的第一家由共产党领导的银行，当时以该行名义发行的抗币，在苏中、盐阜抗日根据地广为流通。陈立就是江淮银行的第一批员工，他在行里担任会计员。江淮银行实行完全的军事化管理，每天早上都要出操、练兵。陈立清楚地记得，当时科长做传票，他记账，工作一丝不苟。

1944年，此时的陈立已经是业务非常熟练的会计工作者，组织上先后任命他为苏中专区二分区财金处的金库主任、财务科长。1946年抗战胜利后，苏皖边区成立华中银行，陈立任华中银行二分行会计科长。上海解放后，陈立调到上海，任中国人民银行华东区行会计处科长、处长。1955年大区行撤销，陈立调到中国人民银行总行会计司任专员。此后还担任过人民银行总行的计划司副司长、政治部直工部部长、发行局副局长。1970年开始担任中国人民银行会计司司长。1979年被国务院任命为中国人民银行副行长，仍分管会计工作，成为领导中国金融会计工作的最高行政长官。

陈立也有过一段不愉快的回忆。那是在1966年，"文化大革命"开始不久，陈立受到了莫名其妙的冲击，被打成"走资派"，劳动改造。平时在机关要打扫院子、厕所，节日期间，则被送到京郊的南口农场，后来又被下放到河南省淮滨县的干校劳动。陈立天性开朗、达观、聪颖，虽然以前从未接触过农活，但凭着他来自江苏，竟然掌握了从育种、插秧到收割的种植水稻技术的全过程，在淮滨成了一个远近闻名的种植水稻的能手。陈老先生乐呵呵地告诉记者，那时他种的水稻亩产有 600~700 斤呢！

往事不堪回首，但从 1966 年至 1969 年近四年的时间里，陈立有机会更多地认识农民，接触农民，更能理解农民的疾苦，与农民和农村结下了深厚的感情，这段经历也时时提醒他，当领导一定要为人民着想，为人民办事，为人民谋福利，一定要尽最大的努力来改善和提高人民群众的物质和文化生活。

统观陈立六十多年的工作经历，从人民银行建行开始就参与中国金融会计工作制度的设计，一直到 1984 年，有近五十年的时间都在与会计工作打交道。谈到对会计工作的感想，陈立说最深的有三点：一是要有高度的事业心和责任感。他说金融事业的发展，要靠正确的决策和各部门的贯彻执行，会计是企业的综合部门和财务总管，决策的正确与否、贯彻执行的好坏都会在会计工作中得到具体的体现，会计工作对企业的发展有着很大的影响。二是必须有严密而审慎的会计核算的各种制度。会计是金融工作的基础，银行经营活动都要遵照会计核算制度来记载，定期通过报表来反映，因此这些制度必须严密和谨慎。陈立举例说，如果设计存取款的各项手续时，没有充分地考虑到在简化手续的前提下防止差错，就可能出现存款人账户混乱甚至被坏人利用从中作案，从而给国家和个人造成损失。三是正确采纳来自各个方面的批评和建议。会计工作牵涉到企业内部的方方面面，甚至和职工的切身利益息息相关，因此必须善于听取各方面的意见和建议，不断改进工作，修正制度，但是有时候对一些意见要从全行甚至国家的利益角度来考虑是否正确。陈立说，由于一辈子与会计工作结缘，养成了审慎、严谨、一丝不苟的工作作风，有时难免被人说成是机械、抠门儿。但陈立依然认为，在执行制度时就要严格，对各项支出始终要节约。陈立反问，有哪一个贪污案件不是有章不循而造成的呢？

中国工商银行的创始人

1983 年，随着我国改革开放步伐的加快，金融体制改革列入到了中国人民银行和国务院的重要议事日程。7 月，中国人民银行根据国务院领导同志姚依林、田纪云、张劲夫向中央财经领导小组《关于设置中央银行的几点意见》的报告，着手筹备建立中央银行和中国工商银行；9月，中国人民银行召开党组会议，讨论中央银行、中国工商银行的机构设置和司、局、部室领导班子配备问题。同月，国务院正式发布了《国务院关于人民银行专门行使中央银行职能的决定》（国发〔1983〕146号文），决定成立中国工商银行，承担原来由中国人民银行办理的工商信贷和储蓄业务。

历史把陈立推向了人生事业的巅峰。1983年10月，中共中央任命陈立为中国工商银行行长、党组书记。12月31日，简朴而隆重的中国工商银行成立大会在中国科学院礼堂召开，原国务委员张劲夫、原全国人大常委会副委员长荣毅仁等领导同志出席成立大会，从此拉开了中国国有商业银行改革的大幕。也是从此时开始，新中国的金融史上才真正建立了中央银行体制。陈立在一篇回忆文章中这样写道："如果说，重建农业银行、分设中国银行拉开了中国金融机构改革序幕的话，分设工商银行则是这项改革的最为关键的一步，实行中央银行体制是建国以来金融体制上的一个重大改革。"

建行初期，筹建工作繁重，头绪多，还要按照中央的统一部署进行整党，更重要的是要改革开拓发展业务，满足国民经济和社会生活发展的需要。

根据国家赋予的职责和任务，工商银行要面向四个领域（工业生产、商品流通、技术改造、居民储蓄），面向四种对象（全民企业、集体企业、个体企业、居民），大力筹措资金，管好流动资金、技术改造资金，办好流动资金贷款、技术改造贷款、消费性贷款。

当时，随着中央一号文件的贯彻执行和流通体制的改革，商品经济迅速发展，城市改革的步子大大加快：十四个沿海城市的对外开放，加快了技术引进和技术改造的步伐；第二步利改税的实行，企业在十个方面自主权的扩大，调动了企业和广大职工的积极性，改变着企业的面貌。这些都给工商银行的工作提出了一系列的新课题、新任务。在新的形势下，工商银行必须立足于改革，立足于创新，才能开创工作的新局面。

面对着国家赋予的职责和紧迫的改革形势，在工行第一次全国分行行长会议上，陈立提出要在全国建立一个能正确贯彻党的方针、政策，实行科学管理，指挥灵活，专业化特色化的工商银行系统；要顾全大局，发扬风格，保证机构分设和业务工作两不误；要明确树立加强服务的思想，树立经济核算的思想，把工商银行真正办成企业化的经济实体。并一再强调，工商银行改革必须以提高经济效益为中心。

这年年底，中国工商银行各项存款余额达到1706亿元，比上年末增加458亿元，增长37%，其中储蓄存款增加173亿元，企业存款增加250亿元，是历史上增加最多的一年。这一年，中国工商银行认真贯彻"区别对待，择优扶植"和"以销定贷"的原则，有力地支持了工业生产发展和商品流通扩大。年末流动资金贷款余额为2568亿元，增加484亿元；固定资产贷款余额为240亿元，当年累放93亿元，增加39亿元。这一年，为适应经济体制改革的发展，中国工商银行开办了科研开发和新产品试制贷款、专用基金贷款、联营贷款、票据贴现等业务，扩大同城结算范围，开办票汇结算，并在深圳、珠海、厦门三个经济特区开办了外汇业务。这一年，中国工商银行的对外交往已经有了良好的开端。日本东洋信托银行、日本协和银行、日本债券信用银行、法国巴黎国民银行等纷纷与中国工商银行建立了友好合作关系，陈立率领的中国工商银行代表团还出访了新加坡邮政储蓄银行、瑞典银行、芬兰储蓄中央银行和参加了世界储蓄银行协会第十四届大会。

从国务院批准成立中国工商银行到召开中国工商银行成立大会，只用了三个月多一点的时间；工商银行成立后，全国2000多个分支机构在一年里挂出了牌子，顺利开展了业务，整个系统也就建成了。回忆当时的情景，陈立说最重要的原因是国务院的正确决策和人民银行的大力支持。国务院决定将储蓄和工商信贷都交工商银行办理，而这两项业务是人民银行从建行之初就有的，有雄厚的基础，工行接着办自然就顺手了。在人员的安排上，除行级班子由国务院决定外，人民银行相应的业务部门的副局长到工行担任部室主任。各部室的工作人员则由到工商银行的主任和人民银行的司局长共同协商调剂解决。各省（市）、地（市）行的人事安排基本上也采取同样的办法，由原人民银行的副行长到工商银行担任行长，人民银行的处室领导到工商银行担任相应的处室负责人。人民银行并且决定将办理储蓄和工商信贷的人员从总行到基层全部划归工商银行。有这样一批高素质的干部业务队伍加盟，工商银行最初的业务工作同样是得心应手的。

在机构设置上，陈立提出"有先有后，自下而上"的原则，先省辖市、地区行，后省分行、自治区分行，条件成熟一个成立一个，不强求一致，并且只设省地两级行。例如青海省分行就一直到1987年5月才从人民银行中分设出来。对于县支行，决定暂时不分，实行一套人马两块牌子，也就是说，县人民银行一律改为工商银行，但为了办理人民银行的业务，仍然保留人民银行的牌子。实践证明，当时的这些做法，对顺利建行起到了关键的作用。

建行初期，办公条件非常艰苦。当时各级人民银行的办公用房都很紧张，人民银行总行跟财政部在一个楼里办公，工商银行分离出来后只有另找地方。当时，好不容易在北京三里河一带找到一个服装厂的闲置房，租下了三至六层，总行机关200多人就挤在这里办公。还有一个地下室，做了总行机关的临时食堂。食堂没条件做饭，只能帮机关的同志们把从家里带来的饭菜用蒸锅蒸热一下而已。记者没有见过当年的工商银行总行办公场所，但记者可以毫不夸张地说，如今，任何一个工商银行的分理处恐怕都要比当年工商银行总行机关的办公条件好。陈立说，当年那种艰苦奋斗、因陋就简的工作作风，勤俭办一切事业的工作态度，夜以继日、任劳任怨、排除一切困难的勇气和精神，是永远值得提倡和赞扬的。

1985年1月，经国务院同意，中国工商银行在人民大会堂举行招待会，外国银行驻京办事处的代表、各国驻华使节、经济专员出席了招待会，中国工商银行在成立后的短短一年时间里所取得的辉煌成绩，引起了世界的瞩目。

老当益壮，情系工行

1985年6月，陈立从领导岗位上退下来后，继续担任中国工商银行特约顾问，带领相继从省市分行行长位置上退下来改任中国工商银行巡视员的一班老同志，每年都有针对性地进行调研，对工商银行的发展提出建设性的建议，继续关心、支持中国工商银行的发展。看着一天天长大、成熟的中国工商银行，陈立打心眼里高兴。他愿意把自己的余热继续奉献给中国工商银行和中国金融的伟大事业。

记者案头有一份中国工商银行二十年来的大事记，上面有如下记载：

1985 年 12 月，陈立出席中国工商银行七城市金融体制改革座谈会；

1988 年 7 月，陈立出席中国工商银行与日本日立公司共同举办的面向金融界计算机研讨会；

1988 年 10 月，陈立等带队赴各地进行信贷大检查和慰问；

1991 年 5 月，陈立在南宁出席中国工商银行体改工作座谈会；

1992 年 7 月，陈立出席在河北秦皇岛市举行的中国工商银行行长会议；

1993 年 4 月，陈立出席中国工商银行首届"储蓄杯"桥牌赛，此次桥牌赛在人民大会堂举行，万里等领导同志参加；

1994 年 1 月，陈立出席全国金融工作会议；

……

真是老当益壮，老骥伏枥，情系工行，情深意切啊！记者衷心祝愿陈立老行长身体健康，幸福快乐！

（原载《银行家》杂志 2003 年第 10 期）

‖ 作者简介

　　冯之凌，女，现供职于厦门新联银行。作品主要有散文《一叶阳明山》、长篇随笔《百姓经济学》（合著）、长篇纪实文学《一眼看穿金钱骗子》（合著，获第三届中国金融文学奖）等。

　　冯敏飞，中国作家协会会员，中国金融作家协会理事，供职于中国建设银行福建三明分行。已出版长篇小说5部，中篇小说集《孔子浪漫史》，散文集《人性·自然·历史》，历史随笔系列4部等。长篇小说《京城之恋》获福建省第27届优秀文学作品奖一等奖。

‖ 一眼看穿金钱骗子（节选）‖

冯之凌　　冯敏飞

一、三次遭遇金钱骗子的亲历

　　骗子分布太广，涉及社会生活的各个方面。早在千年前，大文豪苏轼就大发感慨："宠辱能几何，悲欢浩无垠。回视人间世，了无一事真。"（《用前韵再和孙志举》）在他眼里，骗子无所不在，世事无一不骗。

　　被称为中国当代诗文学家、佛学家、教育家、文化传播者、学者、诗人、武术家、国学大师的南怀瑾更甚，他说：

　　我读古人笔记，看到明代有一个人，对于买卖古董的看法，说了特别高明的三句话，他说："任何一个人，一生只做了三件事，便自去了。自欺、欺人、被人欺，如此而已。"我当时看了，拍案叫绝。岂止是买卖古董，即使是古今中外的英雄豪杰，谁又不是如此？

　　这么说来，人人都是骗子，只不过有骗人与骗己之分；同时，人人又都无不受骗。这话让人听着好不舒适，但想想又觉得不无道理吧？

四五百年前，研究骗子的人也开始多起来。明人张应俞以笔记小说的形式，写成《江湖奇闻杜骗新书》，揭露 24 种骗行与骗术，即脱剥骗，丢包骗，换银骗，诈哄骗，伪交骗，牙行骗，引赌骗，露财骗，谋财骗，盗窃骗，强抢骗，在船骗，诗词骗，假银骗，衙役骗，婚娶骗，奸情骗，妇人骗，拐带骗，买学骗，僧道骗，炼丹骗，法术骗，引嫖骗。由此可见，江湖骗子挺多。

我觉得对骗子分类挺难，因为类似交叉太多。我想，官场骗子关键环节在于骗你选票，情场骗子关键在于骗你解带，金钱骗子关键则在于骗你掏钱。为此，本书主要依据金钱的支付形式，比如用钱币支付、用外币支付、用存折（单）支付、用银行卡支付、用票据支付、用股票（基金）支付、用黄金支付等等，着眼于把握最关键也是最后的关口。当然不限于此。

二、骗子看起来十全十美

我曾经以为骗子很好辨认，岂料大错！

我父亲是个小知识分子，但生不逢时，一个错案一错就几十年。第一次见父亲，那是个倾盆大雨下得昏天暗地的白天，他刑满释放从大门外进家来，挑着被子之类，又戴副眼镜，把我吓得直往妈怀里躲……

当时我老家那个小镇，戴眼镜的屈指可数。乡亲们似乎反感眼镜，有些人叫我父亲"四眼狗"，有的会藏起他的眼镜捉弄他。

更重要的背景是当时的电影，我发现戴眼镜的总是坏人。那些美帝国主义、日本鬼子、国民党兵、苏修坏蛋、"地富反坏右"分子之类，一个个总是尖嘴猴腮，衣服扣不好帽子也戴歪，端着枪还驼着背，一点光彩没有。相反，凡是好人都长得仪表堂堂（女人有些例外，漂亮的都是美女蛇，妖里妖气），挺胸昂首，言语洪亮……

正是在这种文化氛围中，我曾长期以为父亲是坏人——叩请他在天之灵饶恕我，以为只有坏人才"破相"（长得不好、猥琐甚至包括戴眼镜、拄拐杖之类），而冠冕堂皇的一定是好人。直到改革开放后，各方各面开始逐步恢复正常，我年龄也大些，这才逐渐发现以貌取人是件挺危险的事。

陈佩斯和朱时茂是一对优秀的老搭档。有回演汉奸和八路，自然是陈佩斯演前者，朱时茂演后者，可是一换衣服，角色换过来，也惟妙惟肖。这自然是笑话。跟"样板戏"不同的是，小品只为博人一笑，并没要求把它当作学习教材。

记得有回在街上，看到刑车上押个眉清目秀的小伙子，我的心强烈地颤抖起来：这么清楚的人怎么会犯死罪？这种情形，常可以从电视新闻中看到。长沙运钞车抢劫杀人案首犯张某，血债累累，人称"杀人魔王"，在他落网后竟然还有女郎公然表示爱他。"9·11"事件发生后，本·拉登像瘟神一样令人唯恐避之不及，而乌克兰却有位女郎到大使馆闹着要嫁给他做他第八或第九个妻子，如果他被处死那么通过人工授精怀上他的孩子也好。外貌与品质，实如河水与井水。看多了警匪新闻，我们走在大街上更加困惑：什么样的人是坏人？

也有另一种情况，就是看到一些伟大人物的老照片并非帅哥靓妹，则又会想：这么"土"的人怎么会才华横溢，那么崇高？看着小说、电影《巴黎圣母院》中那外貌确确实实无比丑陋的卡西莫多，不能不觉得他可敬又可爱……

还是马克思一句话让我警醒。他在评论路易·波拿巴政变这一段历史的时候写道：

像法国人那样说他们的民族遭受了偷袭，那是不够的。民族和妇女一样，即使有片刻疏忽而让随便一个冒险者能加以奸污，也是不可宽恕的。这样的言谈并没有揭穿哑谜，而只是把它换了一个说法罢了。还应当说明，为什么三千六百万人的民族竟会被三个衣冠楚楚的骗子弄得措手不及而毫无抵抗地做了俘虏呢？

读这段话的时候，我正思考"文化大革命"这一段刚过不久的历史。我思索的问题是：为什么我们十几亿人的民族竟然会被四个衣冠楚楚的骗子弄得措手不及而毫无抵抗地做了俘虏呢？

后来发现，金钱骗子也是"衣冠楚楚"的！

那么，金钱骗子具体啥模样？

对不起，我无法给这类歹徒下个明确的定义，无法画个具体的脸谱，只能试着揭露以下几个特征：

1. 骗子挺"美丽"

骗子不仅不丑陋，相反往往一表人才，在异性看来还挺诱人。马来西亚一鞋帽公司福建晋江分公司业务员黄某，冒充其老板打电话给陈埭镇的陈某，约定在晋江市中心的天华大酒店613号客房交易美钞。陈某提着30万元人民币到来，没等开口谈生意，黄某便用铁锤将这个少妇击倒，再将她那30万元装进自己提包，然后逃亡，到合肥歇脚。有天，他闲逛到一家健身中心，仍有艳遇。《生活·创造》杂志发表的通讯描述："由于黄××既有一张明星脸又有一副健壮的体魄，加上有诱人的香港老板身份和出手大方的派头，使得健身中心那个芳龄20、高挑个儿、大专院校毕业的舞蹈教练江×很快就被迷住了。江×对他柔情似水激情如火，而黄××生性风流，自然不会放过此等送来的艳福。没多长时间，两个人就同居了。就这样，黄××在合肥有了个既能避难又温馨浪漫的处所。"

2. 骗子挺"先进"

"衣冠楚楚"是个象征性说法，不仅指穿戴清楚，还包括有身份（或伪装）。湖北威格实业集团董事长兼总经理林某，《人民公安报》在报道中对他写有这样一句："善良的人是很难将身高1.8米多、仪表堂堂的林××与狡诈罪犯联系在一起的。"这个骗子身上还有一大串耀眼的光环：先后被评为武汉市优秀青年、湖北省优秀青年、武汉市优秀企业家，被团中央授予"全国优秀青年企业家"称号，威格集团也多次被评为省、市十佳企业。如此人物，在被告席亮相之前，很可能出现在不少美女的春梦里！

武汉无业人员陈某，在地摊上私刻"深圳鸿发电脑实业公司湖北市场部"的公章，印制"鸿发幸运卡"，收集六大本全国各地通讯名录，给北京、广东、四川、河北、新疆、黑龙江、深圳等地8万多名"幸运者"寄上"深圳鸿发公司500万元大奉献"的信函，说是把他们收到的卡刮开，如果是

"868"的号码，只要向武汉这市场部邮汇108元"奖品邮寄费"，即可收到一部价值3000元的电脑。为了让人们更轻易地相信,这骗子还计划印上"庆祝建国50周年"的字样,只因印刷量太大,时间来不及,才没印上。但他并不罢休,改为"喜迎澳门回归"的标签,还是披上一件"爱国者"的外衣。

那些吵着闹着找外国银行索要所谓巨额外币存款的大骗子,往往一边口口声声说"我办的是为中国讨回公道的事,同时也有利于国家的经济利益,更长了中国人的志气",一边处处诋毁外国经济、法律和民主制度,大做政治文章,煽动民族主义情绪,吸引一些官员和媒体一起胡闹,大丢中国人的脸面。

3. 骗子挺"慈善"

江苏的陈某是个老骗子,因诈骗一次被处劳教3年,又一次被判刑5年。出狱后,化名在上海市金汇花园某街坊租套房子继续行骗。她嫁个70岁的台湾退役老兵,吹他是台湾某集团的大老板,拥有该集团30%的股份。她常说:"我是信佛的,讲究因果报应,做了坏事佛要报应的!"可背地里,她伪造各种各样的公章,从公安局、法院到房产公司都有,到处骗人。

陈某到上海某汽车发展有限公司,对沈经理吹嘘:她在南当小莲庄开假日酒店,有2500万港币快到账。这全赖佛的保佑,为此她要给大学捐辆奥迪车,以后还要来买现代跑车和宝马车。签了购车合同,她又请沈经理垫付车款64万元,说等那笔2500万港币到账马上来还。沈经理为难,就请求为她贷款,因为她的身份证、户口簿都遗失了。她说:"到时候,我另付2万元给你辛苦费。"沈经理这才勉强同意。

陈某开着沈经理贷款买来的奥迪车到某寺庙,大搞捐赠仪式,吸引很多媒体,大出风头。一星期后,她又到该寺,说是善事要善终,开这车去挂牌照。方丈同意。她却将这车以30万元的低价卖了,所得款项自然进了自己的腰包。沈经理上门讨债,她拿出一张她丈夫"5000万台币资产证明"给他看,斥责道:"你急什么?"陈某当然不急。家里有那么多"公章",街上有那么多商店,山上有那么多寺庙,她还怕没钱吗?

4. 骗子挺"可亲"

金钱骗子与杀人越货者不同。凶手装也得装出一脸杀气，而骗子装也得装出一脸亲善。骗子最基本的技能是能说会道，甜言蜜语，简直能叫你认贼为父，骗你还能让你千恩万谢，以身相许，以命相报。上海的贾某，到龙门路一家饮食店吃点心，与店主王某、孙某夫妇一见如故，掏心掏肺说："做点心生意起早摸黑很辛苦啊，股市又有风险，不如把钱投到我的羊毛衫生意里，我保证给你们100%的回报。"他们当即决定投资2.7万元，以后又不断把钱投进去。后来，这对夫妇觉得投资回报少得可怜，开始怀疑。她又说："我表哥秦某是泰国人，是大老板。他要到上海来投资做生意，要办一个'申达投资公司'，注册资金6个亿，委托我做董事长。公司开业后，凡是参加投资的人都可以分到很多利润，而且还可以到公司工作，享受很高的薪水。公司还要到川沙建造'申建综合楼'。"她精心伪造一份盖有申达投资公司公章的《工程委托书》和盖有西达商场印章的收款凭证，带他们到川沙看一块并不属于她的地皮。结果这对夫妇在贾某那里又投资46万元，本钱也无归，只好自己互相埋怨，互相指责，最后离婚。

这女骗子几乎每星期都到一家美容院做头发，每次花一两百元，另给50～100元小费。这家美容院老板薛某是来自黑龙江的年轻姑娘，对贾某颇有好感。贾某经常嘘寒问暖，送饭送菜，陪她说话，照料她的生活。薛某生病住院，贾某到医院看望。贾某还说，她只有儿子没有女儿，要认薛某做干女儿。薛某感动不已。薛某生日，贾某把她接过来，频频向她敬酒，祝她生日快乐。酒后耳热之时，贾某这才说："我以前一直是做外贸生意的，国外的订单很多。我在泰国的表哥要到上海来开一家公司，委托我做董事长。你做美容赚不了多少钱，又那么辛苦，不如把钱投到我的公司里，可以分100%的红利。"看薛某有些犹豫，贾某又说："将来公司开张了，我安排你到公司上班，工作又轻松，薪水又高。你是我的干女儿我才挑你，要是别人我还不肯呢！"就这样，薛某将8万元存款交给贾某。交钱以后，贾某鬼影子都不见了。

法院调查，贾某诈骗17人，其中包括住院时的医生、以前的邻居、开电梯的人、卖杂志的摊贩，可以说她是遇上人骗人、遇上鬼骗鬼，涉案总额达 124 万元。这些钱大部分已被她挥霍掉。

5. 骗子挺"有志"

湖南麻阳的王某，决心创建一艘中国的"经济航空母舰"，但实力距理想太遥远。他到深圳打工，走马灯似的换了十几家公司，也找不到合适的位置，几年工夫只赚一套住房，而这房也被法院变卖抵债。转而承包某报信息服务部，又涉嫌诈骗，被处劳动教养 3 年。劳教出来，他用三天三夜撰写一份《致中华有志健儿的一封信》：

80 年代中期，我国曾经有一位活跃在中国信息产业舞台上的叱咤风云的人物，其名字曾频频出现在全国大小报纸杂志上，1988 年 7 月 2 日《中国青年报》还专门撰文介绍了他"订报三百种，年赚三百万"的事迹，被誉为"中国的信息大王"……这个人就是我——王××，1986 年毕业于湖南科技大学信息科学系……我准备在我所新结识的朋友中，选出 50 位志同道合的有志者，入股加盟我的公司，立志带领大家共同奔富……

该信具体说，他准备成立一家"经济技术发展有限公司"，召集个人股东。他个人出资 90.2 万元，另外 49 人每人出资 2000 元共 9.8 万元。以这 100 万作为注册资金。每个投资者都是永久的股东，享受税后分红。每个投资者一年后的股份可增值到 40 万元以上。在此基础上，吸纳上千亿民间闲散资金，组建一家超级跨国公司。然后，办几件大事：一是用 20 亿元组建一所国际一流的名牌大学。二是建立企业经营管理公司，开发销售高质量、高品位、高价格的名牌产品，建立覆盖全球的跨国连锁店。三是创办一份大型日报《国际经济技术信息报》，其权威性和影响力必须超过《经济日报》。四是创办或收购一家"跨国银行"，像美国金融冒险家索罗斯那样操纵国际金融市场。这封长信最后写道：

人生在世，区区几十年，不求惊天动地，也要轰轰烈烈；不能流芳百世，也要遗臭万年。男子汉，大丈夫，要有战死疆场马革裹尸还的大无畏英雄气概……

"九天阊阖开宫殿，万国衣冠拜冕旒。"而今中华民族处在历史的紧要关头，金碧辉煌的大汉民族宫殿，神工鬼斧的市场经济冕冠，祖国的繁荣昌盛，民族的兴旺发达，要靠我们当代人去开拓、去拼搏、去冲杀、去争夺……

为中华振兴，何事不能为？

为振兴中华，何事不敢为？

这封信还论证其意义不亚于京九铁路和三峡工程，挺诱人的。王某从杂志上抄一大堆姓名和地址，寄往全国各地。

结果挺失望，盼了四个月仅 28 人汇来 5.6 万元，对于他那宏大的理想来说，实在是杯水车薪。很快就有人要求退股，而他又连这点钱也退不出，自然惊动警方，贻笑大方。

6. 骗子挺"可信"

骗子的看家本领就是作假，但他们仿佛会施展魔法，往往能让你信以为真，毫不怀疑。广西荔浦县马岭镇二中停薪留职的女教师陶某，想骗老朋友郭某的钱，就编了个离奇的故事，说："三姐，如果不是亲眼见了中央首长，又当面听双枪老太婆说，我也是绝不会相信的。我以党员及优秀教师的人格作担保，这是千分之千的真实，你尽管放一万条心。你在我危难之时帮过我，我感恩都来不及，还会昧着良心骗你？我只想使你早日摆脱困境。"古希腊悲剧中常出现一句台词："假如听了我说出来的话，顽石也会为之流泪。"套用这台词说，听了陶某这样又亲又热又有政治高度的保证，顽石也会予以信任。

中央电视台《今日说法》曾播一个案例：牛某成立"北京纪元创智贸易有限公司"，声称发明了一套赚钱理论，叫"三维营销法"，说只要投资 3300 元，二十天左右就能拿到 520 元纯利。来听课的人，每天二三十个，多时四五十个，纷纷打开自己的口袋。短短三个月，就有 527 人参与，非法募集资金 1200 多万元。原来，"三维营销法"是上线吃下线，用后入股资金返给早期的股民，牛某自己也不否认这种方法相似于传销。在北京市东城区法院门口，记者采访前来领取被骗款的人，发现"几乎所有来领钱的当事人都不承认自己是上当受骗"。当着摄像机镜头，一位受骗者说："我还认为牛经理是好人。"另一位受骗者说："我觉得他没坑我们。"

7. 骗子挺"好学"

金钱骗子的文凭大都不高，迄今也没有哪个大学办过骗术专业，但他们非常好学，大都是"自学成才"（少数有"师傅秘授"）。湖北十堰的马某，偶然收到这样一封信：

9月27日是某公司谭董事长的七十大寿，谭董事长愿无息（无息期为5年）提供1800万元人民币辅助700人经商做生意，条件是受理人必须让全国各地100位年龄在十八岁以内的人在他七十大寿之日前，给他寄去贺卡或贺礼，男女不限。欲贷款者，服务部支付你所贷款总金额的2%的手续费。

马某一眼看穿这个骗局，根本不予理会。然而，他却效仿成立"十堰市东方经济商务会社"，自称是"IBI国际商务金融投资集团""IIIS信利国际投资公司""菲律宾投资财团"等多家跨国公司的"驻华代表"，向全国各地寄发这样一封信：

某部直接代办5年期无息贷款，提供1800万元人民币，扶助700人经商做生意，每个县市名额只限一位，每位起贷额为1万元至3万元。如您决定争取这次难得的机会，请电汇275元咨询服务费。为争取时间，请另付25元特快专递费，本社见资寄发全部详细资料，由您亲自签办手续。

不久，给马某的汇款单从江西、广西、内蒙古、吉林、上海等地雪片样飞来。直到这个骗子落网后，仍有人往那个"商务会社"汇款。

8. 骗子挺"有本事"

如果认为骗子只是吃嘴皮子饭，真本事没有，那就大错特错。应当承认，骗子不仅不可能是傻子，而且往往比一般人聪明能干。民谚说："贼是小人，智过君子。"古代兵法说：兵不血刃，不战而屈人之兵者为上。从这个角度说，骗子比小偷、强盗之类技高几筹。比如江苏邳州某银行的软件维护员孙某，设计一套自动给自己增加存款的程序，每当余额低于 5 万元时，该系统就会自动增加 3 万元。一劳永逸，钱会像山泉一样源源不断地流进他的户头。银行有多少钱，他孙某也就可以有多少钱。不费一枪一弹，银行等于他私人的，足以让武装抢劫银行的匪徒俯首称臣。

对于骗子孙某，警方惊呼遇上绝顶高手。孙某 1964 年考入某部队外语学院，毕业后在军方情报部门工作，曾经担任领导职务，而且是业务尖子。1978 年转业，先后担任中国银行上海培训中心常务副主任、市北支行副行长，1991 年因受贿被判刑。孙某不仅有丰富的社会阅历，还有广泛的人际关系，对金融业务非常熟悉。警方叹道：我们这点"手艺"不在他话下。孙某最终落到警方手里，还不肯服输。

9. 骗子挺"有来头"

赵某经营的天津市专用电机厂发展很好，产品出口创汇。有天，内弟带着他认识一个东北人。这人不仅倒卖外币，而且告诉赵某："国家要解冻国民党逃往台湾时留在大陆的大批金银财宝。解冻资金的经费要在民间筹措，谁对解冻资金有功要安排要职。"不久，有位自称是高干子弟的朱某来找赵某。朱某说，他是"币主先生"身边的人。"币主先生"是原国民党要员，手里有大量外币，现在着手搞那笔资产解冻。赵某动心。朱某不时给赵某吹风："'币主先生'病了，国家领导人某日专程来看望"，"先生今天见了中央某某领导人，资产解冻已受到国家有关领导人的关注和支持"。就这样，朱某以解冻资产急需资金为名，通过支票、汇票、现金和信用卡等，先后 60 余次从赵某手中骗走人民币 790.5 万元。

深圳富婆郑某筹办村镇银行的时候，经人介绍认识万某。万某称他不仅当过兵，而且参加过对越作战，曾任江西景德镇市税务局长，又帮朱镕基打过金融战，《货币战争》书名就是他起的，现在是国际知名金融专家；他师妹是国际著名货币投机家索罗斯的妻子，认识很多中央领导、军委领导以及深圳市的领导；他本人现在则执掌着加拿大的皇家银行，可操控海外3000多亿美金的皇家基金。他又给郑某介绍刘某，说刘某是清朝的乾隆皇帝，只因吃了长生不老药隐居迄今，现为全世界27个皇家之一，掌握着大清皇家的大量遗产，而这遗产只有万某才能解冻。为此，郑某"投资"了4000万元。这种事，稍多读两年书的人都不会相信，可是此案2016年8月在深圳中级人民法院开庭审理，不可能虚构。

10. 骗子挺"富有"

骗子也会装可怜相，但他首先要装富翁，没有一个金钱骗子会显露穷相。即使表现困境，那也只是一时资金周转不灵，有张巨额存单没取，有箱外汇未兑，有座金佛等着变现。不仅富有，而且还像观音显世，普度众生，要救你出苦海。河南郑州的赵某，多年在外行骗，不知嫁了多少人，60来岁还不肯"退休"。她到获嘉县，自称是美国洛杉矶国际投资有限公司副董事长，前来实地考察，想同该县合资兴建一个防弹衣厂。她持美国护照，有一张中国农业银行漯河市支行营业部签章的三年期2000万元储蓄存单，还有"建设世界和平大佛"的批示和印章。这样，从官方到民间，无不信任她，无不想讨好她。出租车司机吕某高攀上这位富婆，她许诺说："你的车我包了，一个月1万块钱。"她说她3万元贷款到期，而在广州那几千万元存款一时取不出，骗吕某拿房产给她担保贷款。结果，吕某跟她七个月不仅工资没得分文，还背上3万元冤枉债。被捕后，司法部门考虑她年龄偏大，又患有高血压等多种疾病，安排她到河南省建筑职工医院进行看管医疗，并同意她请一个保姆。在这看管病房里，她打电话从广州调鲜花来摆阔。这样，人们还相信她是富婆，包括企业家、社会名流和政府官员，仍然接踵来探望。她给人们新的诺言是："只要我能出去，要想多少钱都是小菜一碟"；"我将来出去，你们都跟我干，保证吃香喝辣"。然而，她逃跑，哪儿"考察"去了也不知道。

挺"美丽"，挺"先进"，挺"慈善"，挺"可亲"，挺"有志"，挺"可信"，挺"好学"，挺"有本事"，挺"有来头"，挺"富有"，你说这该是一种什么样的人？

这样的人，看去，听去，感觉去，没有什么不好。他们好像什么优点都不缺，唯缺一颗良心。

（新华出版社 2016 年出版，获第三届中国金融文学奖报告文学奖）

作者简介

周夔，女，苗族，贵州省遵义市人，中国金融作家协会会员、山东省作家协会会员、中华诗词学会会员。现就职于中国工商银行青岛城阳支行。自80年代初开始，已发表小说、散文、诗歌、剧本、评论等作品200余万字。作品先后发表于《星星诗刊》《绿风》《小说选刊》《中国金融文学》《作家报》《青岛日报》等报刊。著有诗集《梦在雨中》《缘定今生》《并蒂莲》，散文诗集《中华女儿魂》《中华男儿魂》，多次获奖。

‖ 硬汉吴海滨 ‖

周夔

说起吴海滨，大家都竖大拇指，说他是条硬汉。在人们眼里他就像一个永远解不开的谜，因为有太多的不可能在他的身上，都变成了可能。

2014年夏绚丽缤纷，美丽的岛城吸引了世界各地避暑观光的游人。我接到了采访任务，选了个周末，驱车赶往奥帆基地与吴海滨首次见面。第一印象：面前的吴海滨精神干练。我们驾驶快艇在海上，远离尘嚣，于碧海蓝天之间，慢慢交谈，彼此心静如水。他说："我的那些经历，不仅是心智考验的过程，也是人生历练的过程，每个人都有他的成长经历。我也不例外，不经风雨哪能见到彩虹？我深深地感谢在我成长过程中给予我关爱和力量的朋友们，还有这片海。"从他刚毅的眼神里，你能读到历尽沧桑之后的那种坚定，饱经风霜之后的那份成熟。

18岁那年他以出色的表现，顺利通过部队的各项考核，到北京中央警卫一师，任孙毅将军的警卫员，担负起保卫首长的重任。这位训练有素机

413

敏勇敢的小战士，在令人神往的首都北京陪伴在将军的身边，跟将军学到了方方面面的知识和为人处世的方法，这种积累为他以后走向纷纷杂杂变化无常的社会奠定了基础。他说："之所以我能走到今天，首先要感谢部队对我的教育与培养，感谢像父亲一样慈爱的首长对我的启示和教诲。"

四年后，正当他在部队上要轰轰烈烈大干一场的时候，家里一封"母危速回"加急电报将他唤回青岛，父母让他赶紧定亲冲喜。那时的吴海滨一心扑在事业上，压根就不想结婚，好男儿志在四方，先立业后成家是他的愿望和理想。他推心置腹地跟爸妈说："现在我是一名军人，要保护首长的安全，时时刻刻都要小心谨慎，随时都有危险发生，哪有闲心思谈恋爱？能不能再给我五年的时间？"然父命如泰山，母亲又使出苦肉计寻死觅活，强逼之下身为长子的吴海滨只好服从命运的安排，含泪离别了将军，离开了热爱的部队。

在金融浪潮中滚打摸爬脱颖而出的工行人

1990 年 3 月从部队转业到地方的吴海滨，被安排在中国工商银行青岛市分行机关党委，任机关团委书记。

蓝色的海湾，白色的海鸥，清新潮润的空气，舒适的环境，宽敞明亮的办公室，引发多少人的羡慕和追求。但这位忙忙碌碌的年轻人，却感到太寂寞了太舒适了，这种宁静和安逸让他反而滋生出一种紧迫感和危机感。他想：我还年轻，正是为国家出大力流大汗的时候，不能就这样一杯茶一份报，早早晚晚听汇报消磨时光。我要到最艰苦的地方去，到有挑战性的岗位上工作。于是，他下定决心，放弃分行机关舒适的岗位，到一线去锻炼，到竞争日趋激烈市场白热化的金融浪潮中去拼搏。他感觉这才是他的人生舞台，这才是他实现人生价值最佳的落脚点。

2002 年下半年吴海滨响应党委号召，主动要求从分行机关来到市南四支行"李健工作站"，从事个人住房信贷工作，兼任支行团支部书记。一踏上新的工作岗位，信心百倍干劲十足的吴海滨首先钻研业务，学习国家金融政策、产业政策，熟悉个贷业务的操作流程，尽快转换角色，实现成功转型。

人们发现吴海滨的学习力、执行力、耐力和毅力都是惊人的，短短的几个月，他便从一个外行变成了内行，从一个机关干部转型为一个优秀的客户经理。他说："我是一个没有礼拜天概念的人，总是闲不住，有事做心里才够踏实。"

果真如此。那是一个礼拜天，晴空朗日。他想：如此大好时光切莫错过，完成这笔综合消费贷款业务，勘查完现场之后，到崂山附近舒展一下筋骨，登登山，释放一下自己。当他路过崂山沙子口时，映入眼帘的一块崭新的巨大广告牌引起了他的注意，是麒麟山庄楼盘竣工销售的宣传广告。职业的敏感让他立马放弃了登山的打算，即刻来到了售楼处。一位置业顾问微笑着迎上来，以为他是买家来询价的，便主动上前介绍麒麟山庄的概况。吴海滨在对这座依山傍水的楼盘进行一番仔细考察之后，笑着对这位热情的置业顾问说："不好意思，我是工行的，能否引荐我见一下你们的财务主管和项目经理？"

当他见到财务主管后，便双手递上名片自我介绍："我叫吴海滨，看到贵楼盘已经竣工，我想问一下，你们有没有选择一家合适的银行来合作，做按揭贷款呢？"财务主管上下打量了他一眼回答："眼下还没确定，正在物色中，不妨说一下你们行有什么政策或更好的方案。"吴海滨凭借自己熟练的营销方法、专业的房贷知识和真诚的服务态度以及稳健扎实的敬业精神，很快地打动了对方。

他的行动如闪电，仅用了两天时间就与该房地产开发公司签订了住房按揭协议，使麒麟山庄成为岛城唯一没有第二家银行介入的楼盘，由工行独家办理按揭贷款上亿元。这简直不可思议，工行的速度太快了。面对其他行的高度关注与惊讶、妒忌，他只是报以平淡的一笑。

天道酬勤。吴海滨是干一行爱一行的人，在他心里客户的事无小事，永远都是最要紧的事。

转眼到了2005年的冬天，又是一个天寒地冻的礼拜天，城阳区一位购房客户，要求开发商当天签订购房合同，因为他第二天就要出国。在休息日银行是不办公的，这在他行是根本不可协调的事情。情急之下，这位开发商抱着试试看的心理，拨通了吴海滨的手机求助。吴海滨闻听，不管天气有多恶劣，路途有多远，爽快地答应了。

他发动起摩托车，顶着凛冽的西北风，赶往城阳区。从市区到市郊，行驶一个多小时，刺骨的寒风早已穿透他的棉衣，头盔根本阻挡不住寒风的肆虐，待赶到盈园国际售楼处时，吴海滨的手脚早已冻得失去了知觉，被楼盘的人发现后搀扶下了车。一杯热水温暖了吴海滨的心，他的一腔热血也感动了所有在场的人。吴海滨的到来解决了开发商和客户的难题，他们感动地说："我们从未见过这样拼命的客户经理，天寒地冻，风雪无阻，随叫随到。"

俗话说："行下春风有秋雨。"此后，这位开发商将其后陆续开发的三个大楼盘 9000 多万元的按揭业务全部交给了吴海滨，与工商银行建立了牢不可破的战略合作伙伴关系。

十年磨一剑。十年中，吴海滨自主营销纯按揭项目 36 个，房屋贷款从青岛市区做到城阳、胶州等地，共计受理个人房屋按揭贷款 2200 多笔，累计发放贷款达 12 亿元，无一笔不良贷款。他的敬业精神深受广大客户的爱戴和好评，他把"李健工作站"这一岛城知名服务品牌的"无休息日工作法"发挥到了极致。

2013 年，阳春三月，满目葱茏，路边的柳枝吐出鹅黄的嫩芽，春燕翻飞，尾剪新绿，整个大地春意盎然，生机勃勃。吴海滨出色的工作业绩迎来了新的春天和新的挑战，他的新任务是走马上任青岛工行阳光支行的副行长，新官上任三把火，大家把希望的目光集中在他这位新一任领导的身上。

吴海滨深知自己的责任有多重。他吃不下睡不着，首先要摸清家底，掌握实情。初到阳光支行时，支行的经营现状很不乐观，各项指标相对落后，存款是负数，2012 年度全年贷款累放量才 1000 万元，效益差，绩效少，员工情绪低落。他要把火点旺，就要出新招，众人拾柴火焰高。

于是，吴海滨扑下身子当地种，以行为家，率先垂范。组建营销小分队，他亲自率队走出去，联动式营销，努力盘活各项业务，打响第一炮。他想要尽快引进项目让大伙有活干，有饭吃，有钱花。他四处奔波考察项目，与客户交流，开辟新市场，开拓新资源，以军人特有的雷厉风行扎实认真的工作态度和百折不挠的工作精神，很快营销三个规模较大的房地产开发商的纯按揭项目，总额达 2 亿多元。当年就发放贷款 8000 多万元，拉动了支行存款指标、贷款指标、个金指标突飞猛进地发展。一年后，阳光支行彻底甩掉了落后帽子，呈现出欣欣向荣的繁荣景象，资源倍增了，员工收入增加了，干劲也足了。吴海滨又一次将不可能变成了可能。他的梦想和员工的梦想像盐和水一样融在了一起，人们向他不断投来钦佩的目光。

2014 年 5 月，这位精力充沛充满活力和魅力的硬汉，又迎来一个不同寻常的日子。他非凡的业绩引起分行领导的重视，再次将一副重担放到他的肩上。接到调令，吴海滨二话没说，又走上了香港西路财富管理中心行长的岗位。

香港西路财富中心，在海航万邦商业发展中心豪华写字楼的西侧，位于香港中路和延安三路交叉路口的东南方向，处在一个新老城区接合部位置。现有干部员工 13 名，因为这两年一直走高端路线，日平均业务量 70 笔 / 天，半年受理了一笔注册资金 50 万元的对公账户，贷款余额 1300 万元，中高端客户才 30 位，支行已经亏损两年了。吴海滨面对这种现状，陷入了深思。他将自己关在行长办公室里，查看近年的存贷款月报表，想从数据上分析港西地处如此豪华大气的写字楼，为什么生意如此的惨淡不景气。他经过冷静的思考与比对，决心哪怕从零开始，也要扭转这种被动局面。他想：有人就有一切，打破以前的格局，重新调整经营思路，敞开大门面向大众开放。

第二天，晨雾尚未散尽，人们便看到了他矫健的身影。在晨会上他向全体人员，包括保安、保洁人员，做了动员报告。最后他慷慨激昂地跟大家讲："同志们，你们都是我的兄弟姐妹，我们都是一家人，我们的困难只是暂时的，相信只要我们齐心协力，心往一处想，劲往一处使，做好宣传与服务，搞好场内外的营销，让客户相信工商银行就是他们身边可信赖的银行，我们的服务宗旨永远是客户至上服务第一，就一定能打好这场攻坚战，明年就是一个丰收年！同志们，有信心吗？"

群雁高飞头雁领，跟随这样一位打不垮的硬汉走，又有何愁？"有，有，有！"大厅内久久回响着工行人铿锵有力掷地有声的喊声。

太阳每天都是新的，新的一天，港西人以崭新的精神面貌展现脸上真诚的笑容，迎接着每一位客户。

俗话道：远亲不如近邻。他带领营销小分队，分头向海航万邦商业发展中心的商户、业主和附近居民走访调查，上门推介寻找业务需求，很多个人和公司客户知道了港西财富管理中心是工商银行全方位处理对公对私以及信贷业务、国际业务的综合性网点时，陆陆续续进来开户和办理业务，渐渐地人气上来了。仅用了两周的时间，他就营销了5家大中型企业来港西开立了对公账户，最大的一家公司注册资金2亿元。又一次提振了大伙的情绪，人们看到了吴行长是个说到做到的实干家。

更让人欣慰和感动的是，以前的老客户听说他调到港西财富中心之后，竟有很多人主动打电话过来，支持他的工作，把存款陆续转到港西财富管理中心。80多岁的阎老先生就是其中一个。吴海滨说："我们的相识纯属偶然的邂逅，那是三年前的夏天，阎老身穿一件白色的T恤衫，左胸前有一个CIN符号引起了我的注意，这是中国航海学会的简称。经过聊天我才知道阎老是国内很知名的航海专家，而且1950年曾代表中国参加国际首届航海运动会，一下子就拉近了我们彼此间的距离，我也是一个航海爱好者，也是帆船运动的志愿者，所以，初次相见彼此就留下了深刻的印象。"

无独有偶。在岛城"海泉湾"举办的一次中高端客户财富管理沙龙中，他们两人又见面了。这两位忘年交再见如故，热情交流。在会后休息时，客人们大多都去泡温泉了，只有阎老夫妇端坐在客厅里，吴海滨问明缘由，主动留下来陪两位耄耋老人聊天解闷。阎老先生兴致勃勃地与他讲述过去的海上赛事和见闻。转眼就到午餐的时间了，他陪同两位老人用餐时，又发现阎老先生是从来不吃米饭的，想吃馒头，而这里的餐厅没有准备馒头，他立即掏钱派人出去到外面的面食店去买馒头，以解燃眉之急。阎老先生将这一切都看在眼里，记在心上，他感觉这位工行的年轻人了不得，不光心细，而且有爱心。像他这般岁数，在如此高档的酒店里，服务小姐一般都爱搭不理的，更不消说出去给他个人买馒头吃了。就是这一个馒头的故事深深地打动了老人的心，后来两人便成了莫逆之交。

这次，闻听吴海滨岗位变动，阎老便亲自过来支持他的工作，将2000万存款悉数转入港西财富管理中心。吴海滨紧紧握住老人温暖有力的双手，感动得一时语塞，不知说什么好了。

一天，一位青年男子来柜面办理业务，在与大堂经理交流中，这位小伙子不经意地透露他姐夫家很有钱，据说在他行有不少存款呢。吴行长得知立马想到：这是一条很有价值的信息，无论如何也要啃下这块硬骨头。于是，他向这位年轻人要了电话，他要亲自登门拜访。精诚所至，金石为开。这位客户的姐姐终于被他的真诚所打动，将1700万元定期存款分两次全部转到了港西财富管理中心，成为港西名副其实的VIP客户。我问他：银行的工作苦不苦？他笑着回答：苦中有乐。

千帆竞发百舸争流中的奥运志愿者

谈起奥运吴海滨就仿佛打开了话匣子，他的那份因亢奋而燃烧的激情像熔岩一样会焚化你的沉静。

他说："从1932年洛杉矶奥运会，刘长春单刀赴会，中国人第一次走进奥运赛场，到52年后的1984年，许海峰不畏强手，以566环的最好成绩战胜诸多世界名将，摘得本届奥运会的第一块金牌，实现了我国奥运金牌零的突破，这个梦我们等待得太久太久了。所以，2008年8月8日这个夜晚属于中国属于北京，那时世界的目光都聚焦在中国，中国百年奥运的梦想终于得以实现。青岛作为奥帆赛的比赛场地，我听说奥帆委面向全球招募赛事志愿者，便毫不犹豫报了名，能为国家出点力是每一个公民应尽的义务。"

吴海滨积极报名参加了选拔活动。经过严格的面试、英语测试和海上抗晕船测试后，他从10797名申请人中脱颖而出，成为一名奥帆赛船艇驾驶志愿者，负责维护水上秩序，驾驶VIP艇接待国内政府官员观看比赛。吴海滨格外珍惜这来之不易的机会和无上的荣誉。为了保证工作和志愿者服务两不误，他每天坚持工作12个小时，早晨7点来到单位，整理好客户提供的个人住房贷款资料，9点准时进入奥帆基地，给船加水、加油，把船擦洗得一尘不染，在海上行驶5个小时之后再回到单位里继续工作，一直加班到晚上22:00总行系统关闭为止。有人不理解，也有人猜忌，吴海滨是不是想挣钱想疯了？其实海滨心里很坦然很平静，他想：我们是多么幸运的一代人，遇到百年奥运，恰逢奥帆赛在青岛，我能成为这一盛事的见证者是多么骄傲的事，又被选中为奥运会服务，这是多么光荣的事啊！别说志愿者甘尽义务，就是花钱为国家也是我们义不容辞的责任。

吴海滨既是这样想的也是这样做的。他先后担任 2007 年青岛国际帆船赛、克利伯 07-08 环球帆船赛、2008 年国际残疾人帆船赛、2008 年北京奥帆赛、2009 年第十一届全国运动会等重要赛事的志愿者。2009 年获得了"第十一届全国运动会志愿服务优秀志愿者"称号，并记个人三等功。与此同时，他还参加了 2010 年广州第十六届亚洲运动会、2011 年第二十六届世界大学生运动会，在其中担任技术官员志愿者，并担任竞赛部 VIP 船长，胜利完成了接待中央、公安部等各级领导的任务。让他感到最幸福最激动的时刻，是在 2008 年残奥会上，凭借优异的志愿服务形象，受到了现中共中央总书记习近平（原国家副主席）、中央领导、山东省委领导的接见。

每次出航他的主要任务是驾驶着 VIP 艇，载着各国贵宾观赏动感十足的海上帆船运动，栉风沐雨，烈日暴晒，每天都要在海上颠簸五六个小时。他不嫌累吗？我问他："您为何这样喜欢做奥帆赛志愿者？"他笑了笑回答："因为帆船运动具有挑战性，是一项集竞技、娱乐、观赏、探险于一体的体育运动项目。经常从事帆船运动，能增强体质，磨炼意志。特别是在风云莫测，海浪、气象、水文条件的不断变化中，迎风斗浪，能培养战胜自然、挑战自我的拼搏精神。"这就是吴海滨在奥运情结之外喜爱这项运动的理由。

一次，出航时天气很好，碧蓝的海面上波光粼粼，海天一色，彩旗招展，一艘艘比赛的帆船，扬起了风帆，你追我赶竞逐在宽阔无垠的海面上。金色的沙滩上星罗棋布着花花绿绿的遮阳伞，天地间一派悠然。

谁也未曾料到，天有不测风云。温情的大海也有发怒的时候，刚才还艳阳高照的天空会突然变脸，顷刻间大地陷入黑暗，突遭暴雨的侵袭。比赛仍在继续。要知道，奥运会期间，海面上每天都有正式比赛的帆船 260 多条，尽管大海宽阔无垠，但比赛区域是有限的。此时，风高浪急，海浪落差十几米高，七级风强劲地刮着，所有海上的人都在经历一场波澜壮阔的生死决斗，龙骨船、多体船、快速艇，一支支帆船和小帆板在瓢泼大雨中狂颠，一会儿冲上浪尖，一会儿跌入低谷，十分危险。海上秩序很难控制了。

此时此刻，就在这暴风骤雨和闪电之间、危急关头，吴海滨将奥帆委配发的防水服让给了美国 BBC 的摄影女记者琳，让琳穿上保护好设备，而他却站在大雨中全神贯注地掌着舵，像一只穿越黑暗的海燕，在惊涛骇浪中坚持航行五个小时，直到平安返回青岛福山港。那次回来后，这位打不垮的汉子就发高烧了。面对他出色的工作表现，各国贵宾和外国记者满意地伸出拇指，连声赞叹 "Very good"。当他们得知吴海滨的真实身份是世界500 强企业中国工商银行的客户经理时更为敬佩——一名银行的客户经理竟然具备海上运动、船艇驾驶和水上运动裁判助理工作的经验，不禁赞不绝口："Chinese is very well ！"

2008 年 5 月 13 日下午，青岛国际残疾人帆船赛即将开始。身穿运动服的吴海滨正在负责海上赛场秩序维护。他敏锐的目光在海面上四处搜索，突然发现赛区内有一艘工作艇抛锚了。眼看着澳大利亚的赛船已经停泊在指定赛道上，如果等到维修船只赶来维修的话，就会直接影响到比赛的进行，如不及时排除故障，对残疾人运动员的安全也会造成极大的威胁。千钧一发之刻，来不及请示汇报，也容不得半点犹豫思考，吴海滨纵身下水，凭借着平时在奥帆委培训中积累的船舶应急维修知识，迅速检查工作艇的进水口，发现是漂流中的浒苔阻塞了进水管道。于是，他顾不上危险，伸手就掏，一把把地往船上扔，直至把浒苔全掏净，然后迅速翻身上船启动发动机，将事故艇驶离比赛航道，使澳大利亚的船只顺利通过。前后仅用了三分钟，及时排除了故障，确保了比赛的顺利进行。赛后，青岛市奥帆委在其刊物《志愿时刻》（第 2 期）上发表了对吴海滨的表扬报道。

一百年的峥嵘岁月，一百年的沧桑巨变，一百年的光荣与梦想，在时钟的嘀嗒声中，第二十九届夏季奥运会于 2008 年 8 月 8 日在中国北京的鸟巢翻开了精彩的篇章。这一刻，从奥林匹克公园到万里长城，从浪漫的雅典到神奇的北京，全世界的目光都转向这个古老的国度，在 2008 年的夏天，真实记录下了中华民族昂首阔步融入世界潮流的坚实足迹。

2008 年 8 月 9 日晚 8 时，在美丽的岛城，北京奥运会伙伴城市青岛，奥帆赛开幕式在奥帆中心激情开幕了。在歌如潮、花如海，灯火辉煌的开幕式现场，吴海滨的心情格外激动，因为他一直在为奥帆赛的成功举办而努力奉献着，他期待的中国梦终于实现了，仰望着鲜艳的五星红旗，他的眼睛湿润了。

奥帆赛开赛后，吴海滨更加繁忙了。他专门负责驾驶拉载国际帆联媒体官员的 S680 号船，在辽阔的比赛海域上如蛟龙出海不停地穿梭，媒体官员将场地上的比赛实况用卫星电话传给岸上媒体中心文字记者，通过国际互联网及时发布权威赛事。吴海滨每天在海上劈波斩浪驾船行驶 50 多海里，是媒体船中驾驶里程最多的船艇驾驶员。吴海滨的出色表现受到国际媒体官员的称赞。开赛后，奥帆委从 1800 名志愿者中评出 10 名奥运之星，吴海滨名列其中，并应邀接受了记者采访。中央电视台五频道、体育频道、九频道等媒体都对他的志愿者服务事迹进行了报道。

奥运会在中国的成功举办，让世人瞩目。有吴海滨这样的成千上万个奥运志愿者的优秀表现，不仅显示了中华民族综合国力和文化素质的提升，同时也彰显了民族自信心，昭示了中华民族的强国之梦势不可挡！

在生活激流中父爱如山孝心如海的好男人

吴海滨有着一个幸福的家庭。他的爱人丛伟，是一名幼儿教师，是一个非常有爱心的女性。她是一个苦命的人，但也是一个幸福的人。她不知她的亲生父母是否还活着，只知道睁开眼看到的就是现在的养父母。自从和海滨结婚以后，海滨就是她唯一的依靠。在她 23 岁那年，养父母亲自保媒将她许配给在京当兵的吴海滨，她向来乖巧从不惹二老生气，所以，婚事就依了父母的心愿，无怨无悔地出嫁了。尽管当时，他们两人低微的工资只能租住两间透风撒气的小阁楼，但吴海滨的关爱与体贴，让她感到了幸福和温暖。

婚后不久，丛伟就怀孕了，海滨每天起早贪黑地做好饭，就急急忙忙盛好三份，分装好给她一份，给她爸妈一份，他自己那份总是草草了事，有空就吃，没空就凉着，早晨 7 点钟就要出门给她父母送早餐。那时，上下班两人都要挤公交，不敢懈怠。

1991 年 12 月 28 日，一个婴儿的啼哭唤醒了沉睡的黎明，伴随着朝暾出海，海鸥的鸣叫穿过云朵，远航的汽笛悠悠地传来。吴海滨和家人的欢喜都集中在这个用纱布包裹的小生命里。他清楚地记得当时面对那张肉乎乎红红小脸蛋时的激动。然而，快乐总是那么短暂，一个小时之后婴儿便出现呼吸异常，经过产科医生和专家会诊，新生儿患有先天性心脏病。犹如晴空霹雳，这一消息击倒了前来迎接长孙的老人，也急煞了刚做父亲的吴海滨。

从此，这个素日洋溢着欢笑的温馨家庭出现了忧郁和叹息，全家都在为这个患儿四处奔波寻找生路，听到哪里能医治就抱着孩子去看病，小两口就不信现代医学如此发达，竟然治不好这种病。在焦虑和奔波的日子里，小帆在姥姥家一天天长大。在他 6 岁时，妹妹出生了，这是一个健康的孩子，吴海滨感到肩上的担子更重了。

这时他的家在八大湖里面的一个社区内，楼下两层网点，他住在八楼，没有电梯。每天早晨，海滨都要 5 点起床，给老人和孩子做早饭或买早点赶早市去买菜，丛伟则照顾两个孩子收拾家。因为幼儿园规定，教师的孩子不准在本院入托，所以两个孩子都不能在丛伟的幼儿园里入托，而且她还要提前到岗迎接那些早到校的孩子们，家里这头就全部交给吴海滨了。没办法，一向吃苦耐劳的吴海滨便承担了这些琐碎但必须做的事情。

他说："我早上做好饭就分装好各个饭盒，老人的、孩子的、我们的，然后拎着饭盒背着小帆下楼，先给住在马路对面的老人送饭，再往学校和幼儿园里分别送两孩子上学，为了赶时间我买了辆二手摩托车，前后两个孩子，车把上挂着两个饭盒，一路上哐哐当当往学校和幼儿园里送。"小帆的学校和妹妹的幼儿园是两个不同的方向，所以早上的时间相当紧张，吴海滨必须掐算得很准，每天都如同赶飞机一样。

他说孩子小的时候，每天都是这样忙忙碌碌的，生活得很充实也很踏实，一心只想把工作做好，把老人照顾好，把孩子抚养好，别无他求。家里为了给小帆治病，所有的积蓄都用上了，还是没能医治好，愁得两位老人除了摇头就是叹息。

后来，一位朋友给了他一线希望，说国外的一家福利院可以免费为先心病患儿动手术。他听说后，心里如同打了鸡血一下子充沛起来，立马在国际互联网上发出求救信息并搜索这家医院，果然找到了美国这家福利医院。经过多方联系，对方同意了他的请求，可以免费给小帆手术。消息确凿并定下日子之后，全家开始四处筹款。昂贵的路费和生活费都要自己解决，无论上刀山下火海，吴海滨算豁出去了，这可是儿子的一条生路啊。老天爷啊，多苦多难都让我一人面对吧！

这位勇于担当的汉子，向单位请假后，便带着患病的儿子飞往美国了。这次手术很成功，院方叮嘱回国休养的事项和第二次手术的时间后，吴海滨便带着药和孩子回国了。筋疲力尽的吴海滨消瘦了很多，丛伟看在眼里疼在心上，这些年这个家如果没有海滨这样的男人支撑着，还不知会怎样呢！换了别人真是熬不住了，她深切地感激枕边这位坚强不屈的硬汉子。

小帆自从手术后，病情有所好转，但静养是不可能的，一来家里没有人照顾他，二来他还要上学读书，再说家里窘迫的状况始终没能改善。他每天早晨趴在父亲的背上，跟着上下楼，然后搂着父亲的腰坐在摩托车上上学。春夏秋冬，天天如此。小帆后来病情不稳时好时坏，到初二时就不能再去上学了，只能一个人待在家里面，爸爸妈妈要忙事业，他只有面对着孤独与寂寞。

这个身子骨柔弱无力的孩子，也有自己的喜怒哀乐和诸多的无奈，但懂事的小帆在父母面前总是乖巧得像只小猫，除了按时吃药，吃父亲备好的早饭和午饭之外，就蹲在他的房间里玩他的帆船模型或趴在窗户上看外面马路上的过往行人。他每天都在看墙壁上太阳行走的路线，从西墙到东墙慢慢移动。偶尔他的脑海里也会闪现到楼下院子里看蚂蚁搬家的念头，但他走不下八层楼，家里唯一有动静的东西就是电视，但他已经厌烦。

吴海滨每天工作到很晚才回家，他既要干好银行里的工作，又要完成奥运志愿者的任务，中午还要给老人和儿子送午饭。他说："我每天车上没别的就是两个饭包，一个是给老人买的，一个是给儿子备的。我中午几乎都不在单位吃饭，到食堂里匆忙装饭盒里就往家里跑，有些同事很不理解，但我也不想解释，苦水只能自己咽下去。我的活儿是干出来的，业绩是跑出来的，这些年当志愿者认识了不少开发商和企业家，逮住机会我就营销，我始终把银行的工作放在首位，所以问心无愧。"

2011年的暮秋，青岛的天气格外闷热，即使下过雨，小帆也感到胸闷。还有几天就要过18岁的生日了，小帆自己在家里已经待了四年了，目光跟着房间里的太阳线也移动四年了，时间过得真快呀。听妹妹说爸爸又要出远门了，几天才能回来？我要不要让他给带个礼物回来？小帆想，他只有到中午的时候，才能见到爸爸，因为爸爸早上走的时候，他还没有醒来，晚上他睡着了爸爸还没回来，我今天要不要提醒他？小帆内心纠结着，希望能听到楼道上爸爸上楼的脚步声，期待早点看到爸爸的身影。这个内秀不善言语的孩子，后来，拿起了笔，趴在作业本上……

那天上午，吴海滨陪着客户到外地出差，刚在一家旅馆里落脚，便接到了丛伟的电话。里面的声音哽咽半天说不成一句话，他立马意识到儿子出事了。吴海滨跟客户打声招呼便直奔长途汽车站。当他打的赶到医院时，小帆已经安静地躺在太平间里了。吴海滨不相信昨晚还好好的孩子，今天就突然离世离开了他。他一点点掀开盖在儿子身上的白布，看到那个瘦小的身子已经僵硬冰凉了，苍白的脸已经蜡黄。吴海滨轻轻抚摸着孩子，从头摸到脚又从脚摸到头，反反复复，他希望这时的小帆是睡着了。当他意识到这是永远不可能了，终于忍不住紧紧搂住这个在他背上趴了18年的孩子无声地哭起来，他抖动的肩膀和压抑的哭声令人心碎，让人胸口堵得慌。这是一个硬汉最软弱无助绝望痛苦的时刻，谁来帮帮他？谁来安慰他？苍天呐。

安葬了小帆，吴海滨回到家里倚靠在小帆的床头，摸着儿子的枕头和被褥，仿佛尚有余温，儿子就在身边。他摸到了那个作业本，看到了那封没有结尾的信：

亲爱的爸爸：

您又要出发了，您送给我的船模我已经玩了三年多了。自从您当上志愿者之后，经常给我讲海上的故事，我一直很想很想跟您一起到海上看看，看看大海，看看海鸥，看看各种各样的帆船。记得很小的时候，您带我到过海边，给我捡过贝壳和海螺，你说这是大海的耳朵。可那次回来，我就感冒了，又到该死的医院打针了。

爸爸，您每天带走妹妹的时候，我都醒着，我装睡的原因，是我羡慕妹妹，而我再也不能趴在您的背上到学校里上课了，我的那些小伙伴们都不愿意跟我玩，他们叫我豆芽菜。说实话，我很不服气，我曾经大声地告诉他们："我爸爸是船长，开着好大好大的船，想到哪儿就到哪儿！"

爸爸，您总说忙，是不是把小帆的生日给忙忘了？我都要18岁了，还长得这么矮小，啥时才能长成您那样啊？我好想好想跟您到大海里去，亲自当一回船长，您老是嘴上答应我，就是不带我去。奥运会我在电视里看了，奥帆中心建设得真好，就是我从没到过那里，真是遗憾啊。爸爸，这回您给我准备了什么礼物？又是船模吗？我知道您给我起个一帆的名字，就是愿我此生一帆风顺。其实，您的愿望是好的，可儿子不争气啊。

亲爱的老爸，我每天的幸福，就是回味趴在您背上的时光，我闻着你身上的味道，可以抚摸你的耳朵，还可以咬咬您的头发。那天我发现您有白头发了，说给您，您还不信呢。爸爸，小帆这些年连累您和妈妈了，还有姥姥姥爷，他们那么大年纪了，也不能来看我了，我想他们又去不了，心里很难过……

昨晚上，我做了个奇怪的梦，我们真的在一艘大船上，面向大海，您脖子上挂着个望远镜，我两手把着舵，海风在耳边呼呼地吹着。您说："报告船长，前方有暗礁，左转30度。"我即刻转舵，大船忽地绕了过去，真是好玩极了。可是，我再找您时，您却不见了，爸爸，您在哪里？爸爸，您在哪里？喊着喊着我就醒了。

吴海滨看着手里的这封信，捂住脸放声恸哭起来，他内疚他悔恨他生气，为什么不带小帆出趟海，他觉得亏欠这个孩子太多太多了……这是他终生的遗憾和心灵中无法言说的痛。

小帆永远走了，开着他心爱的大船走得很远很远……

打那以后，吴海滨每天晚上回到家里，从冰箱里拿出两瓶啤酒便待在小帆的房间里，倚靠着儿子的被子，一口一口地慢慢喝下去。这件小屋子里所有的东西，他都不让丛伟动，也不让小女儿过来住，小女儿一直睡在小北间的储藏室里，他每天晚上都要过来陪小帆，说说爷俩的知心话。小帆的三周年过去了，吴海滨还是没能割舍，他明白，世上没有什么东西能割断父母对孩子的牵挂，连死亡也不能。这牵挂的线团就系在小帆远逝的躯体上，穿透生死的壁垒，到达另一个世界。现在他明知儿子不复存在了，仍然惦记着，犹如惦记一个失踪的孩子。

当空中的鸟儿在窗外鸣叫，新的一天到来的时候，吴海滨又急急地拎起饭包，到丈母娘家里送饭。现在丈母娘已经90多岁，卧床不起，吃喝拉撒都在床上了，而且没有任何意识了，跟植物人一样，岳父也87岁生活不能自理了。十几年来，随着他们年迈多病，行动不便，吴海滨早上6点送早饭，中午12点送午饭，晚上6点送晚饭，一日三餐，天天这样，十几年如一日，从未间断过。偶尔出差，媳妇丛伟就接替他来照顾两位老人。自从儿子走后，吴海滨的心思几乎全用在老人身上，早上丈母娘不能排便，他就戴着手套去抠，清理干净之后，再给老人喂饭。他起早贪黑地忙碌着，寒来暑往一如从前，邻居们都说："这样的好女婿哪里找？老丛家真是有福啊，一个植物人，你对她再好她也不知道了。"吴海滨笑着说："但我知道。"

常言道：一个女婿半个儿。在老人眼里吴海滨比亲儿子还要亲。今年，他的丈母娘也走了，吴海滨就天天给岳父做饭收拾家，帮着他推拿做做运动，他希望老人家活得舒适一些。平日里自己太忙，现在只要有点空闲，他就过去陪老人说会话，陪着他吃顿饭。他想，亲人终有一天会离你而去，何不在他活着的时候，多给他一些关爱和幸福呢？时间是无情的，而人有情啊。

很多熟悉吴海滨的同事和朋友，仅知道他曾失去一个儿子，却不知道他家里还有两位体弱多病的老人。这么多年来，吴海滨一个人承受着常人难以承受的压力，既要工作，又要顾家，还要为社会为奥运无私奉献。他像一匹不知疲惫永不停歇的骏马，奔驰在辽阔的原野上，又像是一艘乘风破浪快速前进的帆船，义无反顾地向前向前……

无论金融浪潮的跌宕起伏，还是浩瀚商海的沉浮颠簸，或是家庭难以言说的疾苦磨难，吴海滨始终如一地保持着一个共产党员的人生准则，以硬汉的步伐坚定不移地向前走去，身后留下的却是一串串闪光的脚印。在这种硬汉面前，再难攀登的高山也会在他的脚下变矮。

在我这篇报告文学收笔之时，又传来了吴海滨以优秀志愿者的身份远征韩国，参加中韩帆船拉力赛的消息。我真诚地期待着，从邻国传来他再创佳绩的喜讯。

（获 2014 年中国金融报告文学奖优秀奖）

‖作者简介

　　李永刚，中国金融作家协会会员，供职于中国人民银行成都印钞有限公司。

‖ 驭风追日　绝尘足步 ‖

——成都印钞公司调整大搬迁追记

李永刚

引子

　　著名典籍《山海经》中，记载了一个家喻户晓的"夸父逐日"的故事。从这一荡气回肠的神话故事，人们能够读出其蕴含的寓意。

　　远古时代，一个部族长期在一个地方定居，由于落后的生产力和生产方式，那里的资源必定受到破坏而趋于枯竭，要满足部族的生存，只有一个选择，那就是迁徙，移居到新的、更利于生存的地方去。夸父逐日是中华民族历史上一次长距离的部族迁徙，是一次颇具胆略的探求。

　　夸父是一位了不起的英雄。在他身上体现了自强不息、顽强拼搏的民族精神，刚健有为的进取精神，为实现心中美好愿望勇敢追求和为后代造福的精神。夸父那响自洪荒时代的足音，那"逐日窥虞渊，跳踉北海超昆仑"

的豪迈气势，至今仍如同激越的鼓点，催人奋进。

公元 1993 年，新时代的夸父——东河人，为了寻求企业全新的发展，为了追求美好的未来，克服了难以想象的艰难险阻，走出了交通不便、信息不灵的深山禁锢，毅然踏上了千里大搬迁的征途。那迁徙场面之浩大，穷李白"若我驭烈风以追日，请八万里长空举云写我绝尘足步"之诗句亦不能及。这一"夸父逐日"式的搬迁壮举，永远铭刻于成都印钞公司的发展史册。正是通过这一壮举，东河人奔向了希望和未来，成钞开辟出一片崭新的天地。

战略决策

让我们穿过时空隧道，置身于 20 世纪的 80 年代。那时，战争的阴霾逐渐散去，计划经济也已失去它固有的光环。处于历史鼎新之时，所有的三线企业都在思考着同一个问题：企业向何处去？

由于历史的原因，建厂时主要遵循"靠山、分散、隐蔽"的备战原则，东河印制公司在这样的大背景下应运而生。二十年来，在艰苦的环境中，东河人一代又一代为共和国印制事业做出了不可磨灭的贡献。而当传统战争警报解除，像东河公司这种"藏在深山人未识"的事关国家经济命脉的特殊企业，纵有精良的设备和训练有素的职工，面对市场经济的激烈竞争，也难免暴露出自身条件先天不足的问题，企业的发展受到自然条件的严重制约。

企业思考的问题也正是国家领导人正在着力解决的问题。1980 年 7 月，国家领导人邓小平"文革"后第一次正式到四川视察，此行的主要目的就是听取四川"大三线"的情况汇报。

1983 年，"三线"企业调整改造问题终于提到国家的议事日程。同年 12 月，国务院成立了"三线建设调整改造规划办公室"，从而拉开了中国"大三线"调整的序幕。面对三线企业的困境，中央决定区别不同企业情况，采取"关、停、并、转、迁"的办法，开出了"改革、创新、开放、联合"的解决药方。

在这一大背景下，中国人民银行总行、货币印制局的高层决策者，根据国家对三线企业进行"调整改造"的精神和适应市场经济发展的客观选择，结合货币印制生产的战略布局、国家货币发行定点需要，从有利于交通运输、人才培养、企业发展的高度考虑，经反复调研后，对所属的东河印制公司果断提出了"全面调整，分步实施"的调迁原则。

在总行、总公司的领导下，东河公司开始积极运作调整搬迁工作。那么，"去向何处"呢？根据国家针对三线企业调整确定的四个原则，其中之一就是向有利于技术和市场信息交流的大中城市搬迁，同时考虑国家货币印制生产的布局要求，成都自然成为东河搬迁的首选之地。

1984年10月，东河公司受中国人民银行、印制总公司的委托，成立了成都印钞厂选点工作小组，委派韩国秀、韩均等7人开展选点工作。选点组先后对成都的温江、双流等11处地点进行了考察，最后经过认真缜密的"PK"程序，初步确定厂址选在温江县城西北角，也就是现在成都印钞公司的所在地。向总公司汇报后，同年12月，总公司印发了《关于新建成都印钞厂建设地点的函》，"原则同意在温江县城区内建设"。1986年9月10日，成都市人民政府办公厅回复了《关于成都印钞厂建设地点的复函》，"同意成都印钞厂在温江县柳城镇近郊定点建设"。至此，东河公司搬迁新址建设大会战拉开帷幕。

两地作战

搬迁地点确定下来，马上就面临着兵分两路、两地作战所带来的诸多困难和压力。

让我们先来看看成都方面的情况吧。

定点后，先头部队很快入驻。公司成立了成都印钞厂筹建处，明确筹建处在东河公司党委领导下开展工作；成立了温江建设基地指挥部，由韩均出任指挥长，全权负责新厂的基建工作。班子搭好后，一切工作马上紧锣密鼓进行。

俗话说，万事开头难，来到生疏的地方，面对浩大的工程，那真是事无巨细，多如乱麻。需要完成项目建议书、可行性研究报告、立项、布点、征地、拆迁、"三通一平"、勘察、规划设计、初设报批、施工设计、设备订购、辅助工程修建等等，单是其中一项就十分耗时费力。

在基建工地，作为指挥长的韩均深感责任重大。虽说国家投资上亿来建设这一项目，但当时资金非常紧张，每一分钱都要用在刀刃上，那就要仔细盘算。买地需要钱，买原材料需要钱，进设备需要钱，干什么都离不开钱。当时最紧俏的就是钢材。由于工地条件差，最担忧的就是怕钢材被盗，只好派人白天黑夜轮流守护。从订购、装运、卸货到保卫钢材，基建人员常常忙得忘了吃饭，一整天没吃上饭那是常事。

高玉明同志担任基建指挥部副指挥长。谈到那段时间的经历，他说印象最深的就是白天开会，晚上失眠。为了把基建工程有条不紊地安排妥当，几乎每天都要开会，因为不开会就不能协调工地上的各种矛盾，更令人头疼的是还要千方百计地协调和当地方方面面各种错综复杂的关系，稍有不慎，便会因小失大，延误工期。开会开得高玉明白天头疼，晚上失眠，负伤的腿常常夜里把他疼醒。

在高玉明的日记中有这样一段话："我们有种强烈的责任感！我们一定要在1991年、1992年、1993年这三年时间把这个温江基地建立起来。我确实感到时间的紧迫！面对如此大的挑战，我们是三副重担一肩挑啊！"这段话代表了温江基地全体工作人员的心声，他们只有一个信念：相隔千里，两地作战，任务艰巨，困难重重，这是形势对每个人的严峻考验！无论时间多么紧迫，任务多么艰难，都要横下一条心，坚决扛下来！

我们再来看看旺苍这边的准备情况吧。

东河公司的决策者们同样也不轻松，他们要一边组织生产，确保国家指令性任务完成，一边做好搬迁的准备，同样是事无巨细，头绪繁多。

时任东河公司经理的李春生、党委书记胡凤宝，站在了历史的潮头，必然要肩负重大的责任。他们要考虑如何分三步完成整个东河公司的搬迁重任：第一步是按照总公司确定的"一个目标两个基地"的要求，在1993年底以前，完成东河公司向成都新厂的搬迁；第二步是在条件成熟时，着手实施东河公司五〇二厂向昆山的调整搬迁；第三步，东河公司五〇五厂移交旺苍县。上述任务分步实施后，"国营东河印制公司"将完成自己28

年的光荣历史使命。

搬迁是国家三线企业重大战略调整，它绝不仅仅是企业简单的位移，更为重要的是要搭建一个新的发展平台，何况印制大三线企业的调整搬迁更是一项综合系统工程，它必然涉及企业内部和外部的各个方面，其头绪复杂纷繁，矛盾尖锐突出。因此，如何将大搬迁中的固定资产和设备的损失降到最低？如何将对当年生产任务的影响降到最低？如何将搬迁对员工队伍稳定的影响降到最低？如何将协调内部、地方关系，处置搬迁后相关历史遗留问题的难度降到最低？如何将涉及产品、档案搬迁的风险降到最低？如何将有限的搬迁费用降到最低？……错综复杂的问题扑面而来，要迎刃而解，何其难也！

往事不堪回首！当采访时任公司办公室主任、调迁办副主任的蔡晓忠时，他仍能很清晰地忆起当年紧张忙碌的工作情景，脸上不时露出苦涩的浅笑："太困难啦！单是与地方沟通协调，那真要磨破嘴皮，这一道道关真不好过呀！"

为了抓好调整搬迁这一系统工程，公司决定把调整搬迁作为中心任务来抓。公司和各厂相继成立了由企业一把手担任组长的调整领导小组，接受总公司三线企业协调小组的领导。总公司负责调整工作的副总经理单连田和联络员尚世军、李德盈多次来东河现场指导调迁工作。从1992年5月起，公司抽调了16名专业人员成立调整搬迁办公室，古道明为主任，统一集中在东河公司机关托儿所二楼办公，全权处理全公司调整搬迁的各项具体工作。

为了便于开展工作，胡凤宝把家从温江又搬回旺苍。他与李春生等领导同志和调迁办有关成员一起，不辞劳苦，忍饥挨饿，长途跋涉，来回奔波于北京、温江、旺苍几千公里之间，协调处理搬迁方面各种各样的问题。

生产、基建、搬迁，三大任务扑面而来——1993年1月，总公司单连田副总经理一行五人专程到东河公司代表总行、总公司传达关于"增产保发行"的指示精神，并会同东河公司研究挖潜增产保发行，加快三线调整，温江新厂尽快发挥投资效益等有关问题，决定在保证完成东河公司第二轮承包任务和确保当年发行增产任务的同时，加快调整搬迁步伐，确保1993年底完成东河公司调整搬迁第一步目标，同时在温江新厂完成中国人民银行指令性紧急生产任务。这项指令性任务，急迫而艰巨，时不我待，刻不容缓，东河人别无选择，必须全力以赴！在严峻的形势面前，东河人发扬"团结守纪、求实奉献"的东河精神，硬是凭着顽强的毅力，克服困难，出色完成各项任务，为1993年的大搬迁创造了条件。

风雨兼程

走出深山，奔向平原！

这是大搬迁最繁忙的日子！

这是东河人圆梦的日子！

这是东河实现二次创业的关键时刻！

这是东河人走出深山战役的决战时期！

1993年7、8、9三个月，全公司上上下下，齐心协力，风雨兼程，共同谱写了一曲与时间赛跑，顽强拼搏的搬迁颂歌！

千里飞渡重山，万马齐奔西蜀。铁流如潮川陕路，挥师南下剑门关。这是怎样一幅波澜壮阔的画面啊！

当时正值热浪灼人、暴雨频繁的季节，在跨越崇山峻岭的千里运输线上，几乎每天四五十辆、甚至上百辆运输车组成的庞大车队，一批批押运物资、设备及家具的职工和驾驶人员顶烈日，迎暴雨，走剑门，过蜀道，昼夜兼程，载着希望，载着憧憬，从大巴山区向成都平原挺进。

在近三个月时间里，东河公司共出动车辆800多辆次，全力组织职工财产的大搬迁。当此之时，温江新厂每天都要派出两辆大客车在成都火车站，喜气洋洋地迎候接踵而来更满面喜色的南下职工和他们的家属。在新厂区，每天都有无数热情的同志们，主动承担着大量义务卸车任务……盼望已久的亲人们终于来了！一家人终于团聚了！

喜事接踵翩翩而来，接待任务频频加重，常常甚至连续接待数百名职工家属，还有几次一趟就要接待一百多人就餐。同志相见，紧拥而泣；师徒重逢，狂喊欢跳。真是欢乐中有忧愁，汗水中有惊喜！

从"八五一"定点温江算起，八年啦，好一个"抗战八年"，今天终于盼到胜利的那一天！多少人喜极而泣，多少人相拥痛哭。两地分居的日子结束了，长途跋涉的痛苦不再了，可以安安心心放手建设我们新的家园啦！

在那风雨兼程、紧张繁忙搬迁的日日夜夜，不知涌现出多少可歌可泣的感人事迹！

为确保安全，公司各厂保密资料、档案、主业产品都是武装押运，要赶在职工家属搬迁之前先行运抵新厂。这些神秘任务中最令人难忘的当数7月中旬押运部分贵金属、原版和印钞产品补票的那次"特殊行动"。

1993年7月13日凌晨4点，38辆产品车及押运护卫车，在省、市、县公安部门的全程跟踪护送下，由省公安厅直接跨市县指挥，浩浩荡荡从旺苍出发，向温江挺进。沿途，由于热浪滚滚，部分车辆爆胎，个别车辆出现故障，车队不得不全部停下警戒抢修。这样开开停停，用了24个多小时，历尽艰辛，于14日凌晨4点多才抵达温江新厂。此时，又恰遇特大暴雨袭来，等待在温江新厂现场的干部职工又顶着暴雨雷电，连续作战，立即组织卸车入库。14日上午10点多钟，才将全部产品入库，确保了这批特殊物资的安全。

途中的辛劳自不必说，出发之时也颇费周折。扎根旺苍的28年，东河人与地方建立了深厚的友谊。但搬迁后附近村民依赖性的生活来源失去而造成失衡，打乱了昔日的生活状况，矛盾纷纷在搬迁中爆发。为阻挠搬迁，部分村民采取种种野蛮的方式，聚众堵路、设路障拦车、进厂闹事砸汽车、扣留汽车、围堵谩骂厂领导和搬迁人员等等。面对种种复杂的困难局面，公司和各厂紧紧依靠地方政府，把坚持政策原则性与处理具体问题灵活性有机地结合起来，妥善处理一起又一起的棘手问题。多少次洽谈，多少次疏导解释，多少次搬走堵路的石条，终于保证了搬迁运输按计划进行。

由于两地作战，基建任务繁重，温江新厂方面同样面临巨大的压力。厂区土建工程刚刚结束，车间内部正在装修；机器设备经过千里颠簸之后，横七竖八躺在工房内、走道里；生活区道路还来不及完善，水电还不正常；职工安家工作远未结束，很多人的家具还堆放在招待所、食堂门口，职工思想不稳定，环境不熟，水土不服……

困难面前，成钞人没有等待，在公司领导班子的协调指挥下，各单位精心组织，密切协作，最终都按时间规定做好一切善后工作。那段艰苦的日子，生活后勤部门和搬运接收卸车的人员，付出最多。为了妥善解决搬迁职工家属和大量驾驶人员共五六千人集中到一起吃住等具体生活问题，全力以赴，连续作战，坚持 24 小时值班接待。对刚搬来的同志，不管白天黑夜，不论刮风下雨，在任何情况下都做到了周到细致地热情服务，千方百计给予安排，避免了混乱，使六千多名职工家属安全稳当地安置到位。

公司特别是各厂的物资设备搬迁，数量大，路途远，战线长，事情千头万绪。据统计，整个物资设备搬迁共出动车辆 2100 多台次，搬迁上千多台（套）设备，数千万元的各种物资。当时，既要争分夺秒对设备进行撤迁，又要把设备尽快运到新厂，尽快进行安装调试，力争早日投入生产，其难度之大，可想而知。公司全体干部职工齐心合力，团结拼搏，通力合作，各司其职，不知有多少人日日夜夜穿梭在老厂、新厂之间，保证整个搬迁过程的严密有序进行。更可喜的是，在如此紧张忙碌的千里大搬迁中，物资设备运到完好无损，为新厂第四季度完成指令性生产任务和纸机试生产打下了坚实的物质基础。

让我们记住这几个特殊的日子吧：

1984 年 10 月 19 日，国家计委复函中国人民银行，同意新建成都印钞厂。

1988 年 10 月 25 日，中国人民银行下达《关于成都印钞厂初步设计的批复》，确定项目总投资为 1.96 亿元，总建筑面积 14.8 万平方米。

1989 年 12 月 1 日，成都印钞厂正式开工建设。在工程现场举行了隆重的开工仪式，成都市副市长、五四○工程建设领导小组组长朱永明，中国印钞造币总公司总经理赵鹏华共同为工程奠基。

1990 年 1 月 6 日，总公司变更东河印制公司与五四○厂领导管理体制：东河印制公司及所属各厂与五四○厂及所属各分厂两级行政领导班子，均实行"一套班子，两块牌子"；同时担负建设、调整、生产三大任务，并在温江、旺苍两地作战。

1992 年 11 月 9 日，成都印钞厂钞纸分厂抄出第一张钞票纸。

1992 年 11 月 24 日，国家计委批准调整成都印钞厂项目总概算规模为 4.5 亿元。

1993 年 9 月 20 日，总公司副总经理杨福基检查东河公司搬迁工作并向地方政府致谢，随后与东河公司党委书记胡凤宝等一起摘下东河印制公司党委和东河印制公司两块标牌。

1993 年 9 月 23 日，东河公司党委副书记、调迁办主任古道明率领最后 15 名收尾人员撤离旺苍，为东河印制公司成建制搬迁工作和两地作战局面画上了圆满的句号。

1993 年 10 月 10 日，印钞分厂第一张第四套人民币拾圆券产品印制成功。

1993 年 12 月 15 日，总公司批准五四〇厂对外注册厂名为"成都印钞公司"。

1996 年 1 月 26 日，成钞基建项目正式通过国家计委、中国人民银行和四川省、成都市的竣工验收。

脱胎换骨的成钞，站在了二次腾飞的新起点上，其实力比过去大大增强。仅以搬迁后的第一年 1994 年为例，印钞生产能力是原来的 4 倍；造纸一条线的产量，相当于过去三条线的产量；贵金属生产是过去的 4~5 倍；水、电、气的供应由分散到集中。设计能力的提高，布局结构的合理，为整个生产环境从粗放经营向集约经营的转变创造了条件。

不禁想起耳熟能详的"凤凰涅槃"的传说：一只凤凰集梧桐枝自焚，经历烈火的煎熬和痛苦的考验后，精神在涅槃中得到升华。浴火重生的凤凰，其羽更丰，其音更清，其神更邃。经历了煎熬和痛苦的东河人，不正是这只浴火重生后振翅高飞的凤凰吗？

（获 2011 年 7 月中国金融工会庆祝建党 90 周年"回顾党的光辉历程讴歌央行发展成就"征文一等奖）

‖ **作者简介**

张恒东，现供职于中国银行总行。

‖ 海天佛国的中行人 ‖

——记中行舟山分行普陀山支行

张恒东

在海天佛国普陀山，有一支身着盔甲穿梭于香客之间，往返于寺庙收集香火钱的神秘队伍，他们不仅担当着维护人民币信誉和尊严的职责，而且肩负挑拣寺庙损污纸硬币的重任。他们是全国精神文明先进单位，中国金融道德模范先进单位，中国银行精神文明建设先进单位，中国银行先进职工之家——中行舟山分行普陀山支行。

身在佛岛心向党

普陀山是我国四大佛教圣地之一。普陀山是山，又不是山，是大慈大悲观世音菩萨道场之一，悠久的历史、美丽的传说，更将这个四面环海的小岛烘托得神奇绝妙。普陀山小岛 12.5 平方公里，被誉为海天相连的佛国，以神奇、神圣、神秘而成为万众虔诚膜拜的圣地。普陀山的影响力已远超国度驰誉中外，具有深远的世界性。为此，服务全球的中国银行顺应历史潮流，于1987年9月成立了中国银行普陀山办事处。同时，中共中国银行普陀山党支部宣布成立，从中行办事处到有18个编制的基层支行，历经27年的风风雨雨。

在27年的成长和发展历程里，中共普陀山支行党支部的旗帜，始终高高飘扬在佛教圣地，历届党支部带领全体员工服务佛教扎根小岛的佳话长久不衰。舟山分行副行长曾小海，是普陀山家喻户晓的一名人物，因为他是第一批被组织分配到普陀山支行的员工，也是普陀山支行的第四任行长、党支部书记。随着时间推移，曾小海对普陀山支行的感情日益深厚，而令他记忆至深的，是1992年的中秋节。

"每逢佳节倍思亲"，千百年来，中秋节是亲人团聚的日子，无论是天涯海角的游子还是朝夕相处的家人，每逢这个传统节日，都希望全家人围坐在一起吃团圆饭，这是世间华人的天伦之乐。可是，这个重大节日也是人们朝拜菩萨的高峰期，身在咫尺、隔海相望的普陀山支行的员工却不能与家人团聚。

节日过后，当支行领导安排曾小海回家轮休时，他激动不已。扳着指头估算，足足有一个月零20天没有回家了，归心似箭的他交代完工作，拔腿嗵嗵向码头跑去。

可是，天不遂愿。由于风大浪高码头渡船早已抛锚停运，曾小海回家的希望破灭了。伴着轰隆隆的巨浪声，在码头踱来踱去，他身在码头心思早已飞向了本岛，回到了母亲的身边……

嘀——！

一声长笛，曾小海从深思中醒来，眼前突然一亮，不由得惊叫道："啊，快艇！"一艘快艇破浪向他驶来，他心中再次燃起了回家团聚的希望，兴奋得一边跳跃，一边高呼："天助我也！真是天无绝人之路，菩萨保佑！"

原来，是舟山旅游局派出快艇来岛接香港旅游团赶飞机的，这时被困的香港同胞见快艇来接他们，高兴地涌上码头，大家欢呼跳跃，不停地向快艇招手致意。曾小海快步跑向导游求援，可是，导游给他当头一棒，说啥也不肯让他打便艇，曾小海是丈二和尚摸不着头脑。眼看快艇就要离开码头，常言道："机不可失，时不再来。"思家心切的曾小海先礼后兵，一不做二不休，在快艇离开码头的瞬间，一个助跑纵身向离岸的快艇跳去。仗着年轻身体轻巧，曾小海双脚落在快艇上，可还未等他站稳，快艇加速让他失去了重心，他张开双手极力平衡着身体，一面"哎哎"……说时迟，那时快，在他身边收拾锚绳的水手，手疾眼快，一把抓住他，曾小海才幸免坠海。

两年之后，曾小海因工作需要被调回分行工作，同年因在普陀山被党支部确定为党员纳新对象，被分行党委批准加入党组织，成为一名中共预备党员。2009年曾小海走向领导岗位，并主动向领导请缨回到普陀山支行担任第四任行长、党支部书记。现任行长、党支部书记刘海雄已是第五任行长、党支部书记，继承和发扬了党的优良传统，让中共普陀山支行党支部的这面旗帜在佛教圣地迎风高高飘扬。

历经27年的成长，虽然党支部书记和党员换了一茬又一茬，但是支行党支部在各个时期始终发挥着战斗堡垒作用。现任支行党支部书记刘海雄，严格自律，带领支部一班人走在时代的前列，在抓好业务创建普陀山最好银行的基础上，党的教育做到晓之以理，动之以情，以尊重人、理解人为前提，把党的温暖送到每个员工的心坎上，以此凝聚员工的向心力。

蔡雪青，1994年入行，是土生土长的普陀山人。她从银行引导员、代办员、正式员工，走向支行副行长的领导岗位。在党支部的引导教育培训下，她坚定了共产主义的信仰，2001年被中共普陀山支行党支部纳新为中共预备党员。

车燕梦，是2013年入行的大学生，从小就跟随家人定期到普陀山进香，深知进出普陀山交通不便。在她入行的那天，当听到被分配到普陀山支行时，没有心理准备，一时难过得掉下了眼泪。

俗话说："出门三步远，又是一层天。"幸好车燕梦从小与佛教有缘，觉得去了普陀山离佛祖更近了，也许是一层好天。起初她是以不看僧面看佛面的心态来普陀山支行报到的。历经半年的锻炼，她从支行党团组织的晚上集体散步、支行金融夜校等活动中，感到了支行这个大家庭的温暖，通过参观军民共建单位海军某部军营，从军人整齐划一的内务和严格的组织纪律中得到了启发。她改变初衷，已经深深地爱上了这个不能按时回家的独岛支行，全身心地投入到支行的工作中，成为支行里的骨干力量。

普陀山支行党支部始终牢记党的宗旨，以先进的思想教育人引导人，通过实行半军事化的管理、开办金融夜校等方式，开展职业道德、社会公德、家庭美德的教育，坚持用正确人生观、价值观引导员工。身在佛国，坚持信仰自由，尊重员工的信仰选择。但是普陀山党支部绝不是放弃员工的思想阵地，而是在支行旗帜鲜明地对员工进行马列主义宣传教育，用社会主义核心价值和共产主义的理想占领员工的思想阵地，在加强党的自身建设的同时，加强党的后备力量的培养，把有理想有知识要求进步的青年吸引到党的周围。普陀山党支部先后确定党员培养对象29人次，纳新10名中共党员，为我们党组织输送了新鲜血液，壮大了普陀山支行的党员队伍，让中共中国银行插在海天佛国的这面党旗高高飘扬，让党的红旗更加鲜艳夺目。

银寺携手为寺院掌管香火钱

普陀山日以万计的虔诚香客，从四面八方涌入佛岛，穿梭在各寺庙之间。寺庙香火旺盛，香烟袅绕，前来拜佛的虔诚香客，不仅精神虔诚于佛祖，而且在经济上慷慨解囊，纷纷给佛祖供上香火钱。

前来朝拜的香客摩肩接踵，每人捐一元钱，积土成山，寺庙的纸币和硬币收集应接不暇。在普陀山，香客、游客都有将硬币投放于放生池、佛龛、大佛，以求平安的习惯，每月清点硬币已成寺院一大难题，普陀山各大寺庙每月交存银行的硬币数以吨计。由于硬币多，且有的从水中捞起，锈迹斑斑，一旦保存不当，人民币必受污损，违反《中华人民共和国人民币管理条例》。

普陀山支行是中行派驻海天佛国的基层银行，为寺庙提供优质服务是普陀山支行义不容辞的职责。普陀山支行的员工看在眼里，记在了心里，历代支行行长也高度重视。现任行长刘海雄定期召开行务会，认真研究分析支行承担收取寺庙香火钱的优势和存在的困难。优势所在就是员工有吃苦耐劳的精神，能通过繁重的体力劳动换取银行存款沉淀资金；现实是，无论是支行人员数量还是车辆配备，正常的工作量都难以承担这项繁重的体力劳动，但是 27 年来，普陀山支行的员工超负荷承担着这项重任。

二十年前，寺庙师傅是将一袋袋、一筐筐硬币的香火钱向银行交存的，每次向银行存款和尚师傅都是兴师动众，存缴小钞和硬币已是寺院面临的一大难题。

普陀山支行员工是具有特别能吃苦耐劳、敢于承担重任、敢于创新光荣传统的金融团队，他们想寺庙所想，急寺庙所急，时任支行领导亲自登门拜访，主动为客户承担重任。当时任支行领导主动提出上门为寺庙服务的设想时，负责教会财务的和尚师傅，一改对银行上门拉存款的小觑，双手合十口念阿弥陀佛，感激地表示道："施主，（中国银行）上门理财收款的举措，才是我们佛家财务盼望已久的事情……"说罢，立刻引荐给了寺院大和尚，大和尚又给方丈举荐。

经过真诚的交流和商榷，银寺发挥各自的优势，在双方相互信任基础上，坚持互利互惠的原则，普陀山支行与佛顶山、慧济寺等寺庙达成了进寺庙收款提供金融优质服务的协议。

这不仅是银行业的创新，也是普陀山寺庙财务改革的一次大胆尝试。普陀山支行员工向佛家交了一份诚信合格的答卷，得到了寺庙和尚师傅的信任。从此，寺庙大量的纸币和沉重的硬币收集工作落在了支行员工的身上。上寺庙解款，再次考验着普陀山支行团队的战斗力和信誉度。

从前，和尚师傅在交银行小钞和硬币前，也费了很大工夫进行了初步清点，他们在口上虽然说没有清点数量，其实是在考验支行员工的职业诚信度。经过几次结算，银行的数目都与他们清点的数目分文不差，普陀山支行这才赢得了寺庙师傅们的信任。

孔子说："人而无信，不知其可也。"后来，普陀山支行在寺庙有了诚信度，寺庙和尚师傅与银行的交接由精算清点过渡到数量丈量，每次交接硬币都先过秤丈量，以丈量的数据作为缴付银行的依据。硬币由普陀山支行拉回银行，清洗晾干后，再挑拣、包装，经几道工序后，最后得出精确数目。

七年来，这种存缴数字从没有出现差错，让寺庙和尚师傅很信得过，也很放心。普陀山支行让寺庙师傅从繁重的体力劳动中解脱出来，为寺庙解决了一个实实在在的难题。

普陀山支行成了全国首家为寺庙理财的银行。据统计，普陀山支行成立 27 年来，缴存的硬币有 400 多吨。

维护人民币的信誉和尊严

鲨鱼没有鱼鳔才能够称霸海洋，人没有压力就只能走下坡路。压力永远是前进的动力，压力也是银行竞争的动力。普陀山支行上寺庙收款的新举措，不仅给支行沉淀了存款，也给支行员工带来了新的压力。

压力并不可怕，关键是你如何去应对和化解。

上寺庙收款服务不仅仅是体力上的压力，精神压力也是显而易见的。一个白领阶层改变自己的工作环境，从事蓝领的搬运活，也是对员工的人生考验。

春去冬来，冷暖自知。银行安保规定，员工上门收款必须戴头盔穿防弹衣拿警械。也就是说无论是严冬还是酷暑都要身穿盔甲，往返寺庙，穿梭在香客间搬运沉重的纸币和硬币。尤其是夏天，盔甲一穿汗流浃背，搬运一趟小钞硬币，汗水就浸透了防弹衣。装满硬币的编织袋犹如死牛般沉重，员工的手指虽然早已磨起了老茧，但是手上还是留下一道道印迹，有时累得连气都快喘不上来……

普陀山管委会规定，岛上居民不准将私家车开上岛，驻岛单位也只准许一辆面包车行驶。普陀山支行仅有的一辆面包车，既是支行的工作车又是押款车兼迎宾车，被大家戏称为行里的全能车。曹南跃是全能车的司机，也是行里唯一的专职司机，按理说开车才是他的本分，可是曹南跃从没有把自己只当作专职驾驶员。每次搬运小钞硬币他都充当搬运队的排头兵。在劳动中他们摸索出了搬运小钞硬币的经验。常见的有：一字形搬运队形。排头员工左手独提一包，右手提拉着长队的提包，中间的员工可多可少，链条式提拉着提包（袋），最后一名员工双手提包（袋）断后，犹如一支精湛舞狮队穿梭在香客之间，成为寺庙一道流动的景观。曹南跃每次都是搬运队的排头，是第一个走近车打开车门的人，又是额头上有擦不完汗水的开车人，他被大家戏称为"闲不住的万能司机"。

林芷是一位天生丽质的女孩，2013年浙江财大毕业的大学生。在寺庙搬运小钞硬币，一身盔甲装扮，像在一朵鲜花上扣上了一顶沉重的帽子，显得格外柔弱。可是，巾帼不让须眉，在寺庙搬运小钞硬币，不逊杨家女将的力气，每次担当搬运队的断后女将。

劳动最美丽，劳动最光荣。在支行女员工眼里，男人在劳动时最绅士。俗话说："男女搭配，干活不累。"男人在女人面前秀秀肌肉，展示自己的耐力是人之常情，也是男性的本能。在历次搬运小钞硬币的时候，便是男员工展示雄性实力的最佳时刻，他们以最大限度承受着超强度的劳动，来减轻女员工的工作量。在女员工眼里，男员工搬运小钞硬币更具有男人魅力，最具备绅士风度。

青年女员工崔旭婧和支行小陈的美满结合就是劳动的结晶。用小崔的话说：是小陈搬运小钞硬币的绅士风度吸引了她，两人日久生情，在劳动中碰撞出了爱情的火花。据统计，在劳动中普陀山支行就有十对青年员工喜结良缘，走向了婚姻的殿堂。

员工将寺庙的小钞硬币搬运到支行才是收集工作的第一步。支行要将成堆的小钞和被水浸过的硬币清洗晾干再筛选，这项工作不仅是寺院的难题，同样也是普陀山支行的难题。

如果不及时清理，搬运回来的小钞就会发出刺鼻的气味；被水浸泡过的一袋袋堆集起来的硬币，很快就会锈迹斑斑，有间接毁损人民币的嫌疑。

普陀山支行的员工在困难面前不曾退缩，在行领导的带领下，办法总比困难多。他们从维护《中华人民共和国人民币管理条例》的高度来认识，增强员工的政治责任感，把整理小钞硬币作为支行的一项政治任务，全行总动员，昼夜加班加点已是支行每个员工的自觉行动。

俞君娜，是营业部的员工，也是一位待分娩的孕妇。在营业部人员紧缺的情况下，她为了不影响工作，白天在营业岗位坚持工作，晚上，加入整理小钞硬币的队伍，加班加点，一直忙到孩子降生的前一天。她在怀孕期间几乎没有请过一天假，一心扑在工作上。孩子出生不久，为了不影响工作，她干脆把孩子接到支行单身宿舍。她的孩子从出生到童年都是在单位度过的。

虞吉，是 2013 年入行的音乐专科毕业生，不善言谈。从简单的话语中得知，他家是世代虔诚的佛家香客。他的外婆是佛家的一名居士，舅舅从佛教大学毕业后便出家，并担任佛教协会的财会出纳员。一提起上寺庙收小钞硬币的事情，他便如打开了话匣子，滔滔不绝，在搬运小钞硬币中他浑身有使不完的劲……

几十年如一日，为了及时清点那些已经发霉的小钞硬币，员工在白天岗位一有空闲，就自发地来到清钞间清点整理小钞硬币。晚上，从行长到员工全员参加。有时为了突击这项工作，员工们常常累得头昏、恶心，有的手指磨破被细菌感染，但是他们没有一个叫苦叫累的，全体员工已将这项服务当成了分内工作，在普陀山支行已经一代代承传。

章王、周文武、孙磊等青年员工在长期超负荷搬运小钞硬币中，已劳累成疾，腰部时常疼痛。他们简单吃点药，热敷一下，轻伤不下火线，仍然坚持战斗在搬运小钞硬币的第一线。为了创建普陀山最好银行，他们任劳任怨，无怨无悔。

当大家看到通过自己辛勤的双手整理出来的小钞硬币焕然一新，重现闪亮的国徽图案时，感到特别的欣慰和自豪，他们用自己的汗水和辛勤的劳动维护了人民币的信誉和尊严，履行了金融工作人员维护人民币应尽的光荣之责。

金融道德为先

银行业的竞争，是企业信誉的竞争，更是企业服务的竞争。谁的信誉好，谁的服务好，谁就能更适应客户的需要，谁就能占领更多的市场份额。文明优质服务是立行之本，服务工作已列入银行工作的重中之重。"您好，请问要办什么业务？""您好，请喝一杯茶"等文明用语，反映了企业的文化内涵，表现了普陀山支行热情周到的服务品质。

今年 6 月，舟山市政府高度重视发展普陀山佛文化旅游产业，与北京丝宾丝文化传媒有限公司联合投资拍摄了一部电影——《不肯去观音》。该企业为在舟山群岛新区谋求长期投资发展，需要选择一家银行作为他们的合作单位。制片人来到普陀山金融一条街考察，连走了几家银行，竟然没有得到一家银行的关注和问候，带着一颗被冷落的心，他踏进了中行普陀山支行的大门。"您好，请问您办什么业务？"伴随一声亲切问候的，是一杯没有茶叶的热水。这一举动，对平常人来说是很平常的事情，可是对一个受到冷落的人来说却是一个感人的举动。制片人接过热气腾腾的纸杯，感动不已，他毫不犹豫地选择了中行普陀山支行，当即决定将公司基本账户开设在中行。

同样巧合的是雷迪森酒店的谢总经理，他也是被普陀山支行热情的服务所折服，他说从支行员工的身上看到了中行的信誉和素质。谢总通过对几家银行的对比，情不自禁地自语道："大家说得太好了，选择中国银行，实现心中理想。"立刻电告公司会计将酒店的基本账户设在了中行普陀山支行，并向普陀山支行递交贷款 700 万元的申请。

雷迪森是一家知名的连锁酒店，酒店开业后，生意红红火火，700 万元的贷款按照协议准时归还。普陀山支行的优质服务架起了银企合作的桥梁，在讲诚信的基础上与雷迪森酒店建立了互惠互利的业务关系，雷迪森酒店把员工社保工资代缴代发全部委托给了普陀山支行。

普陀山支行优质快捷高效的服务得到多家企业的青睐，驻普陀山多家实力企业的账户都开设在了支行，并签订了贷款长期合作协议书。

普陀山支行这些成绩来之不易，荣誉和成绩的背后是员工的辛勤劳动和无私奉献。

原营业部副主任郑兵一生难忘两件事情。一件是：2011年4月，在他大婚回嘉兴女方置办的答谢宴会上，宴会还没有开始，他被召回支行参加中行系统升级——郑兵是支行唯一参加系统升级培训的人员；他也是女方答谢宴会上的新郎，这是不能缺席也无可替代的。可是，郑兵一想到中行系统升级牵扯面之广，是支行一项只能成功不能失败的艰巨任务时，他毅然选择了工作。郑兵缺席了女方婚礼答谢宴，隆重的婚礼答谢宴只好由新娘代表新郎敬酒致歉。

另一件事，发生在给爷爷送葬的那天。2009 年，郑兵的爷爷去世，在葬礼的那天，郑兵作为孝子贤孙为爷爷送行。在送葬的途中接到支行一大客户授信放款出现故障的电话，只有担任客户经理的郑兵懂得新系统，况且，行里规定放款人不能做自己的放款业务。若是延时，不仅影响客户的利益，也将损害支行的信誉。郑兵扣上手机，擦着眼泪离开了爷爷的送葬队伍。每当回忆这些，郑兵心里就有愧疚感，但是一想到支行的利益得到了保障，又感到一丝安慰。

文明优质服务离不开过硬的业务基本功。2004年，蔡雪青还在哺乳期，她为了不影响点钞、打计算器的基本技能训练，一到喂奶时间就让妈妈把孩子抱到支行。经过艰苦练习，她在省行技能达标赛中取得优异成绩，成为全省首批五星级柜员。

原普陀山支行营业部主任黄满芬是支行的元老，也是本地人，1993年从商业系统调入支行，几十年如一日，坚持在银行服务一线。

一次，她为新加坡一中年男子办理业务后，发现柜台下有一本护照，经查实是刚才办业务的新加坡中年男子丢失的。为了不影响外宾的出行，她要尽快找到失主归还护照。黄满芬发挥她地熟情况熟的优势，千方百计地查找，终于查到了外宾居住的那家旅馆。可是，等黄满芬赶到那家旅馆时，前台服务员告知：此人已经结账离开，具体去向不明。寻找新加坡外宾的线索中断，黄满芬没有气馁，根据分析，可以判断护照丢失人还没有发现自己的护照丢失，一旦离开普陀山客户一定会作难。想到这些，黄满芬自语道："现在只有一线希望，只要外宾还没有离开普陀山，一定要坐船离开……"黄满芬立刻向码头跑去。

黄满芬抱着一线希望，在码头售票处足足等了三个小时，外宾在买船票时才发现丢失了护照。在外宾焦急之时，黄满芬突然将护照递给了他。这个意想不到的结局让新加坡中年男子感激万分。新加坡中年男子回国后，为了感谢中行人的热情相助，还特意给普陀山支行发来了一封感谢信。

普陀山支行的文明优质服务不仅授客户以鱼，让客户享受到中行温馨的服务，同时，也授客户以渔，向客户传授一定的反假币金融常识。

支行中小企业管理部主任章王，结合本职工作经常走访寺庙，发现寺庙和尚师傅缺乏真假币的鉴别能力。在征得寺庙大和尚的同意后，向寺庙和尚宣讲鉴别真假人民币的常识。通过向和尚传授本外币反假技能常识和金融知识，不仅了解了佛教文化知识，也找出了仁爱和谐与服务奉献，佛教和信仰的共同点。

一天晚上，一和尚在支行 ATM 门前徘徊，支行副行长蔡雪青发现后，便主动上前了解情况。原来，在 ATM 机门前徘徊的这位和尚是从河南云游而来，盘缠已经用尽，在普陀山，此和尚的身份地位也不够当地寺庙接待的资格，他查看银行卡上没有了钱，便在此徘徊发愁。蔡雪青当即将自己的手机提供给他，让他通知家人汇款，可是和尚又不知道家里的电话，无法与家人联系。蔡雪青见和尚已无计可施，打探和尚回家需 200 元路费时，她取出自己的 300 元钱递给了和尚。和尚接过蔡行长的 300 元，双手合十的瞬间，眼睛噙满了泪水……

一次，一商店柜台收银员在操作 POS 机时，交易一直不成功，见客户急着走，收银员十分着急。可越急越出乱，几十次交易都以失败告终。此时，已经是晚上 9 点多钟，银行早已下班，可是操作不成功客户走不了，收银员只好抱着试试的心态，将电话打到了支行。电话接通后，支行值班员工听了收银员反映的情况，二话没说，骑上自行车以最快的速度赶到商场。经现场查看，原来是收银员操作有误，在银行值班员工的现场指导下，收银员顺利地完成了资金转账交易。

黄满芬这个人，跟名字一样，对员工的关爱是"满分"，对中行的客户也是关爱有加。

黄满芬具有一颗菩萨心肠，她像长辈一样无微不至地关怀着青年员工。黄满芬是地道的普陀人，她有一个习惯，回家前总要到员工单身宿舍转转，看看住岛员工，才会放心地回家。

一天晚上，黄满芬来到单身女宿舍见崔旭婧早早躺在床上，心里立刻打了一问号，自言道："不对啊，小崔可是一个活泼开朗闲不住的女孩……"黄满芬蹑蹑到小崔的床前，伸手一摸，发现小崔额头滚烫。她二话没说，背起小崔向普济医院奔去。据小崔说："当时，什么也没有想也没有说，躺在黄阿姨的背上就像躺在妈妈背上一样，感到特别的亲切……"

2002 年，毛氏经营的一家商铺因电器短路，突然燃起了熊熊大火。商铺化为灰烬，商铺存放的七八万现金也被大火烧着，有的仅存边边角角，有的已经成为炭化的币纸。

大火被扑灭后，毛氏擦着眼泪来到普陀山金融街。她挨家问了几家银行，可讲完事情前因后果，她得到的都是"对不起"，银行也是爱莫能助之类的抱歉和安慰话。毛氏抱着试探的心情走进了中行普陀山支行。时任营业部主任的黄满芬，见毛氏精神恍惚，一声问候，立刻给她端上一杯热气腾腾的水。毛氏喝了一口热水，向支行营业大厅扫视一眼，觉得心里暖暖和和的，长叹一口气，注视着黄满芬，像竹筒倒豆子一样，把灾情的起因后果和自己的期盼叙述了一遍。

黄满芬听了毛氏的叙述，一边在精神上安抚毛氏，一边用电话与人民银行取得了联系。为了做好残钞的兑换工作，黄满芬亲自带领蔡雪青等业务骨干赶赴火灾现场，收集整理被烧的人民币残余部分。她们不辞劳苦，在火灾废墟里收集能兑换的残缺角料，尽最大努力减少毛氏的经济损失。她们处处以客户的利益为重，耗费了三天的时间才把被烧掉的钞票一点一点地粘贴起来，然后逐一查对残余可查的冠字号码，再一张张地粘贴好。最后经人民银行同意，消防大队出具证明，普陀山支行为毛氏兑换了5万人民币，把毛氏店铺的火灾损失降到最小。当毛氏拿到普陀山支行兑换的崭新人民币时，感慨道："真没有想到啊，满店铺的保佑挂件，也没有保佑俺的平安，反而被素不相识的中行人救了！俺这个人很现实，中行就是俺家的活菩萨！"

情注海天佛国

在佛教一条街上，有一位做佛件生意的黄老板，只要有人一提起普陀山支行，她连忙伸出大拇指赞叹："中行的善心爱心是我们岛上的这个……"黄老板做的是小本买卖，零钱是店铺不可缺少的钞票。

最让她感动的是，一次她店铺零钱告急，眼看着游客因找零钱难遗憾地丢下心爱之物准备离开，店铺又只有她一人，走不开，她心里火急火燎的。后来，她凭着往日和银行的交往，联系了几家熟悉的银行人，但对方均以零钱缺乏为由搪塞了过去。黄老板在万般无奈的时候，试着拨通了中行的电话，令她意想不到的是，她不熟悉的普陀山支行员工当即答应了请求。几十分钟后，普陀山支行的员工将零钞亲自送到了店铺。中行雪中送炭，解决了黄老板的燃眉之急。中行为商铺热心服务的佳话很快传遍了各大商铺，随即"大钞、小钞，中行能换"的顺口溜在岛上广为流传。

为客户提供称心如意的服务是中行员工的追求。去年国庆节，一对外国夫妇来到支行反映，在他们住的宾馆里 ATM 机用外卡无法取钱，员工立刻向蔡雪青副行长作了汇报。他们弄清客户账户状态和所持卡类型后，冒雨陪同外宾回到宾馆，现场指导外宾正确操作 ATM。外宾顺利地取出了所需款项，员工客户至上的服务，让这对外国夫妇感受到了"中国银行服务全球"的服务理念。

普陀山是我国著名的四大佛教圣地之一，寺庙僧尼众多。立足佛岛，服务佛教是普陀山支行的经营之道。普陀山支行的"贴心"服务更能与出家人沟通。他们在规范落实"举手招迎""鞠躬迎送"的服务模式基础上，邀请寺院师傅为员工开设讲座讲解佛教知识，了解佛家"合十"的含义，创新推出新颖温馨的"双手合十"招迎模式。赢得了众僧尼的信任，被僧尼和小岛居民誉为"最信得过银行"。

2011 年初，佛教协会决定向舟山市政府捐赠 3.5 亿人民币，专项用于朱家尖跨海大桥的建设，这是目前国内来自佛教界单笔捐赠金额最大一笔。佛教考虑到人民币升值因素，决定优先处理现任方丈名下的上千万美金。此项捐款牵扯面较大，政策性强，佛教学会将此结汇捐款任务交给了普陀山支行。普陀山支行以大局为重，与国家外汇局沟通后，很快在支行账户上划出这笔巨额存款。尽管一时影响了支行存款数量，但是这种以客户为中心的"贴心"服务，却赢得了客户的信任，打造了诚信中行的服务品牌，让银寺融洽关系更加巩固。

"青山不墨千秋画，绿水无弦万古琴。"银行服务在于真实，金杯银杯不如客户的口碑。普陀山支行朴实无华的热情、称心、贴心服务，是来自员工的肺腑；为客户排忧解难是爱在中行的体现，扎根小岛是员工情注佛岛的最真实体现。

后 记

　　报告文学卷运用文学创作的规律，真实、及时地对金融生活中的模范典型（包括人物、事件和现象）进行了形象化再现，同时又饱含哲理思辨与理性光芒。

　　本卷收录的作品，用文学的形式集中反映了包括第一届、第二届全国金融道德模范在内的多位金融劳动模范的先进事迹，通过各种载体刊发后，在系统内外产生了较大反响，可谓精品之作大检阅。作品人物形象生动、栩栩如生，事迹感人，弘扬正能量、唱响正气歌，催人奋进、激人向上向善，将是金融文学编年史上浓墨重彩的一笔。此外，从不同视角刻画金融员工火热生活的作品亦颇有深度，一定程度呈现了金融报告文学创作的走向及水平。其特点是：贴近社会，凸显社会责任感；贴近现实，凸显文化使命感；贴近基层，凸显人文关怀。

　　金融是现代经济的血液，金融业与国家改革开放大潮息息相关。进入新时代，金融报告文学创作发挥了"轻骑兵"的重要作用，及时挖掘重大题材、撰写精品力作，全景式、多角度反映金融业火热生活，为金融改革发展存史，为金融英雄谱系立传。此次收录作品有的题材暂告阙如，尚有遗珠之憾。期待金融行业作家与文学爱好者大胆探索、勇于实践，用饱蘸激情的笔书写出无愧于新时代的鸿篇华章。

祁海涛　李　晔　甘绍群

2019 年 8 月 20 日